U0745888

KUWEI
酷威文化

图书 影视

碎寒金

蓬莱客 著

（上）

四川文艺出版社

图书在版编目（CIP）数据

辟寒金 / 蓬莱客著. -- 成都：四川文艺出版社，
2021.3

ISBN 978-7-5411-5896-4

Ⅰ. ①辟… Ⅱ. ①蓬… Ⅲ. ①长篇小说 – 中国 – 当代
Ⅳ. ①I247.5

中国版本图书馆CIP数据核字(2021)第006399号

PI HAN JIN

辟寒金

蓬莱客 著

出 品 人	张庆宁
出版统筹	刘运东
特约监制	王兰颖
责任编辑	陈 纯　彭 炜
特约策划	王兰颖
特约编辑	薛天舒　夏君仪
责任校对	汪 平
封面设计	苹 果

出版发行　四川文艺出版社（成都市槐树街2号）
网　　址　www.scwys.com
电　　话　028-86259287（发行部）　028-86259303（编辑部）
传　　真　028-86259306

邮购地址　成都市槐树街2号四川文艺出版社邮购部　610031
印　　刷　天津旭丰源印刷有限公司
成品尺寸　145mm×210mm　　　开　本　32开
印　　张　22.25　　　　　　　　字　数　575千字
版　　次　2021年3月第一版　　　印　次　2021年3月第一次印刷
书　　号　ISBN 978-7-5411-5896-4
定　　价　68.00元（全二册）

版权所有·侵权必究。如有质量问题，请与本公司图书销售中心联系更换。010-85526620

目录

辟寒金

第 一 章

归家

壹

　　很多年后，直到慕扶兰长大成人了，还是无法忘记六岁那一年，姑姑于凤仪宫临终之时和她诀别的一幕，还有那一夜她对自己说过的每一句话。

　　姑姑是长沙国的第一美人。除了她的美貌，更以德名和才情闻名遐迩。后来她被太后选中，入主中宫，成为当朝的皇后。

　　这看起来，是何等荣耀的一件事情。

　　本朝立国，迄今已有两百多年。开国之初，大封天下。除了被分封在各地的皇室藩王，也有几姓功臣，以功勋卓著破格被封异姓王。

　　慕氏先祖便荣列其中，因盖世之功，得封长沙王，治岳州、潭州两地。慕氏从此也迁居南方，世代居于洞庭之畔。

　　几代长沙王皆牢记先祖教诲，外勤王贡献，春朝秋请；内治理国境，爱民如子。

　　王国传承至今，当朝的几户异姓王因着各种罪名，或被黜，或除国，其余还在的，也是岌岌可危。

　　唯独长沙国，国虽小，因数代先王勤政爱民，韬光养晦，加上地处偏远的南方，又凭借八百里洞庭与长江天堑，远离了中原的纷争是非。楚地桃源，国泰民安。如今，深受民众爱戴的长沙王的妹妹又被远在上京的天家择中，入主中宫。

　　这于长沙国的子民而言，是何等荣耀而自豪的一件事情。

　　姑姑离开洞庭湖畔的岳城，被送往上京为后的那一年，扶兰还没有出生。

　　但从她懂事起，她就不止一次听家中的老嬷嬷们说自己长得很像姑姑。闲谈起当年王妹出洞庭的盛况，人人的脸上，至今都还残存着当日因荣耀而带来的骄傲。

姑姑虽然还没见过小扶兰，但大约也听闻了这个和自己容貌酷肖的小侄女的一些事，对扶兰一直都是关怀备至。

从她出生后，从京城送来的礼物，四时不断。小小的扶兰对远在上京皇宫里的那位传说中的皇后姑姑也充满了憧憬，心里一直期盼着见到姑姑的面。

她经常对着君山大帝虔诚地祈祷，暗自许愿。

神明仿佛听到了她的诉求。

六岁的那一年，她的心愿终于得以实现。

那一年，皇后怀孕，长沙王夫妇获准，得以入京拜贺。

扶兰被父母带着，与兄长一道，跋山涉水，人劳马顿，在路上走了将近一个月，终于抵达了上京。

扶兰原本以为，自己从小长大居住的岳城是世界上最繁华的城池，她在洞庭湖畔的那个被长沙国子民称作"王宫"的家是世界上最好的地方。

直到来到上京，见识了天子之都的万丈繁华，再看到姑姑住的那个叫作"皇宫"的地方，扶兰才知道自己从前的想法是何等的坐井观天。

眼前的皇宫，飞檐反宇，连绵不绝，穷其目力，也无法一眼看到尽头。

那样的万顷琉璃、玉阶彤庭，说不尽的金碧荧煌、画栋飞甍。

姑姑所在的那座凤仪宫，更是雕栏玉砌，金铺屈曲。

在一片迷了人眼的金碧辉煌里，扶兰见到了自己的姑姑——这座皇宫中最为尊贵的女子。

姑姑打扮得像是天上的仙姬，美得也像是天上的仙姬。她面带笑容，不顾扶兰母亲的劝阻，让小小的扶兰坐到自己的腿上，在她的面颊之上，印下了一个温暖的亲吻。

姑姑和扶兰想象中的样子一模一样。

姑姑喜欢扶兰，扶兰也是如此地喜欢姑姑。后来，在父母带着兄长回长沙国时，扶兰被留了下来，继续在皇宫里陪伴姑姑。

在扶兰的绕膝承欢中，姑姑的肚子一天比一天大了，终于到了生产的日子。

让扶兰没有想到的是，姑姑竟然难产，继而血崩。

那个皇子坠地不久，也没能保住。

姑姑躺在凤仪宫的那张凤床之上，已经昏迷了三四天。

这三四天时间里，扶兰无时无刻不在心里祈求着家乡洞庭的君山大帝，祈求神明保佑姑姑平安渡过这个难关。

君山大帝在小小的扶兰的心目里，就是天地之间最大，也最肯怜悯世人的神明了。

每年的春分，父母都会准备好五牲，带着扶兰和兄长，还有长沙国的官员，众人皆弃舆，虔诚步行，从山脚登上山巅，祭祀君山大帝。

正是有了神明的保佑，长沙国才能风调雨顺，五谷丰登。

也是因为神明的应求，她才能来到京城，得见姑姑的面。

然而这一次，君山的神明却不再听她的祈求了。

那天深夜，哭累了，陪在姑姑身畔沉沉睡去的她，忽然醒了过来。

她的耳畔，仿佛飘来了一道不知从皇宫哪个角落而来的歌声。

"西南有昆明，海出嗽金鸟……真珠又龟脑，吐金屑如粟……

"不服辟寒金，哪得帝王心……不服辟寒钿，哪得帝王怜……"

小小的扶兰当时还不知道自己听到的歌声是何含义。后来长大，她才知道了。

传说，昆明国有嗽金鸟，翱翔于遥远之海，魏明帝时，其国来献鸟，以真珠、龟脑喂食，鸟儿吐金屑如粟，打造成钗珥，佳丽佩戴，倍添姿容，帝顾首止步，怜之爱之。宫人乃争用鸟儿所吐之金为钗珥。谓之辟寒金，因鸟不惧寒也。

殿宇沉沉，歌声飘飘忽忽，伴着身畔被夜风吹动的晃荡烛火，幽幽怨怨，仿佛来自冥界，在这阒无人声的宫室深夜里，分外瘆人。

住在皇宫里的这半年间，扶兰也曾听小宫女神神秘秘地告诉自己，在她们看不到的一个叫冷宫的地方，飘着几百年来最重的怨气。有时候，半夜时分，有些宫人甚至还能听到那个方向传来的幽怨歌声。

扶兰本来是不信的。皇宫这样光明伟正的地方，怎么可能会有怨气不去。但是就在这一刻，她惊恐地发现，她的耳朵里仿佛真的飘入了一缕怪异的歌声。

更叫她惊恐的是身畔守夜的那些宫人和女官。

她们竟然全无反应。或因倦极，靠在柱子上偷偷打盹；或在凤榻之前，垂泪守着素日厚待宫人，此刻仍昏迷不醒的来自长沙国的慕氏皇后。

耳畔的怨歌，断断续续的，仿佛还在继续。

就在这时，扶兰看到昏迷了数日的姑姑，她垂覆的睫毛轻轻地颤抖了一下，然后，慢慢地睁开了眼睛。

姑姑她苏醒了，目光茫然地望着头顶那架绣着凤垂牡丹的锦帐，片刻之后，扶兰见她双唇微翕，口中喃喃地说了一句什么。

她的声音虚弱得几乎不可听闻，但扶兰却看了出来，她的唇在重复着方才那句飘忽的歌声。

"不服辟寒金，哪得帝王心。

"不服辟寒钿，哪得帝王怜。"

"姑姑！"

扶兰呼唤了一声，扑到凤床之前，抓住了姑姑的手，眼睛里含着泪，又带了几分惊喜。

近旁的宫人和女官被惊动，纷纷围了过来。

姑姑的脸庞白得仿佛落了一层飘在君山山头的苍苍之雪。

片刻之后，她慢慢地转过脸，冰冷的手指轻轻地搭在了扶兰的小手上，用微弱的声音命周围的人都出去。

宫人和女官们无声地退出了内殿。

耳畔那阵缥缈的歌声，来得无影，去也无踪。

万籁俱寂，耳畔清明。

姑姑轻声说："兰儿，唱一首你父王登君山祭祀丰年，我们长沙国的子民所唱的歌吧……

"姑姑好多年没听了，想听……"

扶兰慌忙擦去眼泪，用力地点头，唱出了她再熟悉不过的那首歌谣：

"猗太帝兮，其智如神，分华时兮，济我生人。

"猗太帝兮，其功如天，均四时兮，成我丰年。"

女童的嗓音回旋在凤仪宫空旷而幽深的宫室里，稚嫩而空灵，宛如天籁之音。

姑姑的唇角慢慢地微微上翘。

扶兰一遍又一遍地唱，唱完了这支歌谣，再为姑姑唱另一支。

姑姑起先一直凝神在听，慢慢地，她仿佛累了，闭上了眼睛。

片刻之后，扶兰听到她喃喃地说："……袁丞相，他如今还好吗……"

扶兰一呆，停下了。

她听母亲用怀念的口气对自己说过，长沙国的袁丞相是父王的左膀右臂，但在几年前，他病故了。

袁丞相终身未娶，只留下了一个据说早年时在深山狼窝边捡来的义子，起名汉鼎。袁丞相去世后，母亲将那个孩子接到王府里抚养，视若己出。他比扶兰大了几岁，对扶兰百依百顺，犹如扶兰的另一位兄长。

"姑姑……袁丞相……他已经病故了……"

扶兰不明白姑姑为何会突然问及袁相，迟疑了一下，小声地回答。

姑姑一动不动，睫毛忽然再次一颤，慢慢睁开眼睛，仿佛再次清醒了过来。

"……是啊，他已经去了……我忘了呢……"

她用低得几不可闻的声音，自言自语地说了一句。

"姑姑！你要赶快好起来呀！"

一种不祥之感仿佛潮水一般，将小小的扶兰整个人全部吞没了。

她趴在床边上，小手紧紧地攥住姑姑那只柔软而湿冷的手，一边流泪，一边不停地叫着她。

姑姑吃力地抬起一只手，用指尖轻轻替她擦去脸上不住滚落的泪珠，一双美丽的眼睛凝视着她，低低地说："他们都说姑姑是长沙国的第一美人，但姑姑看到你的第一眼就知道，等兰儿日后长大了，才真的是我们长沙国的第一美人。"

她微笑着，一字一字地说："兰儿，你这一辈子，一定会比姑姑幸运的。姑姑会为你祈福，护着你的。"

她用力地握住扶兰的手，仿佛只有这样，才能将自己的心中所愿传达天听。

身后，女官带着太医匆匆赶来。

姑姑终究还是没能熬过那一关，她不愿让扶兰看到她的弥留状态，让人强行抱走了哭泣的扶兰。

天亮的时候，扶兰听宫女说她的皇后姑姑走了，走得非常安详，姿容如生，就仿佛睡着了似的。

一晃已经过去十年了。

这么多年，光阴竟然就这样过去了。

她早已不是当年那个唱歌给姑姑听的小小女孩了。

但那一夜，姑姑对她说过的每一句话、每一个字，扶兰至今想起来，仍言犹在耳。

然而，姑姑于弥留之际的美好祝福终究还是落空了。

时人有言，长沙国慕氏女，每代必出一绝色。

无双美貌，偏命运多舛，不得善终。

这，或许就是慕氏女的宿命。

从洞庭转入长江，沿江逆水西行，过江陵、峡州、归州，经巴东，穿巫山，艰难蜀道之旁，便是夔州，州下有一古县，据县志记载最早可追溯到本朝开国之初，一支为避祸的前朝谢姓之人，辗转迁居至此，慢慢繁衍聚居，到了今日，县里仍多谢姓人家，得名谢县。

晨曦透过一扇有些年头的蒙了层窗纸的镂雕着万字纹的旧窗，渐渐地将屋里照亮。

谢家祖宅的这间正房里，这日，谢母沈氏像往日那样盘膝坐在床边，等着儿媳慕扶兰来给自己请早安，再替自己穿鞋、梳头，新的一天也就开始了。

慕氏是三年前过世的长沙王的王女，现今长沙王的王妹。

嫁到夫家，不论原本身份高低，早晚问安，自是必然，此为儿媳对婆母的人伦孝道。

但日日亲手替婆婆穿鞋、梳头，以慕氏的身份而言，难免有屈尊之嫌。

所以一开始，当新媳妇主动服侍自己做这些事的时候，沈氏是料想不到的，也有些拘束。

而现在，慕氏过门已有半年多了，她温婉娴淑，对自己毕恭毕敬，服侍周到，浑身上下竟不见半点王女的架子，谢母也就从一开始的束手束脚变得渐渐习以为常，乃至理所当然。

沈氏习惯早起，新媳妇也跟着她日日天不亮起身，卯时中必已等在堂屋外。眼见今日已经过了时辰，还不见慕氏现身，东厢新房那边，那个跟着新媳妇过来服侍她的慕妈妈不过也只派了个丫头来，说夫人今早起身略晚，先向老夫人告个罪，等下就来问安。得如此待遇，沈氏心里未免不舒服起来，眉头渐渐蹙起。

一旁那个早几年前就从戚家过来伺候她的侍女秋菊——本名叫秋兰，有几分姿色，为避讳主人之名，改为秋菊——察言观色，小声嘀咕了起来："老夫人，不是奴婢多嘴，夫人虽说是长沙国嫁来的，可今非昔比。三年前刚定亲那会儿，长沙国也还算行。但自打老长沙王没了，长沙国是一年不如一年。咱们家爷这几年却平步青云，就说年初娶她的时候，就已经被朝廷封为河西节度使了。奴婢听说啊，连当今的刘后见了咱们家爷都要笑脸相对，说上几句好话笼络呢。等爷这次平叛得胜，加官晋爵，想必更是少不了的。"

听到这话，谢母脸上露出了笑容。

"老夫人，您对夫人是视若己出，心疼她远嫁不容易，对她比亲闺女还亲。她嫁进来这才几天，眼睛里却已经没了老夫人。让老夫人一顿好等！"

她的舌尖抵着上颚，灵巧地拍击了一下，发出清脆的"啧"的一声。

"奴婢只知儿媳服侍婆母是天经地义的，还是头回见到仗着娘家要婆母等儿媳露脸的。"

沈氏脸上的笑容消失了，脸色变得有点不悦，道："你去那边看看到底怎么了。日头都晒后脊梁了，莫非她还没起身？"

秋菊脆生生地应了，健步如飞，穿过游廊，很快来到东厢。

谢家的祖上是本朝迁居至此的那支谢姓人家的直系后裔，高祖之时还是地方豪强，有良田万顷，说占了谢县一半的土地，也是毫不夸张。这座祖宅当年也曾是全县最气派的宅邸之一。但后来，曾祖嗜赌，谢家开始落败。到了谢长庚的父亲之时，谢父已沦为县里的驿丞，靠着微薄的俸禄养家糊口。在谢长庚十四岁犯事离家后，谢家祖宅更是一度荒了下去。直到前几年谢家重新起势，沈氏搬了回来，房子才加以修葺。而东厢这边在谢长庚娶慕氏时，又重新修过。

谢长庚是在初春时节迎娶长沙国慕氏王女的。

半年多的时间过去了，如今已是秋日。门窗之上的双喜红字虽还贴着，但经不住风吹日晒，原本的大红喜色已渐渐褪去，变成了惨淡无力的颜色。

"慕妈妈，老夫人一早就起来了，左等右等，不见夫人，打发我来这边瞧瞧。要是夫人有个头疼脑热的，妈妈您也和我说一声，我回去了转告老夫人，也不必叫老夫人一直空等。"

秋菊站在通往东厢的游廊拐角处，对着正在拍门的慕妈妈说道，语气听起来恭谨，实则暗含不敬。

慕妈妈从前是何等之人。

王女跋山涉水，履约远嫁这巴东苦地，新婚当夜，谢长庚才入洞房，就被朝廷一封十万火急的急诏所召，脱了喜袍，连夜匆匆离家，前去平定江都王之乱，至今未归。

这大半年间，她亲眼看着从前在家受尽宠爱的王女早晚侍奉谢母，无微不至，事事亲力亲为，不喊半声委屈。

这个谢母若是知情体贴之人，也就罢了，偏是个眼皮子浅显之人，见王女恭顺柔嘉，又借着儿子的那么点底气，蹭鼻子上脸，越来越心安理得，日渐不把王女放在眼里。

慕妈妈知道王女的一颗芳心牢牢羁系于谢家郎君身上，这才爱屋及乌，甘受委屈。慕妈妈虽然心中气苦，但事关王女和谢家郎的夫妻关系，有些话不好明说，平日只能在她面前暗加提点，见她并不上心，自己也只能忍气吞声。

这半年多来，王女日日早起，风雨无阻，哪天不是一大早就在正房门前等着开门，进去伺候。

唯独今日一早，王女不知何故，迟迟未曾起身，自己方才怕谢母等待，也已派人去传了话。

一盏茶水的工夫都没有，就来催了。不但如此，连这个来自戚家的卑贱奴婢，竟也敢来这里如此说话。

这要是年轻之时，慕妈妈怕是早一个巴掌甩过去了。

门口等着服侍王女起身的几个侍女闻言也皆面露愠色。

性子最为"爆炭"的茱萸已经难忍怒气，冷冷地说："大清早的，好端端地竟咒我家翁主。何为泥猪疥狗，今日我算是见识了。"

秋菊一噎，脸上登时涨红起来，正要再说话，好扳回颜面，慕妈妈开口："叫老夫人久等，是我们的不周，但方才已打发人传了话，也不算是出格失礼。须知便是朝堂，天子也容许臣下不便告假，何况是婆媳一家？"

她说完，转过脸，吩咐另一个稳重些的侍女丹朱："你去，把我方才的话转给老夫人，再向她告个罪。想来老夫人也不至于计较这等小事。"

丹朱答应着，转身要走。

秋菊平日本就有些忌惮这个来自长沙王府的慕妈妈，此刻听她如此说话，目光又沉沉地盯着自己，口里的话也就不敢再说出来了。她低头，转身正要回去，听见东厢传来"吱呀"一声，抬眼一看，门已开启，慕氏出现在了门口。

她脸色苍白，美目略见红肿，但神色却极为平静。

分明是同一个人，不知为何，感觉上却和昨日判若两人。

她的视线笔直地落在秋菊身上。

"你在正好。去告诉婆母一声，说我今日便要动身返乡。等收拾好行装，我再去婆母那里拜别。"

说完，又转向闻言大吃一惊的慕妈妈和门外的几个侍女。

"尽快收拾东西，准备马车，安排人手，今日就上路，我回洞庭。"

她吩咐完，转身回屋。

慕妈妈如梦初醒，急忙迈步跟了进去。

王女出洞庭，循蜀道跋山涉水至夔州下嫁谢家，谢家郎于新婚夜撇下她匆匆离家一事就不必再提了，算情非得已。但这半年多来，谢母的轻视怠慢，王女的委曲求全，随嫁而来的慕氏下人谁不是看在眼里，疼在心里？

万万没有想到，今日一早起来，王女竟像换了个人似的，开口就说要回洞庭，简直是喜从天降。

侍女们有跟进屋收拾东西的，有立刻跑出去叫管事召齐丁夫，速速安排车马准备上路的，个个忙得不亦乐乎。

和兴高采烈的侍女们不同，慕妈妈虽然也深为王女感到委屈，对谢家有些不满，但王女的这个决定实在太过突然了，而且显得有点反常。

她想起王女方才开门露面之时那双遮掩不住泪痕的眼睛，心里越发觉得不安。进了屋，见王女亲自动手，在叠几件贴身衣物，慕妈妈迟疑了下，来到她的身畔，轻声问道："翁主早上哭过了？可否和我说说，为何突然要回洞庭？"

扶兰转过脸，对上慕妈妈那双凝视着自己的充满了关切的眼睛，心里又涌出了一阵酸楚。

那是一种带着无限遗憾，却又夹杂了无限感恩的酸楚之情。

她的父母感情亲笃。父亲虽位居长沙王，但终其一生，只有母亲一位王妃。母亲在她十岁那年因病故去之后，父亲早年作战留下的旧伤也复发了，身体一日不如一日。在她十三岁那年，替她定下亲事后不久，便追随母亲而去了。

昨夜的那一场噩梦，应该是来自君山大帝的恩赐，令她豁然顿悟——谢家不是她真正的归宿。

她要回去，去救自己的兄长、亲善的阿嫂，还有像慕妈妈这样对她好、用生命保护过她的家人。

她极力逼回眼中的热意，说："我无事，只是昨夜做了个噩梦，妈妈你不要担心。"

顿了一下，她又说："慕妈妈，我要回洞庭，心意已决。"

王女从小到大，一直是温顺而听话的。

慕妈妈还是头回见她用这样的口气来决定一件事，竟然没有任何和人商量的余地。

虽然还是困惑不已，但她也不再发问了，只柔声道："好，翁主想回洞庭，那咱们就回。"

慕扶兰来到桌边，取了今早自己写好的一封已经封蜡的信，递了过来。

"慕妈妈，你派个能干的人，务必要以最快的速度将这封信送到我阿嫂的手中！我有重要的事，需尽快叫阿嫂知晓。我们人多，路上再快，我怕也会有所耽搁。

"此信极其重要。切切！"她用着重的语气，又强调了一遍。

慕妈妈越发不解了，但见她神色郑重，点点头接了信，转身匆匆而出。

扶兰目送慕妈妈的背影离去，慢慢地呼出了一口气。

"翁主，咱们这趟回去，等回来天气想必已经冷了，是带这件狐裘，还是那件斗篷？或者两件都带？"丹朱指着几件冬日衣物，问她的喜好。

扶兰转身说："将我来时带的书，包括医书，还有架上的那对周夔纹樽，全部打包带回。衣物随意，回去的路上够换穿便可。"

丹朱一愣。

王女嫁来这里之时，除了丰厚的嫁妆，还带了她的许多书籍，包括医书。

那对周夔纹樽则是已故老长沙王的心爱之物。长沙王疼爱妹妹，将它也添入嫁妆，给妹妹做个念想。

丹朱以为王女只是回去小住的，但为何弃衣物，反而要收拾这些携带不便的重物？

"翁主？"她有些困惑。

"照我吩咐的收拾便是了。"扶兰朝她微微一笑。

侍女只好点头，指挥人继续收拾东西。

"老夫人，您慢点呀！小心台阶！"门口忽然传来一个说话的声音。

扶兰转头看去。

谢母步履匆匆地从堂屋的方向赶了过来，也不用秋菊扶，自己几步跨过台阶，停在了东厢房的门口。她也不进门，站在门槛之外，目光扫了眼屋里地上那几只敞开着的箱箧，脸色沉了下来。

"慕氏，你这是什么意思？刚才秋菊对我说，我还不信！你是真的要回娘家了？"

丹朱、茱萸等人见谢母来了，停了手中正在忙的事，看向扶兰。

扶兰注视着谢母，迎到门口，恭敬地说："婆母进来坐吧。因行程有些赶，要收拾的东西也多，故方才没自己过去和您说，请您勿怪。"

谢母的双眉紧紧地皱在了一起，气呼呼地说："我儿虽说成婚那夜就走了，但那也是皇命难违，又不是他自己不想留下的！你嫁来我家，就是我谢家的人了，我倒不是一定不让你回娘家，只是这才多久，你竟然就要回去了？"

扶兰沉默着，没有接话。

谢母顿了一下。

"我一个孤老婆子，没儿媳服侍的福，我认了。只是我儿想来很快也要回来了。等他回来，你却不在，成何体统？"

扶兰说："是我的错，婆母息怒。"

仅此一句，再无别话。

态度依旧恭谨，但意思非常明显了。

那就是这一趟娘家是非回不可了。

慕氏进门半年多，在自己面前向来恭顺无比，谢母还是头回碰了这样一个软钉子，心里越发恼火。只是终究还是有些忌惮她的身份，也不敢太过发作，谢母勉强压下一肚子火气，"哼"了一声。

"慕氏，我知道你是王女，是翁主，看不上我谢家，我一个乡下老婆子，也不配做你的婆母。你一定要回娘家，我不敢不让你走。只是你走之前，有一事我须得叫你知道，免得你回来埋怨。"

慕扶兰怎么可能猜不到她想说什么？

"婆母是想将戚家女接进门来？"

她的语气十分平静。

谢母一愣，瞥了慕扶兰一眼，咳嗽了一声，放缓了语气。

"你来我谢家也有些时日了，有些事，你想必是知道的。我儿年少之时，我谢家光景有些不易，蒙戚家老爷赏识我儿，也不嫌我谢家，将长女许给我儿。后来戚家长女不幸去世，这婚约虽没了，但这些年我儿在外闯荡，诸多艰难，我也是多亏了有戚家照应，才能有今天。如今你虽嫁了过来，但我儿与凤儿一向是情投意合的，凤儿更是自知身份，甘愿做小。我的意思是，等我儿回家，就把这件事给办了……"

扶兰看着谢母一张一合的嘴巴，窥探、打量自己的眼神，听着她仿佛小心翼翼，实则理直气壮的语气，渐渐地出了神。

是啊，她怎么可能不知道？

在她嫁过来之后没多久，她就已经从谢母状似无意的日常唠叨里拼凑出了她的谢家郎君在娶她之前的那段岁月里的许多事情。

谢母的丈夫那时候是驿丞，那一年因为得罪了一个路过的官员，遭到毒打，回家后吐血身亡。她那个从小就叫人畏惧的，还只是个十四岁少年的儿子，追上了已经离开的官员，将一行数十人全部杀死之后，把母亲托付给戚家，自己离开谢县，落草为寇。

昨夜梦中的一切，那宛如真实发生过的一切，在这一刻忽然再次朝她袭来。

梦中，在她嫁入谢家大半年后，便是差不多如同此刻的这个时间。不久，她的丈夫回家了。两人圆房之后，丈夫对还没来得及从少女蜕变为妇人的羞涩和欢喜里回过神来的她，提及戚氏女的事。

纵然在婚前也曾不止一次地暗暗期待，她和她要嫁的谢家郎日后也能像自己的父母一样，鹣鲽情深，生同衾，死同穴。但在他开口的那一刻，她还是压下了满心失落，强作笑颜，一口应允。

那样的她，是何等的天真啊，竟然会以为，百丈钢可化绕指柔，妻与妾能共侍一夫。

后来，她终于知道了。谢长庚的眼里只有他的皇图和霸业，长沙王的王女不过是他的一块垫脚石罢了。没了，也就没了。

这个戚家的灵凤，或许才是他的良配。

蠢的，只是自己，原本，她死了也就死了，也无甚可惜。

直到梦中的那个英俊少年，白衣喋血，在幽暗的宫室里，在守了多年的亡母的灵前，用他父亲的宝剑引颈自刎，少年死前发出的那一句"阿母，儿这样做，到底对不对"再次在扶兰的耳畔响起时，扶兰的胸腔之下，心口之上，仿佛有把钝刀在一下又一下地割着，皮开肉绽，鲜血淋漓。

她知道，她和梦中的那个自己合二为一了。

梦中的她，便是自己。自己，便是梦中的她。

她的眼角隐隐泛红，指甲深深地嵌入掌心。

"您看着办，我无二话。"她的神色比冰雪还要冷漠，淡淡地说。

谢母原也料定她不敢反对，只是终于得了个痛快的应允，也觉得称心。她瞥了眼屋中的几口箱子，压下不满，说："早去早回吧！我儿想必很快就会打完仗回家了。"

八百里洞庭，云梦无边。湖中自古有山，名君山，阴雨时云雾缭绕，晴好便霞光万丈。

当地民众，人人信奉君山上有神明。

慕氏先祖被封长沙王后，于君山修了灵殿，供奉大帝，又于与君山遥对之洞庭东修一城池，名岳城，定王都。

两百年下来，历经数代长沙王的扩修，今日的岳城东西南北城墙各千丈，城里人口十余万，虽远不及中原的阜盛之地，更无法与天子的都城媲美，但城墙亦是坚耸，牢不可摧。尤其是与外头那些多年以来因此起彼伏的藩王之乱而遭受荼毒的百姓相比，地处偏远南方的长沙国子民，可谓是清平无忧，安居乐业。

这一天的清晨，对于居住在城中的长沙国民众来说只是个普通的日子。深秋已至，城外枫叶如火，城门开启之后，随着日头升高，城里渐渐变得热闹起来，车水马龙，人来人往。

当行人靠近位于城北的那座被他们称为"王宫"的慕氏王府之时，无不放慢脚步，神色虔诚。

他们并不知道，这两日，外表依然庄严平静的王府，内里其实早已人仰马翻。

长沙国的几个重要官员此刻全都聚在王府里，个个焦虑万分。

前日，长沙王慕宣卿带着一队侍卫外出狩猎。年轻的王，驰骋山野，一时兴起，竟纵马抛开随从独行。天黑之后，他的坐骑自己回来了，慕宣卿却不见人影。

消息传到王府，王妃陆氏担心万分，立刻找来已故丞相的义子袁汉鼎，把长沙王狩猎失踪的消息告诉他，让他带着人手前去寻找。

搜寻没有间断过。从前天夜里开始，直到今天早晨，已经持续了一天两夜。

但是始终没有慕宣卿的下落。

他狩猎的那一带，山高林密，地形复杂。众人推测，极有可能是他在途中出了意外，此刻不知身在何处。

时间已经过去这么久了，众人无不神色惨淡，如丧考妣。

这个消息对于他们而言，绝对是个晴天霹雳，更是巨大无比的噩耗。年轻的长沙王还没有留下可继承王位的世子，一旦真的出了事，长沙国便可能面临除国的命运。

朝廷若是延恩，往后，慕氏家族除了失去王衔，应当还能继续居留此地，保有封赏。但是他们这些长沙国的官员往后的出路，恐怕就迷茫了。

一阵急促的脚步声突然从堂外传了进来。

众人急忙回头。

一个侍卫匆匆奔入。

"怎样？可是袁将军有了王的消息？"

丞相陆琳是王妃陆氏的本家叔父，得知消息，第一时间派人暂时封锁消息，免得传出去人心不定，他自己也在这里守了两夜，急得像是热锅上的蚂蚁。此时见有人来报，不等侍卫奔到近前，他自己便大步奔到大堂门口，焦急地发问。

侍卫摇头，下跪，双手高举，奉上一只信筒，高声道："有信使抵达！说是翁主所派，有急信要交给王妃！"

陆琳听到是年初嫁去夔州的王女送的信抵达而已，大失所望，叫人把信传了进去，又派人去向袁汉鼎打听消息。

陆氏和慕宣卿青梅竹马，夫妇相亲，育有一女。骤闻丈夫出事，她日夜焦虑，昨天夜里又下起了雨，得知袁汉鼎那里还是搜索无果，王恐怕凶多吉少了，陆氏一时支撑不住，晕了过去。此刻她已醒转，红肿着眼睛，正强撑着要起身出去，忽见侍女匆匆入内，呈上一封信，道是翁主派人送来的。

陆氏和小姑的关系一向亲善，不知她忽然来信要说什么，勉强压下心中悲痛、绝望的情绪，拆信浏览。

小姑的信写得很简短，寥寥数语而已。

但陆氏的视线一落到信上，目光就定住了。

突然，她双眼放光，猛地站了起来，在周围侍女惊诧的目光中，快步奔了出去。她一口气奔到前堂，冲着正在焦急踱步的陆琳喊道："叔父！快叫人通知袁将军！立刻去西原鹰嘴涧的涧底去找！宣卿说不定就在那里！"

陆琳和几个官员一愣，面面相觑，一时还没反应过来。

"鹰嘴涧的涧底！还不快去！"

事关丈夫的生死，一向温婉的陆氏此刻也如同换了个人，冲着陆琳厉声喝道。

陆琳回过神来，转身和官员们一道奔了出去。

陆氏双手微微颤抖，紧紧地捏着小姑的信，又看了一遍，虽然感到难以置信，但心底原本已经渐渐熄灭的那缕希望之火，终又燃起。

"娘，父王他还没回家吗？"

身后传来一个带着哭腔的女孩的声音。

陆氏转头，见四岁的女儿阿茹正哭着朝自己奔来。

她的身后，几个没看住阿茹的侍女匆匆追赶而至，纷纷下跪，道："王妃恕罪！"

陆氏抱住女儿的身子，替她擦拭眼泪，低声安慰："莫哭，你父王很快就会回来的！"

她哄好了女儿，让侍女带她回房之后，自己如何坐得住，叫人备了车，匆匆出了王府，也往西原赶去。

扶兰是在数日之后抵达岳城的。

那噩梦中，她的兄长——年轻的长沙王慕宣卿，就是在这时遭遇意外不幸去世的，时年不过二十二岁。他被找到之时，已经在那处被密草遮挡的涧底躺了七八日，推测当时是因失足跌落，失血过多而亡。

长沙国就此失去最后一代长沙王，她的阿嫂和年仅四岁的侄女阿茹也永远地失去了她们的丈夫和父亲。

慕氏家族后来虽蒙朝廷恩典，得以继续居留岳城，也保有王府和岳城一地的赋税，但长沙国就此除国。阿嫂悲痛过度，几年之后也追随阿兄，郁郁而去。

扶兰不知如今的事情会不会和自己梦中所知道的一样，更不知信使有没有及时赶到，兄长能不能逃过劫难。她焦虑万分，一路披星戴月，日夜兼程，这日终于进入了长沙国，离岳城只剩百余里路了。

路旁的行人穿着看起来和平日无二，脸上也不见悲伤之色，看不出举国为王举哀的迹象。

扶兰这才稍稍放心，命随从继续赶路，尽快入城。

中午时分，离城池还有几十里路的时候，对面驰道之上忽然来了一队人马，渐行渐近，最后和扶兰这一行人遇到了。

"袁将军！"

扶兰坐在马车里，忽然听到前头传来同行管事的高声呼唤之声。她掀开帘子，探头出去，看见对面急驰来了一行人马，当先的是个年及弱冠的青年，身材高大，皮肤黝黑，容貌端正，双目炯炯，正是已故袁相的义子袁汉鼎。扶兰忙命车夫停车，高声唤道："阿兄！"

袁汉鼎平日沉默寡言，见扶兰从车厢里探身出来和自己打招呼，脸上露出惊喜的笑容。他迅速翻身下马，快步走到了她的车旁，停步，随即恭恭敬敬地唤她"翁主"。

"王妃道你就要回来了，这几日我无事，就出来四处看看，没想到真的在此遇到你。你路上可好？"

扶兰点头，随即迫不及待地问："我王兄呢，他最近可好？"

她紧张地看着袁汉鼎，等着他的回答。

当日袁汉鼎带人下到涧底，找到慕宣卿时，他已经昏迷多时，人也奄奄一息，只剩最后一口气了。袁汉鼎怕全说出来吓到她，迟疑了一下，斟酌着说道："你王兄前些日子狩猎出了点意外，不过及时找到了，并无大碍，这些日子正在养伤。"

最担心的可怕之事，终于还是幸运地避过了。

事情在朝着好的方向发展。

扶兰悬了多日的心一下落了地，整个人精神一放松，再也忍不住，眼圈一红，险些就要落泪。

袁汉鼎同她一道长大，对她的情绪观察入微，见她似乎就要哭了，一下子慌了，忙道："你莫怕。你王兄伤势真的没有大碍，先前只是失血过多。再养些天，就能痊愈了。"

扶兰转头朝里，等情绪稳定了些，回过头，向他点头笑道："我知道了，没大事就好。谢谢阿兄你来接我，我们进城吧。"

她的容颜本就绝美，此刻眼角泪光尚未消尽，笑颜更是动人。

袁汉鼎不敢多看，点头说："好。"他匆匆转身，上马领着身后的车队往城池的方向而去。

一行人马，从城门入城。

　　路人大多认得袁汉鼎，见他带着一行人马朝着王府方向而去，马车里坐着的似乎还是女眷，都有些好奇，纷纷驻足观看。

　　袁汉鼎早派人去通报了陆氏。陆氏带着阿茹亲自到大门口相迎。姑嫂见面，欢喜无限，阿茹更是雀跃，仰着张小脸，冲扶兰不住地喊"姑姑"。

　　这一趟回家，于扶兰已如隔世。莫说见到了袁汉鼎、阿嫂和小侄女，就连方才看到王府门前左右那两座沉默而威严的石狮，她亦是觉得控制不住，内心情绪翻涌。

　　她定下心神，牵住了小侄女的手，恍惚之间仿佛看到了小时候的自己和姑姑。

　　她将阿茹的小手牵得更紧，跟着阿嫂迈步朝里而去。

　　陆氏早在几日前就叫人替她收拾好了住处，还是她出嫁前的闺房。

　　陆氏陪她进了屋。扶兰问王兄如何，陆氏说他吃了药，此刻睡着了，随即道："兰儿，那日幸好收到了你的信，这才及时找到了你的阿兄，否则……"

　　她想起当时的情景，虽然已经过去了，但仍是心有余悸。她打发侍女将女儿先带了出去，自己则紧紧地抓住小姑的手。

　　"阿嫂不知该如何谢你才好。兰儿，日后无论何事，你尽管开口，只要能帮得到，你阿兄和我都定会帮你。"

　　她心情激动，更是感激无比，说着话，眼中便隐隐有泪光闪烁。

　　扶兰笑道："只要王兄平安，就是我最大的福气。等下我就去看王兄。"

　　她知阿嫂一定还要问自己是如何知晓此事的，不待她开口，便主动说："我侥幸能帮上忙，也是上天佑护王兄。那日做梦，梦见君山大帝叮嘱了我一番，醒来记得清清楚楚。为防万一，这才派人送信回来。阿嫂若要感谢，当谢君山大帝。"

　　陆氏惊喜万分，立刻点头道："好！好！明日我就备齐牲礼，去君山谢神！"

扶兰说："我也去。"

陆氏应好，和小姑又聊了几句，便问她，谢家婆母为人如何，她过得怎样。

扶兰含糊地应付了几句。

陆氏见她似乎不大愿意提及谢家之事，劝她："妹夫新婚夜撇下你去平江都王之乱，确实委屈你了。只是这些年国中藩王大乱，战事不断，边境也是不宁，这也是朝廷的急召，他便是不愿，也身不由己，你也不要怪他。前些日子，我听说江都王节节败退，想必他很快就能平定局面，到时候你们就能见面了。"

陆氏细细劝解之时，侍女来报，说长沙王已经醒来，得知王妹回来了，十分高兴，要来看她。

扶兰急忙起身，和陆氏一道去看王兄。

慕家人的容貌都极其出色，慕宣卿身上更有着王族子弟所特有的高贵气质。他那日为了追赶猎物，不慎失足遇险，被救回来后，养了这些天，伤势已经好了不少，只是腿脚还有些不便。此刻兄妹见面，欢喜不已。被阿妹责备鲁莽，他也是有些后怕，暗自懊悔，等听到她说，这趟回来打算先住下来时，更是想都没想，立刻点头。

"阿妹你想住多久，就住多久！我长沙国永远都是阿妹的家！"

这一年的冬天来得仿佛特别早。

慕氏走了半个月后，才十月底，天气就一日冷似一日了，阴雨连绵，寒气嗖嗖，不住地往人的衣领里钻。午后，谢母吃了饭，犯困，被服侍着去屋里睡觉。秋菊躲在外屋，正嗑着瓜子，家里那个名叫阿猫的粗使丫头急火火地跑了进来，脚步噔噔作响。

里屋似乎传来谢母被惊动后翻身的声音。

秋菊丢下瓜子，急忙起身，一脚跨出门槛，抬手就揪住阿猫的耳朵，狠狠一扯，压低声音叱骂："你的耳朵呢？跟你说了多少回，走路轻点！老夫人在睡觉！"

"不是不是！"

阿猫跑得上气不接下气，一边捂住自己的耳朵，一边解释："是我们家爷回来了！人都到门口了！"

秋菊一愣，松了手，急忙跑出去，跑了几步，又赶紧回来，掀开镜盒，照了照，小指匆忙挑了点胭脂抹到唇上，又见鬓发毛糙，就往上头拼命抹松香油。

她正歪着头在镜子前忙活，就听到外头传来一阵仿若踏水而来的脚步之声，急忙盖上镜盒，转身急匆匆地跑出去迎接。

院中，走来了一尊穿着蓑衣的人影。

一个男子，青箬笠，旧蓑衣，仿若烟雨画卷中人，穿过了巴地的连绵秋雨，双足踏过院中洼地积聚起来的雨水，正大步朝这边而来。

男子身量颀长，箬笠之下的面容俊朗，修眉星目，倘若身后再跟一名书童，乍一看，便如一名外出赴考，方才归家的青年书生。

他登上了台阶，停在廊檐之下。

雨水沿着箬笠和蓑衣的边缘，滴滴答答，不住地往下滴，落在他的脚下，很快就打湿了周围的地面。

这人便是谢长庚，二十二岁，当朝最年轻的节度使，镇守河西。

他摘下箬笠，随手挂在墙边的一颗钉子上，淡淡地扫了眼刚从屋里奔出来的面庞已泛出红晕的秋菊，问："我母亲呢？"

里屋的谢母听到了声音，突然睁开眼，从床上坐了起来，披衣下地，急匆匆地出来，口中嚷道："可是我儿回来了？"

谢长庚脱下身上那件湿漉漉的蓑衣，递给朝着自己跑来的阿猫，随即跨入门槛，朝着母亲快步走去。

秋菊接了个空，见阿猫高高兴兴地抱着蓑衣，得意地看着自己，脸色一僵，厌恶地盯了眼她鼻子下挂出来的一缕鼻涕。

"还不收起来！地上都湿了！万一老夫人走路滑倒！"

阿猫也不恼，吸溜了下鼻涕，笑嘻嘻地指着她的衣襟，说："你的领子……"

秋菊低头一看，这才发现自己的衣领上还沾着几片瓜子壳，脸顿时涨得通红。她急忙拍掉，抬眼见阿猫一脸的幸灾乐祸，压低声音骂道："你给我当心点！再故意装蠢使坏，看我日后哪天不割了你的烂鼻子！"

阿猫五六岁时染病，被弃在驿馆旁。当时寒冬腊月，她衣衫褴褛，蜷在雪地里，跟只猫儿似的，眼看就要冻死，谢父遇见不忍心，把人捡回了家。谢母埋怨了一番，也就将人养大，当家里多个粗使丫头。

阿猫的脑子不大灵光，傻乎乎的，鼻子大约也是小时候冻坏了，天气一变凉就流鼻涕。从前流得更厉害，今年夫人过来后，给她看病，吃了一段时间的药，慢慢调理，虽然没除根儿，但比起往年已经好了许多。

她也不怕秋菊，嗤笑了一声，嘀咕道："爷一回来，就往脸上擦胭脂，跟猴子屁股似的，可好看了……"

秋菊横眉怒目，又要上来拧她的耳朵。阿猫擤了下鼻涕，朝她一甩。

秋菊脸色一变，慌忙后退。

阿猫"哼"了一声，翘起下巴，紧紧地抱着蓑衣，转身跑了。

秋菊气得咬牙切齿，心里恨不得把这个蠢丫头给千刀万剐了才解气，耳朵里又听到屋里头传出谢母和谢长庚说话的声音，这才压下怒气，悄悄地猫到门边，竖着耳朵听。

谢长庚伸手扶住奔出来的母亲，脸上露出笑容。

"阿母，是我。儿回了。"

谢母欣喜万分，抓住半年多没见的儿子的胳膊，上下打量着他，嘴里不住地嘟囔他黑了瘦了，又见他身上的衣裳和脚上的靴子都被雨水打湿了，喊道："秋菊！快进来伺候更衣！"

秋菊"哎"了一声，急忙走了进来，笑着说："爷，您快坐，我先给您脱靴！"说着蹲了下去，伸出了手。

　　谢长庚未动，只叫她替母亲的屋里生个火盆。

　　秋菊咬了咬嘴唇，慢慢地缩回了手，低低地应了一声，起身走了出去。

　　"阿母，天气冷了，您的身体怎样？"

　　谢长庚扶着母亲坐到床边。

　　"我好着呢！你不要记挂！自己在外面当心就好！"谢母笑呵呵地说。

　　"怎么只有你一个人回来？"

　　她张望了下门外。

　　外头静悄悄的，没有旁的声音。

　　"那些州官、县官怎么没跟你过来？莫非是战事不顺？"

　　谢母习惯了儿子每次回来身后都有众多地方官员随同的情景，见这回反常，不禁有点担心。

　　"娘，放心，战事顺利。我只是不想惊动外人，就自己先回来了。"

　　谢母松了口气。

　　"这就好，这就好。庚儿，你饿了吧？看你都瘦成这样了！你先歇着，娘去给你做东西吃！"

　　谢母起身就要出去，被谢长庚拦住了，说不饿。他转头看了眼东厢的方向，迟疑了下，问道："阿母，新妇呢？方才我路过东厢的院前，里头好似一个人也无？"

　　谢母听儿子问及慕氏，方才的满腔欢喜顿时没了。她"哼"了一声，说："走了！半个月前就回娘家去了！我拦都拦不住！"

　　谢长庚一怔。

　　谢母大吐苦水。

　　"儿啊，娘跟你说，这个新妇实在是一言难尽，娘都不知该如何说她好了！你走之后，起头那段时间，她还算老实，早晚都会来看看我。我自问也没亏待她，就在半个月前，好端端地她竟突然给我脸色看，张口就说要回娘家去！娘劝她，说你也不是故意撇下她的，想来快要回了，让她再等等。她油盐不进，当天就撂下我走了，把人也全都带回去了！"

想起当时的情景，谢母还是气不打一处来。

谢长庚想了下，问道："她可有说为何突然要回去？"

谢母摇头道："就是什么都不说！想走就走！才把我给气坏了！庚儿你说，有这样的儿媳吗？还不是仗着她娘家的势大！我能怎样？只能让她走了！"

谢长庚眉头微蹙，没再说话。

谢母想了下，开始劝儿子。

"罢了！你莫恼。她要走就走，腿在她的身上，咱们拴不住，也不稀罕！娘跟你说啊，咱们另外有个好事。"

她的脸上露出了喜滋滋的神色。

"她既然这样，我就索性把凤儿的事给说了。也算她有自知之明，没说不好。娘想着等你回来，就把凤儿接进门吧。"

谢长庚未应声。

谢母继续道："咱们家以前落魄，你爹不过是个驿丞，亏得戚家老爷有眼光，认定你日后会有出息，主动和咱们结亲。就这个情分，咱们要牢记一辈子的。可惜亲事没成，我没那个儿媳福。后来你犯了事，走了，也是多亏了戚家的照应，娘才能安稳度日，等到了儿你回来。如今咱们起来了，戚家却不幸遭了难。"

谢母叹了口气。

"凤儿不容易。那些年，你没有半点儿消息，死活不知，她一直把我当生母一样侍奉。后来你回来了，说自己在外头已经定了亲事。娘知道她对你的心意，没办法，问她愿不愿做小。她一句不好都没说，当时就点头了。这么好的女子，庚儿你可不能辜负！"

儿子依旧没作声，谢母顿时不高兴了。

"庚儿，你不会是娶了贵女，就看不上凤儿了吧？我跟你说，咱们做人，可不能忘恩负义！"

谢长庚微微一笑。

"阿母息怒，儿子不是这个意思。阿母既然已经和慕氏说了，等她回来了，把人接来就是。"

谢母这才高兴了些，只是对儿子的话还是有点不满。

"她说走就走，眼里根本就没有我这个婆母，更没有庚儿你，为何要等她回来？谁知道她什么时候回来？她要是一直不回来，难道咱们就让凤儿这么等下去不成？"

谢长庚沉吟了一下。

"儿子过两天到那边走一趟，接她回来吧。"

谢母生气了。

"不行！她嫁过来才半年多，就这样了！这都叫什么事？她自己走的，要回来，也是她自己回来！我不许你去接她！省得她蹬鼻子上脸，往后三天两头要回那边去！"

谢长庚耐心地说："这趟回来，儿子本来就打算去一趟长沙国的。老长沙王三年前去世之时，儿子人在凉州休屠城，没能回去奔丧。这几年间也一直不得闲。最近空闲了，应该去拜祭，这是我的本分。顺便再将人接回来吧。"

谢母听儿子这么说，方勉强道："罢了，那你早去早回，不要叫凤儿等得太久！"

顿了一下，她又补了一句："她都等了你多少年了！"

谢长庚答应了。

谢母终于又高兴起来，要亲自去替儿子收拾东厢那间新房，被谢长庚拦住了，说下人收拾就可以，自己的东西也不多。

谢母忙高声叫人。

秋菊端了个火盆子进来，放在屋角的炉子上。

谢长庚走过去，亲手拨好炭火，盖上盖，命她服侍好母亲，这才出了屋，往东厢去。

他走过游廊。

门窗上初春娶亲时贴上的双喜还在。只是褪了红，又被斜风刮来的雨雾给浸湿了，皱巴巴地粘在一起。一阵风吹过，忽然从门上脱落，"啪嗒"一下掉到了地上。

谢长庚瞥了一眼，跨进新房的门槛。

随从已经将他的随身行李送了进来。阿猫和另一个粗使丫头正忙着铺床、擦桌子，见他回来，叫了声"爷"。

谢长庚点了点头，站在一旁。

俩丫头收拾完屋子，要去打开他的行李归置衣物，被他拦下了，道自己来。

两人向他躬了个身，退了出去。

谢长庚取出自己的衣物，打开柜门，一股幽幽暗香立刻扑鼻而来，沁入肺腑。

他抬眼。

衣柜里装满了女子的衣物，满目的粉绫红罗、轻缎软绸。角落里静静地悬着一只刺绣着蕙兰的精美香囊。

谢长庚的视线一顿，脑海里忽然浮现出年初洞房之夜时的情景。

那时他才入洞房，刚揭下了新妇的盖头，还没来得及看清慕氏的模样，门便被人拍响，道是朝廷急诏到了。

他匆匆而出，随即脱了喜服，拜别母亲，连夜离家。

走时是初春，今日回来，已是深秋。

此刻回想新妇的模样，竟然想不起来。

只记得红烛摇曳，她深深垂首，绿鬓如云。恍惚间，他好似瞥见了一片沉默蛾首，温柔似水。

谢长庚呆立了片刻，合上柜门，将自己的衣物随意搁在一边，听到走廊里传来阿猫一边哗哗扫地一边低声哼唱小曲的声音，迟疑了一下，还是走到门边，唤了她一声。

阿猫丢下笤帚，跑到门口，探头进来笑嘻嘻地说："爷，找我有事？"

谢长庚问她："夫人过门后，对我母亲侍奉可还周到？"

阿猫可喜欢那位从不嫌自己脏，来自长沙国的新妇了，一听谢长庚问的这话，急忙走了进来，用力地点头，道："可周到了！天天一大早就到老夫人屋前等着给老夫人梳头、穿鞋呢！"

"那她为何突然回去，你知不知道？"

阿猫两手一摊："夫人没告诉我……"

谢长庚沉吟了下，颔首："好了，没事了。你忙去吧。"

阿猫"哦"了一声，转身出去，走了几步，吸溜了下鼻涕，忽然福至心灵。

"爷，我知道了！可我不敢说，我怕你会骂我……"

她看着谢长庚，吞吞吐吐。

谢长庚道："无妨，你知道什么，尽管说。"

阿猫从小到大老做错事，惹老夫人生气，就骂她笨。但爷的脾气好得很，从没骂过她。

爷从小时候起文章就做得顶好，才十岁就考了头名的乡贡。但街坊们背地里说，爷看起来是斯文人，实则杀人不眨眼。

他们都很怕他，阿猫却不怕，此刻又得到了鼓励，胆子就大了，凑上来小声地说："爷，你不在家时，我老听见老夫人在夫人跟前说戚二娘子的好。就前些天，秋菊还在我们跟前说，要不是爷之前离了家，戚二娘子早就是爷的夫人了。我生气，和她吵架，她揪我的耳朵，我就跑去告诉了夫人。夫人是不是生气了，这才走了？"

阿猫说完，见谢长庚没有说话，眉头微皱，仿佛不快的样子，心里又不安起来。阿猫觑着他的脸色，小心翼翼地说："爷……我是不是又做错事了……往后我再也不敢多嘴了……你别生气……"

谢长庚回过神来，微微一笑，温声道："无事，我知道了。你去吧。"

阿猫见他不怪罪，这才松了口气，又大着胆子说："爷，你早些去把夫人接回来吧！她人可好了，还帮我看病！我的鼻子已经好多啦！秋菊老是骂我烂鼻子，气死我了！”

　　谢长庚点了点头。

　　阿猫向他躬身，高高兴兴地走了。

　　谢长庚环顾了一圈新房，踱至南窗前，双手背后，望着窗外云
霾低垂，秋雨霏霏，渐渐地出了神。

第

二

章

◇

和
离

贰

　　这日，陆氏备好五牲之礼，带着一众随从，和扶兰出城，乘船行至君山，到神殿祭谢神明显灵，保佑自己的丈夫那日化险为夷。

　　祭神完毕，姑嫂二人从神殿出来，下山之时，扶兰问道："阿嫂，师傅可在山中？若在，我去看下他老人家。"

　　师傅姓李，是当世名医，人人都叫他李药翁。年轻时，他在宫中做过太医，后来出宫游历四方，一边编撰医书，一边在民间行医。多年之前，他行至洞庭，喜爱此间山水，于君山结庐而居。扶兰父亲慕其名，亲自寻来拜访，渐渐有所往来。药翁见王女小小年纪就对自己的那些草药显露出兴趣，也喜欢她聪明，遂收她当了半个弟子，闲暇之时教她些医术。

　　年初扶兰出嫁之时，师傅还在君山。

　　陆氏笑道："你出嫁没多久，药翁也就下山去了，不知何日归来呢。"

　　扶兰说："阿嫂你先回城，我去师傅那里看下药园。"

　　陆氏知道小姑和药翁的渊源，点头道："也好。那我先回城了，你早些回来。"

　　扶兰答应，目送陆氏下山，自己沿着山路，来到了师傅的住处。

　　这是一座隐于半山的庐舍，编竹为篱，几间草舍，后头有个很大的药圃。

　　师傅下山了，但这里还留了个名叫阿大的童仆，照管药圃。

　　阿大是个孤儿，被师傅捡来养大，老实巴交的。他正在屋后忙碌着，忽然见王女来了，惊喜不已，急忙放下锄头，跑出来迎接。

　　扶兰叫他不必管自己。她来到药圃，帮着晒制了些刚采的新鲜草药，忙忙碌碌，不知不觉，半天就过去了。

慕妈妈开始催她回城。

日已西斜，扶兰也知道该走了，叮嘱阿大照顾好药圃，洗手出来，一行人下了山。途经一株老柏树旁时，侍女茱萸笑道："翁主，他们说这棵老柏树是神树，能通灵，好些人都特意来这里拜它呢。咱们既然经过，也去拜拜吧。"

老柏深深地扎根于山壁，盘根错节，虬枝茂叶。千百年来，山风劲吹，它自岿然不动。

扶兰停步，遥望片刻。

"不早了，下山吧。"

她说完，收回目光，转身继续踏着山路而下。

当地有个传说，君山半山这株生于峭壁的老柏树是很早之时，湘君和湘夫人亲手所植，与君山同龄，可保佑世人姻缘。

同行的人里，几个年纪小些的侍女都有些心动，不料王女没有兴趣，只好作罢，跟着下了山。

等在山下的侍卫摇船，送扶兰一行人上了岸，待坐车回到城中，已是掌灯时分。

扶兰才进王府，就得知了一个消息。

谢长庚平定了江都王之乱，派人给慕宣卿送来了一封信，道自己不日便到长沙国。

陆氏得报扶兰回府，带着信匆匆来到小姑的闺房，寻到了她，面上带笑。

"兰儿，妹夫在信里说，他此行过来是为拜祭父王。自然了，除了拜祭父王，想必也是为接你回去的。"

成婚才半年多，小姑就不顾山遥水迢，自己回了长沙国。虽说是君山大帝托梦所致，她不放心王兄，这才亲自赶回来的，但这些日子，陆氏从茱萸等侍女的口里知道谢母并不是个好相处的人。那日小姑离开时，还与谢母发生过不快，谢母甚至提了纳妾的事。

新婚才半年多，丈夫不在，新妇便不顾婆母阻拦，强行回了娘家。

即便事出有因，在世人眼中仍是新妇一方不占理。

丈夫已经化险为夷，伤也无大碍了，但小姑却矢口不提回去。

陆氏疑心她是因为谢母所提的纳妾之事负气在心，怕小姑多心，虽然没在她面前提及半句，但陆氏心里还是很为她担忧，唯恐她因此见恶于谢家，乃至失了新婚丈夫的心。

等谢长庚回家，万一见怪，不来接她，到时小姑恐怕就有些难做了。

不回，自然不可能。倘若就这么自己回去，未免又有失脸面，而且日后在谢家，情势恐怕更加不利。

她正暗自愁烦，今天去拜谢君山大帝之时，还特意替小姑祈祷了一番。没想到心想事成，一回来竟收到了这样的好消息，怎不叫她为之欢欣？

她将谢长庚写给慕宣卿的信递了过来，说道："兰儿你看！"

扶兰却没有接信，脸上也不见半点欢喜之色。

陆氏不解，问道："你怎么了？妹夫就要来接你了，这不是好事吗？"

扶兰让侍女都出去，待屋里只剩自己和陆氏了，方道："阿嫂，我不回去。我欲和离，与谢家断了干系。"

陆氏震惊不已，起先还以为自己听错了，见小姑神色郑重，不像是在信口胡言，方吃惊地道："你怎么了？成亲才半年多，竟要和离？你从前不是一心系于谢家郎吗？何况你们成亲后，恐怕连话都还没说上一句，怎么突然就要断了干系？"

扶兰沉默间，陆氏忽然想起侍女的话，急忙又劝："兰儿，先前阿嫂没说，是怕你多心。我也听你的侍女提过几句，知道你的婆母有意接戚氏女进门。你若不愿，等见了妹夫的面，和他好好说就是了。你们才成婚，你若不点头，就算他和戚氏女的渊源再深，想必也不能拂了我们长沙国的颜面，一定要将人抬进门来。"

她执住了小姑的手，压低声音道："兰儿，你听我说，你是谢家主妇，此事只要你不松口，人就不可能进得了门。凭着你的容貌，再用些手段，何愁收不住妹夫的心？更何况，还有我们长沙国呢。我国虽小，但你翁主地位就在那里！不过一个女子而已，何至于叫你心灰意冷至此地步！"

扶兰道："阿嫂，你说的我都懂，但我要和谢家脱离干系，并非因为戚家女，而是我已经改变想法，看不上那个姓谢的了，更不想再在谢家蹉跎我这一生。

"我这趟回来，就没打算再回去了。我也不会再改变想法。恳请阿嫂见谅我的任性，成全于我，勿再劝我回去。"

她的语气依然平静，态度却十分坚决。

陆氏吃惊地注视着慕扶兰，恍惚之间竟生出了一种陌生之感。

这不像是一个十六岁的女子该有的想法。她印象中的小姑，温柔而娴静。记得年初她出嫁的前夜，自己陪她同睡。她的紧张、期待和羞涩，至今仍历历在目。

陆氏实在不知道，不过短短半年多的时间里，她的身上到底发生了什么，竟让她做出了这样的决定？

她仿佛突然间就长大了，不再是自己熟知的慕氏王女了。

"兰儿……"

陆氏为难了，犹豫不决。

"你想和谢家脱离干系，本也无妨。若真不愿再留在谢家，阿嫂自然不会逼你回去。只是这并非小事，也没那么容易。你婆母虽说提了纳妾，但人并未进门。即便进了，这也不是咱们能提和离的借口。更何况，这是父王当年替你定下的婚事，关乎长江水道和我洞庭四方的平安，好端端的，我们如何向他开口？"

这场已经持续多年，至今还没完全消停的藩王动乱，始于当年的刘后掌权。战乱一起，各地便随之动荡不安，诸多藩国，或野心勃勃，或身不由己，相继被卷入。最多之时，竟有十余国之众。

长江两岸，自古便出江洋大盗，而洞庭北纳长江，西接湘、资、沅、澧四水以及汨罗，水路四通八达，更利养盗。外头战事一起，洞庭四方便骚乱不断。

三年之前，老长沙王预感自己或许不久于人世。他在之时，还能凭着往日威势震慑四方，但自己若是不在了，时局纷乱，恐怕终有一日要波及长沙国，儿子慕宣卿一时恐怕无法独力支撑局面。

那时，十九岁的谢长庚已经聚集人马，荡平大盗四起的长江，牢牢制住了上游水道，亦把控着朝廷漕粮的运输。

老长沙王此前在围剿接壤长沙国的一个为害地方多年的江洋大盗时，曾得到了谢长庚的助力。两人有过一面之缘。

这个出身低微，但能力卓绝、行事亦讲究规矩的青年给他留下了深刻的印象，他认定此人绝非池中之物。

他为扶兰挑良婿的目光，终于落在了谢长庚的身上。

仿佛心有灵犀，恰好这时，谢长庚也主动上门，前来求亲。

婚事便这样顺理成章地订了下来。

十三岁的长沙国慕氏王女被许给了十九岁的长江舵把子谢长庚。

不久，谢长庚就因为老长沙王的保举，被朝廷延揽，摇身一变，进阶成了江陵刺史。

当年，老长沙王病去，而谢长庚就此凭着战功，一路晋升，短短三年时间，便做了本朝有史以来最年轻的节度使，令人瞩目。

不说别的，仅从这桩婚事本身来说，于谢长庚，或者长沙国而言，都是一桩各有所得的良缘。

谢长庚步入官场，而长沙国也如老长沙王所期盼的那样，就此太平，四境无虞。

阿嫂有这层顾虑，扶兰怎能不理解？

她说："阿嫂，不用你们开口，我会和他说的。倘若他自己同意了，也不影响我洞庭四方水域的平安，你们可否成全？"

就在这时，房门被人一把推开。

扶兰转头，见兄长慕宣卿坐于辇上，停在门口，满脸的怒容。

"阿妹！谢家欺人太甚！这才多久，竟敢如此羞辱于你！姓谢的本来就是个巨盗，怎配得上你！你不必担心，阿兄再无用，也不会让你受如此的欺辱！"

"宣卿……"陆氏担忧地叫了声丈夫。

"阿妹的意思，就是我的意思！"慕宣卿厉声喝道，没有丝毫可以商量的余地。

他们夫妇的感情一向很好，慕宣卿还是头一回在人前用这样的语气和妻子说话。

王怒，近旁侍从皆面露惧色，纷纷下跪，匍匐于地，不敢动弹。

陆氏知道他应该是知道了谢家意欲纳妾之事，这才如此愤怒，不顾腿脚上的伤还没痊愈，就这样过来了。

她深知丈夫的脾气。

他本就深恨自己无能，当初因为得不到父王的信任，才将王妹许给了一个江洋巨盗。

于王妹而言，本就是极大的委屈了。

现在谢家竟还敢这样对待她，他怎么可能忍得下去？

虽然凭着直觉，陆氏心里总觉得这件事不像小姑表面说的那么简单，内中或许另有隐情。

但她的丈夫是长沙王，他已经这样表态了，她怎能再有异议？

何况，小姑的态度又是如此坚决。

她刚刚救了自己的丈夫。

即便做最坏的打算，这场突如其来的婚变会使长沙国和如今权势如日中天的河西节度使谢长庚关系决裂，乃至交恶。

但还有什么事的后果会比长沙国险些失去国王，继而除国来得更加可怕？

倘若不是小姑得到了神明的托梦，及时送来那封救命的信，现在自己恐怕已经没了丈夫，长沙国没了国王，这个长沙国也将不存了。

陆氏本来也是个心胸开阔之人，这样一想，也就坦然了。

她沉吟了下，点头。

"也好。倘若兰儿你真的决意与谢家脱离干系，阿嫂与你王兄一样，定会助你。长沙国在，你便是我长沙国的王女！"

慕宣卿望了一眼妻子，神色这才缓和了些，命周围的侍从全部退下。

"阿妹，你可记得十年之前，你六岁时，姑姑薨于宫中一事？之前我从没告诉过你，那时父王分明得到过消息，姑姑之死大有蹊跷，或与当今之奸后脱不了干系。但姑姑临终之时又命心腹给父王带了遗言。

"当年我十二岁，姑姑的遗言，我至今仍记得清清楚楚。

"姑姑说，生死有命，皆是劫数，她无半分怨恨。朝廷本就有意彻底剪除异姓王，她不希望长沙国因她而生出任何动荡。姑姑叫父王从今往后，务必加倍韬光养晦，以保长沙国的平安为第一要务。

"阿妹，你可知道姑姑此话何意？当日我不懂，问父王，父王不说。后来我自己琢磨，直到最近两年才终于想明白了。

"阿妹，你知道当初朝廷为何选择我慕氏女为后？看似风光，实则是毒饵！姑姑不明不白地死于宫中，他们等的，或许就是我长沙国的愤怒与不平。一旦父王有了任何异动，就成了他们发难我慕氏的最好借口！

"父王为保我慕氏基业，忍了下去，还答应了那个姓谢的求亲，将你许给了他。

"父王当日将你许他，又保举他入仕，是希望借他之力，保我长沙国四境平安。但这个姓谢的如今受奸后的笼络，与奸后走得极近。奸后又借铲除乱王的借口，一直在孤立我们长沙国，暗地打压。

"父王能忍，我却忍不下去。姑姑的仇，我迟早是要报的。方才我说的话，也绝非一时冲动！

"这个姓谢的当初为了洗脱巨盗身份，向我慕氏求亲。如今为了飞黄腾达，又心甘情愿地做了奸后的走狗。他是不可能和我慕氏一条心的。更不用说，他如今竟然就这般轻慢于你了！从前是你自己愿意嫁他，如今你既然改了主意，我慕宣卿再无能，也不会强迫你委身于一个如此不堪之人！

"阿妹你放心，等姓谢的一来，阿兄就替你把话和他说清楚！

"从今往后，阿兄必竭尽全力，壮我长沙国，护我阿妹，再不让你受任何委屈！"

年轻的长沙王表情激动，目光炯炯，铿锵的誓言更显示了他无与伦比的决心和王族子弟所固有的骄傲与勇气。

慕扶兰的心里涌起一阵暖流。

谢长庚和她的王兄同龄，不过比王兄大了数月而已。但他的心机之深沉，为人之隐忍，性情之狡诈，这个世界上或许再没有人比她更清楚了。

不管阿兄到时是否真的能帮自己打发掉他，但兄嫂对她的这份爱护，便是她这辈子失去父爱之后，弥足珍贵的另一种拥有了。

往后，她也必将倾尽全力来保护她所珍视的这种拥有。

"谢谢阿兄！谢谢阿嫂！"

她注视着面前的王兄和阿嫂，一字一顿地说道。

半个月后，十一月十二日，长沙国的礼官再次收到了消息。

河西节度使谢长庚，即翁主的夫婿，将于三日后抵达岳城。

礼官开始着手准备迎接上宾的礼仪之时，却收到了一则王命。

长沙王命令他们什么都不必做，不阻滞谢长庚的到来，但也不做任何的迎接准备。

礼官大惑不解。

遑论谢长庚如今的官职已极为显要——河西节度使，驻凉州，受命时得赐旌节，军事专杀，府树六纛，威仪极盛。

就算他是个普通人，身为翁主的夫婿，来长沙国拜祭先王，这样的"礼遇"未免也说不过去。

但王命不可违。

礼官问丞相陆琳。陆琳自己也是丈二和尚摸不着头脑，从王妃那里也打听不出什么内情，想劝慕宣卿，他却不见自己。陆琳只好压下心中的忐忑不安，叫大家照着王命行事。

到了十五日，一大早，陆琳再次求见慕宣卿，苦劝他无论出于何故，谢长庚既然声称来此拜祭先王，那就不必这般得罪于人。

但慕宣卿依然不听他言，拂袖而去。

陆琳无可奈何，只好命人打开城门迎接，自己带了属官来到王庙，在那里等候谢长庚。

谢长庚是在午后时分抵达岳城的。

他一身青衫，足踏皂靴，服饰极其寻常，马后也只跟了寥寥数名随从，皆为布衣。以至于这一行人纵马来到城门口时，城卒也没想到眼前这个看起来文质隽拔的青年男子就是长沙国的王女夫婿，当朝大名鼎鼎的那位最年轻的节度使。城卒见他同行之人身上似乎带了兵器，便将人拦下，盘问来历。

谢长庚的这几名随从都是早年就跟着他在长江水道里摸爬滚打出来的，看似普通，放到人堆里就看不见了，实则个个都是杀人不眨眼的悍匪。入长沙国后，他们本就诧异于对方的待客之道，眼见到了王城，城门口竟然也没有最起码的迎接之人，还被城卒这般拦下无礼盘问，他们再也忍耐不住，勃然大怒，当场就要拔刀相向，却被谢长庚给阻拦了。

他坐于马背之上，看着前方那扇厚重的城门之后向自己迎面扑来的长沙国国都街景，神色平静地报上了自己的姓名。

城卒听到他竟然就是谢长庚，吃了一惊，慌忙退到一旁，让出了道路。

三年前来求亲时，他只到过王府，未曾去王庙，所以又向城卒问了方向。

他眺望了一眼被指的方向，略略眯了眯眼，随即驱马进入了城池。

陆琳带着属官在通往王庙的神道台阶之下等待时，袁汉鼎也来了。

袁汉鼎站在那里，岿然不动，双目望着前方，犹如一根凝固的岩柱。

陆琳的辈分比袁汉鼎高，论年纪更是他的长辈，但今天也根本做不到像他那样稳如泰山。

他实在是想不通慕宣卿为何要对远道而来的妹夫摆出这样的高傲姿态。他更担心万一因此而得罪了谢长庚，往后于长沙国，绝不是什么好事。正心浮气躁、左右张望之时，陆琳忽然看见远处的神道尽头出现了一个青色的身影。

那个青影渐渐行得近了，越来越大。

陆琳一眼认出，来人正是三年前见过一面的谢长庚。

三年不见，这个青年男子的模样和印象里相比，竟没多少改变。

或许升官路上新添的那些杀戮，也不过是他从前为巨寇时的延续罢了，并不足以在他的目光之中再添多少血色的影子。

只见他衣袍当风，步伐不疾不徐，正独自向这个方向行来。

陆琳急忙带人快步迎上前去见礼，笑呵呵地说："暌阔数年，只能遥闻节度使之显赫功名，今日终得再度面晤，故人风采，更胜往昔，极是荣幸。"

他的语气极其恭敬。

谢长庚停步还礼，微微一笑，道："丞相言重了。丞相劳国劳民，一馈十起。因我来迟，叫丞相以及诸位在此久等，愧何如之！"

慕宣卿今日是将人得罪狠了。没想到一见面，谢长庚竟若无其事，仿佛浑不在意，言辞斯文，回复周到。

陆琳终于稍稍松了口气。

对方既然不提长沙国的失礼，他自己自然也不会蠢到主动去说这个，忙向谢长庚引荐袁汉鼎。

"袁将军乃敝国已故袁相之义子，今日得知节度使到来，特意来此相迎。"

袁汉鼎只是长沙国里的一位将军，与谢长庚的官职落差极大。

袁汉鼎表情严肃，不卑不亢地向谢长庚行了一礼，说："末将恭迎节度使。"

谢长庚的视线落在袁汉鼎的脸上，注视了他片刻，才微微颔首，从他的身旁经过，迈步继续朝前走去。

陆琳忙跟上，替他引路，行至王庙之前。

庙门已经开启。

谢长庚净手拈香，神色肃穆，进入王庙，向着列于王庙中的慕氏诸多先祖一一行过跪拜之礼，最后又向三年前去世的老长沙王的牌位复行礼仪，毕恭毕敬，一丝不苟。

行礼完毕，他从地上起身，将香火插入香炉，后退着，行了十数步，方转身要出庙，脚步却停顿了下来。

长沙王慕宣卿——他的妻兄不知何时入了祖庙，就站在殿中，挡住了他的去路。

门槛外那些原本跪在两旁的侍人皆已不见。

慕宣卿头戴白玉冕冠，身着锦绣王袍，腰束金斓玉带，面容如雪，神色如冰，正冷冷地看着他。

周围静悄悄的，一片死寂。

仿佛有亡灵飘浮于庙顶，静静地注视着地上正相对而立的二人。

第

三

章

◇

对

峙

叁

"谢长庚，你还来做什么？

"倘若不是看在先父的份上，今日，孤断不会容你再踏入我长沙国一步！"

慕宣卿的声音好似回荡在王庙高大而穹阔的殿顶之上。

谢长庚神色自若，以外臣参王之礼向他参拜，礼毕，说道："王兄只言其然，却不言其所以然。可否告知何故？"

慕宣卿的目光犹如含了愤怒的利箭，刺向了对面的谢长庚。

"你本一巨寇，当日父王不计身份，对你青睐有加，将孤之王妹许配于你。我长沙国履约，年初之时将王妹远嫁。不说她跋山涉水远嫁你夔州瘴地，新婚之夜你便留她一人离家。她到你谢家后，侍奉长辈，主持中馈，怜恤下人，可曾有过半分失仪，可曾有过半句怨言？

"孤之王妹到底做错了何事？入你谢家之门不过半年，竟遭如此折辱？你谢家又到底是何等门庭，敢如此轻慢我长沙国翁主？"

慕宣卿捏紧双拳，手背之上青筋纵横交错，一道道地凸起。

"谢长庚！"

他用厌恶至极的语调咬牙切齿地叫出了对面那个人的名字。

"何为衣冠禽兽，枭心鹤貌？正是你这样的无耻之徒！

"你处心积虑，穷极龌龊之能事！三年前来我长沙国求亲，一心攀附。倘若不是我父王被你欺瞒，助力于你，你何以步入仕途，飞黄腾达？

"你这个忘恩负义、狼心狗肺的宵小之辈！如此慢待孤的王妹，莫非是欺我长沙国国中无人？

"谢节度使，你如今固然权高位重，不可一世，我长沙国亦不过一弹丸小国，但慕氏先祖何等英烈，子孙如孤，便再是无能，也断不会坐视王妹遭你如此羞辱！

"你来拜祭先王，孤不为难你。既然已拜完，你请自便！我长沙国庙小，容不下你这尊大佛！"

他停顿了一下，将一纸文书投掷于地。

"你听好了，今日起，我慕氏与你谢家再无半分瓜葛！孤之王妹与你亦再无干系，男婚女嫁，各自为便！"

他说完，转身拂袖便去。

"且慢！"

方才一直默不作声的谢长庚忽然开口。

慕宣卿停住脚步，但未转身。

谢长庚并未看地上的东西，而是从旁边走了过去。

"殿下的意思，谢某明白了。殿下所斥，字字句句，骂得极是，谢某无意辩解，亦无可辩解。只是中间确实有些误会，倘若不加以说明，就这样伤了和气，恐怕有负岳父当初赐婚之时对谢某的一番教诲。"

慕宣卿慢慢地转过脸，冷冷地望着他。

"实不相瞒，我一回来便立刻动身至此，除为拜祭长沙国慕氏列祖与先王，亦是为了接回翁主……"

"还接回去做什么？"慕宣卿大怒，"莫非那般折辱，你还嫌不够？"

谢长庚神色从容。

"倘若谢某所想无误，殿下如此震怒，起因应是我母亲曾在翁主面前言及纳妾一事。但殿下只知其一，不知其二。正是其中有些误会，谢某才需要解释。"

慕宣卿冷笑不语。

"谢某上月回家，得知翁主已经回到长沙国。听家中下人之言，这半年多，翁主屈尊纡贵，代我早晚侍奉家母，更兼贤淑庄静，大家闺范，左邻右舍无不交口称赞。归宁之举虽然有些突然，但想必也是情有可原。

"事情起因在于家母。早年谢某不孝，累家母备受颠沛流离之苦，艰难之时，曾受人大恩，如今对方父母双亡，境况艰难，家母一心顾念旧情，一时考虑不周，这才贸然在翁主面前提及将那女子接来。据家母之言，翁主当时一口应允。"

谢长庚顿了一下。

"家母目不识丁，困于门户后堂，并无多少见识，更兼性情耿直。她当时见翁主应允了，便只顾欢喜，一心感念翁主的大度成全，岂会思量此举是否周全？

"谢某归家之日，便从家母口中得知了此事。并非谢某替自己辩白，当时便觉不妥，只是不忍令家母扫兴，而且听闻翁主也已经大度应许，便想着先将翁主接回，日后再做商议。

"此事惹殿下震怒，错在谢某。能得妻如此，本就是我谢长庚之福，何况还有岳父当年的知遇之恩，谢某至今尚未报答万一。

"殿下放心，往后该当如何，谢某心里有数。等接回了翁主，谢某自会替我母亲向她赔罪。"

他注视着慕宣卿，神色坦然。

慕宣卿一字一句地道："谢长庚，你非王妹良配！王妹既然自己回来了，任你今日巧舌如簧，你也休想孤放王妹再随你入谢家之门！"

"殿下此话，谢某便不解了。婚姻乃两姓之好，并非儿戏。"

他环顾了一圈慕氏家庙，目光落到老长沙王的牌位之上。

"不管殿下如何看待谢某，当日我与令妹的婚事乃岳父亲自所定，三媒六证，无一缺失，说断便断，未免儿戏。家母固然有错，开罪翁主，但也只是言辞不妥，并未做出任何出格实举。人非圣贤，孰能无过？何况她不过一乡间老妇。殿下这般咄咄逼人，未免不近人情了吧？"

他的面上依旧含笑，语气却加重了几分，隐含威势。

慕宣卿的脸色变得无比僵硬，目光盯着对面那个一袭青衣、萧萧而立的男子，半晌才咬牙切齿地道："谢长庚！你为了飞黄腾达，厚颜附媚也就罢了，竟还与人沆瀣一气，狼狈为奸！你攀附……"

"我王殿下！"

就在这时，王庙外传来一个女子的声音，打断了慕宣卿的话。

谢长庚抬眼。

庙外台阶之上不知何时站了一位身着华服的年轻妇人，面容秀丽，雍容大方，正是长沙国的王妃陆氏。

陆氏及时阻止了丈夫的盛怒之言，迈步而来，向丈夫暗递了个眼神，随即跨入门槛，来到谢长庚的面前，含笑道："谢节度使远道而来，我长沙国礼数不周，若有得罪之处，还请见谅。"

谢长庚微微一笑，向陆氏见礼。

"能得见长沙国王妃的尊颜，便已是谢某莫大之荣幸。何来失礼之说？"

陆氏还以半礼。

"谢节度使如此大度，令我感佩。一路风尘，想必乏累，这就请至驿馆暂时歇脚。我王将于府中备夜宴，到时为节度使接风洗尘。至于王妹之事……"

她顿了一下。

"请节度使稍安，容后再议。不知节度使意下如何？"

谢长庚微笑着道："多谢。那便叨扰了。"

他收了面上的笑意，神色转为肃穆，在身后那道来自慕宣卿的阴沉目光的注视之下，转身朝着老长沙王的牌位再次恭敬地行礼，跪拜完毕，起了身，径直跨出门槛，大步而去。

陆氏一回到王府，连衣冠都来不及除下，立刻匆匆忙忙地赶到慕扶兰的闺房，屏退左右，关了门。

"兰儿，幸好我听了你的话，及时赶到家庙，这才阻止了你王兄盛怒之下的失言。他的脾气还是太大了！万一叫谢长庚听到了他对刘后的不敬之辞，告到奸后面前，往后我长沙国的处境恐怕更是雪上加霜了。"

慕扶兰沉默着。

"这个谢长庚三年前来求亲时，我只远远窥了他一眼，当时只觉他一派英气，异于常人。今日和他相对，才知道他为何年纪轻轻竟成一方节度使了。他应该与你王兄同年，但论城府之深，远非你王兄能望其项背。"

她的眉头紧皱，忧心忡忡。

"我听他的意思是不愿放你归家。你已经过门，他的话又说得滴水不漏，把纳妾之事摘得一干二净。倘若他一定不放，纠缠不休，你的心愿恐怕一时难以达成。"

慕扶兰说："阿嫂，夜宴过后，你让他来我这里吧。"

陆氏忙道："兰儿，你别误会。阿嫂既然答应帮助你，便不会食言。阿嫂的意思是此人不容易对付，叫你有个防备，免得事情万一不能速决，会叫你失望。你放心，就算他不点头，你人已经回来了，只要你王兄抓着他谢家无礼纳妾一事不放你走，这里是长沙国，他敢做出强行抢人之事？"

"谢长庚确实不容易对付，正因如此，事情拖下去，对王兄还有我长沙国都不是什么好事。

"这事本就因我而起，也是我自己和他的事。兄嫂与他说得再多，也如同隔靴搔痒。不如我自己和他把事情说清楚，及早了结。"

陆氏一愣。

"兰儿，这个谢长庚真的不是个好对付的人……阿嫂怕你应对不了……"

"阿嫂放心，我和他也算是夫妻了，把事情说清楚也是有必要的。不管能不能如愿，我都要试一试。"

陆氏望着小姑。

她的目光澄澈，含笑望着自己。

陆氏迟疑了一下，终于点头道："也好，那我去和你王兄讲。有什么话，你自己当面和人家说清楚，他若听得进去，那便最好不过了。"

慕扶兰笑道："多谢阿嫂！"

夜幕降临。长沙国王府的大殿之中正在举行一场飨客的夜宴。

儿臂般粗细的巨烛于殿内东西两翼一字排开，宛如两条火龙，放出光芒，将整个殿堂照得亮如白昼。殿前左右檐下高悬乐器，殿内南楹设大乐钟鼓。巨烛之前，一张张青玉案上所设的鎏金尊爵，在灯火的映照之下闪闪发光。

一切规制，都不过只逊帝王一等。

如此气派，也唯有在王侯之家，方能得见。

东向的上座之前，左铜龟，右铜鹤，龟鹤口中吐出缕缕龙涎香。

慕宣卿坐于此。

河西节度使谢长庚，坐于主客之位。

长沙国前来陪客的大小官员，以尊卑次序，也各自入座。

王府前堂，今夜灯火辉煌，鼓乐齐鸣，后院却幽阒一片。

夜色深掩了花木，檐影如描。几盏灯笼吐着昏黄的微光，照着通往王女寝居的那条曲折深道。

四周静悄悄的，听不到半点声音。

慕扶兰紧紧地闭着眼睛，将自己的身子完全浸在热水之中。

仿佛有无数双温柔的手在竞相抚着她，将热气沁入她周身的每一个毛孔，安慰她蜷成了一团的身子，终于，她慢慢地舒展开四肢，彻底地放松下来。

她睁开眼，从热水里起身，扶着浴桶爬了出去，自己擦干身子，裹了件衣裳，迈步走到门边，打开了门闩。

间外只有慕妈妈一人。

她就等在浴房门口，眉头紧锁，目光含着忧愁。见慕扶兰终于出来了，她忙迎上去，伸手扶住了她的胳膊。

"翁主，你……"

"我无事。"

慕扶兰稳稳地站在那里，朝她一笑。

"叫她们进来替我更衣吧。"

慕妈妈压下心中的忧虑，看了她一眼，转身开门将外头的侍女唤入。

侍女们入内，围上来替她更衣。

更衣完毕，慕扶兰并未起身，依旧坐在镜子前看着镜子中的自己，身影久久不动。

她仿佛出了神，面色冷漠。

侍女们平日与她关系亲近，此刻却都立在一旁，不敢出声。

良久，门外的走廊之上忽然传来一阵急促的脚步声。

门被推开，丹朱跨了进来。

慕妈妈急忙出去。

丹朱小声说了几句话。慕妈妈转入内室，回到慕扶兰的身后，俯身下去，嘴贴到她的耳畔，低声道："夜宴已完毕，他应当快来了。"

夜风进门，穿过垂落在隔间的一段轻纱帐幔，无声无息地涌进来。

慕扶兰转过脸，视线落到了近旁那簇在风中摇曳晃荡着的灯火上，说："我知道了。你们全都出去吧。"

屋里剩下了慕扶兰一人，静悄悄的。

镜旁，插在琉璃莲花座上的那支蜡烛突然爆了个灯花。

烛火跳了一下，随即安静下来。

火光投映在了她的眼底，微微闪烁，她的视线便凝在上头，良久，仿佛下意识般地抬起手，纤纤指尖慢慢地凑近了烛火。

肌肤被火苗燎了一下。

一阵细细的却又尖锐的疼痛从她的指尖迅速传遍全身。

慕扶兰却仿佛没有任何感觉。

只是她的眼底掠过了一道痛楚的暗色。

她又一次想起了梦中的熙儿。

在如同亲身经历过的梦中，那是她最爱的唯一的孩子啊，在她死的时候，他才不过四岁而已。她怎么舍得就这样离开了他？执念之下，她在梦中仿佛化身成一点火苗，附在了长生牌前的那盏长明灯里。

漫长的十年，无边的黑暗，蚀骨的孤寂。

她看着谢长庚如愿以偿，御极天下；看着他成帝王霸业，文治武功；亦看着他，三宫六院，美人如云。但这些和她早就全无干系了。她早已心如止水。

她固执地不肯醒来，唯一所系，只是为了有朝一日，她能亲眼看到她的熙儿长大成人。到了那时，她便可安心离去。

然而，等到最后，她等来的却是那样令她撕心裂肺的一幕。

这指尖被火燎烧的痛，又怎及梦中眼睁睁地看着熙儿在她面前刎颈死去之时的那种痛？

心口绞在了一起，一时间，她感到自己无法呼吸。她猛地站了起来，抬手一把推开了窗户。

刺骨的寒风迎面扑来。

她立于窗前，闭目仰头，向着漆黑的夜空，深深地吸了一口冰冷的空气。

刻意不愿再多想的梦中事却仿佛随了那道从指尖深刺入心的痛，蓦然爆裂开来。

一桩桩，一件件，犹如密密麻麻的针，深深地刺入了她的五脏六腑。

慕扶兰第一次见到谢长庚，是在十三岁那年的春天，她的一趟君山之行。

母亲几年前去世后，父王的身体每况愈下。小小少女，时常忧虑。

那一天，她乘船来到君山，寻师傅问父亲病情的事，顺便请教些关于草药的问题。

她到了师傅的药庐，被阿大告知师傅正在接待访客。

据阿大的说法，访客是位年轻男子。仿佛是从前师傅外出游历时遭遇危险，被他救过，两人甚是投机，遂有所往来，成为忘年之交。

自己的事也不算万分紧急，而且那客人是个年轻男子。

十三岁的女孩，正初通人事，不算是小女娃了。她叫阿大不必通报，自己明日再来。

她下山，经过那株传说中的上古老柏树旁，停了下脚步。

那日山风很大。一只雏鸟被风从窝里吹了出来，竟掉在了盘生于峭壁的一丛老藤之上。

君山除了每月初一、十五开放，允许民众登山拜祭君山大帝之外，因为慕氏先祖的陵墓修筑于此，平日是不允闲人登岛上山的。

她上山时，留侍卫在山下等着，此刻身边只跟了几名侍女。

慕扶兰想救小鸟。可是那丛藤蔓距离崖头太远了，足有一丈多深，即便是成年侍女，也根本够不到。

雏鸟长着一张尖尖的黄喙，身子毛茸茸的，两只翅膀的羽毛还没长齐。它趴在藤蔓上，不停地扑腾着弱小的翅膀，仿佛努力想要飞起来。但每一次的振翅只是让它越发往外挪去。眼看只要再来一阵山风，它就要从崖边跌落下去了。

老鸟焦急地盘旋在悬崖边上，发出阵阵尖锐的鸣叫之声。

慕扶兰急忙让人下山去叫侍卫。侍卫还没上来，小鸟已经因为徒劳挣扎滚到了藤蔓的边缘，眼看就要掉下去了。

就在慕扶兰焦急万分之时，忽然，她的身后传来了一阵脚步声。

她转头，看到山路上走来了一个陌生的青年男子。那人和她王兄年纪差不多，十八九岁，略显清瘦，一袭青衫，满袍山风。

他仿佛没有留意到老柏树下那群正焦急不已的女孩子，神色淡漠，双目望着前方，自顾自地沿着石阶从旁而过。

慕扶兰呆呆地望着，在他走过去后才突然回过神来，冲着他的背影叫了一声："喂！你站住！"

那人停住脚步，慢慢地转过脸来，看着她。

"有只小鸟掉下去了！你想想办法，快救它上来，好不好？"她央求他。

那人顿了一下，终于还是走了过来。他走到那道近乎垂直的峭壁边上探身望了一眼，伸手抓住一根粗大的老藤用力扯了扯，便卷起袍角，将老藤锁在他劲峭的腰身之上，随即弯腰从靴筒里拔出一柄锋芒四射的雪白匕首。

他将匕首扎入石壁的缝隙，双足踩着附生于崖壁的藤蔓爬了下去，很快靠近雏鸟，将它带了上来。

老鸟跟着飞了上来，绕着树顶的巢穴啾啾鸣叫。

他站定，仰头看了一眼，又攀上了树，将雏鸟放回窝里，随即从树顶一跃而下，双足稳稳落地。

方才他下去时，慕扶兰一直屏住呼吸在旁边看着，紧张得不得了。见他顺利地带着小鸟上来，还将它放回了窝里，她才终于彻底松了口气，提起裙裾，朝他奔了过去。

他很高，她却刚满十三，虽然也出落得娉娉婷婷，有了几分小小美人的动人模样，但那时候站在他的面前，个头勉强只及他的胸口，宛如幼女。

她要费力地仰头才能看到他的眼睛。

她仰着一张花儿般的娇面，双眸明亮无比地望着他，欢喜地向他道谢。

他仿佛一怔，看了她一眼，或许是被她发自心底的那种欢喜之情所感染，唇边终于露出了一丝淡淡的笑意。

他向她点了点头，将匕首插回靴筒，放下衣袍，转身去了。

从被叫住到离去，从头至尾，他未曾说过一句话。

但是就在他向她露出笑容的那一刻，瞬间，天地间仿佛安静了下来，耳畔再无任何杂声，唯有片片落英随风飘在他离去的那条山路上，也飘在了女孩的心头，久久不散。

过了几天，慕扶兰便得知了一个消息。

有人登门求亲，父王应许。

慕妈妈命侍女们不许在她面前提及半句。阿嫂安慰她，说自己亲眼看过那位求亲者，虽然出身无法和她王女的身份匹配，但不失少年英俊，更是个极有本事的大人物。

就连父王回来之后也用歉然的目光望着她，对她说他不是个好父亲，委屈她了。

慕扶兰露出笑容，说，女儿的婚姻本就当由父亲做主。何况她是长沙国的王女，为长沙国而嫁，亦是她身为王女的职责。

父王欣慰之余亦再三向她保证，说之所以答应对方的求亲，除了为大局考虑，亦是相中了那个人，认定女儿随他，下半辈子不会吃苦。

慕扶兰向父王道谢。

老长沙王不知道，这一夜，他的女儿偷偷地掉了眼泪。

她的眼泪，是为数日之前已经悄悄印上心房，然而还没来得及看清，便只能抹去的那道青衫背影而落的。

她满腔少女心事，一夜无眠，做梦也没有想到，到了第二天，事情忽然起了变化。

父王设宴款待她的未婚夫婿。

阿嫂为了让她放心，带着她悄悄来到了宴堂之侧。

她从帐幕之后看到了自己将来的夫婿。

他就坐在父王的身畔，神色自如，谈笑风生。

就在看到那个人的第一眼起，世界便鸟语花香，心头的花无拘无束，烂漫盛放。她将来的夫婿，竟然就是那日在君山老柏树旁偶遇的那个青衫男子。

夜风从窗外扑入，吹得她衣袂狂舞，身后的烛火乱摇，忽明忽暗，她的影子亦跟着不停地晃动。

外头忽然传来慕妈妈的咳嗽声。随之而来的是一阵隐隐约约的说话声，仿佛有人朝着这边走了过来。

慕扶兰蓦然睁开眼，关上窗户，转过了身。

长沙国招待自己的这场夜宴至少来了百人之众，气氛却可以用冷清来形容。

慕宣卿入座之后，便不大开口，也未正眼瞧向自己，神色冷淡。

长沙国的众多官员，除了丞相陆琳笑容满面，始终在旁边打着圆场，其余人不敢得罪他们的王，自然了，想必也不敢得罪自己，所以大多数的时间里，他们全在闷头吃喝，只在需要之时发出几道附和的笑声，也就够了。

这场夜宴大约是谢长庚有生以来所经历过的最特殊的筵席。

他能走到今日，说刀头舐血，亦未免轻飘。他何等大风大浪没有经历过，又岂会将慕宣卿的冷待放在心上。

这个年轻的长沙王完全无法与老王爷相提并论，在谢长庚的眼里，他不过是一个意气用事的王侯子弟而已。

血气有余，能力不足。

老实说，这趟回家，他没有想到慕氏会不等自己回来便不告而别，更没有想到自己这一趟长沙国之行会如此不顺，连见新婚妻子一面，都困难重重。

慕氏以他纳妾为借口，意欲中止婚姻，和他断了关系。

此事固然是个缘由，但想来也未必真的只是如此。

如今的自己，已远非三年前能比。如今的长沙国于他而言，价值也所剩无几了。

倘若除去别的一切不论，仅以当初他求婚的最直接目的而言，其实，他也并不是不能接受这样的局面。

往后，倘若长沙国有变，他自会全力相助。如此，也不算辜负老长沙王当初同意将女儿下嫁给他的目的和对他的提携之恩。

但是，人人都知道他与长沙国的关系，包括刘太后和她背后的刘氏家族，各方角力，隐隐已成平衡之局，他游走其中，在筹谋的关键时期，更宜隐而不发，以不变应万变。

倘若传出婚变的消息，无疑会引发各种猜测和怀疑，甚至打破这种平衡。

对他而言，将会是个不小的麻烦。

所以思虑过后，他还是决定维系这门姻亲，尽快将事情解决，带慕氏回去。

谢长庚来到了长沙国王女，亦是自己那位新婚以来便没再见过面的妻子的寝屋门前，看了一眼身旁那个名为带路，到了这里却还不肯让开的仆妇。

慕妈妈已经隐隐猜到了王女的用意，但是她又不敢相信，仅仅是因为谢家表露出了纳妾的意思，王女竟决绝至此地步？

她更担心王女会伤害自己。

倘若有需要，哪怕是为王女付出生命，她也不会有丝毫的犹疑。

但从离开谢家的那个早上开始，王女便仿佛不再需要她的保护了。

她更明白，自己亦是无力保护。

慕妈妈对上这个男子投向自己的目光，心里涌出一股难过夹杂着不安的情绪。

她定了定神，朝着屋里大声道了一句"姑爷到了"，方后退了几步。

谢长庚抬手推开面前虚掩着的那扇门，跨过门槛，走了进去。

屋里暖烘烘的，亮着灯火，外间屋角，左右各置一香几，左边的香炉，幽幽吐烟，右边的玉瓶，供养一枝蜡梅。

熏香和梅花的清香相互交织，沁人心脾，扑面而来。

谢长庚停在门口，站了片刻，不闻人声。

他抬起眼，目光穿过前方那扇隔出内外的槅门，望了进去。

那里有一顶帐幔半垂半挂，将内室遮得朦朦胧胧。依旧不见人影，唯有一团烛火隔着帐幔隐隐晃动，仿佛在引导他向里而去。

谢长庚迈步走到了帐幔之前，伸手撩开，正要进去，脚步忽然微微一顿，再次停了下来。

这是一间摆设极其精致的闺房。对着床的方向设有一张美人榻，榻边一盏银灯，榻上铺了张雪白的毛毯。

一个女子，容颜如玉，皓腕如霜，手执一卷，半靠半坐，正倚在美人榻上，就着银灯，闲闲地翻着手中的书卷。

她看起来也就十五六岁少女的模样，却作了小妇人的装扮。肩上松松地搭了条轻罗披帔，腰束一幅石榴裙，长发绾作懒髻，那金钗却又仿佛不胜发重，无力地下坠，满头青丝便乌压压地堆在了玉颈之侧。

她仿佛丝毫也未觉察到谢长庚的到来，连他撩开帐幔，站在榻门之侧时亦没有任何反应——哪怕只是抬一下眼皮。

她不过翻了一页手中的书卷。玉腕上戴着的两只镯子便随着她翻书的动作轻轻磕碰，发出轻微而悦耳的碰撞之声。

谢长庚没有想到迎接自己的会是这样的一幕。

更没有想到慕氏会是这样的姿态。

他的视线从她的脸往下，掠过她的身子，最后落到了她的脚上。

石榴裙下，露出她的双足。

她竟未着袜，一双小巧的雪白赤足毫无遮掩地踩在毯子上，仿佛一对静静卧在雪地里的雏鸽，漂亮之余，于男人而言，自然也透着一种若有似无的隐含意味。

谢长庚的目光有些暗沉，他盯着她的双足看了片刻，终于收回目光，走了过去，抬手将她手中的书抽出来，放到了一边。

"你便是慕氏？"他俯视着榻上的美人问道。

慕扶兰依旧靠在那里，抬起眼皮，和他对望了一眼，却没有回应。

她的姿态轻慢无比，与她的那个王兄如出一辙。

来到长沙国后，即便遭到各种冷待，乃至被慕宣卿谩骂，连唾沫都要飞到脸上了，谢长庚也丝毫没有动怒，泰然处之。

唯独这一刻，当看到这个慕氏对自己亦是这样的态度时，他的心里忽然涌出了一阵不快，就如同他刚回到家便得知新婚妻子不告而别时的那种不快。

而他的神色却变得更加温和了，他凝视着女子那双漂亮的眼睛，慢慢地坐到了她的身边。

"慕氏，新婚之夜，我是不该撇下你就走，但你也知道，皇命难违，我身不由己。上个月，我终于回了家，你却已经走了……"

谢长庚顿了一下，用自己能说得出来的最温柔的语气，继续说道："我知道我的母亲惹你生气了。关于戚氏女之事，其实你大可不必如此计较。你若不愿，我怎么可能违背你的心意，强行将人接来？何况我本也无此意。你我夫妇，你便是再有不满，等我回了家，有什么不能和我说的？"

慕扶兰笑了笑，依然没有接他的话。

屋里一时安静了下来。

谢长庚伸出手，颇为粗糙的掌心压在了她探出罗裙底的一只赤足的足背上。

他缓缓收紧手掌，握住了她一只雪白的脚丫，轻轻地捏了一下。

"兰儿……"他低低地唤她的小名。

慕扶兰屈膝，赤足仿佛一条滑溜的鱼儿，一下子从他的掌心抽离了出去。

她往下拉了拉罗裙，双足便被裙幅遮得严严实实，再无半分显露。

谢长庚看着她的动作，目光越发幽深，喉结微微动了一下，收回了手，改而抬臂，缓缓地抽掉了插在她发髻里的一支金簪。

满头长发如瀑布般散落。

他顺势握住了她滑凉的一把青丝，将她半边柔软身子拢入自己的臂弯，俊脸亦靠了过去，唇附着她的耳朵低低地道："兰儿，别生气了，这次确实是我对不住你。我刚到家，便立刻来此，就是专程为了接你。明日便随我回去吧。往后，一切都好商量。"

慕扶兰突然发力，一把将他推开，冷笑着开口说出了今夜的第一句话。

"谢长庚，你也不照照镜子？你以为自己是什么好东西，我就这么想和你做夫妻？"

谢长庚本来就只是虚坐于榻边，一时不防，竟被她给推得跌下了美人榻，模样未免有些狼狈。

他慢慢地抬起头，见她转过脸来，双目正睨着自己。

一张玉面，颠倒众生，不费吹灰之力。

空气仿佛凝固住了。

谢长庚的脸色有点难看，但不过片刻工夫，他便恢复如常了。

他起身，整理了一下衣衫。

这回他没再坐到榻上去了，但说话的语气仍不见半分恼怒。对她方才施加在自己身上的肆意冒犯的举动，看起来竟毫不介意。

"你生气也是应该的。"他说。

"你到我谢家的这半年，日日侍奉我的母亲，极为辛苦。我母亲的初衷固然是为了报答故人之恩，但自作主张，意欲替我纳妾，确实不妥。论贤淑达理……"

"谢长庚，你想多了！"慕扶兰打断了他的话，从美人榻上站了起来，赤足趿着摆在榻前地上的一双绣着兰花的精致绣鞋，在他的注视之下走到镜子前，坐到了地毯上的坐榻上。

她握着玳瑁发梳，对着镜子自顾自地梳着方才被他弄乱的一把长发，口中说："我既不贤淑，也不达理。先前之所以侍奉你的母亲，不过是遵从父王从前的教导，想着既然嫁过去了，便是再不愿意，亦需尽到本分。如此而已。"

谢长庚望了她的背影片刻，走了过去，停在她的身后，目光盯着镜子中那张娇颜，说："慕氏，你到底要怎样才肯随我回去？"

他几乎是一字一顿地说出了这句话，语气再不复先前的温和。

慕扶兰那只握着梳子的手停住了，她亦抬眸看向了镜中那个站在自己身后，双目正紧紧地盯着自己的男子。

他开始失去耐心了。她感觉到了这一点，唇边露出了笑容。

"谢长庚，你心里对我分明极为不满，方才又何必虚情假意？如此这般，直接把话说明白了，不是更好吗？"

谢长庚面无表情地看着她。

她放下梳子，从镜子前站了起来，转过身看着他。

"你既然直接问了，我便也与你直言，我是不会再回你谢家了。当初全是出于父王的意思，我才不得已下嫁于你。如今我已经改变了主意。人生苦短，当及时行乐，我又何必如此委屈自己？"

谢长庚的脸上掠过一缕微不可察的诧异之色。

他盯着她，渐渐地，神色变得严厉起来。

"慕氏，容我提醒你一句，婚事乃当初你父王应下的。这几年间，我自问恪守诺言，无任何背约之处。纵然我母亲对你有所得罪，但未曾真的成事，何况我也向你赔了罪，许了承诺。你兄妹却出尔反尔，无故毁约，举止幼稚，如同儿戏！你当真以为我谢长庚会任由你兄妹拿捏不成？"

他说完，似乎觉察到了自己的失态，扫了她一眼，再次开口之时语气又变得缓和了。

"慕氏，你方满十六吧？年纪小，不懂事，也是情有可原。但你父王与你兄长，谁更值得信任，谁更得长沙国民众的人心，你心里应当有数。当初订立婚约之时，你兄长便对我怀有偏见，如今他想必在劝你毁约。但你想，兄长再好，你一个女子，难道一辈子都能依靠兄长？

"你还是听你父王的安排，随我回去为好。日后，我是不会亏待你的。"

慕扶兰望着面前这个耐着性子哄自己的男子，心中一时无限感慨。倘若不是梦里和他相处的时间太长，深知他是何等之人，面对这样的郎君，又有哪个女子能够坚定不移，不为所动呢？

她摇了摇头，白嫩的耳垂上戴着的一副小巧的霁红珊瑚耳坠子也跟着晃动起来，在垂落双肩的发丝之间若隐若现。

"你也不必拿我父王来压我。我问你，你当初登门求亲的目的为何？如今你的目的是否已经达到了？既然已经达到了目的，和长沙国的这桩婚姻，于你而言已经失去了当初的价值，你又何必执着不放？"

谢长庚不语。

"我很愿意相信你是要信守与我父王当年的约定，但真正是为了什么，你自己比我更清楚。因为这桩婚约，我的父王实现了他的所想，为长沙国的子民谋了福利。你更是从中获利巨大，倘若不是父王的赏识，以你巨寇的身份，你何以顺利进入仕途，继而获得飞黄腾达的机会？

"你和我的父王，因为这桩婚事，都各有所得。可是我呢？你们谁为我想过一丝一毫？"

她凝视着面前的男子。

"谢长庚，我实话和你说吧，当日你来求亲之时，在我的心里其实已经有了一个意中人。他是这个世界上最善良，笑起来也最好看的一个人。可是你来求亲了，父王为了长沙国，把我许给了你。"

谢长庚仿佛一愣，眉头随之微皱。

慕扶兰自嘲般地笑了一笑。

"我是王女，我有我的职责，我无法拒绝，我必须答应。

"但是如今，我改变了主意。我已经为长沙国做了我应当做的事，往后也该为自己考虑了。我不敢自居有功，但当初我确实成全过你，这一点你应当不能否认，我希望今日你亦能成全我一回。倘若如此，我感激不尽。"

谢长庚的表情有点僵硬，盯着她，没有开口。

慕扶兰也不再说话了。

屋里安静了下来，气氛却有些压抑。

"此事日后再说。如今你还是先同我回去！"

半晌，他终于开口，冷冷地道。

"日后又是何时？"慕扶兰问他。

他不应。

"是等到你成就大事登顶那日？"

谢长庚的脸色微微一变。他蓦然抬手，压在了她的一侧肩膀之上。

仿佛突然压上来一副千钧之担，慕扶兰身子一歪，人便跌坐到了镜匣前的地毯之上。

他也缓缓地蹲在了她的面前。

"慕氏，方才你在说什么？这话你是从哪里听来的？"

他的语气极温柔，仿佛在哄孩子，那只手却始终未曾离开她，顺着她的肩慢慢游移到了她的脖颈之侧。

仿佛爱抚似的，带着薄茧的指腹轻轻摩挲着她幼嫩而光滑的脖颈肌肤。

"告诉我。"

他微微眯着眼，盯着慕扶兰的双眼。那只手突然加重力道，握住了她细细的脖颈。

仿佛一只就要被猎人折断脖颈的天鹅，慕扶兰被动地仰着头，却没有做任何挣扎，只是看着近在咫尺的那道投向自己的阴沉沉的目光，笑了。

"谢长庚，莫非真的被我猜中，你要杀我？"

谢长庚慢慢地松开了钳着她脖颈的五指。

慕扶兰蹙眉，将他的手拂开，抚了抚自己的脖颈，披回方才滑落的披帔，方道："娶我的目的，你已经达到了。这桩婚事于你而言已失了当初的意义，不过鸡肋罢了。你却忍辱负重，唾面自干，忍受我王兄这般的羞辱，强行要将我接回去。不是另有所图，还能是什么？

"如今你也算是朝廷里数一数二的人物了，以你今日的地位，你若依然有所谋，剩下的，也就是那个位子了。这么简单的道理，有什么不好猜的？"

谢长庚望了她片刻，从地上站了起来，冷冷地说："慕氏，我见过很多自作聪明的人，那些人往往没有好下场，我不希望你也落得那样的下场。婚姻之事，由不得你任性。你已是我谢家妇，我既然来了，你便要随我回去。至于你的所想……"

他顿了一下。

"等日后，看情况，我自会定夺。"

慕扶兰跟着他从地毯上站了起来。

"话都说到这个地步了，你何必还是如此固执己见？倘若此事当真不便叫外人知晓，你我何不各自退让一步？我可以暂时将事情隐瞒下去，包括我的兄嫂在内，不会透露半句。往后，你走你的阳关道，我留我的长沙国，对外声称养病便是。

"你放心，我不管你所图为何，都与我没有半点干系，方才正如你所言，不过是我的胡乱猜测罢了。我固然想要和你脱离干系，但也不会蠢到因此而替长沙国树一仇敌。"

谢长庚的目光微微闪烁，并没有回答她。

"有一件事，你还不知道，但我不想再瞒你了。"

慕扶兰深深地吸了一口气。

"我有过别的男子，非完璧之身。"

她的语气平静，仿佛在说一件再普通不过的事情。

谢长庚的眼角微微抽搐了一下，眼底突然涌出一片阴霾。

她却恍若未觉，反而一笑，笑颜绝美，一副浑不在意的样子。

"我听说男子为了大志，可忍胯下之辱。谢长庚，我已经向你告知这件连我的家人也不得而知的隐私之事，再无半分隐瞒。倘若你连这些也能谅解，不予计较，还允许我做你谢家媳妇，侍奉你的母亲，我便再无二话，随你回去便是。"

她说完，从他的面前走了过去，回到那张美人榻前，坐了上去，双腿屈膝并拢，仿佛刚开始他进来时的模样，靠坐在那里，微微翘着下巴，望着他。

屋子里静悄悄的，静得仿佛连根针掉在地上都能听到。

谢长庚在原地立了片刻，忽然迈步，朝她走了过来。

他走到了美人榻前，双眼冷冷地盯着慕扶兰，而后弯下腰，伸出一只手探向了她的石榴裙底。

慕扶兰依旧坐着，一动不动，慢慢地闭上了眼睛。

裙底犹如骤然侵入了一股幽幽寒气。

肌肤发紧，脊背寒凉。

就在这一刻，不知为何，慕扶兰的思绪却悠悠荡荡地飘回了梦中那个夜晚，那个模糊又混乱的夜晚。

巴山秋雨，西窗红烛。那一夜，她痴心等待了多年的如意郎君终于回家了。

他仿佛甚是喜爱她美丽的身子和柔媚的姿态，事后也并没有立刻睡去，而是将她抱在怀中，继续爱怜。

能得到郎君的喜爱，她又是害羞，又是欢喜。

她知道他没有认出自己，但她希望他也能记起他们的初遇。她缩在他的怀中，鼓起勇气告诉他，三年之前的那个春天，就在君山的老柏树旁，他路过时帮自己救起了一只跌落悬崖的小鸟。

他显然已经完全忘记了那件事，茫然了片刻，才终于想起来。

他笑了，对她说，那日他是去拜访药翁的，却没有想到下山时遇到的那个小女孩便是长沙王的王女。

原来那时，他便已经见过她了。

郎君的回应并没有想象中的热烈，这令她稍感失落，但是当她埋首在郎君怀里，聆听着他强劲有力的心跳声时，她便又被心满意足的幸福感所淹没了。

邂逅相遇，适我愿兮。邂逅相遇，与子偕臧。

还有什么比这更美好的事情？

她期待并且也深信——从今往后，她会与她的谢郎举案齐眉、白头偕老。

但是很快，她便知道了。

她嫁的这个谢郎，并非从前相思梦中那个笑起来连天地仿佛都会为之失却颜色的男子。

在她亲自主持之下，戚家的戚灵凤很快便进了门。

此后的几年，谢长庚极少在家。他永远都是那么忙碌，要么驻兵河西，要么各处平叛。

她是他的妻子，要侍奉婆母，主持中馈，怎么可能去往他的身边陪伴？

她和他聚少离多，一年也难得见上几次面。

唯一的安慰，便是第二年她就生了熙儿。

熙儿聪明又活泼，是她的心头肉，陪她度过了一个又一个漫漫长夜。

她原本以为日子也就这样过下去了，却没有想到在熙儿四岁那一年，她的命运随着丈夫的一个举动骤然发生了翻天覆地的巨变。

那时候，国中的藩王之乱已经持续了将近十年，国乏民疲，她的丈夫，也终于动手了。

有人密报朝廷，河西节度使谢长庚于西北养兵蓄锐，图谋不轨。朝廷那两年本就忌惮于他的势力，十分恐惧，欲夺兵权。他便在西北举兵，公然造反，朝着上京而去。

朝廷为之震动。原本图谋上位，相互"狗咬狗"了十几年的赵氏藩王们仿佛嗅到了大难临头的气息。他们中止了争斗，在齐王的游说下与掌控着傀儡皇帝的刘后达成了暂时的妥协，全力联合反击，以保住传承了几百年的赵姓江山。

阿兄几年前不幸罹难，阿嫂思念成疾，刚刚去世。慕扶兰带着熙儿赴岳城奔丧，当时还没回去。谢长庚派人来接她，要将她们母子接回到更为安全的夒州，却没有想到路上发生了意外。

他们的行踪暴露，朝廷派兵突袭拦截，慕扶兰和熙儿被捉走，囚禁在了蒲城。

朝廷以她母子二人的性命为条件，要求谢长庚交出鄜城，即刻退兵。

那时候，谢长庚刚刚拿下郿城。

拿下郿城，意味着他打通了连接他后方基地的道路。有了这座城池，他攻守自如，南下可取上京，东向可至洛阳。

谢长庚没有答应这个条件。

他以迅雷不及掩耳的速度派人奇袭了齐王府所在的濮阳城，捉住了在那里养病的齐王世子赵羲泰，以赵羲泰来反制齐王。

赵羲泰体弱多病，是齐王唯一养大的儿子，齐王十分珍爱。齐王一时不敢轻举妄动，双方僵持。

慕扶兰带着熙儿就这样沦为人质，在蒲城艰难度日。

这一囚禁，便是将近一年的时间。

终于有一天，她等来了救她的人。

袁汉鼎来了。

王兄去世之后，长沙国除国，但岳城还在，这几年一直是袁汉鼎守着最后的慕氏家族。

他买通了齐王的人，混入城中，设法见到了慕扶兰的面，告诉她，被囚的齐王世子病重，现在已经死了，但消息还未传出来，谢长庚决定尽快攻下蒲城。而袁汉鼎来，就是为了在兵临城下之前，救出她母子二人。

袁汉鼎于深夜将她们母子带出了囚牢，只等天明城门开启，里应外合，立刻将人送出。

或许是劫数使然，尚未出城，营救之事便被发现了。城门紧闭，面对汹汹追兵，慕扶兰让袁汉鼎带着熙儿逃走，设法躲藏起来，请他务必保证熙儿安全。

她狠着心推开了流着眼泪、一双小手死死拽着自己衣角不放的儿子，甚至连最后的亲吻道别都来不及，便就此母子分离，最后天人永隔。

她被捉了回去。

很快，谢长庚兵临城下。

齐王那时也知道了儿子的死讯，暴跳如雷，将愤怒全部发泄到了慕扶兰身上。

在被囚禁的那些日日夜夜里，慕扶兰早就明白了，她的丈夫是不会因为她而停止前行脚步的。

她活着，不但是他的累赘，接下来等待她的，也将会是无尽的侮辱和摧残。

唯一的庆幸，便是熙儿终于得到了保护。

她相信袁汉鼎会护住熙儿，将他安全地带回他父亲身边。

最后的时刻到来之时，她别无选择，唯有了结生命。

她的尸首被倒吊在城头之上，风吹日晒，晃晃荡荡。

三天之后，谢长庚攻下了蒲城，屠城，厚葬慕扶兰。

第二年，他占领上京，杀了刘后和皇室贵胄。那一天，城门前流出来的血几乎染红了半条护城河的水。

新的皇朝踏着旧王朝的枯骨和脓血，就此奠基。

大成朝的开国皇帝英明而果决，登基之后，废藩国，革旧弊，雄才大略，文治武功，四海归附，万民拥戴。

十年光阴弹指即过。

那个冬天，白雪皑皑，京城之中，家家户户门缠缟素，为前些日刚刚去世的太后举哀。

皇帝是个大孝子。他早年丧父，据说少年微时，曾累太后担惊受怕，如今坐拥天下，自然对太后悉心奉养。多年之前，太后不慎中风，之后常年卧病在床，皇帝只要人在宫中，不管多忙，早晚必会亲自过去探望侍药，从无间断，孝心敬行，赢得臣民交口称赞。如今太后去了，丧事自然隆重无比。

停灵大殿之内，继后戚氏身披重孝，带着后宫里的妃子跪在太后的灵前，恸哭到了深夜，她体力不支，几欲晕倒，这才听劝，被宫人搀扶着回到寝宫歇息。

她刚入寝宫，还没来得及坐下，皇帝身边的亲信曹太监便带着几个孔武有力的太监走了进来。

曹太监脸上带笑，说自己来传陛下的口谕。

戚灵凤急忙来迎。

曹太监用尖细的嗓音说："陛下有旨，戚后贤良淑德，侍奉太后多年，深得太后之心。如今太后驾鹤归西，皇后一并殉葬，到了那边，再替朕好生侍奉太后，以尽孝心。"

戚灵凤的脸色变得惨白，跪都跪不稳了，当场软倒在地上。直到看到太监取出带来的绳索，她这才如梦初醒般从地上爬起来，嚷着要去见皇帝，把事情问个清楚。

平日里对她毕恭毕敬的曹太监此刻的神色变得阴森无比，他命小太监捉住她，道："陛下去看皇长子殿下了，不会见你。皇后，奴才下面说的话全是陛下的话，你听清楚了，免得做个自以为被冤死的冤死鬼。"

他咳嗽了一声，模仿着皇帝的口吻，冷冷地道："戚氏，你以为你兄妹当年对元后做下的事，朕不知？朕早就知道了！不过是看在太后离不了你的份上，容你暂时活于世上罢了。朕让你做了这么多年中宫，留你全尸，也算还了你戚家当初对太后的救护之恩。如今太后去了，你还不死，活着做什么？到下头再陪她老人家便是了！"

戚灵凤如遭雷劈，起先高声呼冤，胡乱撕打着太监，状如疯狂，待听到自己兄长已被革职待斩，戚氏满门数百子弟全部连坐之时，涕泪滂沱，瘫在了地上，不住地磕头，说全是自己的过错，哀求曹太监，容她去找皇帝求情。

曹太监一脸冷漠，命小太监动手。

两个太监将戚后按在地上，另外两人拿了白绫，缠在她的脖颈之上。

戚后拼命挣扎，双脚乱蹬，踢得宫鞋也飞了出去。

世间繁华，万般富贵，她统领着后宫，尊贵无比，是世人口中争相称颂的贤后。她活得正有滋味，做梦也没有想到，白天还与她当着群臣的面一道祭奠太后的皇帝，竟会突然翻脸，无情至此地步。

她从不觉得自己是坏人。多年以来，她真心孝顺谢母，对原本是姐夫的谢长庚一片痴心，以妾的身份委屈入了谢家之后，对慕氏也是礼数周到，没有仗着谢母的宠爱而对她有所不敬。

当年她之所以将慕氏母子回程的消息悄悄透露给齐王的人，也不过是出于一时糊涂罢了。

她早就后悔了，不但从前在神明面前忏悔过，为了弥补过错，这些年更是做了许多善事。世人提及戚后，谁不是满怀敬意，交口称颂？

现在，就在她已经忘记那件事情的时候，她没有想到太后刚去，自己竟然也就要随同殉葬了。

她实在不知道皇帝是何时知道那件事的。想到这些年来，他不动声色，等的就是太后离去的这一天，她便不寒而栗，如坠深渊。

谁都有行差踏错的时候。难道他就没有杀过人，染过血？

她不该受到这样可怕的对待。

她怎么肯就此死去？

但她又怎么敢得过这些如狼似虎的太监和缠在脖颈上的催命绳索？

她的面孔慢慢地由血红变成了紫色，双眼翻白，鼓胀暴凸，血瘀点点，舌头亦从嘴里伸了出来。

足足半盏茶的工夫过后，她几乎被勒断脖颈，这才停止了徒劳而痛苦的挣扎，彻底断了气。她被活活勒死在了这座片刻之前还属于她的中宫之中。

殿宇之外，夜空沉沉，北风怒号，雪片狂舞，仿佛有魂灵在悲泣和震颤。

梦中的那一夜是如此寒冷。

那种透骨的寒意犹如从未离去，直到此刻仿佛还在向慕扶兰侵袭而来，一寸一寸，渗入她的肌肤。

她忍不住又打了个寒噤，猛地睁开眼睛，对上了美人榻侧那个男子投来的目光。

他的一只手已经探了过来，探向了她。

尚未碰触到她，动作也很慢，但她已经清晰地感觉到了来自男子的那只手的压力。

她盯着他那双暗沉沉的眼睛，也不用他，慢慢地打开了原本紧紧并拢的双腿。

那片如火燃烧着的石榴裙摆亦被她自己的手攥住，猛地一把给掀开了。

平日被深藏起来的，随了她的这一个动作，一下便失了遮掩，再无任何隐藏，大白于视线之下。

烛火跳跃，她毫无遮掩，美得几乎刺痛人眼。

谢长庚的手随着她掀裙的举动骤然停住了。他的目光一滞，终于慢慢抬眼，看向了她的脸。

她便如此靠在美人榻上，双手握着石榴裙摆，抬着尖尖的漂亮下巴，睥睨着正探手向她而去的自己。

谢长庚和她对望了片刻，眼底深处掠过一缕厌恶里夹杂了几丝狼狈的神色。

他慢慢地收回了手，站直身体，盯着她一字一句地低声道："不知廉耻！"

慕扶兰不紧不慢地放下了自己的裙摆，整理了一下，连双足也遮掩得严严实实了，方坐直身体，双眸直视着他，淡淡地说："谢长庚，当初就算你知我如此，难道你便会因此而改变主意，不再求亲于长沙国吗？"

谢长庚盯着她，一张英俊的脸渐渐扭曲。他突然转过身，一把打开门，大踏步头也不回地走了，再没有看她第二眼。

第 四 章

◇

少年

肆

空空荡荡的大殿，光线昏暗，幽阒无声。

十四岁的少年身上孝衣如雪，面容苍白，一抹瘦削单薄的身影，静静地跪在十年前死去的母亲的长生牌位前。

牌位之前供了一盏长明清灯，一点灯火，日夜不灭。前头是张神案，上头摆了只小鼎炉，里头插了燃香，近旁还有一壶供酒，一盘供果。

少年的目光凝视着那点长明灯火，一动不动。

殿门口渐渐传来一阵由远及近的脚步声。

大成皇朝的开国皇帝，他的父皇，深夜踏雪，终于来到了他母亲的灵宫。

但他没有进来，而是止步于殿外。

皇帝正当盛年，虽然在为太后服孝，脸上亦带倦容，但九五之尊，帝王威严，依然令人不敢直视。

他望了一眼幽暗的内殿，转向慕妈妈，问："何事？"

这些年一直陪着熙儿的慕妈妈跪在槛内，低声说道："陛下，明日便是元后十年祭，故殿下斗胆，今夜请陛下移步至此。"

身后狂风怒号着，裹着来自漆黑夜空的雪，从高大的殿檐上空扑向了洞开着的大殿之门。风掀动皇帝的衣袂，孝服下隐隐露出内里所着的黄团龙袍一角。

他的身影凝固了片刻，才终于迈步跨进门槛。

"你们都出去。"

慕妈妈叩首，起身，退了出去。

一扇殿门将漫天的风雪关在了殿外。

皇帝循着大殿深处那团晃荡昏暗的长明灯火的指引，缓缓走到了少年的身后。

少年从母亲的长生牌位前起身，转过来朝向皇帝，再次下跪，叩拜。

他不能说话。

自十年前起，从蒲城脱身之后，他便不能说话了。

曾经那样聪明活泼的一个孩子，一夜之间彻底失去了言语的能力，变成了一个哑巴。

后来，尽管太医用尽方法，也是全无功效。

宫人们暗中传言，道皇长子殿下这是年幼时受了极大的惊吓，以致失声不能言语。

皇帝望了眼长生牌位，沉默了片刻，对着面前向着自己拜叩的单薄身影说："明日父皇会叫人来此祭奠你的母后。"

少年依旧俯伏于地，恍若未闻。

皇帝走到少年面前，弯腰伸手轻轻握住了他的肩膀，要将他从地上扶起。

少年慢慢地抬起脸。

这张脸苍白而清瘦，但眉目五官实是清俊秀美。

皇帝起于微，是在马上夺的天下，被大臣们奉为不世出的明君大帝。但据说他年轻时容貌俊秀，风度譬如文士。

少年的面容轮廓和皇帝相像，而一双眉眼，宫人们传言，其实更像元后。

元后十年前便身故了。据见过她的人传，元后有长沙国第一美人之称，实乃一代国色，貌若天仙。

皇长子殿下的容貌结合父母所长，龙血凤髓，自然出众。

唯一的遗憾便是他失了言语的能力。

皇帝注视着面前这双望着自己的似曾相识的澄澈眼眸，眼底掠过一缕复杂的神色。他低低地道："熙儿，朕知你心里应当有些不平。你莫怪父皇。你是朕的长子，朕亦知你聪慧过人，倘若不是你不能言语，朕怎么会不让你做皇太子？”

他停顿了一下。

“你虽然做不成太子，但朕必会保你一生安乐。你的母亲倘若在天有灵，她应该也会放心的。”

少年凝视着皇帝，唇边露出一个微笑。他朝皇帝叩了个头，随即起身来到供桌之前，将三只倒扣着的杯子翻起，端起酒壶一一斟酒。

他取了第一杯，洒到地上，祭奠亡母，第二杯，恭恭敬敬地敬过长生牌位，自己饮了。

做完这些，他退到一旁，再次跪在地上，双目望着皇帝，向他郑重叩首。

皇帝迟疑了下，终于还是上前端起第三杯供酒，向亡灵祭奠过后，饮了。

他放下杯子，转身说道：“你起来吧，地上冷。”

此刻倘若有外人在侧，必会惊讶。

皇帝说这句话的语气是平日罕见的温柔。

少年并未起身，双目依旧望着皇帝。

“父皇，儿子多谢您的看重，但我并不想做皇太子。”

他竟然开口说话了。

“我只是想问父皇一句，明日是我亡母十周年祭，如此重要的日子，父皇你自己为何不来祭奠我的母亲？”

少年的声音有点低沉，却一字一句，清晰异常。

大殿里的空气瞬间仿佛被冰雪冻住了一般。

长生牌位前的那点灯火突然摇晃起来，明灭不定。

皇帝看着少年，半晌，仿佛才回过来神来。

“熙儿！你能说话了？你何时能说话的？”

一时之间，他顾不上少年这句话里隐含着的对自己的不敬，上前一步，脸上露出无比惊喜之色。

“早在几年前，我就已经能说话了，只是不想开口罢了。”少年道。他看了一眼长生牌位，说："父皇，倘若儿子没有记错，这些年间，你从没有到过这里一步！今夜倘若不是儿子的请求，父皇你大约也是不会来此的，是不是？"

皇帝望着神色淡漠的少年，面上的喜色消失了，没有作声。

"父皇，你是不屑来，还是根本就没有将我母亲的死放在心上，哪怕一分一毫？"

少年蓦然提高音量，字字句句，宛若质问。

皇帝仿佛被针刺了一下，皱起了眉头。

"大胆！你敢如此跟朕说话？"

少年看着皇帝，笑了。

"是啊，您是大成的开国帝君，这个新的皇朝在您的治理之下，正欣欣向荣，万民安泰，日后，必宏图社稷，国祚延绵。儿子可以预见，许多年后，当史官为您作帝王列传之时，就算功不比三皇五帝，也足以比肩秦皇汉武。

"您不但是帝君，亦是我的生身之父。倘若没有您的精血，何来我今日血肉之躯？

"可是我告诉您，不管他们如何赞颂您，敬拜您，在我的眼里，父亲，您就是个没有良心的冷血之人！"

皇帝盯着面前的少年，脸色阴沉了下去，眼底隐隐有怒气流动。

少年面上却不见丝毫惧色，他从地上慢慢地站起来，直起了单薄却笔直的腰身。

"翰林编修们为您修族谱时都小心地避过您的少年时代，只说您从小便心怀大志，英武过人，他们不敢说您半句不好。可是您自己心里清楚，您就是一个江洋大盗出身！您是借了我外祖父的势才步入仕途的，从此青云直上。说我母亲那时是下嫁，应当没有半分委屈您吧？可是您是怎么对待她的？她嫁给您的第一年，您就迫不及待地将别的女人娶进了门！

"那几年里，我记不清父亲是什么模样的。等我稍大些，我只记得每日清早，不分寒暑，我的母亲必须早早起身，为祖母端茶奉食。而那个名为妾室的戚氏却能够陪在祖母的身边，笑看着我原本高贵的母亲，在她的眼皮下，忍受着来自祖母的各种挑剔！”

皇帝的眉头依旧紧皱，但方才面上的那片怒色仿佛消退了些，他默默地望着少年，并未打断他的话。

“那些也就罢了。父亲，后来我的母亲死了！她在送走我之后，不愿做你的累赘，更知道你是不可能为她退步的，她绝望而死！

“我永远都忘不了，那日袁将军带着我出逃，我挣脱了他捂住我眼睛的手，回头之时看到的那一幕，我永远都忘不了！”

少年的眼眶泛红，声音微微颤抖。

“她是长沙王女，原本那样美丽高贵的一个女子，她不该被那样对待！她死了，那些人也没有放过她。天气那么冷，她身上却连一件像样的衣裳也没有，有的只是被恨你的敌人用刀剑砍斫过后留下的伤痕。血，满身都是血！她头朝下，脚上缚着绳索，被倒吊在了城头之上，风吹得她不停地晃，她在那些士兵肆无忌惮的羞辱笑声里，是那么无助，那么凄惨……”

少年流下了眼泪，孤瘦的身影僵硬得仿佛成了一尊岩石。

皇帝表情僵硬，他闭了闭眼，又睁开，才朝着少年慢慢地走了过去，抬手握住了他的胳膊。

“熙儿……”他唤着少年的乳名，声音发涩。

少年的眼底却掠过一丝厌恶，他一把挣脱开来自父亲的手，猛地后退了几步。

“父亲，十年了，您应当早就已经忘记我的母亲了。但我忘不了她！我总是梦见她。我永远也不会忘记她被吊在城头上的那一幕！

“我不敢指责您，可在长达一年的囚禁时间里，您在打着您的天下之时，是否也尽心尽力地想过去救我们？我没有资格要求您为了母亲和我，放弃那座用将士的牺牲换来的城池。您有您的考虑和权衡，我理解！可是父亲，我不能原谅的是，后来您都做了什么？您是如何对待我母亲的?

"您封她一个元后的虚名,在她的名号之前加一串辞藻优美的谥号,再给她建个放置牌位的地方,从此您觉得您就可以心安理得了,是吗?"

少年的语气变得激烈起来,苍白的面庞上也泛出了红晕。

"我总觉得她没有离开这里。她在看着我,也在看着你,我的父皇!"

"熙儿! 够了! "

皇帝猛地喝了一声。

"远远不够! 要不是你当初利用她,娶了她,又害了她,她怎么可能落得这样的下场? 这些年如果你对她还怀有半点愧疚,也就罢了。但你无情无义,竟然连她的十周年祭也不来亲自祭奠!"

"谢、长、庚!"

少年双目赤红,宛若染血。他盯着面前的皇帝,一字一字地叫出了他的名字。

"你不但配不上我的母亲,你还是害死她的元凶!"

"你放肆! 再给我胡言乱语,朕就治你重罪!"

皇帝的脸色铁青。

他停顿了一下,又放缓了些语气。

"你还不知道,当年害你母子二人落入敌手之人的便是戚氏。是这个贱妇将消息透露给了齐王的人。朕也是后来才得知此事。便在方才朕来这里之前,已下令将她正法。"

少年定定地望着皇帝,神色古怪,突然大笑起来。

"父皇,你觉得你这样做了,我母亲便终于能瞑目,甚至感激你替她复仇了吗?"

他狂笑个不停,几乎连眼泪都要笑出来了,方停了下来。

"十年的时间啊! 我母亲死了十年,你竟然到了现在才动手……

"父皇,容我问你一声,你是真的为了替我母亲复仇,还是出于憎恶戚氏对你的背叛，这才等到太后去了，你才动手？"

皇帝眉头紧皱，冷冷地道："你祖母中风后，人也糊涂了，越发离不了她。不过是个活死人罢了，何必计较早晚。不早了，你该回去歇息了！"

他说完，转身迈步要出灵宫，才走了几步，脚步便渐渐凝滞，身影也随之一晃。

他定了定神，慢慢地转过身。

不知何时，少年的手中竟多了一把长剑。

烛火摇曳，剑芒森森。

皇帝看了眼案上那壶供酒，随即盯着少年，双目之中露出不敢置信似的惊怒之色。

"你竟敢对朕下手？"他咬牙切齿地道。

少年笑了起来。

"父皇，你现在是不是感到浑身无力，呼吸困难，连站都站不住了？告诉你吧，我平日时常看我母亲留下的医书，有一天，我在书里看到了一个极厉害的方子，我就自己学着调制……"

"你这孽障！"

皇帝面容扭曲。

"来人！"

他朝着殿外厉声吼道。

吼完了，皇帝才突然想了起来。

这些年来，他的皇长子绝不允许任何外人踏入他亡母灵宫一步，认为这是对他母亲的冒犯。

他怎能不知这一点？故方才来时，他特意将随行人员全部留在了宫门之外。

直到这时，皇帝方才醒悟过来。

为了这一刻，自己这个儿子想必已经准备了很久。

他这个儿子的隐忍和心机竟深沉可怕到了这等地步！

少
年

第
四
章

皇帝的吼声回荡在大殿之中。

大门被推开，慕妈妈奔了进来，看到皇帝摇摇晃晃的背影，她大惊失色，不知到底出了何事。

长明灯火被卷入的夜风吹得猛烈摇晃起来，憧憧的人影里，皇帝怒视着自己的儿子，朝着他跌跌撞撞地一步步逼了过去。

"孽障！朕不信你真敢杀朕！"

他走到了儿子的面前，再也支撑不住，扑倒在了地上。

少年冷眼看着他，仿佛在看一具没有生命的被摆到了祭祀供桌上的牺牲之品，直到皇帝倒在自己的脚前，方笑了起来。

他抬手，修长的指轻轻抚过冰冷剑锋。

"父皇，你可还认得这把剑？这是当日你攻下蒲城，见到我后，你从身上解下送给我的。这上头染过无数人的血，你让我做一个男子汉大丈夫。"

少年慢慢地蹲了下去，蹲到倒在地上的父亲面前，和他四目相对。

皇帝怒目而视。

少年脸上的笑意消失，他抬臂朝着皇帝挥剑而去。

在慕妈妈的惊叫声中，皇帝感到一道冰冷的剑锋掠过了自己的面颊。

并无血光。

"叮"的一声轻响。

他头顶的发冠断成了两截。

束在发冠里的他的头发齐根断裂，散落在了地上。

皇帝一动不动，看着自己的儿子从地上缓缓站了起来。

"父皇，我听说你和我一般大时，为报父仇，出手杀人。儿子没用，但为母复仇之心并不逊于父皇你半分。倘若依我自己的心性，我现在便已杀了你。

"可是我不能取你的性命。你若死了，天下就会再起动乱，我怕我见了母亲，她会责备我。

"你听着，我此刻断你的发，便如同杀你。子弑父，天理不容，从今往后，我便没有父亲，你也没有我这个儿子！"

他用剑尖挑起地上那束漆黑的断发，再不看皇帝一眼，转身走到元后的长生牌位前，将断发放在供桌之上，自己下拜叩头之后，站了起来，向着长生牌位一字一字地问："阿母，儿子这样做，到底对不对？"

大殿里没有回音，只有跪在一旁的慕妈妈发出的压抑的哽咽之声。

长明灯火剧烈地摇曳着。

少年慢慢地环顾一圈，凄凉地道："阿母，这些年来，儿子总感觉你就在我的近旁。我记得小时候，他总不在家。有时儿子半夜醒来，看到阿母你还醒着，是那么孤单。其实当日，你本不该让袁将军带我走的。儿子不想你一个人孤孤单单地离去。儿子这就来陪你了，往后，再也不和阿母你分开了！"

他闭眼，猛地仰头，挥剑朝着自己的脖颈横了过去。

"熙儿！"

皇帝大吼了一声，目眦欲裂，亦不知从何而来的气力，竟从地上挣扎而起，与慕妈妈一道，朝前头那个白衣少年扑了过去。

但还是迟了。

剑锋刽过，血溅灵台，一下将长明灯浇灭了。

大殿瞬间陷入了黑暗，只剩下皇帝发出的撕心裂肺般的吼叫之声。

片刻之后，终于被惊动的宫人提着灯笼涌入殿门，都被这一幕惊呆了。

皇帝披头散发，怀里抱着皇长子殿下，倒在元后的长生牌位之前，口中喃喃地道："熙儿……不是为父不想来……是不敢来……"

宝剑横地，两人身上斑斑点点，皆是鲜血。

那种仿佛万箭穿心般的痛再一次朝她袭来。

慕扶兰的身子慢慢地滑了下去。

她紧闭双目，将自己紧紧地蜷缩起来，整个人趴在榻上，一动不动。

慕妈妈等在外头，忐忑不安之时，突然看见门打开了，谢长庚走了出来。她急忙迎了上去，正要开口，却见他脸色阴沉，迈开大步便朝外面走去。她不知刚才发生了何事，一时也顾不上他，忙转身入内，先去看翁主如何。

谢长庚径直出了王府，回到驿馆，便下令连夜动身。

他的随从十分惊讶。

他平日喜怒不形于色，但此刻的脸色相当难看。众人暗自心惊，也不知夜宴上到底出了何事，竟惹得他如此恼怒。但众人又怎敢多问，忙收拾行装，一行人便离开驿馆，往城门而去。

快到城门口时，身后传来一阵追赶的马蹄之声。

长沙国的丞相陆琳骑马追了上来，大声喊道："谢节度使！留步！"

谢长庚缓缓停下。

陆琳追到近前，翻身下马，朝他气喘吁吁地跑了过来。

他没戴官帽，脚上的靴子也穿反了。

"谢节度使，这是怎么了？发生了何事？您竟然要连夜离开？"

谢长庚的神色已经恢复如常，他笑道："谢某离开之前已留书在驿丞那里，本是叫他明早代我转呈上去的。谢某此行的目的，一是拜祭先王，二是接回夫人。先王已经拜过了，夫人那里，因她到我夔州之后水土不服，身子不妥。这趟既然回来了，索性让她留下再休养些时日。因谢某还有要事在身，故连夜动身。多谢长沙王和丞相的款待，谢某感激不尽。丞相请留步，谢某先告辞了，后会有期。"

陆琳方才回府，刚躺下去没一会儿，就得报谢长庚一行人要连夜离开，他不知何故，慌忙追了上来。

原本担心哪里又得罪了他，他才怒而夜行。此刻追了上来，见他言笑晏晏，陆琳便松了一口气，出言挽留了一番，也就作罢，说长沙王夜宴醉酒，由自己代劳，送他出城。

谢长庚也未推辞，任由陆琳送自己出去。

城门打开，陆琳送他到城门外，又是一番客套，最后，目送他的身影纵马消失在了夜色里，这才慢慢地吐出一口气，半信半疑，回城不提。

谢长庚纵马奔驰了一段，突然停了下来。

随从见他似乎有事，也跟着停下，齐齐望着他。

谢长庚转头，眺望着身后那座被夜色勾勒出黑漆漆的轮廓的城池，半晌，他转过头，吩咐一个擅长追踪和搜集情报的名叫朱六虎的随从："你留下，潜藏行踪。长沙国有什么消息，就传给我。

"尤其是翁主，给我留意她的动向。事无巨细，皆报于我。"

谢长庚神色平静地吩咐。

慕妈妈入了内室，看见慕扶兰趴在美人榻上，身子蜷缩成团，状若痛苦，大惊失色地奔了上来。

"翁主，你怎么了？是他伤到了你？"

她抱住了慕扶兰的身子，连声询问，见慕扶兰依然不动，又慌忙将她翻过来，检查她的身子。

慕扶兰低低道了句"我无事"，闭目片刻，定住了心神，坐了起来。

她的脸色有点苍白，额头和脖颈上布满了冷汗，但睁开眼后，目光清澈，神色瞧着也很平静。

慕妈妈这才稍稍放下心来，忙掏出手帕替她拭汗。

慕扶兰靠在美人榻上，问："人走了？"

"方才我等在外头，见他出来，脸色不大好，一句话也没说，径直就往外头去了……

"翁主，你与他到底怎么了……"

慕扶兰没有应。

这时侍女传话，道长沙王和王妃打发人来了，问王妹的情况。

慕扶兰立刻让人回话，说自己等下就去见王兄和王嫂，另外请王兄将陆琳和袁汉鼎也一并召来，有重要的事商议。

一炷香后，她梳好头发，衣衫整齐，出现在了慕宣卿和陆氏的面前。

几乎前后脚，陆琳和袁汉鼎也一道匆匆入了王府。

慕宣卿对慕扶兰道："姓谢的已经带着人连夜出城走了，丞相去送，他说什么让你留在这里休养身体。阿妹，你们到底是怎么说的？"

袁汉鼎和慕氏兄妹一道长大，如同兄妹，陆琳又是姻亲，所以这话，慕宣卿也不避讳他们俩。

以慕扶兰对谢长庚的判断，他最后虽然拂袖而去，一句话也没留，但应该算是默认了自己提出的那个折中之法——同意和自己脱离夫妇干系，不过暂时不予公布。

果然如她所料。

"阿兄，确实是这样，我去了那边后有些水土不服。他虽然还不答应和离，但方才已经说好了，让我在这边好好休养，不再强行要我回去了。"她应道。

慕宣卿对这个结果虽然有些不满，但王妹和谢长庚的婚事毕竟是父王定下的，人又已经过了门，姓谢的若是翻脸强行要人，一时也没有更好的办法。

好歹现在王妹人没被他带走，慕宣卿骂道："今日方知何为厚颜无耻之辈！"

慕扶兰道："王兄，他人走了，短期内应当不会再来，莫再挂怀。"

陆琳忧心忡忡，在一旁叹气："这到底是怎么回事？好端端的，怎么闹到这等地步？他走时虽然客客气气的，只是我总担心他会心怀怨恨。刘后对我长沙国本来就怀有恶意，谢节度使也算是她的人，这回过来吃了这么一个闷亏，我怕他报复。"

慕扶兰道："以我之见，谢长庚应当不会这么快就对长沙国下手。他野心勃勃，我们长沙国如今在他眼里连块绊脚石都算不上，就算心怀怨恨，他现在也没必要费力来对付我们。日后倒是极有可能。不妨视为远虑。"

在她的那个梦里，他做了皇帝后，第一件事便是废了全部尚存的藩国，清洗藩王。

那时长沙国早就已经除国了，慕氏剩下的族人因着她这个"元后"，依旧得以保有岳城一地，算是众多藩王里的幸运者。

但她现在既然已经知晓了结果，事情想必就不一样了。

袁汉鼎点头，说："那么近忧，便是朝廷了。"

"去年便有消息，朝廷有意要对我们长沙国下手，正好当时起了江都王之乱，这事便不了了之了。如今江都王之乱平定，等朝廷喘过气来，怕是又要生事。"

陆氏眉头深锁，"我长沙国历经数代先王的开荒垦田，国中如今盛产谷米织物。在那些人的眼里，就是一块好咬的肥肉！"

长沙国如今虽然不缺粮，不短衣，但兵力一直有限，常备的军队只有区区两万人，虽然这已经是朝廷规定的藩国所能拥有的最高数量的兵力了。

此前，朝廷发难另外几位异姓王时，便往往是拿这个来做文章的。

慕宣卿道："如今不比往日！我们不动，迟早就是死。我正考虑尽快扩军！"

他望向陆琳，"我长沙国中，可应召投军的壮丁人口如今约有多少？"

"去年户官上报，十六至四十岁的壮丁约五十万之众。"

"好！"慕宣卿点头。

"就算五抽一，也有十万兵源，加上原来的人马，倘若我长沙国有一支十数万的军队，何惧外来之敌？"

"如今殿下若是征兵，以民众对王之拥戴，必定响应，只是殿下，此事你想得太过容易。"陆琳摇头道，"就算我们冒险暗中练兵，问题是去哪里弄那么多盔甲武器？难道让十万军士光身以棍棒上阵作战？如今外头大乱，谁不是在拼命养精蓄锐？便是我们出钱，也买不到盔甲武器，自己造，就要有铁。但早在几年前，藩王乱始，各处大小产铁之地早被朝廷与那些意欲作乱的藩王各自占有了。先王在时也想过扩军，暗中于境内寻矿，始终无获，只能作罢。如今一时之间，我长沙国去何处觅铁？就算弄到了手，如此大的兵工造厂，如何才能躲过朝廷耳目？"

"难，太难了。"陆琳叹息。

慕宣卿沉默了片刻，望向慕扶兰。

"阿妹，你方才说有要事商议，是何事？"

面前数道目光都投向了自己。

慕扶兰开口道："我知道王兄想扩军。我想说的，正与此有关。我知道哪里有矿可采，十分方便，就在我长沙国的汝地。"

几人一愣。

"你们应当都还记得我是如何送信回来救了王兄的吧？应也是神明之示，当时一并叫我知道了此事。王兄明日便可派人去往汝地勘察，倘若属实，不妨以风水之名，用另建慕氏先祖陵地为借口，将那里的民众全部迁走，在山中暗地开采铁石，就地铸造。"

慕宣卿大喜。

"难道真是上天要扶我慕氏？实在太好了！孤明日便派人过去察看！"

陆琳也是激动不已地站了起来，双手背后，来回走了几圈，忽然想起一事，又露出愁容。

"翁主梦兆倘若是真，我长沙国扩军指日可待。只是采矿铸造，征兵练兵，绝非一蹴而就，至少也要一年半载方有成效。我怕等不到那时，朝廷就已经发难我长沙国了。"

慕扶兰道："我有个办法，虽然不能拔除祸患，但替长沙国争取些时间，应当还是可行的。当今朝廷大臣里，奸后宠信内史张班，张班表面清正，实则是个贪财之人。我们不妨用重金贿赂张班，让他在奸后面前替我们说些好话。

"江都王之乱虽平定了，但鲁王、平阳王还是朝廷祸患。倘若张班能游说奸后先去对付鲁王、平阳王，便可以替我们长沙国获得扩军的时间。"

"这法子好是好，只是翁主，你怎知他贪财？"陆琳疑惑不解。

便是在那个启示的梦中，慕扶兰知道了汝矿。长沙国除国后，汝地民众为逃避压得人透不过气的苛捐杂税，逃入山中垦荒，偶然发现大量铁石，消息传出，朝廷闻风而来，占据之后，在那里发现了一个大矿。只是后来还没来得及大量开采，国便灭了。

而这个张班则是后来被杀后，从他家中地下起出巨资，价值连城，举国哗然，巨贪面目这才大白于天下。只是他平日装得好，一般人不知道而已。

"你信我的话便是了。"慕扶兰说道。

因为上次她及时传信救了慕宣卿，在座几人对她的话即便感到惊讶，也不敢不信。

陆氏道："伯父，此事关我长沙国的国运。阿妹既这么说了，何妨一试？"

陆琳沉吟了下，点头。

"也好。我从前在上京做过官，也认识一些人。此事虽不方便我亲自出面做，但寻个可靠的说客应该不难。此事交给我了，事不宜迟，我明日就安排！"

"我尽快带工匠去往汝地！"袁汉鼎说道。

慕宣卿望着自己的妹妹，不顾腿脚不便，起身要向她道谢。

慕扶兰道上有神明，先祖之德，自己不敢居功。

几人又商议分头行事的诸多细节，商议完已是深夜，散去之前，最后约定暗中行事，严守机密。

自从老长沙王去世之后，长沙国仿佛失去了主心骨，而此刻便如同忽然看到了在前指引方向的希望，慕宣卿、陆氏几人的脸上无不露出欢欣之情。

慕扶兰单独叫住了袁汉鼎，问道："阿兄，我先前叫你留意谢长庚的随从，你可记住了他们的形貌？"

袁汉鼎点头。

"共六人，全记下了。"

他迟疑了下，望着慕扶兰，问："翁主，你为何叫我记人？"

慕扶兰道："谢长庚人是走了，但他生性多疑，何况和我们长沙国又起了嫌隙，我怕他会留耳目。天亮后，你先暗中留意城门附近，看有没有他的人乔装入城。没有是最好。如果有，也不要惊动，只需记下落脚之地，到时候把消息告诉我就行。"

袁汉鼎恍然大悟，立刻答应下来。

袁汉鼎做事，慕扶兰最放心，吩咐完，目送他的背影匆匆而去，她出神了片刻，才转身回了自己的住处。

谢长庚晓行夜宿，半个月后，回到了谢县。

他深夜到家，起先拍门，门房却睡得昏天暗地，毫无知觉。他唯恐声音过大惊起老母，索性翻墙而入，径直往自己住的东厢而去。

房门虚掩着。他推门入内，点亮桌上的一盏油灯，抬起眼，视线便落到了对面那张床上。

床帐双幅，被一对金钩左右勾住，在两边静静悬垂而下，床里的鸳鸯枕、大红被还是原来的样子。屋里却冷飕飕的，寒气逼人。

平定江东王之乱后，照例他需述职，因为长沙国之行，已经延误了些时日，如今亟待赴京。

这些年他极少回家，思及寡母，颇感愧疚。这次离开长沙国后，他便想早些回来，尽量腾出空，多陪伴老母几日，随后便要动身再次离家。

等下次回家，也不知是何时了，故这趟回程，皆为紧赶。

此刻终于到家了，连日赶路，他也有些疲乏，正要放下行装更衣，却听到身后传来一阵轻轻的叩门之声。

他打开了门。

门外立着一个手中端着烛台的年轻女子，容貌姣好，披散着头发，黑油油的一绺垂在胸前，肩上披了件御寒的葱绿袄，领口松着，露出里头一抹桃红小袄的襟。

看她这副模样，仿佛是刚从床上下来的。

见他出现在了门里，她的脸上露出惊喜之色，双眼放光，叫了声"姐夫"。

这个女子便是戚家的灵凤。

谢长庚微微一怔，随即抬眼望向近旁挨着的一间耳房。

那扇门半开着。

显然，她方才应该是从这间耳房里出来的。

"方才我听到这屋里似乎有动静，便起来看一眼，没想到竟是姐夫你回来了……"

她顿了一下，抬眼，朝屋里望了一眼。

"夫人应该也随姐夫一道回来了吧？"

谢长庚没作声。

她大约也看了出来，慕氏并未随他一道回来，迟疑了一下，又道："屋里冷吧？家里也不知道姐夫你今晚回来的消息，全无准备。姐夫你快进去吧，我给你点个炉子，先暖暖身子……"

她说完，急急忙忙地要进屋。

"你是何时搬来这里的？"

谢长庚并未让路，开口问她。

戚灵凤的脸上浮出一层淡淡的红晕，低声道："就前些日来的……老夫人不小心受了风寒，秋菊服侍不好，我便过来照顾。老夫人身子好了后，便不肯让我走，安排我住这里，要我等着姐夫和夫人回来，便……”

她的声音悄歇，垂下了眼眸。

一阵夜风吹来，将她手中的烛火给吹灭了。

四周顿时陷入昏暗。

“姐夫……”

她抬起头，低低地唤了一声。

夜色迷离，她的影子略略动了一下。

“夫人暂时不回来，你住这里不便，明日便回去吧。”

谢长庚说了一句，语气温和，随即迈步出屋，朝着自己母亲居住的正屋而去。

他来到门前，恰好遇到半夜出来解手的阿猫。

阿猫缩着脖子眯着眼，紧紧地拢住胳膊，打着哈欠正往屋里去，冷不丁撞见谢长庚，吓了一跳，惊叫一声，认出是他，又“哎呀”了一声，转过身朝里面啪嗒啪嗒地跑了进去。

“老夫人！爷回来啦——”

她扯开嗓门，大喊一声。

谢长庚本欲阻止，迟疑了一下，又停住了，任她喊着跑进去。

很快，屋里亮起了灯。

“庚儿你回了？快进来！”

伴着一阵起身的响动，谢母的声音从屋里传了出来。

谢长庚走了进去，脸上露出笑容，扶她坐回了床沿上。

谢母看见儿子，十分欢喜，捉住手问他路上的情况，母子说了几句话，她望了眼门口。

“慕氏人呢？”

谢长庚停顿了一下，转头命秋菊和阿猫都出去。

“慕氏没回来。”

谢母一怔，说："你都去接她了，她怎么没随你回来？"

"她自小娇生惯养，到了我们这边大约是水土不服，当时也没和您说，她走的时候，其实身子有些不便。故儿子没要她回来，让她留在那边，先慢慢调养身子吧。"

谢母皱眉，道："竟然是这样！她身子不好，当日怎么不和我说？她既然叫我婆母，难道我是那种不顾她死活的人？"

谢长庚没有接话。

她叹了口气，又小声抱怨："我就知道！当日她进门，我看她的第一眼，那娇滴滴的身子骨跟风一吹就要倒似的，不是好生养的福相。怎及凤儿……"

她仿佛忽然想了起来，脸上又露出笑容，笑眯眯地说："庚儿，娘跟你说个事，凤儿过来了，不晓得你方才见到她没有。我想着她反正也快是我们家的人了，就让她住到你那边去了。你这趟回来，在家多住些天，娘挑个好日子，把凤儿和你的事给办了，也算是了了我一桩多年的心事。"

谢长庚道："娘，我正想和你说这个。慕氏既没回来，这事还是得再等等，现在不便。戚家二娘往后也不方便再住那屋。您的身子要是好了，就让她回去吧。"

谢母不悦地说："这事先前我已跟慕氏说过，她自己亲口答应由我做主的！她要是不回来，难道让凤儿一直等着？凤儿也不小了，都快二十了！等了你这么多年，你还要她再等多久？"

"阿母，慕氏是正室，这种事，我们若在她不在的时候将人接进来，于规矩……"

"我还是你娘呢！"

谢母打断了儿子的话。

"我可不管外头什么规矩不规矩的，这里是谢县！我活了大半辈子，还没听过做婆婆的要看儿媳脸色行事的道理！"

"阿母，你听我说，现在就让人进门，确实不便……"

谢母定定地注视着儿子。

"庚儿，娘当初为了生你，磨了三天三夜，一只脚都踏进鬼门关了，总算命大，才熬过那一关。你爹白读了那么多书，功名不中，最后只当了个驿丞，家中能有多少进项？你打小聪明，我为了供你读书，天天纺纱搓麻，盼着你能出人头地，好不容易将你养大了，总算看到了点希望，不想你又杀了人！那几年里，我担惊受怕，无依无靠，是戚家照应了我。

"你大概早就忘了，但娘没忘，也不敢忘！那年乡里遭了水灾，凤儿一家带着我逃难，过桥的时候，桥突然被水冲断，连人带车掉进了水里。当时我和凤儿的娘都在车里，要不是凤儿抱住桥柱子，死死抓着娘的手不放，娘早就喂鱼去了！娘是活了下来，可凤儿她自己的娘却就这么没了！

"我们谢家不但欠戚家的恩情，还欠了她人命！凤儿在我眼里比我的亲生女儿还亲！后来知道你在外头自己订了亲事，没法改，只能作罢。让她做小，本来就够委屈她了。现在你要是不要她了，我告诉你，娘就不活了！"

谢母一边说，一边抹着眼泪。

谢长庚眉头紧锁，迟疑了片刻，起身跪到了地上，郑重地磕了个头。

"阿母，是儿子不孝，从小累母亲担惊受怕，如今又令母亲失望至此地步。此事并非儿子不愿，而是如今确实不方便……"

"有什么不方便的？"

"阿母长居家中，有些外头的事并不知晓。接个人进门固然是件后宅小事，但不怕一万，只怕万一。万一长沙国慕氏认为这是对他们不敬，那便有些麻烦。且儿子如今官做大了，朝廷里树敌也多，背后不知道有多少眼睛在盯着。欲加之罪，何患无辞？此事虽小，若被有心之人抓住大做文章，也是有可能的。"

谢母有些吃惊，望着儿子的郑重神色，渐渐止住了哭泣。

谢长庚从地上爬了起来。

"阿母，戚氏对母亲的恩情，儿子怎敢忘？儿子倒是觉得阿母如今这样的安排才是委屈她了，并非只有如此才能回报。阿母何妨将她认为义女，往后，倘若儿子能够心想事成，必厚待于她，报她当日救母之恩……"

他话音未落，门口进来了一人，"扑通"一声跪在了地上。

戚灵凤朝着谢母磕头，哽咽着道："老夫人，你对凤儿的好，凤儿感激不尽。倘若因为凤儿惹你母子生隙，那我便是罪该万死！求老夫人千万莫再逼他。明日凤儿便回我兄弟那里去了。"

谢母急忙过去将她扶起来，安慰了一番，这才转头看向儿子，皱眉道："你看看，凤儿如此懂事，比起你娶的那个慕氏，谁好谁歹，你自己心里应当有数！凤儿自己既然也如此开口，此事便先放着，但人都来了，不好再回她兄弟那里去了，先以我干女儿之名在家里住下来，等那个慕氏回来了再说！"

谢长庚不再表态，含含糊糊地应了几声，说夜深了，让母亲快些歇息，方退了出来。

他回到东厢房，将门反闩之后，提起行装走到了柜前，手握住柜门上头的那只门把手之时，顿了一下，忽然想了起来。

迟疑了下，他慢慢地打开了柜门。

入目所见，还是和上次一样。

衣柜里装满了女子的衣物。也不知香囊里填的是什么香料，这么久了，幽香依然不减。

谢长庚的眼前仿佛又浮现出了那日美人榻上刺痛自己眼睛的一幕。

石榴红裙，轻霞薄绮。

人前一派高贵，私底下却放荡至此地步，也是匪夷所思。

他扫了一眼柜中她留下的衣物，便仿佛见到了她那张脸，眼底浮出一缕厌恶之色，"砰"的一声关了柜门。

次日，谢长庚早早地去了正屋，亲手服侍自己的母亲用饭。用完了早饭，他告诉自己的母亲，朝廷还在等着他去上京述职，他恐怕没法再在家里尽孝道了，这趟回来，就是为了和母亲辞别。

谢母万分不舍，但儿子的前途要紧，怎好耽搁？她点头答应，替他收拾了行装，被戚灵凤扶着，一路送了出去。

谢长庚叮嘱下人服侍好母亲，便动身离家。又是一番兼程赶路，终于在月底时分风尘仆仆抵达了上京。

他在京中早就有了一座赐宅，宅邸中奴仆齐全。入了宅邸，他便沐浴休整，预备明日上朝述职。

深夜，一封来自宫里的密信被悄悄地送到了他的手上。

密信来自刘后宫中一个名叫曹金的太监。

这个太监是刘后身边杨大太监的徒弟，只是从两年前起便成了谢长庚的人。

每次谢长庚回京，当夜便会收到消息，已经是惯例。

这次也不例外。

曹金带出来的，都是谢长庚不在之时，朝廷或宫里发生过的一些事情。

大多他都已经知道。

但有一条引起了谢长庚的注意。

曹金说，内史张班前几日曾入宫求见刘后。当时进言私密，自己也未能获知详情，但张班所言，似乎是与长沙国有关。

因谢节度使与长沙国有联姻之好，既然有消息，便一并告知，供其参考。

谢长庚看完，将信凑到烛火上。

他望着在火苗的吞卷中慢慢化为灰烬的密信，出神了良久。

第 五 章

◇

上
京

次日清早，离辰时还有一刻，朝会便要开始了。

按照惯例，早到的大臣们都先集中在东朝堂等候，等刘太后带幼帝上朝听政。

众人或坐或站，三五成群，低声议论。

他们议论的话题自然离不开刘后面前的红人——河西节度使谢长庚。

他昨日傍晚到的京城，给宫里递去折子，太后体恤他旅途辛劳，让他不必即刻入宫拜见，先休息一晚，明早觐见也是不迟。

这个消息早就已经传开了。

众人都在谈论他不久前平定江都王叛乱的功劳，羡慕他再立大功，此次入京述职，必又少不了加官晋爵。

正说着话，堂口进来了一个宫人，传太后的话，道今早的朝会延迟半个时辰，让诸位大臣继续在这里等候。

宫人一走，东朝堂里顿时嗡嗡声四起。

人人心知肚明，这必是刘太后在单独接见谢长庚。

为了他的觐见，竟连朝会也要延迟，叫自己这些人继续干等在这里。

众人除了羡慕，也难免有几分忌妒。

于是很快，也不知是谁起的头，众人关注的焦点就从河西节度使谢长庚的功劳变成了一则前些日子刚传至上京官场里的小道消息。

年初，谢长庚与三年前定亲的长沙国王女成亲，不想赶上江都王叛乱，新婚之夜，他抛下娇妻，离家而去，这件事也不算什么秘密了。当时有同僚去赴喜宴，一传十，十传百，早已人尽皆知。

但大约是他当时没安抚好新妇，新婚不过半年，新妇竟然回了长沙国。就在上个月平定叛乱之后，谢节度使马不停蹄地赶去了长沙国，想要接回王女，却没想到在那里碰了一鼻子的灰。

他非但没能接回娇妻，据说还遭到了一向就看不上他出身的年轻的长沙王的羞辱，最后灰头土脸，空手而归。

这则小道消息的最初来源，应该是朝廷派到长沙国的监正口里。

朝廷在每个藩国里都驻有监正官，每月上奏一本，禀告自己当月监察所得。这是本朝设藩国之初便定下的规制。

不管消息的真实性如何，反正大多数在京官员本就对出身莫可多言的谢长庚又忌妒又瞧不起，从这个立场而言，他们倒都成了长沙王慕宣卿的支持者。能见到谢长庚吃这样的瘪，出这样的丑，茶余饭后，谁还不幸灾乐祸地说上个几句？

现在朝会也因为他的到来而推迟了。

众人索性放开了，开始你一言我一语地传着自己听来的消息，对谢节度使的遭遇深表同情。

同一时刻，谢长庚正候在宣政殿外。

虽然人不在东朝堂，但此刻那里头的同僚们正在谈论着什么，他心知肚明。

昨夜曹金传给他的密信里也提过此事。大约是怕引发他的不快，只简单地提了一句，道他此次长沙国之行的遭遇已经传扬开来。

谢长庚神色平静，站在殿外等候传召。

伴着一阵脚步声，刘后身边的大太监杨广树亲自从殿内出来，道太后召见，引着谢长庚进去。

谢长庚跟了进去，行至端坐于殿中的刘后面前，行臣子的跪拜之礼。

刘后不过四十多岁，便已经做了多年的太后。十年前，来自长沙国的慕氏皇后薨，次年她被立为继后，所生的儿子一并被立为太子。

皇帝本就有暗疾，没两年也驾崩了。继位的皇帝年幼，一切事宜就理所当然地都由升为太后的她来处置。

她掌权之后，排除异己。被分封在各地的赵姓藩王们，自诩龙子龙孙、天潢贵胄，怎甘心被外戚拿捏，坐以待毙，无不想着除去奸后，由自己取而代之。

这便是持续了多年的国乱根源所在。

藩王们太多，联合起来反对刘后执政，不是这里造反，就是那里逼宫，刘后纵然再有手段，母家再有势力，也是顾此失彼，焦头烂额。

三年之前，叛乱又起，乱兵直扑上京，刘后派人平叛，却屡获败绩，上京岌岌可危，正当朝廷面临空前压力之时，谢长庚横空出世了。

这三年时间里，他凭着超群的军事才华先后帮助刘后镇压了数次藩王的汹汹作乱，刘后的地位这才得以稳固，功高至此，她怎能不对他另眼相看？

她笑吟吟地让谢长庚起来，命宫人赐座，笑道："你昨日递上的陈情折，本宫与陛下连夜看了，很好。江都王之乱得以平定，你居功至伟。你为朝廷分忧解难，陛下虽然年幼，却也知道和本宫说谢卿乃忠臣良将。你要什么封赏，尽管开口。"

谢长庚说："此不过是为臣的本分。臣奉旨讨逆，托太后与陛下的洪福，又仰仗军中将士死力效命，方不辱使命。臣原本不过一草莽，有今日之荣，已是感激不尽，再无半分邀功之念。"

刘后对他的态度很是满意，脸上露出了笑容。

"谢卿，你年纪轻轻，已经做到了今日的官职，虽说是因功得封，但再往上，本宫怕你真要成众矢之的。这回本宫也不再加封你爵位了，改封你母亲的诰命，如何？"

谢长庚下跪谢恩。

刘后叫他起身，又叙了几句话，道："因了江都王之乱，累你新婚之夜离家，本宫十分愧疚。听说你上月去了趟长沙国？"

谢长庚抬眼，对上刘后关切的目光，说："平定江都王之乱后，臣有幸获赐归乡探亲的机会，当时回到家中，得知夫人到我家乡那边之后，水土不服，身体欠安，已回了长沙国，臣便走了一趟。"

"原来如此。她的身体如何了？"

"已无大碍，只需多加休养便可。臣多谢太后关心。"

刘后点头。

"但本宫怎么听说你在长沙国还遭到了羞辱？"

谢长庚面露愧色。

"臣不敢隐瞒。臣出身草莽，为人鄙陋，当初求亲于老长沙王时，妻兄便对臣有所不满。如今见我去了，便是怠慢，也是人之常情。"

刘后皱眉，说："这个慕宣卿胆子不小，竟敢如此对你！他知你是我器重之人，还如此嚣张，日后有什么事做不出来？"

她顿了一下，"长沙国慕氏对本宫素来怀有恶意。从前曾有人提醒本宫提防慕氏之人。此事，你以为如何？"

她忽然这般发问。

谢长庚仍不疾不徐地说："长沙王年轻气盛，行事鲁莽，一国之君尚且如此，长沙国里又缺兵少将，不似别的藩王，个个兵强马壮，有何可惧？日后即便他们真的敢生事，又能翻起多大的水花？"

"谢卿，日后倘若本宫要除长沙国，到时你将如何自处？"刘后盯着谢长庚，又问了一句。

谢长庚对上刘后投向自己的两道目光，眼睛都未曾眨一下，说："君要臣死，臣不得不死。何况别事？"

刘后沉默了下去。

数日之前，她召内史张班商议接下来的定国大计，谈及长沙国时，张班进言，长沙国本就国小兵弱，三年前继位的新王慕宣卿不但能力远不及其父，行事更是鲁莽。听说就在不久之前，他竟独自狩猎，跌下了涧坑，倘若不是运气好，被搜寻的人及时找到，只怕已经送了性命。而近日传得沸沸扬扬的他不但不放妹妹回去，还当众羞辱谢节度使的事，更是一个佐证。

比起并无多少威胁的长沙国，老谋深算的鲁王和手握重兵的平阳王才是当下真正的祸患，而且长沙国在朝臣眼中，不生是非，按时纳贡，更无作乱造反的确凿证据。朝堂里本就暗中有一种说法，道刘后之所以不容长沙国，乃是出于当年与慕后的怨隙。倘若现在对付长沙国，不但给了鲁王和平阳王可乘之机，且未免有落人口实之嫌。

张班称现在并不是动长沙国的好时机，不如等除掉鲁王与平阳王后，那时再对付长沙国，也是易如反掌。

刘后当时便觉得颇有道理，思忖过后，决定予以采纳。

方才她故意在谢长庚面前如此发问，不过是为了试探他的态度而已。

毕竟他娶了慕氏王女。

现在他的回复也完全符合她对于谢长庚的预判。

以他那样的出身，一边是妻族，一边是能赐他飞黄腾达的皇权。他会怎样做选择，毋庸置疑。

没有自己，他就什么都不是。

刘后放下了心，笑道："前几日，本宫与张内史议事之时提及长沙国。他的看法与你的倒也大同小异。毕竟你也娶了慕氏为妻，倘若不是迫不得已，本宫也不愿你为难。往后，只要慕氏一族老老实实的，本宫自然不动他们。"

谢长庚恭敬地道："臣替长沙国慕氏一族，谢过太后的恩典。"

刘后点了点头，沉吟了一下，心里很快做了一个决定。

谢长庚离去后，她唤来心腹太监杨广树，说："即刻替本宫草拟诏书，派人带着赏赐送去长沙国。

"就说本宫思及从前与慕后姐妹情深，颇多感慨，记得慕氏王女扶兰十年前在宫中住过，与本宫有旧，本宫有些想念她了，特召她入京叙旧，她身子若是方便，便动身入京。"

杨太监微微一怔，问道："太后，方才谢节度使不是说她在长沙国养病吗？您又为何召她入京？"

刘后笑了笑。

"谢卿方才那话，你以为是真？十有八九是他在长沙国碰了钉子，接不回慕氏王女，迫不得已拿借口掩饰罢了。

"他是本宫的人，就算本宫现在不动长沙国，也要让那个慕宣卿知道，对谢卿不敬，就是对本宫不敬！谢卿而今人在京城，他那个已经出嫁的妹妹，别说没病，就算是真的病得要死了，只要本宫发了话，她就得乖乖地给我入京随了谢卿！"

杨太监恍然大悟。

"太后所言极是。这几日，奴才也听到了一些议论，想是那些人平日忌妒谢节度使，有些话传得简直没法听。太后您这是一举两得，既警告了长沙国，也成全了谢节度使的颜面。他知道了，必会感激太后。"

刘后出神了片刻，又道："不止如此。本宫听说慕氏王女容貌出众，有长沙国第一美人之称。谢卿方才虽然对本宫表了忠心，但所谓美人乡，英雄冢，古往今来，不知多少英雄好汉栽在了女子的手里。你别看慕宣卿如今是这个态度，只要谢卿与慕氏还是夫妇，日后万一她听人教唆，或是包藏祸心，离间谢卿与本宫，也不无可能。本宫须亲眼看过才能放心。她若老老实实的，也就罢了，料也拿捏不住谢卿这等人物。但若是个不妥之人……"

她的眼底闪过一缕阴沉之色。

"那就得及早想个法子，替谢卿解决了，免得日后留下祸患。"

杨太监低声道："太后考虑得果然周详！虽然暂时放过长沙国，但确实要防。奴才这就去拟旨！"

诏书抵达岳城的那日，慕扶兰人在君山，正和阿大一道在药翁的药圃里采收草药。

药翁下山外出已经大半年了，天气一日冷过一日，须得赶在下雪之前收完这最后一批草药。

一年之中最为凛冽的严寒很快就要降临了。

虽是王女，但在这里，一切事情都是慕扶兰亲自动手，和阿大没有区别。

从小时候起，她就喜欢待在药圃里，跟着师傅辨认不同的草药，虽然忙忙碌碌，但是件快乐的事情。

收完了最后一畦草药，她端起竹篓的时候，手指不小心被竹篓侧旁的篾刺给刮了一下。

细细的竹刺深深地扎进了她娇嫩的手指里。

一颗鲜红的血珠子慢慢地从指尖渗了出来。

"翁主！城里来了口信！王妃让翁主回去，说上京宫里来了使者，要找您！"

这时，阿大从柴门外急匆匆地跑了进来，口中高声嚷道。

慕扶兰的手微微一顿，拔出那根伤了自己的篾刺，洗了洗手，把剩下的活交代给阿大，便下了山，登船上岸。

谢长庚已经离开一个多月了，先前议定的各项事务正在有条不紊地推进着。

张班的路子走对了。王兄的"莽撞"和谢长庚过来时，慕扶兰特意没有阻止他的"意气行事"，成了长沙国的护身符。就在前些天，传来密报，张班游说成功，刘后应当不会立刻发难于长沙国了。

袁汉鼎那里也传来了好消息。勘了一辈子矿脉的老矿工进入汝地的深山，在勘察过地貌之后，激动万分，说山中的矿脉不但储量殷实，而且浅埋地表，容易开采。山外零星分布的几个村落里人口本来就不多，袁汉鼎已经迁空村人，数千士兵和工匠开始暗中分批进入山中。

朝廷派驻在长沙国的那个监正官问题不大，他能得到的消息不外乎是一些公开的事。而在此之前，袁汉鼎也发现了谢长庚于离去时留下的那个名叫朱六虎的随从。他混入城中，以货郎的身份在距离王府不远的一条巷子里落了脚，每天挑着担子游走在岳城的街头巷尾。过了几天，一个名叫阿娇的小寡妇搬到了近旁，和货郎做起了邻居。

而王兄这些天借着巡逻水域的名义，也正忙着在洞庭湖上寻找一个合适的岛屿，建造兵坞。

建成之后，那里四面环水，远离人群，便是有再多的人，发出再大的动静，外人也无法察觉，更不可能得以靠近窥察。

长沙国将会拥有一个天然的绝佳练兵之地。

这些事情全都是在极其保密的前提下悄悄进行的，被外人察觉的可能性微乎其微。

这个时候，上京怎会突然派来使者？目的又是什么？

慕扶兰揣着疑虑入城，回到王府，很快便明白了过来。

宫使带来了刘后的诏书，也带来了赏赐，还有一位太医。

宣读完刘后的传诏，宫使笑吟吟地说："慕氏，太后先前听谢节度使说你的身子有些不妥。倘若真的不妥，太后自然不会勉强。太医留下，替你好生把把脉，吃几服药，等日后身子养好了，再进京也不迟。"

慕扶兰跪在地上，叩首谢恩。

"多谢太后顾惜。我的身子已经养好了，蒙太后的记挂，随时都可入京。"

片刻后，她慢慢地直起身说道。

宫使笑容满面地道："好，这样就好。既然能去，咱们也不好叫太后等得太久，明日一早便动身，如何？"

"一切听凭公公安排。"

陆氏使人安排宫使歇息。闻讯赶回来的慕宣卿急匆匆地回到王府，一见到妹妹就立刻说："阿妹你不能去！明早我去回话，说你晚上身子又不适了，去不了！"

慕扶兰没有回应，只问他寻找兵坞所在地的进展。

慕宣卿说，今日他已选定地方，位于湖东的赭山岛，四面环水，君山为屏，乘船来回大约一个时辰，岛上半是山地，半是平原，非常适合修作兵坞。

慕扶兰说："这样就好。王兄你尽快把兵坞建起来，你是长沙国的王，切记戒骄戒躁，不立危墙之下，多听阿嫂的劝。袁阿兄是个值得信任的人，也极有能力，往后练兵之事，王兄可尽管放心交给袁阿兄，其余事情也多和陆丞相商量。"

慕宣卿咬牙道："你不能去！奸后这是拿你去做人质！你去了，和落入虎穴狼巢有什么区别！"

"倘若如此，我更要过去。我要是寻借口不去，奸后就会怀疑我们心虚，即便表面不发作，背地里也必定会牢牢地盯着我们。那样的话，之前的一切安排都将无法顺利进行。"

"阿妹！"

"王兄，我知道你从小就对我好，但你不要忘了，你先是一个王，然后才是我的兄长！我们慕氏倘若连自保都成问题，永远要仰人鼻息，谈什么为姑姑复仇？现在就是我们唯一的机会，无论如何也不能失去！"

慕宣卿双手紧紧握拳，额头上青筋跳动。

陆氏眼眶泛红，上前握住了慕扶兰的手。

"阿妹，你过去之后，务必加倍小心。你孤身一人，那里不比自己家。奸后本就对你心怀叵测，先前我们又和谢节度使交恶，这回你见到了他，牢记忍让，切莫再得罪于他。"

慕扶兰笑着点头。

"王兄，阿嫂，你们不必过于担忧。我走之后，只要长沙国能向好的方向发展，这就是对我最大的支持。我会没事的，也一定会想办法尽快回来。"

当夜，陆氏忙着打点送给宫使的礼，给慕扶兰收拾入京的行装。慕宣卿也连夜准备贡品，挑选使官，安排明日护送王妹入京的事宜。

兄嫂在为她忙忙碌碌，慕扶兰更是心潮起伏，辗转难眠。

在她以为一切都开始慢慢向好的方向发展的时候，没有想到事情又突然出现了这样的变数。

这是她先前没有料到的一个意外。

刘后这样将她传入京城，自然是不怀好意。

而谢长庚在这里头又扮演了一个什么样的角色呢？

再没有任何先机可凭，她要面对的人又一个比一个狠毒。

她必须要打起十二分的精神，小心应对，步步为营。

第二天的清早，慕扶兰和同行的慕妈妈以及侍女登上暖车，随宫使离开长沙国，踏上了北上之路。在路上走了大半个月后，终于在这一年的腊月抵达了上京。

她到达的时候，天空飘着雪，天色昏沉沉的，云层低得犹如就要压在远处皇城的顶上。马车碾着城外被路人和车马踩踏得一片泥泞的积雪，穿过高大的京城南大门，进入了天子的都城。

谢长庚前天出了城，去京畿办差，人还没回来。慕扶兰被送到他那座位于城北、与皇宫只隔了两条街的宅邸后，同行的长沙国使者便带着贡品马不停蹄地去皇宫参拜皇帝和刘后了。

宅邸里的管事并不知道夫人要来的消息，之前也没见过慕扶兰，愣神了片刻，弄清原委后，才慌忙领着宅子里的仆从来拜见她，又将她引到了谢长庚住的正房里。

屋子很大，但器具摆设不多，除了必要的床榻几桌，还有一个书架。靠床的架子上挂了件半新不旧的男子冬天穿的外袍，边上悬了柄剑鞘镂刻云纹的长剑，此外再无长物，屋子显得有些空旷。

屋里也没生起火炉，冷冰冰的。

说起来也是可笑。

在慕扶兰的那个梦里，她从十六岁嫁给谢长庚，到二十岁死去，四五年的时间大半是在夔州谢县的谢家祖宅里度过的。

这还是她第一次踏入他在京城的这座房子。

她扫了眼四周，视线突然间定住了。

　　管事知道她是长沙国的王女，容貌美丽就不必说了，连同行的几个侍女也是服饰精致，见她这个反应，以为她嫌地方寒碜，他赶紧一边叫人生火，一边解释："夫人莫怪。节度使先前一年到头也难得在京里住上几回，他也从不叫添置物什，地方是简陋了些。这回太后接夫人来，事先也没个消息，怠慢夫人了。"

　　管事在说什么，慕扶兰完全没有听到。

　　她的视线落在那柄挂在床头的长剑上，几乎是一瞬间，她整个人都变得僵硬，连气也透不过来。

　　便是烧成灰，化为齑粉，碾作了尘土，她也能认出来——这把此刻静静悬在床头的云纹长剑，便是梦中谢长庚赠给熙儿的那一把。

　　熙儿也是握着这把长剑，自刎在了她的长生牌位之前。

　　慕扶兰死死地盯着宝剑，感到心口犹如一阵绞痛袭来，人几乎站立不住。

　　慕妈妈见她脸色突然发白，急忙一把扶住了她，让她坐到近旁的榻上。

　　"翁主，你怎么了？"

　　慕扶兰闭了闭眼，低低地说："我没事，可能是有些累吧，歇歇就好了。"

　　慕妈妈忙叫管事带侍女去认烧水做饭的地方，自己扶着慕扶兰，让她靠着床榻，感觉她的手心冰冷，便往她身上盖了张带过来的毛衾。慕妈妈叮嘱她先歇着，自己和剩下的人一道开箱取物，忙着归置东西。

　　没一会儿，宫里来了个太监，向慕扶兰传达刘后的话。

　　慕扶兰打起精神去迎。

　　那个太监还很年轻，二十不到，容长脸，高挑身材，身穿紫衣，看起来十分和气。他笑道："我叫曹金，奉太后的命，来给夫人您传话。太后说，路上想必辛苦了，京里又下雪，翁主先好生休息，等养好了精神，再入宫不迟。"

慕扶兰垂眸谢恩，慕妈妈递上辛苦钱。那太监却不要，摆了摆手，笑道："不过是给夫人传句话而已，怎么敢要夫人的赏。谢节度使今日便是回不来，想必最晚明日也能回来。夫人先休息，我先走了。"说完拱了拱手，退了出去。

慕妈妈忙去送。

慕扶兰走到窗边，慢慢地推开窗，盯着年轻太监在雪地里渐渐远去的背影。

这个年轻的太监，就是梦中那个奉谢长庚之命勒死戚灵凤的大太监。

天渐渐地黑了下来，屋里掌了灯，火炉子也烧得暖洋洋的。

草草吃了饭，沐浴更衣过后，知道众人赶路疲乏，慕扶兰便打发慕妈妈和侍女们都早早去歇了。

雪色映窗，万籁俱寂。屋里一盏烛火无声地跳跃着。她一个人坐在床边，眼睛盯着挂在床头的那把宝剑，终于站了起来，朝着它一步步地走了过去。

她停在了剑前，仰着脸又看了许久，才伸出手将它摘了下来。

剑的分量沉重，有些坠手。

她一手握着剑柄，一手抓着剑鞘，将宝剑从鞘中慢慢地拔出来，一寸一寸。

剑芒冰冷而锋利，反射着身后烛火的光，仿佛毒蛇的眼睛，青白里泛着赤色。

盯得久了，这剑芒仿佛活了过来，变成了一团一团流动的血。

血仿佛越聚越多，从剑上，从屋子的四面角落里，慢慢地朝她涌来，将她整个人吞没了。

她闭上了眼睛，握着剑的那只手越捏越紧，到最后几乎颤抖起来。

身后忽然伸来了一只手，将剑从她的手中取走了。

慕扶兰感觉一凛，猛地睁开眼睛，转过了头。

谢长庚不知何时竟然进来了，就站在她的身后，她竟未曾察觉。

他将剑鞘也从她的另一只手中收了回来。"锵"的一声，长剑入鞘。

"剑是凶器，非玩物，无事少碰。"

他把长剑挂回原来的位置，说道。

剑已经从她的手里取走了，她人却还是那样站着，身子僵硬，连头发丝都不曾动一下。

谢长庚忍不住又看了她一眼。

烛火的光也盖不住她苍白得不见半分血色的面容。

就连唇色亦是惨淡无比。

方才他推门而入，见她背对着门站在这里，竟拔出了自己的剑，他还以为她在玩，便走了过来，取走了剑。

现在看她这副模样，情况仿佛并非如同自己方才所想的那样。

他不禁疑心她还在怨先前的和离未遂，加上慕氏之人应当也知道刘后对他们一向怀有不善，这回她却被迫入了京城，又和自己同居一室，此刻她心里只怕有万分不甘，乃至生怨，这才弄剑于室。

他心里亦随之涌出不快，面上却也没有表露出来，只道："你这趟入京并不是我的意思。我也是方才回来，才知你被太后召来这里了。"

他顿了一下，又瞥了眼刚被自己挂回去的那柄宝剑。

"还是歇了吧！明日朝会散了，带你入宫！"

他冷冷地说。说完便转身脱了身上那件半湿的大氅，走到门边，抖去上头沾着的积雪。

慕扶兰勉强止住自己那双还在微微颤抖的手，慢慢地挪着沉重无比的步子，终于坐回了床沿上。

慕妈妈早就听到了动静，知道谢长庚回来了，忙从近旁歇着的那间耳房里出来，和本就伺候日常起居的两个粗使妇人一道送水进来，随后掩门而出。

谢长庚沐浴完毕，穿着整洁的白色中衣走了进来。

慕扶兰已经上床，盖了被，面朝里地躺了下去。

他神色淡漠地吹了灯，径直走到床前，也躺了下去。两人身体中间隔着一臂多长的距离。随后，他拉过被子盖上，便闭上了眼睛。

慕扶兰彻夜醒着，在压过来的无边的黑暗和身畔那个男人所发出的均匀的呼吸声中，睁着眼睛等到了天亮。

谢长庚早早地起身，洗漱过后，换上朝服便走了。到了快巳时的时候，管事来请慕扶兰，说马车备在了大门之外，请夫人出门，前往皇宫。

慕扶兰已经梳妆完毕，换了衣裳。

谢长庚的全职官名是河西镇守经略节度大使，镇凉州，兼凉州都督，按品级是二品大员。

她穿了一套预先备好的较常服要隆重许多的品月色缎底衣裙。花色是全身纳纱刺绣金银线的百花蝴蝶图案，衣边也饰以金银线纹绦。精美富贵有余，未免也带了几分俗气。

她最后看了一眼镜子里的自己，迈步走了出去，来到门口，上了等在那里的马车。

马车载着她到了皇宫之外。昨日那个曾来谢府传话的曹金就等在那里，见慕扶兰到了，引她入内，一边走一边笑道："太后在望仙殿。谢节度使在外头等着翁主。"

望仙殿是刘后平日下朝后的起居之所。

慕扶兰向这个曹太监含笑点头，跟了进去，穿堂过殿，来到望仙殿外，看见谢长庚就站在那里。

"谢节度使，翁主来了。"

曹太监撇下慕扶兰，疾步上前，到了谢长庚的面前。

谢长庚点头，视线投向了慕扶兰。

一道阳光正从琉璃殿顶斜射而下，照在她的身上。她从头到脚，金丝银线，一身富贵，正合身份。

谢长庚扫了她一眼，也没什么表情，收回了目光，说："随我来吧。"

慕扶兰把视线从他和那个曹太监的身上收了回来，垂眸跟了进去，步入殿内，远远看见大太监杨广树出来了。

"见太后，我劝你放老实些为好。"

耳畔忽然传来一道低语。

慕扶兰抬眼，飞快地看了他一眼。

谢长庚的双目平视着前方，面无表情，朝着正往这边走来的杨广树迈步而去。

杨太监很快到了近前，他的目光在慕扶兰的身上停留了一下，随后笑道："太后本就念旧，后来知你二人又有夫妇之缘，早就想将翁主召入宫里叙话了。这回得知翁主的身体有些不妥，放心不下，特意派人带着太医去看。好在无事，那是最好。太后知道谢节度使事忙，无暇分身，索性把翁主接了过来。你二人本就新婚宴尔，想必是难舍难分。何况谢节度使又因平叛，新婚之夜便离了家，为此，太后心里一直过意不去，这回也算是成人之美。"

慕扶兰做含羞状，没有说话。

谢长庚笑道："杨公公所言极是，太后关爱，谢某万分感激。"

叙话间，便行至内殿。

慕扶兰低眉垂目，跟着谢长庚到了刘后的面前，两人下拜。

谢长庚向刘后表示感谢。

刘后看着两人笑道："谢卿，在本宫这里，你就不必多礼了。你夫妇能聚首，本宫欣慰不已。扶兰小时候在宫里住过大半年，当年本宫就很喜欢她。知道你还有事，你先去吧，莫记挂，把人放心交给本宫便是。待本宫和她叙完旧，便替你把美娇娘给送回去。"

她的话里带了点长辈口吻似的调侃，说完，把目光落在了谢长庚的脸上。

谢长庚并没有多大的反应，应景似的微笑，恭敬地叩谢之后，便起身退了出去。

殿里只剩下了刘后、慕扶兰，还有那个杨太监。

慕扶兰立刻便感觉到了刘后的态度变化。

她的脸上依旧带笑，和自己叙着话，身上并不见身为一国太后该有的威仪或是威慑。但慕扶兰能清晰地感觉到，从谢长庚离去后，她的眼神便再也没有离开过自己。

她知道刘后在观察自己，她那双厉害的眼睛绝不会放过自己任何一个细小的眼神和动作。

即便没有方才谢长庚的那一句话，慕扶兰也知道，这绝对不是自己可以展现机灵的时候。

但她也不能表现得太过愚蠢，那样只会惹来对方的疑心。

过犹不及，她明白这个道理。

她一句一句地应着刘后的问话，既不显聪慧之相，也不至过于蠢钝。

一个被家人呵护着长大，涉世不深，泯然于众的中人之材而已。

刘后和她说了些话，忽然问她是否想念姑姑。

慕扶兰点了点头。刘后便赐她恩典，叫杨太监带她去参拜慕后的神位。

慕后身为先帝元后，死后灵位自然供于太庙。但几年之后，一场火灾却将供着慕后灵位的那间配殿给烧毁了。此后内廷筹划重建，却因为种种问题耽搁下来，工事一直未完成，时间长了，便再也无人过问。

如今她的神位依然列在后殿，那里是给身后获得超越生前位分的哀荣的后妃所设的配殿。

慕扶兰被杨太监带着走进了那间阴森的后配殿，跪在姑姑的灵位之前，焚香祝祷。

她回到刘后面前时，眼角还有些泛红。

刘后和她追忆了些元后当年的旧事，面露唏嘘之色，叹息道："想当初你姑姑母仪天下之时，本宫不过一贵妃而已。思及她种种贤良淑德，本宫至今还是记忆犹新。可惜天妒红颜，竟叫她早早去了。本宫与你姑姑情同姐妹，往后你有何所想所求，尽管告诉本宫。"

慕扶兰的眼圈红了，面露激动之色，双膝弯曲，"扑通"一声跪在了她的面前。

"太后，扶兰便斗胆开口了。姑姑灵位本当位列前殿，但听说后来重修明堂之时，工事一再坍塌，礼官说是陪享之人的命格不祥，冲撞所致，才耽搁了下来。

"必是他们弄错了，姑姑怎么可能命格不祥？太后仁慈，倘若开恩，想想法子，帮着将姑姑灵位迁回前殿，扶兰感激不尽。"

她说完，眼泪扑簌簌地掉落下来。

刘后一口答应，说自己会想办法，叫她起身，又温言安抚她，慕扶兰方转泣为笑。

这一天，慕扶兰被刘后留到了傍晚，赐她一道用了饭，才叫人送她出宫。

冬天白昼短暂，慕扶兰回到宅中之时，天已黑透。

谢长庚还没回来。她进屋，抬眼就看见昨日悬挂在那里的那柄剑不见了。

应该是被谢长庚给收走了。

她盯着那面空了的墙，在原地站了片刻，白天在宫中面对刘后的百般试探，自己装痴作呆，压在心底的种种情绪在这一刻突然间翻涌而起，如潮水一般将她整个人淹没了。

昨夜一夜没睡，这个白天又是在漫长的提防和虚情假意中度过的，她感到疲倦无比，泡了个热水澡，出来便早早睡了。

可是一闭上眼睛，她便再一次想起了她的熙儿。

自从那个梦醒后的那一天开始，几乎没有哪一夜，她不是怀着对熙儿的刻骨思念睡去的。

每一次在梦里和熙儿相见之后，醒来时便增加了一分她的悲痛和她对谢长庚的怨恨。

她在那个梦中纵然早早死去，死状不堪，但在那寄身长明灯的漫长十年里，比起怨恨丈夫的无心无情，她更多的还是厌憎自己。

他本来就是那样的一个人。

彼时在他们相处的第一个夜晚，他对她展现过的温情和喜爱，或许都是真的。

他大概也不曾真的忘记老长沙王对他的知遇之恩。

当目睹她最后的死状，那一刻的他或许也是有过愧疚的。

但也仅此而已。

当那些变成他登顶路上的阻碍之时，所有的温情外衣便会被彻底地撕掉。

在她十三岁那年，从君山老柏树旁的山路上走过的那个青衣少年，不过只是她少女幻想中的一个背影罢了。

那个因利登门求亲，野心勃勃地逐鹿天下的江湖巨寇，才是真正的谢长庚。

她要恨，就恨自己的愚蠢、软弱，滋养了他骨血里的自私和无情，它们最后才化为利刃，断送了她的一生。

亲眼看见熙儿自刎于自己的长生牌位前的那一刻，她才深切地感受到了何为绝望的悲痛和无解的怨恨。

也是从那一刻起，她才真的恨起了谢长庚，这个曾是她少女梦中人的男子。

熙儿就那样没了，带着对他的生身之父的怨和恨。

她不会原谅他的。

因为熙儿，她一辈子都不会原谅他，永远都不会！

慕扶兰记得清清楚楚，梦中的熙儿说的最后一句话是他会来陪伴她。

她已经从噩梦中醒来。可是她的熙儿呢，他现在又到底在哪里？

那种从她梦醒之后，心口便仿佛被挖去了一块肉的熟悉的疼痛之感再一次向她袭来。

她蹙着眉，闭着眼，在梦中也痛苦地蜷起了身子，像个初生的婴儿那样抱紧双臂，紧紧地将自己蜷成一团。

"醒醒！"

耳畔飘来了一个模模糊糊的声音。

她感到有一只手仿佛抚过了自己的面庞，就如同梦里记忆，熙儿小时候醒来后用他的小手触碰她脸庞的那种感觉。

"熙儿！"

她大叫一声，猛地睁开眼睛，便对上了一双正俯视着自己的幽暗的眼睛。

她满头满身的冷汗，长发紧紧地粘在她的面庞和脖颈上，脑海里有片刻的空白。

一时之间，她不知道自己身在何处，面对着何人。她只是睁大眼睛，眼神里残留着来自梦中的痛楚，在烛火静静透入罗帐的一片昏暗的光影里，茫然而空洞地和床边那个正俯身下来看着自己的男人对望着。

"你梦见了什么？谁是熙儿？"

谢长庚看了她片刻，视线掠过她依然紧紧地蜷起来的身子，语气平淡地问道。

熙儿是她的孩子。

无论何时，她也舍不下的那块心头肉。

慕扶兰和床边这个俯视着自己的男子对视着，一动不动。

谢长庚盯着她的一双眼睛。

她那原本还带了几分仿佛源自梦魇的痛楚的空洞目光，渐渐变得清明起来。

最后，仿佛终于认出了自己是谁，她却一句话也没说，只是慢慢地舒展了身子，向里面翻了个身，再次闭上眼睛，似乎又睡了过去。

方才一进来，他就听到床上传出一道来自她的低低的呻吟声，那个声音听起来充满了压抑的痛苦和悲伤，如同哭泣。

他便走了过来，见她竟是梦魇住了，双眉紧蹙，满头冷汗，睫毛不停地颤抖，两只胳膊抱着她自己的身子，整个人在床上紧紧地蜷成一团，看起来极其痛苦。

谢长庚虽然知道她厌恶自己，但看她如此模样，一时也是不忍，还是出声唤她，最后将她拍醒了，却没想到在她临醒来时忽然唤出了那样一个名字。

谢长庚盯着她向着自己的后背，脸色慢慢地冷了下来。

他也没再追问，站直身体，转身便出了屋。

他去了书房，半夜才回，关上门后，自己从箱柜里取出一床铺盖，铺在了对床而设的那张榻上。

榻是为坐而设计的，不够长，但勉强可睡。

他躺了下去。

一夜无话。

接下来的几天，刘后频频召慕扶兰入宫相伴。那些在京官员的夫人们得知谢长庚娶的长沙王女慕氏抵达京城的消息，少不了陆续登门造访。

慕扶兰白天忙于应对各路人马，晚上和谢长庚同居一室，分床榻而眠，他也早出晚归，彼此暂时算是相安无事。

没几日，便到腊月初八了。

这几年，刘后逐渐开始热衷于神佛，不但广布善缘，在她所居住的宫中频频做法事，一年当中逢四月佛诞、腊月初八这两个日子，更要出宫亲自到敕建护国寺去礼佛。

今日便是刘后去敕建护国寺礼佛的日子。

从皇宫到城外的护国寺，一路的驻跸事宜不容半点疏忽。出行的护卫之事便落在了谢长庚身上。刘后为表示虔诚，五更就要动身出发。谢长庚在三更时分就已经起身走了。

刘后礼佛，自然也少不了带着近侍和命妇。

慕扶兰就在随驾之列。

谢长庚走后，慕扶兰一直醒着，到了四更多，她也起了身，洗漱穿衣完毕，随意吃了几口早点，便带着两个侍女一道坐上马车出了门。

谢宅离皇宫很近，穿过两条街道就是了。

慕扶兰到的时候，外面还是黑咕隆咚的，但刘后出宫要经过的那座皇宫西门之外却灯火通明，亮如白昼。身穿甲胄的御林军们早已分列在宫门两侧。一辆又一辆的豪车，在车轮碾过地面发出的不绝于耳的辚辚声中，载着如今上京地位最高贵的一群妇人不断地聚集到这里。各家奴仆在执事太监的指挥下，依照位分将马车停在指定的位置，列队恭迎刘后出宫。

节度使是外官，二品之职，按照序位，慕扶兰的马车原本应当列后，但执事太监一见谢府的马车到了，立刻笑脸相迎，引到前头靠近宫门的一个位置停妥。

天气寒冷，早早出门在这里枯等刘后出宫对于这些平日养尊处优的命妇们来说，不可谓不辛苦，但能获得随刘后去往护国寺礼佛的机会又是一件值得夸耀的体面之事，各家各府的夫人非但不以为苦，反倒争以为荣。

谢长庚得刘后赏识，这人人都知。连他婆的夫人——据传言，原本应当见恶于刘后的长沙王女慕氏，入京才几日，便也数次得蒙刘后之召入宫作陪。爱屋及乌，荣恩之巨，可见一斑。今早礼佛出行，又如此安排慕氏的随驾位置，更是佐证。

慕扶兰人坐在马车里，也知道自己成了众人关注的焦点。

她接过同车侍女递来的一只暖婆子，闭目靠在座位上。这时听到谢府管事在车外说道："翁主，齐王妃叫人给您送了张裘盖过来。"

慕扶兰睁眼。

侍女开了车门。

一个管事手里捧了张狐裘，站在车前，躬身笑道："我家王妃说，上京这边冷得厉害，而翁主在南边住惯了，王妃记得翁主小时候就怕冷，她车里正好多带了一张狐裘，叫小的把这个给翁主送过来。"

齐王赵隆是诸多藩王里和皇帝关系最为亲近的宗室之一，早年长居上京，刘后掌权后，和宗室关系紧张，他也回了封地，但仍然主张以和为上，一直周旋在刘后和众多藩王中间，也算德高望重。这几年，刘后为表对齐王的恩赏，准齐王每年入京参加宗庙的年祭。

齐王妃应该也是这几日到的上京。

在梦中的那个世界里，后来发生的那些变乱暂不论，慕扶兰幼时于上京居住的那半年时间里，姑姑和长居京城的齐王妃的关系很好，齐王妃常入宫作陪。慕扶兰那时确实经常在宫中见到齐王妃，但后来姑姑死去，自己回了长沙国，从此便再无往来。

慕扶兰想了一下，叫侍女接了过来，叫那个管事替自己向齐王妃道谢。关了车门，她叫侍女拿那张狐裘去盖，自己依旧像方才那样，靠坐了回去。

片刻后，宫门缓缓开启，里头传出太监拖长声音的喊话声："太后圣驾出宫——"

太监话音未落，列队于宫门之外的两列御林军便齐齐下跪。众命妇也急忙各自下了马车，跪在地上相迎。

人数虽多，四下却安静无声。

慕扶兰随众下了马车，跪在马车旁，看见刘后在仪仗的簇拥之下乘了一顶坐辇而出，到宫门前，被太监扶上一辆六驷宫车。

谢长庚也现身了。他骑马在前，带着一队护卫，引宫车出发上路。

在冬日五更乌沉沉的天色笼罩之下，这一行人马迤逦列队，穿过上京空旷的街道，出了城门，去往城外的敕建护国寺。

慕扶兰坐在马车里，闭着眼睛，恍若入定。

护国寺里有高僧，据说梵磬经诵，亡灵便可消业解冤。

在那个梦里，谢长庚做了皇帝之后，便在护国寺的塔林之后替他那个死在敌人手中的元后修了明堂，让寺中僧人为她日夜诵经。

然而她的一缕执念，几度徘徊，悠悠荡荡，终究还是舍不了尘缘里的最后牵绊。

十年里，她始终不去，看着他追封自己为元后，往她头上安了一堆好听的谥号，在宫中给她辟灵殿，在塔林给她修明堂，后来甚至杀了戚灵凤。

但他做的一切不过是自欺欺人罢了，可笑而虚伪。

护国寺渐近，天也渐渐亮了。

慕扶兰睁开眼，悄悄掀起暖帘一角，看了眼前头。

谢长庚领着护卫，始终行在刘后马车的近旁，一副忠心耿耿的模样。

杨太监带着他的几个徒弟，骑马随后。

慕扶兰知道谢长庚是不会在上京久留的，而且现在他节度的河西边境也不算安宁，北人一直虎视眈眈。估计年底过去，到了明年初，他就会回河西了。

慕扶兰担忧的是他走后自己的去向。

倘若他们是对寻常夫妇，她的去向便很清楚。

丈夫喜爱妻子，便会带她去往河西赴任。

倘若以孝为大，她便要回谢县老家，侍奉他的母亲。

而现在，这两种去向显然都不可能。

慕扶兰相信自己到京城后的种种表现还不至于引起刘后的过多猜疑。

她思虑的，是王兄也曾担忧的第三种情况——自己最后会被刘后以某种借口留在上京，做长沙国的人质。

倘若可能，她急需在刘后的身边收买一个人，好让她能及时得知刘后的动向，预先防备。

不但现在急需，倘若能够渡过这一关，在宫中有了自己的耳目，往后回了长沙国，也会有所助益。

慕扶兰的视线在那个名叫曹金的太监的背影上停留了片刻，放下了暖帘。

　　来到上京，从曹金来传话的那一刻起，她便认出这个年轻的太监就是梦中谢长庚身边的那个大太监，慕扶兰猜测他现在应该就是谢长庚在刘后身边的细作了。

　　谢长庚为人本来就谨慎，尤其在他做了皇帝后，十年间，慕扶兰亲眼看见，他对人极不信任。

　　他识人善用，手下能臣无数，却没有一个完全引为心腹的臣子，包括他的那些旧部。

　　后宫之中更是如此。

　　他不允许戚后入寝殿一步，对饮食格外戒备。他勤于政务，夜夜批阅奏章直到深夜，案头却必有宝剑横卧。他睡觉的枕下也藏有匕首，至于嫔妃，御幸完毕便被送走，不允许留下与他过夜。

　　将近十年，绝无例外。

　　唯独这个曹金不同。

　　谢长庚平日不但只吃曹金试过的饮食，还允许他留在寝宫里，近身应召。

　　倘若不是有旧，一个前朝留下的太监，怎么可能得到他如此的信任？

　　身下乘坐的马车突然颠簸一下，随即慢慢地停住了。

　　前头也隐隐传来一阵安顿车马的喧哗声。

　　"翁主，护国寺到了。"

　　管事的声音在车外响了起来。

　　慕扶兰再次撩起暖帘，朝外看了一眼。

　　前方便是山麓，山间晨雾缭绕，一条径直修到半山的宽达丈余的笔直台阶将护国寺的寺门和山脚下连接起来。

　　朝阳刚刚升起，照在雄伟的寺院大门之上，一群僧人正快步从山门里出来，迎接刘后驾临。

第 六 章

◇

孺子

也不知为何，当慕扶兰的视线从那两扇开启着的山门之上掠过时，突然之间，一种和梦境牵扯般的奇异感觉向她袭了过来。

后山的塔林，梦中的明堂，她横剑自刎的熙儿。

一幕一幕交织在了一起，从她的脑海中一闪而过。

她生出了一种感觉。

冥冥之中，她仿佛是受了某种指引，才终于在今天来到了这个地方。

慕扶兰的心蓦然狂跳起来，她下意识地闭上了眼睛，想将这种感觉抓得再紧一些。

但它稍纵即逝，犹如电光石火，转眼便消失得无影无踪。

她迅速睁开眼睛，再次望向山门。

什么都没有了。

那里朝霞初举，晴空轩朗，两扇山门大开。

她定定地望着那个方向，犹如魂魄也被方才那种突然而至又突然而去的感觉给带走了，一时无法归位。

"翁主，到了呢。"

侍女并未觉察她的异样，爬下了马车，见她还那样一动不动地坐在车里望着山门，才出声提醒。

不远之外，谢长庚正从马背上翻身而下，下来后，转头瞥了这个方向一眼。

茫然间，慕扶兰手指一松，暖帘落下。

她定了定神，慢慢地转过头，起身下了马车。

刘后被下山来的僧人们迎接入寺。一众随从，包括慕扶兰在内，也都进入了山门。

一时之间，寺中钟磬齐鸣，梵音四起。

僧人对刘后毕恭毕敬。为迎接她今日的到来，也应谢长庚的要求，于三日前便不许其他香客上山烧香了。除此之外，一应接待的准备也无不妥当。

唯独寺中长老慧寂大师不曾露面。

慧寂大师是得道高僧，精通佛理，本是寺中住持方丈，数年前将住持方丈的位子让出后，便不再过问凡俗之事。

刘后原本希望慧寂大师能亲自为自己诵经，但听住持说慧寂大师入了后山塔林参禅，不见施主，也不知何日方能出关，知刘后今日来礼佛，只叫代为传话，道心诚，佛陀便灵。

刘后虽然感到失望，却也不敢勉强，只能作罢。

一个上午，刘后都在虔诚礼佛，诵了半部消业的《地藏经》。中午用过素斋后，略作歇息，待午后诵完另外半部，今日方算功德圆满。

刘后在佛堂虔诚诵经，随驾的命妇自然也一同陪诵。念了半天的经，个个口干舌燥，加上早上起得又早，到了中午，无不疲倦，恭送刘后到了歇息的地方，也就各自散了。

慕扶兰正要离开，忽然听到近旁有人叫了自己一声，转头一看，是一个四十多岁的妇人，带着几个仆妇站在一旁，含笑望着自己。慕扶兰认出她是齐王妃，脚步一顿，脸上也露出了微笑，朝她走了过去，见礼道："早上多谢王妃的好意。本该那会儿就亲自向王妃道谢的，只是当时有些不便，王妃莫怪我失礼。"

齐王妃笑容慈祥，上前几步拉住了慕扶兰的手，笑道："我是前几日才到的上京，一到，便听说你也来了，我很是欢喜。想起你小时候那会儿常在宫里见你，知道你怕冷，这才叫人给你送了张狐裘。小事而已，何必客气。"

慕扶兰再次向她道谢。

这里是刘后歇息的地方，不便久留，两人一边低声说着话，一边离去。

慕扶兰吩咐侍女去将狐裘取来还了。齐王妃推辞，说只是小物件罢了，叫她留着便是。

"东西虽小，却是王妃好意借我御寒的，怎能不还？本就想着等下亲自送还给王妃的。"

齐王妃客气了几句，笑道："翁主若不累，顺道去我那里坐坐如何？咱们也好叙叙话。"

慕扶兰点头。齐王妃便挽住了慕扶兰的胳膊，领她去往自己歇息的地方。很快到了，进去后，叙了几句话，齐王妃忽然问："我听说当世有个有名的郎中，姓李，人称药翁，各地游方行医，这些年仿佛落脚到了你们那里。不知道翁主有没有听说过李神医的名字？"

慕扶兰这便猜到了齐王妃向自己示好的目的。

是想为她的儿子，齐王府的世子赵羲泰打听寻医之事。

赵羲泰比她大了几岁。慕扶兰小时候住在宫中时，齐王妃入宫常带着儿子。那时的齐王世子虽然自幼体弱，但她记得他的情况也还好，就是平日被禁止像普通孩童那样奔跑跳跃而已。

时间虽然过去很久了，但慕扶兰对这个幼年在宫中的玩伴还是留有印象的。

大约是从小被限制太过的缘故，他不大爱说话，十分安静。

慕扶兰记得他对自己很好，入宫的时候经常会带一些来自外头的有趣的小玩意儿给她。

她原本也很愿意和他一起玩。但后来有一次，她看到他在御花园里拿石头把地上的一条蚯蚓切成一段一段的。蚯蚓挣扎扭动，他却显得很高兴。

这一幕给她留下了深刻的印象，她有些害怕，后来便不大跟着他玩了。

再后来，姑姑死去，她回了长沙国，就此再无往来。

梦中的结局，是他被谢长庚抓为了人质，比自己先死而去。

见齐王妃望着自己，慕扶兰点头道："药翁这些年确实在洞庭落脚，但也时常外出。我来上京之时，他人便出去了，不知何日才会归来。"

齐王妃双眼一亮，忙道："消息确切就好。翁主，我听说这个李药翁有神医之名，无论何种病症，皆药到病除，是真是假？"

慕扶兰对上齐王妃投向自己的期盼的目光，摇了摇头。

"不瞒王妃，我从小也随药翁学过些药理，他是我的师傅。师傅常说，世上没有包治百病的神医，他更不是神医，不过一寻常郎中而已，得此虚名，受之有愧。"

齐王妃既然不提她儿子，慕扶兰也不会问，只是想起赵羲泰这个幼年玩伴，在梦中最后的下场比自己也好不了多少，颇有一种命运反复无常之感，便又道："王妃若有求医之人，日后等师傅回来了，不妨寻师傅看看。不管能否除病，师傅医者仁心，必会尽力。"

前几年，眼见儿子渐大，身体却一直不好，齐王妃急着想替儿子娶妻成家，误信一所谓的"神医"，用了虎狼之药。病症起先确实有所起色，不想没好多久，就突然复发，而且比从前越发厉害。那个"神医"见闯了祸，连夜逃走。齐王妃又悔又恨，这几年，只能请太医慢慢地替儿子调理身体。

前些时日，她又听说了神医李药翁之名，有些心动，入京后，正好得知长沙国王女慕扶兰在京，今早便特意示好，想向她打听消息。

她原本满怀希望，现在听慕扶兰这么一说，顿感失望。

太医治不好儿子的病症。这些年，她也见识过不知道多少"神医"，最后非但没用，反倒让儿子的病症越发严重。这个李神医，十有八九又是个徒有虚名的江湖游医，替一些穷苦人治了些头疼脑热的病症，名声便被吹捧了出来。

既然失望了，齐王妃也就不愿在慕扶兰面前提自己儿子病弱，含含糊糊地道："不过是突然想起来，顺道向你打听几句而已。我晓得了，日后若是有需要，便去寻他。"

齐王妃的态度变化，慕扶兰又怎么看不出来？

但她说的确是实话。

药翁从不自诩神医，对慕扶兰说的最多的一句话就是医道精奥，越是浸淫其中，越觉自己技拙。他所能做的，不过是穷毕生之力，解疑难杂症而已。

她也不点破，又坐了片刻，等侍女取了狐裘来，还了齐王妃，又再次向她道谢，才起身告辞。

齐王妃怎会不知刘后对长沙国慕氏的敌意？虽然慕扶兰嫁了谢长庚，如今看起来也得了刘后的垂爱，但以后的事谁也说不准。今天齐王妃找慕扶兰的本意就是为了打听神医的消息，现在打听完了，感到失望，见她告辞，自然也不再强留。

于是齐王妃笑着起身，亲自送她出来。慕扶兰请齐王妃留步，带着侍女回到了自己歇息的地方。

今天随刘后来礼佛的命妇不少，寺里虽然有一片专门供香客休息的普通禅房，但也容不下那么多人，所以又另外腾了片空的禅房出来。

慕扶兰歇息的所在，与齐王妃那里隔了一道横墙，要穿过一扇洞门。

她沿着通道而行，正要穿门而过，忽然远远看见横墙的尽头，一道拐角处，曹金站在那里，脸上带笑，正躬着身在和谢长庚说话。

两人身后各自带着几个随从，应是方才偶遇于此，有事停下来说话。

慕扶兰心中一动，叫侍女等在后头，自己悄悄拐到那扇洞门之后，借着一丛种在墙边的竹子的遮掩，盯着那两个人。

之前几次入宫，她经常碰见曹金，却没机会见到这两个人碰头。

距离不算很近，她听不清楚两人在说什么——自然了，即便真有事，以谢长庚的谨慎，也不可能在这种场合传递消息。她也没想听这两个人说话的内容。

她想观察两人说话之时的眼神和表情。

虽然谢长庚背对着这边，但太监曹金却朝着自己。他的脸，她能看得清清楚楚。

倘若自己的猜测是真，对着一个有不可告人关系的人，曹金的表情或眼神说不定会有蛛丝马迹表露出来。

慕扶兰屏住呼吸，睁大眼睛，正仔细地盯着曹金那张带着笑的脸，身后冷不防传来一个声音："翁主！"

慕扶兰一惊，突然回头，看见身后站了一个华服青年，十八九岁的样子，容貌周正，可惜面无血色，看起来一副病恹恹的模样。

虽然已经多年不见，但慕扶兰还是一眼就认了出来。

眼前的这个人便是齐王世子赵羲泰。

她一时愣住了。

赵羲泰却显得很欢喜，叫跟着的两个仆从停步，自己朝她快步走来，口中说道："是我，赵羲泰！我母亲求了太后的许可，今日也带我来了，请大师替我祈福消灾。早上在山门外我就看见你了，当时便一眼认出了你！我们从前在宫里经常见面，翁主你可还记得我……"

他的视线落在慕扶兰的脸上，双眼一眨不眨，目光微微闪亮。

大约是情绪有些激动，他原本不见血色的面颊上忽然浮上了一层红晕，大声咳了起来。

慕扶兰心知不妙，回过头，便见谢长庚突然转头，目光犀利地朝着这边射了过来，她急忙离开原来的位置，朝着赵羲泰走去，假装自己路过，方才和赵羲泰偶遇于此。

赵羲泰咳个不停，面庞涨得通红。

跟着他的随从见状慌忙上前，取出随身携带的一只药瓶，拔掉塞子，送到他的面前。

赵羲泰就着药瓶呼吸了几次，终于止住咳喘，恢复过来。

他的目光里露出一缕羞惭之色，低低地道："我真是没用，一见面，就叫你笑话了……

"我平日并非一直如此！方才只是没想到会在此遇到你，想起了小时候的事，一时激动，不小心岔了一口气。"

他又急忙解释起来。

慕扶兰笑了笑。

"世子是要去见王妃的吧？方才我就从王妃那里出来的。你快去吧！"

她故意提高了音量，说完，向赵羲泰点了点头，唤来侍女，迈步继续朝前而去。

赵羲泰的视线落在她的身上，随着她慢慢地转过脸，目送着她的背影。他忽然追了上去，再次叫住了她。

"翁主！"

慕扶兰转头。

他望着这张和自己小时候的记忆仿佛有所重合，却又变得叫他几乎不敢相认的绝色面容，脸庞上又浮出了一层犹如方才咳嗽未曾退去的淡淡红晕。

"早上看到你的时候，有件事我就想向你解释了。从前你离开上京，我不是故意不去送你的。我知道你要走，我想去送，只是……"

只是那时候，他的母亲不准他去送昔日的宫中玩伴——那个笑起来双眸弯若月牙儿的小女孩。

因为身体不好，母妃对他看管极严。这个不许做，那个不许动。从小他就没有玩伴。所有的人都对他毕恭毕敬，却没有人和他玩，看见他过去，还要躲开些，唯恐他万一又哪里不好，就要连累到他们。

只有她不躲着他，和他玩。

他喜欢和她在一起，无论她做什么。她安静地习字，或者在御花园里荡秋千，他都可以躲在一旁偷偷地看上好久，从来不会感到厌烦。

赵羲泰顿了一下。

"……当时正好我又病了。后来等我病好，你人已经走了。

"你不会怪我吧？"他小心地问。

那么久远的小时候的事，小到根本不值一提，倘若不是他提及，她早没了印象。

她可以不去怨恨将来与自己一样被卷入残酷的权力争夺战而丧了命的齐王之子，甚至他现在倘若开口求医，她也可以将他带到药翁面前。但她确实无意和他聊这些没有任何意义的陈年旧事。

"多年前的小事，我早已经忘记，世子更不必挂怀。"她淡淡地道。

赵羲泰凝视着她。

"翁主，这些年你过得怎么样？几年前，我听说你的父王将你许给了那个姓谢的巨寇……"

近旁忽然传来一声微咳。

"是赵世子啊？奴才方才在那边遇到了谢节度使，听到这边有动静，怕惊扰了太后，就过来瞧瞧。原来是世子在这里。听说您前几日方才到的上京，真巧，今日居然在此遇到！曹金见过世子了！"

那个曹太监脸上带笑，走过来给赵羲泰行礼，随后又转向慕扶兰，恭声唤她"翁主"。

慕扶兰装作刚看到他的样子，瞥了眼曹太监的身后。

谢长庚没过来，依旧站在那里。

赵羲泰忽然听到谢长庚也在，一怔，抬起头看了一眼，脸上不禁露出些许尴尬之色。

但他的神色很快便转为鄙夷，双眼冷冷地盯着谢长庚，没有挪开视线。

谢长庚迈步走了过来，并未进门，而是停在了那扇门洞之外。

他的视线落到了对面赵羲泰的脸上。

"赵世子来此何事？我知齐王妃在太后跟前求过，允许世子今日随同入寺。但倘若没记错，行动范围只限佛堂而已。世子也非稚儿，当知后禅院非你能久留之地。若无要紧之事，还是速去为好。"

他的神色如常，语气也很平静，却隐隐透着一种执掌生杀般的命令口气。

赵羲泰的脸色变得有点难看，道："我来见我的母妃，你也阻拦？"

谢长庚一笑。

"不敢。世子既然是去见王妃，我叫人送你吧。太后歇在此处不远，万一世子误闯，叫太后受了惊扰，便是我的失职了。"

他转向曹金。

"劳烦曹公公引世子去见齐王妃。"

曹金应了一声，笑吟吟地上来。

"赵世子，随我这边来吧。"

赵羲泰苍白的面庞又迅速浮出一缕羞愤的红晕。

他愣了片刻，咬了咬牙，转头向着慕扶兰柔声道："翁主，我先去我母亲那里了。"说完转头恨恨地盯了一眼谢长庚，快步而去。

他的两个随从急忙跟上。曹金也去了。

人一下子就少了，慕扶兰和谢长庚两个人相对而立，一个站在门里，一个站在门外。

气氛忽然变得有些诡异。

谢长庚的目光有点阴沉，对着站在一旁显得有点不知所措的侍女说："送翁主去歇息。"

他说完，转身便要离开，脚步却又顿了一下，临走时，回过头扫了慕扶兰一眼，冷冷地道："这里不是自家，无事不要乱走！"

慕扶兰目送他带着随从离去的背影，料想他应该没有觉察刚才自己曾偷窥他和曹金的举动，慢慢地舒了一口气。

晌午歇息过后，刘后诵完了下半部经，将近申时，今日礼佛终于完毕，再略略休息一下，便预备动身返城。

护国寺里撞响晚钟。伞盖、仪仗、御林军各就各位，从山门直到山脚，分列在台阶两侧，僧人也在住持方丈的带领下恭送刘后下山。

折腾了一天，人人都十分疲倦，队列里的命妇们都巴不得早些下山坐上马车返城，此刻无人出声，台阶之上只有华贵的衣料随着行动摩擦发出的轻微的窸窸窣窣之声。

从山脚到山门，台阶共有一百零八级，寓凡尘一百零八法门。每走一级台阶，便如跨一个法门，解脱一种业障。

慕扶兰随着众人，沿着山门外的石阶一级一级地前往山脚，走完最后一级台阶，踩在了平地之上。

管事过来接她，慕扶兰走到自己乘坐的那辆马车旁正要上去，内心深处突然又涌出了一种类似于今早刚到时的那种玄妙之感。

冥冥之中，仿佛有什么力量在吸引着她回头。

她转过了头，望向那扇已经被撇在自己身后的山门。

夕阳西下，层林尽染，远处，一百零八级台阶尽头的那扇山门如镀着一层红金。

一群日暮归巢的山鸟被晚钟之声惊动，正振翅在山门的正上方来回盘旋。

就在回头的那一刹那，慕扶兰的视线凝住了。

夕阳的光中，她看到那扇大开着的山门之后多了一个小小的身影。

那是一个男孩，两三岁的样子，仿佛被山门外的动静给吸引出来，安静地站在门槛后的一个角落里。

就在那个小小的身影映入眼帘的一刹那，慕扶兰的心仿佛被什么给狠狠地撞了一下，猛地爆裂开来。

她仿佛看到了她的熙儿！那个陪伴她在谢县那座阴冷的老宅里度过了一个又一个晨昏的熙儿！

一定是她看花了眼！

她极力睁大眼睛，想看得再清楚一点。

一个僧人却走出来牵住了男童的手，带着他往里面走去。

那个孩子便被带了进去，但仿佛感应到了什么似的，他转身的时候，回头向慕扶兰的方向张望了一眼。

很快，那个小小的身影便消失在了山门之后，看不见了。

慕扶兰的瞳孔放大到了极致，整个人无法动弹，就连呼吸也停住了。

她有一种感觉。

山脚下有那么多的人，但那个酷似熙儿的男孩临走时的回眸张望是在寻找自己。

他在寻找自己！

这一瞬间，她忘记了周遭的一切，猛地转过身，在周围人惊讶不解的目光之中奔了回去，迈步登上台阶，追向山门的方向。

刘后已经登上宫车，在御林军和太监们的护卫之下，宫车当先，缓缓离去。

谢长庚从随从手里接过马缰，正要上马，回头又瞥了一眼身后，竟然见她撇下众人回去，独自快步登上台阶，转眼便上了十数级，背影匆忙，仿佛上头有什么紧急的事在等着她。

他看了一眼夕照中的山门，除了一些还在执礼的和尚，没有什么异常。

他皱了皱眉，立刻松开马缰快步追了上去。他大步登上台阶，从后面伸手，一把抓住了她的手腕。

"人都走了，你又上去做什么？"

他压低声音，用只有自己和她能听得到的音量叱问于她。

慕扶兰气息紊乱，喘息不停，回过头对上身后那个男子投向自己的满是不悦的严厉目光，突然清醒了过来。

她极力抑住此刻胸口那热血激荡的感觉，闭目定住心神，才慢慢睁开眼睛。

"好似丢了支簪子，想是落在中午歇息的地方了，一时情急，想回去找……"

谢长庚的视线扫了一下她乌黑的发鬓，慢慢地松开了抓着她腕的手，说："我叫人回去替你找便是了。"

"多谢。"

慕扶兰没看他，低低地道了一句。她转身一步步走下了台阶，登上马车，放下暖帘，坐了下去。

谢长庚这天晚上回来，隔着帐帘对已经在床上的慕扶兰说了一句："叫人找遍了你去过的地方，说寻不到簪子。你还是再好好想想，不是丢了，而是到了什么人的手里吧。"

他的语气听起来克制而平淡，不善之意却呼之欲出。

"晚上回来才知我记错了。早上出门并没戴，簪子就在首饰匣里。劳烦你了。"帐中传出一道低低的回应之声。

谢长庚一顿。

床帐低垂，她人在里头，却始终不露脸。

他耷眉冷脸，转身去了。

慕扶兰不敢让他看到自己。

她怕自己的眼神或表情会泄露她此刻慌乱不堪的心情。

她的脑海里一遍又一遍地浮现着傍晚在山门前看到的那个小小的身影。

她告诉自己那是幻觉。

是她太过思念熙儿，才会将别的孩子看成她的熙儿的模样，将那孩子的回首也执意当成是在寻找自己。

但在她的内心深处，另一个念头却又如烈火般燃烧着，令她辗转不安，恨不得这个夜晚快些过去。

她要再去一趟护国寺，去寻找那个她在傍晚时分在山门外匆匆一瞥的孩子。

次日一早，谢长庚离去后，慕扶兰穿了身寻常衣裳，坐马车出城去往护国寺。

慕妈妈还以为她是昨日有所感触，今天才特意单独再去礼佛，和侍女准备了香篮等物，便随她一道出了门。

马车行至护国寺的山门之下，慕扶兰叫车夫等在此处，自己登阶而上。

和昨日山门之外香车宝马、熙熙攘攘的景象不同，今日这里一片清幽。那条笔直地通往山门的台阶上不见半个人影。日光照着林头，藤萝薜荔，空山深处传来阵阵清脆的鸟鸣之声。

慕扶兰到了山门，知客僧出来迎。因为昨日来的人实在太多，加上她今天穿着普通，也未表明身份，便如寻常上山的女香客那样，被知客僧引到了观音堂去。

她跪在蒲团之上，虔诚地叩拜祝祷过后，留下慕妈妈和侍女，自己出了观音堂，向知客僧打听昨天看见的那个孩子。

"……那个孩子的个头到这里，穿着僧袍，却没有剃度……"

她极尽详细地向僧人描述自己那一眼所见的情景。

"他是长老跟前的俗家弟子。

"长老很早以前便吩咐我，倘若有人寻来问此稚子，叫我引人至他面前。

"女施主请随我来。"

僧人说。

昨晚整整一夜，还有今早来的路上，慕扶兰坐卧不安，有一种患得患失的感觉。

她怕自己听到寺里并没有那样一个孩子的话。她怕一切都只不过是她的幻象而已。

而现在，因为这个僧人的话，那虽然渺茫但牵住她心肝的某种希望看起来竟仿佛还能继续保持下去。

就在这一瞬间，她便已经感激得几乎要落泪了。

她克制住那种瞬间涌上心头的情感，向僧人道谢，随他去往后山的塔林。

僧人一边引着路，一边和她说着关于那个孩子的事情。

那个孩子是个孤儿，出生后不久便被弃于后山塔林，身上带着生辰八字，天煞地孤。想必将他带到这个俗世的父母心怀恐惧，怕他会给自己带来不祥和灾祸，这才将他弃了。他的啼哭之声引来了长老，长老后来便将他养在跟前。

僧人说那个孩子如今快要三岁了，还不会开口说话。长老却很喜爱他，不知为何竟还分外看重他，破格以徒儿唤他，论辈分和住持方丈一样，却又不曾替他剃度正式收入门中，只道这孩子还另有尘缘，在收养他不久之后，便对自己这般叮嘱。

慕扶兰的眼前再次浮现出昨天傍晚那个孩子回头看向自己的一幕，心跳止不住地再一次加快。

"到了，此处便是塔林，长老就在里头，女施主循路进去便可。"

僧人停步，指着前方一条石头小径说。他向慕扶兰合十行礼，随即转身离去。

慕扶兰沿着石头小径，穿过身畔那一座座沉默而庄严的舍利塔，慢慢地朝着塔林深处走去。终于，在来到一座塔旁时，她慢慢地停下脚步，看着前方，屏住了呼吸。

前方不远处，就在塔林之间，一个须发皆白的老僧带着一个稚童，两人各自握着一把扫帚，正在清扫落在塔林周围地上的落叶。

那稚童头梳一只冲天小髻，身穿一件改小了的旧僧袍，手中握了一把小扫帚，正效仿着老僧，一下一下地扫着地。

他看起来十分稚嫩，动作却一板一眼，认真无比，身后的那片地被他扫得干干净净，连一片落叶都没有落下。

慕扶兰双眼一眨不眨地望着面前的这个孩子，一种唯有她自己才知道的再熟悉不过的亲近感向她迎面扑来。

从她梦醒之时便犹如被剜走一块的空落落的心，就在这一刻，被一种不敢置信般的狂喜和心安之感彻底填满了。

他就是她的熙儿，她知道。

他回来了，就像从前对她说过的那样，回来陪伴她了。

她双眼泛红，喉咙堵塞，想立刻就奔过去，将他小小的身子抱入怀里，再不放开。她想告诉他，自己就是他的母亲，从今往后，他们再不分离。她会尽己所能地保护他，直到他长大成人，开始有他自己新的人生。

可是她又害怕这样的自己会吓到他。

"熙儿！"

她上前一步，试探着用颤抖的声音唤出了他的名字。

那个孩子停了下来，握着手里的小扫帚，抬起头望着忽然出现在自己面前的这个年轻又美丽的女子。

片刻之后，他迟疑了一下，睁大一双明亮纯真的眼睛，慢慢地问："熙儿是我吗？你就是我的娘亲，是来接我的吗？"

或许是他第一次开口说话的缘故，他的吐字有些吃力，但一字一字都清晰无比。

就在听到他用稚嫩的嗓音问出这句话的时候，慕扶兰再也忍不住，落下了眼泪。

"是，你是熙儿！我便是你的娘亲，是来接你的！"

她哽咽着回答，用力地点头。

她何来的福泽啊，竟叫上天待她如此宽厚。纵然梦境中留下了那么多的遗恨和痛，这一辈子竟然还能让她和她的熙儿用这样的方式相遇，再做母子。

她向那个小小的身影奔了过去，一下子便将他搂入怀中，紧紧地抱住。

亲吻仿佛雨点一般不停地落在他的小脸蛋上。

熙儿被她抱入怀里，起先一动不动，乖乖地任她不停地亲吻自己，慢慢地，他的眼睛里充满了欢喜的光芒。

"我梦见过娘亲来接我。你和我梦里的那个娘亲一模一样。昨天熙儿就看见你了，可是不敢叫你。

"原来你真的是我娘亲呀……"

他的一张小嘴凑到了慕扶兰的耳边，带着欢喜和几分羞涩，轻轻地和她耳语。

慕扶兰的眼泪流得更凶，将他抱得也越发的紧。

"娘亲你不要哭……"

熙儿伸出一只小手，替她擦起了眼泪。

"好，娘亲不哭！"

慕扶兰急忙忍住眼泪，对着熙儿露出笑容。

"师父！我有名字了！"熙儿眼睛发亮，兴奋地仰起脸说。

"她就是我的娘亲！我的娘亲来接我了！"

慕扶兰这才回过神，急忙擦去眼泪，轻轻松开熙儿，转向那个方才一直在旁边静静观望的老僧。

怀着无比敬重、感激的心，她向面前这位手握扫帚的高僧恭敬地行礼。

"长老，熙儿是我的孩子，我能不能将他接走？"

道过谢后，慕扶兰问道。

老僧的目光平和而深沉，凝视了慕扶兰片刻，说："此子本非空门中人，因缘际会，从前寄居于此。如今女施主找了过来，骨肉重聚，天道人伦，老衲怎敢不放？"

慕扶兰深深拜谢，慢慢定住心神，思忖了一下，很快便做了决定。她蹲下身子，平视着熙儿说："娘亲的家在一个名叫长沙国的地方，那里离这里很远。娘亲现在还有事，不能立刻和你一道回去。娘亲先叫人把你送回家，你在家中等着娘亲回来，好不好？"

熙儿一愣，眼睛里露出忧愁的神色，两条小胳膊紧紧地搂住慕扶兰的脖颈，迟疑了一下，才轻声说："娘亲，你会不会不回来，又不要我了？"

慕扶兰心里感觉又酸又热，将儿子再次拥入怀里，重重地亲了一下他的额头。

"熙儿放心。熙儿是娘亲在这世上最心爱的人，从前是娘亲找不到你，现在终于找回了熙儿，娘亲怎么会不要你？熙儿听话，等这里的事情办完了，娘亲立刻回家，往后我们再不分开，好不好？"

熙儿松了一口气，脸上又露出欢喜的笑容。

"好。熙儿听娘亲的话，在家里等着娘亲回来。"

慕扶兰又紧紧地抱了儿子片刻，终于放开了他，再次回到慧寂长老的面前，说道："长老，我今日便安排人上山，尽快先将熙儿送走。"

长老不言，只朝熙儿招了招手。

熙儿朝他奔了过去。

长老面露微笑，慈爱地摸了摸他的脑袋，指着前方那片塔林说："缘起于此，有始有终。熙儿愿不愿意和师父一道把这里的地扫完再走？"

"熙儿愿意。"

他立刻点头，奔过去抓回方才那把放下的小扫帚，转头对慕扶兰笑道："娘亲，熙儿要先帮师父把地扫完才能走。"

慕扶兰笑中含泪，点头说好。

她站在一旁，望着熙儿努力扫地的小小身影，拭去脸上残余的泪痕，转身回到前头，开始安排事情。

她这趟入京，慕宣卿曾替她安排了两个能干的慕氏死士，以随从的身份随着使官队伍同行而来。

使官献贡完毕，便不能留下，三日内必须回去，但那两个死士暗中留了下来，供她驱策。

慕扶兰知道自己接下来前途未卜，甚至凶多吉少。

正是因为如此，她才要将熙儿尽快送回长沙国。

只有熙儿先平安地回了长沙国，她才能放下心，和眼前的这些人周旋。

她一定要尽快脱身，不惜代价，不论手段。

眼下自己的处境本来就艰难，绝不能让谢长庚对自己的举动产生任何怀疑，更不能让他知道熙儿的存在，以免节外生枝。

尽管心里万分不舍，但是暂时的分离却是不可避免的。慕扶兰的理智提醒着她现在应该做什么。

在安排好这些事情后，她不敢耽搁太久，只能压下满腔的不舍，和今天才回到自己身边的熙儿分别。

她站在通往塔林的后山门口，凝视着那个被送下山的小小身影。

那么小的孩子，分明如此不想和自己分开，却又这么乖巧，一点哭闹都没有，只是不断地回首张望自己，含着泪花的眼睛里满是对自己的依依不舍。

慕扶兰一直站在那里，目送着熙儿的身影彻底从视线里消失，这才转身离去。

她入城回到宅邸时，已经是傍晚，谢长庚和前些日一样，这个时辰还没回来，但一进门，管事就告诉了她一个消息。

河西那边传来讯报，北人有异动，节度使这个年也不能留在上京过了，三天之后就要动身回河西。

慕扶兰面上没什么大的反应，只道尽快叫人给他收拾行装，心里的那根弦却立刻绷了起来。

慕扶兰原本以为他最快也要年后才走，留给自己的时间至少还有大半个月。没想到忽然出现这种变故，竟然只剩三天时间了。

他要走，她接下来的去向，或者说面临的"命运"的方向，一下就摆到了面前，刻不容缓。

庆幸今天果断地安排了熙儿回长沙国这件大事，慕扶兰立刻思量起了前些天起便在心里反复掂量的一个念头。

留给她的时间不多了，她必须要尽快有所行动。

当天晚上，谢长庚回来得比平常还要晚些。管事想必已将慕扶兰白天去护国寺礼佛这件事告诉他了，他没说什么，回来和她在屋里碰见的时候也只是冷冷地看了她一眼，便去了书房，很晚才回屋来，那时慕扶兰已经上床睡觉，帐子放了下来。

他也依旧睡在榻上，和先前没什么两样。

第二天早上，谢长庚走后，慕扶兰就被刘后召入宫中，说河西不宁，谢长庚就要回凉州了，问她接下来有何打算。

慕扶兰依旧扮痴作呆，说他这几日很忙，早出晚归，还没和她提过此事，自己心里也没个准，随他同去凉州或是回谢县侍奉婆母皆可，全凭夫君安排。

刘后并未久留慕扶兰，盯着她的背影出去了，才问一旁的杨太监："你如何看？"

杨太监道："谢节度使人都要离京了，慕氏却还不知道要去哪里，可见谢节度使对她并不上心。"

刘后点了点头，道："本宫也是如此做想。这个慕氏空有其表，性子却唯唯诺诺，人也乏味得很，便是靠着姿色博了谢卿几日欢心，也不能长久。"

杨太监笑道："确实，太后不必顾虑她蛊惑离间谢节度使了。"

刘后笑了笑："这个固然不担心，但本宫既然将她召至上京了，少不得便要再多留她住些时日了。"

杨太监起先一怔，随即顿悟。

长沙国虽说国小兵弱，但也是封王之地，现在太后虽然不打算对其下手，但保不齐对方不老实，趁乱起幺蛾子。听闻慕宣卿对王妹很是爱护，将慕氏留下作为人质，自然有用。

"太后这是要以她为人质震慑慕宣卿？"

"你觉得呢？"

杨太监沉吟了一下，方小心地说："太后，奴才一直不解，太后为何不将谢节度使的母亲也接入上京？节度使手握重兵，尤其是谢节度使，虽说对太后忠心耿耿，但人心难测，万一……"

他停顿了一下。

"听闻他是孝子，何不寻个借口一并接谢老夫人入京，如此，慕氏留下服侍婆母，天经地义。太后手里既有谢节度使的人质，又有长沙国的人质，岂非一举两得？"

刘后摇了摇头。

"本宫寻个由头扣下慕氏，谢卿必不致反对。但若将他的母亲也接来，他必会疑心本宫对他不放心，以其母为人质。"

她出神了片刻。

"便是要以人为质，也不是现如今。如今内外交困，正是用他之际，不必节外生枝。"

杨太监忙躬身道："是，是，还是太后考虑妥当，奴才妄言了。"

刘后笑了笑，说："那便如此定了。等他来见本宫，便和他说明此事，扣慕氏在京为质。"

杨太监奉承道："太后英明，无人能及！"

慕扶兰出宫回了谢宅，过了中午，以自己要回访一个在京官员夫人的名义出了门。行至半路，她寻了个借口，打发掉随同的管事，在车厢里换了身毫不起眼的衣裳，下车后，改乘一顶预先备好的轿子，折往城西的一间酒楼。

内史张班已经收到一封署名为长沙国丞相陆琳的密信，约他今日未时末在这间酒楼里会面。

张班心中十分疑惑。

上次他收了陆琳重贿，在刘后面前替长沙国做了一回说客。今日忽然又收到他的密信，张班感到十分意外，不知对方为何竟大胆到如此地步，偷偷来到上京，更不知他约自己出来到底所图为何。所谓拿人手软，他心里未免忐忑，更是不喜。

但既然收到邀约，他知道自己若是不见，对方必定不会就此作罢。他无可奈何，只好脱去官服，乔装悄悄到了信上所提到的这间酒楼的雅座包间。

张班到了包间门口，看了下身后，确定没有可疑之人盯梢，才推门而入。

包间里静悄悄的，不见旁人，只在屏风之后隐隐现出一道人影。

张班停步，盯着那道人影说道："我已到，你有何事？"

那道人影动了一下，从屏风之后转出来。

竟然是一个看起来不过十六七岁的妇人打扮的年轻女子，容貌极美，含着笑向自己点头。

张班的目光落到对方身上，一时怔住，片刻之后才反应过来，吃惊不已。

"你是何人？怎会在此？"

慕扶兰道："我是长沙王的王妹。今日是我借了陆丞相之名，约内史到此见面。"

张班越发感到惊讶。

慕宣卿的妹妹嫁给了谢长庚，前些时日入了京城，他自然知道，但他万万没有想到她竟敢借陆琳的名义将自己骗到这里来。

到底居心何在？

他的脸色微微一变，迅速看了眼身后。

慕扶兰缓缓地朝他走去，微笑道："张内史不必担心。我今日约你至此，绝无恶意，而是有事与你商议。"

张班这才定住心神，暗暗吁了口气，也不正眼看她，只端着架子，冷冷地道："何事？"

慕扶兰道："上次多亏了张内史古道热肠，仗义相助，长沙国才得以求得平安，王兄十分感激，我过来时，他特意吩咐，说若有机会得见内史之面，须得代他向内史道谢。"

"罢了。你一妇道人家，冒充陆琳之名见我，想必也不会只是为了道个谢。你还有何事？"

慕扶兰笑道："我早就听闻张内史不但是个能臣，更是个爽快人，今日见面，果然如此，我就喜欢与内史这般的人打交道。内史既开口问了，我便也不扭捏作态。实不相瞒，今日冒昧将您请来这里，是有事相求。"

张班听她原来是有求于自己，忍不住瞥了她一眼，见她一双美目凝视着自己，双眼一眨不眨，顿觉轻飘起来。他不自觉地抬了抬下巴：

142

"何事？"

"内史身居要位，是太后面前的肱股重臣，想必也知道，我因出身于长沙国，如今境况不易。谢长庚过两日便要出京，我怕太后扣留我于上京，以我为人质。今日大胆请内史出来，便是盼着内史看在我王兄的面上，助我一臂之力。倘若能劝太后打消此念，放我出京，不但王兄那里会表示感谢，我对内史更是感激不尽。"

张班又看了她一眼。

"慕氏，这我就不懂了。你和谢长庚是夫妇，自有情分。这种事情你不去寻他帮忙，怎么求到了我这个外人的头上？"

慕扶兰道："张内史难道不知他是何等人？他与我又来夫妻情分？只要太后开口，莫说扣我做长沙国的人质，便是要了我的性命，恐怕他都不会皱一下眉。"

张班摇了摇头，叹息道："你有如此认知，倒也不是糊涂之人。可惜啊，当初你父王将你错嫁了人。你既然求到我这里，我倒不是不愿意帮。只是这个忙，恐怕有些难帮……"

他的视线停在慕扶兰的脸上，凝住了。

这个张班表面一本正经，实际也是好色之徒。慕扶兰又怎瞧不出他看着自己时眼中渐渐露出的异色？她笑道："我知此事不易。倘若内史肯帮忙，事成之后，我必有所回报。"

谢长庚的夫人，张班心知不好乱动。只是对着这么一个自己找上来求助的美人儿，他也不想一口回绝，而且她的话里似乎另有含义，他咳了一声，神色端得更紧了。

"你这是何意？"

慕扶兰朝他走过去几步，低声道："内史恐怕还不知道吧，谢长庚有谋反之心。此事别人不知，我和他是夫妻，夜夜同床共枕，他怎瞒得过我？"

张班一愣，脸上的轻浮之色顿时消失。他双眼盯着慕扶兰，神色变得凝重无比。

"慕氏，你此话当真？"

慕扶兰点头，道："千真万确！我曾听到他于梦呓中泄出谋反之言。倘若不是日有所思，他又怎会夜有所梦？他野心勃勃，岂是长久甘愿受人驱策做人臣下的人？便是没有凑巧被我听到他的梦呓，内史恐怕也是双目雪亮，心知肚明。"

张班和谢长庚，一个主内，一个在外，都是被刘后引为"肱股心腹"的人，如今谢长庚势力大起，张班犹如失宠，以他的品性，怎么可能丝毫不为所动？

她看着张班，见他没有出声，继续说道："我父王当年将我许配给谢长庚，本意是想为长沙国求个盟友。哪想他却是个凉薄之人，一切只为自己上位，何曾顾我长沙国半分？长沙国只求自保，与其靠他，不如投靠张内史您。

"倘若内史能助我脱身，不必留在上京为人质，我愿替内史监视谢长庚的动向，一旦捉到实证，便呈给内史。"

张班表面看似平静无波，实则内心早已不知转过了多少个念头。

短短几年的时间，谢长庚升得如此之快，又屡立大功，眼见在刘后那里日益得宠，自己的地位受到威胁，张班表面未曾有半分表露，两人见面时，表面上仍是一团和气，但他的心里早就开始焦虑不安，甚至嫉恨无比了。

就在年初，他曾暗中怂恿一个大臣到刘后面前进言，暗指谢长庚有谋逆之便，提醒刘后加以防范，没想到刘后非但不为所动，还以诬告为名将那人治了罪，自此，朝廷再无人敢提半句。

一直以来，张班只恨自己无法捉到谢长庚的谋反证据，而今天，机会竟就这样来了。

慕氏是谢长庚的枕边之人。谢长庚再怎么防范，也不会想到她是自己的人。

以长沙国国小兵弱、仰人鼻息，谢长庚又指望不上的现状，自己这时愿意出手相助，对方必定求之不得。至于这个慕氏，谅她也不敢过河拆桥，拿自己当冤大头，倘若能为自己所用，成为安插在谢长庚身边的耳目，日后真的得了什么真凭实据，那时告发到刘后的面前，何愁刘后不信？

张班压下心底翻涌着的激动之情，脸上慢慢地露出了笑容。

他看着慕扶兰，颔首。

"慕氏，那便如此说定了。日后，长沙国的事，便是我张班的事。你如今的事，我自然也会尽力帮你。"

……

慕扶兰出来，乘轿回到停放马车的地方，上去换回自己原来的衣裳，见无异样了，便叫回去。

马车回到了谢宅门前，她被侍女扶下来，正要进去，身后传来一个声音："翁主留步！"

慕扶兰转头，看见近旁一条巷子口里跑出来一个脸生的大户人家下人打扮的奴仆，奔到自己跟前，躬身自称受齐王妃所派。"小人过来，是替我家王妃给您传封信……"

那人一边说，一边伸手探进怀里摸信。就在这时，身后传来一阵马蹄之声，那人转头一看，见谢长庚竟然也回来了，立刻想起主人的叮嘱，慌忙缩回手，告罪说找不到信了，怕是不小心丢在了路上，自己先回去找找。说完转身匆匆离去。

慕扶兰一时觉得莫名其妙，一是不知齐王妃为何突然给自己传信，不知道她要说什么；二来，她总觉得这个传信的下人的言行有点古怪。但人都走了，她也就没放在心上，看了眼正骑马归来的谢长庚，转身走了进去。

谢长庚很快到了门前，下马。门房来迎。

他看了眼方才那个见自己回来便突兀地转身跑了的人离去的方向，问了一声。

门房回道："说是齐王妃派来给翁主送信的。人早就来了，得知翁主出去了，也不肯把信交给小人转交，定要亲手交给翁主。方才翁主回来了，他却又找不到信了。"

谢长庚再次看了眼那人走的方向，唤了个随从，吩咐了一声，自己便进去了，等在照壁之后。没过片刻，随从便回来禀道："方才属下追上那人了，三两下便制服了他，从他身上搜出来这封信。"说着递了过来。

谢长庚接过，拆了信一看，果然如他所料，这封信根本不是齐王妃送来的，而是出自齐王府的赵羲泰之手。

谢长庚扫了眼信的内容，脸上顿时布满阴霾，唤住一个正从旁边路过的仆妇，命她把信送去给慕扶兰。

"跟她说，是我叫你送过去的！"

仆妇见男主人的脸色难看，有些害怕，接过了信，转身匆匆要去，走了几步，听到身后又传来声音："站住！"

仆妇忙停下，转身见谢节度使朝自己走了过来。他要回了信，捏在手里，向里面大步而去。

慕扶兰进去后，和迎向自己的慕妈妈说了几句话，便回到了房里。

侍女知道她有外出回来便更衣的习惯，也不用吩咐，很快取了一套她在家常穿的衣裳。

慕扶兰转到床边的屏风之后，在侍女的帮助下除了外衣，身上只剩内衣。

柔软的茜色贴身织物密密实实地裹住了她的身子，只剩一片白皙的后背和两只胳膊露在外面，下身系了幅月白色单裙，背影纤约，腰身盈盈，细得不堪一握。

她有些心不在焉，低头垂着一段白皙的脖颈，一边想着自己的心事，一边伸臂套衣裳。

胳膊才套进袖子中，屋子的门忽然被人推开了。

她回头，便看见谢长庚径直而入。

他大约没料到她在换衣裳，视线落到她身上的那一刻，他的脚步一顿，硬生生停在了屏风边。

侍女们忙转身向他行礼。

他既没迈步向里，也没有退出去，就停在那里，开口便命人出去。

侍女们见他的脸色不好，看了一眼慕扶兰，见她没表示反对，便躬身退了出去。

慕扶兰回过神，转回头背对着他，自己将衣裳套好，掩住衣襟，系着衣带。

他显然在极力克制着情绪，但脸色发僵，目色森森，眼底似有暗波涌动。

他的这个样子，别人看不出来，但她一眼就知道——他现在已经非常愤怒了。

必定是出了什么和自己有关的不好的事。

她背对着他，在脑海里迅速过了一遍可能引起他如此愤怒的事情。

是白天自己和张班见面的事泄露了？

还是叫他知道了唤自己为娘亲的熙儿的存在？

倘若是这两件事，倒确实有可能惹得他这样发怒。

但她很快否定了这个想法。

这两件事她做得非常小心，即便有纰漏，也绝不至于这么快就被他察觉出来。

但倘若是别的，那到底又出了什么事？

纤指系好了衣带，她才慢慢地转过身，朝向他。

两人相对而立，中间只隔几步远。

她悄悄抬眼看了他一眼，正想试探于他，对面谢长庚已经开口，一字一字地道："慕氏，你要和离，那便遂你心愿！

"我这就给你放书去，免得碍着你与意中人的好事。光天化日，众目睽睽，竟然也敢这般上门授受不清！"

他说完，劈头盖脸地朝她掷来了一张看起来像是信笺的纸，转身便走，身影随同脚步之声很快消失。

纸笺落到了她脚边的地上。

慕扶兰一怔，弯腰捡了起来。

确实是封信笺，是一封写给她的信。虽未具落款，但看一眼信的内容，便知道出自齐王世子赵羲泰之手。

赵羲泰说，前日在护国寺得以和她再次见面，回去之后，忆及往昔，他心绪纷乱，辗转难眠。就在昨夜，他无意中听到了他父亲齐王和幕僚的谈话，得知刘后如今只是暂时不动长沙国而已，往后定还会发难，他便特意传信，叫她记得一定提醒她的王兄加以防范。

他说自己非常担心她现在的状况。谢长庚巨寇出身，卑下之人，毫无廉耻可言，如今做了刘后手中的杀人之刀，小人得势，迟早会弃她如敝屣，不能依靠。

赵羲泰最后说，往后她若遇到困难之事，务必叫他知道。无论何事，他定会倾尽全力帮她。

慕扶兰看完信，略一思忖，便明白了。

方才那个冒出来自称替齐王妃送信的人，其实是赵羲泰派来的。

这样内容的一封信送出来前，赵羲泰应该再三叮嘱过，务必避开谢长庚，亲手送到自己的手上。

难怪当时那人一看到谢长庚回来了，信也不敢拿出来，立刻掉头就跑。

慕扶兰也来不及去想这封信最后怎么又落到了谢长庚的手里。

她拿着信站在原地，出了神。

虽然已经有了张班这个援助，但老实说，对于这次的事是否能够像上次长沙国危机那样借张班之力顺利解决，她其实并没有全部的把握。

这次的事和上次不同，中间多了谢长庚这个变数。

他是自己的丈夫，刘后要扣自己为人质，无论出于何种考虑，必定会在他面前提及，要他表态。

这件事对于自己而言，是件关乎安危甚至生死的大事，但对于谢长庚来说，却是无可无不可的小事，和他没有半分直接的利害关系。

凭着直觉，慕扶兰断定曹金就是谢长庚的人。宫里有这样一个耳目，张班替自己说话，恐怕是瞒不过谢长庚的。他若睁一只眼闭一只眼，张班应该能够成事，自己也可以顺利脱身。

但万一他对自己心存不满，甚至是怨恨，故意从中阻挠，即便张班出面替自己转圜，恐怕也很难奏效。

几天前，在她想着该如何利用张班的同时，便也在考虑如何将这个变数解决掉。

她不指望谢长庚能替自己在刘后面前说话，只要他在张班帮自己解决问题的时候不加阻挠便可。

在她刚从那场梦中醒过来的那段时间里，她被满腔的悲恨所驱使，想的只是尽快和他彻底脱离干系，今生再不复见。

但是随着情势不断变化，她开始慢慢地意识到了一点——以自己和他的关系，考虑到他现在的地位和长沙国的现状，她想做的很多事其实是没办法彻底绕过他的。

一味的敌视和想当然的今生再不见面并不能解决问题。

她需要重新建立和他的关系。

这于她而言，极其违心，但她必须正视并且接受这一点。

就在今天见完张班回来的路上，她还在想着该如何打破和他之间的僵局，没想到就发生了这样的事。

情况看起来很不妙，雪上加霜。他对自己的不满因为这封信大约也是到了极点，刚才连同意和离的话都说了出来。

但反过来想，这何尝不是一个很好的机会？

慕扶兰思索片刻，很快下了决心。

她答应过刚刚回到她身边的熙儿，一定要尽快回去和他在一起。

她不能被扣在这里。

　　已经很多年了，从十四岁那年为父亲怒而杀人，铤而走险之后，无论遇到何事，谢长庚都再不曾愤怒至情绪如此失控的地步。

　　他倒不是因为那封信上对自己的评价，若是在意这些，他也不能走到今日这样的位置。

　　叫他愤怒的是慕氏对他的强烈敌意和一再的背叛与羞辱。

　　从前也就罢了，一桩出于双方利益交换而缔结的婚约，她既然是遵照父命，违心嫁了自己，婚前有过不贞，也不奇怪。

　　但现在她人在京城，众目睽睽，她竟然也丝毫不知收敛，先是护国寺相会，不过两夜，竟就勾得那个赵羲泰给她写了这样一封密信，虽无明言，但字里行间情愫绵绵，肆无忌惮至此地步。

　　谢长庚到了书房，提笔便写了张放妻书。

　　写完最后一个字，他握笔的手指一个发力，伴着轻微的"咔嚓"一声，手中那支木质坚硬的乌木笔杆便从中断成了两截。

　　他投了断笔，起身来到窗前，推窗向外而立，片刻之后，神色终于缓了过来。

　　他回到桌边，正要唤人将写好的东西送去给她，便听到两下叩门之声。

　　他抬眼，见门被推开了，一道身影立在门外。

　　慕氏竟然自己来了，迈入门槛，朝他走了过来。

　　他将纸推向她，随即朝外而去。

　　"谢郎留步！"

　　身后传来呼唤声。

　　他恍若未闻。

　　慕扶兰追了上来。

　　谢长庚停下脚步，冷眼看着她来到面前挡了自己的去路，道："慕氏，你要的东西我已写好。往后好自为之。"

　　他抬脚便走，衣袖却又被人拽住。

　　他停步，诧异地看了一眼她伸过来拽住自己衣袖不放的那只手，面上随即露出厌恶之色。

慕扶兰松开了手，没去看那张摊在桌上的墨迹还未干透的纸，而是望着他的眼睛说："你先听我说可好？我怕你是误会了。我和齐王世子除了小时候在宫里见过面之外，并没有任何其他关系。这么多年，我和他绝无往来。前日在护国寺遇见，实属意外，绝不是我和他在那里私会。至于方才那封信，我更是毫不知情。

"这里是上京，我便是再不懂事，到了这里，也不敢做与人私通的事。就算不顾你的脸面，难道我连长沙国的脸面也不要了吗？"

谢长庚冷着脸没有反应，只整理了下自己方才被她拽过的衣袖。

慕扶兰看着他又轻声道："你就要走了，今早太后召我入宫，问我往后的去向，你又从没有对我提过半句，我心里其实很慌……"

她的声音越来越小，慢慢垂眸，悄然立在他的面前，一动不动。

良久，谢长庚终于开口。

"慕氏，当日我去岳城接你，你不是执意要与我脱离干系吗？如今我遂你的心愿。我去河西，你回你的长沙国便是。"

慕扶兰说："太后一直将我长沙国视为敌对，她既然将我召来了上京，等你走了，她怎会就这么轻易地放我回去？她今早问我的那些话，不过是在试探而已。别人不知，谢郎你难道也不知道？"

谢长庚面无表情地说："这有何难？我走了，不是还有个齐王世子吗？他会帮助你。"

"他没有这个能力。谁也帮不了我。"

她摇了摇头。

"谢郎，如今我才知道，这个世上唯一能保护我的人，也就只有你了。"

慕扶兰慢慢地抬起一双美眸，凝视着面前的谢长庚，轻声说道。

第 七 章

◇

出京

随着她的话音落下，书房里忽然安静了下来。

谢长庚沉默了片刻，说道："慕氏，你先前想要摆脱我时，眼里可有我半分？如今要用到我了，便这般花言巧语。"

他笑了笑，语带讥讽，"你当我谢长庚是什么人，任你拿捏？"

慕扶兰说："从前我确实得罪了你，但方才这话并非花言巧语，而是我入京之后才有的感悟。

"今日太后召我，问我日后去向，我是真的不想被扣在上京做人质，更不想死在这里。"

谢长庚冷冷地看了她一眼，道："你倒是识时务。只是我为何要帮你？"

"从前倘若不是你上门求亲，我的际遇如今便不会这样。不说如此久远之前，便是前段时日你来长沙国，那时应我之求给了我放妻书的话，你我没了关系，太后应也不会想到要将我召入上京。我陷入今日的处境，起因固然是太后不放心我长沙国，但难道和谢郎你就没有半分干系？"

谢长庚冷笑着，"哼"了一声，说："倒全成了我的罪过了。"

慕扶兰装作没听到，继续说道："你早不休我，晚不休我，现在因为误会我和齐王世子的关系而给我放妻书，要和我撇清关系。倘若被人知道，你有没想过，你这是落井下石，在将我彻底推入绝境？

"长沙国现在固然对你没有用处了，我与王兄先前也确实为了和离一事而得罪过你，但也算不上是要人命的深仇大恨吧？况且，我父王当初对你也不算薄。"

她走过去，将桌上的那张纸拿了起来。

"谢郎，你现在可以不帮我，但你不能这样对我！"

　　谢长庚看着她一把撕掉放妻书，不禁面露错愕之色。

　　慕扶兰撕了放妻书，朝他走了过去。

　　"还有件事，我想和你说。前些时候，就在你平定江都王叛乱之后不久，王兄得知刘后想对长沙国用兵，因当时已经开罪了你，为求自保，只好寻了张班，请他在刘后那里为我们说了些好话，当时算是暂时避过一劫。这趟来上京，送我来的使官临走时对我说，他已经打点好张班，张班答应会关照我。如今你要走，太后若扣我做人质，张班应该会替我去太后那里周旋的。"

　　她望着谢长庚。

　　"我只盼你看在我父王的面上，张班若替我向太后求情，说动了太后，太后问你时，你能行个方便。

　　"至于休我一事，等我过了这一关，随时都可。

　　"这两件事于你而言，不过举手之劳，于我却是生死大事。毋论张班最后能否成事，我都感激不尽。"

　　她说完，向他行了一个郑重的致谢之礼，礼毕，转身出去。

　　谢长庚望着那一抹身影消失在了门口，站在原地，半晌才转身，视线落到了那张被她撕掉的放妻书上，盯了片刻。

　　过了两日，谢长庚被召入宫，行礼之后，刘后赐座于他，笑着道："明日便要离京了，事情可都妥当了？"

　　谢长庚道："蒙太后关爱，皆已妥当，明早便可动身。"

　　刘后叹息道："眼看就是年底了，偏那边不安宁，你又要过去。一年到头奔波不停，实在辛苦，本宫心里很是过意不去。"

　　谢长庚恭敬地道："臣深受皇恩，只恨无以为报，此为臣之本分，更是荣幸，何来辛苦。"

　　刘后又勉励了他几句，说道："谢卿，你要出京，对慕氏可有安排？"

　　谢长庚早已得知消息，刘后见过张班了。张班说没必要将慕氏扣人为质。他口才极好，刘后仿佛被劝得有些踌躇起来，但是还没答应。

他应道："蒙太后之恩，先前将她接来上京。臣原本打算叫她回谢县的，但我家中母亲对她很是不喜。先前她之所以回长沙国，除了水土不服，也是被我母亲厌恶所致。我母亲不愿见她的面，家里也不缺服侍的人，臣既然要出京，拟将她也带去河西。节度使府门面虽不大，但当地的迎来送往之事也不少，她过去了，也算有用。"

刘后点了点头，道："这个安排原本很好，你那边也确实需要个执事之人。只是谢卿，本宫若要将她留在上京，你意下如何？"

谢长庚道："请太后明示。"

刘后道："你是本宫心腹，本宫便直说了。本宫欲将慕氏留下，作为长沙国的人质，你以为如何？"

谢长庚听了，仿佛犹豫不决，没有立刻回话。

"怎么，你不愿意？"

刘后的目光投来，直直地落在谢长庚的脸上，带了几分探究的意味。

谢长庚忙道："臣不敢，太后若真要将她扣为长沙国的人质，臣没有二话，留下她便是。"

刘后盯着他，说："谢卿，你在欺瞒本宫！你分明另有所想！"

谢长庚急忙下跪告罪："臣有罪！臣方才确实另有私心。"

"说。本宫恕你无罪。"

谢长庚谢恩道："臣便斗胆直说了。倘若太后恩准，可否容臣带她同行？"

"为何？"

刘后眯了眯眼，问道。

"太后留她在京，虽不会明说扣她为人质，但朝臣岂会不知？旁人原本就在背后议论，道臣当年是靠长沙王才得以入仕，如今成婚一年未到，她若被留在京中为人质，臣必定又要遭世人议论，道臣一朝得势，背信弃义。

"日后太后要除去长沙国时，长沙国有确凿的谋逆罪名，臣效忠朝廷，与慕氏一刀两断，无人能道臣的半句不好。但如今臣若不顾她，与休她并无两样，又成污名。

"臣出身低微，生平所求便是效忠朝廷和太后，再别有所愿，也不过是光宗耀祖。人言可畏，臣这几年背负甚多。臣固然不惧，却也怕累及我祖上清名。

"臣罪该万死，对太后效忠不够，存有私心。请太后治罪！"

他叩首于地，久久不起。

刘后听他起先竟然不赞同自己扣慕氏在京，又意外，又不悦，心里更是疑虑，疑心他是否听了慕氏撺掇，这才开口替她说话，待听完他这一番告罪，方恍然大悟，非但疑窦顿消，而且动了怒气，恨恨地道："朝廷养着那些官员，遇事不能为本宫解忧不说，本宫对你稍有赏赐，一个个就红了眼睛拿你诋毁！实在可恨！"

她说完，不禁踌躇起来。

谢长庚已经这样道出了他的顾虑，倘若自己还是坚持留慕氏在京为人质，未免有落他脸面之嫌。

想起先前张班也是劝自己，说眼下既然以安抚为重，以长沙国的国力，也没必要扣留人质，免得激起慕宣卿和长沙国民众对自己的警惕和更多的仇恨之情，若多防备，反倒对日后的行动不利。

现在谢长庚既然爱惜名誉，有这些顾虑，不如顺水推舟，以显示自己对他的恩重。

安抚好谢长庚，让他死心塌地地效忠自己，与来自长沙国的威胁相比，孰重孰轻，不言而喻。

刘后沉吟片刻，很快便做了决定，说道："谢卿，不瞒你说，本宫原本是要留慕氏在上京的，免得长沙国生事。但你既然有这样的顾虑，本宫自然要先以你为重。你且将人带去好了。"

谢长庚郑重地叩首致谢，道："太后对臣的恩典，臣便是万死，也不足以报答万一！"

刘后笑道："罢了，平身吧。上次你平定了江都王之乱，立了这样的大功，也不过赐了你母亲一个诰命，本宫本就觉得微薄了些，这也算是对你的嘉奖吧。"

谢长庚恭恭敬敬地再次致谢，这才退了出去。

日暮时分，慕扶兰倚在窗前，望着窗外一丛冬日里枯萎了的芭蕉残叶，有些心神不宁。

明日一早，谢长庚就要动身离京了，而就在此刻，自己的去向还是不明。

张班那里白天传过消息来，说他已经在劝说刘后了，刘后的态度有所松动。即便现在不能立刻叫她改变主意，等他慢慢进言，多说几次，迟早会奏效，叫她耐心等待。

张班虽然如此传话，但慕扶兰仍有些担心。他若没法在短期内说服刘后，这样一而再再而三地为自己说话，恐怕会引起刘后的怀疑。一旦张班意识到这种可能性，到时就算他再想抓谢长庚的证据，也不会冒着被刘后怀疑的风险再为自己做说客。

希望虽然有，但变数也很大，她没法完全放心。

而谢长庚那里，这两天也没什么反应。他依然早出晚归，晚上回来，仿佛看不见房里还有个自己，一个人睡在那张榻上。

就仿佛什么都没发生过一样。

但以慕扶兰的猜测，经过那天在书房里那样一番对话，他应该不至于丧心病狂到干出在刘后那里阻挠张班游说的事。

等谢长庚明天走了，希望张班能尽快游说成功，自己好脱身出京。

天渐渐黑了，侍女掌灯进来，屋里亮了起来。

风从窗外吹进来，灯火扑闪个不停。

"翁主，风大，小心冻着了。"

侍女走过来关窗，小声地劝说道。

明早谢节度使就要离京，翁主却极有可能被太后留下做人质。

这几天，众人的心情也都十分低落，连走路说话都比平日要小心。

慕扶兰压下杂乱的心绪，转身往里去，房门忽然被人一下子推开，竟然是慕妈妈满面笑容地快步走了进来。

从翁主年初嫁到谢家开始，侍女们就没在慕妈妈的脸上看到她露出过这样的笑容了。大家不禁全都停住手里的活，看着她。

"翁主！好事！好事！"

她朝着慕扶兰奔了过来，激动地抓住她的手。

"方才管事说，节度使那里传来了话，明早带翁主一道去河西，叫咱们收拾东西！"

谢长庚带翁主去河西，那就表示刘后改变了主意，不再扣她为人质了。

侍女们反应了过来，一下子都松了口气，每个人都欢喜起来，压抑了多日的气氛顿时变得轻松起来。

"快收拾东西去！"慕妈妈说道。

众人应了一声，忙碌开来。

慕扶兰看着慕妈妈带着侍女们忙着收拾明早动身的行装，心头起先那阵茫然过后，渐渐若有所悟。

张班今天已经见过刘后了，不大可能为同一件事又进宫游说，现在却忽然传来这样的消息……

她沉吟了片刻，慢慢地呼出了胸中的一口气。

齐王府宴客的大堂里，今夜灯火辉煌，几乎聚齐了当朝所有的高官显贵。

满堂青紫被身，最显眼的一位自是今夜主客谢长庚。

他明早要出京回河西，一向有声望的齐王专门为他设了这场夜宴。觥筹交错间，笙歌鼎沸，众人向谢长庚敬酒，欢声笑语，奉承不绝。

酒过三巡，谢长庚起身离席，回来经过通往宴堂的一道曲廊之时，方才空荡荡的阶下多了一人，金冠华服，月色照着他雪白的脸，双目幽幽地盯着自己，正是齐王世子赵羲泰。

谢长庚走了过去。

"谢长庚，里头那么多人，他们向你敬酒，替你践行，满口奉承。可是你以为你是谁？你不过一巨寇，在他们眼里，你就是太后跟前的一条走狗。等哪天太后用不着你了，我瞧你是如何下场！"

赵羲泰在他的身后说道。

王孙公子多情人。

素昧平生的齐王世子为何对自己怨恨至此，谢长庚心知肚明。

这样的言语挑衅对于十四岁以后的谢长庚来说，根本就不会入耳，又何须计较。

但今夜，或许是酒水作祟，他想起慕氏从前对自己说定亲时便已有意中人，又想起那夜她梦中呼唤的人名，忽觉面酣耳热，一时意气竟再难以抑制。

他慢慢地停住脚步，转过头，和赵羲泰对望了片刻，走了回去，停在他的面前。

"那又怎样？你的父王还不是将我这个巨寇、这条走狗奉为座上贵宾？"他说道。

"赵世子，我日后的下场你未必看得到，现在的你却仿佛不是很好。

"你想得到的妇人是个少有的美人吧？可惜，她是我的了。你能做的，只是躲在见不得人的角落里想她。连给她送封信，都要假托你母亲的名义。"

他看着月光下面色发僵的赵羲泰，脸上露出一丝带着刻毒的恶意的微笑。

"我会对她很好很好，你放心便是。"

　　他拍了拍赵羲泰的肩，转身扬长而去。

　　谢长庚当夜回来得很晚，带着一身践行宴的酒气，应该是喝了不少酒。他入浴房洗漱，换了身中衣出来，和往日一样，径直上榻，闭目便睡。

　　忙了大半个晚上，行装早已收拾好了，慕扶兰一直在等他回来，见他醉酒，也就罢了。

　　夜色深沉，耳畔隐隐传来深巷里的三更鼓点之声。慕扶兰醒着，隔着帐子，望着窗外弥漫进来的一片浅淡月光，正出神之际，忽然听到对面那张榻上传来轻微的窸窣之声，她看过去，见是谢长庚盖在身上的那床被子滑落在了地上。

　　两人貌合神离，分床而睡，这于慕扶兰身边伺候的人而言，早已不是什么秘密。慕妈妈知道那张榻于谢长庚而言偏短，早就在榻尾拼了另一张榻。长度是够了，但仍然很窄。此刻他翻了个身，被子便滑落下来。

　　冬夜室内寒冷，榻上的那个身影沉沉而眠，丝毫没有觉察，一动不动。

　　慕扶兰看了许久，终于从床上爬了起来，走到近前，捡起掉在地上的被子。

　　男子仰卧着，闭着眼，脸微微向里，大半被隐没了黑暗里。朦胧的夜色勾勒出他年轻而清隽的面容轮廓。

　　慕扶兰来到榻前，将被子盖了回去，才碰到他的身体，他就突然睁开眼睛，醒了。

　　快如闪电，慕扶兰还没反应过来，便感到手腕一紧，竟被他一把给攥住了。

　　他的手劲极大，叫她痛彻入骨。

　　她大吃一惊，忍着痛说："是我。你的被子掉了，我给你盖回去。"

　　攥着她手腕的那只手慢慢地松了力道，放开了她。

慕扶兰立刻往后退了一步。

他很快便彻底醒了，慢慢地坐了起来，问："有水吗？"声音低沉而干涩。

慕扶兰点亮烛火，倒了水，端过去递给他。

他喝了水，又躺了回去，片刻后，闭着眼睛问还站在近旁的她："你还有何事？"

慕扶兰说："多谢你帮了我，我很感激。"

他没有反应，依然闭着眼睛，仿佛又沉沉地睡了过去。

慕扶兰站了片刻，回到桌边吹熄了烛火。

屋里的光线再次暗了下去，只剩窗边照入的一片月光。

她转过身，正要回到床上去，身后忽然又传来他的声音："慕氏，给你的王兄传个信，叫他老实些，别动什么不该有的念头，免得真的惹祸上身。他若自寻死路，到时候谁也救不了他。"

慕扶兰的心微微一动，慢慢地转头看向榻上那个朦朦胧胧的身影。

"你这话是什么意思？"她问道。

"智小而谋大，力小而任重，这样的人通常死得很快。倘若再身居高位，则祸害愈烈。非我贬你王兄，无论是能力抑或王术，他都远不及你的父王。他老老实实守成，你们慕氏还能把这个王做下去，他若没有自知之明，想着靠他自己去反刘后，国灭只在朝夕。"

他推开被子，又坐了起来。

"从前他第一次见我，便表露了他的不满。如今四年过去了，他除了对我越发地不满和怨恨，别的，我看是没有丝毫的长进。"

慕扶兰明白了，他只是在泛泛而论，并不是知道了长沙国现在暗中正在做的事。

她说："那么长沙国往后该何去何从？"

谢长庚没有作声。

"你也知道，刘后视我慕氏如眼中钉。即便我王兄没有反心，欲加之罪，何患无辞，难道到时坐以待毙？

"上回是走了张班的门路，才侥幸得以避过兵灾。难道一直靠他去游说刘后？我怕张班没那么大的能力。"

她又说道。

谢长庚"哼"了一声，说："一个张班便能替你们挡去一场兵灾，难道我谢长庚还不及张班？"

"你是说你还愿意护我长沙国？"她问道。

"护你区区一个长沙国，于我又有何难？"他回答她。

或许是余醉使然，在这个寂静的深夜，他对着她说话的语气中流露出平日罕见的傲然。

慕扶兰沉默了片刻，问他："那么，我慕氏需要为你做什么？"

交换，都是交换。

就仿佛从前父王用保举他入仕的条件换来长沙国四境的几年平安，那桩婚约便是让交换得以体面实现的工具。

他沉默着，目光落到了她的身上。

她是从床上爬下来的，衣衫整齐，只是单薄，罗衣松松地披在肩上。月光从身畔的窗子里照入，她隐在衣衫下的一段身子，曲线朦朦胧胧，若隐若现。

夜色仿佛渐渐凝固，寒气变得越发深重。慕扶兰在一片昏暗里站了良久，渐渐感到发冷，有种毛骨悚然的感觉。

"有需要了再说。"

他收回目光，再次躺了回去。

◇

第 八 章

河西

捌

第二天清早，谢长庚和慕扶兰动身出京，去往河西。

因那边最靠北的休屠城出了异状，他需要尽快赶过去，故二人虽然一道出京，但行程不同。

他只带着几个人轻装上路，慕扶兰则乘坐为长途而设计的马车，在一队随从的护送之下，循着去往西北的官道，白天赶路，晚间落脚驿馆，向河西节度使府所在的姑臧城而去。

出门前，慕扶兰问谢长庚去那边之后，自己日后如何安排。

他的回答很干脆，说他是以夫妇之名半迫半求地将她从刘后手里要过来的。她必须先去姑臧城，到了那里之后，等过些时日，她要回长沙国，再寻个借口回去便是。

他的表态叫慕扶兰放下了心，但随之而来的便是难熬的等待。

她的梦里全是熙儿那天频频回头望着自己的不舍的眼神。

分开才几天，她便在不停地想念他了。

她多么想立刻回去，和她失去后又重寻回的熙儿在一起。

她赶路的速度再快也不可能和谢长庚相提并论，但为了能早日到达姑臧城，再早日回长沙国，她亦是一路紧赶。

同行之人不知内情，见她不知疲倦似的赶路，以为她是想早日过去和谢节度使团聚，又怎么敢偷懒？这一行人上下齐心，晓行夜宿，终于在这日到了姑臧城。

姑臧城号称西北蕃卫，天下要冲，是本朝于西北的军政中心，又地处边界，民风悍不畏死，出健马，有精骑横行天下之美誉。

慕扶兰到的那日，下了几日几夜的大雪刚停，覆在高大、厚重的城门上的积雪和冰棱在阳光下闪闪发亮。城中商贩众多，人来人往，十分热闹。

　　节度使府邸位于城北，谢长庚十天前就到了，人现在不在此地，还在休屠城没有回来。

　　管事将一行人迎进去，安顿了下来。第二天，城中属官的夫人们闻讯，纷纷前来拜见。慕扶兰忙了几天应酬，这天晚上，谢长庚也回了城，回到节度使府，发现慕扶兰早到了这么多天，仿佛有些意外，看了她一眼。

　　两人自然还是同居一室。睡前，他见慕扶兰站在屋中唯一一张床前，双眼静静地看着自己，似乎在等着他先上床。他面无表情地转身，像先前那样，自己从柜子中另取了副铺盖铺到榻上，睡了下去。

　　慕扶兰倒并没有故意想要逼他和自己分床而睡的念头。

　　虽然一想到和他同床就无比难受，甚至厌恶，但毋庸置疑，就这回他帮自己脱身一事，自己便已经欠了他一个极大的人情。

　　人情如债，迟早是要还的。

　　她现在没有什么可以用来还人情的资本，就只剩自己了。

　　倘若他要，她不会拒绝。

　　当然，像现在这样，他依旧不齿于她这早已不贞的身体，那是最好不过。

　　慕扶兰虽然极想立刻开口和他商议自己何时回去的事，但她也深知这并不妥当。

　　他应当也是费了一番口舌才将自己带了出来，刚到没几天，确实不是可以动身离开的时机。

　　她必须要耐心地再等等。

　　接下来的几天，依旧不大看得到谢长庚的人影，她也无所事事，白天有时换了衣裳出去走动。这天来到集市，闲逛经过一个摊子，她看到一顶用当地的牦牛皮制的小皮帽，觉得十分可爱，一眼相中，买了回来。

　　侍女笑问："翁主，这帽子买来给谁戴呀？"

　　慕扶兰笑而不语，收起皮帽，又随意逛了一会儿，正打算要走，经过开在路边的一家医馆时，看见几个土人男子抱着一个七八岁大的小儿疾奔入内，里面很快传来一阵吵嚷之声，她便停了脚步。

那几个土人正用她听不懂的话和里面的郎中说着话，神情焦急万分。郎中连连摆手，道："和我不相干！我只照病开方，治不好，你们便是杀了我，我也没法子！"

慕扶兰问跟着一道出来的护卫，那些人都说了什么。护卫能说当地话，过去问了几句，回来说道："这几个人是附近的土人，村落里这些时日不知何故，许多人上吐下泻，高烧不退，这个孩子也是如此。他前些日子吃了这郎中开的药，非但没好，反而加重，眼见就要不行了，大人一早将孩子抱了找过来，叫这郎中再治！

"翁主，土人平日有病，都是吃他们自己的土药，实在不行才进城来找郎中。这里也没什么好郎中，和军医差不多，治个跌打损伤、头疼脑热还行，遇到大病，就只能自求多福了。"

护卫又道了一句。

里头的吵嚷声越发大了。一个中年男子见郎中推脱，面露怒容，拔出腰刀，"咚"的一声插进药铺的门板，门板登时被插出个大洞。

郎中知道这些土人彪悍，向来不服管教，他非常恐惧，高声呼叫救命。

慕扶兰推开围在门口的路人，走了进去。

那个孩子平躺在桌子上，双目紧闭，发着高烧，口唇干裂，奄奄一息，十分虚弱的样子。

在她出嫁前的那几年间，她在药翁那里帮着看过不少前来求医的人，对许多病症并不仅限于医书上的了解。

她替那个孩子把了脉，看了舌苔，叫管事再向大人问清楚症状，便知道这个孩子患了严重的痢疾。

众人见进来了一个美貌的年轻女子，仿佛郎中似的，替那个孩子看起了病，都停了争吵，全都看了过来。

护卫没想到节度使夫人会看病，一时愣住，听侍女说翁主从前学

168

过医术，这才反应过来，急忙说道："她是节度使夫人，会看病，你们都让开！"

土人听到她会看病，一把推开郎中，急忙过来。

郎中惊魂未定，听得这女子竟然是节度使夫人，也走了过来，一边躬身行礼，一边诉苦："夫人，这个孩子患了痢疾，前些日子他们把人抱过来叫我看时，已经上吐下泻、呕逆不食，有败症之相。治疗此病，当用坠下之品，不外乎槟榔、枳实、浓朴、大黄之属。治不好，我也没办法。这些人实在凶暴，方才你也见着了，他们赖我不算，竟然还拔刀要杀我！夫人你也懂医，你要替小人做主啊——"

药翁从前对她说过，治病时如果不察病因区分用药，往往见效者半，不效者也半。从方才土人描述说村中不少人都是如此，加上这个季节，便可推断不是外感所致，而是饮食不洁引发的脓症。身体虚弱之人，倘若救治不得当，严重便会致死。

她又替那个孩子仔细看了一番，开了药翁教的方子，叫郎中立刻抓药熬药，又叫人取来一碗温盐水喂孩子喝了。

药熬好后，给孩子慢慢地喂了下去，一时也不可能这么快见效。慕扶兰问了一下，得知村落距离这里有些路，出了城，走一趟就要一个多时辰。孩子实在虚弱，她吩咐不要再来回奔波，在附近找个地方安顿下来，按时服药，慢补盐水，以观后效，有事就去节度使府叫自己。

那几个人感激不已，向她下跪磕头。

慕扶兰回去后，当晚没和谢长庚提及此事。第二天心中记挂，她又去了一趟，那几个土人见她来了，面露喜色，连连道谢。

原来是孩子的病情有所稳定，昨夜不但腹泻、呕吐见止，今天连精神也好了许多。

药有效果，慕扶兰也很高兴，替孩子又看了一番，当天便应土人跪求，去了村落替人看病，随后问饮用水源，得知全村吃水都是取自一口水井，疑心是水源受污染所致，叫他们暂时不要再用，封掉旧井，另寻水源。

当晚，她忙完这些事情回到城中，天已黑透。

忙碌了一天，路上又颠簸不堪，慕扶兰感到有些疲倦，草草吃了点东西，沐浴后，不等谢长庚回来，便上了床。

谢长庚于戌时回来，管事迎他入内，高兴地道："大人，没想到翁主会治病。这两天她替土人看病去了，今天晚上是土人送她回来的。平日那些人见了我们如见仇敌一般，村落不许我们进去一步，这回却恭恭敬敬的，我在此多年，也是头回见到。"

百年之前，朝廷为开辟此地，曾与土人发生冲突，当时杀了许多人，如今此地虽已成城，那些土人后代也都归入辖制，但他们对官军依然极其敌视，也难怪管事如此惊喜。

长沙国王女是药翁的半个学生，先前在自己家中还替阿猫治过病。谢长庚听到这个消息，倒也没觉得惊讶，只是想问土人村落病患的情况，便回了房。

这个时辰不算很晚，前几夜，这个时辰她都还没睡，这会儿屋里却不见人，床帐低垂。

谢长庚走了过去，唤了声"慕氏"，无人应答，他才掀开了帐子。

慕扶兰已经睡着了。

她睡得很沉，连自己推门进来叫她，都没醒来。

屋子的地砖之下造有地火龙，房里烧得很热。她大概睡热了，不但一段雪白的腿脚踢出了被子露在外，被头也压得有些低，衣领略皱，褶皱之下雪痕一抹，若隐若现。人侧卧着，面若芙蓉，肘如玉藕，脖颈胸窝之间仿佛还沁出了一层薄薄的香汗。

谢长庚手捏着床帐，视线定住了，默默地看了一会儿。她仿佛有所觉察，那只踢到床畔的赤足缩了一缩，睫毛动了几下，仿佛就要醒来。谢长庚一把放下床帐，屏住呼吸，无声地后退了几步。

帐子里传出一阵轻微的翻身之声，很快又安静下来。

谢长庚慢慢吐出一口气，再没向身后看，转身而去。

170

接下来的一段时间，慕扶兰不辞劳苦，每天早出晚归，继续替村落里那些行走不便的老弱病重之人治病，忙忙碌碌，有时晚间回来得竟比谢长庚还要迟。

谢长庚如同不知，半句也没过问，丝毫不加干涉。

半个月后，这日傍晚，他外出巡边了几日才归城，风尘仆仆地回到节度使府，发现她人又不在，问管事，得知村落里的病患早已治愈，但翁主还是很忙，最近这些天，频频有人来求她看病。今天军医也来了，说有几个士兵的病自己没把握，将她请了过去。

"晌午后去的，按说这会儿应该也回来了。要不，小人去看看？"管事问道。

谢长庚叫不必。径自回了房，沐浴更衣出来，慕扶兰还没回来。

仆妇来请他用饭。

他看了眼外头渐暗的天色，独自骑马出了城，来到驻扎在北门外的营房，到了那座军医平日给士兵治伤看病的平房前。他人还没走进去，就看见外头站了很多人，一溜儿全都是年轻的士兵，在那里推来推去的，个个踮起脚尖伸着脖子往里张望，好似在看什么，后头那些看不见的，便用力跳着。众人都显得很兴奋，连他来了站在后头都没发觉。

"六甲，你有什么病？早上出操还见你活蹦乱跳的，你让开，别耽误我看病！"

一个士兵扯开挡住自己的同伴，嘴里嘟囔着。

"谁说我没病？我前两天就不舒服了，早上是撑着才去操练的。我看你才是没病装病，也是想来看夫人的吧？"

同伴头也没回，回了一句。

那人脸红了，争辩道："谁说我装病？我是先前打仗受了伤，现在还没全好！"

"真没好，早不来晚不来，挤着今天来做什么？"同伴又嘲笑。

"都吵什么！排好队！夫人不治跌打刀枪伤，看这些的全都找军医去！没病装病的，抓到了军法处置，杖二十军棍！其余的，一个一个来！今天轮不上，明天再来看！夫人说了，分个轻重缓急，都会看的！"

一个伍长见士兵把门都给堵住了，吼了一声，吼完了，忽然看见谢长庚竟站在不远处，也不知何时来的。伍长一愣，急忙跑过去，向他行礼。

"这是在做什么？"谢长庚目光扫了一眼前方，问道。

伍长见他冷着脸，有些不悦，急忙解释。

"是这样的，军医听说刚到的夫人懂医术，前些日子还治好了土人的病，便去求夫人给这边的几个病员看病。夫人过来，看完了，又来了人。夫人就留了下来……"

两人说话时，挤在门外推搡着的那些士兵也终于发现节度使来了，见他两道不悦的目光扫了过来，那些本是听闻夫人美貌，借病想来看人的士兵顿时感到心虚，慌忙低头，各自散去。

原本挤着人的门前很快变得空空荡荡。

谢长庚走到了平房门口，站在门外朝里面望了一眼。

慕扶兰穿着身寻常的青蓝布衣，正在里头和军医一道替士兵看病，忙忙碌碌的。

她一直低着头，他站了半晌，她也没抬头看过来一眼。

"节度使是来接夫人的吧？您稍等，卑职这就去唤夫人出来！今日实在是辛苦夫人了，天也不早了，夫人也该回去了。"

伍长觑了眼他的脸色，要进去喊人。

"罢了。"

谢长庚阻止。

"我只是路过。等看完了，叫她自己回去吧。不要说我来过。"

谢长庚叮嘱了一声，转身去了。

慕扶兰已经忙了一个下午。好在除了前头几名病员，后来过来看病的，大多只是小病，医治起来也不费事。只是方才还见外头排着队，等看完里头的几个病员，她一抬眼，人就忽然都没了。

忙碌了半天，天色晚了，她也没多想，便起了身。

军医对她极为感激，恭敬地送她出来。她回到节度使府，下人来迎。她随口问了句谢长庚回来了没，被告知他先前回来过，随后又出去了，此刻还没回来。她也不在意，回了房，想着白天沾染了不少尘土，便唤人备水，按习惯先沐浴更衣。

她洗完了澡，从浴桶里出来。侍女给她递衣衫，口中道："慕妈妈心疼翁主，说你这些天太累，这里厨子烧的饭菜也不合口味，她亲手去给翁主做，等下应当就能吃了……"

慕扶兰抬手接过衣衫，衫子滑溜，一时没拿好，脱手掉到地上，被水渍给弄湿了。

侍女"呀"了一声，连忙告罪。

慕扶兰叫她替自己另外拿件衣裳进来。

侍女出去了，慕扶兰擦着还沾在身上的水珠子，擦好了，在里头等了一会儿，不见人回来，唤了一声，也没听到回应。她心中不解，便用方才擦身的大巾草草裹住身子，自己走了出去，正要再唤人，脚步却一下子顿住。

侍女不见了，房里也没了别人，对面竟然站着谢长庚。

他的手里拿着一件女子的衣裳。

慕扶兰吃了一惊，下意识地收紧巾子掩住胸口，转身要回里头去，就听到身后那男人说道："你的衣裳。"

她停了下来，背对着那男人，感到他向自己慢慢地走了过来，最后停在了她的身后。

他抖开衣裳，罩在了她的肩上。

他应该是刚从外头进来的，手指带着寒气。替她披衣裳的时候，指背触到了她脖颈上的一片温暖肌肤。

房里热气很足。她却情不自禁地打了个寒战，被他手指碰触过的那片肌肤迅速起了一层细细的鸡皮疙瘩，全身随之有一种毛骨悚然的感觉。

她想避开他的触碰，却无法躲避。

那男人的双手自然没有离开她，相反，他的掌心微收，隔着衣裳又轻轻地握住了她的肩膀，跟着低下了头，用光滑而英挺的下颌轻轻地蹭着她的发丝。

"冷吗？"

他的唇凑到了她寒毛竖立的耳畔，低低地问她，语气极是温柔。

慕扶兰没有回答。

男人也不再说话了，那双带着些寒凉的手却再没有离开过她。他的手在她肩上停留了片刻，便顺着她线条柔美的背隔衣慢慢滑落到腰际，停了一停，轻轻拨开了他刚替她披上的衣裳。

慕扶兰闭了眼。

房里静悄悄的，耳畔只有身后那人的呼吸之声。

过了一会儿，他忽然什么也没说，将她抱了起来，走到床前放了下去，随即扯落帐子。

房中烛火的光线被帐子挡在外面，帐子里一下就昏暗了下来。

她是如此羞涩，以至于让他生出一种错觉，随之，便是某种隐隐的期待。

慕氏之前或许只是在骗自己罢了，他暗自想。

毕竟那日，一切都只是她的一面之词，他并没有真的去验证。或许她的话语有假。

但是就在下一刻，他停了下来，缓缓地低头看了一眼。

果然，不见落红。

谢长庚慢慢地抬起眼，看向她。

起先她一直闭着眼，这会儿仿佛感觉到了他的情绪变化，反倒睁开眼睛，对上了他投向自己的视线。

他的目光阴沉无比，透着一缕无法掩饰的失望和愤怒。

她却神色坦然，丝毫不避，就这样和他四目相对，承受着来自他的审视。

谢长庚心底感到了一种被再次羞辱的狼狈。他的一张俊脸微微扭曲起来。不再看她一眼，他撩开帐子下地，穿回自己的衣裳，更是一句话也没说，径直走了出去。

慕扶兰睁开眼，隔着帐子看着那个男人的背影消失。过了一会儿，她用胳膊撑着床，慢慢地坐起来。

她抬手撑住有点酸痛的腰，蹙了蹙眉，等缓过来了些，便拿了衣裳穿好，拢好凌乱的长发，低头见无异状了，方撩开帐子下床，叫人进来。

慕妈妈走了进来，看着慕扶兰，迟疑了下，低声道："翁主，方才可是和他又拌嘴了？方才我过来，想叫翁主去用饭。他……"

慕妈妈停了下来，没说下去。

方才她烧好了饭菜过来，迎面看见谢节度使从房里出来，便请他用饭，他却脸色阴沉，应也没应，径直走了。

慕扶兰仿佛没有听到，只问："都做了什么菜？"

慕妈妈忙道："嫩姜芽熘了个鸭片。鸭架、鸭壳取了下来，加香葱熬，熬烂了，和白冬瓜烧了汤。还做了鸡丝鱼滑、羊肉细粉。这里的鱼蔬没我们南边精致，好在鸭子都肥得很，羊肉也好，肥瘦相宜，光用白水煮也不闻腥臊，炖了下细粉，十分入味。"

慕扶兰笑道："都是我爱吃的，正好我的肚子也饿了。屋里有些热，我出了点汗，再去洗个澡，出来就吃。"

眼见他们俩来这里后，这半个多月里，关系好似总算缓和了些，慕妈妈才放下些心，方才便又见谢长庚那样走了。

人既然是从房里出来的，自然是和翁主又起了不快。

慕妈妈原本担心翁主，但见她心情愉快，这般轻松，心底虽然还是有些疑虑，却也没细想，跟着欢喜起来，笑道："好，翁主你先去洗澡，我把饭菜用食盒送来屋里，你暖暖地吃了，早些休息。这几天太辛苦了。"

她喊侍女进来服侍慕扶兰洗澡，自己去取饭菜。

慕扶兰重新洗了一遍澡，洗去身上的汗秽，出来在暖洋洋的屋里吃饱喝足，待消了食，便上床去睡了。

她想着熙儿，很快就睡着了，这一夜睡得很好，一觉睡到了第二天早上。

谢长庚昨夜没有回来，今天也不会回来。

管事对慕扶兰说，他昨夜有事，连夜去了休屠城，没提哪天回来。

当报复般的发泄得来的那阵快感消失后，随之而来的便是懊悔、厌恶和愤懑。

谢长庚便是怀着这样的心情走出那扇房门的。

从十四岁投笔杀人，铤而走险之后，那个巴山夜雨挑灯夜读、四更鼓漏闻鸡起舞的少年便一去不返了。

他永远不会忘记那日赴考归家，迎接他的却是父亲被人抬回家呕血而亡的一幕。刻骨铭心，至死不忘。

他的父亲虽然只是一个驿丞，但忠直而博学。谢长庚至今仍记得小时候，父亲教自己写名字时说，清晨之时，彼星启明，行至傍晚，便是长庚，北斗错落，长庚诞贵，他出生在长庚星现于天际之时，故给他依时如此取名。

他的父亲是他这辈子最敬重的一个人。

那个可以如此肆无忌惮地在行凶之后便扬长而去的人，不过是一个武备将军而已。区区五品，便能嚣张至此。

从那之后，弱肉强食便刻在了他心头，出人头地便成了一切。他骨血里的不甘人下也注定他天生适合这条道路。他的欲望和野心随着一次次踩着敌人尸体的上位而不断地膨胀，纵使他总揽长江水道，在灰暗势力中已至极致，也远远不能满足他了。

他要站在光明的巅峰，做天的选子，将一切踩在脚下，叫世人匍匐不能仰望，如此，才算没有枉活一世。

做到长江魁首，他用了五年的时间。

这五年中，他血染双手。死在他手里的，有敌人，有自己的人。他亦几度差点丧命，死里逃生。要杀他的除了敌人，也有他自己的人。

一次次的背叛和争斗将那个少年身上的最后一道软肋也磨成坚甲和锐矛。除了自己，谢长庚再不信任任何人。而他的一切也都是能够拿来利用和交换的，包括他的婚姻。

在他十九岁稳坐长江魁首之位，积攒够了资本之后，他将目光投到了与自己的势力相毗连的洞庭慕氏身上。

缔结这门婚约的时候，他对慕氏本身没有任何兴趣。高矮胖瘦，西施嫫母，于他都无两样。

娶了她，日后他给她该有的一切，她给他传宗接代，如此便够了。

他没有想到的是，从他去往长沙国接她的那一日起，事情便毫无预兆地脱离了他的预想。

到了现在，甚至让他变得狼狈不堪。

他少年时便以才名闻名乡里，内心免不了高傲自负，从无女子能够入眼。与戚家的婚事也只是父母之命，他谨遵而已。十四岁后命运骤变，刀尖舐血，少年时偶有的红袖添香之念也早已荡然无存。到十六岁那年，他目睹一个赏识提拔了自己的首领死在仇家所派的女人身上之后，更是引以为戒，自律为上。这个慕氏既然对他无意，一心求去，又早早失贞，生性放荡，他又何须多看她一眼。

他懊悔，懊悔自己被慕氏的一副皮囊和伏低做小之态所惑，方才竟然一时放纵，自取其辱。

他厌恶，既厌恶慕氏的放荡和狡诈，更厌恶自己。那日在上京书房，分明知道她找来虚与委蛇，但在听她说出"这个世上，唯一能保护我的人，也就只有你了"的话时，竟也有些为之意动。

他更是感到无比愤懑。

不只为她果真失贞一事，更是因为在他犹存最后一点期待，心想她当初若真的只是骗自己，他或许也可以不再计较她从前的轻慢，可以待她好些之时，她回给他的却是再一次的羞辱。

在她迎向自己的目光里，看不到丝毫的歉疚或是悔意。

哪怕她失了贞，但倘若她还有一丝一毫的歉疚，他也不至愤懑至此地步。

谢长庚当夜冒着严寒，踏着冰雪，去了休屠城。

休屠城不大，却是边界一个重要的戍卫城池，如同通往姑臧城的门户，地理位置十分重要。

这里前些时日遭到一支人数众多的漠北异族骑兵的袭击，负责防守的副将刘安领军御守，几番交战，对方得知节度使谢长庚正在从上京赶来的路上，知道这回占不到便宜，便撤退了。

谢长庚当时到了休屠城，便着手加固旧有城防一事，忙碌了多日，见诸事停当，才回了姑臧城。

前些日子才走不久，今日竟又不辞冰雪连夜而回，到达时，连头发眉毛都结着冰碴。刘安以为他不放心自己，甚是惶恐，等他稍作休息，立刻引着他去巡了一趟城防，又再三地保证，道自己定会守好休屠城，愿立军令状为证。

谢长庚便以巡防为名，在休屠城留了几日。

他倒不是非来休屠城不可。只是那夜愤而出门，一时不知当去何处，想到休屠城，便来了这里。几日过去，现在这里也没什么事情一定要自己过问，再留下去，有些勉强。本想离开之后继续去往别城，在被刘安率部送出城门，上路之后，他渐渐放慢马速，最后停了下来。

他又何必叫她再留在节度使府邸，给自己添了这许多的不便？当夜走得匆忙，节度使府的诸多事务也未交代下去，几日过去，恐怕已经堆叠。

为了这么一个妇人，弄得自己如今有家难回，也是匪夷所思。

她刚到上京的时候，刘后频频召她入宫，多次试探，不过就是怕她拿捏住自己，朝自己吹枕头风离间关系罢了，他又岂会不知？

这回一时不慎，冒着被刘后猜忌的风险，费神将人弄了出来。人既然到了，在外人眼里，两人也处了些时日，这就以夫妇不合之名遣她回长沙国，消息传到刘后那里，既不至于与自己想要维持名声的说辞相悖，也能叫刘后相信当日对慕氏所做的判断。

说起来，最后还是自己帮了慕氏一把。

谢长庚冷冷地想。

这回就当栽了个跟头，吃个教训。回去了，当面和她说清楚，让她回长沙国，和她的那个王兄放老实些。日后大事若成，看在老长沙王的面上，他或许也可以不赶尽杀绝。

他沉吟一番，很快便做了决定，掉转马头，回往姑臧城。

两地相距数百里，他在马上疾驰一日，天黑时分，将胯下那匹健马跑得犹如刚从水里捞出，四蹄也打着战，才终于又入城门，回到了节度使府的大门之前。

管事正站在门口，和一个小厮在点门口照明的灯笼，忽见家主回来了，惊喜地迎了上来。

谢长庚翻身下马，吩咐人将马匹牵去马厩喂食休息，自己朝里面走去，走了几步，状似随意地问跟着进来的管事："我不在的这几日，翁主在做什么？"

管事应道："有人来求医，翁主便给人看病，有属官夫人上门，便应酬，无事就在府中。和前些日子一样。"

谢长庚双目望着前方，没有应声。

管事笑着恭维："大人快进去吧。小人听儿子说，翁主先前为了能早些赶来这里与大人团聚，在路上都不肯多歇片刻，不辞辛劳，这才早到了那么多日子。可惜大人公事也多，常出城在外，还一去就是几日，翁主对大人必定想念得很。这会儿大人回来了，翁主不知道该多高兴呢！"

管事的儿子是先前送慕扶兰来这里的护卫中的一名。管事见慕扶兰医术高明，人也亲善，便大着胆子提了句自己有老寒腿，发作之时，酸胀难忍，她教了他一个灸法，说时常灸疗，必能缓解酸胀。管事十分感激，也是为了在谢长庚面前说她好，此刻才特意提及自己前些日子从儿子那里听来的话。

这话倒是提醒了他。

慕氏之所以不辞劳苦地赶来这里，怕是牢牢地记着自己先前的话，想着早到，再早些回去吧。

他的脸上浮出一抹冷色，吩咐管事不必跟来，自管忙去，独自往卧房而去。

他跨入院落，迎面看见一个侍女从屋里出来。他认出了是几天前在房里要给她递衣裳进去，却被自己一时意动给拦了出去的那个。

丹朱正要出去，撞见几日不见的谢节度使回来了，一愣，急忙过来向他见礼。

"翁主在屋里，我这就通报去……"

"不必了！"

谢长庚脚步没停，人到了台阶下，跨了上去，推门而入。

卧房里烛火明亮，慕扶兰身上只穿了件紫色纱质单衣，坐在镜子前，自己擦着还没干透的长发。她听到身后传来门又被推开的声音，以为是丹朱去而复返，笑着说道："怎么这么快就回来了？和慕妈妈说了吗？菜少做些，她累不说，我也吃不了多少……"

她转过头，看到突然出现的谢长庚，一怔，脸上的笑容凝住，说的话也停了下来。

屋里温暖如春，她刚洗过澡，加上没想到他忽然这时候回来，身上的单衣有些薄，并不适合对着男子，虽然对方是自己的"丈夫"。

她起了身，拿起垂在一旁的外衣套在身上，随即转身，脸上露出微笑，和他打招呼："你回来了？"

他没有反应。

慕扶兰悄悄看了一眼对面那个不说话的男子，心里忽然掠过一丝不祥的感觉。

三天前的那个晚上，他显然是怀着怨气离开的。

慕扶兰知道当时在他看向自己的时候，她的反应应该比她早已告知的不贞更深地刺激了他。

高傲如谢长庚，在这几天里最后悔的事必定就是碰了她的身子。

其实在离开上京的那个前夜，出于一种直觉，慕扶兰就知道他应该对自己动了点兴趣。

虽然是可有可无的那种，但若一直这样悬而不决，自己真的不知何日才能回去了。

无法避免的事，晚到还不如早来。

倘若她所料没错，现在，他亲自确认了她不贞，必然会打发她走的。

所以那夜他离开后，这几天她的心情一直很不错，就等着他回来开口。

但现在，对着突然回来的谢长庚，她忽然又有点不确定了。

她感到了一丝疑虑和忐忑不安。

谢长庚的目光从她身上挪开，扫了眼屋角。

那里叠着几只箱箧。

这几只箱箧是她从上京带来的，到了这里后便一直放在那里，始终未曾开箱归置过。

他早就看到了，只是从未像此刻这样觉得如此扎眼。

他的视线从那几只箱箧上慢慢收回，再次转向她那张片刻之前分明还笑语盈盈的脸，今日回来的路上在腹内反复想过的见了她便开口让她回去的那些话，忽然不想说了。

他面无表情地说："叫人打水送饭来。我乏了。"

水很快准备妥当，谢长庚进入了浴房。

慕扶兰留在房里。

里头传出一阵隐隐的水动之声。片刻之后，慕扶兰忽然听到又传出一个声音："进来！"

慕扶兰迟疑了一下，慢慢走到浴房门口，伸手推开了那扇门。

浴房的地砖之下也铺有地火龙，烧得很热，里头水汽蒸腾，热雾氤氲。

慕扶兰站在门口，看见他从水里站了起来，跨了出去。

"给我拿衣裳。"

他的语气平淡，就仿佛这是件再自然不过的事，她经常帮他做似的。

他的衣裳就悬在门口的架子上。

慕扶兰顿了一下，伸手取了，朝里面走了几步。

他背对着门，在擦拭自己身上的水。

白天他衣冠整齐之时，身材看似瘦削，但脱了衣裳，肩膀宽阔，胸腹结实。此刻背对着她，随着他擦拭的动作，肩背之上线条清晰的虬肌仿佛暗波，微微伏动。

慕扶兰走到他的身后，将衣裳递了过去。

他丢掉拭巾，从她手里接了衣裳，往身上套。

"不知道你今天晚上会回来，方才已经叫人去说了，再添两个菜，我去瞧瞧好了没有。"

慕扶兰说完，转身迈步要往外走去，却听身后的谢长庚忽然说道："慕氏，你是不是很想立刻就回长沙国？"

慕扶兰心头微微一动，停住脚步，慢慢地转过头。

谢长庚已经套好衣裳，转过身，面向着她了。

浴房里烛火昏暗。隔着一片氤氲的淡白雾气，慕扶兰见他的目光落在自己的脸上，眸光暗沉。

这是一个叫她很不好回答的问题。

她说："我记得出京前你答应过，到了这里之后，过些时日便叫我回去的。不瞒你，我固然是想回去，但也要看你的方便。"

他没有回答，沉默下来。

浴房的空间狭小，地火龙烧得正旺。慕扶兰感到空气越来越热，也不知道是水汽还是汗，慢慢地积在她刚洗过澡的肌肤上，身上的衣裳仿佛变得湿漉漉的。

就连呼吸仿佛也变得有些不畅了。

"你大约饿了，我还是去催下晚饭吧……"

她顿了一下，轻声道，说完迈步要去。

她的脚步却再次停住了。

身后伸过来了一双手。那双手箍住了她的腰身，将她禁锢在了原地。

她的双脚随即腾空而起。

她被谢长庚从后面横抱了起来，托于双臂之上，朝外面走去。

他赤着双脚，衣襟散着一片，露出胸膛。他的头发还是湿的，渗黑的发脚子贴在两鬓旁，水珠子随着他的步伐从发角里不停地滴落，溅在她的脸上和身上，迅速晕染开来。

慕妈妈和侍女到了门外，叩了叩，便推开虚掩的门，提着食盒入内，待要布在桌上，却看见谢长庚如此抱着翁主从浴房里大步而出，不禁全都愣住了。

"滚出去！"

谢长庚面色阴沉，低低地喝了一声，脚步没停下半分，径直从还错愕着的几人身前经过，抱着慕扶兰入了内室。

他将她放坐在床沿之上，手捏住她用来固定头发的一根玉簪，抽了出来，扔到床头的一张小案之上。

"咚"的轻微一声，玉簪撞上坚硬的柚木，断裂成了两截。

谢长庚低头看着她渐渐变色的一张脸，仿佛在欣赏她的容貌似的，面容之上没什么多余的表情。

就这样一根一根，他慢慢地抽完了她插在发髻里用来固定头发的簪子。

当最后一根簪子也被他掷断在案上后，她的一头青丝便仿佛瀑布般散落下来。

谢长庚用手捉了一把，捏了捏，又俯身下来嗅了嗅。

刚洗过的长发，花香扑鼻。他撒开手，那只手又顺着她的面庞刮过，最后轻轻捏住她的下巴，抬起，叫她仰头看着自己。

乌黑的头发垂散在了她的面颊上。她面色微微苍白。

"你懂事就好。"

他的脸朝她慢慢地靠了过来，低低地道。

"待我哪日方便了，你就可以回去。"

他的目光晦暗无比，口气却极温柔。倘若不看他的脸，光听他的话，听起来他便仿佛是在哄她。

慕扶兰猛地站了起来。

还没站直身子，就被他握住了肩膀一压，她膝窝一软，人便跌坐了回去，随即倒在了身后的床上。

慕妈妈人定在了外间，进退不得，脸色极为难看，僵立了片刻，隐隐听到里头帐子中传出一声女子的压抑的呜咽之声。她迅速看了眼近旁几个面孔发红的侍女，急忙示意她们出去。

侍女们赶忙提了食盒退出去。

慕妈妈双眉不展，最后看了一眼内室的方向，只能压下心中的忧虑，也退了出去，轻轻关上了门。

此刻，在谢长庚的身上再也看不到半分平日示以外人的姿态了——无论是俊朗翩翩的外表或是为官的老成和持重。

他在发泄，对着他明媒正娶的妻子，长沙王女慕扶兰。

房中的蜡烛一寸寸地坍落，慢慢变短，火光暗了下去，忽然熄灭。

男子醒了过来，没有睁开眼睛，在黑暗中伸手过来，抚了片刻身畔一片柔滑而温暖的女子的身体，一言不发。

慕妈妈一夜没睡，在煎熬和等待中终于挨到了天明。

谢长庚一走，她立刻奔进房中，转入内室。

窗户紧闭，一片黯淡的晨曦从窗纸透入，照出了屋里的情景。

一半的床帐撕裂，床头一只金钩也折断了，掉落在床前的地上，床畔凌乱地挂着女子的衣裳。

屋里的空气很沉闷。

　　慕妈妈扑到床前，翻开皱得不成样子的凌乱锦被，一片布满了鲜红噬痕的雪白后背仿佛鱼腹般浮露而出。

　　慕妈妈暗抽了一口凉气，小心地将慕扶兰翻了过来。她满面倦容，神情憔悴，双目闭着，凌乱的长发上挂着湿了又干、干了又湿的宿汗。

　　那夜撞见谢长庚一脸怒容地从房里出来连夜离去之后，次日，越想越觉得不对的慕妈妈暗中去问了当时应当在屋里伺候的丹朱，这才得知她要送衣裳给在浴房里的翁主时，谢长庚恰好进来，命她出去，代替她进去了。

　　翁主和他此前不过是挂名夫妇，晚上床榻分居，并无夫妇之实。但从丹朱口中听到那夜自己原本不知的那段隐情，再联想到昨夜所见，她心里便忐忑起来。

　　慕妈妈想起昨夜谢长庚抱着翁主出来时呵斥自己和侍女们出去的那股子凶狠，他为何如此待翁主，她心里雪亮。慕妈妈心痛万分，眼眶顷刻便红了，替她盖上被子，颤声道："翁主，你就让我去告诉他吧，你……"

　　"不要。"

　　慕扶兰的睫毛动了一下，慢慢地睁开有些红肿的眼睛。

　　"我不许你提半个字。半个字也不许！"

　　她的精神仿佛一下回来了，看着面前的慕妈妈，一字一顿地道。

　　慕妈妈忍不住哽咽："翁主你这是何必呢……我实在不懂……"

　　"慕妈妈，你记住我的话。我乏了，想睡一觉。"

　　她闭上眼睛，翻身朝里低低地道。

　　慕妈妈怔怔地望着她的背影，半晌后，才拭去眼泪，收拾了凌乱的衣裳和地上的东西，轻手轻脚地出去。

　　此后她暗中留神，发现那夜之后，谢长庚再没有独自睡过。

　　好在那夜过后，慕妈妈也没再觉出他再如此狠待翁主。虽然有时也会在她身上发现些前夜残留下来的啮痕，但也不至于太过。

看起来，他二人如今倒更像是新婚宴尔，而且最叫慕妈妈欣慰的，还是翁主的态度。

虽然她想破脑袋也想不出来翁主之前为何会对谢长庚态度大变，一夜之间，大爱转为大恶，但看她现在的样子，似乎也已经接受了两人同房，并无任何悲戚或是怨恨之状，每日态度如常。

慕妈妈终于稍稍放下了心。

第
九
章

◇

药
饮

玖

　　日子便如此一天天地过去，转眼，慕扶兰到这里已有一个多月了。正月过完，入了二月，这日惊蛰，农人开始按历春耕。

　　河西当地有一项重要的风俗，到这日，各地祭祀农神和蚕娘，祈祷这一年风调雨顺，农事丰收。

　　在姑臧城，照惯例，官员和附近百里方圆的民众都会赶到城西神庙，由节度使主持祭农神，节度使夫人祀蚕娘。

　　这项祭祀被当地民众视为大事。按照礼书，主持祭祀的人需要提前三日斋戒。不但要日日沐浴更衣，三日之前便不可饮酒，不可吃荤，至于夫妇，更不可有同房之事，以表诚心致敬。

　　往年节度使夫人不在，是由州官夫人代替的，今年节度使夫人来了，自然是由节度使夫人主持祭祀。

　　清早，慕扶兰和谢长庚各自起了身，梳洗后，两人换上祭祀礼服，一道出了节度使府，率属官和同行的夫人们出城去往位于西郊的神庙。

　　谢长庚到此任节度使后，知人善任，政简刑清，不但将地方治理得上勤下顺，政绩昭著，对北人的边境用兵，更是战绩斐然，一扫边城从前时常遭受劫掠的被动局面，所以当地民众对他十分拥戴。两人到了那里，只见人山人海，四面八方的民众早早聚集起来，远远看见节度使夫妇到来，纷纷跪在路边迎接。

　　两人分开，各自主持祭祀之礼。

　　蚕娘庙里已经铺排好了蚕坛，上面摆着祭祀用的牛牺，香坛里烟雾缭绕，场面隆重。

　　慕扶兰带着身后的属官夫人进入庙里，虔诚跪拜，焚香祝祷，随后取下蚕坛上的蚕子，亲手分发。

众人见节度使夫人不但容貌美丽，装扮端庄，而且一举一动，风范高贵，听闻她不但是长沙国的王女，还通医术，妙手回春，刚来这里一个多月，就已经帮着治好了不少前去求医之人的病。民众对她敬重万分，等她祭祀完毕走出庙门，亲手分发蚕子时，无不争着求取，到手视为吉物。

慕扶兰正忙碌着，忽然听到一个声音喊道："夫人！我们也来了！求夫人也给我们分些吧！"

慕扶兰抬头，看见一大群土人打扮的妇人拥来。一个妇人手里牵了名七八岁大的孩子，来到自己的面前，向自己下跪磕头。

这个孩子就是当日被送来医馆的那个，妇人便是孩子的母亲，其余面孔，她有些认得，是附近村落里的居民，有些却是生面孔，上回没有见过。

那个会说汉话的妇人上前，恭恭敬敬地向慕扶兰行了个礼，随后笑道："听说今日夫人亲自来这里主持祭祀，不止我们一个地方，其余地方的人也来了些。大家都说夫人是神女下凡，想借夫人的福祭祝祈年呢！"

土人从前和外人绝无往来，相互敌视，今天突然出现在了这里，人数又多，原本围在一旁的妇人们如见瘟疫，纷纷避开，远远地站在一旁，用戒备的目光看着她们，相互间窃窃私语。

慕扶兰扶起向自己跪拜的母子，向母亲询问孩子的身体，得知他早已恢复健康，现在活蹦乱跳的，村里其余病患也都好了时，心中也觉得宽慰，便依她所求分发了蚕子。

妇人们收了，小心纳入腰包，喜笑颜开地说："汉子们送我们来的，这会儿还在等着。拜了夫人，求了东西，我们这就走了，免得给夫人添乱。"

众人向慕扶兰再次拜谢，这才转身而去。

等那些人走了，方才退去的人群才慢慢地聚了回来，气氛重新变得热闹起来。

几个属官夫人上前劝慕扶兰："翁主往后还是别和这些土人过多往来为好。他们个个凶悍，不讲道理，一言不合就拔刀相向，人又多，寨寨相通，有事就抱团。记得几年前，上任节度使和他们起了点争执，最后连节度使都险些被他们给伤到。节度使后来也不敢真拿他们怎样，不了了之。翁主金贵，别看他们现在表面和气，谁知道心里打什么主意，还是小心些好。"

慕扶兰笑着道了句谢，叫这些夫人也帮着分发，忙碌了半晌，才终于分发完毕。

祭祀结束，随后便是庙会。慕扶兰无心再去，也不等见到谢长庚的面，自己坐车先回了节度使府。

谢长庚主持完祭祀，刚出神庙，一个官员就急匆匆地跑来禀报，说庙会外的空地上来了一大群土人，腰上别着刀，聚在那里，也不知道想干什么，虽然还没闯入庙会，但怕他们万一趁着今天这个日子闹事，自己方才已经调了些兵悄悄布在周围，现在过来请他定夺。

谢长庚上任后，便知道当地的土人是个长久之前遗留下来的大难题。他也试过几次遣人前去交流，但每次都被拒之门外。好在除了排外，不愿与官方往来之外，这两年并没见他们闹过大事，这个问题也就被他暂时放了下来。

他随那个官员过去，刚到，便见一大群土人妇人从蚕神庙的方向说说笑笑地走来，男人们迎上接了妇人们，说了几句，一起呼啦啦地走了。

那些人分明看到了自己，却如未见，没有停留，很快便不见了人影。

官员面露诧异之色，又目睹上司不被待见，未免觉得尴尬，起先装作不见，等土人们走远了才假意怒道："这些人太目中无人了！见了您也不跪拜！下官这就叫人上去教训他们！"

谢长庚恍若未闻，望着土人的背影走远，才开口叫人把兵撤了，自己转身去往蚕神庙。到了那里，不见慕扶兰，被告知她在祭祀结束后便走了。

谢长庚顿了一下，问方才土人妇人的事。手下道："起先小人也是吓了一跳，头回见到来了这么多土人。原来是听闻翁主今日主持祭祀，特意过来拜谢求福的。求完便走了，此外并无别事。"

谢长庚沉吟了下，转身而去。

他回到节度使府，问了声迎出来的管事，得知慕扶兰已经回来有些时候，人早进去了。他看了眼后衙的方向，转身去往前衙处置事务。

做节度使后，除军事之外，案牍也是政务繁杂，但只要有空，他必会亲自处理。好在他从小阅读速度快，处置公文也是一目十行，庭无留事。

天渐渐黑了下来，侍女进来掌灯。

白天见到那个孩童叫慕扶兰又想起了熙儿，她忍不住取出那顶刚来这里时买的皮帽，摩挲着上头柔软的皮毛，想象熙儿戴上时的样子，渐渐出神之时，忽然听到门被推开，传来脚步声。她转头一看，见是谢长庚回来了，立刻收起帽子。

他眼尖，已经看到了，扫了一眼，问是何物。

"先前在集市里买的一顶帽子罢了。"

慕扶兰说着，收了起来。

谢长庚也没在意，问了两句白天她和土人妇人们见面的事，便去沐浴，更衣后出来，慕妈妈也已带着侍女将晚饭送来，布在外间的一张桌案之上。

两人相对而坐，开始吃饭。

慕妈妈的手艺很好，晚饭烧了芙蓉虾球、凤尾笋、火腿鸽片、鸭汁炊面、玉米羹，无不可口，论菜式的精致，原来的厨子更是无法比拟。

谢长庚却食不知味。

慕扶兰新浴而出，斜旁里，烛火昏红，笼在她的面上，一张素面如凝香雪。

这时令，洞庭南方当已雷雨潇潇，春意渐浓，这里的雪却还未融尽。谢长庚知道她怕冷，叫人还烧着地火龙。

大约屋里偏热，吃了几口东西，她的面颊便薄薄地浮出了两朵红晕，在烛火的映照下甚是鲜艳，比染了胭脂还要妩媚几分。

他看着，恍惚如对着一枝名花，饭吃了几口，便心不在焉起来。

为了今天的祭祀，他已经三个晚上没碰坐在对面的这个妇人了。

她看起来正在用心地吃饭，低着头，始终没有抬眼看过就坐在她对面的他。

桌上有碗玉米羹，烧得甜糯，比起饭菜，她仿佛更喜欢吃这个。

谢长庚看着她舀了，用勺子送到嘴边，张嘴吃了几口，唇瓣沾了汁水，湿漉漉地泛出荧光，她伸出舌尖，舔了舔沾着的汁。

谢长庚放下筷子，起身绕到她的身后，一句话也无，拿开她手里还捏着的那把调羹，抱起她便向里面而去。

事毕，慕扶兰趴在枕上，一动不动，宛若睡了过去。

谢长庚依旧抱着她，手掌抚着女子朝着自己的一片滑不留手的裸背。抚了片刻，他忍不住凑上去，轻咬她薄巧而漂亮的蝴蝶骨。

她仿佛不喜，缩了下肩膀，推开他搭在自己身上的手，拉上被子，遮住身子。

谢长庚知道她肌娇肤薄，自己稍稍用些力，或是咬舐几下，她的身上便会留痕迹。他笑了笑，也不和她计较这举动。虽然意犹未尽，但知道她应该也疲乏了，便松开她，自己也闭目歇息。这时，他听到耳畔有声音说："我大约何时可以回去？"

谢长庚眼睛也未睁开，依旧闭着目，漫不经心地应道："我和你说过的。先前在太后那里是以夫妇之名为由将你带出来的。这才几日过去？你还不能回去。免得叫太后知道了，万一起疑，对你我都不好。"

身畔的女子再没说话，也没动过，片刻之后，她忽然坐了起来，推开被子穿衣，从床上起身下地。

"你又去哪里？"

谢长庚睁开眼，望着她的背影问道。

"出去下，你自便就是了。"

慕扶兰的语气冷淡，对镜绾了长发，披了件外衣，人便走了出去。

谢长庚被冷落，心里有些不悦。想起前些日子里，每次和自己同床后，便是大晚上的，她也要出去一下，片刻后才回，他心里不禁起了疑窦。

他翻身下床，迅速穿好衣裳，经过那桌已经凉透了的、吃了一半被丢下的饭菜，开门出去。

她人已经不见了。

他问外头一个侍女："翁主呢？"

"去了茶水房。也不许我们跟去。"

谢长庚叫侍女把房里的残羹冷炙收拾了，自己往茶水房去。

茶水房傍着厨房，里头有口很大的老虎灶，灶上放着几只大汤罐，用来烧水供整个节度使府的上下人等取用。整个冬天为时刻能有热水供应，炉火日夜不熄。对面是只小炉，用来烧日常饮用的茶水。

灶膛烧煤，需不断添煤钩火，因此专门有个做杂役的妇人在此守炉，这会儿人在外头，看见谢长庚来了，急忙迎过来。

谢长庚问翁主何在，仆妇躬身道："翁主在里头吃药，说身子最近有些不适，叫我每日熬好她给的药，等她来喝。"

"有说什么病吗？"

"这个便不知了。"仆妇摇头道。

谢长庚站在门口，看见一个人影站在小炉前，手里端着一只碗，正喝着药汁。

他推门而入。

慕扶兰转头看了他一眼，也没什么反应，转过头继续喝药，几口便喝完了。

"你哪里不适？既然吃药，为何不叫人送过去？大冷的天，还自己来这里？"

谢长庚看了眼她手里那只只剩了一点黑色药渣的碗，问她。

慕扶兰道："你来这儿做什么？大冷的天，早些回去歇了吧。"

她放下碗，撇下他，转身去了。

谢长庚的脸色有点难看，目送她的背影消失，他转头看着碗底的药渣，心里渐渐起了疑虑。他让仆妇取来一包还没熬的药，拿着出了节度使府。

这个时辰不算很晚，但也不早了，离节度使府最近的集市附近的那家医馆早关了门，郎中也睡觉了。忽然被医馆外的拍门声惊动，他以为是有人患急症来求医的，嘴里抱怨着起身，掌灯出来开门，认出门外的人竟然是节度使谢长庚，郎中觉得很意外。

节度使夫人的医术比自己高明了不知多少，怎么节度使会来自己这里求医，还是亲自来的？

郎中压下心中的疑虑，躬身行礼，正想问是何人何症，便见谢长庚一步跨入，取出一包药材放到桌子上，说道："你替我辨认下，这是治何病的药？"

郎中心里越发不解，但节度使既然开口，又岂敢多问。他来到近前，解开药包摊开，取出里头的各味药材一一辨认，说道："此乃避子下胎药。"

谢长庚看了眼药材，说："你没有认错？"

见他面色不善，郎中慌忙道："小人虽然医术平平，但此药绝不会认错。归尾、大黄加红花、麝香，不是避子下胎是什么？大人你看，尤其这一味……"

郎中用指头拈了一点黑色的粉末，送到鼻下嗅了嗅，再用舌头舔了一下。

"此为焙干提炼过的朱砂，又名姹女丹，药性极烈，些微便可杀精元，堕成胎，何况药量加倍，又另添了方才那些味药？"

他点了点头。

"小人敢保证，这便是避子下胎之药。也不知是哪个郎中所配，如此虎狼剂量，岂非害人？药效固然上佳，但若长期服用，必对妇人生育有损……"

他顿了一下。

"也就是那些青楼女子为求一了百了，日后不再多事，才能用这么大的剂量。"

谢长庚一把攥回药包，撇下滔滔不绝的郎中，转身回了节度使府。他径直回到住处，推开门，大步走了进去，转入内室。

慕扶兰早从茶水房回房了，只是此刻还没睡，正靠坐在床边用花汁染着指甲。

烛火燃得明亮。两个侍女围在她的边上，一个忙着往一只小玉臼里添水和明矾，捣出干花的深红花汁，另一个在帮她取汁敷在甲上。

她的双手已经染好，十指纤纤，指尖娇红，裙卷在膝上，一双雪白的赤足踩在床沿上，侍女帮她继续染着脚指甲，笑道："头回上色，颜色淡了些。等干了，再连染三五次，就成胭脂色了，过一夜，洗也洗不掉，至少能保持一个多月呢！"

"翁主的脚本就生得好看。待趾甲也染上凤子红，就更好看了……"

气氛轻松愉快，两个侍女忙碌着，正低声说笑，就听到身后传来一阵脚步声，转头一看，发现谢长庚回来了。

他站在屏风旁，没说话，但落在翁主身上的目光却森冷无比，整个人从头到脚散发着一种令人压抑的近乎恐怖的气息。

轻松愉快的气氛顷刻消失了。

侍女不安地看了一眼慕扶兰，停下了手中正在做的事，慢慢直起身子，转身向他见礼。

"出去。"

谢长庚两只眼睛盯着慕扶兰，开口说道。

他的声音并不高，语气却阴森无比。

侍女再次望向慕扶兰，见她点了点头，急忙退了出去。

内室里只剩下谢长庚和慕扶兰两个人了。

他迈步走到床前，将手里的药包伸到了她的面前。

"你竟然背着我在吃这药？"

他盯着慕扶兰，几乎一字一顿地从齿缝间道出了这句话。

空气一下凝重起来，恍若山雨欲来。

慕扶兰瞥了一眼，"嗯"了一声，吹了吹自己刚染好的十点娇红的手指，随即坐起来，取过侍女放下的小笔刷，伸到玉臼里蘸饱花汁，低下头继续染着脚趾。

一束长发沿她的肩头滑下，垂在膝上。

她垂首，专心致志地替自己染着凤子花红。落在身前的一头长发乌黑如缎，石榴裙卷至膝头，露出雪白柔滑的一双玉踝，两只光脚踩在锦衾上。生得整齐而小巧的趾甲半染花汁，点点娇红，犹如雪里粉桃，别样风姿。

美人灯下染凤红，红雨春山逗天明。

如此动人美景，世上哪个男子能够视而不见？

然而落在现在的谢长庚眼中，却是刺眼至极。他隐忍着的怒气再也不可遏制，一把将手中之物掷在了她的身畔。

药包砸倒了玉臼，里面的浓艳花汁倾倒而出，流在了被衾上。包里的药材也甩了出来，落满了半张床，一片狼藉。

慕扶兰依旧没有抬头，恍若没有觉察到他的怒气，只是看了眼倒出的花汁，心疼似的蹙了蹙眉，一只手扶起玉臼，另一只手拈着小笔刷伸了过来，想再蘸取残留的最后一点花汁。

谢长庚的眼底有怒气的火星在跳跃，抬臂便扫了过去。

"哐当"一声，青玉制成的小玉臼被他扫开，滚落到了床前的地上，碎裂成了几瓣。

"你吃避子的虎狼之药？"他俯身向她，再次厉声逼问。

慕扶兰蘸了个空，握着笔刷的手停住，终于抬起头和面前这个怒视着自己的男子对望了片刻，慢慢地收回手。

"你先前和太后的说辞里应该不包括要我替你传宗接代吧？不吃药，难道你是要我替你生孩子不成？"她反问了一句。

谢长庚面色发僵，眼角微微抽搐。

"你莫只顾生气。你且扪心自问，难道你真的愿意让你谢家的骨血从我的肚子里出来？"

谢长庚一愣。

慕扶兰扔了手中那支蘸了花汁的笔刷，放下裙裾，坐直了身子。

"即便我怀了你的骨血，恐怕你也是不想要的。既然这样，谢郎你又何必如此生气？"

谢长庚的面色不止发僵，甚至已经开始发青了。

"你这么生气，想来不过是因我自己先避了子，而不是经谢郎你允许才吃的药。

"倘若你觉着这样做冒犯到了你，我向你赔罪。谢郎你一向大度，再原谅我这一回可好？"

不止她的语气，她整个人的姿势都透着一股子轻松，神色偏又显得很诚挚，一双美眸凝视着他，娇娇气气的样子，仿佛真的是在求他谅解似的。

谢长庚看着她，半晌才咬着牙挤出了一句话："慕氏，我对你已经够好了！"

"谢郎你待我确实足够好了。但你我挂名夫妻而已，你自己先前也是点了头的，如今睡作一堆，承蒙你不弃，但究竟是怎么一回事，你我心知肚明。我吃药，是不想日后多个不必要的麻烦。"

她说完，看了眼满床的狼藉，从床上坐起下地，趿了双鞋，要去门外叫人进来换掉。

才走了几步，谢长庚伸手攥住了她的肩，将她拽回了自己的身前。

他显然已经怒极，手背之上青筋暴起。

"慕氏，莫要给你脸，你不要脸！"他咬着牙，一字一字地道。

慕扶兰整个人都撞到了他的身上，站稳了脚，忽然笑了。

"都这样了，你怎么还以为我有脸可要？"她说。

"罢了，你别闹了。床褥被你弄脏了，我还是叫人进来换吧。"

她结束了对话，不再看他，试图推开他控制着自己的手。

谢长庚盯着面前的慕扶兰，眼皮子突突地跳个不停，他的手忽然松开了，却没有放掉她，而是攥住了她的长发，五指深深地插了进去，箍在了她的后脑勺处，一把收拢。

他的手劲很大，她只要一动，头皮就被头发扯得发疼，只能停下动作，被迫仰着脸看向他。

"慕氏，原本我确实没打算让你替我生儿育女。你也不配。"

他冷笑道。

"只是我忽然又改了主意。何妨叫你先替我生个一儿半女，你再回去，也不迟。毕竟，你也是我明媒正娶的妻子。"

慕扶兰见他说完，两道目光落在了自己的唇上，他的脸竟压了下来。

两人同床次数也不算少了，但大约是有所嫌弃，他从不会碰她的嘴。

他仿佛天生不喜与人唇舌相交。

她不顾头皮疼痛，急忙转过头想要避开，却被他扳了回来。

他的嘴压在了她的唇上，重重地碾了片刻，随即试图撬开她紧闭着的牙关。

她的唇被他的牙齿磕得发疼，但依然不愿张嘴，死死地咬着不松。

他的一只手便摸了下去，摸到她的一侧腰眼，突然屈指，指节陷入软肉，狠狠地顶了一下。

他对她身子已经有些熟悉了，知道那里是她最为敏感的位置之一。

一种又酸又麻的热感从腰眼处陡然袭来。慕扶兰双腿一软，一
个分神，牙关便被他给撬开了。

他的舌立刻侵入她的嘴里，卷逐着她无处可避的舌。

慕扶兰的面庞又潮又热，呼吸仿佛也和这男子的气息混合在了
一起。

即便和他做那种事时，也不会像这一刻这样，感觉两人之间
的距离是如此近，几乎不留任何空隙，仿佛你中有我，我中有你。

慕扶兰惊骇，只觉头皮发麻，闭眼勉强忍了片刻，脑海里忽然掠
过曾经和他初遇在君山老柏树下的一幕，整个人突然感觉无比难受，
仿佛生了病一样，全身又冷又热，汗流浃背。

她不想和他唇舌相交，半分也不想。

她猛地睁开眼睛，将正深吻着自己的男子一把推开，转身奔向
浴房。

人还没奔进去，便弯腰呕了起来。

谢长庚错愕地看着她扶门呕吐的背影，朝她走去，停在身后，迟
疑了下，问道："你怎么了？"

没了那种他的唇舌侵入口中带来的叫她万分不适的亲密感，慕
扶兰便觉得舒服了些，慢慢站直身子，走进浴房漱了下口，出来后
她一言不发，只是望着他。

谢长庚顿时明白了。

竟然是因为自己亲吻了她，她的反应才这么大。

他的脸色一下子变得极其难看，眼底掠过一缕狼狈之色。他僵
立了片刻，说道："你给我听着，要是叫我再看到你吃那玩意儿，我
便叫你慕氏变成第二个江都王！"

他说完，转身便走，才走了几步，就听到身后的她说道："谢郎，
你话既然说到如此地步，我也想和你说说，我为何不惜冒着得罪你
的风险也定要吃药避子。"

谢长庚停住脚步，慢慢转过头。

"我不愿生养，因你非我良人。"她望着他说。

"我的良人，一生一世，眼中心里须只有我一人。倘若他陷入困境，需要我时，我甘愿为他舍命。若我有难，我知道他亦会尽心尽力，同等对我。

"当初你来求婚，父王将我许配于你之时，我不懂这些。如今我知道了。

"我就这副身子，你要是看得上，还没腻，我可以一直留下侍奉，等你哪日厌了，我再回去便是。只是……"她加重了语气，"这药我是一定要吃的。即便你明日便发难长沙国，我也不会停。"

她停顿了一下，语气再次转为温和。

"谢郎，我知道你方才想要我了，你来便是。只要莫再亲我的嘴便好，非我不愿，只是不习惯，怕又呕出来，扫了你的兴致。"

她当着他的面，自己解了腰间的裙带。

伴着轻微的窸窸窣窣之声，裹着她身子的衣裙便褪落在了她的脚下。

烛火的光亮中，她毫无遮掩，玉体耀目，美得叫人无法挪开眼睛。

她自己上了床，躺了下去，闭上眼睛，一动不动。

谢长庚盯着她，脸色变得越来越难看，眼底阴霾密布。

"给我滚回你的长沙国去！"

他道了一句，随即转身大步而去，再没回头。

故意引他知道自己服用避子汤药，故意在他快要回来的时候用染凤子红的行为激怒他，故意在他面前放大他亲吻自己时的反应，也故意在他面前宽衣解带，做出一番犹如挣扎过后，最终还是愿意逆来顺受的平和姿态。

慕扶兰知道这些伎俩瞒不过他，就算谢长庚当时没有完全反应过来，但事情过后，以他的心思和城府，想必也能看穿。

但这又有什么关系？

非但没有关系，让他看穿才是她的目的。

一个多月前的那个晚上，他被气走了，她原本以为等他回来，就会立刻放自己回去的。

没想到，他在分明已经被激怒的情况之下，竟然也忍了下去。

他对她表现出来的容忍和耐心，头一次让她感到诧异。

就在那次愿望落空之后，一个多月来，她做的每一件事，都是在避免和他彻底撕破脸皮的情况下，比谁在这场拉锯战里更有耐心。

慕扶兰深信，谢长庚这样的人，哪怕对一个女人感兴趣了，也不可能给予太多耐心。

他的心太大。自己于他而言，最多是一个在他白天忙碌过后的夜晚里，能给他增添点乐趣的人。

他喜欢温柔、善解人意的女子——譬如在她梦中的那个他的妻子，在成为他的拖累之前的自己，他应该还算是喜欢的。

如今他对她的那点兴趣和因为兴趣而生出的耐心，迟早会随着她种种令他如鲠在喉的"折腾"而消失殆尽，维持不了多久的。一旦没了那点兴趣，再留自己在他的身边，对他而言有什么用处？而且他的骄傲也不会叫他无限制地容忍自己这样一再施加在他身上的无言的羞辱。

在拉锯了一个多月之后，就在今夜，他终于对她彻底地失去了耐心。

她赢了。

慕扶兰唤来慕妈妈，说可以回长沙国去了，当夜就收拾好了行装。

谢长庚这天晚上没回房，慕扶兰得知他在书房过的夜。据仆妇说，书房里的灯火通宵达旦。

次日清早，天刚蒙蒙亮，慕扶兰便预备动身。离开之前，她让慕妈妈去了一趟书房。

谢长庚仿佛一夜没睡，案角的烛火还没熄灭，人坐着，手里握着一卷公文，眼睛里带了点血丝，面容透着疲倦。

慕妈妈恭敬地道："翁主这就走了。管事说，照节度使的吩咐安排了护送的人。翁主叫我来传句话，多谢节度使的安排。"

谢长庚神色漠然，眼皮子也没抬，更没开口说话，脸上只露出不耐烦的表情，拂了拂手。

慕妈妈知道他在催自己离去，道了谢，躬身过后，便退了出去，回来，将经过转告慕扶兰。

慕扶兰又岂会在意他这样的态度。

今早他人若不在家，也就罢了。人既然在家，怎么想是他的事，他既然对她的离去做了安排，道声谢，也是本分。

城中街道空空荡荡的，节度使府的门外却是一片忙碌的景象。几辆马车停在门口，下人将箱箧抬上车，管事叮嘱着护送翁主回去的随从。

依然是上次送她从上京来到这里的那一拨人马，皆是训练有素的可靠之人。

慕扶兰站在门口，看着慕妈妈和侍女将随身的包裹都放上马车，一一检查，再无遗漏，确保屋里连一根头发丝也没剩下，才上了车。

管事仿佛还没从一夜之间女主人便要被男主人仓促送走的惊诧和尴尬中回过神来，不住地回头张望，始终不见男主人露面，只好作罢，在心里叹着气，向慕扶兰躬身道："翁主一路走好。"

慕扶兰笑着谢过管事，上车坐定，便命众人上路。

马车辚辚，载着她踏上了回长沙国的路。

一出姑臧城，她便将此前的种种事情全都抛在了脑后，一心只想快些赶回长沙国。

和熙儿已经分开好几个月了，她感觉度日如年，思念得无以复加，恨不得立刻插翅飞回到他身边才好。

这一年的二月底，赶了将近一个月的路后，她终于从河西南下，回到了长沙国。

慕扶兰并没有先回岳城，而是叫人先给慕宣卿送了个消息，自己直接赶去了君山。

熙儿现在就在那里。

先前她之所以没有将人直接送进岳城，是怕自己不在，从小习惯安静、简单生活的熙儿不适应王府的环境。

当时给阿嫂的信里，她只是简单地提了句熙儿是自己在外认的义子，请她派几个细心的侍女到君山的药庐照顾他，等自己回来，再将他带回去。

她乘船入岛，沿着山路往上，傍晚时分，终于停在了药庐的柴门之前。

柴门半掩，空气里飘浮着一缕淡淡的药香。慕扶兰看到阿大正在院中收拾药材，背影忙忙碌碌的。

她抑住激动又不安的心情，推开柴门。

阿大转头，看见慕扶兰站在门口，欢喜地丢下了手里的东西，跑了过来，向她鞠躬。

慕扶兰问熙儿的近况。

阿大道："小公子一切安好！还有，师傅上个月也回来了！"

药翁上个月回来，很喜欢熙儿，常将他带在身边，教他辨认各种草药。药翁今天下山给人看病去了，熙儿在家。

阿大说，熙儿这会儿应该就在后头玩，边上有侍女跟着。

听到一句"安好"，慕扶兰一路上悬着的心才终于彻底放了下来。师傅也已经回来的消息，更是叫人高兴。

慕扶兰匆匆穿过庐舍，来到后头的药圃。

药圃里并不见熙儿。她唤了一声。

侍女在屋里预备晚饭，闻声匆匆奔出，见是慕扶兰回来了，忙向她施礼。

"小公子呢？"

"小公子方才还在这里，叫我们不必陪他……"

慕扶兰环顾了一圈，看到那扇通往后山山顶的门开着。

"是了！必是小公子自己又上山顶去了！他常去那里，一坐就是半天！"侍女想了起来，说道。

慕扶兰立刻上山去，一口气不停地爬了一段曲折的山道，气喘吁吁地到了山顶。

她的脚步停住了。

她看到一个小小的身影，坐在山顶的一块石头上，面朝着上京方向。

金色的夕阳从侧旁照射而来，林梢日暮，岩巢归鸟，一群鸟盘旋在他的头顶附近，发出阵阵鸣叫之声。

那个孩子却恍若未闻，仍旧安静地坐着，一动不动地望着远方，仿佛出了神。

慕扶兰的眼眶热了。

她知道他为什么要爬到山顶，为什么要眺望上京。

他是以为自己现在还在上京。

她定了定神，叫了一声"熙儿"。

孩子迟疑了下，慢慢地转过头，看到慕扶兰就站在他的身后，双眼瞬间变得明亮无比。

"娘亲！"

他惊喜地大叫一声，一下子就从石头上跳了下来，转身朝她飞奔而来，扑到了她的怀里。

慕扶兰伸开手臂，将儿子紧紧地抱在了怀中，笑着不停地亲他的脸，责备他不该一个人来到这里。

熙儿的两只小手紧紧地搂着她的脖颈，脸贴在她的怀里，轻声说："我不怕。我会很小心的。"

慕扶兰坐到了石头上，抱着熙儿坐在自己的腿上，母子俩低声说着话。

"熙儿，娘亲让你等了这么久才回来，你有没有怪娘亲？"

熙儿起先用力地摇头，过了一会儿，他仰头看着慕扶兰，小声地说："熙儿只是有点害怕……"

"怕什么？告诉娘亲。"

他小声地说："有一天晚上，我做了个梦，梦见娘亲不见了，只剩下我一个人。我想去找娘亲，又不知道娘亲你在哪里……"

他的声音渐渐低下去，手紧紧地攥着慕扶兰的衣袖，不肯松开。

慕扶兰凝视着怀中这一双熟悉的眼睛，明亮又纯真，却带着几缕忧愁，她不禁再一次地想起梦中那个在谢县老宅里陪伴自己度过了无数寂寞晨昏的孩子，胸腔之中涨满了又酸又热的感情。

她红着眼睛，亲了亲怀里的小人儿，收紧搂着他的一双手臂，良久才放开。

她说："熙儿，娘亲就要带你回城了。从今往后，你不止有娘亲，你的生活里还会出现很多别的人。但是你要记住，除了那些爱你、对你好的人，你的周围也会有坏人。你现在还小，娘亲会保护你的。娘亲和你说这些，是希望你不要害怕。你记住，无论遇到什么事情，从今天开始，娘亲都再也不会和你分开了！"

熙儿在她怀里静静地依偎了片刻，突然挣脱出来，从她膝上爬了下去，双脚站在地上，大声说道："我记住了！我也要快些长大，保护娘亲，一定不让坏人欺负我的娘亲！"

他的嗓音还很稚嫩，却十分响亮，惊动了盘旋在头顶的那群鸟儿，鸟儿振动翅膀，飞向了高空。

慕扶兰一怔，随即笑着点头："娘亲等着那一天！"

药翁天黑后回来，见到慕扶兰很高兴。师徒叙话时谈及熙儿的来历，慕扶兰道他是个孤儿，自己在外偶遇，觉得甚是投缘，便认作义子带了回来。

药翁笑道："我见到这孩子的第一眼便觉得面善，仿佛从前在哪里见过，一时却又想不起来。如此看来，他与你缘分实在不浅。这孩子平日不大说话，却很聪明。我无事教他辨认草药，一说他便记住了。好好栽培，日后必成大器。"

慕扶兰向药翁致谢。

这一夜她没有回城，就宿在药庐里，母子睡在一起。

茅舍简陋，一灯如豆，她却心满意足。她搂着蜷在自己怀中沉沉睡去的娇儿，一遍遍地看他的模样，直到半夜才睡去，一觉到了天亮。

次日一早，慕宣卿派来接她的人到了，慕扶兰带着熙儿入城回到王府。家人见面，慕扶兰牵着熙儿的手，将他带到兄嫂面前，笑道："他便是熙儿。虽然是我的义子，却胜过亲子。往后还望兄嫂多加关照，我不胜感激。"

熙儿恭恭敬敬地向慕宣卿和陆氏行礼，照着慕扶兰的叮嘱，唤他们"舅舅""舅母"。

陆氏笑着扶起熙儿，一看到他的脸便愣了一下，心里只道凑巧，随后便唤来女儿阿茹，叫她带着新来的弟弟去住处。知道丈夫和小姑应当有话要说，自己再停留片刻，也退了下去。

慕宣卿屏退随从，立刻道："阿妹，我先前得知刘后要扣你为人质，后来你却被谢长庚带去了河西。半个月前，我不知道你已经在回来的路上，实在不放心，当时汉鼎正好回来了，就派他去了河西。"

慕宣卿一心接回王妹，但心知自己先前得罪狠了谢长庚，更不确定他为何会将自己的妹妹带出上京，想来想去，实在不放心，便想派人去河西走一趟。一是探听虚实，二是想方设法把王妹接回来。但是阿妹落在对方手里，就算自己肯放下身段修好，也不知道对方的态度如何，想接人回来，不是一件容易的事。带队的人选，他本来属意陆琳。只是陆琳这些时日又生病了，恰好袁汉鼎回来。

汝地铁矿出产顺利，兵工厂也初具规模，工匠开始夜以继日地轮班打造兵刃盔甲。那边初定，袁汉鼎将事情交代给了手下，半个月前，他回到岳城，得知慕宣卿想派人去河西将慕扶兰接回来，便提出由他带队前去。

他做事稳重，勇冠三军，又是和兄妹俩从小一起长大的。他既然主动开口，正合慕宣卿的心意。于是他准备了谢礼，挑好人选，叮嘱了一番，袁汉鼎便出发去了河西。

"路程想必也已经过半了。这会儿便是派人去追，怕也追不上了！"

慕扶兰感到意外，又很感动。

王兄对谢长庚的厌恶由来已久，如今为了自己，竟肯放下身段，派人修好于谢长庚。

她沉吟了下，说道："王兄，袁阿兄走这一趟也好。我正要告诉王兄，刘后倘若还要发难我长沙国，谢长庚先前答应庇护我们。虽然我们也不指望谁能真的庇护我们，但国力未起，万一遇事，他若不为难我们，那也是好事。袁阿兄既得过你的吩咐，到了那边，知道我回来了，必会随机应变，送上谢礼，就当是王兄对他的致谢。"

慕宣卿觉得惊讶。

上回谢长庚过来，说结怨而去，并无半点夸张的成分。后来得知他带着阿妹出京的消息时，慕宣卿便感到疑惑不解，不知他动机为何。

现在听到这样的话，越发觉得困惑。

阿妹既然这样说了，便是真的。但谢长庚又怎会宽宏大量到这样的程度？

他实在难以想象。

他望着自己的妹妹，突然脸色一变，猛地站了起来，厉声说道："姓谢的是不是欺负你了？"

慕扶兰神色平静，说："王兄少安毋躁。我和他本就是夫妇，谈不上欺负不欺负，是我自愿的。如今我已经回来了，他日后应当也不会特意为难我们，这就是好事。"

慕宣卿愣了半晌，慢慢握拳，咬着牙，一字一字地道："阿妹，王兄发誓，日后我长沙国若有崛起之日，王兄必不叫你再受半分委屈！"

第 十 章

试探

拾

三月中旬，河西大片广袤的田野之上绿意盎然，天气开始真正转暖。

节度使府的管事今日一大早便忙碌了起来。

女主人走了的次日，府里的地火龙就停烧了。照惯例，每年停烧之后都要叫人来捅地道和膛口，免得积灰过多堵塞烟道，影响次年取暖。

这件事本来早就该做的，但因为前些时日管事的事情多，加上天气不好，腰痛的毛病又犯了，趴在床上走不了路，拿翁主先前教的法子灸了几天，人才爽利了些。事情便如此一拖再拖，拖了一两个月，见这几日天气不错，他便叫人过来干活。

昨天趁着节度使人不在，把后屋那片全给捅完了。今天将炉膛口的活给干了，事情就算结束了。

"手脚麻利些！灰土倒这边！"

"都小点声！今日大人回来了，人还在后屋，别吵到了大人！"

管事正忙着指挥工匠做事，听到身后传来一阵脚步声，仿佛有人疾奔而来，转头一看，见是司兵参军曹虢来了。也不知出了何事，竟失态至此地步，见他神色焦急，管事忙迎了上去。

"曹参军，出了何事？"

曹虢一把抓住管事的衣袖，喘息着问："谢节度使呢？他可从外头回来了？"

谢长庚前些日子一直不在城中，去了边地。

管事道："大人昨晚下半夜回来的。曹参军有何事？"

"出大事了！十万火急！土人聚众闹事，包围交城，扬言要放火烧城！"

210

交城距离姑臧城不过五十里地，是姑臧城的附属之地，地方不大，却很重要，城里有个贮粮的大仓，主供河西十数万兵马的粮草，万一真的烧起来，不是小事。交城令名叫许轲，平日做事很牢靠，对谢长庚也是忠心耿耿。

管事倒抽了一口冷气，叫他稍候，自己立刻转身，奔入后头的正院。到了门口，他朝里面张望了一下，看见卧房的门窗还关着，问一个在院门外扫地的仆妇："大人呢？"

仆妇小声道："大人五更才从书房回的卧房，睡下去没多久。"

事关重大，管事不敢耽搁，快步而入，停在门外，叩了几下门，喊道："大人，曹虢曹参军来了，出事了！"

内室里静悄悄的，床帐低垂，厚重的帐帘里，光线昏暗。

声音传来，谢长庚从睡梦中被惊醒，一双眼睛微微动了动，却没有立刻睁开，人也没有动，继续闭目躺了片刻，等那阵随睡梦逼来的令身体发紧至胀痛的感觉缓和了些，方才睁眼，翻身坐了起来。

他撩开帐帘下地，进入浴房，片刻后出来，套了件外衣，过去开门。

管事见他现身在了门后，眉眼带着一缕淡淡的不快，赶忙躬身道："知道大人辛苦，睡下去还没片刻，只是方才曹虢参军来了，说出了事，小人不敢耽误，斗胆来唤大人。"

"何事？"

谢长庚转身，一边继续穿衣，往里而去，一边问道。

"土人聚众闹事，要放火烧了交城！"

谢长庚蓦然停步，转过头。

"叫他去前堂，我马上过去。"

管事应了一声，忙回去传话。

曹虢等在节度使府的前堂，不停地张望，急得犹如热锅上的蚂蚁，才看见谢长庚的身影出现，就一个箭步冲了上去。

"大人，出事了！方才收到消息，许多土人出动，奔去了交城。

我怕出事，大人你快去看看！"

"好端端的，土人怎么会突然攻击交城？"

谢长庚快步而出，问道。

曹虢一边追上他，一边向他解释原委。

交城令许轲的儿子和一名土人女子私通，前些日子私奔而去，不知去向，昨天女子的家人上门要人，双方言语不合，大打出手。对方人少，当时被打了出去，没想到一夜过去，今早土人便从四面八方赶来，全往交城去了。

谢长庚眉头紧蹙，迈出大门。

门外已有一队骑兵等着，谢长庚接过随从递来的马缰，上马出城，往交城方向疾驰而去。

五十里地，他两刻钟便赶到了，远远看见城门之外密密麻麻地聚集了至少上千个土人男子，或手持刀斧，或操着棍棒，也有手里举着火把的，个个怒容满面，义愤填膺。

谢长庚停住马，眺望远处，看见还有土人正不断地从四面八方赶来，加入围城的队列。

交城城门紧闭，城头之上的士兵张着弓箭，严阵以待。

气氛十分紧张，一触即发。

"谢节度使到了！你们还不散去！是要公然造反吗？"

曹虢会说土语，冲着前方高声吼道。

聚在城门前的土人听到说话之声，纷纷回头，看见道旁来了一队人马。当先一名男子，端坐在马背上，身着官服，虽然看起来才二十多岁，很年轻，却双眸如电，威仪迫人。

嘈杂之声渐渐停止，四周安静了下来。

谢长庚在对面投来的无数怒视自己的目光之中，翻身下马。

两旁刀斧相对，他目视前方，神色从容，大步穿过人群，到了城门之下，站定了，头也没回，喝了一声："交城令许轲，出来！"

昨天土人找来起争端时，交城令许轲人不在家中，知道这回闯了大祸，儿子和那个土人少女又不知所踪，一早城门被围，眼见土人越聚越多，他怎敢轻举妄动。方才看到节度使来了，他既松了口气，又越发胆战心惊起来，人在城门里头，听他喝了一声自己的名字，慌忙打开城门奔了出来，跪在谢长庚的身畔，痛哭流涕，叩头请罪："下官该死！先是教子不严，后又管束家人不力，以致闯出如此大祸！大人便是砍了下官的脑袋，下官也不敢有半句怨言。只求大人看在下官平日做事还算用心，并无过失的份上，饶我一回！"

谢长庚神色阴沉，盯了他一眼，转头看向对面一个领头的土人壮汉。

他来此任节度使后，一直想收服土人，以利对北人的战事，计划虽然至今还没能达成，但对境内这几十个土人村寨的情况早已了若指掌。他知道这个男子名叫白隆，在土人里颇有威望。

谢长庚与对方对望了片刻，对曹虢说了几句话。

曹虢便上前道："白隆，节度使说了，人不在这里，他会派人找回来的，找到后，就让许家的儿子娶了你们的女子。至于昨天的口角，大人也问过了，双方皆有过错。你们固然有人受伤，许家人也是一样。考虑到当时你们人少，确实吃亏在先，大人愿做个中间人，叫许家向你们赔个不是，要什么补偿，你们尽管开口，此事就此揭过。"

白隆道："不是我不给节度使大人面子，只是即便我答应了，也要问问我的兄弟，他答不答应！"

他看向边上一个男子。

这个男子便是私奔的女子的兄长，他头上包着布条，布条上还沾着隔夜的斑斑血迹，怒道："你们的人勾引了我妹妹，把她藏了起来，昨日我带人去要，你们非但不还，还打伤了我几个兄弟，我岂能善罢甘休？让我把妹妹嫁过去？做梦！今天你们不交人出来，我就放火烧了这个地方！"

他的话音落下，身后之人跟着发出一阵喧闹之声，群情激动，朝着城门涌了过来。

曹虢大怒，正要叱骂，谢长庚上前一步，自己开口用土语道："我已经说过，人不在城中！你们便是烧了城池也没用，不过是愚蠢至极的泄愤之举罢了！"

他的目光扫视了一圈对面之人，神色极为森严。

"何况，你们真当这里没有王法，想怎样便怎样？我不妨叫人打开城门，让你们进去找人便是。只是我告诉你们，你们倘若胆敢放一把火，烧一座屋子，伤害一个无辜之人，我必以十倍报之。你们十八寨三十六地，从今往后休想有一处安宁！开门！撤弓箭！"

他说完，厉声喝道。

曹虢等人大吃一惊，看了眼城门外密密麻麻的人群，迟疑了一下，最终还是不敢抗命，令士兵照着吩咐大开城门，撤去箭阵。

谢长庚往侧旁退了一步。

"进吧！"

方才还嘈杂不堪的城门之下再次安静下来。

土人面面相觑，最后看向白隆。

白隆惊疑不定，看了眼大开的城门，又上下打量着谢长庚，见他气定神闲地站在一旁，抬手示意众人止步，道："你以为我不知道吗？你们在城里一定设有埋伏，好将我们一网打尽！你想让我上当，我偏不上当！"

谢长庚微微一笑，道："白隆，你很聪明，只是你想过没有，男女私奔，岂是一方之责？男方固然有错，你这位兄弟的妹妹难道便全无过错？许家伤人固然不对，我叫他们备礼赔罪，你们受伤之人，我派军医治伤，跑了的人，我也会去找，找回来了，是分是合，要打要杀，悉听尊便，你还有何不满之处？"

白隆僵了片刻，道："我凭什么相信你的话？"

谢长庚道："我堂堂河西镇守经略节度大使，凉州都督，朝廷二品大员，我既然开口，便不会食言。"

他话音落下，白隆却冷笑了起来："罢了，你们这些朝廷的官没一个是好的！我们若是信了，才真叫上当！今天我们人都来了，便不好白走一趟。人若不在城里，那就把昨天打了我们的人全交出来！我们也不以多欺少，他们几人，我们便几人。他们昨日如何打断的我们的胳膊，我们便一样打断回去！"

他的话音刚落下，身后那些土人纷纷附和，吼叫声此起彼伏。

许轲战战兢兢，心里又气又怕，整个人伏在地上，不敢抬头。

事情到了这个地步，别说交出昨天动手的人，便是要杀了那些人，他也不敢不应。

他怕的是谢节度使下不了台。

话都说到这里了，这些土人竟还提出这样的要求。

听起来好似公平，实则半点颜面也不给他。

曹虢大怒："白隆，你不要给脸不要脸！大人对你们已经够仁慈了，真当拿你们没办法不成？"

白隆"哼"了一声，道："一报还一报罢了！还完我们就走！"

"来人！保护大人！"

曹虢高声下令。

大队的士兵立刻冲了上来。

"大人，把这些人抓起来，看他们还敢不敢闹事！"

曹虢劝道，等着谢长庚下最后的命令。

土人也纷纷举起手中的武器。

谢长庚没有立刻开口说话。

无数双眼睛全都盯着他。

方才缓和下去的场面再次变得紧张起来。

就在这时，一个土人拨开同伴，用力挤到前头，把嘴凑到了白隆的耳畔低声说了几句话。

白隆听完，脸上露出不情愿的神色，但传话之人地位似乎颇高，他迟疑了一下，终于还是收了腰刀，示意众人后退。他斜着眼，向谢长庚说道："罢了，看在夫人曾有恩于我们的份上，今日且信你一回！这个亏，我们吃了便是！"

他说完，传了声令。一传十，十传百，土人得了命令，相互交头接耳，在议论声中转头离去。

很快，方才还剑拔弩张的城门之外，人一下就走得空空荡荡了。

曹虢长长地松了一口气，命士兵撤了，见谢长庚还站在原地，视线落在那些土人离去的方向，上去奉承道："今日多亏了大人，决断无二！便是叫他们入城，他们也不敢！末将心悦诚服！"

他拍完马屁，见谢长庚脸色阴沉，忙闭了嘴。

谢长庚转向许轲，冷冷地盯着他。

"管好你的儿子和你的人！若再有下回，我绝不轻饶！"

他说完，上马朝着姑臧城疾驰而去，背影转眼便消失在了大道上。

许轲如蒙大赦，人一下子瘫软在地，爬也爬不起来了。

曹虢平日与他关系不错，见他今日吓成这副样子，上去扶起他，低声说道："许兄，算你运气好。总算这些土人还有几分良心，还记得翁主当日对他们的恩情，要不今天大人下不了台不说，事情真闹大了，还能就这么一句话了事？"

许轲惊魂未定，边擦汗边道："不消你说，我也是知道的。等翁主哪日再来，我叫我夫人备礼重谢！"

谢长庚疾驰回到姑臧城，还没过晌午，到了门口，下马入内，管事匆匆迎出来，说道："大人，南城尉那边传来话，说长沙国派了人来，已经到了，求见大人！"

谢长庚一肚子的火气，头也没回，冷冷地道："告诉他们，他们的翁主早回去了！让他们掉头也滚回去！不见！"

管事"哎"了一声，正要去传话，谢长庚忽然停住脚步，转头问道："来的是什么人？"

"说领队的名叫袁汉鼎。"

谢长庚眼前浮现出当日去长沙国时在王庙外见到的那个青年男

216

子，沉吟了片刻，改口道："你去，把他们迎进驿馆。什么也不要和他们说，只说我有空便会去见他们！"

谢长庚的手下有一人名叫刘管，极能干，擅筹谋策事。此人从前曾在朝廷吏部做着小小的主事，怀才不遇，深感郁闷，后又因获罪于上官而被流放，流放途中逃走，在谢长庚还行走长江水道时就跟了他，如今做了节度使府的属官别驾，实则他是谢长庚为数不多的秘密幕僚之一。

他还有个本事。因为从前在吏部的便利，他对各封国的情况了如指掌。上从王相，下到百官，凡有官职位分者，来历背景，他无不知晓。

谢长庚将刘管叫来，问他袁汉鼎的背景。

刘管说道："此人是长沙国已故丞国的义子，与慕宣卿一道长大，幼年在王府做过伴读。袁汉鼎虽然年轻，但能力出众，为良将之材。长沙国与大人您缔结婚约前的那数年间，藩王混战，受到波及，四境不宁，曾因地界纠纷与南蛮首领姜戎数次交战。当时袁汉鼎不过一个十五六岁的少年，却已随老长沙王从军作战，立下过大功。如今长沙国里除了陆琳尚可勉强主事，也就剩下这个袁汉鼎了。"

谢长庚沉吟着。

刘管以为他想延揽人才。

过去数年中，谢长庚屡次平定内乱，声望日益高涨，还缺的就是一场对外族的大胜。

本朝延续至今，国祚式微，日暮西山，连内乱都无力应对，何谈抵御外犯？河西之北的三郡二十城被北人陆续占去，民众每每谈及，无不义愤填膺，对朝廷的无能也越发不满。

三年前，北人在边境驻扎重兵，意图再夺河西。

当时的河西，土人和当地人频起冲突，各戍地的将士人心不齐，惧怕北人，可谓内忧外患。原节度使无力应对，初战便以败北告终，又失一城。他被革职后，河西局势岌岌可危，朝廷无人再敢担任这个节度使之职，唯恐河西丢在自己手里，担举国骂名。

谢长庚当时得到长沙王的保举，入仕不过一年，刚在平定藩王的战事里崭露头角。

打重兵压境的强敌北人和打国中国的藩王，不可相提并论。以他当时的情境，没有必胜的把握，便不好蹚这一趟浑水。

在他收到朝廷的急诏，召他入京之时，他正在扫荡晋王最后的势力。

刘管等人当时都在劝他，这个时候不宜接手河西这块烫手的山芋。万一不敌，不但身败名裂，从前的筹谋也都将付诸东流。不妨故意放走晋王的残余军队，容他东山再起，兴兵作乱，这样就能以叛乱未平、战事缠身为由，巧妙地避开这个危机。等势力培植得足够了，河西那边也打得千疮百孔了，到时再出面收拾残局，事半功倍。

但谢长庚当时并未听从劝告，迅速荡清晋王的残余军队，便临危受命，立刻出京来到河西。这几年里，他练兵囤粮，攘外安内，以弱对强，身先士卒，硬是聚齐了人心，数次抵住北人的来犯，这才有了河西今日暂时安稳的局面。

那次之后，刘管等人才对他真正佩服不已，死心塌地地跟着他。

刘管知道他心思细密，算无遗策。但即便是现在，有时回想当初他不听劝阻冒险接任河西节度使这个职位的举动，刘管还是不大确定他到底是出于怎样的初衷。

是不欲河西之地落入北人之手，要以一己之力力挽狂澜，还是他对自己在那样的不利条件下也能把握住全局怀有十足的信心，这才不惜孤注一掷，冒险出京？

但不管怎样，最后他是赢了。回想当初的那个决定，也实在是个明智的举动。

以如今的局势来看，他若能在对北人的战事中改防御为反击，获得彻底胜利，夺回那三郡二十城，便是真正的人心所向，威望无二了。他只要等到刘后的发难，以自保为由起事，河西十数万将士必对他唯命是从。到时他一呼百应，摧枯拉朽，试问朝廷谁能够反抗？天时地利人和，他全部占尽。这个皇位除非他自己不要，否则天下还有谁能阻挡？

大败北人之日，便是他易鼎登极之时。

见他半晌没有发声，刘管又开口道："节度使固然求贤若渴，更礼贤下士，但这个袁汉鼎与慕氏关系匪浅，犹如一家，恐怕不大可能会为您所用。何况，河西如今也不缺良将。节度使与其延揽这个袁汉鼎，还不如……"

他想说的另外半句话有些不大方便开口。

河西内部如今还剩一个隐患，那便是土人。

面对这些顽固的土人，就连一向无往不利的节度使大人也有些一筹莫展。

据刘管观察，被节度使送走的夫人倒似乎是一个与土人打交道的突破口。

但这一点，自己能想到，以节度使的心思，不可能没有察觉。

他有点不明白，为何节度使不好好加以利用，反而把人给送走了。

但这种夫妻之事，自己一个外人似乎也不便开口。而且既然节度使送走了人，就必有他另外的考虑。

刘管话说到一半，便停了下来，看着对面的谢长庚，见他依旧没有反应，仿佛沉浸在某种思绪里，便叫了一声："大人？"

谢长庚回过神来，"哦"了一声，看向刘管，点头道："我知道了，劳烦。"

刘管走了后，管事回到节度使府，对谢长庚禀道："照大人的吩咐，小人以大人之名，将长沙国的人引入驿馆落脚了。

"领队袁将军叫小人传话，道他带来了长沙王慕宣卿给大人的亲笔手书，盼大人尽快拨冗，予以接见，他不胜感激。"

"除了这个，还说过别的没有？"

管事先摇了摇头，忽然又想了起来。

"是了，还向小人问及翁主。小人照大人的吩咐，没提翁主已经回去的事，只推说小人不知。"

管事说完，见他神色冷淡，也没再问别的，便躬身告退，却又被叫住，叮嘱了一番。

管事十分惊讶。

这几年也时常有朝廷官员被派来河西公干，全部是由节度使府的相关属官接待，按朝廷制度而行。

而这一回，管事实在不懂节度使为何会如此"款待"那个来自长沙国的袁将军。

但他吩咐了下来，管事自然照办，匆匆告退，前去安排。

第二天清早，一个貌美的女伎被管事带到了谢长庚的面前。

女伎跪在地上，惶恐地道："大人，非奴不从大人之命，而是那位袁将军不要奴作陪。奴百般勾引，又跪地哀求，道若被赶走，大人便会责罚奴服侍不周，他便叫奴留下，自己出去和别人同住一屋。奴实在没有办法。奴无用，求大人恕罪。"

谢长庚命女伎下去，临窗而立。

管事实在摸不透昨晚这场安排的用意，等了片刻，见他不说话，便冲着他背影问道："大人，今日可否见他？早上他见了我，又问大人何时见他。"

谢长庚转过身，神色冷淡地说："不急，叫他再等几天。"

袁汉鼎在驿馆里焦急地等待了三天，度日如年。到了第四天，终于等到会面的消息，他立刻出发。

谢长庚是在节度使府的议事堂里见他的，但周围没有别人，只有他二人。他坐在案后，袁汉鼎向他施礼，呈上了来自慕宣卿的亲笔手书。他拆开，随即请袁汉鼎入座，脸上露出笑容，说道："前几日事务颇多，今日此刻才得以脱身。怠慢了袁将军，袁将军勿怪。"

袁汉鼎恭敬地道："节度使客气了。今日能够得见节度使之面，转呈殿下手书，我已经十分感激。"

谢长庚看了几眼，放下书信，笑道："我与长沙王本为郎舅，如同家人，便有龃龉，也无隔夜的仇，长沙王何必如此客气，叫你不远千里跋涉来此。他的心意，我心领了。你若不嫌我这里地偏人鄙，不妨多住几日。礼尚往来，正好也容我备些薄礼，等袁将军走时，劳烦带回献给长沙王。"

慕宣卿在信里除了为他之前带自己妹妹出京一事向他表示感谢之外，还提出希望他将妹妹一并接回的愿望。

袁汉鼎在焦虑和猜测中等了三天，此刻终于见到了谢长庚的面。

他本以为会受到冷待，甚至羞辱，便如上次谢长庚去长沙国时遭受的待遇。没想到对方谈笑风生，一副过往不究的模样，不管是真是假，此刻，长久以来埋在袁汉鼎心底的对翁主的关切和想见到她的急迫心情，再也无法抑制。

见谢长庚绝口不提，他开口道："多谢节度使美意。我出行之前，殿下再三叮嘱我代他转话，盼节度使予以方便，容我代殿下接翁主回去。殿下信中想必也提及了此事。殿下命我转告节度使，倘若翁主能回长沙国，殿下必倾力酬谢。只要拿得出的，绝不吝惜。"

他说完，屏住呼吸，望着谢长庚。

谢长庚注视着袁汉鼎，和他对视了片刻，说道："倘若我告诉你，你来晚了，她人已经不在此地。就在前些日，我奉太后之命，又将她送回上京与太后做伴，你长沙国将如何？"

袁汉鼎的心脏咚地一跳，脸色微变，猛地从座位上站了起来。

"她是哪天被送走的？"他脱口便问。

谢长庚淡淡地道："怎么，你想半路拦截，将她带走？"

这一刻，被人一语道出了心思的袁汉鼎心里是无比纷乱，又无比沉重。

倘若能够随心所欲，他一定会不顾一切地去将她救回来。

但是他知道自己不能这么做。

她也不会允许自己这么做。

就如同上次，分明知道上京于她而言是狼窝虎穴，他却什么也做不了，只能眼睁睁地目送她离开洞庭。

袁汉鼎望着对面那个注视着自己的神色平静的男子，也是翁主的丈夫，咬着牙，一字一字地道："不敢！"

他定了定神，抑制住自己纷乱的心情，又道："节度使此前既然曾带翁主出京，想必对她也是怀有善意。这回又送她回去，应当也是迫不得已。节度使对我长沙国依旧有恩，殿下得知，必铭记在心。翁主人在上京，我长沙国无能为力，也就只有大人你能护她周全了。我代长沙国的子民先行谢过大人！"

他说完，从座位上站起来，朝着谢长庚便跪了下去。

谢长庚看着对面那个向自己跪拜的身影，说："袁将军不必如此。方才不过一句玩笑话罢了。我既然带翁主出了京，又怎么会再将她送回去呢？她人确实不在这里了，但不是去上京，而是回了你们长沙国。"

袁汉鼎一时反应不过来，愣了一下，才终于回过神来。

他还是有点不敢置信。

"谢节度使，你此话当真？"

"倘若所料没错，她此刻应当早已到长沙国了。等你回去，你便能见到她的面了。"

谢长庚淡淡地道。

袁汉鼎的心情犹如从谷底突然升至了山巅。

袁汉鼎被巨大的惊喜给击中，无暇去想对面这个男子为何分明在已经放人回去的情况下，还要和自己开那种玩笑。

他想也没想，非但没有起身，反而立刻向着对面座上的那人倒头拜去。

"袁某此行，本就受了殿下所托，希望将翁主接回去。多谢大人

222

成全。请大人受我一拜！"

他的眼睛里闪烁着无法掩饰的欣喜光芒。

就在这一刻，对着这双放光的眼，谢长庚生平第一次清清楚楚地感觉到了什么叫作悔恨交加。

他后悔自己就那么放她回了长沙国。

他一直在忍她，当时是真的被她的态度给激怒了。而彻底激怒他的，是她为了摆脱自己，竟然不惜自用虎狼之药。

她精通医术，连那个郎中都知道药性之烈，她自然也知道长期服用会有什么后果。

但她还是这么做了，只是为了避免日后和自己再有什么纠葛。

他自问对她已经很好了，更没有对不起她的地方。

就是在那一刻，他愤怒之余，也感到了心灰意冷和厌恶。

更是彻底失去了耐心。

不过一个女人，还是个失贞的女人，自己何必再和她纠缠下去。

所以他当时毫不犹豫地打发走了她。

但谢长庚并非宽容之人。

即便慕扶兰对他而言并无多么特殊，但她此刻仍是他的妻子。

哪怕日后等方便了，他会休了她，她也曾是他明媒正娶的女人。这一点不会改变。

他每每想到那个当年得她爱慕，取她贞洁，令自己蒙羞的男人，便如芒在背。

这种感觉仿佛一根毒刺，牢牢地扎在他的心底。

现在她已经被他赶走，他也不打算再见她了，但想起来，反而更加愤懑。

他极想知道那个人到底是谁。

先前她在这里时，好几次，他都曾想要逼问于她。

只是出于颜面的考虑，也知道她是不会说出来的，每次都强行忍住而已。

他曾怀疑那人是齐王世子赵羲泰,但赵羲泰与慕扶兰早年于宫中分别之后,似乎再没见过面,直到去年她再次入京。

除非两个人后来又暗中有过往来,否则,看起来可能性不大。

在对赵羲泰的疑虑有所减轻后,出于直觉,谢长庚又想到了自己上次去长沙国时遇到的那个名叫袁汉鼎的青年将军。

从小一起长大,青梅竹马,私自定情,后来迫于情势,遵照父命和自己定了亲。

今天不过稍加试探,谢长庚便越发觉得自己的猜测没错。

这个来自长沙国的青年将军虽然口口声声说是带着王命而来,在自己的面前也极其谨慎地掩饰着他对王女的意图,但他的那些下意识的反应又岂能逃过谢长庚的眼睛?

他的种种反应远远超出了一个普通使者或者臣子的本分。

谢长庚忍下心中翻涌而出的妒怒之火,脸上半点也不动声色,从座上起了身,走到袁汉鼎的面前,亲手将他从地上扶了起来,笑道:"小事而已。你远道而来,一片忠心,叫我甚是感激。既然来了,便多留几日再走。"

袁汉鼎此行本意就是来接翁主,再向谢长庚传达慕宣卿的谢意。本来以为任务艰难,没想到如此顺利,何况翁主人都回了,这里便是瑶池仙境,他也不想再耽搁,是以立刻婉拒了这个提议。

谢长庚盯着他,说:"我这里的美人俗气,入不了袁将军你的眼,更是留不住你。你既然有事,我也不好强留,免得耽误你的正事。"

袁汉鼎想起那夜的美人,忙道:"节度使勿要取笑。蒙节度使厚待,袁某感激不尽,铭记在心。"

谢长庚打着哈哈,唤管事入内,设宴替袁汉鼎饯行。

袁汉鼎归心似箭,等酒宴一结束,连夜都没过,当天便带着人向谢长庚辞行,离开姑臧城回长沙国。

这一夜,节度使府的书房里的灯火亮至半夜,迟迟未熄。

谢长庚独自坐在书房里,视线落在手中的案卷之上,只是半晌也未曾翻过一页。

他眉头紧皱，出神了许久，忽然想起一个人来。

去年自己离开岳城之时，曾留朱六虎于城中。

已经小半年了，中间朱六虎只向自己递过寥寥几封言之无物的信，道他并未觉察出长沙国有何异样。

谢长庚原本都想将人叫回来了。

他取了张信笺，提笔写了一封信，传了人来，命人将密信发了出去。

朱六虎充当货郎，每日里或挑着担子走街串巷，或混迹于人群，匿身于距离慕氏王府不远的街头巷尾观察动静。

他化名朱六，面目普通，行事低调，挑着担子早出晚归，遇见左邻右舍总是笑呵呵地招呼，顺手再给小孩子抓一把不要钱的油果糖豆，妇人们找他买针头线脑，他也不要钱。邻人都道他是个乡下来的要攒老婆本的忠厚人，谁能想到他从前是个杀人不眨眼的绿林大盗？

他便如此在王府附近的那条巷子里落下脚，转眼小半年过去，并没觉察什么异样，唯有一点引起了他的注意。

他早就听闻慕氏王族在汝地修筑王陵的消息。既然城中没有异常，出于谨慎，也是为了给出一个能让节度使满意，自己也满意的交代，他打算最近便离开岳城，动身前往汝地去探个究竟。

既然做了决定，这日他早早挑担回来，将卖剩下的油果糖豆全分给了朝自己奔过来的小孩，挑着空担子进了屋，关上门，喝了几口冷水，便躺到那张用破门板临时搭起来的床上，闭目之时，听到门口传来几下叩门之声。

这敲门声很轻缓，入耳熟悉。

汉子的心微微一跳，立刻睁开眼睛，下地过去开门。

门外站着一个身穿粗布青裙的少妇，二十五六的年纪，皮肤白净，眉眼温婉，手里端了一只正冒着热气的粗瓷大碗，看见朱六虎开门现身，笑盈盈地道："朱大哥，晚上我擀面吃，做得多了，顺便给你也盛了一碗。"

这个少妇是住在他斜对门的一个寡妇，名叫花娘，说是逃荒来这里的，家人都死光了，平日靠着给人浆洗衣裳和做绣活为生，深居简出。朱六虎落下脚来，每日进进出出，常和她打照面，这妇人也向他买些针线，一来二去，便认识了，知道他单身后，常给他送些自己做的吃食，或是替他缝补衣裳。

"趁热吃吧，凉了就不好吃了。"妇人见他看着自己不动，催他。

朱六虎终于回过神，答应了一声，双手端过碗来，放到支在墙边的小桌上，坐下低头稀里呼噜地吃了起来。

花娘没有立刻走，人站在门口，望了眼放在屋角的空担子和桌上放着的一只行囊，口中说道："朱大哥，你有没有要洗的衣裳，拿来给我，我今晚上替人洗衣，顺便把你的也洗了。"

朱六虎摇头。

妇人点头："那你慢慢吃。吃完了，碗筷放着就是，我等下来收。"说完转身去了。

朱六虎这才抬起头，望着她走进斜对面的那扇门里。直到门合上，她的身影消失。

他停下了手中的筷子。

跟了节度使多年，想起来，不是刀头舐血，便是四处奔波，直到今日，仿佛也就这小半年的陋巷生活才最安稳。

也不知道是从哪一天起，傍晚挑着担子回来，等这个住斜对门的少妇来敲门，给自己送来她晚上做多了的热饭热菜，便成了他每天心底的一个隐隐的期待。

这次走了以后，便没有哪个女人会特意给他做热汤面，也没有哪个女人会替他缝补洗衣了。

想到这是最后一次吃她做的饭了，这个汉子的心里不禁也生出了些许的失落。

但没办法，他不是这个名叫朱六的货郎，他有自己的事情要做。

他低下头，吃完了面，把最后一口汤也喝光了，自己舀水洗干净碗筷，等她来拿。等了许久，始终不见她来，他便起身走到担子前，掀开盖子，取出白天特意留下的几把丝线和充当货郎的这些时日里攒起来的数吊钱，连同碗筷一并拿了，往斜对门走去。

朱六虎走到花娘家的门前，便听到屋里传来一阵细细的呻吟之声，听起来十分痛苦。

朱六虎一惊，立刻用力推门。

门虚掩着，被他一把推开。

桌上放着一盏油灯，昏暗的灯火照出一间狭小而简陋的屋子。外头的地上放着些没浆洗的衣裳，呻吟之声发自里屋。

朱六虎叫了一声，放下手里的东西，快步走了进去，看见花娘浑身湿漉漉地倒在地上，边上是只洗脚盆，盆里的水洒了出来，满地狼藉。

"朱大哥……方才我不小心，摔了一跤，腿怕是摔坏了……"

花娘神色痛楚，抬起脸，冲着他含泪说道。

……

第二天，慕扶兰收到花娘传信的时候，正在房里教熙儿习字。

阳光从花窗里照射进来，空气带着春日里的淡淡花香，耳畔是几声清脆的鸟鸣。慕扶兰让侍女先陪着熙儿，自己出来，展开了刚收到的信。

花娘确实是个寡妇，丈夫早年便死了，但她的真实身份是王府里的教导姑姑，机警而能干。先前接了差事，便出宫落脚，监视着朱六虎。

花娘在信里说，昨夜她见朱六虎清空货担，收拾行囊，疑心朱六虎是要出城，因不知道他是要离开长沙国还是去别的地方继续刺探，所以使计先将人留下了。

下一步该如何，等着翁主示下。

朱六虎是谢长庚留下的耳目。

但这个人不能动，动了朱六虎，无异于打草惊蛇，是在告诉谢长庚自己这边在防备他了。以谢长庚的多疑，他若上了心，真的盯着不放，恐怕就没什么事能瞒住他了。

汝地山中的矿场和兵甲制造工厂，那么大的一个摊子，不可能永远都是秘密，迟早会被人知道的。

重点是要在长沙国完成扩军之前，务必不能让他或者刘后的人发现。

这个秘密是重中之重。

比起这件事，现在别的事都是次要的。

朱六虎是个大活人，且谢长庚既然留下了他，想必此人也非泛泛之辈。与其冒着让他离开岳城刺探汝地的风险，还不如将他绊在眼皮子底下，杜绝任何被发现的可能性。

慕扶兰回信，叫她尽量想办法继续将人羁在岳城。另外提醒她小心，目前只要将人羁住便可，平日对他不必盯得太紧，免得被他发觉。

信送了出去，慕扶兰再次想起了袁汉鼎。

她回来已经有些时日了，照袁汉鼎的来回路程推算，倘若一切顺利，他应当很快就能回来了。

以谢长庚的身份，即便他还记恨王兄，对自己也很不满，但对于以使臣身份过去的袁汉鼎，他应当不至于故意为难。

这点做派他应当还是有的。

但最近不知道为什么，或许是空闲了些下来，每每想到袁汉鼎的这趟河西之行，她不再像一开始那样笃定了，总感到心里有些不踏实。

这是一种很奇怪的感觉，仿佛有什么不好的事会发生，却又说不上来。

她现在只希望袁汉鼎能尽快回来，平安无事，她才能放心。

"翁主，殿下请您去宣崇堂，说袁将军回来了！"

一个侍女来通报。

慕扶兰一怔，随即松了口气，急忙去往慕宣卿的书房宣崇堂。

人还没走进去，便听到里头传来笑声。

慕扶兰加快脚步进去，看见袁汉鼎就在里头，正和王兄说着话。两个人的脸上都带着笑。

她立刻放下了大半的心。

"王兄，袁阿兄！"

她叫了两人一声。

袁汉鼎刚刚才进的城，就马不停蹄地立刻来这里复命。他风尘仆仆，但精神看起来极好。

慕扶兰问他此行经过。他说："我到了姑臧城，方知翁主你已经回来了，便向谢节度使转送了殿下的书信，表示谢意。谢节度使也未为难我，一切顺利。"

慕扶兰终于彻底放下了心，暗笑自己多虑，道："多谢袁阿兄了，一路来回奔波，半刻也没停歇。这次回来，你好生休息几日。"

袁汉鼎恭敬地说："翁主你平安回来就是最大的好事，我不辛苦。"

慕宣卿屏退了人，关上门，一把掀开身后的幕帘，笑道："阿妹，汉鼎，你们看！"

幕帘之后是一个兵器架子，上头摆着刀、剑、长矛、盾牌、铁弓，还有一副盔甲。

他大步走过去，拿了刀，拔刀出鞘，用手指试了试刀锋，随即朝着一旁的案角斩去。

案面厚达数寸，是坚硬的乌檀木，只见他一刀下去，案角便应声而落。锋利程度可见一斑。

"阿妹，汉鼎，这便是汝地那边造出的首批武器。刀剑各五百，铁弓一千张，其余矛、盾、盔甲各若干，均已由水路运到岛上。士兵先前每日只用木刀木枪操练，早已望眼欲穿。首批送去赭山岛的先分发了，后头的很快也会送去。

"用不了多久，所有的士兵都将配备齐全！"

慕宣卿双目闪闪发亮，将刀收入鞘中，看向袁汉鼎。

"汉鼎，你熟悉兵法，往后练兵之事，还要你多加费心！"

袁汉鼎道："殿下放心！我必不遗余力！"

慕宣卿点了点头，转向慕扶兰。

"阿妹，我长沙国能有今天，你更是功不可没！父王在天之灵，想必也是万分欣慰。"

慕扶兰望着面前的一件件兵器，激动之情丝毫不亚于慕宣卿。

长沙国不穷，国库粮仓丰盈。但现在有了兵器，有了军队，别的才有可能去想。

从兄长的书房出来，她平复心情，正想回房再去陪熙儿，阿嫂陆氏却匆匆忙忙地找了过来，告诉了她一个新收到的消息——

齐王世子赵羲泰听闻药翁的神医之名，特意来此求医问药。一行人已至城外，即将抵达。

第十一章

母子

拾壹

齐王世子被长沙国的礼官迎入了城中。

他乘坐的轩车高大而华丽，两旁各六名骑马的随从，轩车之后，护卫多达数百名。一行人虽然长途跋涉而来，却依旧是仪仗鲜明，气派非凡。

齐王地位特殊，隐为藩王之首，如今就连刘后也要给他几分面子。而长沙国立国以来，地处偏远南方，本就与众多藩国往来不多，加上这些年处境不利，民众听闻齐王府的世子这时候竟然来了，纷纷出来观看，街道两旁站满民众，队伍一路过去，吸引了不知道多少人的目光。

陆琳等在王府的门口，看见队伍到了。骏马轩车，车中被人扶下一个身着华服、面如冠玉的青年，可惜面带病容。他知道这是赵羲泰，忙上前迎接。

赵羲泰此行来长沙国的目的是寻医求药。慕宣卿以上礼迎之，设宴接风。当晚，筵堂里灯火通明，长沙国百官陪席，赵羲泰虽然出于身体的缘故没有饮酒，但为此再三地致歉，自称失礼。

他言笑晏晏，态度谦和，没有半分架子，立时便赢得长沙国百官的好感，当晚宾主共欢，尽兴而散，与去年谢长庚来时的那一场夜宴相比，无论是气氛还是受欢迎的程度，都有天壤之别。

赵羲泰当晚被安排住在慕氏王府专为上宾而设的客轩里。次日一早，陆琳来寻他，道自己已经派人去君山，请药翁下山来为他看病。赵羲泰立刻说道："这使不得！我一路行来，沿途百姓提及神医之名，无不感恩戴德。他老人家德高望重，我本来就是来求医的，怎么能叫神医屈就来我这里？请陆相指点药翁所在，我自己登门拜访。"

他肯放下身段自己前往，陆琳自然求之不得，便亲自引路，带

232

着赵羲泰乘船来到山下。

　　赵羲泰只带了一名管事，乘了抬辇上山，到了药庐，向药翁诚心求医。

　　药翁医者仁心，半生悬壶济世，看病从来不论身份贵贱。替赵羲泰仔细看过之后，说道："世子虽然先天体弱，但从前若不是急于见效，误用猛药，现在也不至于到此地步。如今体内淤毒不散，我可先试着替世子施针拔毒，以观后效。"

　　赵羲泰欣喜不已，向药翁再三道谢，又对陆琳笑道："我此行专程为求医而来。贵地湖光山色与别处大不相同，叫人如入蓬莱，若能长居于此调养身体，实在是我的莫大福分，长沙王和陆相莫嫌我叨扰。"

　　陆琳听他恭维长沙国地方好，心里自然高兴，对他的印象也越发地好。他笑道："世子客气了。世子这样的贵客，平日盼都盼不来。只盼世子身体见好，不负此行。"

　　当日陆琳回来禀告慕宣卿，说为方便药翁每日治病，赵羲泰在药庐里住了下来。

　　赵羲泰是四月间来的，药翁每天替他诊治，一个月后方停了施针，说接下来只要服药，慢慢调理，假以时日，病情必会有起色。

　　慕扶兰自然也知道这个消息。

　　她不想再和赵羲泰有不必要的碰面，知道他住在药庐治病养身之后，这一个多月里再也没有去过那里。

　　这天晚上，她刚陪着熙儿睡下去，侍女来报，说赵羲泰身边的管事入城求见于她，道有急事。

　　慕扶兰起身出去。管事见了她，开口求助，说药翁前两日下山去了，人不在药庐，不巧世子今夜忽发急病，听药庐里的阿大说翁主也会看病，实在无计可施，只能冒昧来此求她过去救急。

　　慕扶兰答应了，叫他稍等，自己匆匆进去，回了房，对儿子说道："熙儿，师公不在药庐里，那里有个病人，娘亲要过去看病。娘亲叫慕妈妈来陪你，你自己先睡觉，好不好？"

熙儿起先点头，迟疑了下，又轻声说："娘亲，你能带我也一起去吗？我不会吵到你给人看病的。"

她从河西回来后就有一种感觉——儿子对自己非常黏。尤其是到了晚上，天黑下来以后，要是看不到自己，他便仿佛无法安心睡觉。

她看着儿子眼巴巴地望着自己的小眼神，心软了，点头道："也好，娘亲带你一起去。你要乖乖的，不要乱跑。"

"我知道！"

熙儿的一张小脸露出欢喜的神情，响亮地答应了一声，人就从被窝里一骨碌钻了出来。

慕扶兰和侍女一道帮他穿好衣裳，带着他出了王府，叫了随从，坐车出城，乘船来到君山。

她匆匆赶到药庐，让侍女陪着熙儿，自己来到了赵羲泰的房间。

门外站着两个侍女，房间里亮着烛火，赵羲泰闭着眼，人躺在床上。

管事入内，轻轻唤了声"世子"。

赵羲泰慢慢地睁开眼睛，看见慕扶兰到了，眼睛一亮，就要坐起身来。

慕扶兰让他躺着不必起来，走到床边上，问他有何症状。一番望闻问切下来，她很快判定，他只是受凉微微有些发热而已。

寻常人体质若好，不用吃药，过几日，自己说不定也就好了。考虑到他体质较寻常人要弱，须得及时疏风散热。

慕扶兰便替他开了一服药。药庐里药材都有现成的，阿大拿了方子去抓，药很快上炉煎了起来。

赵羲泰凝视着慕扶兰，目光中满是歉疚。

"怪我自己不小心着了凉，一点小事而已，下头的人却大惊小怪，累你大老远地赶来这里，实在辛苦你了。"

管事面露惶恐之色，不住地自责。

　　慕扶兰笑了笑，叫赵羲泰等下吃了药早些休息，自己便走了出去。

　　管事跟着出来，央求道："翁主可否暂时留在这里？世子的身子好不容易前些时日有了些起色，怪我们这些做下人的没用，没照顾好世子，竟然又叫他生了病。药翁不在，那个阿大只会认药，不会看病，这里离城里又有些路程，我怕翁主要是走了，万一世子又发病……"

　　管事不住地恳求。

　　天已经黑透了，而且从城中到这里的路程确实不近，还有一段水路。

　　慕扶兰也不想带着熙儿走夜路，而且药庐里本来就有她的屋子，自己于这里如同半个主人，便道："我留下便是，你放心吧。"

　　管事松了口气，再三地道谢。

　　慕扶兰叫人将自己的屋子收拾了一番，当晚带着熙儿在此过了一夜。

　　第二天清早，她去看赵羲泰。

　　赵羲泰已经起了身，人看起来精神尚好，但热度还是没完全退下来。

　　自己是主，他是客，又知他从小体弱，虽然是小病，但没痊愈之前，慕扶兰也不敢托大。她打发人回城和陆氏说了一声，自己留了下来，暂时不走。

　　熙儿不愿先回去，她也就由他了。

　　她替赵羲泰重新开了服药，稍稍调整了剂量，叮嘱他好生休息。白天剩余时间无事，她便去后头的药圃里做事。

　　时令已是初夏，天气渐暖，药圃里不但草药开始欣欣向荣，稗草也是，几天不除便到处冒头。

　　熙儿跟在她的身后，一会儿帮她拔草，一会儿帮她擦汗，像只勤劳的小蜜蜂，快乐地飞来飞去。

慕扶兰叫阿大替自己去拿只匾箩来。

"我去我去！我知道在哪里！以前我就帮师公拿过！"

熙儿嚷了一声，丢下手里的野草，转身就跑。

慕扶兰转头看着他的背影一溜烟地跑了进去，仿佛生怕阿大和他抢事情做，忍不住笑了。

"小公子慢些，别摔了！"阿大要去追。

慕扶兰道："没关系，让他去拿吧。"

熙儿跑进屋里，很快就找到了匾箩，抱着走到门口的时候，停住了脚步。

他看到那个将自己的娘亲请来看病的男子站在他的面前，挡住了他的去路。

别人都叫他世子，熙儿知道。

世子望着他，脸上带着温和的笑容，朝他招了招手，示意他过去。

熙儿站着不动，没有过去。

世子就自己走了过来，停在他的面前，弯下腰，抬起手，手里变戏法似的多了一块晶莹的玉佩。

熙儿早上看见过，这块玉佩悬挂在世子的腰带上，是他的贴身之物。

"你便是熙儿？"他笑着说，"我姓赵，是齐王府的世子。我很喜欢你，这块玉佩就当送给你的见面礼。你喜欢吗？"

熙儿和面前这个笑吟吟地望着自己的齐王世子对视了片刻，起先没有说话。见他抬起另一只手，仿佛要伸过来摸自己的脑袋，他后退了一步，说："多谢世子。但是要娘亲同意，我才能拿。"

赵羲泰一怔。

熙儿说完，从他的身前走了过去。

这一天过去，赵羲泰的病还是没有多大的起色，当夜，慕扶兰继续宿在药庐里。

她搂着儿子蜷在自己怀里的软软的小身子，忽然感觉他动了几

236

下，睁开了眼睛，便问他："怎么还不睡？"

熙儿的嘴巴凑到了她的耳边，说："娘亲，那个世子是不是也喜欢你，和袁将军一样？"

慕扶兰一怔，立刻道："熙儿不要胡说。"

熙儿迟疑了下，说："白天我看到他总在偷偷地看你。他看你的时候，眼睛一眨不眨。袁将军也是那样的。他们老是那样看你！"

他重复了一遍，语气中带着小小的不容人辩解般的固执，说完便沉默了下来。

慕扶兰终于回过神来，急忙将他的小身子搂入怀中，哄他道："真的是熙儿看错了。娘亲和世子，还有袁将军，都没有关系。娘亲喜欢的只有熙儿一个人。"

随着她的这一句话，她怀中的小人仿佛终于放下了心，眼神再次变得明亮起来。

"能好好睡了吧？"

慕扶兰笑着，亲了亲他的额头。

熙儿立刻乖乖地闭上了眼睛。

慕扶兰替他拉了拉被子，自己也闭上了眼睛。过了一会儿，她感到怀里的小人儿又动了一下。

"娘亲，熙儿想好了。没有关系的，以后娘亲要是喜欢谁，熙儿就和娘亲一样喜欢谁。"

慕扶兰惊讶地睁开眼睛，对上了面前熙儿那双望着自己的充满真挚、纯真感情的眼睛，心底被一种酸楚和甜蜜交织在一起的无限柔情给占满了。

她忍住想要落泪的冲动，将自己的儿子紧紧地拥入怀中，说："睡吧，娘亲陪着你。"

白天熙儿一直忙着拔草，耗费了许多力气，本来就很疲倦，现在放下了心，很快便真的睡了过去。

慕扶兰望着身畔沉沉睡去的娇儿，慢慢地也闭上了眼睛。

天亮了，初夏清晨的药庐里，空气中飘来一缕淡淡的煎药的苦香。熙儿还在睡梦中，慕扶兰轻手轻脚地起身，出了房门。

侍女已经在门外等着了，看见慕扶兰出来，立刻走过来低声说道："早上我把煎好的药送去后，照翁主的吩咐，拐回去悄悄留意了一下。世子只喝了几口，就把剩下的药都倒了。"

慕扶兰心中的疑虑顿时解了，也没说别的，只吩咐她叫人收拾一下，预备今天回城。她来到药庐前头，叫人请来齐王府的管事，说："我今日便回去了。回去后，叫医丞来此替我。你照顾好世子，叫他保重身体。"

管事脸上立刻露出不情愿的神色，恳求道："方才我去看世子，他的病还是没有痊愈，我正想请翁主再过去看一下。世子从小体弱，这回是听闻药翁有神医之名，这才不顾路途遥远，千里迢迢地来此求医。王妃原是不肯的，是世子心志坚定，这才放他来的，出门前，对我再三地叮嘱。寻常医丞过来，我怕应对不了。翁主师从神医，神医不在，就劳烦翁主再多留两日，等世子的情况好些再走。"

慕扶兰道："我知道你的忠心。只是一来，世子这两日的病其实很寻常，医丞足以应对。二来，劳烦你也转告世子，他自己若是不遵医嘱，不好好吃药，莫说是我，便是药翁在，恐怕也无济于事。"

管事一愣，问："翁主此言何意？"

慕扶兰道："你自己问他便知。"

管事怎知赵羲泰倒了药，在他眼里，世子的病无论大小都不是小事，药翁不在，就要药翁的弟子照看，别人照看他怎能放心。只是他此刻也听了出来，她的语气仿佛没有回旋的余地了，迟疑了下，正要转身去后头，就听见身后传来一阵急促的脚步声。

管事回过头，见赵羲泰匆匆而至。

他来得仿佛很急，停下脚步，人还在微微喘息，避开管事伸过来要扶自己的手，叫他下去。

管事无奈，只好走了。

门口只剩慕扶兰一人了，赵羲泰不顾自己气还没喘匀，上前道："方才见你的侍女在收拾东西，你今日便要回城了？不如我也随你一道回城吧，这里风光虽好，只是有些冷清……"

"世子，送去的药，你有吃吗？"

慕扶兰反问了他一句。

赵羲泰起先一愣，随即仿佛明白了什么，神色一僵。

大约两个月前，慕扶兰见恶于谢长庚，被他从河西送回长沙国的消息传至了上京。

赵羲泰当时人在上京，欣喜不已，立刻决定去长沙国。

从前的宫中玩伴慕扶兰这些年于赵羲泰而言，便如种在他心底的一个幻象，他时常会想起她，但是倘若再无相见的机会，她大约也就只是一个幻象罢了。

但是去年，他却和她在上京再次相遇了。

多年不见，心底的幻象突然变成了一个活生生的美人，出现在了他的眼前。

赵羲泰从看到她的第一眼起，便再也无法忘怀。只恨再遇太晚，自己当年没有抢在谢长庚之前娶她为妻，现在好不容易得知她又回了长沙国，他怎么会放弃这个能和她接近的机会。

哪怕他现在做不了什么，只要能常常看到她，也是莫大的安慰。

他的借口，自然是求医。

他的母亲对药翁的医术并不相信，更不放心让他自己出远门，起先不肯放他出来，说他真要求医，派人去把药翁请来便是。

赵羲泰怎会屈服，道自己从小到大被拘得如同囚徒，这次想要出门，既是求医，也是散心，若是不放他出来，他就再也不治病了，生死由命，反正自己活着也是无趣。齐王妃拗不过儿子，这才答应了。没想到到了长沙国之后，病情有起色固然可喜，但他发现自己好似没什么机会能和她见面。于是趁着药翁下山，前天夜里睡觉时，故意没盖被子。

虽然已是初夏时分，但山上本就夜凉，而且他从前在王府时，往往要到春末屋里才会停取暖的炉火，便是此刻，盖的也还是丝绵暖被。一夜下来，他第二天便感到不适，又故意把病情说得严重，打发管事入城，终于如愿请来了慕扶兰，怎么舍得这么快就让她回去？

慕扶兰注视着赵羲泰，说："世子，你远道而来，身子金贵，倘若在我长沙国有个闪失，王兄不好向令尊交代。你这趟过来，长沙国上至我的王兄，下到此处的仆役，人人以你为重，尽心尽力，盼你的病情早日有起色，你却做出如此荒唐之事。我不回去，还留下再做什么？"

她说完，迈步要走。

赵羲泰慌忙将她拦住。

"全是我的错，我不该骗你！我向你坦白便是了。这次的病也是我自己冻出来的！我这趟过来除了想求医，就是想再见你的面！来了这么久了，我除了这个法子，想不出该怎样才能再见到你……"

慕扶兰看着他，微微蹙眉。

赵羲泰的脸涨得通红。

"我错了。你看在小时候咱们就认识的分上，原谅我这一次吧。下回我再也不敢骗你了。"

慕扶兰沉默了片刻，说道："罢了，此事就这样吧。你按时服药，我回去就叫医丞过来。"

"翁主留步！"

赵羲泰望着她的背影，忽然又唤了一声。

"翁主，我这趟过来，其实还有一件重要的事要和你说，是和谢长庚有关的事！"

慕扶兰略一迟疑，停住了脚步。

赵羲泰快步走到了她的面前。

"你以为太后对这个姓谢的有多放心？她现在不过是要用人罢

了。只要能有可替代的英才，姓谢的迟早完蛋！"

他看了下左右，压低声音。

"翁主，我是真的把你当自己人，便不瞒你了。我父亲如今不但正在替朝廷物色人才，以期日后分忧，也派人潜往河西刺探情况了。谢长庚以对抗北人为由，暗中积草囤粮，收买人心，僭越位分，河西将士知他而不知朝廷与太后，凡此种种，无不大逆。等证据拿到了手，递到太后面前，何愁扳不倒他？等他完蛋了，你尽管放心，日后我父王必能保你长沙国平安无虞！"

齐王倘若真的如他表面那样中庸，后来也不可能独当一面，几乎取代朝廷的位置和谢长庚为敌了。

谢长庚在暗中延揽人才，对这一点，慕扶兰丝毫没觉得意外。

朝廷已经日薄西山，国事被外戚把持，到了这个地步，但凡有点能力和野心的人动起心思，并不奇怪。

她没想到的是，齐王为了除掉谢长庚，竟然已经派人潜入河西搜集证据了。

前有张班，后有齐王，便是刘后，对谢长庚恐怕也未必是真的全然放心。

但谢长庚的处境，无须她来替他担忧。

她看着赵羲泰，笑了起来。

"世子，多谢你坦诚相告。只是我不明白，即便谢长庚倒台了，你父王又凭什么在刘后那里保我长沙国的平安？"

赵羲泰说："翁主，我早就已经替你们想好了。你们长沙国和谢长庚联姻多年，早察觉他图谋不轨。正是因此，这些年才与他离心不合。等我父王有了证据，到时候你们出面，听从我父王的安排，协助指证，则胜算更大。等除掉了他，刘后能用的人也就只有我父王了，刘后又能奈你们何？

"只要你们愿意投靠，我就替你们引荐！父王求贤若渴，你们长沙国人杰地灵，只要肯真心投靠，我父王定会欣然接纳！

"日后，莫说那个姓谢的巨寇，便是别的什么人——"

他顿了一下，意有所指。

"只要是和你们长沙国有仇的，无论是谁，你们想报仇，也不是不可能。"

赵羲泰说着，朝她走去。

"翁主，你的姑母曾贵为皇后，你天生高贵，当初被迫嫁给那个姓谢的，受了莫大的委屈。等日后姓谢的死了，你彻底摆脱了他，我便娶你为妻！

"我来此之后，听闻君山有神明。我赵羲泰愿意对神明起誓，此刻说的每一句话都出自真心。倘若有半句虚言，叫我日后不得好死！"

他停在了她的面前，凝视着她，一字一顿地说道。

慕扶兰说："蒙世子高看，但世子的婚配自有安排，绝不会是我长沙国。"

"你是担心我父王和母妃吗？你放心，待我的病好了，你耐心等我，我迟早一定能自己做主的！"

"对了！"他仿佛想起了什么，"你若嫁给我，你的义子熙儿，日后我也会视他如同己出！"

他的表情变得激动起来，说着朝她伸手过来。

慕扶兰往侧旁让了一让。

"赵世子，你对我的用心，我十分感激，但我对你没有半点非分之念。婚嫁之言，往后请世子再勿提及，免得徒增困扰。我先回城了，世子你好生养病。"

她迈步而去。

赵羲泰望着她的背影，难掩目光中的失落，怔怔地站了片刻，又追了上来。

"罢了，你既然不愿意，我不说这个便是了。只是我方才的那个提议，对你和长沙国都有百利而无一害，你大可不必因我而拒绝。"

投靠齐王，包含了两层意思。

除了日后配合指证谢长庚之外，等到齐王谋事，长沙国自然也要贡献钱粮和人力，以此换取庇护。

"你相信我，如今时局败坏至此地步，除了投靠我父王，往后你们真的没有更好的路子了，我不会害你的。我是为了你们好，才和你说这些的！"

赵羲泰望着她，目光里露出焦急之色。

慕扶兰停住脚步，沉吟了片刻，向他道谢："多谢世子良言，我十分感激。只是此事并非小事，我也做不了主，我会转告王兄，日后才能予以回复。"

赵羲泰道："好，我等着！"

慕扶兰朝他微笑点头，随即离去。

侍女将东西收拾了，慕扶兰叫阿大服侍好赵羲泰的用药，自己便带着熙儿下了山。

山脚下，横贯路口，扎了一排临时立起的营房，赵羲泰的随从都住在这里。

慕扶兰快要下到山脚之时，听到近旁传来一个声音："翁主留步。"

慕扶兰转头。

山道旁的一丛树木之后忽然钻出来一个赵羲泰随从打扮的人，朝着自己恭恭敬敬地行礼，随即靠过来，压低声音道："张内史有一封信，命小人带给翁主。"

慕扶兰顿时醒悟过来。

这是张班的人。

她略一沉吟，叫随从先带着熙儿下去，自己停在原地，等近旁无人了，才说道："拿来吧。"

那人看了下左右，从怀里掏出一封信，递了过来。

慕扶兰拆开信。

原来是张班也知道了她被谢长庚给赶回长沙国的消息，很是不满，信里指责她不守信约，要她尽快想办法回去继续帮自己做事。字里行间隐含威胁，道她若就此作罢，他便不让长沙国好过。

慕扶兰看完，把信还给那个人，说："又不是我不想留，是他要赶我走，我有什么办法？你告诉张内史，叫他别忘了自己收了我们多少好处，先前替我们在太后面前也说了不知道多少好话，早就和我们长沙国是一条船上的蚂蚱了。他要是故意让我们不好过，他也别想好过。"

那个人一愣，迟疑了一下，勉强说道："请翁主好歹给句明话，否则叫我如何回复内史？"

慕扶兰说："罢了，你不过是个传信的，我也不想叫你为难。除了我方才那几句，你再替我转告，说来日方长，我记着呢，叫他多些耐心，有证据我定会告知他的。"

那个人无奈，怕被人发现，也不敢停留太久，收回信，匆匆闪身而去。

慕扶兰看着那个人的背影消失在了山道旁的树丛后，才下山到了渡口。

熙儿已经上了船，正静静地坐在船舱里，见慕扶兰入内，叫了她一声"娘亲"。

将近正午，船停在湖边，晒了半日，船舱里有些闷热。

慕扶兰叫侍女推开一扇窗户，将熙儿抱坐到自己的膝头，取出手帕替他擦拭额头上冒出的一层细汗。

船行在水面上，凉风习习，舱里渐渐地凉爽下来。

慕扶兰见他一言不发坐在自己怀里，双眼望着水面，仿佛在出神地想着什么，便问他："肚子饿吗？要不要吃糕点？"

熙儿摇了摇头，忽然问道："娘亲，巨寇是什么意思？谢长庚是谁？"

慕扶兰一时怔住。

熙儿说:"早上我醒来,他们说要走了,我就去找娘亲,听到了那个世子和娘亲说的话……

"他是个很坏的人吗?为什么你们都想要他死?"

熙儿仰着头,睁大一双眼睛望着慕扶兰。

在那个梦里,他是你的父亲,你来到世上,身上便流了和他相同的血。你小的时候,他也曾抱着你,对你许诺早日回家,你也曾一遍遍地误把路人骑马经过门前的动静当作他回家的马蹄之声,你拽着娘亲的手奔去门前迎他,又失望而归。多年之后,少年的你不惜还他以满腔热血,也要和他父子两绝。

你不肯和这个男人和解,因为他曾是你和母亲的全部,然而在我们母子最需要他的时候,他却将我们抛在他身后的无边黑暗里,自己独向光明而去。

慕扶兰的眼前仿佛再次出现了梦中那个少年血溅灵台的那一幕。

她闭上眼,慢慢地拢紧胳膊,将此刻正坐在自己怀中的小人儿抱得越发紧了。

"娘亲?"

耳畔传来一声轻轻的催促之声。

她睁开眼睛,低头对上熙儿仰望着自己的那双带着好奇的眼睛,正要说话,船外传来通报之声:"翁主!袁将军来了!"

慕扶兰轻轻摸了摸熙儿的脑袋,以示安抚,随即探身出舱,看了一眼。

渡船快要到岸边了,她看到袁汉鼎正从城池的方向骑马而来。到了渡口,他翻身下马,仿佛是要乘船往君山而去,看见她的船划过来,便停了下来,等在岸边。

渡口的岸边铺了一排栈道。船靠岸,熙儿上了岸,便自己向前走去。

他的脚前有块板子仿佛松动了,一头微微翘起。袁汉鼎看见了,立刻伸手扶他，道："小公子当心！"

熙儿自己已经迈开大步跨过了那块板子。站定之后，他转过头，看了眼身后袁汉鼎那只朝着自己伸来的还没来得及收回去的手，又看了一眼自己的母亲。他迟疑了一下，慢慢转向袁汉鼎，朝他露出一个笑脸，说："谢过袁将军。"

袁汉鼎和王女从小一道长大，她的模样早已深深地印入他的脑海。

他至今犹记得自己见到这个孩子第一眼时的微妙之感。

这个名叫熙儿的孩子，眉眼和翁主如此相像，便说熙儿是她的亲生儿子，袁汉鼎也丝毫不会怀疑。

缘分是如此奇妙。他在这个孩子的脸上依稀看到了翁主的影子，翁主又是如此喜爱这个她从外头偶遇带回来的义子，对于袁汉鼎而言，这个孩子在他的心里也就有了非同寻常的地位。

他下意识地盼望小公子能和自己亲近些。

但是从他到来的第一天起，无论自己如何努力地想向他表达善意，他对自己的态度都是礼貌而疏远的。

小公子仿佛并不喜欢他。

这让袁汉鼎感到有些懊丧。

但是今天，情况仿佛忽然有所不同了。

就在方才那一刻，虽然小公子并没有让自己扶他，但是他对自己露出了笑脸。

这是小公子第一次对自己露出笑脸。

虽然他不知道这是怎么回事，但小公子对他态度的改变，让他感到由衷的高兴。

慕扶兰问袁汉鼎寻来何事。

袁汉鼎收回落在熙儿背影上的目光，转头道："三苗人派来了使者，说是受了首领的托付，来我长沙国寻求援助。殿下想与翁主商议此事。"

出长沙国的地界，往西南延伸，在大片的崇山峻岭和怒水大川之间，自古以来便生活着诸多的族众，他们以氏聚居，大的万家，如同城寨，小的千户，称之为洞，寨洞错落，绵延不绝，号称七十二寨一百零八洞。

他们自称是上古炎帝的后裔，而在朝廷的官文里，他们另外有个称呼——统统被叫作西南蛮夷。

慕氏长沙国封王后，从先祖起，两百年来，与这些毗邻南居的三苗人便和平相处，关系最好的时候，还教他们种植桑麻，养蚕缫丝，派医士为他们治病驱疾。许多三苗寨洞也视长沙国为上国，派使者献上贡物，以表达他们对慕氏的谢意和顺服。

但自从姜戎一族崛起之后，在最近的这十来年间，如此往来再也不复得见。

姜戎蚕食吞并其他寨洞，成为三苗势力最大的一个首领。而与此同时，长沙国遭朝廷猜忌，国力日益衰微。姜戎野心勃勃，意图将长沙国南土地肥沃的涟城一带也据为己有，趁着藩王之乱长沙国不宁，屡次出兵，或攻打，或骚扰。

这样的情况，直到慕扶兰十三岁那年，在长沙国和谢长庚缔结婚约之后，才彻底消停下来。

这几年间，姜戎虽没再敢进犯长沙国，但其余的洞寨迫于姜戎的淫威，也早就断了和长沙国的往来。

"来自哪些寨洞？派人来做什么？"慕扶兰问道。

"是冉氏、向氏、田氏三族共同派遣而来的。使者说，他们那里去年遭受旱灾，今春青黄不接，现在到处饥荒，百姓只能以野草树皮为食。前些时日又起了瘴疠，许多人病倒，实在是走投无路，才派人过来，希望殿下能出手相助，帮他们渡过难关。"

这三氏曾是除了姜戎之外三苗之地势力最大的寨洞，在姜戎崛起之前，虽然也为地盘相互攻击过，但和慕氏一直保持着良好的关系。好几次发生不和，还要靠慕氏出面调停。

三苗闹饥荒的消息年初就传到了长沙国。就在前些日子，出于某种考虑，慕扶兰还派人去涟城探过消息，知道情况属实。

那时候她就有了一个想法，没想到这么巧，才过了几天，三氏的人自己就找上了门。

她回到王府时，使者一行人已经被送去驿馆暂时落脚，慕宣卿正等着她。

自从自己靠着王妹的"梦证"获救，又获汝地铁矿之后，慕宣卿遇事，即便自己有了决断，也要和王妹商议一番。

他说了方才见使者的情形，道："陆相的意思是寻个由头将人打发回去便是，不必掺和。"

陆琳点头："别看他们如今上门求助，说尽好话。当初姜戎攻打我涟城之时，先王也曾派人过去，希望三氏联合，出兵与我们一道作战，他们若肯与我长沙国共战，则其余寨洞也必跟从。他们却忌惮姜戎，没一个肯帮，如今落难，又想到我们，才上门求救，世上哪有这么好的事？况且如今我们的第一要务是扩军练兵，三苗之事与我们长沙国无关。"

"阿妹，你如何看？"慕宣卿问慕扶兰。

倘若梦中后来她的所见没有偏差，她记得谢长庚称帝后，姜戎借着天时地利，当时早已一统三苗。

三苗向来被视为蛮夷化外之地，只要不生事，朝廷便不会干涉。那时候，刚登基不久的谢长庚事情太多，起初也放任不管，不料姜戎不服新朝，也自号为帝，派兵攻打原本属于长沙国的地界。谢长庚自然不能容忍，起先派兵平叛，但山水险恶，城寨坚固，推进得十分艰难。一年之后，他改变了策略，策反那些被姜戎强行征服的寨洞，里应外合，这才攻破城寨，杀了姜戎。随后，他给原来的大小寨洞的首领赐下不等的封号，让他们划地自治，管着原本属于自己的地盘，有事直接上奏朝廷，就此招安了三苗之地。

慕扶兰想了想，才道："陆丞相说的固然有理，但这种时候，倘若我们不帮三氏，三苗之地迟早会让姜戎全部占去。姜戎一旦统一三苗，谁敢担保他不会再次觊觎我长沙国？我记得小的时候，父王与姜戎作战便旷日持久，到时候他势力大增，只会更加难以应对。与其到时处处被动，不如趁着现在这个机会扶持三氏，助他们渡过难关，至少不要让他们那么快就被姜戎吞并，有他们牵制着姜戎，这对我们长沙国而言并非坏事。”

陆琳迟疑了一下，摇头表示反对。

“翁主所言固然有理，但翁主怕是忘了，当初先王也曾希望三氏顾念旧情，与我长沙国合力作战，他们却惧怕姜戎，不肯出兵，我们现在帮了他们，谁知道日后他们会不会又翻脸不认人？”

慕扶兰没有立刻回答，而是问一旁的袁汉鼎：“袁将军，你们掌兵之人若想叫士兵服服帖帖，除了施恩，还要如何？”

袁汉鼎一怔，随即回答：“除了施恩，还有峻法。”

慕扶兰点头，看向陆琳：“袁将军方才的话，丞相听到了吧？我没有统领过军队，却也听说掌兵者须恩威并用，才能将士兵收得服服帖帖。三氏也是一样。

“从前三氏首领是担心我长沙国战胜不了姜戎，万一落败，我们自身便已难保，何谈再去保护他们？再多的恩也不足以叫他们替我们卖命，这也是人之常情。如今我长沙国准备扩军，目的为何？是为摆设求个安心吗？扩军之事不可能一直隐瞒下去，迟早会有一战。先扶持三氏，等日后打仗时，叫他们知道我长沙国足以凭靠，要用他们，又有何难？”

袁汉鼎立刻说道：“殿下，翁主！你们放心！我袁汉鼎愿在此立下军令状，一年之内倘若训不出一支效忠殿下和翁主的强军，我便以人头谢罪！”

他的双眼之中射出坚定的光芒，声音更是铿锵有力，充满信心。

慕宣卿上来，用力地握了握袁汉鼎的胳膊，随即对陆琳道：“丞相，王妹和汉鼎的话你都听见了，我决定采纳。借粮度荒之事，有劳丞相你了。"

陆琳人到中年，日渐怕事，加上长久以来习惯了韬光养晦，近来更是保守，秉着多一事不如少一事的念头，这才不想援助三氏。此刻见他三人一心，知道自己再反对也是无用。且细细再想，翁主之言也确实并非没有道理，只得点头。

"臣领命，这就叫户官同办。"

陆琳走了，慕扶兰才又说道："王兄，袁阿兄，方才陆丞相在，我还有话不便直说。而今势力争斗，藩王内战不止，不过就是想要争夺地盘，扩充实力。我们地处偏远，但日后情况允许之时倘若能够灭了姜戎，将往南的三苗广袤之地收归我慕氏长沙国，并非绝无可能。

"这也是我方才劝王兄趁这个机会施恩三氏的原因。恩威并用，等收服了他们，其余寨洞自然闻风跟从。"

慕宣卿望着慕扶兰沉默了片刻，眼中光芒闪烁，脸上渐渐露出激动之色。

"阿妹，你一语点醒了我！倘若我慕氏真能将南地收归，则如虎添翼，何愁不能立身，何愁不能报仇！"

慕扶兰道："除了为扩充实力，我也想着，一切事情我们尽力而为，但长沙国除了水泽，乃一片孤地，日后万一有变，遭遇了不利，利用三苗地势，我们也有一个可以退守的余地。这次的机会如同天赐，不能错过。"

袁汉鼎赞许地点头，对慕宣卿说道："翁主考虑得很周详。三苗之地，城寨大多依山傍水，地势险恶，易守难攻，没有当地人引路，外人很难攻入。当年我随先王对战姜戎时，对此深有体会。"

慕扶兰道："放粮一事交给陆相，瘴疫我来处置。我今日便召集医士，准备药物发往涟城，我自己也过去。"

慕宣卿不让她去，说那里地方偏远，况且瘴疫凶险，派别人去就可以了。

　　慕扶兰笑道："不瞒王兄，我前些日子恰好叫人去探查过情况，瘴疠还不算严重，只出现在了少数几个寨洞之中，及时处置，问题不大，但若处置不力，等天气再热些，就有些棘手了。王兄放心，我有分寸。"

　　慕宣卿听她语气坚决，只好对袁汉鼎说道："汉鼎，那就劳烦你和王妹一道过去。记住，务必保护好孤的王妹，不能叫她有半点闪失。"

　　袁汉鼎恭声应道："殿下放心，我必以性命担保！"

　　慕宣卿这才放下心，点了点头，忽然想起齐王世子，开口问他的病情。

　　慕扶兰自然不提他故意装病之事，只说已无大碍，随即将赵羲泰向自己提的那个建议说了一遍。

　　慕宣卿皱眉道："齐王会是什么好东西？早年他和父王还是故交，后来长沙国边境不宁，又遭朝廷的猜忌，处境艰难，当时他但凡能顾念一点与父王的旧交，加以援手，阿妹你后来大约也不至于要嫁给谢长庚这样的人。如今他想趁乱浑水摸鱼，是需要我慕氏给他送钱送粮了吧？"

　　他停顿了一下，"不过，如今局势纷乱，形势未明，赵羲泰既然如此说了，不如虚与委蛇，也不必得罪了他，过两日我便回复他去。"

　　王兄的决定，也正是慕扶兰所想的。商议完毕，她出来，叫人将城中所有的郎中召入王府，连同数位医丞。人齐了，她说三苗之地部分寨洞发了瘴疠，宣布了要他们随自己一道南下的决定。

　　王女开口，谁敢不从，何况她自己也去，众人齐声应是，回去各自准备不提。

　　这个白天剩下的时间里，慕扶兰忙着准备要用到的各种药物，命人搜集齐以车运送，尽快发去涟城，忙忙碌碌了半天，回到自己的寝殿已近亥时了。

　　慕妈妈在等她，迎上来小声说道："小公子已经睡着了。翁主你也乏了吧，洗澡水已经备好，翁主洗了澡快些去休息吧。"

慕扶兰向慕妈妈道谢，叫她也去歇息。沐浴过后，她轻手轻脚地来到熙儿的床前，替他拉了拉被角，忽见枕上的小人儿眼皮子动了几下，睁开了眼睛。

"娘亲，你回来了？"

他伸手，捉住了母亲一只柔软的手。

原来是在装睡骗慕妈妈的。

慕扶兰笑了，坐到床边，正要开口和他说自己这两日要去南边的事，却听熙儿自己说道："娘亲，晚上我听茹姐姐说你就要去南边给人治病了。能不能带上我，让我也跟着你去，好不好？"

慕扶兰本来是要留下他的。毕竟这回是去行医，不是别的事情。但此刻见他如此恳求，想到这趟过去，算上路上的来回时间，整个过程即便最快，想来也要两个月的时间。

这还只是最乐观的估算，随着天气变得炎热起来，说不定还要更长的时间。

瘴疠的发病和湿热瘴毒有关。三苗很多地方，林深木翳，沼深气重，天气一热，瘴毒四起，百姓今年遭遇饥荒，体质虚弱，这才出现了大面积病倒的情况，与在人群里蔓延传染的瘟疫的病理并不相同。

涟城是长沙国南端的城池，地方开阔，十分安全，带熙儿去的话，留他在城里，也不是不行。

"娘亲！我保证听你的话，不会乱跑。"他继续恳求着。

慕扶兰迟疑了下，终于点头："好吧，娘亲带你去。但你要留在城里，不能出去。"

"好！我记住了！"

熙儿欢喜地点头。

慕扶兰柔声道："好了，你睡吧，娘亲陪着你。"

熙儿"嗯"了一声，乖乖地闭上眼睛。

慕扶兰在旁边陪着，过了片刻，见他仿佛睡着了，轻轻起身，正要熄灯上自己的床，忽然见他睫毛颤了一颤，又慢慢睁开了眼睛。

"娘亲……

"白天回来的时候，你还没告诉我，那个谢长庚是谁？他是个大坏人吗？"

他看着慕扶兰，轻轻地问。

慕扶兰一怔，没想到他还记着这个。

她的熙儿不知道梦中所有的人和事。

这也正是慕扶兰的心愿。

这一辈子她都不要他知道那些事，半点也不要。

她想了一下，坐了回去，说："那个姓谢的人，他不是一个好人，但也算不上大坏人，至少不比这世上的许多人要坏上多少。但是熙儿……"

她加重了语气。

"你记住娘亲的话，他是一个很危险的人。往后无论什么时候，倘若这个叫谢长庚的人出现在你的面前，你都不要靠近他，更不要和他说话！"

熙儿似懂非懂地点了点头，迟疑了一下，又摇头。

"可是我听见那个世子说，娘亲你被迫嫁给他，受了莫大的委屈。这个人欺负娘亲了，是不是？他欺负我的娘亲，他就是个大坏人！"

他一字一字地说道。

慕扶兰见他握紧了两只小拳头，眼睛里仿佛隐隐冒出了火星，一怔，握住了他的小手，将他攥着的拳头摊开，放回了被里，微笑着道："那个人没有欺负娘亲，娘亲也不会让别人欺负的。白天你听到的那些都是大人的事，你还小，很多事还不懂。你只要记住娘亲的话就好，不要多想了，好不好？"

熙儿沉默了片刻，说："好。"

慕扶兰笑了，摸了摸他的小脸蛋，哄道："睡吧。"

熙儿闭眼睡觉。

隔日，慕扶兰在袁汉鼎的护送之下离开岳城，一行人南下去往涟城，到了后，安顿好熙儿，她便入了三苗，开始忙碌起来。

在她忙碌之时，远在上京的张班这天夜里收到了发自长沙国的回信。看完，他便知道自己跳进了慕氏的圈套。现在她这个态度分明是有恃无恐，到底还帮不帮自己搜集谢长庚造反的证据，全在于她了。只怪自己太过心急，当初一时沉不住气，又被美色所惑，竟这样吃了个哑巴亏，偏偏还拿人手软，如今就是想发作也不行。

张班正生了一肚子的闷气，家仆来敲书房的门，递上拜帖，道有访客深夜来求见。

张班以为又是趁夜上门来求自己办事的人，怒道："不见！"

家仆小声说："那人自称远道而来，受人派遣，有重要的事要见您，耽误不得。"

张班一顿，接过拜帖，展开瞥了一眼，脸上露出惊疑之色，定了定神，改口吩咐将人带入。

片刻之后，他听到门外传来家仆引人入内的脚步声，立刻端肃脸色，坐到了书案后。

访客中等身材，头顶斗笠，相貌并无特别之处，但张班看他一眼，总觉得有些面熟，仿佛从前在哪里见过似的，一时却又想不起来。

他压下心底的疑惑，命仆从退下，打着官腔道："谢节度使远在河西，却派你入京私会本官。倘若出于公事，似乎有违朝制，若是私事，大可白天见我，这般连夜上门，又是何事？"

那人向他行了一礼，说道："此事既是公事，也是私事。因为特殊，谢节度使唯恐处置不当，有损与大人您的关系，出于慎重，这才先派小人来见大人。"

"到底何事？"张班皱眉道。

"不瞒内史大人，前些时日，谢节度使在河西陆续抓了几名刺探军情的细作，细作供出是受内史大人您的指使。出了这样的事，自然要上告刘后。"

张班吃了一惊，猛地站了起来："胡说！这是栽赃陷害！本官丝毫不知此事！"

那人道："谢节度使也是不信，便亲自追查，这才查了出来，细作原来是受齐王所派。"

张班这才松了一口气，取了帕子，按了按额头渗出的细汗，恨恨地道："我与齐王素来两不相干，他自己刺探也就罢了，竟还陷害我，妄图离间我与谢大人。幸好谢大人明察秋毫，这才没叫他奸计得逞！"

张班之所以如此紧张，是因为这种罪名可大可小。遇到谢长庚，若他一口咬定就是自己，告到刘后那里，以他现在的风光，自己绝对讨不了好。

那人继续说道："张大人，节度使还有一话，命小人转告。大人您平日对节度使多有防范，实则用错了力，盯错了人。"

张班擦汗的手突然停在额前，顿了一下，慢慢放落，勉强笑道："此话何意？本官不懂。"

那人微微一笑："节度使对内史大人一片坦诚，大人您也就不必揣着明白装糊涂了。节度使大人说，他对内朝没有兴趣，更不会和您争夺朝中的官职。内史大人您真正的对手不是节度使，而是齐王。大人您想，一旦齐王捏造网罗罪名成功，扳倒了节度使大人，必会取代节度使受到太后重用。到时齐王怎会外放？他必然会留在朝中。一山难容二虎，到了那时，内史大人您才是真的没了立足之地！"

张班细想，越想越是心惊，望着对方道："谢节度使叫你和我说这些，到底是为何？"

那人并没立刻回答他的话，而是朝前走了几步，停在烛火近旁，抬手取下了头上的斗笠，笑道："内史大人，您果然是贵人多忘事，认不出我了吗？"

张班就着烛火再次细细打量对方，忽然想起一个人，脱口失声道："是你！"

他终于认了出来，眼前这个笑吟吟地看着自己的人竟是当年吏部里一个名叫刘管的小吏，因为极能干，所以他至今还有印象。记得那人后来仿佛因为得罪上官，获罪发配。

难怪方才看他第一眼便觉得面熟，只是这么多年过去，容貌有所变化，加上他也未多加留意，这才一时没有认出来。

"承蒙大人还记得我。刘管见过大人了。"

张班目瞪口呆："你，你怎会……"

他本想问你怎么会到了谢长庚那里，想起谢长庚的出身，心里便明白了，立时停住。

刘管笑道："谢节度使说，从今往后，内史大人主内朝，谢节度使主外事，各行其是，共同效力太后，岂不是比从前那样相互猜忌更好？"

张班目光闪烁不定，没有作声。

刘管放低了声音。

"实不相瞒，莫说内史大人先前与长沙国暗中往来一事节度使心知肚明，便是再久远些，大人您的另一些旧事，节度使也是有所耳闻。只是节度使向来知道内史大人您有才干，有意结交，这些事又算得了什么？"

张班大吃一惊。

他万万没有想到自己收受贿赂的这些事竟然也早被谢长庚探知了。想必从前自己暗中发难于他，他也是心知肚明，不过隐忍不发而已。

他的后背迅速冒出了一层冷汗，又是尴尬，又是心惊，一时说不出话来。

刘管看着脸色灰败的张班，微微一笑。

"内史大人，谢节度使既然派我来见大人，自然是对大人十分信任的，难道大人还是有所怀疑？"

张班再不犹豫，上前一把握住刘管的手，笑道："惭愧！从前我竟不知谢节度使乃如此英雄人物。劳烦你回去转告他，从今往后，我愿与节度使一心一意，共同扶持朝廷，为太后效力！谢节度使但凡有用得到本官的地方，尽管开口。"

刘管与他耳语了几句。

张班一口答应，略一沉吟，忽然想起一事，叫刘管稍等，走到案后，提笔写了一封信，封好递了过去，说道："劳烦你将此信转交给节度使。"

刘管将信收起，朝张班道了别，随即转身离去。

刘管走后，张班独自在书房里，慢慢擦去额头上残余的冷汗，出神良久。

五天之后，一道来自刘后的懿旨被信使带着从上京出发，日夜兼程，一路八百里加急地送到了河西节度使府。

刘后在懿旨里说，她收到谢长庚附带细作口供的奏折之后，极为震怒，传齐王对质，齐王当场服罪，原本应当重罚，但念在他也是出于对朝廷的忠心，误听谗言，一时糊涂才做了错事，这回便以惩戒罚罪。

刘后安慰谢长庚，倘若下回再有这样的事情发生，无论是谁，再不轻饶，她已在朝会严厉告诫群臣，并叫谢长庚千万不要因此心灰意冷。对他的赏赐已经出发，不日便会送到。先前随奏折而去的那封请辞折则一并原封退回，刘后命他尽忠职守，继续为朝廷效力。

懿旨送到之后，再过些天，刘管也秘密地回到了姑臧城，这一夜，见谢长庚于节度使府的书房。他不顾路途劳累，风尘仆仆地拜见谢长庚后，便将自己这趟去往上京的经过说了一遍。

张班和他会面过后，次日，刘后便收到了谢长庚发自河西的奏折。

这也是一道请罪书。

他说前些时日，自己陆续在姑臧城抓获数名细作，起先以为是北人所派，所以并未上心，后来追查，露出端倪，方知出自内廷某位藩王指使，想是疑心自己有作乱不轨之心。他深感惶惑，为免日后招来更多猜忌，痛定思痛，已于节度使府自摘印信，请辞官职，并上折向朝廷和太后请罪，祈证清白。

刘后收到信后，当场将张班召入宫中议事，随后便有了齐王认罪的一幕。

说起这个，刘管极是兴奋。

"大人，咱们早就盯上了齐王的细作，先前您却没有动静，我还有些不解，原来是为了这时派上用场。此次可谓一箭双雕，不但把张班收得服服帖帖，叫他往后两只眼睛只顾盯着齐王，齐王往后，恐怕也不会省心了。"

谢长庚笑了笑，目光微微闪烁，随即问："赵羲泰在长沙国的事，怎么说？"

刘管立刻道："我提点了张班。张班在刘后面前进言时，特意提及齐王世子如今人就在长沙国，或是另有所图。刘后很不高兴，当时质问齐王，说若只是为了治病，为何不将神医请去齐王府，却叫世子拖着病体千里迢迢亲自就医？齐王极为惶恐，百般解释，道出宫后便叫人传话，立刻将他儿子召回。"

刘管复述着自己后来从张班那里听来的话，心中其实还是有些不解，不知节度使为何会对赵羲泰盯得这么紧，不容他留在长沙国治病。

他说完，看着节度使，见他神色平淡，只是点了点头，微笑道："这些天辛苦你了，也不早了，我这里无事，你先去歇息吧。"

刘管告退前，取出张班那夜叫自己转呈的信递了上去。

谢长庚独自留在书房里，拆开信，才扫了一眼，脸色就一下变得难看无比，原本那点勉强还算愉快的心情骤然转为恶劣。

他又看了一遍，将信慢慢地折起，收了起来，压下心底的怒气，出神了片刻，起身出了书房。

他回到卧房，心中却依旧气闷无比，难以纾解。他知道这一夜怕是睡不着了，索性出来，命随从备马，连夜出发去往休屠城。

第二天，他到了休屠城，副将刘安知悉节度使来了，带人出城来迎。

谢长庚纵马来到边境，上了一道高岗，眺望远方，一望无际，草木萋萋。

他开口，问北人最近的动静。

刘安道："末将正有一事，想传信给大人商议，这么巧，大人自己今日便到了。北人最近倒没什么动静，但末将对马河谷一带有些不放心。那里也是土人的聚居之处，是个隐患之地。以末将浅见，最好令那里的土人全部搬迁，尽快建造戌卫，否则日后战事一起，北人若是想到以马河谷为突破口，收买土人通过，铁骑便将长驱直入，对这边的守军极为不利。"

"试着和他们接触了吗？"

谢长庚眺望着视线尽头那片河谷的方向，问道。

刘安点头，随即又摇头。

"末将亲自去过，连路口都不让进。"

他看了眼节度使，见他眉头微蹙，小声道："夫人也走了些时候了吧？节度使何不将夫人再接回来……"

谢长庚看了他一眼，他连忙闭嘴。

"走吧，去马河谷看看。"

谢长庚停了片刻，驱马继续朝前而去。

第二天，他回了姑臧城，在节度使府的书房里坐了片刻，不再犹豫，取笔写了一封信。他叫来管事，命他传信使，以最快的速度上路，将信传到长沙国，交给慕扶兰。

管事忙接过信，又递上一封方才收到的信，转身而去。

谢长庚一看封口上的特殊印鉴，便认出是留在岳城的朱六虎通过自己告知他的特殊路径传来的。

他一直在等着，却过了这么久，才又送来一封信。

他略微感到不快，拆阅了信。

朱六虎在信里说，长沙国最近依然没有什么特殊之处，只是在前些时日，南方三苗之地饥荒瘴疠，前来求助，慕宣卿借粮，帮助他们度灾，并且，翁主也去了南边的涟城行医治病，当时他夹在人群中，目睹了翁主出发的情景。

翁主身边带着一个四岁左右的男童。他多方打听，查到男童名叫熙儿，是翁主所认的义子，根据时间推算，应该是她从河西回来的路上遇到的。

当日他也看到袁汉鼎随翁主一道出发，应是同行之人。

谢长庚的视线停在末尾的几行字上，眯着眼睛注视了良久，信纸在他手中渐渐被捏成了一团。

他慢慢地站了起来，走出去对着外头的仆妇吩咐道："给我把管事叫回来！替我准备，我要出趟远门！"

第十二章

◇

父子

　　涟城位于长沙国和三苗的交界之处，是个四方小城，城中总共也不过千余户人，但因过去一直是三苗和长沙国互通往来的门户之地，也曾兴旺一时，后来因为姜戎崛起，长沙国南境不宁，这才荒了下来。麻雀虽小，五脏俱全，涟城令得知翁主来帮三氏百姓治瘴驱疬，需落脚在自己这里，早早便准备好一应的接待事项，将城中一处最好的房子收拾了出来。慕扶兰到了后，安顿好熙儿，让慕妈妈和侍女陪着，自己便立刻带着医丞和郎中出城，去往三氏之地开始做事。

　　尽管已经有了准备，但到了三氏之地之后，她才发现这里的情况比自己想象中的还要严重。

　　瘴疬在当地原本不算罕见，每年春夏之交更是容易发病的季节。但这一次，因为食物的严重匮乏，导致许多原本健康的人也变得身体虚弱，纷纷病倒，尤其是老弱和孩童，更是首当其冲。

　　她去的一个寨洞，总共几百户人家，竟有半数染上瘴疬，虽然多为老弱妇孺，但也足够叫人触目惊心了。

　　被饥饿和病痛折磨着的当地百姓得知长沙王不但愿意借粮，帮他们渡过眼下这青黄不接的难关，连翁主也亲自带着人来此行医治病，无不振奋起来。

　　多年以来，在三苗普通百姓的眼里，邻近的长沙国本就是上国，慕氏王向来宽厚仁爱，现在更是不计前嫌，再次伸手援救自己，怎能不感激万分。

　　慕扶兰每去一个地方，离开时，民众必顶礼膜拜，对她敬重万分。

　　她极为忙碌，但只要能够回城过夜，便会尽量回来。除非有时实在忙到太晚，或者去的地方极远，当天无法来回，才就地过夜。

　　如此忙忙碌碌间，一个多月的时间很快就过去了。

熙儿一直记得先前答应她的条件，知道她有事，不能每晚回城和自己一起过夜，所以每天到了该睡觉的时候，他从不吵闹，乖乖上床。

这天晚上，慕妈妈帮他洗完了澡，换上睡觉的衣裳，抱着送到床上，笑道："小公子，翁主今天晚上回不来，小公子不要等，自己早些睡觉。"

熙儿点头应好。

慕妈妈让他躺下去，往他的小肚子上盖了一张薄被，自己坐在床边轻轻摇着蒲扇，催他入眠。

熙儿打了个哈欠，闭上了眼睛。

慕妈妈端详着床上的这个孩子。

清秀的眉，长长的睫毛。这张叫她乍看便觉得惊讶的莫名熟悉的小脸蛋，怎么看怎么惹人喜爱。

她记得翁主是二月初离开河西回到长沙国的，如今七月，将近半年的时间。

这孩子到来也有这么久了，日日相处，慕妈妈早就从心眼里喜欢上了这个懂事又乖巧的孩子。

但老实说，即便如此，到了现在，慕妈妈还是有些不解，翁主对这个她半道带回来的，此前没有任何关系也绝对没有遇到过的孤儿的感情为何会如此之深？

她的翁主今年也才不过十七岁而已啊！在慕妈妈的感觉里，她还是当年那个刚刚定了亲的少女，然而当她望着这个孩子的时候，慕妈妈时刻能感觉到，翁主的目光里充满了一种只有母亲对着自己的孩子才能有的发自内心深处的爱怜之情。

慕妈妈的目光停留在熙儿的小脸上，在心里再次感叹。

或许这就是所谓的缘分吧！翁主和这个孩子有缘。

熙儿睡着了。

慕妈妈轻轻起身，检查过纱窗，吹灭了灯火，轻手轻脚地走出了屋子。

这个七月的夏夜，青空如紫，月明星稀。在这样一个极为普通的夜晚，这座隶属于长沙国的地处偏远南方的小城池早已紧紧闭合城门。

三更时分，睡梦里的涟城令被拍门声惊醒。

惊醒涟城令的，是一位夜半而至的不速之客。

传话的下人说，城外来了一个自称谢长庚的人，只带了几名随从，也向门卫出示了朝廷铸发的铭有官职身份的腰牌。但门卫此前没有见过如此高阶的腰牌，难辨真假，加上翁主一行人现在在城中，涟城令曾下令务必加强城门的守卫，此刻又是深夜，门卫不敢随意开城门迎入，一边拖延着，一边派人通报涟城令，请他尽快过去。

谢长庚的名字，涟城令如雷贯耳。而且说起来，他与谢长庚也是有过一面之缘的。当年谢长庚前往岳城求亲之时，他还是王府里的一名属官，亲眼见过他，听到他竟然来了这里，涟城令怎敢怠慢，连忙带人赶了过去，命人打开城门。

火光照耀之下，他看见一人面向城门，长身而立，不是谢长庚又是谁？

涟城令急忙奔了过去，双手捧回他方才递过来的腰牌，连声告罪。

"最近翁主一行人落脚在城里，下官为保平安，加上又未曾收到您要来的消息，怠慢了大人，请大人千万不要见怪。"

谢长庚面上并不见愠色，但目光微冷，更没有和他多客套，言简意赅地开口便道："翁主落脚何处？"

他说完，迈步便朝城里而去。

涟城令忙跟上去道："节度使您有所不知，翁主来此之后，每日亲入三苗寨洞为人治病，有时不便回来，便留宿当地。这两日她去了黎阳，离这里有些远，今夜未曾归来，想必是留宿在那里了。"

谢长庚脚步一顿。

"节度使放心，下官听闻民众对翁主极为感激，翁主每到一处，民众皆顶礼膜拜，何况还有袁将军同行护卫，不会有危险的。"

谢长庚在原地站了片刻，慢慢地转过头。

"那么她的义子呢？"

说出"义子"这两个字的时候，他的语气带了些古怪。

涟城令笑道："小公子未曾跟去。来了后，便一直留在城中，就住在城南，离此不远。"

"带我过去。"

谢长庚沉默了片刻，说道。

涟城令应声，一边殷勤地在前领路，一边笑道："说起小公子，可真是又聪明又乖巧，难怪翁主对他如此疼爱。那日拙荆去拜见翁主，回来便和下官讲，这哪里是义子，翁主和小公子分明比亲生母子还要亲上几分。等小公子见到大人您也来了，想必更欢喜了。"

涟城地方小，又偏远，这些年冷清下来后，消息便闭塞了，如同死城，涟城令也很长时间未去过岳城了，怎知去年谢长庚来时惹出的那些动静，更不知这对夫妇是怨偶。他只顾说着好话，一路奉承，领着谢长庚到了一处宅邸之前，说道："翁主便住在这里。"

早有随从上去拍门，守卫闻声，得知来人，立刻开了门。

慕妈妈已经睡下了，忽然被唤醒，说是谢节度使来了，惊诧万分，起先还有些不信，起身出来，看见一道颀长身影站在庭院之中，才认出了人，匆匆上去迎接，说翁主今夜回不来。

"明日有批新的药材运来，翁主想必会回来一趟的……"

慕妈妈不好问他为何突然千里迢迢地从河西来到这里，看着他不辨喜怒的脸，小心地解释。

"她的义子呢？"

谢长庚问道，语气平静。

慕妈妈迟疑了下，指着身后那间屋子。

谢长庚迈步，朝着那扇门走了过去。

他的到来实在太过突然，翁主恰好今夜人又不在。

慕妈妈总有一种感觉——他的到来绝非好事。

出于某种连自己也说不清的隐隐担心，她并不希望他看到熙儿。

至少不是在这样的情况下。

她从侍女手里接过烛火，立刻跟了上去，劝道："大人，您远道而来，夜也深了，必定疲乏，不如先去歇息，有事的话，明日……"

谢长庚停在了门口，转过头对她冷冷地说道："你怕什么，我会吃了他不成？"

他的目光阴沉无比，慕妈妈的心头咯噔一跳，忙道："大人您千万别误会。只是小公子早已睡了……"

谢长庚恍若未闻，面无表情地从她手里取过烛火，推开了门。

"大人……"

他已跨过门槛，走了进去。

慕妈妈不敢再阻拦，站在门口，望着前头那道正往里去的灯影中的身影，心里忐忑无比。

谢长庚来到内室，用手中的烛火点燃了房间里的另一盏灯。

屋间里的光线一下子变得明亮起来，照着床上那个睡着的孩童。

房间里静悄悄的，什么声音都没有，只有那个孩子沉沉睡着发出的轻浅呼吸之声。

他的一双长睫毛静静地覆着，被烛火在他脸上投下两道扇形的阴影，睡得是如此安详。

谢长庚没有走到床边，就站在烛台之旁，身影一动不动。

忽然，耳畔传来"啪"的轻微一声响。

烛火爆了个灯花。

火光跳跃。

睡梦中的那个孩子仿佛感觉到了什么，睫毛轻轻颤了几下，醒了过来。

朦朦胧胧地，他看到屋里亮着灯火，灯火里仿佛有个人影，以为是自己的母亲回来了，欢喜无比，一骨碌爬了起来，抬手揉着自己还惺忪的睡眼，口中含含糊糊地唤了一声："娘亲……"

他的声音忽然停住。

他看清了屋里多出来的这个人。

这不是自己的娘亲。

熙儿慢慢地放下双手，坐在床上，睁大一双眼睛，和第一次出现在自己面前的这个沉默的陌生人对望着。

谢长庚的视线落在这个孩子的脸上之后，便再也无法挪开了。

就在看到那双眉眼的一刻，此前在他心里冒出过无数遍，刚冒头就被他否定了的那个荒唐的念头，突然之间变得前所未有地真实起来。

如此荒诞，荒诞得连他也不愿相信。

但他知道，自己没有冤枉她。

如果这个孩子真的是她在今年二月被自己赶走之后才遇见并带回长沙国的，怎么会如此巧，在去年年底，就在她刚到上京的那个晚上，她在梦里就叫出了相同的名字？

在看到朱六虎的那封信之前，他无论如何也不会想到，叫着那个名字的人竟然是面前的这个稚儿。

到底是什么样的牵绊，会让她对这个孩子如此魂牵梦萦？

倘若这也算是巧合，那么这一刻，在自己对着这稚儿时，入目的这双眉眼还有心底涌出的那种似曾相识之感，又是从何而来？

来自她罢了。

他在这个孩子的身上仿佛看到了慕氏的影子。

这个世界上没有那么多的巧合。

此前在他心中盘旋着的疑窦，今夜得到了证实。

这个孩子的来历绝对是有问题的。

"你是谁？"

孩子看了他许久，迟疑了下，终于开口说出了和谢长庚遇到后的第一句话。

他的一双小脚紧紧并拢，足背微弓，脚趾蜷缩，这是不经意流露出的防备于人的紧张反应，但他说话时口齿清楚，并不见多么害怕。

谢长庚盯着面前的这个稚儿，目光沉沉。

"你的父亲，他是谁？"

沉默了良久，他反问了一句。

从熙儿记事开始，他就知道自己是个孤儿，被护国寺的长老抚养长大。但是，他的梦里又时常会出现一个年轻的妇人，她是那么美，看着自己的目光充满无限的温柔和怜爱。

在他小小的心灵里，仿佛一直有个声音在告诉他，梦里的那个年轻女子就是他的母亲。总有一天，她会来接自己，将自己带回她的身边。

他的梦终于成真了。那一天，他那在梦中已经见了不知多少回的娘亲终于来到了他的面前。他再也不是孤儿，他有了自己的名字，还有那个爱他的娘亲。

熙儿知道，这个世界上所有的小孩都有自己的娘亲和父亲。他的阿茹姐姐也是这样的。

舅舅是她的父亲，舅母是她的娘亲。

奇怪的是，他却从来不会去想自己的父亲是谁，那个人现在在哪里，正在做着什么。

直到今夜，这句话从面前这个人的口中问了出来。

这个人仿佛和四周的幽深暗夜融在了一起。就在方才和他对望着的那一刻，熙儿心底隐隐地生出了一种抗拒之感，这和从前他对着齐王世子与袁将军时的那种感觉完全不同。

而现在，因为他这一句话，熙儿仿佛突然被提醒了。

他的一双眼睛之中慢慢地露出了困惑之色。

是啊，他也是小孩。别人家的小孩都有娘亲和父亲，那么熙儿的父亲又是谁呢？

他不知道，娘亲也从来没有对他提过，但是心底那种抗拒之感让他并不愿意和眼前这个人说这件事。

"你还没说你是谁。这里是我和娘亲的屋子！"

谢长庚一怔。他看着床上那个脸上写满了戒备的孩子，压下心里涌出的一丝烦躁之气。

"我姓谢，我叫谢长庚。你的娘亲，她是我娶的女人。

"娶她是什么意思，你懂吗？就是她是我的妻子！

"好了，我已经回答了你的问题。现在该你回答我的问题了！"

他迈步，朝着这个孩子走了过去。

这孩子的动作却突然间定住了。

仿佛就是自己说出名字的那一刻，这孩子蓦然睁大眼睛，一眨不眨地盯着自己。

接着，他坐直了身子，闭上了嘴，不再说话。

谢长庚看得清清楚楚，他望着自己的那双眼睛里除了越发浓重的戒备之色，竟然仿佛还带了点怒气。

他的脚步停住了，和床上的孩子大眼瞪小眼地相互对望着。

他努力地想从这张脸上找出点属于他父亲的特征。

鼻子？嘴巴？下巴？

谢长庚越看越觉得没一处不像。

便是那个姓袁的了。他越发肯定。

他又想起方才涟城令说的话。这些时日都是姓袁的护送着她，与她同行。就在此刻，在不知何处的深夜寨洞里，那对男女也不知正在做着什么事。

他的手慢慢地捏紧成拳。

"熙儿，你的娘亲有没有告诉过你你的父亲是谁？"

他尽量用自己能够发出的不至于吓到这个孩子的语气再次发问。

但得到的只有沉默。

这孩子的嘴角抿得越发紧了。

谢长庚等了片刻，对这孩子的最后一丝耐心也终于彻底消失了。

"说话！"

他眼皮子突突地跳，俯下身，对着床上的孩子，咬着牙道。

"你欺负我的娘亲！你是个坏人！我是不会和你说一句话的！"

熙儿涨红了一张小脸，终于冲着他嚷了一声，随即又紧紧地闭上了嘴。

谢长庚错愕之间，听到身后传来急促的脚步声。

慕妈妈再也忍不住了，闯进来说道："大人，熙儿还小，说话不知轻重，您千万不要见怪。小公子他是个孤儿，从小没了亲生的父母，是年初的时候被翁主送来的。翁主遇到这孩子，两人投缘，便认作义子养在身边，这事我们长沙国人人都知道。

"小公子他没有父亲。他只有一个义父，那便是大人您。"

谢长庚慢慢地直起身，转头看着慕妈妈。

"原来如此。"他点了点头，神色变得淡漠无比，"她若回来了，叫她去驿馆找我。"

他再没有看熙儿一眼，说完便转身走了出去。

谢长庚来得突然，走得也快，倒是慕妈妈整个人被搅得忐忑不安，不知他这回寻翁主到这里到底是为了何事。

谢长庚一走，她便立刻打发人连夜出城去往三苗之地递送消息。等人走了，回到屋里，看见熙儿还坐在床上不肯睡觉，便过去哄他。

"慕妈妈，他真的是我的义父吗？"

他慢慢地仰起脸问道。

"翁主是你的娘亲，谢大人和翁主是夫妇，他自然是你的义父。"

"慕妈妈，那你知道他这里来做什么吗？他是不是要抢走娘亲，以后不让我和娘亲见面了？"

慕妈妈看着他担忧的样子，暗自叹了口气，哄着他躺了下去，说道："他是很大的官，来这里一定是有要紧的事。熙儿睡一觉，醒来时翁主就回来了，什么事也没有。"

　　熙儿不再说话，发起了呆，只是他毕竟年纪幼小，虽然有心事，但困意袭来，眼皮也就渐渐耷拉了下来，再次睡了过去。

　　第二天的傍晚，慕扶兰急匆匆地从黎阳赶回涟城，连口气都没来得及歇，立刻到了驿馆见谢长庚。

　　涟城的驿馆早就破败了，多年未曾修葺，如今还剩一名小吏看守。昨夜见谢长庚到了，他诚惶诚恐地收拾出几间还算能住人的屋子，供节度使和他那几名随从落脚。此刻见翁主赶到，他忙在前引路，将她带到一个院落外，随即躬身离开。

　　慕扶兰来到门外，叩了两下门，随即推开了门。

　　她看到一个男子站在窗前，青衫鞶带，背影潇然，正眺望着远处的落日，仿佛看得入了神，连自己进来都没有察觉似的，身影一动不动。

　　慕扶兰走到了他的身后，说道："我收到你来此地的消息便立刻赶了回来。你寻我何事？"

　　谢长庚慢慢地转过身。

　　他冰冷的目光落在了将近半年没有见面的她的脸上。

　　"慕氏，这个熙儿是你的私生之子吧？"

　　他开口便道，直截了当，丝毫不加遮掩。

　　"去年底你在上京之时，我曾答应放你回家，那时是你自己撕了放妻书，不愿和离，你应当没有忘记吧？

　　"我为了把你从上京弄出去，在刘后面前费尽了心思，靠着坐实你我的夫妇关系，才算达成目的。这才过去多久，你回了长沙国，竟敢带着私生之子和奸夫公然出双入对，羞辱我至此地步！

　　"慕氏，你当我谢长庚是什么人？你欲置我于何地？"

　　夕阳将他的脸镀作了一张金面，犹如覆了假面，不见半点表情。唯有望着她的那道目光布满了戾气。

　　"你今日若不把事情给我说清楚，我有的是手段叫你知道何为悔不当初！"

慕扶兰先是长长地松了一口气。

她在赶回来的路上满脑子都在揣测他此行的目的，想来想去，最大的担心便是没能防住朱六虎。或许已经叫他知道了长沙国在暗中扩军练兵的事，否则，她实在想不出来，两人关系至此地步，现在到底还有什么别的事情能令他千里迢迢地亲自从河西来到这里找自己。

就在片刻之前推开这扇门的时候，她还在紧张地思考着，倘若他确实是为此而来，自己该如何应对，才能顺利渡过这个危机。

她怎么也没有想到，谢长庚开口质问的竟然是熙儿的身份。

他到底是怎么得出的结论，会把熙儿认定为自己和袁汉鼎的私生子？

简直荒唐到了可笑的地步。

但是才松完一口气，她立刻便意识到了这个新问题的严重性。

看谢长庚这副样子，他说的那些话绝不是在恐吓自己。

他的的确确是如此认定的。

慕扶兰的沉默落入谢长庚的眼中，便形同心虚和默认。

"极好。"

他怒极反笑，点了点头。

"慕氏，你我先前的约定就此不再作数！你好自为之吧。"

他大步而去。

慕扶兰的心跳蓦然加快。

袁汉鼎还需要一年的时间。

在初步完成扩军大计之前，谢长庚的这句话对于长沙国而言，绝不是一个可以忽略不计的玩笑。

他的愤怒，她不敢掉以轻心。

她转头看着那道已经快要走到门口的背影，说："你难道以为是我从前生了这个孩子，一直养于暗处，如今才将他带回身边？"

谢长庚的背影微微一顿，又继续迈步向门而去。

很显然，他就是这样认定的。

慕扶兰不再犹豫，立刻追了上去，停在他身后。

他的手已经伸向了房门，被她拦住了。

"我知道你昨晚和熙儿已经见过面了。"慕扶兰说。

"你听我说，他是个孤儿，从小无父无母，是在上京的护国寺里长大的。我去年年底被刘后召入上京，在护国寺里偶然遇见了他，极喜欢他，和他更是投缘，这才将他带回了长沙国。你若不信，尽管去向寺里的慧寂长老求证。熙儿就是长老从后山抱养的，在长老跟前长大！

"那时我之所以没有告诉你这件事，一来，我以为这是小事，二来，当时我的处境艰难。你我虽同居一室，却形同陌路，我实在不便开口和你说这种私事，我料你当时也不愿意听。"

谢长庚的目光停在她的脸上，见她说话时始终正视着自己，神色坦然无比，不禁一怔，那只要打开门的手又慢慢地放了下来。

但是想起张班信中所言，他的眼前又浮现出昨夜见到的那个孩子的容貌，怒火再起。

"慕氏，你心机之深，手段之阴毒，叫我也甘拜下风。这孩子的眉眼与你如此相像，世上哪有那么巧的事，他不是你肚子里生出来的，会是谁的？看他的年纪，分明是你在我求亲前后有了的。焉知不是你慕氏当时为了促成联姻，将他生下之后远远送走？慧寂长老只知道抱养之后的事。你叫我去问长老，他又能证明什么？"

他冷笑着道。

"你慕氏上下，合起伙来欺瞒我也就罢了，如今你竟还是满口谎言。你以为我还会听你的摆布？让开！"

慕扶兰不动。

他的眼底掠过一抹怒色，"锵"的一声拔出了腰间所佩的长剑。

慕扶兰的眼前掠过一道寒光，杀气扑来，她的颈间随之一寒，娇嫩的肌肤瞬间汗毛倒竖。

“给我让开。”

他重复了一遍，见她还是不动，犹如生根于地，三尺青锋便横在了她的颈项之上。

慕扶兰身子一僵。但很快，她非但没让，反而迎向他手中这把梦中沾染过儿子颈血的宝剑，慢慢地挺起胸膛。

她说：“我实在不知道你为何如此固执己见，非要认定熙儿是我的私生子。我告诉你，熙儿他确实是我的孩子。这一辈子，从我遇见他，听到他叫我第一声娘亲开始，他就是我的孩子了。但我对天起誓，他不是我和别的男人生的！他和袁将军更没有任何关系！

“谢长庚，你便是今日杀我，明日灭长沙国，我也只有这一句话。”

随着她的话音落下，屋里安静了下来。

“你如何解释他的眉目与你如此相像？”

耳畔忽然传来他的声音。

慕扶兰凝视着对面这个仍执剑指着自己脖颈的男子，说：“正是因为他的眉眼像我，遇到之后，我才和他如此投缘。何况，世上人面千千万万，有面目相似之处，又有什么奇怪？”

谢长庚冷哼了一声。

“去年你刚到上京的第一夜，就在梦里叫出了这个还没遇到你的义子的名字。倘若容貌真的如你所言只是凑巧，这又如何解释？”

“那一夜，我在梦中梦到了我的前生。在我的前生有过一个孩子，我没能等到他长大便死去了，而那个孩子，他终究也没能长大成人……”

她的目光垂落，落到了他手中的剑上。

夕阳余光照在这把正横于她颈项的剑上，刃末上泛着一道暗赤的光，如同一片无法抹除的陈年血迹。

“我梦见的那个孩子的名字就叫熙儿。这个孩子在护国寺里长大，他本来没有名字。是我遇到他后，给他取了这个名字，他才叫熙儿的。”

耳畔再次沉默了下去。

慕扶兰抬腕，两根纤指轻轻捏住触肤寒凉的剑刃，慢慢地将贴在自己脖颈上的剑给推开了一些。

她的一双美目凝视着他的眼睛。

"我知道你来这里应该不会只是为了这么一件事。熙儿的来历我已经向你解释清楚了，你若另外有别的事，尽管开口。"

谢长庚盯着面前这个伸手将自己的剑推离颈项的妇人。

他已经不止一次地从手下之人那里得到过或委婉或暗示的建议，提醒他将她接回去，由她出面，说不定能帮助他们解决河西长久以来悬而未决的棘手的土人问题。

谢长庚自然更是早就想到了这一点。

让她去试一试，无论是从理智还是功利的角度，都不失为一个明智的、能以最小的代价去解决大问题的法子。

他没理由不用。

那日他从休屠城回来，原本发出去的那封信就是将她叫回来，命她帮助自己解决这个问题。

他已经帮了她不少，也答应庇护长沙国，叫她替自己做一件事，天经地义。

但是现在他不愿提及这件事了，半点也不想。

哪怕是要多费十倍乃至百倍的工夫，甚至不得已，最后只能采用他原本不愿使用的武力解决之法，以兵镇压，血流漂杵，他也不愿对面前这个妇人开口，说自己需要她的帮助。

慕扶兰说完话，看到他的唇角轻轻撇了一下，露出了一个冷笑。

他说："慕氏，你巧舌如簧，我知道你是无论如何也不会承认此事的。我谢长庚行走多年，这回栽在你慕姓之人的手上，我认了。"

他收剑，"锵"的一声，青锋归鞘，随即命她退开，伸手开门。

慕扶兰默默地让开了。

临行迈步出去的那一刻，他转过头盯着她说："慕氏，记得把你的阴私给我藏牢了。倘若传出去半点流言蜚语，你自己知道的。"

仿佛威胁，又犹如警告，他说完，掉头而去。

慕扶兰站在门后，目送着他离开的背影，心情有些复杂。

她知道他还是不相信自己的解释，但听他的语气，似乎也就到此为止了。无论如何，这都算是件好事。

她慢慢地呼出了一口气，想起昨夜他见了熙儿，也不知详情如何。她怕熙儿心里会有阴影，当即回到自己住的地方。

熙儿看到她终于回来了，欢喜得很。当天晚上，慕扶兰陪他入睡时，听到熙儿问自己："娘亲，那个人说他娶了你，他会不会把娘亲抢走，不让娘亲和我在一起了？"

慕扶兰早就从慕妈妈那里知道了昨夜谢长庚和熙儿见面时的情景，知道他还是吓到了熙儿，心里暗恨，立刻说道："他已经走了。往后也不会再回来了。熙儿不用怕，无论怎样，娘亲都不会和熙儿分开的。你乖乖睡觉，在这里再等娘亲几天，到月底娘亲就能忙完，我们一道回岳城去。"

熙儿"嗯"了一声，闭眼睡觉。

第二天清早，涟城令来见慕扶兰，说谢长庚一行人已经离开了。

黎阳那边的病人很多，带来的医士分散到各寨洞之后，人手依然紧缺。

他人既然已经走了，慕扶兰也就放下了心，检点了新运到的一批药材，很快便又出发，和袁汉鼎一道赶回黎阳。傍晚时分，快到黎阳的时候，一行人经过一条在山边的山道，突然，马匹变得躁动不安，脚下仿佛微微震颤了一下，虽然这种感觉立刻就消失了，但头顶已经开始有碎石沿着山壁簌簌地落下。

所有人起先都怔住，停在了原地。

"地动了！快过去！到空地停下！"

袁汉鼎迅速反应过来，大吼了一声，迅速下马，一把夺过车夫手里的马鞭，取代车夫的位置，赶着慕扶兰坐的那辆小车朝前方不远处的一片空地飞驰而去。

众人紧紧跟随，刚奔到空地上，脚下再次传来一阵震颤，许多人站立不稳，纷纷摔倒在地。

刚才通过的那条山道之上，石块如同雨点般砸落。

这场地动来得突然，但去得也快，不过片刻便停了下来。

"翁主！你没事吧！"

袁汉鼎紧紧地攥住马缰，以防马匹受惊乱窜，等地动平息下来，他一把推开车门，问慕扶兰。

慕扶兰双手抓着车窗，很快便定住了心神，说道："我没事。"

这场地动虽然并不剧烈，但怕等下还有余震，袁汉鼎叫众人都不要离开，先停在原地。

众人服从他的命令，在原地等了一段时间，估计不会再有余震，才终于松了一口长气。

地震虽然持续时间短暂，感觉也不是很强烈，但慕扶兰想到熙儿，还是不放心。于是她让其余人带着药材先去黎阳，自己则打算掉头回去，不料却被告知，方才经过的一座栈桥断了，下面是条深涧，一时找不到渡船，无法通过。

眼看离天黑也没多久了，慕扶兰无奈，只能听从袁汉鼎的安排，派了一个精通水性的随从游过去，回城打听消息，自己则继续前行。

她到了黎阳，首领正带着人翘首以待。这里塌了几十间房屋，数百人受伤，轻重不一。她立刻带人投入救治，忙碌到了深夜，倦极才在首领替她准备的屋里和衣胡乱睡了一觉，第二天早上，那个随从赶了回来，带来了好消息。

熙儿平安无事，慕妈妈带话，叫她放心。地震对涟城那边的影响不大，只有轻微的震感，损坏了几间老屋，一人受伤，还是因为恐惧乱跑跌跤才摔断的腿。

慕扶兰终于放下了心。

附近还有别的寨洞，也有人受了伤，知道她在这里，纷纷来寻她求医。

　　慕扶兰顾不得休息，又继续投入救治。

　　她忙忙碌碌的，以为月底便能结束这里的事回去了，却怎么也想不到因为这场突如其来的意外，她和她的熙儿接下来的仿佛可期的平静生活也要随之而被打破。

第 十 三 章

◇

劫 持

拾叁

　　谢长庚出涟城后，并未走原来的路立刻回河西，而是踏上了另一条道，转向了与三苗毗邻的巫州方向，打算取捷径顺道先回趟夔州的谢县老家，探望一下已经许久未见的母亲，然后再回河西。

　　日暮时分，马匹奔驰了一天，中间只作了短暂歇息，此刻脚力渐渐不济。谢长庚命众人放慢速度，这时，身边一名随从的坐骑突然发出不安的嘶鸣之声，前蹄高高扬起，若非那随从骑术高超，只怕人早就被甩下去了。

　　那名随从吃了一惊，强行制控住了马，随即扬起手中的马鞭，正要打马，突然感到一阵微晃，转头看见路边树木的枝叶沙沙抖动，远处鸦雀躁动，顿时醒悟过来。

　　"大人！地震！"

　　谢长庚早觉察到了异常，翻身下马，命随从也都下来，几人停在路边，稳住受惊的马匹。等这阵地动过去了，四周再次安静下来，便继续前行，走了一段路，看见路边有座土地庙，大约因年久失修，没经住方才的地震，大半坍塌。

　　一行人纵马越了过去，忽然听到身后传来一阵微弱的呼叫救命的声音。

　　废墟之下仿佛压了个人。

　　"大人？"

　　随从看着谢长庚。

　　"把人弄出来。"

　　谢长庚停住马，转头看了一眼，吩咐了一声。

　　随从全都下马，奔了回来，几人合力抬走断木，扒开瓦砾，从下面救出一人。

那人是个中年男子，满身的土灰，一条腿被房梁压住了，被扒拉出来的时候，他人趴在地上，还死死地护着怀里的一只包袱。

随从替伤者止血包扎。那人渐渐缓过神，说自己在外做着小本生意，已经一年多没有回家了，现在终于攒了点钱，思念家中的妻子儿女，故回家探望。傍晚走到这里，他腹中饥饿，腿也乏了，看见破庙，进去想歇一会儿吃点东西再继续上路，没想到竟然遇到地震，来不及逃跑，人被塌下来的屋顶压在了下面，幸好遇到了他们，否则只怕凶多吉少，要死在这里了。

谢长庚问这个人的家在何处，得知是白天自己一行人赶路时路过的一个村落，距离这里有几十里的路。

"求求恩人再帮我去家里传个消息。我的家中只有一个妇人带着儿女，不知道他们现在怎么样了。"那人不住地恳求。

谢长庚看了眼渐渐暗下来的天色，迟疑了一下，便叫手下将人放到马背上，带着他折返回去。

入村时，夜已漆黑。

村中的房屋大多完好，除了部分墙面开裂，影响并不大，村里人的情绪也渐渐从恐慌中平静了下来。

那个伤者家中的妇人带着孩子经历了傍晚的地震，人虽无大碍，家中也只摔坏了几只碗盘，却依旧心有余悸，不敢睡着。她正守着一双儿女过夜，忽然听到屋外传来丈夫的呼唤之声，犹如做梦，急忙出来开门，看见长年在外的丈夫竟然真的回来了，只是一身的血，问清前因后果，又哭又笑。她将人扶进屋后，对救了自己丈夫的谢长庚几人感激无比，带着从睡梦里醒来的一双儿女，叫着恩人，便要给他下跪磕头。

谢长庚叫她起身，问有无可供借宿过夜的空屋。

妇人连声答应，很快收拾出空屋，得知他们还没吃饭，又麻利地做了一锅饭食，端了出来。

谢长庚叫随从和自己同吃。

那边，男人唤妇人解开他带回的包袱。妇人解开，看见里头除了丈夫买给儿女的玩具，还有一支精致的花头银钗，得知是他特意买来送自己的，欢喜得很，口中却责备他胡乱花钱。男人说等以后赚了大钱，再给她换支金钗，又说自己长年不在家，家中里外全靠妇人操持，这次回来，见她瘦了不少。

妇人说丈夫在外奔波才是劳累，自己并不辛苦，对他更是日夜思念，方才乍见他回来，犹如做梦。说话之时，声音渐渐哽咽。

几个人围着桌上那盏昏暗的油灯吃饭，隔壁夫妇的私语之声穿过薄薄一层墙板，隐隐飘了过来。

谢长庚的几名随从都是光棍，听见夫妇二人这样的私密之语，不禁相互对望，下意识地又看向对面的节度使。

谢长庚面无表情，抬眼回望，几人忙又低头，继续吃饭。

谢长庚几口吃完，放下了碗筷。

片刻之后，妇人过来，眼角还带着些泪痕，脸上却洋溢着遮掩不住的笑意。她问他们有没有吃饱，若还是没吃饱，自己再去蒸几个饼送过来。

谢长庚说已经饱了，向她道谢。等妇人收拾了碗筷离去，谢长庚让随从抓紧时间休息，自己也和衣躺了下去。

屋里一片漆黑，夜渐渐深沉，应该已经三更了，谢长庚忽然听到隔壁传来一阵异样的动静。

虽然声音已被压得极低，但床脚受力的咯吱之声和男女自然发出的喘息声仍透过墙壁钻入了他的耳中，听得十分清楚。

和他同屋睡在地铺上的随从白天赶路辛苦，吃饱躺下之后，知道这里也安全，不必警惕，早就放心而眠，鼾声此起彼伏，睡得死死的，没有半分知觉。

谢长庚闭眼，翻了个身。

隔壁夫妇的动静终于停了，耳畔恢复宁静，万籁俱寂，偶尔只能听到远处不知哪家发出的几声狗吠。

谢长庚才驱散了脑海中浮现出的自己从前和慕氏在一起时的情景，不知怎么，又想起了吃饭时听到的这家妇人对她久未回家的丈夫说的那些话，本来就心浮气躁，难以入眠，此刻心情变得越发恶劣，整夜几乎都未曾合眼，直到快五更了，才袭来一阵睡意。朦朦胧胧间，他又做了个梦，梦见昨天傍晚路边倒塌的那间破庙，废墟下的人却变了，不是这家的男子，而是一个女子。

他将女子翻过来，露出脸，认出竟是慕氏。她双目紧闭，娇颜惨白。

"慕氏！"

谢长庚吃了一惊，脱口叫她，见她没有反应，仿佛已经死去，心口扑簌簌地乱跳，猛地睁开眼睛，一个翻身弹坐而起，转头看见窗纸泛出朦胧的昏光，天快亮了，这才意识到自己是在做梦。

睡在近旁的随从被他的叫声惊醒，没听清，还以为上司在召唤自己。

这些人平日训练有素。这名随从尚未睁眼，便下意识地伸手一把抓住放在身边的刀，从地铺上一跃而起。

"大人，何事？"

剩余几人也相继被惊醒，纷纷起身。借着黯淡的晨光，见他坐着不动，身形有些僵硬。

谢长庚感到心跳还是有些快，慢慢转头，见几双困惑的眼睛齐刷刷地盯着自己，知道是方才梦中失语，吵醒了手下，便拂了拂手，道了句无事。

这家的妇人知道他们一早就要上路，早早起身做好了饭。

谢长庚没什么胃口，草草吃了几口，叫手下吃完留些钱，自己便出了院子。

随从们吃完，牵出昨夜拴在院子中的马，准备离开，却见他站在野地路边，望着晨雾缭绕的远山，背影一动不动，仿佛凝神在想着什么。

几个人不敢惊扰他，站在一旁等着。

谢长庚在心里反复掂量，犹豫再三，终于做了决定。他转过身，从随从手中接了马缰，上马后，下令掉头回去。

天亮时分梦中的那一眼给他留下的印象太深刻了。

慕氏犹如死去的模样此刻还是历历在目，无法抹除。

他对慕氏所知虽然不多，从前也没时间在她身上多费什么心思，但凭着此前和她相处的感觉，料想自己离开后，她必定是立刻回了三苗之地，继续替那里的人治病。

那里的地形不比平原，发生地震，随处都是危险。

还是回去看一眼为好，看看她是不是真的死了。

若真死了也好，一了百了，从此再无烦扰，回去这一趟，反正也耽误不了多少工夫。

随从不解，但既得令，又怎会多问，跟着他纷纷上马，掉头回去。

谢长庚没去涟城，直接进入了三苗之地，赶路到半夜，在野地露宿歇息，天没亮又继续赶路。到了中午，终于在路上遇到了一个名叫乌吉的会说汉话的三苗小孩，谢长庚便向他打听慕扶兰的消息。

乌吉说道："我知道翁主！前日地震，黎阳好多人受了伤，她就在那里！我昨天也在黎阳，还看到了她呢！"

这小孩既然见到了人，想必她也平安无事。

自己的那个梦，果然无稽。

谢长庚本想就此回去，但人都已经到了这里，就这样回去，心里仿佛又有些不甘。

他迟疑了下，想到眼见为实，便叫随从给那小孩钱，让他带路。

乌吉却不要钱，两只眼睛滴溜溜地转，盯着随从脚上一只靴口里露出的匕首把柄。

随从摸出匕首，递了过去。

乌吉试了试刀锋，眼睛闪闪发亮，珍重地藏在身上，高高兴兴地说："走吧，我这就带你们去。这里到黎阳原本还要走上大半天，但你们遇上了我，就是运气好。这里再没有谁比我更会带路了，我知道有条很少人走的近道。"

乌吉不但熟悉道路，也很会说话。看得出来，他对慕扶兰非常尊敬，带路时不停地说着她如何如何好，又说她前些天还帮自己的阿妈治病。

谢长庚一言不发。

乌吉看了他一眼，仿佛忽然想起了什么，问道："对了，我还没有问呢，你是翁主的什么人？你找她做什么？"

谢长庚看了眼身边的随从，随从便代他说道："大人是翁主的丈夫。自然是有事才来找她的。你快些带路！"

乌吉却一愣，停住了脚步，盯着谢长庚和他身边的人看了几眼，眼睛里露出狐疑之色。

"怎么不走了？"

随从催促道。

乌吉拿出方才藏起来的匕首，一把丢到地上，说道："我不要你们的东西了。我也不认识路！"说完转身就跑。

这小孩虽然像只瘦猴，钻来钻去跑得飞快，但遇到谢长庚带着的这几个人又哪里逃得掉，没过片刻就被捉了回来。

"好好的，为什么又不带路了？"

谢长庚问他。

乌吉不说话。

抓着他的随从脾气暴躁，伸手便捏住了他的肩膀。乌吉吃痛，倒在地上，眼睛里闪出泪光，却仍然倔强得很，说道："你们是坏人，撒谎骗我，肯定是想对翁主不利！我是不会带你们去找翁主的！"

谢长庚示意手下放开他，自己走了过去，蹲到他的面前微笑着道："我怎么骗你了？你倒是给我说说。"

"我上次听到我阿妈她们闲话的时候，说袁将军就是翁主的巴隆，他们是天造地设的一对。"

乌吉嚷道。

谢长庚眯了眯眼，问："巴隆是什么意思？"

"巴隆就是你们汉人说的夫郎。袁将军既然是翁主的巴隆，你又怎么会是她的丈夫？你不是骗人是什么？"

随从都惊呆了，齐刷刷地看向谢长庚。见他脸色僵硬，众人一时连大气也不敢出。

乌吉见他这副模样，也有些害怕，不敢再出声，小心地盯着他。

谢长庚慢慢地站起身，面向黎阳的方向立了片刻，突然转身而去。

随从见他走了，自然也就放了乌吉，跟了回来。

一行人循着原路转回大道，上马朝着来的方向回去。

谢长庚没再说一句话，一路纵马疾驰，傍晚，行到一条岔道口前，停了下来。

岔路一分为二。左边去往涟城，右边便是他们来的那个方向。

谢长庚坐在马上，良久方转头道："你们在此等我回来。"

他说完，掉转马头，朝着涟城方向疾驰而去。

地震虽然过去几天了，但慕妈妈怕再发生意外，这几夜一直不敢放心睡觉，在小公子的床前搭了个铺，由自己和几名侍女轮流值夜。

昨晚她陪了前半夜，下半夜是茱萸。侍女靠在榻上，听到一阵脚步声，睁开眼睛，晨曦之中，竟看见谢长庚走了进来，他一言不发，径直朝着正在睡觉的小公子走去。茱萸吃惊不已，急忙站起来，叫了他一声。

熙儿被响动弄醒了，迷迷糊糊地睁开眼睛，看见几天前到过这里的那个人竟然又回来了。

他就站在床前，黯淡的晨曦里，身影仿佛一座巨大的黑色山峰，朝着自己压过来。

熙儿一骨碌从被窝里爬了起来，还没坐稳，谢长庚便弯下腰，用被子将床上的小人蒙头蒙脑地卷住，随即跟捉小鸡似的，提着朝外面大步而去。

"节度使！"

侍女大惊失色，追了几步，见他头也不回，人已经走出了屋子，知道自己不可能拦住，慌忙掉头去找慕妈妈。

东方拂晓，一骑朝着城门疾驰而来，渐渐近了。

守城门的人见谢长庚这么快就出来了，知道他要走，虽对他身前马背上的那团卷在被子中还在挣扎扭动，看起来像是小孩的东西感到疑惑，但也不敢多问，正要打开城门放行，忽然听到远处传来一声大吼："城门不能打开！拦住他！"

涟城令带着一大队守卫和士兵，骑马追到了城门之前。他命人全部列队堵住城门，自己下马，气喘吁吁地奔到谢长庚的马前，说道："大人，翁主不在，您不能就这样带走小公子！"

谢长庚扫了一眼挡在自己前方的士兵，从怀里摸出一面四方形的令牌，朝着涟城令展示了一下。

涟城令看去，见他手中所握的竟然是一面金牌，背面盘龙，正面赫然篆刻着"如朕亲临"四个大字。

谢长庚神色阴沉，冷冷地道："见此金牌，如见陛下，你不会不知道吧？"

这面金牌是本朝开国时铸的，只临时赐给身负特殊使命或是极为受到朝廷器重的官员，但凡为官之人，无不知晓。

涟城令再不敢阻拦，慌忙跪了下来，叩头于地。

士兵也跟着纷纷下跪。

谢长庚收回金牌，命人打开城门，让出通道，再没说一句话，纵马越过了跪在城门两边的诸多士兵，出城疾驰而去，身影转眼便消失在了晨曦之中。

四野夜风刮得劲疾，一行人带着一个小孩，纵马行进在月夜的道路上。

谢长庚的几个手下怎能想到他独自去往涟城，回来时手里竟多了一个孩子。

这个孩子出现在他们面前的时候，身上只穿着内衫，光着脚，人还被被子裹着，显然是刚从床上被抱来的。

他是谁？节度使为何要劫持他同行？他们并不清楚，但联想到节度使这几日的种种反常举动，不难猜测出这个孩子和翁主有关。

既然是他们夫妇之间的事，谁又敢多问一句？只能跟着上路，直到此刻。

夜越来越深，谢长庚低头看了一眼自己身前马鞍上的还被裹在被子里的这个孩子。

被带出来后，他起先一直不停地扭动、挣扎，仿佛一只愤怒的小老虎，浑身有用不完的力气，折腾到了现在，应当早已筋疲力尽了。

隔着一层薄被，谢长庚感到被子里的那一团小小的身体随着胯下的坐骑奔跑颠簸，现在软软地靠在了自己身上。

这种感觉于他而言，很是怪异。

仿佛身前靠上来了一团棉花。不但如此，竟然叫他又生出了一种类似于以前把那个妇人抱在怀里的感觉。

一想到慕氏那个妇人，再想到这个孩子和她眉眼相似的一张脸，谢长庚立刻感到浑身不适。

他的身体下意识地往后靠了靠。被子下的那具小身子一下失了依靠，在颠簸的马背上一晃，眼看就要栽下去了，谢长庚伸手，再次将他抓住。

他停下马，看了眼四周，对随从道："找个地方，过夜吧。"

片刻之后，一行人落脚在了附近一座荒凉的土地庙里。

但凡有人居住的地方，每个乡甚至每个村，就有供奉土地神或是山神的庙。大小不一，或受香火，或没了人烟，如此区别而已。

常年行走在外，没有驿馆的地方，比起在人家借宿，野庙反而是更方便的过夜场所。

进去后，几名随从例行公事地拜了拜那尊倒塌了一半的泥塑，随即检查周围地势、喂马、寻物生火，各行其是，驾轻就熟。

谢长庚不想多看这个小孩，将他连人带被拎下了马，丢给随从中看起来最面善的梁团，叫梁团找个地方，给他铺个地铺睡觉。他自己到了门口，坐在门槛之上，面向漆黑的野地，取出水囊，拔出塞子，喝了几口水。

"大人，他不肯吃东西！"

梁团跑了出来，表情显得很无奈。

"我已经把饼烤热了，让他吃，不管怎么哄，他就是不肯吃，也不和我说话。"

早些时候，他们停下来吃东西时，这个孩子就不吃，当时谢长庚没理会。

从带他出来到现在，已经一天过去了，除了中间短暂的歇息，剩余时间几乎都是在马背上颠簸度过的。

"不吃东西不行啊，他还这么小，万一……"

梁团停了下来。

谢长庚皱了皱眉，咽下嘴里的那口水，起身走了进去。

土地庙最里面的角落里点着一支火烛，地上铺了稻草，旁边放着一块饼、几片肉干，还有一碗水。

熙儿坐在角落里，双臂抱膝，耷拉着脑袋，身子缩成小小的一团，忽然听到一阵脚步声，抬起头，看见谢长庚朝自己大步走来，立刻坐直，挺起了小身板。

"小公子，你吃点吧，都一天没吃东西了……"

梁团见谢长庚脸色阴沉，抢着说道。

节度使弄回来的这个小孩虽然不肯配合自己吃东西，看起来对抓他的节度使似乎也怀着很大的恨意，但叫梁团感到意外的是，他对自己的态度还不错。

刚才叫他吃东西，他虽然不肯吃，却也没和自己闹。被放在稻草堆上后，人就缩在角落里，一动不动，模样看起来实在可怜，加上他生得俊秀可爱，想他小小年纪，这样被人强行从床上抱走，必定受到了很大的惊吓，难怪吃不下东西。

梁团这个老光棍对这个孩子竟然也生出了几分爱怜之心，怕节度使发火又吓到他，心里有点后悔，自己刚才其实不该去找他的。

节度使虽然英明神武，战无不胜，但论起哄小孩，手段未必就比自己好上多少。

"我们都是好人，你别怕，赶紧吃，很好吃的。"

他对着缩在角落里的小孩挤出笑脸，再次哄他。

熙儿依旧一动不动。

谢长庚的视线停在这个孩子的脸上，见他脸色发白，嘴唇干裂，分明是又饿又渴，有气无力的样子，看见自己进来，却还倔强如斯。

"不吃就算了，什么都别给他吃了，饿死他，等他那个娘亲找过来，也看不到他了。"他淡淡地道。

梁团一愣。

谢长庚说完，俯身作势要拿走吃的东西。

说时迟，那时快，伴着一阵稻草带动的窸窸窣窣之声，那个小身影一骨碌从角落里爬了出来。

一只小手抢在谢长庚的大手之前，将饼和肉干都给夺了过去。

熙儿将吃的紧紧地抱在怀里，睁大眼睛，紧张地盯着谢长庚。

谢长庚和他对望了一眼，慢慢地收回手，站直，转身走了出去。

梁团终于回过神来，险些没笑出声，赶紧背过身去。

他终于佩服起节度使大人来。

不但佩服他一句话就让这个小孩肯吃东西了，更佩服他从头到尾竟然都绷得住脸。

这等本事，他实在自叹不如。

谢长庚取了一块干粮，回到土地庙的门口。

他的手下打理了杂事，填饱肚子，安排好轮值守夜的人，随即各自躺下睡觉。

谢长庚知道那小儿憎恶自己，吃完东西也没进去睡，随意躺在了庙门正对着的一张破烂的供案之上。

很快，耳畔传来其余人熟睡的鼾声。

谢长庚躺了许久，了无睡意，便起了身，来到门外，叫值夜的手下进去睡觉，自己替他守。

那人连连摇头："大人白天辛苦，请大人去歇息。"

谢长庚微笑道："你也辛苦。我睡不着，你去睡吧。"

随从见他当真，再三道谢，进去睡了。

谢长庚将供案拖过来了些，横在倒了一扇门的庙门口，再次躺了上去，将剑横在一旁，闭目养神。

夜越来越深，角落里忽然传出一阵轻微的窸窸窣窣之声。

一个小小的身影从里头的那个稻草堆上轻轻地爬了起来，他看了眼四周，随即蹑手蹑脚地从边上鼾声如雷的几个大人身边经过，贴着墙，猫着腰出来，快到门口时才停了下来。

他看到门被一张横过来的供案给挡住了。

夜色之中，躺在上头的那个人影一动不动。

熙儿大气都不敢喘一口，在原地停了片刻，觉得那个人应该已经睡着了，这才松了一口气。

熙儿知道，这个人抓走自己，一定是想害娘亲。

他盯着那个人，屏住呼吸，慢慢地矮身下去，趴在了地上，手脚并用，终于从供案下头爬了过去。

他爬出门槛，立刻站起来，撒开两腿正要朝着来的那个方向逃去，身后忽然伸过来一只手，一把攥住了他衣裳的后领，一下将他整个人拎了起来。

谢长庚将这个企图逃跑的小儿拎到了自己面前。本以为他会哭着骂自己，没想到他竟然还是闭着嘴巴，哑巴似的不发一声，只是愤怒地看着自己，整个人拼命地挣扎，两只脚胡乱踢踏。

挣扎时，从他的怀里掉出了什么东西。

谢长庚低头看了一眼，竟然是吃剩下的半块饼和肉干。

他实在忍不住，嘴角抽了一下，将人一把拎到了供案之上，用剑鞘将他强行撂了下去，随即又将长剑压在了他的身上，说道："睡不着，那就和我一起守夜好了。"

他说完，自己也躺了回去。

身边的小儿被剑鞘压着，起先还在拼命地蹬腿，像条被压在砧板上仍奋力扑腾的小鱼，慢慢地，大概知道自己是逃不走了，他才终于安静下来。

良久，谢长庚睁开眼睛，转头。

一道朦胧的月光从土地庙的那扇破门里照入。

躺在他边上的这个孩子大约终于耗尽了他身体里的最后一丝力气，倦极，就这样睡了过去。

他小小的身子蜷缩成了一团，闭着眼睛，眼角挂了一点还没干透的泪痕，一只沾了污泥的小脚从供案的一侧掉了出去，悬空挂在外面。

谢长庚慢慢地收了那柄有些分量的剑。他对着身畔这个孩子的脸看了许久，从供案上慢慢地坐起了身。

夜色之中，他身影凝住。

里头突然发出了一阵响动。

梁团醒来，发现睡在自己边上的那个孩子竟然不见了，吃了一惊，急忙跑了出来，看见那个孩子就睡在节度使的边上，猜到应是他想逃跑被捉住，这才松了一口气，忙请罪："怪我疏忽，睡得太死了，险些让这个孩子跑了。大人您放心去休息吧，我来值夜。"

谢长庚从供案上翻身下去，淡淡地道："你抱他回去睡吧。"

第二天清早，拂晓时分，熙儿还没从睡梦中醒来，就又被一张被子蒙头蒙脑地兜了起来，带上马背，继续上路。

他彻底迷失了方向，更不知道这个人要带自己去往哪里。

他只知道自己离娘亲越来越远，再也回不到娘亲的身边了。

救治完黎阳地震后的数百伤者，这一片地方先前的瘴疠情况也渐趋稳定。慕扶兰准备离开，动身去往下一个地方。

临行之前，她召集了前些时日从当地选出来协助自己行医的人，其中包括黎阳首领的女儿永福，向他们交代了一些用药的注意事项。

首领带了民众，亲自前来拜别送行，感激之情，溢于言表。

袁汉鼎这几日忙于分发长沙国运到的粮食，知道她要离开黎阳，将剩下的事情交代了下去，匆匆赶去，准备护送她同行。

慕扶兰问他粮食的事，得知处置顺利，说道："粮食的事既然已经安排下去了，阿兄你请回吧，我这里无须再劳烦阿兄你了。"

不等他开口，她又笑道："阿兄你放心。我们来这里也有些时日了，刚开始是不知道，如今你也亲眼见到了，无论我去哪里，都有民众全程接送，还有护卫同行，我很安全。况且疫病也在向好的方向发展，用不了多久，我也能回家了。

"我这里无事。比起这边，家中更需要你！"

汝地的铁矿兵工厂和兵坞的日常训练，一件件事，千头万绪，出于越少人知道越好的考虑，这些事不能随意交代给别人，他不在，事情虽有王兄把持，但王兄身为长沙王，日常事务本就繁忙，少了袁汉鼎，他恐怕有些吃力。

慕扶兰一直在等放粮结束，今日事情终于完毕，自然催他早些回去。

袁汉鼎怎能不知道自己的要务，迟疑了片刻，颔首。

"也好，那我先回了。带来的人，我全部留下。

"你也要照顾好自己，不要太过劳累。等事情忙完了，早些回去。"

他凝视着慕扶兰有些消瘦的脸庞，说道。

慕扶兰笑道："我知道，多谢阿兄关怀。"

　　她说完，看了眼身后不远处的人群，取出一只绣着当地图腾的精致的小囊袋，在袁汉鼎不解的目光之中含笑递了过去，说道："这是黎阳首领的女儿永福托我转交给你的，说里面是护身符。她感激你这段日子对他们的帮助，希望你能收下，保佑你一辈子平平安安。"

　　袁汉鼎一愣，循着慕扶兰的视线下意识地转头，看见在送行的人群之后，一个十五六岁的当地少女正凝望着自己。

　　那少女站在一棵花树之下，一身蓝衣，柳眉杏眼，面如满月，十分美丽。见自己回头看她，她的双颊泛出一层红晕，转身绕过花树飞快离去，身影消失在了人群之中。

　　"阿兄，这里的人崇拜太阳，这是永福半夜动身，爬上这里最高的黎阳山顶，在日出时向神明虔诚祝祷求来的。既是她的一番心意，阿兄你就收下吧。"

　　袁汉鼎回过头与含笑望着自己的慕扶兰对望了片刻，心下顿悟。

　　他的翁主，从小到大一直叫他阿兄。

　　在她的心里，自己也永远只是她的阿兄。

　　她握着护身符的那只手还向自己伸着。

　　他终于抬起手，慢慢地接了过来，低声道："劳烦翁主，方便时，代我向她道声谢。"

　　慕扶兰点头，笑道："那我先去了。阿兄你也要照顾好自己。"

　　袁汉鼎望着她的身影被一群送行的人围住，压下心中涌出的惆怅，转身而去。

　　永福悄悄地跑了过来，偷偷问慕扶兰，刚才他有没有收下自己送他的护身符。

　　慕扶兰笑道："他收下了，还叫我向你道谢。"

　　永福的双眼顿时明亮了起来，脸庞再次泛出红晕，她小声说："多谢翁主。"

　　最近这些时间，这个首领的女儿帮了自己不少忙，慕扶兰很喜欢她，点了点头，笑道："我教你的那些救治之法，你记牢了，我走之后，你记得继续照顾那些还没痊愈的病人，若遇到疑难，就去找我或者附近寨洞里的医士。"

永福点头答应。

这时，慕扶兰看见那个名叫乌吉的男孩从远处跑了过来，口中喊着自己，仿佛有事。她以为是他母亲的病情又出了问题，急忙迎了上去，问道："怎么了？是你阿妈有事？"

"不是不是！今早我遇到了几个人，叫我带路找翁主您，我怀疑他们不是好人，怕他们是要对您不利，就过来告诉翁主一声！"

乌吉跑得满头大汗，一边喘气，一边把自己先前遇到那一行人的经过说了一遍。

慕扶兰吃了一惊，立刻问他对方的形貌，乌吉描述了一番。

还没等他说完，慕扶兰便猜到他描述的人是谢长庚了。

但叫她不解的是，数日之前，他人分明已经走了，为什么又去而复返，回这里找自己？

更叫她不解的是，他既然已经回来了，也已经进入了三苗之地，距离自己分明不远，怎么又突然走了？

她满心疑虑，叫乌吉把详细的经过再讲述一遍，一句话也不要落。

乌吉仔细回想，一五一十地又说了一遍。

"……我问那个领头的人是谁，找翁主什么事，他的手下说他是翁主您的夫郎。

"我先前听阿妈她们闲话，说袁将军才是翁主您的夫郎。那个人不是胡说八道吗？我不肯给他们带路，他们抓住我，那人逼问，我就说袁将军是翁主您的夫郎，他撒谎骗人，然后那人什么也没说，掉头就走了，我赶紧过来告诉翁主小心。"

慕扶兰听完，愣住了。

照乌吉的说法，谢长庚是掉头走了。但直觉告诉她，事情绝对不会那么简单。

她想起数日前他临走时对自己说过的那一句话。

一种不祥的预感顿时朝她袭来。

她出神了片刻，忽又想起那夜他入了涟城和熙儿见面的事，突然感到一阵心惊肉跳。

她再也待不下去了，立刻动身赶回涟城，却在半路上就遇到了涟城令派来的人，获悉了一个她最不愿意听到，却实实在在已经发生了的坏消息。

熙儿被谢长庚给劫走了！

从来到这里后，这段日子她极为忙碌，劳心费力，这几日因为地震，需要救治的人数骤然激增，最累的时候，得空随便靠坐在什么地方，人都能立刻睡过去，根本没有休息好过。她此刻突然听到这样的消息，便仿佛五脏六腑被人猛然摘空，怒极攻心，眼前突然一阵发黑。

她的身子晃了几下，被边上的人一把扶住。

她闭上眼睛，等胸中翻腾着的那片血气稍稍平定了些，才慢慢地睁开眼睛，吩咐大家继续前行，先回涟城。

慕扶兰到了涟城，回到住的地方，站在那张空荡荡的床前，望着熙儿没来得及穿走的小衣裳和那双鞋子，眼泪再也控制不住地夺眶而出。

侍女跪在她身后的地上，不敢抬头。

慕扶兰很快擦去眼泪，转身走了出去。

急得已经病倒的慕妈妈得知她回来，撑着要从床上下来，忽见她走了进来，挣扎着爬起来，要给她磕头，哽咽道："翁主，全怪我，我没用……"

慕扶兰疾步上前，将她扶住，叫她躺下去。

"事情的经过我已经知道，和你们无关。当时便是我自己在，恐怕也是拦不住他的。慕妈妈你不要自责，早些把身体养好，我才放心。"

她安慰过慕妈妈，叮嘱侍女照顾好她，转身出去，来到前头。

袁汉鼎已经闻讯赶了过来，正和涟城令等在那里。

涟城令跪在地上，一脸愧色，袁汉鼎神色焦急，看见慕扶兰现身，快步上前，说道："翁主，我这就带人追上去，无论如何也要将小公子接回来，你留在这里等我的消息。"

"阿兄，我自己去吧。"她对袁汉鼎说道。

"也好。我带人和你同行！我这就派人先回岳城给殿下传信！翁主你稍候，很快就能出发！"

他说完，匆匆转身要去做准备。

慕扶兰叫住了他。

她命涟城令起身，和其余人全都出去，远远地退开，只留下了袁汉鼎一人。

"阿兄，这一回，你不要去。"

他不能去。

倘若他去了，只会引起更多的误会，事情非但不能解决，甚至，极有可能还会伤害到他。

事情始于自己，也当由自己去终结。

"阿兄，这是我和他的私怨，具体详情我不便叫你知道，但你放心，他应当不至于害了熙儿。我自己过去，我会和他协商好，将熙儿带回来的。你相信我。"

她对袁汉鼎说。

袁汉鼎沉默着。

慕扶兰下定了决心。

"阿兄，我知道你对我好。一直以来，你的心里一定也有许多的疑惑。有些事，我真的没法全部告诉你，但关于谢长庚，我想叫你知道一件事——他野心勃勃，志在移鼎。"

她望着袁汉鼎，缓缓地说道。

袁汉鼎仿佛吃了一惊，看了她一眼。

"他虽然曾经答应不为难我们，甚至愿意保护我们，但一切都有个前提，那就是我们不会阻碍他的移鼎大业。倘若有一天朝廷真的容不下长沙国了，我们又对他有所不利的话，他一定会牺牲我们的。我们能依靠的，只有自己。"

梦中事件件掠过心头，慕扶兰的心情无法平静下来。

她说："我慕氏先祖英烈，子弟中正平和，两百年来守着一方之地，从无二念，更未生过觊觎旁人之心。奈何世事总不由人，阿兄，不出几年，天下必会大乱。我不想与谢长庚为敌，但此人真的无法信任，我们不想任人宰割，就只能靠自己。不是说我们日后定要如何如何，但是，倘若我们有了一支能和别人抗衡的军队，上下一心，再有三苗之地作后盾，日后无论是谁，就算是谢长庚想咬我们的时候，也总要先掂量一番，有所顾忌。

"阿兄你曾说你还需要一年的时间，如今正是我长沙国最紧要的关头。阿兄，你听我的，你不必担心我，你把我们的兵马操练好，这就是你现在的第一要务，什么都不如这件事重要！"

袁汉鼎神色复杂地望着慕扶兰，沉吟了良久，咬着牙一字一字地道："人不犯我，我不犯人。人若犯我，我必誓死反击。翁主所言，我牢记于心。我替你安排好护送的人，就回岳城！"

他说完，转身快步走了出去。

次日清早，慕扶兰上了路。

她走的是官道。

按照她原本的估算，从涟城出发北上，路上紧赶，一个多月应当便能抵达河西。没有想到，出发才不过十来天，要过沅水之时，上游前几日洪水暴发，大水漫道，她被阻在南岸，苦苦等待了多日之后，好不容易等到洪水退去，前方的道路又被冲毁，只能迂回绕行。

她是七月离开涟城的，磕磕绊绊，一路曲折。当她心急如焚地终于进入河西的境内时，头顶北鸿南归，极目衰草连天，已经进入这一年的十月深秋了。

298

第
十
四
章

◇

遇
险

拾肆

时令入秋，白昼日渐趋短，不到傍晚时分，西北的天便黑了下来。

谢长庚从外面回来，顺道经过交城，再回姑臧城，看见守门官奔来迎接自己，他迟疑了下，放缓马速，在城门口停了下来，微微俯身，低声问他："翁主到了吗？"

门官应道："禀大人，您不在的这些日子，未见翁主回来。"

谢长庚不再说话，坐直身体，纵马入了城，回到节度使府。

管事家中有事，上个月告假走了，此刻还没回来。谢长庚进去，看见那个负责照顾熙儿兼看守的婆子急匆匆地过来，躬身吞吞吐吐地道："大人，那个孩子这几天生了病，在发着烧……"

谢长庚一怔，停住了脚步："叫郎中来看了吗？"

"叫了叫了，"婆子忙道，"已经叫了城中最好的郎中。就是吃了药，也不见好……"

谢长庚停了一停："带我过去！"

婆子引路，带着谢长庚来到了后头的一个小院子。

节度使一个多月前就回来了，回来的时候竟然带了一个孩子。那个孩子衣衫不整，一张小脸和手脚上布满脏污。当时管事还在府中，节度使也没说那个孩子是什么人，只把孩子交给了他，命他看牢，提防逃跑。

管事收拾出这个独门出入的小院，让这个孩子住了进去，又安排了这个婆子照顾兼看守。

屋里点了一盏昏暗的油灯，谢长庚进去便闻到了一股尿溺的臭味。

婆子也闻到了，慌忙抢上前去，将墙角那只已经两天没倒的溺盆匆匆拿了出去。

谢长庚皱了皱眉，走到床前，见那个孩子躺在枕头上，双眼紧闭，面颊消瘦，脸上烧得通红。

他俯下身去，抬手摸了摸他的额头，感觉触手之处滚烫，又拍了拍他的脸，孩子眼皮微微动了几下，随后便没了反应。

看这样子，竟是烧晕了过去。

谢长庚眼前仿佛浮现出了慕氏恶狠狠地盯着自己的一双眼睛，心里咯噔一跳。

他直起身体，转过头问那婆子："怎么回事？"

婆子听他语气严厉，大气也不敢出，小声道："我也不晓得……管事走了后，我照顾得好好的，他自己就这样了……"

婆子说话时，谢长庚的视线已经落到了床上的被衾上。

最近天气骤变，白天还好，入夜气温骤降。谢长庚在外时身穿单衣，到了夜里，人也有了寒凉之感。

床上的这张被衾却十分单薄，分明还是前些时日的夏被。

婆子见他伸手捏了捏被衾，越发觉得心虚起来。

这个孩子被带回来时活像个小叫花子，节度使把人交给管事，什么也没说，只命看牢人，不要叫他逃跑了，之后便忙碌起来，早出晚归，再没过问一句。这婆子心里便也没如何重视，只记着"看牢人"三字。

管事在时还好，管事告假走了，节度使也不大见得着人，这些时日，婆子便渐渐懈怠了，为了省事，她除了一日三餐进去送饭，其余时间索性用一把锁将门锁了，将那个孩子关在院子里头。至于天气变化，夜晚寒凉，更是没有上心。也是到了前日，发现这孩子不怎么吃饭了，送进去的饭菜几乎没动，婆子这才发现他生了病，忙叫来郎中看病，却不见好，今天人还晕了过去，见节度使回来了，她赶紧通报。

"这般天气，你还给他盖这样的被子？你是怎么做事的？"

谢长庚厉声呵斥道。

婆子心惊胆战，"扑通"一声跪了下去，勉强辩解："大人息怒，您没带过孩子，您不知道……老话说，春捂秋冻……小孩子就是要这样带才好……"

谢长庚勃然大怒，没等婆子说完，一脚踢开了人，俯身抱起床上昏迷不醒的孩子，走出这间满是便溺臭味的昏暗屋子，匆匆来到自己的屋子。他将孩子放到床上，命人将城里的几个郎中全部叫了过来，命他们给床上的孩子看病。

郎中相继赶到，见节度使脸色阴沉，不敢怠慢，轮流看了，使出生平全部的本事，围着商量了一番，终于定了一副方子。

药熬好送过来，那个孩子还迷迷糊糊的。谢长庚叫人扶他坐起来，一口一口强行将药汁喂了下去，又命郎中今夜留宿在节度使府，以便随时待召。

谢长庚叫人在屋里再铺一副铺盖，把书房的事也挪进卧室，深夜事毕，起身欲眠，先来到床前端详一番。

孩子依旧沉沉地睡着，但面上的烧红看起来退了些，呼吸声听着也比傍晚要平稳些了。

他伸手摸了摸他的额头，没先前那么烫手了。

谢长庚松了口气，正要收手，忽然看见他的睫毛轻轻颤了一下，身子动了动，手摸过来捉住了他的一根手指。

那只手很小，软绵绵、肉乎乎的，还带了点异常的体温。

谢长庚停顿了片刻，试着慢慢地抽回手指。那只小手的力气却异常大，抓得紧紧的，仿佛感觉到了他的意图，身子不安地动了动，带着哭音含含糊糊地叫了声"娘亲"，仿佛就要醒过来了。

谢长庚立刻不动了，屏住呼吸，等他再次安静下来，才慢慢地抽回了手。

这一夜，耳畔听到床上那个孩子发出的呼吸之声，谢长庚忽然茫然起来了。

七月间，他一时怒起，心生恶念，将这个孩子从涟城强行带走。

上路之后，不想多事再去面对家中母亲的疑问，没去谢县，直接回了河西。

刚回到河西的时候，他只等那个妇人追来，出胸中的一口恶气。可时间过去这么久了，那个妇人还没到，就在今夜，他忽然觉得自己愚蠢至极。当初怎么会把这么一个小孩给弄到身边，凭空自寻烦恼。

次日清早，谢长庚醒来，下意识地转头看往床的方向，看见那个孩子已经醒了，正趴在床沿上，睁大一双还带着几分惺忪的睡眼看着自己。

两人四目相对，他仿佛吓了一跳，哧溜一下，飞快地缩回到被窝里，一动不动，装起了睡。

谢长庚装作没看见，自顾自地起了身。

白天他有事，叫郎中再给那孩子看了一次病，又叫一个下属的妻子代为照看。过了几日，孩子的病渐渐好了，谢长庚恰好又要出去几天，知道那个下属的妻子家中也有事，索性将孩子一并带了过去。

河西盛产骏马，距离休屠城不远的北山之下有个占地广阔的马场，豢养马匹数万，隶属驻军所有。谢长庚来此后，扩建骑兵，对马事向来重视，经常亲自过问。这趟来，他最先去的地方就是马场。

他将熙儿带到马场，交给一个马夫。傍晚巡完马场，问别人自己带来的孩子在哪儿，得知他在马厩里，便找了过去。

他走到马厩之外，听见里面传出一阵孩童的欢快笑声。

谢长庚抬眼看去，见那个孩子背对着自己，正站在一匹几个月大的小马驹的身边，手里捧着料食投喂。马驹贪吃，吃完了，还跟着他走，恋恋不舍。孩子抱着它的脖颈，笑得极开心。

熙儿正和小马驹玩着，忽然听到马夫拜见节度使的声音，转过头一看，见是那个人来了，就站在自己的身后，便慢慢地松开了手，脸上的笑容也消失了。

马夫说："大人，我见小公子无事，就领他来了这里。大人勿怪。"

谢长庚点了点头，在对面那个孩子沉默地看着自己的目光中走到了他的面前，俯身问他："你喜欢它？"

熙儿迟疑了下，还是不说话。

谢长庚慢慢站直身体，说道："它早产了一个月。和它一样大的小马个头已经比它高了。它长大也很难成为一匹合格的战马，留着也是浪费粮草！"

他拔出剑，朝着马驹走去。

"不要！"

熙儿嚷了一声，飞快地奔了过去，张开双手将小马驹护在了自己的身后，仰起脸紧张地看着谢长庚。

"不要杀它，求求你了！我可以少吃点，把我的饭分给它！"

谢长庚将剑插回鞘中，蹲了下去，望着他的眼睛说道："你不说话，我就不知道你的想法，所以我要杀了它。现在你开口说话，我知道你的想法了，我可以答应你的要求，不但答应了，还把它送给你。"

熙儿的眼睛里慢慢地闪耀出欢喜的光芒，他转身抱住小马驹，犹豫了下，看着谢长庚小声地说："谢谢你不杀它。"

"等它长大了，一定会成为战马的！"

他又补充了一句。

这是这么长时间以来，谢长庚第一次听到这个孩子和自己说话。

他不是哑巴，之前却不肯开口和自己说话，不用问也知道，必定是慕氏在他面前说过什么。

这一刻，谢长庚感到胸中一直郁结着的那口恶气仿佛终于出了一些。

他淡淡地"唔"了一声，转身走了。

当夜他宿在马场，和熙儿同住一屋。

他和小马驹玩到很晚才回来，谢长庚在屋里都能听到他发出的笑声。等他自己玩够了，终于摸了回来，谢长庚见他脸上手上沾满泥巴、草屑，叫人打来水，说："自己洗脸洗脚！洗了去睡觉！"

熙儿"哦"了一声，胡乱洗了洗，手上还沾着几道泥巴的印痕，就爬上床，躺了下去。

谢长庚也不管。夜渐渐深了，他还坐在灯前翻看公文，那个孩子躺在床上。

阅览公文之余，他的眼角余光不时瞥见那孩子睡睡醒醒，仿佛在悄悄观察自己，见他看去，又飞快地闭上眼睛。

重复了几次，谢长庚"啪"地合上了卷宗。

"你还不睡觉，看我做什么？"

熙儿紧紧地闭着眼睛，睫毛乱颤，过了一会儿，大概知道装不过去了，才睁开眼睛小声说道："我睡不着。"

"为什么？"

"我想我娘亲了……"熙儿咬着唇低声说道。

"你能不能放我回去？"

他从床上爬了起来，仰着脸看着他。

谢长庚本想说，她不会不要你，迟早会过来的，话到嘴边，视线落到这孩子漂亮的眉眼上，心肠一下又硬了起来，"哼"了一声。

"马场外面全是荒丘野地，还有野狼，你要是敢偷偷溜走，等你的娘亲来了，你就见不到她了！睡觉！"

他拿起被子丢在熙儿的头上，吹熄灯火，躺在了床的外侧。

边上一阵爬来扭去，仿佛多了条小虫子，过了一会儿，身边终于安静下来。

谢长庚才闭上眼睛，就听见被子下传来一个声音："我不跑。我想再求求你，等我娘亲来找我的时候，你能不能对她好些，不要欺负她？"

谢长庚一愣，眼前又浮现出那张对自己从没露出过好脸色的脸，没有作声。

被子下的孩子又开始动了。

　　"你说过的，我开口说话，你才能知道我的想法。你不要欺负我的娘亲，我可以帮你做事情的。我能做很多事情。真的！"

　　谢长庚感到一阵心烦意乱，隔着被子抬臂下压，将人牢牢地钉在床上，冷冷地道："给我睡觉！"

　　那孩子被他摁住，最后挣扎了几下，大约是感觉到了他的不快，不再说话了。

　　和小马驹玩耍耗去了他的精力，这会儿安静下来，他很快睡着了。

　　次日一早，谢长庚醒来。

　　或许是昨夜冷，这个孩子竟然紧紧地贴在他的身边，此刻还在呼呼大睡。

　　他小心地起了身，替他盖好被子，走了出去。临行时，他叫来马场管事，说自己去休屠城，这几天让管事代为照看这个孩子。

　　"务必给我照看好人，出半点差池，我拿你是问！"

　　管事点头，再三保证。

　　姑臧城就在眼前了。

　　路上耽搁了多日，此刻终于到了，慕扶兰一进城，径直赶到了节度使府。

　　门房看见她一行人突然到来，又惊又喜，立刻打开大门迎接。

　　慕扶兰开口便问熙儿，见门房没反应，又说："一个男孩！节度使先前回来，身边是不是带着一个男孩？"

　　门房这才明白过来，忙点头道："是是！确实有！"

　　"他人呢？可在府中？"慕扶兰说着，便快步往里而去。

　　"不巧，前几日刚被节度使带去了休屠城。"

　　慕扶兰停住脚步，定了定神，一句话也无，转身立刻奔了出去。

　　她乘坐的马车走了那条开在荒野中的驰道，终于赶到休屠城时，夜已深了，城门早已关闭。

马车停在城门之外，她看着面前这道被沉沉夜色勾勒出轮廓的高大城墙，命随从过去拍门喊话。

片刻之后，城门打开，守门官匆匆跑了过来，躬身道："翁主怎么深夜来此？快请进。"

"节度使呢？他人可在？"

"在的，在的！前几日到的！我这就带您过去！"

门官引着马车入城。

休屠城是个军镇，城中没有居民，沿着城门修进去的笔直马道两旁，一排排全部都是营房。走完马道向右拐，不远之处有座四方形的建筑，门廊高大，这便是休屠城衙署，谢长庚就在这里。

门官拍门通报，门打开了，慕扶兰下车的时候，感觉整个人的骨头架子仿佛都要散了。

她扶着车厢，站稳了脚，迈步朝里面而去。

一个看起来像是管事的人出来接待她，将她带到房中，说节度使正在与刘将军等人议事，请她先休息。

管事走了后，慕扶兰等在房里，一直等到深夜，始终不见谢长庚露面。她再也按捺不住，开门走了出来，向一个值夜的军士问了谢长庚和众人议事的所在，循路找了过去。

门窗上还透着烛火的光。

她问值夜的军士，得知刘将军等人早就已经走了，立刻奔到近前，上了台阶，一把推开门，看见一人独自坐在案后，手中执笔，案头烛火投出他一道黑魆魆的身影轮廓，映在其后一面绘着虎啸高岗的屏风之上，沉沉若画。

正是谢长庚。

他抬头瞥了眼门的方向，仿佛根本没有见到她一样，抬手蘸了蘸墨，随即低头继续写着自己的东西。

慕扶兰见他竟还是一副若无其事的样子，胸中越发怒气翻滚，快步而入，径直到了他的面前，极力忍着拔剑在他身上搠出一个窟窿的冲动，问道："我的熙儿呢？他在哪里？"

谢长庚慢慢地放下笔，抬起眼，视线落到她那张失水娇花般憔悴不堪的面容之上。

长夜冷寂，耳畔幽阒，烛明室深。

他就这样坐着，冷眼看着与他一案之隔的那个女子——他的妻子，两片薄唇抿合着，一言不发。

慕扶兰长长地吸了一口气，再次开口："三苗与长沙国毗邻，自先祖起便互有往来，如今那里瘴疠泛滥，民众饥馑。前些时日他们前来求助，能力之内，我慕氏不能不顾。这趟我去那里帮他们，袁阿兄之所以同行，一是保护我与医士，二是确保放粮顺利。

"你叫乌吉那孩子给你带路的事，我已经知道。之所以有'巴隆'之说，完全是以讹传讹。三苗人里能说汉话的人不多，言语不通，这才生出了误会。请你放心，我走之前，已将此事澄清。你这里，我与袁阿兄的关系，之前我已经解释过了，也没必要再赘述。无论你信或不信，我请求你，大人的事，大人解决，你要如何，你说出来，我们都可以商量，请你不要迁怒于一个稚龄小儿，这未免有失身份。"

他听了，竟笑了起来，容色犹如冰破，唇角泛出春漪。

他的身子微微前倾，望着她说："我谢长庚巨寇出身，有何身份需要顾忌的？"

说这话时，他的唇角带着一缕尚未消尽的笑意，但慕扶兰看得清清楚楚，他的眼中映着两点幽幽的烛色，目光晦暗无比。

"那么你想怎样？"她问。

谢长庚慢慢站了起来，踱步来到她的身旁。

他盯着她的脸端详了片刻，说："一个年初才偶遇，之前与你毫无干系的孩子，你与他的牵绊能有如此之深？"

他的视线从她的脸往下，一直看到她沾满尘土的一片裙裾，盯着瞧了一会儿。

"你为这个孩子一路追来，想必吃了不少的苦楚吧？"

他撇了撇嘴，目光再次落到她那张消瘦憔悴的面容之上。

"慕氏，你不守妇道在先，欺瞒我在后，视我如同蠢物，种种羞辱，若只在你我之间，我也就罢了，如今竟还不知收敛，惹出这等口舌。

"我不管你是有意还是无心，到了这个地步，你若再不跟我说实话，这件事情里就没有谁是无辜的，包括你口中的那个稚龄小儿。"

他缓缓地俯身向她，唇停在了她的耳旁。

"那个小儿，他就是你自己生的，是不是？"

他低低地问，语气轻柔。

他的脸靠得极近，宛若与她喁喁私语，诱她开口，热热的气息扑在了她娇嫩的耳垂之上。

慕扶兰猛地转过脸。

他侧了侧头，避开她扑向自己的脸，随即站直了身体，盯着她，面色转为严厉，宛若罩了一层寒霜。

慕扶兰闭目了片刻，缓缓睁眸。

"是，他是我的亲生子。"她应道。

"那个男人，他是谁？"

谢长庚眼皮跳了一跳，面无表情地问。

"他早已死去。"

慕扶兰说。

"记得我从前对你说过我有过一个意中人吗？就是那个人的孩子。和你定亲之前，我在君山遇到了他。后来他死了。"

她望着对面男子那张渐渐变得僵硬的面容。

"全都是过去的事情了。我不愿再想，这一辈子原也不会对人提及半句的，但你一定要我说，我就说了。

"我固然对不起你，令你蒙羞，但你当初来求亲时，求的也并不是我这个人。

"从前，你得到了你想要的。而今，还有将来，等到你我能够和

309

离，再无任何干系时，这个秘密也永远不会有人知道。

"倘若你依旧为我过去带给你的羞辱而气愤，我给你赔罪，请求你的谅解。"

慕扶兰凝视着谢长庚，提起裙裾，朝他双膝下跪，端端正正地郑重叩首。

谢长庚低下头，望着跪在自己脚前的这道身影，身影一动不动。

他的直觉告诉他，这妇人这一回终于对他说了实话。

诚然如她所言，当初他去求亲，求的并非她长沙王女这个人。而他和她如今之所以还是夫妇，不过只是被去年他为将她带出上京在刘后面前说的那一番话语所限，如今还不能休她而已。

到了他与朝廷决裂之日，便是休她的时候。

这个从去年他追到长沙国见面开始便总叫他如芒在背的慕氏王女，今日也终于被他拿住命门，跪在了他的脚下，叩首以求得原谅。

恭敬、柔顺，卑微如斯，前所未有。

也算是出了胸中的一口恶气。他应该满意了。

此刻他却感到手心微凉，指尖仿佛发麻。

她撒谎骗他，他十分气愤。

今夜她终于被他逼得低了头，下了跪，认了罪，他亦没有半分想象中的快感。

他不说话。她便一直这样跪在他的脚前，以额触地，久久不起。

远处的天边划过一道刺目的闪电，一道秋雷轰隆隆地炸响在了耳际。

谢长庚看着俯伏于自己脚前的那个柔顺的后脑勺，眼皮不停地跳。他慢慢地捏紧五指，突然，一个转身抓起横于案前的佩剑，"锵"的一声，拔剑便朝她刺了过来。

剑尖刺入了她盘于脑后的一团丰厚发髻之中，冷芒穿髻而过。

执剑的那只手停了一停，猛地一挑。

顷刻间，被利刃削断的一片长发宛若游丝，高高飞起，在他的眼前飘飘荡荡，从空中落在了地上，四下散落。

一根发丝轻飘飘地沾在了他的一只靴面之上。

他攥着剑，低着头，死死地盯着身前那个蓬头散发、却依旧纹丝不动的背影，喘息了片刻，"咣当"一声，掷剑于地，迈步从她身边大步走过，出门而去。

慕扶兰从地上慢慢地爬了起来。

夜雨淅淅沥沥地洒了一小阵子，很快停了。

第二天的清早，昨夜接待她的那位管事来寻她，说小公子人在马场。马场位于北山附近，距离这里大约骑马半天的路程。

"小公子一切安好。翁主您远行而来，若吃不消赶路，便请安心留在此处歇息，小的这就去马场将小公子接来这里。"

管事脸上带着笑，恭敬地说道。

悬了几个月的那颗心突然落了下去。

她的双眸瞬间明亮起来，苍白的面颊之上泛出了鲜活的血色，容色顷刻间便恢复了光彩。

她恨不得插翅飞过去，好立刻和那个小人儿见面，怎么可能安心在这里继续空等？

"我自己过去！劳烦你带路。"

她说道。

马车停在衙署的大门之外，慕扶兰匆匆出去，正要登上车出发，忽然看见对面来了一骑快马。到了门前，那人从马背上翻身滚下，对着管事喊道："节度使大人可在？出事了！昨晚半夜，马场遭遇落地炸雷，烧着草料，波及马厩，惊散了部分马匹，大人留下的那位小公子也不见了！"

慕扶兰的心一阵狂跳，反应过来，立刻爬上马车，催促着大家赶紧出发。

中午时分，他们赶到了马场。

她站在那片一个时辰前才彻底熄灭了火的马厩前，睁大眼睛，一眨不眨地盯着马夫忙忙碌碌，不断地在冒着烟气的灰屑下扒拉，将一坨坨已经烧得焦黑的马尸抬出来，牙关瑟瑟，整个人不停地发抖。终于听到一个声音高喊"全部清理完毕，五十六匹！无人员伤亡！"之后，她再也控制不住，两腿一软，跌坐到了地上。

当初建马厩时便考虑过失火会大面积蔓延的情况，故而将马厩分区而建，且昨夜火情发现得早，及时转移了附近的马匹，故只烧毁了毗连的几排马厩，伤亡不大。

当时受惊挣破围栏，逃出马场的马匹总数也出来了，约五百匹，今早已经陆续寻回大半。

管事汇报完，跪地叩头请罪："火情来得实在意外，一个炸雷下来，草料起火，马厩就烧了起来。后来下的那点雨水顶不了什么用。马匹受惊，很多围栏被撞破。当时事情实在是多，我想着小公子已经睡着了，又是上风口，就没留意他那里。等我今早救完火回来，发现他人已经不见了！当时就派人到四周去找了。小人有负大人所托，请大人降罪！"

"他的那匹马驹呢？"谢长庚面色阴沉地问道。

"马驹也不见了。或许随群马逃了出去，或许……"管事迟疑了下，小声说，"被小公子带着趁乱逃了，也未尝没有可能……"

谢长庚想起那夜那孩子对自己说的他不会逃跑的话，大怒："一定是他出了什么意外！不要管马了！调集这里的全部人手，都去找人！找不到人，你提人头见我！"

管事连连应是，连滚带爬地跑了，高声召唤人手。

谢长庚叫来一个手下，命他去通知刘安，速调士兵过来大范围寻人。吩咐完毕，他转头望向不远处那个坐在地上的身影，走了过去，停在她的身侧，见她面色雪白，目光空洞地看着那一具具焦黑变形的马尸。他迟疑了下，俯身朝她靠了些过去，柔声说道："你放宽心，先去休息吧。孩子会无事的，我已经派人去找了，你等我消息……"

他话音未落，便见她从地上飞快地爬了起来，说了一句"我也去找"，说完也未看他一眼，从他的身边快步走了过去。

两天过去了，搜寻的范围在不断地扩大，却始终没有孩子的下落。

慕扶兰跟着搜寻的人进入了马场外那片一望无际的广袤荒野，寻到第三天的傍晚，终于得知了一个消息，说另一队派出搜寻的士兵在距离这里几十里外的一片沼泽地旁找到了一只孩子的鞋子。

她赶过去时，看到那幅场景的那一刻，身体里的血液仿佛瞬间停止了流动。

地上掉着一只小小的鞋子，边上是一摊干涸了的血迹。

几个士兵正低声议论着附近看到的动物蹄印，说除了马蹄，还有狼的足印。

"……必是凶多吉少了……"

他们说话的声音随风隐隐传入慕扶兰的耳中。

熙儿被带走时是赤着脚的。谢长庚在路上给他弄了一双鞋。他从士兵手中接过那只鞋，低头看了一眼，便认了出来。

"这是熙儿的鞋？"

他的耳畔传来一个嘶哑的声音。

他抬起头，见她盯着自己，慢慢地朝着这边走了过来。

对着面前这双嵌在惨白面容上的通红的眼睛，一时间，他竟然不知自己该如何回答她。

他沉默着。

"你给我说！"

她猛地睁大眼睛，厉声逼问。

声音惊动了附近的人，众人纷纷看了过来，见状无不暗自诧异。

谢长庚的五指慢慢地捏紧手中那只沾满污泥的小鞋子，低低地道："是。"

从熙儿被带走的那一天起，她的心便没有过片刻的安宁，一路舟车劳顿，终于赶到了这里，等着她的却又是这样的消息。

过去的几天里，她不知饥渴为何，更无法睡觉。只要闭上眼睛，她的眼前就会浮现出熙儿的模样——他用两只小手抱着自己的脖颈，笑着叫自己娘亲。

她的精神早已绷得如同一根被拉得笔直的弓弦，随着熙儿失踪的时间越来越久，人更是到了崩溃的边缘。

她只是不去想，也拒绝去想任何坏的可能性。

她憋着一口气，在心里一遍又一遍地告诉自己，熙儿很安全，他现在只是在一个别人还不知道的地方，迷了路而已。他还好好的。

就是凭着这一口气，她才一直撑到了现在。

而就在这一刻，听到那一句"是"从他的嘴里说出来，她耳边仿佛发出了一声弓弦骤然崩断的嗡声。

她一头栽了下去。

谢长庚吃了一惊，下意识地伸手将软倒的身子接在臂中，唤她。

她的头软软地耷在他的胸膛上，双目紧闭，毫无反应。

他将她抱了起来，抬头看了眼将黑的天色。

这里离马场已经很远了，赶不回去。他命手下收队，寻高地搭设帐篷，就地临时过夜。

帐篷很快搭设完毕，谢长庚抱人进入帐篷，将她平放在毡床上，随即召入随行的军医。

军医替她诊过脉，低声说："翁主应该是劳累过度，神思焦虑，方才又骤闻噩耗，这才闭气晕厥了过去。休息一下便能醒来，节度使不必担心。"

军医退了出去，谢长庚低头望着灯下这张带着浓重黑眼圈的惨淡面容，慢慢地伸出手替她掖了掖被角。

第二天清早，天才蒙蒙亮，刘安来寻他，问接下来的安排。

谢长庚站在帐篷外，眺望着晨雾迷茫的无垠荒野，微微蹙眉，一时没有应答。

刘安看了眼他身后的帐篷，小声道："已经找了多日，地方实在是太大了，寻人无异于大海捞针。何况昨日见到了鞋子，边上还有狼爪印。十有八九，小公子已经凶多吉少。非末将妄言，就算找到，恐怕也只剩下尸骨了……"

他正说着，忽然听到身后的帐篷里发出一声异响，急忙闭上嘴，转头看去。

谢长庚叫他稍候，立刻转身往帐篷里走去。

慕扶兰突然睁开了眼睛。

她躺在一顶光线昏暗的帐篷里，身上盖着被子，被子上还覆了一件男人的氅衣。

她的目光落在帐篷顶上，五指死死地抓着身下的毡垫，过了片刻，人直挺挺地坐了起来，掀开盖在身上的被子和衣服，便朝外面走去。

才走了几步，脚下一个踉跄，身子晃了一下。

谢长庚掀开帐帘，正弯腰而入，撞到了她，便伸出手臂将她一把扶住。

"你再去休息！"

他低头看着她依然苍白的面容，说道。

慕扶兰目光涣散，视线没有焦点，仿佛根本就没看见他似的，推开了他，继续朝外面走去，却被谢长庚反手一把攥住了手腕。

他箍住了她挣扎的身子。

"再这样下去，你自己也要倒下的！"

他的语气十分严厉。

慕扶兰在他的手里，仿佛一枝就要折断了的柳枝条儿。

"他有两只鞋子的！只找见了一只！还有一只，还在他的脚上！你们凭什么说他已经没了！"

她红着眼睛拼命地挣扎，口中说道。

"放开我。我要去找！"

谢长庚将那个柔弱的身子抱了起来，按回到毡床上，说："等下吃点东西，你就回去！"

他的语气斩钉截铁，不容拒绝。

他起身朝外面走去。

慕扶兰从毡床上跌了下去，盯着他的背影，咬了咬牙，拔出头上的一支簪子，追了上去。

她扬起手，用尽全力将手中那支尖锐的簪子刺向了他的后背。

簪子尖刺破了他的衣裳，刺入皮肉，扎在肩骨之上，深达寸许。

谢长庚的身影突然僵住。

她拔了出来，再刺。

又是"噗"的沉闷一声。

簪子尖再次深深地刺入肉中。簪子在她的手中弯折了。

他慢慢地回过头，眉头紧皱，面容微微扭曲。

在他惊怒的目光之中，她红着眼睛，流下了这几个月来从未流过半滴的眼泪，一字一顿地道："谢长庚，我知道这不是你的本意。但这是你该受的。你们不用找了！我自己找！滚开！"

她推开了仍僵直着身体的男人，朝外面走去。

血从男人受了伤的后背上冒了出来。

起先只是两点暗红渗透在衣裳上。很快，血团变大，迅速晕染开来，连成了一片。

衣裳之下，血顺着他劲瘦的腰身慢慢地往下流淌。

谢长庚双眼一眨不眨，盯着已经走到帐篷门前，弯腰就要出去的妇人，眸底仿佛也突然染上了血色。

他紧紧地抿着唇，几步追过去，将人一把拖了回来，掼在毡床上，没等她爬起来，便单膝压住她的双腿，制止了她的反抗。他随即一手将她的双手反扣在身后，另一只手拿起自己昨夜脱下给她加盖的那件外衣，用牙齿咬住一扯，撕成两截，充作绳索，将她的双手和双脚分别牢牢地捆住了。

"我看你是疯了！你这疯妇！竟敢刺我！"

谢长庚制服了她，随即探手摸了一把自己的身后，看了眼抹在掌心的血，咬牙切齿地道。

慕扶兰停止了挣扎，身子仿佛虾米似的蜷成一团，脸压在毡床上，闭着眼，眼泪不住地从眼角滚落，很快便濡湿了一片毡床。

谢长庚盯着她，喘了一会儿气，怒道："你给我老实待着！我叫人再去找就是了！人真没了，也替你把骨头找回来！"

他转过身，一把撩开帐帘，走了出去。

刘安方才在外头隐隐听到帐篷内发出的古怪动静，听着有些不对，仿佛里头的两个人打了起来，心里不安，又不敢进去，正站在外头张望着，忽然见谢长庚满脸怒色地走了出来，迟疑了一下，才迎了上去。

"传我的令，扎营于此，再从最近的明威戍调两个营的人马过来，所有人继续去找！活要见人，死要见尸！给我找到为止！"

他厉声喝道，说完，迈步而去，命人将自己的马牵来。

刘安一愣，也不敢多问，道了声得令，正要去安排，忽然看见他的后背染了血迹，仔细一看，染血的衣裳上竟有两个小儿手指宽的洞，仿佛是被什么小的利刃所伤，看这流血的量，伤口应该不浅。

他吃了一惊，追上去道："大人，你身上的伤……"

谢长庚抓住随从递来的马缰，扭头盯了他一眼："去传令！"

刘安十分确定，就在节度使进这顶帐篷前，人还是好好的，现在一出来，背上就被扎出了两个洞。

不用想，下手的人必是翁主了。

那个走失的孩子据说是翁主的义子。

节度使和翁主为义子的走失而置气，这原也正常。

叫他万万没有想到的是，平日看起来弱不禁风、温柔贤淑的翁主竟会对节度使下这样的狠手。

更叫他没有想到的是，节度使不但吃了大亏，很显然，也败下了阵来。

见他转头冷冷地看着自己，刘安赶紧收回目光道："末将这就去！"

谢长庚命人将被捆了手脚的慕扶兰先送回马场，随后叫来军医，随意处置了下伤口，自己便也加入了搜索的行列。

白天过去，夜间仍有轮班的士兵执着火把继续寻找。

又一个晚上过去了。

清早，昨夜寻了一夜的士兵在领队的带领下，陆陆续续地回到营地，向他汇报情报。

依然没有什么收获。

谢长庚站在帐篷外眺望着远处，心情沉重无比。

昨夜他自己也是寻到深夜才回来的。

后背被那疯妇刺出的伤并不算如何严重，但伤口也不浅，深已至骨，又酸又痛，极其难受。昨夜回来后，他虽然疲倦无比，却根本无法入睡。

那么小的孩子，即便没有遇到任何外来的危险，失踪这么多天，恐怕光是饿，也已经饿死在了某个荒僻之地。

这一片已经彻底搜索过了，不可能再有遗漏的地方。既然无果，今日便要转移，再去别的地方寻找尸骨，或者那另一只鞋。

他固然厌恶那个疯妇，连带着不喜这个孩子。但想到确实是因为自己强行将这个孩子掳来，才导致今日之事，他的心情亦是沉重无比，心底甚至有些不敢回去面对那个妇人的感觉。

后背又一阵胀痛袭来。

他动了动肩膀，皱眉，正要召人下令拔营离开此地，忽然看到远处来了一匹快马，很快奔到了他面前。

是他的随从梁团。

梁团的手里拎着一只小鞋子，还没下马就高声喊道："大人！我的人在河滩边上找到了这只鞋！"

谢长庚上去，一把夺了过来。

鞋子的底脱了，看起来像是没法再穿，才被丢掉了。

他的心跳蓦然加快，喝道："全部的人，都沿着河滩去找！"

在这边的荒野里，有一条河从马场后面流过，自西向东，弯弯曲曲，蜿蜒不绝。

当天中午，谢长庚带着人沿着河滩逆流而上的时候，停下了马。

他看到前方视线的尽头里，出现了一人一马的身影。

人是小人，马是马驹。

一人一马，步履蹒跚，正沿着河滩往马场的方向走。

"小公子！是小公子啊！"

梁团双目放光，高声大吼，纵马追了上去。

前头正在蹒跚行走的那孩子听到了身后发出的阵阵喊叫之声，停了下来，转过身，站在那里，一动不动。

谢长庚纵马奔到了他的近前，勒住了马，看了过去。

孩子面容脏污，衣衫褴褛，瘦得厉害，除了一双黑白分明的眼睛之外，脸上、身上几乎找不到一处干净的地方。

他的一双赤足之上布满了伤口和血痕，手中还紧紧地握着一把马场里的镰刀。

和他同行的马驹的屁股上分布着几道结着血痂的仿佛被什么撕咬过的伤口，它停在他的身后，正不紧不慢地吃着河滩边的几蓬野草。

那孩子正蹒跚独行，突然看到这一行人朝着自己纵马而来，认出了他们，脸上先露出了欣喜无比的笑容，正要朝他们飞奔过来，等发现谢长庚的目光死死地落在自己的脸上，神色古怪至极时，他停下了脚步，那张布满了脏污的小脸上的笑容渐渐消失，眼睛里露出了不安的神色。

"节度使大人……我不是故意逃走的……我是迷了路……终于找到了河滩，想回马场……

"大人你不要生气……"

他的两只脚丫踩在一起，脚趾不安地蜷缩着，眼睛望着谢长庚，怯怯地开口说道。

谢长庚感到自己的胸中仿佛有一股热流慢慢地溢出来，一时之间，连后背的伤痛都没了感觉。

他翻身下马，大步走到那个不安的孩子面前，弯腰下去，伸手叉住了他的腋，一下子将他高高地举过头顶。

"我没生气，我这就带你回去！"他说道。

随即，他单臂抱了那孩子，将他送到了自己的马背之上，跟着上了马。

◇

第 十 五 章

本分

回去的路上，谢长庚叫人拿吃的东西来。

孩子看到吃的，眼睛发亮，接了过来，低头大口大口地吃。

谢长庚又取了自己的水囊，拔了塞子，递给他。

那孩子喝了几口水，终于缓了过来，仰头说："谢谢大人！"

谢长庚问他那夜为何会走失。

孩子小声地说："那天晚上，我被外面的声音吵醒了，看见马厩起了火。我怕火会烧过去，想叫他们把我的小马牵过来和我一起，可是他们全都找不见人了，我就自己跑了过去，看见里头一群大马撞破了栅栏，跑了出来，小马驹的缰绳和一头大马缠在了一起。我追了上去，叫它，它听到了我的声音，回头看我。我知道它想回来，可是它自己停不下来，它被大马拖着朝前跑去，我怕它跟不上，万一摔倒了，会被大马踩死的，我想割了它的缰绳，我就追了上去……"

他抓起马厩里平日用来割草的镰刀，朝着马匹奔逃的方向追出去，但他怎么可能追得上那群受惊出逃的马匹，很快就被抛在了后面。

天下起了雨，脚下泥泞，孩子却担心着他的小马驹，一心想将它找回来。他忘记了所有的恐惧，抓着镰刀继续向前追去。

他越追越远，走走停停，终于在天亮的时候听到远处传来一阵悲惨的嘶鸣。

他循着声音找了过去，终于找到了他的小马驹。

它和大马缠成了死扣的那根缰绳绕在了荒野中的一棵老胡杨树的树干上，绕了好几圈，挣脱不开，它们停在了那里。

小马驹的脖颈和嘴角上布满了缰绳扯磨留下的血痕，看见他的出现，它前蹄凌空虚跃，发出兴奋的嘶鸣之声。

孩子忘记了自己的疲惫和饥饿，立刻上去用手中的镰刀割断缰绳，解开了两匹马。

大马一获得自由，立刻就跑了。孩子抱住自己那匹伤痕累累的小马，激动过后，才发现自己迷了路，再也找不到回马场的方向了。

他在荒野中转了许久，想起有条河流从马场的后面流过。他希望找到那条河，沿着河往上走，说不定就能回去了。

接下来，一人一马就这样在这片无垠的荒野里到处乱走，寻找流动的水源。

第二天，他们在一片泥泽地旁和一匹落单的狼迎头撞上了。

狼没去攻击比它体型大了很多的马驹，蹿出来朝着孩子扑去的时候，那匹几个月大的马驹奔了过来，扬蹄一脚踢开了它。狼被激怒了，跳起来一口咬住了小马驹的屁股，被甩开后，又咬住了它的脖颈。

小马驹被拖着倒在地上，眼看就要被狼牙撕裂喉咙，孩子从地上爬了起来，冲上去，举起手里的镰刀，用尽全部的力气刺了下去。

锋利的弧形勾刃从狼的脖颈一直拉到狼的肚皮，划破了它的肚子，肚肠流了出来。

野狼松开了嘴。面对那匹咻咻扬蹄的马驹和那个手里紧紧握着武器，冲自己愤怒地大声叫喊的孩子，受伤的它感到了恐惧。

在对峙了片刻之后，它拖着流出来的肚肠掉头逃离。

孩子怕野狼再回来，带着受伤的马驹，立刻也朝另一个方向跑了，连脚上少了一只鞋子都没察觉。

他和他的马驹在狼口逃生之后，运气仿佛终于好了起来。

当天晚上，他找到一株枯死倒塌下来的老胡杨树，蜷在树干下的空隙里过了一夜，第二天的早上便找到了一片河滩。

一人一马就这样沿着荒滩逆流而上，走走停停，已经走了两天，直到此刻，才遇到身后追上来的谢长庚一行人。

"这些天，你吃的都是什么？"

刚开始，小马吃什么草，孩子就跟它一起吃。后来肚子总是咕咕作响，全身没了气力，实在走不动路了，他想起以前在君山药庐里帮师公干活的时候，师公曾对他说，地里的蚯蚓又名地龙，不但可以入药，荒年的时候，百姓也挖它们充饥。

"我不想死在这里……我想回去……饿得实在走不动路了，我就在河滩边的地里挖蚯蚓，吃了它们，就有了走路的气力……"

孩子小声地回答。

周围的人都沉默着，梁团望着这个孩子，面露诧异之色，说道："大人，小公子不但福大命大，吉人天相，小小年纪，竟有如此心力，是我生平头回所见，属下佩服万分！小公子骥子龙文，日后必定前途无量！"

谢长庚低头望着身前正仰头看着自己的这个孩子，视线在他那张满是脏污的小脸上停留了片刻，没说什么，只是慢慢地抬起手揉了揉怀里那颗小脑袋。

他解下身上的披风，将那个小身子完全地裹住，让他靠在自己的怀里，说："没事了。从这里回去，还有很远的路。你要是乏了，就闭上眼睛睡觉。"他顿了一下，"回去了，你就能见到你的娘亲了。"

深夜落起了雨，马场后的一排房屋里，一扇窗户此刻透出温暖的昏黄灯光。

屋里已经燃起驱寒的火炉，暖洋洋的。刚被梁团送回来的熙儿洗了澡，坐在床沿上。慕扶兰替他清理着腿上和脚上的伤口，仔细地抹着药膏，见他的脚趾缩了缩，立刻停住手。

"很疼吗？"

她抬起自己那双红肿的眼睛，对着孩子问。

"不疼。娘亲你别哭了。我没事，你不要难过。"

熙儿摇头，伸出手替她擦眼泪。

这就是她的儿子。那么乖巧，那么贴心，又超乎她想象的勇敢和无畏。他一个人在荒野地里，生吃蚯蚓，赤着伤痕累累的双脚，和他的小马驹一起，一步一步蹒跚前行。

她忍住又要夺眶而出的眼泪，笑着点头："娘亲不难过，是太高兴了。你再忍忍，等下就不疼了。"

她继续替孩子轻轻地搽药膏，一边搽，一边替他吹着，上完了药，用干净的细软棉布包裹好他的一双小脚，才抱着他躺了下去。

"娘亲，你不要走，你也睡在我的边上，好不好？"孩子央求着慕扶兰。

慕扶兰之前已经让他单独睡了。

她躺在儿子的边上，将他抱在怀里，在耳畔的夜雨声中哄他睡觉。

良久，熙儿在她怀里动了动，睁开眼睛小声地说："娘亲，我没听你的话。你不在的时候，我和那个谢大人说话了。你会不会生我的气？"

慕扶兰一愣，随即摇头。

她迟疑了下，终于问出了这几个月来一直令她心神不安、时刻牵挂的一个问题。

"熙儿，他把你带走后，路上有没有待你不好？你到了这边，过得怎样？"

熙儿眼睛都没眨一下，立刻说："谢大人对我很好。到了这里后，他很忙，我一个人在他的家里，他让人照顾我。后来他带我去了马场，我喜欢小马，他就把小马送给我了。"

慕扶兰有点意外，望着儿子那双清澈的眼睛，片刻后，她慢慢地松了一口气，脸上露出了笑容。

她摸了摸儿子的小脸蛋，亲了下他，说："你没事就好。睡吧，等你的伤好了，我们就能回去了。"

窗子里的那点灯光灭了，四周暗了下来，屋里那对母子说话的声音也停了下来。

　　男子在门外的雨夜里又站了片刻，将手中的药膏放在门口，转身走了。

　　慕扶兰熄灯闭目，忽听门外仿佛有一阵轻微的响动，迟疑了一下，披衣起身，下去打开了门。

　　门口的地上多了一样东西。

　　她拿起来，见是一只小巧的药瓶，打开盖子闻了闻，便知道是上好的金疮药。

　　她捏着药瓶，疑惑地看了眼四周。

　　夜幕之下，秋雨霏霏，门外空荡荡的，四周漆黑一片，什么也没有。

　　第二天，前几日回来的节度使府管事急匆匆地赶到马场接人。

　　慕扶兰带着熙儿坐马车回了姑臧城，把小马驹也一道带了回来。

　　接下来的那些天，慕扶兰一直没见到谢长庚。他似乎很忙，她也没问，只在节度使府里一心照顾着熙儿。

　　小孩子的皮肉本就好得快，加上照顾用心，没几天，熙儿腿脚上的伤便结了痂，慢慢脱落，小脸上瘦下去的肉也很快长了回来。

　　这天傍晚，谢长庚从外头回来，在书房里和刘管等几名属官议事，完毕后，众人退去，他继续伏案。

　　片刻之后，门外多了一个小小的身影。

　　那个孩子藏身在虚掩的门外，探着头悄悄地看还在书房里忙碌着的谢长庚，仿佛想进来，又不敢。

　　谢长庚早就觉察到了，笔也未停，说："进来！"

　　熙儿起先吓了一跳，回过神来，意识到他是在和自己说话，"哦"了一声，迈步跨过门槛，走了进去，停在谢长庚的面前。

　　"有事？"

　　谢长庚问他。

　　他问完，半晌没听到回答，抬起头看见那个孩子拘束地看着自己，欲言又止，急忙停了笔。

"不要怕，你若有事，尽管和我说。"

这一回，他尽量放柔了声音。

熙儿起先摇头，又点头，终于吞吞吐吐地说："小马驹的伤快好了。我想给它起个名字，叫它小龙马。大人，你觉得这个名字好吗？"

谢长庚一愣，没想到他会找自己问这种事情。

不知为何，他忽然难得地高兴起来。

他看着站在自己面前的这个豆丁大的孩子，正色道："它和你一样勇敢。这个名字，很配它，以后就叫它小龙马。"

听到他夸奖自己，孩子的眼睛里露出带了些忸怩的欢喜，说："那它以后就叫小龙马了！"

谢长庚望着面前这孩子的一张笑脸，终于忍不住了，向他招了招手。

熙儿乖乖地走到了他的身边，看着他。

谢长庚说："你刚回来的那天晚上，我听到和你娘亲说的话了。你为什么不告诉她之前你在这里生病了的事？"

熙儿说："她要是知道了，又会哭的，还会生你的气。"

谢长庚一顿，迟疑了一下，将这个孩子抱了起来，放坐到自己的腿上。

"先前我把你带来这里，还让你生了病。你不恨我了吗？"

孩子沉默了片刻，仰起脸小声地说："我不恨你了。"

"为什么？"

"你送给我小马，还带我回来见娘亲了。"

谢长庚望着他和那妇人极为相似的一双漂亮眼睛，慢吞吞地说："可是你娘亲却还是很恨我。你丢了的那天，她险些杀了我。"

熙儿一愣，立刻晃起了脑袋："谢大人，我娘亲不会杀人的！她只会救人！"

谢长庚抱他坐到桌案上，脱了衣裳，转身，给他看自己后背上的伤口。

这些时日，他东奔西走，伤口在后背，自己上药不便，也没如何重视，加上前日又淋了雨，现在伤口非但没有痊愈，周围反而有了肿胀化脓的迹象。

"看到了吗？这就是她刺的。"

熙儿吃惊不已，眼睛里露出不忍的神色，说："大人你很痛吗？"

"痛！不但痛，前日淋了雨，现在我现在头也很疼！"

他示意小人来摸自己脑门。

熙儿摸了摸他的额头，又一本正经地摸了摸自己的额头，一下子睁大了眼睛。

"大人，你生病了！我不会治病！你等着，我叫我娘亲来！"

他从桌案上爬了下来，飞快地跑了出去。

天渐渐黑了，书房里的光线变得越来越暗淡。

那妇人的身影终于出现在了书房门口。

她走了进来，点亮桌案上的蜡烛，对着还在奋笔疾书的男人说："把衣服脱了。"声音平淡。

谢长庚放下笔，起身，默默地脱了衣裳，转身背对着她。

慕扶兰站在他的身后察看了一下伤口，替他清洗伤口，动作并不算如何轻柔。随后她取了把银刀，就着火燎了片刻，命他趴在案上，动手剜去他伤口处的一小片腐肉。

谢长庚俯身趴着，双手紧紧抓着案角，后背一阵剧痛，见她态度冷淡，下手也毫无温柔可言，实在忍不住了，咬牙切齿地道："那日要是手边有刀，你是不是就要拿刀来刺我了？"

沉默。

回应他的，只有沉默。

她仿佛没有听见一样，只有那一双手在他的后背上继续做着她自己的事。

谢长庚回过头看着她。

她的视线一直落在他后背的伤处，一张少女的面庞宛如湖水般明净。灯火照着她低垂下来的漆黑眼睛，在她的眼睛下方映出两道柔和而冷淡的弧形阴影。

倘若不是那个孩子就活生生地出现在他的面前，这样的她，怎么看也不像是一个生过孩子的妇人。

她放下刀，拿了药瓶子，用小杵挑了些药膏出来，替他敷了药，包扎伤口。

"每日叫人替你换药，不要淋雨或是弄湿伤处。"

她说完，朝他伸来了手。

一只洁白的、柔软的、带了几分冰凉触感的手轻轻地压在了他的额头上，试探他的体温。

那只手压上来的那一刻，谢长庚闭了闭眼。

她很快便收了手。

"略有体热，或是因伤而起。我开一副方子，照方煎药，一日两服，务必多休息。"

他慢慢地直起身，穿回自己的衣裳。

她依旧没有看他，吩咐完就转过身走到桌边，背对着他，取了纸笔俯身写药方，斟酌着用量之时，她忽听身后传来一道有些突兀的声音："慕氏，我到底做了什么对不起你的事，你要如此恨我？"

她的手一顿，随即继续走笔，说："那日我以为熙儿凶多吉少，才一时失控刺伤了你。你没和我计较，还帮我找回了熙儿，无论如何，我须得向你道声谢……"

身后一道阴影笼罩而下，探过来一只手捏住了她正在写着方子的那只手。

慕扶兰的睫毛微微一动，依旧垂着眼眸。

"松手可好？我在替你开方子……"她说。

他将笔从她手中一把抽掉，掷了。

吸在笔毫上的墨汁四溅，星星点点地洒于案面之上。

"你知我所指！"他俯身下来朝她说道，语气隐隐带着几分郁懑。

慕扶兰抬头，转过脸，对上了谢长庚的目光。

他盯着她，目光阴郁。

慕扶兰的身子才动了一下，他就已经攥着她的手，强迫她转向了自己。

她一时站不稳脚，身子微微一歪，额头撞在了他的下巴上。

一阵潮热的鼻息拂过她的面门。

她便如此猝不及防地被这男人困在了他的身体和桌案的中间。

他说："慕氏，当初我求亲于你，固然妨碍了你与君山那人的好事，但我当时只是前去求亲，并非逼婚。你父王既然答应了婚事，便有他的考量，你身为王女，就算彼时心有所属，从令尊许婚的那一日起，你便应收心，以夫为先。

"立下婚约之后，我信守诺言，保长沙国的平安。不但如此，我一没有妨碍你暗中生儿，二没害过你的心上之人。他是如何死的，与我无半分干系！

"我无须避讳，我出身低微，但我走到今日，你以为是靠着与你长沙国的联姻便一蹴而就的？那三年间，我戎马关山，生死一线，三年后，我如约娶你，我哪里对不起你，你竟要这般对我？"

他的声音渐渐激动起来，气息阵阵向她袭来，他的体温本就有些高，此刻变得越发灼热，那热气仿佛沁透了两人衣裳织物上的经纬，丝丝逼入她的衣下。

慕扶兰感到肌肤悚然。

他停了下来，胸膛微微起伏，仿佛在平息着他此刻的情绪。

"抬眼！"

片刻后，慕扶兰听到他用命令的语气对自己说话。

她慢慢抬眼，对上了一双正阴郁地俯视着自己的眼睛。

他看着她，说："慕氏，我想过了，这回确实是我太过鲁莽，累你儿子置身险境，险些出事，此次是我之过，不会再有下次了。但倘若不是你此前一再欺瞒，辱我太甚，叫我实在忍无可忍，我为何要与你一个妇人过不去？

"你扪心自问，从始至今，到底是我谢长庚对不起你在先，还是你自己行事不讲分寸，太过出格？"

四周安静了下来，耳畔只余他带了几分怒气的粗重呼吸之声，听起来分外清晰。

慕扶兰微微仰脸，和身前这个还困着自己的男子对望着，心里忽然掠过一种有如深深陷足于宿命泥潭的无力感。

从她回到长沙国，他追来之后，类似的争执在两人之间已经发生过太多次了。

而这一回和从前相比，他的愤怒已经十分克制，甚至在愤怒之余，他的语气之中还流露出了几分前所未有的郁邑，乃至委屈。

她怎么可能听不出来。

固然，让人为他这辈子还没做过的事去承担罪责，这是不公平的。

但是终有一天，他的王业会叫他显出他骨血里的凉薄，她知道。

未饮忘川水，何敢忘旧事。

她终于开口，问他："那么，你想怎样？"

"慕氏，我无须你向我下跪认罪，我也无意再为难你。但往后，你要给我记着，我是你丈夫一日，你便要做到为人妻的本分！"

他低头注视着她，慢慢地从口中说出了这样一句话。

案头烛火跳跃。

那片晦暗的眼波之下仿佛有暗流在无声地涌动，那只攥着她的手始终没有松开，依然将她圈在他和她身后的桌案之间。

片刻之后，她动了动自己的手，试图从他滚烫的掌心中挣脱出来，低低地说："方子还没写好……"

"我前些日子在外头一直没睡好，乏了。晚上我会早些回房休息，你煎好药等着。"

他看着她，声音低沉，语气平平，说完，松开手走了出去。

戌时中，熙儿洗过澡，换了睡觉的衣裳，坐在床上。

这一趟她出来得急，身边只跟了丹朱和茱萸两名侍女。两人这会儿在隔壁屋里替熙儿铺床。

慕扶兰检查着孩子足底的伤口。

伤口恢复得很好，都已经愈合，长出了新肉。

"娘亲，我早就不痛了。"

慕扶兰彻底松了一口气，想起他傍晚偷偷溜去谢长庚的书房找他，说："但是这几天你还是不能乱跑，知道吗？肉还没长结实，小心又磨破了皮。"

熙儿点头："我知道了。今天我是想给小马起个名字，才跑去找谢大人的。娘亲，谢大人夸我勇敢呢，说小马和我一样。"

孩子的语气带了点小小的骄傲。

慕扶兰没说什么，只是笑了笑，拿了一双柔软的袜子套在他的小脚上。

仿佛感觉到了她情绪的细微变化，熙儿不再提那个娘亲好像不喜欢听的"谢大人"，闭上了嘴。

"娘亲，我们是不是很快就要回去了？"

过了一会儿，慕扶兰缚着袜带的时候，忽然听到孩子这样问自己。

她抬起眼，看着熙儿望向自己的眼睛，正斟酌着该如何回答，就听到身后传来一个声音："你的小马驹现在还小，它就适合长在河西，去别的地方容易生病，至少要到明年春天，它一岁之后才能离开。你愿不愿意在这里陪它长大？"

"谢大人，你回来了！"

熙儿叫了他一声，立刻从床上爬了起来，仿佛想要下床去，看了眼自己的娘亲，又停了下来。

慕扶兰回头。

谢长庚进来了，人就站在隔屏旁。

"娘亲，谢大人说小龙马现在小，还不能走，我们能不能等它大了再回去？"熙儿看着慕扶兰问，脸上满是恳求之色。

慕扶兰还没来得及答，就听到谢长庚说："她没摇头，就是答应你的意思。"

"娘亲？"

熙儿睁大眼睛，看着慕扶兰。

慕扶兰慢慢地点了点头。

熙儿脸上露出欢喜的神色。

侍女走了进来，说道："翁主，小公子的床铺好了。"

慕扶兰见谢长庚的两只眼睛看着自己，压下心中涌出的一阵烦乱，对着床上的孩子柔声说道："熙儿该睡觉了。娘亲送你去你屋里，好不好？"

熙儿看了眼谢长庚，点头。

慕扶兰正要抱起熙儿，谢长庚已走了过来，说："你叫人替我备水，把药送过来。"

他俯身抱起床上的孩子，转身走了出去，送到相连的隔壁那间屋子里，将人放在床上，命他躺下去，给他盖上了被子。

"睡觉！"

熙儿立刻闭上了眼睛。

谢长庚环顾了一圈，走过去关窗时，身后传来孩子的声音："谢大人，你背上现在还很痛吗？"

他转过头，见那个孩子睁开了眼睛，从床上坐了起来，正在看着自己。

"大人，你不要怪我娘亲，好不好？我会和她说的，让她以后再也不要这样对你了……"

谢长庚望着床上的孩子，心忽然间慢慢地软了下来。

他关上窗，走了回来，对那个孩子说："已经不痛了。我不怪她。"

熙儿松了一口气，说："谢谢大人。那你也记得听我娘亲的话，不要怕药苦，好好吃药，很快就会好起来的。"

谢长庚点了点头，让他重新躺好，说："睡觉吧。"

熙儿再次闭上了眼睛。

谢长庚转过身，正要出去，听到那个孩子又叫了自己一声。

他停步，转过头。

"大人，往后每个晚上你都要和我娘亲睡在一起吗？"

他看见那个孩子又睁开了眼睛，小声地问。人缩在被窝里，蜷成一只小小的肉球，只露出一张小脸，两只眼睛看着自己。

谢长庚一怔。

"茱萸姐姐说大人和我娘亲是夫妻，晚上要睡一起的。她叫我听话，自己睡觉，不要缠着娘亲。她和丹朱姐姐会陪我的。"他又补了一句。

谢长庚回过神来，对着那双望着自己的似懂非懂、清澈纯粹的眼睛，心里忽然生出一种仿佛正和小孩抢夺他心爱之物般的心虚之感。

他咳了一声："你要是不想自己一个人睡，那就回去好了……"

被窝里的孩子摇了摇头。

"大人你去和她睡好了。我就是想求大人，你能不能对她好些，不要欺负她？还有，我娘亲的胆子很小，打雷的时候，她害怕，会抱着我，我也抱着她，这样她就不怕了。下次要是遇到下雨打雷，大人你记得要抱她。"

谢长庚禁不住暗暗一阵面红耳赤，含含糊糊地说："我知道了。你快睡吧。"

那孩子絮絮叨叨，终于叮嘱完，仿佛才安下了心，打了个哈欠，慢慢地闭上了眼睛。

灯灭了。

因为后背有伤，所以谢长庚躺下去后，侧卧而眠，背向着她。

夜渐渐地深了。

慕扶兰察觉到身侧的人缓缓地翻了个身。

一只男人的手搭在了她的身上，虽不重，但掌心里的灼热温度，隔着衣裳亦清晰地透到了她的肌肤之上。

慕扶兰停顿了片刻，睁开眼睛，在彼此看不清面容的浓重夜色里说："你何不好好休息，先把身体养好呢？万一再出血。等好了，也是不迟。"

她的声音轻轻的，语气散漫，就仿佛在和他说着明天吃什么，穿什么。

男子的手停了片刻，忽然张开五指，抓住她细若柳条的腰肢，一下便将她整个人拖至他的身侧，动作叫人猝不及防，她毫无准备，以至于呼吸一滞。

身上也跟着蓦然一重。她感到自己瘦弱的肋骨都要被他压得微微下陷了。

男人沉重的身躯已经压住了她。

耳畔也扑来了一阵灼热的气息，慕扶兰无须睁开眼睛就感到有张脸靠了过来，唇擦过了她的面颊，也不知是无意抑或是刻意。

"不用你装好心！我要是就这么死了，你才是真的高兴吧！"他的脸就贴在她的耳畔，咬着牙似的，恨恨地道。

慕扶兰微微偏了偏头，尽量不动声色地避开他的嘴。

"那就随你吧。"她淡淡地说。

他停顿了一下，又不再继续了，只是依旧那样趴在她的身上。

"……我的背上又酸又痛……骨头里像有虫子在咬……我睡不着……最近天天晚上都是这样。你下手真够狠的。"

良久，她的耳畔忽然传来他带着些沙哑的低语之声，像在解释他此刻的举动，又像是诉苦和抱怨。

她一怔。

黑暗中，她感到有一只手摸索而来，捉住了她的手，将她的胳膊绕在了他的腰背上。

"你帮我揉揉。"

慕扶兰迟疑了下，手终于还是移到他被自己刺伤的伤口附近，掌心贴上去，慢慢地抚揉着。

他的脸埋在她的颈侧，一动不动。

慕扶兰被他压得呼吸不畅，抚揉了片刻，手摸到这个仿佛睡着了的男人的肩膀上，推了推他，说："你还是趴床上吧……"

话音未落，他忽然抬起头，嘴压在了她的唇上，呼吸灼热，两个人就紧紧地贴在了一起。

慕扶兰挣扎了几下便放弃了，等他放开了自己的嘴，能说话了，闭着眼睛说："有件事，我想和你说。"

他手上的动作起先也是漫不经心似的，慢慢地变成带了几分急切，口中却依然只是淡淡地"唔"了一声。

"今日你在书房里说的话，我记住了，但有一事，我想求证于你。我的为妻之责是否包括为你谢家绵延子嗣？"

他的手停住了。

慕扶兰等了片刻，没听到他作答，说："倘若你许可，我便服药。我料你虽也是如此想，但还是先问你一声，免得日后被你知晓，又要怪我自作主张，欺瞒于你。"

她的语气委婉而平静。

男人的肩背被夜色勾勒成一道起伏如峰的沉凝暗影。

他终于开口了，不带半点情绪地说："你也算有几分自知之明。你要服药自毁身体，自管去服，我为何不许？"

他顿了一下，慢慢地低头，唇再次附到了她的耳畔。

"慕氏，你还真是个小贱人。"

轻轻拨弄了一下她娇嫩的耳垂，他轻声耳语。

"小小年纪便与野男人苟合生子了，在我面前却又总是端着，假作清高。"

他冷不防张嘴用齿咬了上去。

耳垂上的肉珠被他咬得就跟要掉了似的，慕扶兰吃痛，用力推他，挣扎起来。

他松开嘴，改而抓住她推自己的两只胳膊，将她挣扎的身子翻了过去，制住。

"谢长庚，你这混账东西……"

她的身子被他以一种怪异的角度扭曲成一团，动弹不得，再也忍不住怒气，呻吟着骂他。

他仿佛在闷闷地笑，声音古怪，说："你竟然刚知道？我的混账会叫你好好领教的……"

就在这时，有人叩门，门外传来仆妇突兀的声音："大人，老夫人来了！"

床帐里正厮打着的两人齐齐停了下来。

谢长庚仿佛一愣，手劲立刻松了。他慢慢地放开了慕扶兰，缓了缓，从她身上翻身而下，一把撩开帐帘，下地点了灯，胡乱套了件衣裳，出去打开了门。

"你方才说什么？"

仆妇手里端着一支蜡烛，照见他脸色难看，急忙躬身道："方才管事命我来传话，城门的守门官派人来了，说城外连夜到了一行人，称是大人您的母亲。"

谢长庚定了定身形，回头看了眼屋里的钟漏。

亥时末了。

"说我马上过去。"

他神色凝重，转身回到内室，匆匆穿好衣裳和鞋履，抓起腰带，一边系一边往外大步走去，走到门边，忽然像是想起了什么，又停住脚步，转头看了眼内室，回来掀开那道低垂着的床帐。

慕扶兰长发散乱，衣裳零落，人还一动不动地趴着。

他的视线在她雪白的后背之上停了一停，眼底一缕懊恼之色一闪而过，拉起被衾盖在了她的身上。

"他们说我母亲来了。我先去看看，你再歇一会儿，若真来了，等我接她到府，你便出来迎她。"

他低低地道，说完，转身匆匆而去。

他赶去城门，值夜的守门官正等在那里，远远看见他来了，奔来相迎，说方才城外来了一行赶夜路的人，其中的老妇自称是节度使的母亲，从夔州老家千里迢迢而来的。守门官不认得人，又是深夜，不敢贸然放行，但也不敢怠慢，当时将人请进来，留在城门旁的值屋中歇脚，又赶紧派人去节度使府递送消息。

谢长庚看了眼城门旁的值屋，快步走去，还没进门，就听见里头传出抱怨之声："你们到底去传话了没？我儿堂堂河西节度使，我亦有朝廷诰命在身，我来这里是为了看望我儿！你们再敢阻拦，等我见了我儿，必不轻饶！"

这个声音谢长庚再熟悉不过，正是他的母亲沈氏。

"老夫人息怒。已经有兄弟赶去节度使府传消息了。"

"老夫人，您别急。大人知道您来了，必会来接您的。坐车一整天，您的腿脚都肿胀了，您坐下来，我给您捏捏脚。"一个年轻女子说道。

谢长庚没有想到自己的母亲竟然真的会千里迢迢地从谢县来到这里，听她语气焦躁，急忙一个箭步跨了进去。

"娘！儿子来迟了，累您久等。"

他的脸上露出笑容，朝着坐在屋里的一个老妇人快步走去。

谢母一路辛苦，今天又赶了一整天的路，这会儿才到，人又乏又倦，还被拦在这里，心里自然不快，嘴里正抱怨着，忽见儿子走了进来，眼睛一亮，腾的一下站了起来。

"庚儿，你总算来了！这些人竟拦着，不让娘去找你！"

门卒和跟进来的守门官面露惶恐，急忙下跪磕头。

谢长庚叫众人起身出去，上前扶住自己母亲的胳膊，说："娘，你误会了，并非他们为难你。他们不认得你，你深夜到来，他们拦你也只是照章办事。娘，你在家里好好的，怎么连个信也没有，突然来我这里？"

谢母看到儿子来迎接了，心里的气也就消了大半，但口中仍抱怨说："你还说！也不想想，你去年走的，连年都没在家过，一晃就又要一年了，我这个做娘的想儿子了，不能来这里看你吗？"

谢长庚想起上次自己原本要回家，中途却又改了主意，改道而去，累老母一路颠沛来此，心中有些愧疚，忙道："儿子不孝，不但未能尽孝于膝前，还累娘您不远千里奔波劳累。现在您乏了吧，儿子先接您回我那里去。"

谢母终于高兴了起来，点了点头，指着身旁的女子道："娘这一路过来，多亏凤儿细心照顾，也算顺顺当当。娘是没事，她可累坏了，你要好好谢谢人家。"

戚灵凤面带倦色，方才谢长庚进来时，她正蹲在地上替谢母揉着腿脚，此刻站在一旁，听到谢母夸自己，低声说："我不累，只要老夫人无事，我一切都好。老夫人为了早些见到姐夫您的面，今日赶了一天的路，想必累坏了。姐夫，您接老夫人先回去歇息要紧。"

谢长庚早就看见她了，点了点头。

秋菊早抚平发脚，细声细气地跟着戚灵凤见礼。

阿猫也来了，一路被秋菊使唤着做这个做那个，连着熬了几宿的夜。方才她实在是困了，见人还没来，偷偷靠在角落里打起了盹，这会儿挣扎着醒来，揉了揉眼睛，朝谢长庚胡乱弯了弯腰，抱起面前的行囊，嘴里嘟囔着这地方好冷，迷迷瞪瞪地跟了出去。

谢母这趟过来，身边除了这几人，自也少不了长随和仆从，方才人都被留在了城门口。

谢长庚扶着母亲上了马车，叫所有人都跟来，带着回了节度使府。

隔壁侍女早被谢长庚出去的动静给惊醒了，知道他走了，过来服侍。

慕扶兰过去，见熙儿睡得沉，叮嘱侍女仔细看顾，不要吵醒了他。

不久，仆妇来了，躬身说，节度使将老夫人接来了，请翁主这就过去。

节度使府很大，空置的院落不少。管事方才就叫起了府里的下人，很快收拾出了地方，供谢母落脚。

谢长庚领着母亲进去，叫人都退出去，扶她坐了下来，说："娘，你来得突然，我这里也没什么准备，晚上委屈娘在这屋里歇着，看还缺什么，明日和慕氏说，她都会替娘备齐的。"

谢母起先很高兴，说一切都好，叫儿子不必为这些劳什子费心了，突然听到"慕氏"两字，愣了一下，说："庚儿，哪个慕氏？你娶的那个慕氏？"

谢长庚点头道："是，她方才还不知您来。这就过来了。"

谢母惊讶不已，皱眉道："上回你回家，不是说她不回来，留在长沙国吗？怎么会在这里？"

谢长庚知道老母不喜欢慕氏，说："她刚来不久，是儿子接她来的，另外有事情。娘，你不必管这些。"

谢母这趟不辞辛劳，从谢县带着人大老远地来到这里，固然是想见儿子，其实也另有心思，忽然得知慕氏也在这里，大为扫兴，偏又听儿子说是他接过来的，一时也不好说什么。愣着的时候，听见门外传来阿猫惊喜的一声欢呼。

"夫人！原来夫人您也在这里！哎呀，太好了！阿猫可想夫人了！"

阿猫被差遣去和仆妇取热水，一边走，一边打着哈欠，忽然看见慕扶兰带着一个侍女走进院子中，顿时觉得困意不翼而飞，惊喜地叫了一声，欢喜地跑上去迎接，不停地朝她躬身问好。

戚灵凤和秋菊被安顿在谢母那屋旁边的一间房里。戚灵凤在屋里，秋菊正站在门口，抖着手里那件白天沾了路上灰尘的衣裳，忽然远远地看见慕扶兰现身，一呆，见她停了脚步，面带笑容地和阿猫说着话，急忙转身入内。

慕扶兰瞥了眼看见自己就一闪入内的那个侍女的背影，叫阿猫及时添衣，免得不适应这里的气候，冻着了。

阿猫点头："我知道了。大人方才送老夫人进去，人都在屋里呢。"

慕扶兰走到主屋门前，叩了叩。

谢长庚打开了门，打量了她一眼。她衣裳整齐，长发也梳成了简单的发髻，垂在脑后，模样恭敬柔顺。

她走到坐在那里的谢母面前，向她行了一礼，说："不知婆母来此，方才未能及时远迎，请婆母勿怪。"

谢母看见她就觉得不顺眼，侧着身说："大半夜的，吵了你的好觉，是我老太婆作孽了。"

慕扶兰说："婆母言重了。婆母路上辛苦，方才我叫人备了夜宵，婆母用了，便请早些休息。"

侍女提着食盒走到谢母身边，将夜宵捧了出来，送到桌上，打开盖子，取筷，摆放得整整齐齐，这才朝着谢母躬身，笑道："老夫人，您请用。"

谢母冷着脸，一动不动。

慕扶兰一双美目看着谢长庚。

谢长庚咳了一声，上前说："娘，赶紧趁热吃吧。"

谢母冷冷地道："我可没这个福气。你要吃，自己吃去！"

谢长庚一顿，朝侍女拂了拂手："收了吧。"

侍女应是，收拾了，提着食盒退了出去。

慕扶兰垂下眼眸，沉默地站着。

谢长庚看了她一眼，压下心里涌出的一缕烦恼之感，转头对自己的母亲说："娘，不早了，您歇息吧，我和她先回房了。若有事，您叫人来传个话。"

他背过身，朝慕扶兰使了个眼色。

慕扶兰退了出去。

谢长庚行至门口，忽然听到身后的老娘嚷了起来："庚儿，你的背上怎么有血？这是怎么一回事？你是哪里不好了？"

他背上的伤口在傍晚包扎起来后本已经止住血了，只是方才在床上动作大了些，牵拉到伤处，血慢慢渗了些出来，沾在衣裳上，自己未曾察觉，没想到被老母看到了。

谢长庚无奈地停了脚步，示意她先走。

慕扶兰看了眼起身走过来，紧张地抓着他胳膊的谢母，默默离去。

谢长庚目送慕扶兰的背影离去，关了门，转身对自己的母亲解释："是前两日儿子在校场时不慎受了点皮肉伤。小事一桩，过两日就好，娘不必担心。"

谢母要儿子脱衣给自己察看，谢长庚说上了药，已经包扎好，不便打开，又再三地保证无事。谢母无奈，这才作罢，她摸了摸儿子的手，觉得有些发烧，又紧张了起来。

谢长庚说："儿子无妨。是最近事情多，没休息好所致，现在已经在吃药了。儿子的身子一向好，歇两日就好了。"

谢母抱怨："那个慕氏，不是我说她，既然人在你身边，她到底是怎么照顾你的？竟然叫你病成这样！这叫我怎么放得下心？"

谢长庚看了一眼自己的母亲。

老太太眉头紧皱，脸上的每一寸皱纹都充满了对那妇人的不满，叫他不禁想起方才她被冷落刁难，站在一旁垂眸低头的身影，显得柔弱而无助。

他迟疑了一下，开口说："娘你莫误会。是她给儿子看的病，儿子吃了她的药，这才好多了。她来了之后，对儿子也是侍奉周到，并无懈怠之处。"

谢母不作声，脸色还是不大好。

谢长庚扶老母进去，叫阿猫送水进来，亲自替母亲洗脚，侍奉安歇。

儿子又是伤又是病的，老太太心疼，怎么舍得让他做事，不肯让他忙碌。

谢长庚见母亲坚持，便叫阿猫代自己。

阿猫应了一声，才蹲下去，戚灵凤就从门外走了进来，笑道："姐夫，还是我来吧。"

阿猫有点不高兴，噘了噘嘴，看着谢长庚。

戚灵凤走到谢母的面前，叫阿猫起身。

阿猫不情愿地站了起来。

戚灵凤挽着自己衣袖时，谢长庚忽然道："阿猫，你继续吧。"

阿猫顿时高兴起来，"哎"了一声，立刻蹲了下去。

戚灵凤一怔，慢慢转头望向谢长庚。

谢长庚望着她说："我与母亲还有些话要讲。而且这一路你很辛苦，去歇着吧，我来侍奉我母亲，你不必留这里了。"

他的语气温和，但言语之中的疏离感十分明显。

谢母却听不出来，只道儿子是关心戚灵凤，连连点头，催促道："对，对，凤儿你回房吧，早些歇了。"

戚灵凤咬了咬唇，低低地应了一声，退了出去。

阿猫替老太太洗完脚，谢长庚服侍母亲坐上了床，谢母道："庚儿，慕氏嫁你这么久了，肚子如今还没动静？"

谢长庚"唔"了一声。

谢母叹气："谢家就你一根独苗，我可是天天都盼着呢。我看她那样子就是不好生养的。这样下去，要等到何日，娘才能见到咱们谢家开枝散叶？"

谢长庚心里郁闷，面上却没表露出来，含含糊糊地应道："她也还小，况且过门后，儿子和她也是聚少离多，娘你莫急。"

"怎么不急？庚儿，娘和你实话说吧，这趟过来，娘除了看你，也是想和你商量，你看什么时候方便，把你和凤儿的事早些办了吧。

"慕氏不是正好也在吗？省得说我们瞒着她！"

谢长庚心里越发烦闷，沉吟了下，抬头见阿猫站在一旁，正瞪大眼睛看着自己，拂了拂手，叫她出去，这才说："娘，戚家女儿的事，儿子先前考虑过，还是觉得不妥。戚家对娘你有大恩，委屈她做妾，是对不起他们家。儿子的意思先前和娘你也提过的，娘还是认她做义女，替她寻个好人家，风光嫁了，这才是报恩。"

谢母本来已经躺了下去，闻言一下坐了起来。

"庚儿，你怎么了？连娘的话都不听了？"

她面露恼意，狐疑地盯着自己的儿子。

"是不是那慕氏说一套，做一套，在我这里说同意此事，在你跟前却闹？你要是不便，娘再和她说去！她若不肯，那正好，你休了她便是！你有太后撑腰，谅他长沙国也不能拿你怎样！"

谢长庚本不想叫寡母失望。戚家对此求之不得，他亦心知肚明。且这事于他而言，本来也不算什么需要慎重考虑的大事。但在他的心底又有一种直觉。这件事，倘若他松口应了下来，往后在慕氏面前，他便再无任何翻身的可能了。

慕氏于他，不过犹如鸡肋，但若就此弃了，不知为何，他又极其不甘。

"你给我说话！"

谢母见儿子不语，生气地拍了下床。

谢长庚看着满面怒容的母亲，忽觉额角青筋像被什么吊住似的，突突地跳，头忽然痛得厉害。他停顿了一下，说："娘，戚家女儿的事就这样吧，往后儿子便拿她当义妹看待了。儿子头有些痛，娘你歇下，儿子回了。"

谢母听儿子说头痛，打量了他一眼，见他面色晦暗，印堂发青，确实是精神不济的样子，又心疼了起来。

满心打算的事情不顺，她舍不得怪儿子，只能在心里怀疑慕氏在儿子的耳边吹枕边风，儿子被她的色相迷惑，这才一反常态地忤逆自己。她道："好，好，先不说这个了，娘睡了，你快些去休息。"

谢长庚扶她躺了下去，吹熄灯火，走出了这间屋子，只觉整个人疲倦无比，比打了一场仗还要乏累。

他揉了揉太阳穴，转身回房。

门窗里亮着灯火，他推门而入。

慕氏还没上床，人坐在镜子前，手中拿了一把小剪子，对着镜子修剪着那日被他用剑削断的一片头发。

白日绾髻，头发全部拢归于一处，尚且看不出来，一散下来，发脚参差便十分明显了。

她专心地修着发脚，似乎没听见他进来的动静，背对着他，没有反应。

谢长庚在原地站着，看了她背影片刻，走过去说："你备的夜宵拿来给我吃吧，正好有些饿了。"

慕扶兰抬眼看着镜中那个望着自己的男子，淡淡地说："我自己吃了。你要吃的话，我再去给你弄。"

她放下手里的剪子，站起来便要出去。

谢长庚忙道："罢了，你吃了就好，我也不怎么饿。不早了，还是睡了吧。"

慕扶兰上了床。

谢长庚脱衣，跟着躺了下去。

他又乏又累，却根本睡不着，更不用提继续先前被自己母亲的突然到来而打断的那事了。他闭目片刻，睁开眼睛，盯着妇人背向自己而卧的背影，迟疑了下，靠了些过去，说："慕氏，我母亲年纪大了，若是说话行事有叫你为难的地方，你不要和她一般见识。"

慕扶兰慢慢睁眼，转头和枕畔的男人对望了片刻，说："不是我不愿忍，而是婆母她厌恶我，见了我便不快。我就算想服侍，她也不需要。诚如你所言，她年纪大了，我不想她因我而日日不快。"

谢长庚伸手将她轻轻拢入怀里，哄道："你莫多想，且忍忍。过些时候她也就回去了，不会一直留在这里的。”

慕扶兰说：“我忍无妨，这是我的本分，也是我该受的，但我不能叫熙儿和我一样，哪怕只是受你母亲冷眼，我也不能忍受。”

谢长庚道：“熙儿是孩子，明日我会亲自带他去见我母亲的，只说是你认的义子，我母亲就算不喜，也不会对他如何的，你放心就是。”

慕扶兰从他怀里挣脱出来，坐了起来。

“你是这样认为的，我却不敢苟同。今夜她过来，我给她送夜宵，她如何对我，你是亲眼所见。婆母如此厌恶我，又如何能善待我的熙儿？”

谢长庚听她这样评价自己的母亲，虽然知道她说的未尝没有道理，心里却很是不快。今夜积下的无名之火腾地冒了出来，语气也变得生硬了，他皱眉道：“她人都来了，你到底想怎样？”

他说完，突然想到一事。

“慕氏，我知道你算计不少。但我母亲什么都不知道，你若敢故意让她知道你做过的丑事，把事情闹大，搅得家宅不宁，到时候可别怪我不客气。”

慕扶兰说：“你想多了。就算我自己不要脸，亦不顾你的脸面，也不会叫熙儿随我受辱的。你放心便是。”

她继续道：“我方才走后，婆母一定在你面前说我的不是了。我确实不配做你谢家的媳妇。我也说过，我无论怎样都无妨，是我该受的，但我不能叫熙儿受委屈，一天也不能。他若受委屈，比我自己死还难受。你让我带熙儿回长沙国去，如此，她遂心，你也能得清净，岂非最好？”

谢长庚看着她，想起今夜她被自己母亲冷待、刁难之时的无助模样，心里的不快又渐渐散去，只觉头痛得越发厉害，却就是不愿遂了她的心愿让她趁机离开。他闭上眼片刻，冷冷地道：“罢了，你既担心那孩子遭冷眼，也就不必带去我母亲跟前了。先送他去别的地方住一段时间。"

一双柔软的手贴到了他的两边太阳穴上，用拇指替他按压着穴位，手法和力道无不妥帖，叫人觉得舒适。

谢长庚睁开眼睛。

她跪坐在他身边，明眸凝视着他，轻声说："熙儿还小，他一个人，会想我的。"

谢长庚和她对望着，片刻后说："你也不用侍奉我母亲了，随他一起去吧。等我母亲走了，我再接你们回来。"

KUWEI

酷威文化

图书 影视

辟寒金

蓬莱客 著

（下）

四川文艺出版社

目录

辟寒金

第
十
六
章

马
场

拾陆

次日起大早，谢长庚送慕扶兰母子出城回来，得知老母起了身，放下手里的事情，匆忙过去问安。

谢母已经知晓慕氏认了个义子，还带了过来的消息，意外之余，十分不喜，此刻见只有儿子一人过来问安，不见慕氏，更不见那孩子，一问，才知母子一早竟然已经走了。

老太太虽然厌恶慕氏，更不喜欢那便宜"孙子"，但自己昨晚才来，今早她便带着孩子离去，不来自己跟前伺候，显然是轻视怠慢自己。

而且很明显，这是儿子许可的。她想到一向听话的儿子竟三番两次地忤逆自己，不肯答应那件事，心里越发不快，阴沉着脸，一言不发。

谢长庚知道老母不高兴，解释道："娘，您不喜欢慕氏，儿子便送她走了，免得惹娘您生气。"

谢母"哼"了一声："说得好听！你心里怕是在怪我欺负你的可心人吧？我才来一个晚上，你就急匆匆地把人给送走了。莫非在你们眼里，我老婆子是吊睛虎，会吃人不成？"

谢长庚笑道："娘您想到哪里去了。娘您千里迢迢来这里看儿子，儿子十分感动，她也伺候不好娘，倘若叫娘为外人气坏身子，便是儿子的罪过了。"

谢母听儿子这么说，心里的气才稍稍平了些下去，说："自己肚皮不争气也就罢了，还认什么义子。庚儿，娘可告诉你，她休想让那野孩子跟着你姓！"

自己的母亲性情褊狭，谢长庚一向是知道的。对此，他从前也无多大的感觉，只念老母含辛茹苦早年不易，诸事顺着她也就是了。

但此刻，听她用这样的口吻说那个孩子，他忽然想起今早自己送那母子二人出城，慕氏隐在马车里，始终没露脸，倒是那个孩子，马车离去时，他偷偷地从车窗里探出头，不住地张望自己，念及此，他心中忽然有些不快。

他并未接话，脸上依旧带着笑，恭敬地道："娘，您好生歇着。儿子最近事情多，今日不能陪您，儿子先去了。"

他叮嘱管事好生伺候自己的母亲，转身去了。

谢长庚说事情多而去，倒也不是借口，忙碌之间，转眼几天便过去了。这日，天黑了下来，掌灯时分，他还在衙署里和刘管等人议着一件事情。

河西往西，过祁连，便是玉门，出玉门，在毗连北人活动频繁的大漠深处，天山雪岭之下有一小城，名金城，本隶属本朝，在那里常年驻有一千将士，设烽燧，监视着北人的行动。但在几十年前，金城被北人占据，朝廷权衡之下，放弃了管辖。

数年前，谢长庚夺回了金城，重新派士兵驻守。但要维持金城的驻军，代价不小。光粮草一项，仅以输送为例，从河西出发，边境漫长，路途险阻，时刻可能受到北人骑兵的袭扰不说，一个运送粮食的士兵路上便要吃掉相当于十个军士的口粮，而那块地方除了标界的作用，占有的实际意义不大。这也是朝廷先前放弃金城的原因之一。

负责河西粮草调度的交城令许轲数次提交账目，认为粮草有限，建议放弃金城，将防线回撤。

此刻议论的便是此事。众人大多赞成，认为确实不必再以高昂代价继续维持金城驻军，议论完毕，所有人都望着上座的谢长庚，等着他的决断。

谢长庚沉吟片刻，目光从面前的一张张脸上掠过，开口道："一千驻军，守的并非金城一戍，还有天山、雪岭以及雪岭之南的土地。

弃金城，便是弃地，拱手让人，更是亵渎此前为夺金城战死的将士。纵然千里不毛，我谢长庚只要在此任节度使一日，莫说十倍，便是百倍的代价，亦寸土不让！"

他将手中的账本丢回给了许轲。

"此事就这么定了，往后不必再议。粮草问题，可裁撤冗军解决。河西要的，不是大军，而是精兵。"

节度使一锤定音，又给出了解决的法子，众人谁敢再说不，立刻应是。

谢长庚留下刘管几人，命召齐军中文书，尽快梳理军队名册，裁撤战斗力相对低下的老弱，转而派去垦荒屯田。

正说着话，他看见管事在堂外张望着，仿佛有事，便叫了进来。

管事说，老夫人亲自下厨给他做了一桌饭菜，自己也不吃，一直在饿着肚子等他回去，此刻天色已晚，方才打发自己过来催问。

谢长庚看了眼外头。

天色漆黑，外头完全暗了下去。

他收回目光，见刘管等人都看着自己，方意识到时间不早了，几人只怕都已饥肠辘辘，有家室的，家中妻子大约也正在等人回去用饭，便叫大家散去，明日着手做事。

部下遵命而去。谢长庚不想老母久等，也匆匆回到后院，见她果然做了一桌丰盛的菜肴，在等着自己吃饭，忙将人扶上桌。

"娘，您何必如此辛苦。你来这里，儿子未曾尽孝，还要娘您下厨等我，儿子实在无地自容。"

谢母将戚灵凤叫了出来，笑眯眯地说："有凤儿帮着，娘不辛苦。凤儿，你也忙了半天，坐下一起吃。"

戚灵凤忙摆手道："凤儿不敢。老夫人和姐夫用饭吧，我伺候老夫人。"

"叫你坐，你就坐！"

谢母命秋菊替戚灵凤设座，见她还不肯，佯怒道："还不坐下！

你也不听我的话了？"

戚灵凤看了一眼对面的谢长庚，见他一言不发地看着自己，终于挨着半边凳子坐了下来。

谢母这才高兴了起来，叫秋菊给儿子倒酒，自己不停地给他夹菜。

"你多吃些。凤儿手艺好，这几道菜都是她做的，你尝了就知道。有家有室的人竟瘦成了这样，娶的人也不知道有什么用，娘见了都心疼。"

谢长庚确实腹中饥饿，只是听到老母在耳边絮絮叨叨，说的话自己又并不是很想听，胃口一下便败光了。他推不过自己母亲的情，勉强吃了一碗饭，也没怎么夹菜，起身替老母添饭，盛汤，说："娘，儿子方才在前头吃了些东西，现在已经饱了。我还有事，娘您慢用，晚上记得早些歇息。"

他出了饭厅，径直去了书房。

时辰渐晚，戌时末，谢长庚埋首案牍，渐渐觉得后背伤处又隐隐酸胀，难免想起那个刺伤自己的妇人，慢慢停了手中的笔。这时，门外忽然响起了一阵由远及近的轻悄脚步声，门被轻轻叩动，他回过神来，见一道女子身影姗姗而来。

戚灵凤入内，手中托了一只托盘，盘中有盏，停在他的面前，双目脉脉望来。

"姐夫，老夫人说你晚饭也没吃几口，怕你饿，命我做了夜宵送来。姐夫不要嫌弃。"

她将托盘放在桌上，打开碗盏，随即站在一旁，悄悄地望着烛火之后的男子。

谢长庚本想开口叫她回去，略一迟疑，又改了主意，他慢慢放下笔，说道："戚氏，我母亲这趟带你过来的目的为何，你可知道？"

戚灵凤脸红了，声若蚊蚋："老夫人和我提过几句……"

谢长庚点头。

"我母亲在我面前也说过，我亦曾不止一次回复，不知她是否转告过你？"

戚灵凤低头不语。

谢长庚继续道："我母亲叫我纳你为妾，以此报你当年救她的恩情。我以为不妥，这于你，于你戚家，都太过轻慢，料你母亲的在天之灵，也是不愿的。我的意思是叫我母亲认你为义女，替你安排一门亲事，风光出嫁。"

戚灵凤抬起头，方才脸上的红晕早已褪去。

"姐夫，我知我蒲柳之姿，本不敢妄想什么。但这么多年以来，我对姐夫你的一片真心，天可为鉴……"

她凝视着灯后那个男子，眼中凝出泪光，慢慢地跪在了地上。

"姐夫，我真的不计较名分，做妾也心甘情愿。只要这辈子能在老夫人和姐夫你们身边伺候，我便心满意足。求求姐夫不要这么狠心……"

谢长庚说："我已经有妻子，无须纳妾伺候。至于你与我母亲的情分，母女亦能成全。"

戚灵凤的身影凝住了。

"戚氏，当年你对我母亲的救命之恩，我十分感激，并不曾忘。日后若有机会，我必会加倍回报于你。"

戚灵凤僵立了片刻，眼泪流了下来。

"姐夫……"

"戚氏，"谢长庚打断了她，"往后你唤我职名或是义兄皆可。不早了，你陪了我母亲一天，想必也乏了，起来吧，我叫人送你回去休息。"

他说完，起身去往门口。

戚灵凤急忙从地上爬了起来，说："不敢劳烦大人，我这就去了。大人的意思我已知晓。我愿听从大人安排，认老夫人为义母，免得叫大人为难。"

她低着头，垂泪匆匆而去。

夜已深，谢长庚却了无睡意，不想回房，也无心再做事。他慢慢地踱到书房窗前，推窗，看了出去。

夜空布满乌云，云层里隐有电光闪烁。风刮得疾劲，猛地卷走庭院秋树枝头的大片枯叶，枝叶落地，发出簌簌的响声。

仿佛又要下雨了。

谢长庚忽然想起那个孩子那夜叮嘱自己的话，渐渐地出了神。

就在此时，门外又传来一阵脚步声，踢踏踢踏的。那人到了门前，胡乱拍了两下，便一把将门推开。

阿猫跑了进来，嚷道："大人！戚娘子方才回去一直在哭，老夫人在屋里嚷了起来，让我来叫你立刻过去见她！"

谢长庚感到一阵心烦意乱。

他半点儿也不想去见自己的母亲，迟疑间，忽然听见庭院门外隐隐传来自己母亲和一个粗使仆妇的说话之声，知道她人正往这里来，他再不犹豫，一把抓起佩剑，说道："阿猫，记住，老夫人来了，就说我不在，你没看见我！"

他抬脚出了书房，匆匆拐往另一扇侧门，到了门前，才发现门竟落了锁。他看了下四周，纵身攀上墙头，翻了过去，随后去马厩取了马匹和蓑衣，出了节度使府的大门。出门之前，他吩咐门房，部下若有事寻来，往北山马场传消息便可，又叮嘱不要叫老夫人知道。

门房一一答应。谢长庚翻身上马，径直而去，一人一马很快没入夜色，消失不见。

狂风卷过马场宽阔野地的上空，肆虐地拍打着屋子外间那扇没有关好的窗户，发出一阵哐哐的异响。

慕扶兰从睡梦中被惊醒，心跳得有些快。

来这里已经住了好几天了。对于孩子来说，这里确实是个玩耍的好地方，熙儿很喜欢。

黑暗中，她下意识地摸了摸身畔，指尖触到了孩子小小的身子。

熙儿靠着自己，正在安睡。

慕扶兰呼出一口气，人慢慢地放松了下来。她从床上爬了下去，摸着黑来到外间，停在窗前，看了眼外头。

夜色深沉，天空有闪电掠过，雷声滚上远山之巅。

要下雨了。

她关紧窗，回到里屋的床上。

她怕雷声惊醒熙儿，将他抱入自己的怀里。

屋外电闪雷鸣，夜风冷雨，她紧紧地抱着怀中的小人，在暖和的被衾里闭上了眼睛。

她睡睡醒醒，也不知过了多久，夜至几更，耳畔仿佛再次传来了几下轻微的叩门之声。

朦朦胧胧之间，起先她以为是哪里的门窗仍未关牢，被风雨掠动。

但很快，她便知自己想错了。

醒来，熙儿仍在她的身畔沉沉安眠着，而外头不知何时起，风已停歇，雨也不再。

细听，那叩门的声音也消失了，耳畔万籁俱寂，只余门廊檐头上的积水滴落发出的清脆滴答之声。

或是梦中幻听而已。

慕扶兰睁开眼睛，望了眼窗外。

外头依旧乌沉沉的，她估摸应该有四更了。

她再次闭目之际，又传来了那个声音。

这回听得清清楚楚，是有人在叩门。

鉴于前次失火的教训，加上今秋气候反常，夜间频有雷电，马场现在的夜巡较从前越发严格。且在她来了之后，住的这个院落四周的夜间守卫极为严密。

这个时辰正是人人酣睡之际，会是谁来这里敲门？

慕扶兰慢慢地坐了起来，披衣下地，点了灯，托着烛台走到外间，隔着门轻声问道："谁？"

"是我。"

门外响起了一个仿佛夹杂着几分疲倦的男子的低沉声音。

慕扶兰辨出了是谁。

她立刻穿好衣裳，拉开门闩，打开了门。

一阵带着湿气的冷风扑入，吹得她手中烛火摆动。

一团摇晃着的昏黄灯火里，她看到门外立了一个人。

那人低头跨过门槛，走了进来。

残水沿着他身上那吸饱了水的斗笠和蓑衣的边缘缓缓地滴落，昭示着他是冒着前半夜的那场风雨行了夜路，才到了这里的。

慕扶兰未免惊讶，亦有几分不解。但见他一句话也没说，进来停在门边就开始脱斗笠和身上的蓑衣，她便也不问他从哪里来，或是为何连夜冒雨而来，只默默地站在一旁看着。见他脱了斗笠和蓑衣递过来，慕扶兰便将蜡烛放在一旁的桌上，接了，将雨具摆在门边的屋角沥水。

"我肚子饿，你这里可还有吃的？"

她听到他问。

她转过头。

雨具并未将他和夜路风雨完全地隔离开来。他的鬓角眉梢透着蒙蒙的潮气，衣衫也湿了大半，紧紧地贴在身体上。

他就这样站在她的身后望着她，一脸的倦色，模样带着几分狼狈。

慕扶兰迟疑了下，说："厨娘不睡这里，但厨下应该还有昨晚多出来的一些吃食。你要是不嫌，我去热了拿来。"

他揉了揉额角，低声说："好。"

慕扶兰瞥了他一眼，压下心中的疑虑，叫他等着。

她出了屋，唤起睡在隔壁的侍女，来到厨房找出昨晚剩下的吃食，起火热好，拿了回来。

离天亮还有一会儿，她叫侍女再去睡，自己提着食盒推开了门。

桌上蜡烛还亮着，静静地照着屋子。

那个人却不见了。

慕扶兰将吃食轻轻地放在桌上，拿了烛台朝里而去。

她走了几步，停了下来。

潮湿的衣裳、解下的腰带都凌乱地挂在椅背上。床前的地上扔着两只男人的靴子，一只倒着。

那个人趴在枕头上，占了她先前睡觉的位子，脸向着床里还在睡梦中的熙儿，睡了过去。

房间里静悄悄的，他的背影一动不动，发出低沉而均匀的呼吸声。

慕扶兰托着手中的烛台，望着床上相对睡着的那一大一小的身影，一动不动。

片刻之后，她收了衣裳，慢慢地退了出来。

她打开窗户，将湿衣晾在窗前。

她吹熄了烛火，在黑暗中，独自抱膝坐于椅中，望着窗外那片迷蒙的夜色，等待着天亮。

谢长庚睁开眼睛，发现天已大亮。

一道朝阳的光从窗户里射入，将屋子照得红彤彤的。

他的床前站着一个孩子。

那个孩子睁大一双乌溜溜的眼睛，仿佛正在观察着他。

谢长庚的视线一时顿住。

那个孩子仿佛已经等了很久，见他终于睁开眼，脸上立刻露出了带着几分拘谨的欢喜之色，小声地说："谢大人，你醒啦？"

阳光照到床前的那片地方，略微刺眼。

谢长庚闭了闭眼，很快便想起了一切。

昨夜，他为了避开自己的母亲，几乎是落荒而逃，冒雨疾驰了一百多里的夜路，来到这里时，又冷，又饿，又倦。她去给他弄吃食时，他本来只是想躺一下，假寐片刻而已。不想脱衣一沾枕头，闻到枕上残留的一缕淡淡的暖香，人便一下子彻底放松了下来，合眼便睡了过去。

习惯早醒的他，竟一觉睡到此刻才醒。

他慢慢地翻了个身，和身侧那孩子对望了片刻，抬手揉了揉他的小脑袋。

"你娘亲呢？"他坐起身，看了眼四周。

"娘亲在外头！大人你等等，我去叫她。"

熙儿转身，口中嚷着"娘亲！谢大人醒来了！"一路奔了出去。

片刻之后，门口出现了一道纤影。

慕氏走了进来，将他的衣裳放下，说："饭在外屋，洗漱完了就能吃。"

说完，她走了出去。

谢长庚默默地穿回已经晾干了的衣裳，走了出去，看见水打来了，饭也摆在了桌上。

他洗漱过后，很快吃完，走了出去。

昨夜那段风雨夜行之路如同梦境，此刻，眼前的马场阳光灿烂，一望无际。

马场管事带着人早已在等着了，向他汇报上次火灾过后的修复和整顿情况。

既来之，则安之。谢长庚亲自巡了一遍马场，巡视结束之后，半天便过去了。

他却还不想回去。

他将那个孩子叫了过来，问他这几天在这里都是如何过的。

熙儿说："早上娘亲教我读书习字，读完书，我就和我的小龙马玩。"

谢长庚微笑着道:"小龙马已经可以让你骑了。你想骑马吗?我来教你。"

他看到孩子的眼睛里露出惊喜的光芒,分明就要应好了,忽然又看向他的身后,奔了过去,喊道:"娘亲!谢大人说他可以教我骑马!"

谢长庚转头,看见慕氏快步走过来牵住了孩子的手,对他摇了摇头,说:"熙儿!谢大人的事情很多,你不要打扰他……"

谢长庚走了过去,打断了她的话。

"我这趟来就是看一下马场的,今日已经无事,无妨。"

他说完,吩咐管事去取一套小马的辔头和马鞍。

小马也被随从牵了过来。谢长庚亲自上好辔头和马鞍,走了过来,从慕扶兰的手中牵过熙儿,将人抱了起来,送坐到马鞍之上。

"你不必担心,我会保护好他的。天黑之前送回来。"

谢长庚转头看了她一眼,说道。

整整一个下午,熙儿被谢长庚带着,不见了人影,直到黄昏,天快要黑了,才从外头回来。

熙儿满头满身的汗,洗澡吃饭时整个人仿佛都还沉浸在刚学会骑马的快乐里。直到被抱上床,安静了下来,白天的疲劳才袭上来。

他睡眼惺忪,打了个哈欠,含含糊糊地说:"娘亲……谢大人说下次有空再带我骑马……他什么时候才有空……"

声音渐渐低了下去。

她低头,见熙儿闭上眼睛,已经沉沉睡去。

她起了身,轻手轻脚地走到外间,对那个立在窗前的男子背影说道:"坐下。"

傍晚回来之后,他说后背伤口酸痛,叫她给他看看。

谢长庚转头看了她一眼,关上窗户,慢吞吞地走了过来,自己解开衣裳,坐到桌边,背对着她。

　　慕扶兰挑亮烛火，照了照。

　　两处伤口已经基本愈合了，只是颜色发白，皮肉发软，微微肿胀，显然是昨晚被雨水浸泡所致。

　　"不是叫你不要淋雨吗？昨夜何必冒雨来此。"

　　她用药水替他擦拭，淡淡地道。

　　"你再替我揉揉吧。"

　　他含含糊糊地说，答非所问。

　　慕扶兰装作没听到，转过了身。

　　"这地方有些小，我都是带着熙儿睡的。晚上你若也睡这里，我就叫人另铺个铺……"

　　一双手从后面伸过来攥住了她的腰，将她拖了过去。

　　慕扶兰跌坐到了男人的大腿之上。

　　她起身，他不放。挣扎间，也不知道是谁不小心撞了下桌案。

　　桌脚微微移了一下，桌上的蜡烛没立稳，"砰"的一声倒了下去。

　　灯灭了。

　　屋里一下陷入了昏暗。

　　慕扶兰心跳加快，整个人发肤绷紧，有毛骨悚然的感觉。

　　他仿佛感觉到了她身体的变化，停了下来。

　　"当心吵醒了熙儿。"

　　片刻之后，耳畔微微一热，他说道。

　　慕扶兰停住了。

　　男人的臂膀慢慢地缠着她的腰肢，缠紧了，将她整个人搂入了怀里。

　　他低下头，张嘴轻轻含住了她的耳垂，和她耳鬓厮磨着。

　　"慕氏，你不必怕我。你安心跟我，我会对你好的。"

　　昏暗中，慕扶兰听到他在自己的耳畔低低地说道。

　　他说完，站了起来，将她抱起，仰放在了身后的桌上。

　　裙裾被推了上去，堆在了她的腰上。

冰冷坚硬的桌面紧紧地贴着她失了保护的身子。

慕扶兰闭目，以手抚面，眼眶酸胀。

曾经，她是那么安心地跟着他，做他的妻子。

男人仿佛感觉到了来自身下这个小妇人的顺服和听从。他被一种奇异的快感驱使着，整个人热血沸腾。

他的五指紧紧地握住了她肌肤温暖的腿，让她缠着自己的腰，就在他迫不及待地贴向她时，听到门外传来了一阵急促的脚步声。

"禀大人，城里来了人，说是老夫人那边出事了！"

谢长庚定住，过了一会儿，发出了一道长长的呼吸之声。

他慢慢地松开了握住她腿的手，离开她，将她的裙裾放了下来，自己也整了下衣裳，随即开门，快步走了出去。

节度使府派来了一个下人，说老夫人昨夜便连夜收拾东西，闹着要回去。管事不敢放行，老夫人就绝食，从早上起粒米未进，所以管事请他尽快回去。

慕扶兰人在里头，隐隐听到了外头说话的声音。

片刻后，谢长庚入内，点了灯，神色懊恼，对她说了句："我有事，先回了。"说完转身就走，走到门口，脚步又顿住，回头看了她一眼，快步走回来将她从桌上抱了下去，送到内室，放在了熙儿的身边。

"睡吧。等我有空了，就来看你。"

他俯身下来，替她盖好被子，安抚似的摸了摸她的脸，随即转身匆匆而去。

谢长庚赶回城中时，已经是下半夜了。管事还没睡，正焦急地等在前头，得知他回来了，赶忙奔出来迎接，将事情的经过说了一遍。谢长庚命人取来饭食，带着来到老母住的院落，推门而入。

谢母面向里躺在床上，一动不动。

戚灵凤带着秋菊跪在床前，双眼红肿，正在苦苦求着谢母进食，看见谢长庚现身，她掩面痛哭道："大人，非我撺掇老夫人如此，昨夜我是真心求老夫人认我做义女的，不想老夫人发怒，执意不肯，以至出了这事。我若有半句谎，天打雷劈，不得好死。"

秋菊也忙磕头："大人，您不知道，老夫人昨晚连夜说要走，被戚娘子给劝住了。不想一早起来，老夫人就什么也不吃，连口水也没喝过。老夫人年纪大了，戚姑娘怕她支撑不住，已在这里跪求了一整天，但无论怎么劝，老夫人也是不听。"

谢母呻吟，有气无力道："我是不想活了，你们都别管我！"

阿猫在旁边咬着手指，瞪大眼睛，一脸的不知所措。

谢长庚命人全都出去，关了门，端着粥走到床前，对着背对着自己的老妇人低声说道："娘，您起来，儿子伺候您用饭……"

话音未落，谢母挥手，一把将他手中的碗扫到了地上。

"哗啦"一声，碗碎了，粥洒了一地。

谢长庚停顿了一下。

"娘，儿子不孝，倘若惹您生气，您尽管打我骂我，千万不要气坏身子。"

谢母颤巍巍地坐了起来，怒道："你也知道你不孝？你眼里还有我这个娘吗？你心里怕是巴不得我早些死了才好，往后再不用烦你！"

谢长庚跪了下去，说："娘，儿子绝无此意。娘您息怒，先用饭可好？"

谢母一把掀开被子，从床上爬了下来，口中道："罢了，我知道你如今做了节度使，翅膀硬了，我怎么敢打你骂你？我辛辛苦苦地生养儿子，到底何用？连这么一件事都不肯顺了我的心意，我活着还有什么意思！我这就自己了断，免得碍着你们的眼！"说着噔噔噔几步走到桌前，从针线盒里翻出一把剪子，朝着自己的脖子便要扎下去。

谢长庚急忙夺了下来。

谢母推开儿子，一屁股坐到了地上。

"我就你这么一个儿子，辛辛苦苦把你养大，你从小到大，我都要你做过什么了？不过就这么一件小事，你都不肯，我又没有逼你休了慕氏！你不是看我不顺眼，逼我死，是什么？"

谢长庚道："戚氏自己也答应，说愿意做娘的干女儿，娘您何必定要儿子纳她！"

"你还说！你都这么开口了，她一个女儿家难道还能赖着说不肯？可怜凤儿这么多年一直等着你，委曲求全，到头来你却如此忘恩负义！早知道这样，当初逃难掉下水，我就该松手不活了的。如今害凤儿没了娘不说，连下半辈子都没了依靠！我日后死了，有什么脸去见凤儿她娘？"

谢母一边用手拍着地，一边哭诉。

谢长庚望着坐在地上披头散发、一把鼻涕一把眼泪的老母，眉头紧锁，半晌，终于说道："娘，您先起来。此事容儿子再考虑。"

一直以来，谢母在戚灵凤面前再三地保证，说儿子定会听自己的话，迟早将她接进门来。没想到这回儿子仿佛铁了心地要拒绝，谢母一来失望至极，二来更不愿在戚灵凤面前丢脸，这才寻死觅活，以命相逼。

谢母偷偷觑了儿子一眼。

儿子虽然松口了，脸色却不大好看。她也不傻，自然看得出来儿子这是勉强让步。

这些年，他的官越做越大，积威迫人，自己也是靠着儿子得封诰命，在乡邻面前风光无比。

戚灵凤固然值得疼爱，但自己终究是要靠儿子的，老太太心里清楚得很。他终于退让，自己能在戚灵凤面前挽回些颜面了，便也不敢再逼，怕真的将他惹怒，和自己翻脸。

"你一日推一日，到底要到何时才能把事情办了！"谢母埋怨。

谢长庚长长地呼了一口气，耐着性子说："儿子最近事多，还请娘体谅。儿子尽快。"

他将老母从地上扶起。

"娘，您饿了一整天，儿子先伺候你用饭。"

谢母抹着眼泪坐了下来。

"庚儿，你不会怪娘逼你吧？娘就你一个儿子，凡事都是为你考虑。慕氏那个妇人看着就不是福厚之相，不是庚儿你的良配。凤儿却知根知底，又稳重，又孝顺，你身边有她照顾，娘才能放心。"

谢长庚微笑道："娘的好意，儿子明白。"

折腾了一天一宿，谢母早就疲倦不堪了，见终于逼得儿子露面让步，孝顺依旧，也就见好就收，吃了些东西，唉声叹气地躺下了。

谢长庚服侍老母睡了，从房里出来，停在门口，闭目，揉了揉额角，长长地吐出一口气。

管事还等在外头。

老夫人来的次日，夫人便走了，现在又闹了这么一出，内中隐情，管事岂会看不出来？分明后宅起火。知老夫人已经吃过饭，人也歇下去了，他松了口气，但见节度使脸色晦暗，眼睛布着一层淡淡的血丝，他也不敢多说什么，只压低声道："大人放心，老夫人白天之事，我已安排过，将府里不相干的下人都调开了，知道的人不多，不会外传。"

谢长庚颔首，叫他去歇息。

管事应了，正要离开，又被叫住，见节度使停着，仿佛在想什么，便问："大人还有何吩咐？"

"天气冷了，明日你去库房挑些上等的服玩，还有火蚕裘、连珠锦帐、照夜玑，都送去马场给翁主。"

他提的这几样宝物皆世所罕见，独一无二，是从前西域几个小国进贡来的。

管事一愣，反应了过来，连声应是。

谢长庚点了点头，转身而去。

数日之后，他收到休屠城刘安的一则消息，亲自过去。

刘安向他汇报，说土人老首领六十大寿时，他带着节度使的贺礼和拜帖去贺寿，虽然未见到人，但对方收了东西，叫人传话，向节度使道谢，说知道节度使事务繁忙，不敢打扰，叫他放心，他们自己会提防北人，不会将马河谷拱手让人。

这意思其实就是委婉拒绝了谢长庚想要会面的提议，不愿谢长庚协助参与马河谷的防卫之事，更不愿搬迁。

谢长庚眉头微皱，登上城楼，眺望着远处马河谷的方向，沉吟了片刻，道："北人权力交替，新王于数月前上位，天气又日渐严寒，他们会有动静，你加强戒备，不能松懈。"

刘安得令。谢长庚事毕，出城而去，行到那条岔道口。左边回往姑臧城，右边去往马场。

他停住马，迟疑了片刻，带着随从往右边大道而去。

慕扶兰坐在屋里，借着白天的最后一点余光，望着屋角桌案之上那只数日之前谢长庚派管事送来这里的宝箱，久久地出神。

屋里的光线渐渐暗了下去。

又一天要过去了。

她看了眼外头。

谢长庚那日走后，这几天，熙儿一做完读书的功课，就要去骑马。

慕扶兰起先担心危险，自己总是在旁边盯着，这两日，见他骑得很好，小马也十分温顺，从不会蹶蹄子，加上边上有两名护卫时刻保护着，她也就放下了心。

前几日，到了这个时辰，护卫都已经将熙儿送回来了，今天不知怎么回事，还没回来。

她起了身，朝外而去，才走出内室，冷不防从侧旁伸过来一双臂膀，将她搂了过去。

她闭了闭眼，慢慢地回头，看见一双带着笑意的男人的眼。

"你何时来的？"她问。

他不应，只低头亲她的面颊和脖颈。

慕扶兰扭过脸。

"我出去看看熙儿何时回来。"她说。

谢长庚将她搂得更紧，低语："我方才见过他了，已经叫人带着先去吃饭了。"

他说完，将她抱了起来，转入内室，放在了床上，解了自己腰间那柄碍事的剑，随手搁于桌上，跟着压了下来，凝视着暮色之中枕头上这张美丽的面孔，用手背轻轻抚过她的脸。

"天气冷了，我不是叫管事送了几样东西到你这里吗？你怎么不用？"

慕扶兰说："你来得正好。心意我领了，东西带回去吧，我用不着。"

谢长庚和她四目相对了片刻，低声道："慕氏，我知道委屈你了。你在这里再住几日，我会送走我母亲的。"

慕扶兰微笑着答："好。"

他迟疑了一下，说："慕氏，有件事我需要和你说一声。"

他欲言又止，仿佛心事重重。

慕扶兰没有说话，始终含笑望着他。

"我大约要纳戚氏了。"他终于说道，"并非我想。我有难处，你应当能体谅的。"

慕扶兰注视着面前这个男子的脸。

在那个梦中，她的这个枕边之人也对她提过相同的一件事。

她在心里冷冷地想着，面上却依旧微笑着说："晚上你若还要留下，我去叫人给你备饭。"

她将他从自己的身上推了下去，坐起来，整理着自己方才被他弄得有点散乱的发鬓。

谢长庚仰在了枕头上，望着她的背影。

慕扶兰整理好发鬓，爬下了床，却被身后的男子握住了手腕。

她扑在了他的胸膛上。

"你这是恼了？"他端详着她。

"就算我收了戚氏，往后也是让她在家服侍我的母亲，于你并无大碍。"他说。

慕扶兰道："你如何方便，如何行事便是。你不必和我说这些的。"

"既然如此，我叫人送来的东西，你为何不要？"

慕扶兰叹了口气。

"好，好，是我错了，辜负了你的好意。我这就取出来用，可好？"

她挣脱开他的臂膀，从他的身上爬了起来，下床，要去屋角打开那只送过来后便原封不动的宝箱，却被男人拖了回来，再次困在了床上。

床帐落了下来。

男人的声音喘息着，听起来带着发狠的味道，有些瘆人。

白日渐渐黯淡，终于收尽了它最后的一点余光。

暮色四合，笼罩四野。

昏暗的床帐里，慕扶兰觉得自己仿佛一叶无所凭附的小舟，她闭着眼睛，思绪也飘飘荡荡的。

她忆起多年之前，在她还是个小小姑娘之时，那日在君山老柏树之下，她遇到的那名青衫男子。

他帮她救起了小鸟，有她见过的最明亮的笑容。

他从山间石径而来，亦沿山间石径而去，从此再也没有回来过。

一个错过，就是一生。

谢长庚摸到了她的脸，触手一片湿冷。

那湿冷源源不断，从她闭着的眼睛里不停地无声渗出来，沿着她的脸流入鬓发，湿了发下的枕头。

他慢慢地停了下来，趴在她的身上，精壮的腰背之上，晶莹的热汗不停地从扩张的皮肤毛孔里渗出。

他咬着牙，低低地道："你为何就是不肯体谅我的难处？"

慕扶兰说："我为何要体谅你的难处？只有你有难处吗？我体谅了你，谁又来体谅我？"

谢长庚缓缓抬头，盯着身下枕头上这张女子的脸。

雨落梨花，千娇百媚。她慢慢地睁开眼睛，回望着他，目光却是冰冷一片。

谢长庚离开了她的身子，下床，穿回自己的衣裳。

"莫要得寸进尺。与我母亲相比，你算什么？"他说。

他走到桌边，抓起自己的佩剑，转身要走的时候，视线落到了那只宝箱上。

他的身影凝固了片刻，眼角微微抽了一下，猛地拔剑，一剑砍落下来。

宝箱应声一分为二。裘与宝帐断裂，满箱的其余东西，从里面倾泻而下，明珠滚落了一地。

他踩过地上的明珠，大步而去，打开门的时候，看见一个小小的身影站在门口，仰着脸看着手中犹提着剑的他。

熙儿的目光里带着不解和困惑，还有几分不安。

他迟疑了一下，小声地道："谢大人，你怎么了？"

谢长庚慢慢地将宝剑归鞘，站了片刻，伸出手轻轻地摸了摸孩子的脑袋，从他身边走了过去。

深夜，他回到了节度使府，等着他的，是一个刚刚传到的坏消息。

马河谷的土人遭人袭击，因为对方假扮成他的手下，土人起先毫无防备，导致伤亡惨重，不但如此，连老首领也身中毒箭。

土人认定是他在报复，目的是逼迫他们搬迁，此刻群情激愤，正在召集人马，发誓复仇。

第十七章

◇

辞别

　　夜黑风高，枯草狂沙。谢长庚连夜亲自带着一支百人的精骑从姑臧城出发，越过边界，循着那支北去人马沿途所留的痕迹，朝着北人王庭所在的方向一路奔袭。

　　第二天深夜，在马河谷完成任务之后，尚在归途的那支为数三百的北人骑兵抵达鹮鹈泉，停下过夜。

　　他们没有想到，两天之前曾被他们假冒的河西人宛如幽灵般从天而降，出现在了他们的面前。

　　被同伴的惨叫呼喊惊醒的人在刚看到河西骑兵的身影时，仍然不敢相信。

　　他们的王为了夺取那片更南边的土地，数次移迁王庭。

　　每一次南迁都离河西更近几分，野心膨胀的同时，亦标志着他们这个马上民族对暂时还掌控河西的那个朝廷的震慑力更进一步。

　　今夜，他们脚下所在的地方距离他们的王庭已经不远。

　　而就在百里之外，也有一个万人的骑营。

　　他们就是来自那里的。

　　这几年，河西的骏马和骑兵异军突起。之前数次交手，都没能叫他们占到半点便宜，连从前如同家常便饭的袭扰也开始变得困难重重。

　　但是他们不敢相信，河西节度使谢长庚竟会冒着如此巨大的风险，亲自带着一支区区百人的轻骑乘夜色追击，深入到了此地。

　　醒悟过来时已经迟了。

　　星空之下，鹮鹈泉旁，这片宁静而甘甜的水泊变成了一个血池。

　　马河谷口，狂风猎猎，刘安带着士兵和谷口的土人士兵的对峙也已有两天一夜了。

出事之后，短时间内，土人便聚兵满谷。老首领的儿子白隆暴怒，不相信他们的解释，将前些时日谢长庚送去的寿礼焚毁，下令决一死战，攻节度使府，杀谢长庚，为自己的父亲和在袭击中身亡的伙伴复仇。

刘安十分紧张。

他得到的命令不是战，而是用尽一切方法守住谷口，将土人士兵暂时阻在谷口，等待节度使一行人归来，决不能让他们冲出来杀向姑臧城。

他们并非无力镇压，而是情况一旦失控，便不是死多少人的问题，是整个河西此前经由节度使维持住的和平局面，从此以后将根基摧塌，不复存在。

就在昨夜，他调来大军，数次利用阵法将企图冲破围堵的土人士兵压了回去。虽然达成了目的，但面对着对面漫天飞射而来的火石和流矢，士兵虽然有盾牌保护，亦有不少人受伤。

天亮的时候，谷口飘起了今年的第一场雪。

天气已经十分寒冷了，刘安却沁着热汗，战袍之下的衣裳紧紧地贴着后背。

他得到消息，谷口再次发生骚动。这一回，白隆亲自带着土人士兵，在火石和流矢的助力之下，冲杀而出。

刘安迅速登上瞭望台，看向谷口那片黑压压的宛如蚂蚁的土人士兵，朝着对面喊话："白隆！老首领六十大寿，节度使还曾送上贺礼，又怎会派人袭击你们！你好好想想就知道是怎么回事了！这都是北人所为，意图挑起河西变乱！"

对面没有理会。白隆怒发冲冠，一声令下，只见谷口再次火石如蝗，箭阵齐发，漫天飞雪里，火光熊熊。

刘安知道老首领昏迷不醒，土人里此刻以白隆为大，他本来就和谢长庚敌对，从前在交城时便起过冲突，这会儿怕是说不通的。见对方攻势再起，他急忙下令，命士兵再次布阵，全力抵挡。

就在双方一触即发之际，身后传来一道喊声："节度使到——"

刘安猛地回头，看见远处疾驰来了一队轻骑，知道是前夜亲自深入追凶的谢长庚回来了，大喜，下了瞭望台，奔去相迎。

谢长庚一骑当先，纵马而来，在两旁士兵的跪迎之下，疾驰穿过阵营，来到谷口，高声喝道："看看清楚，这些是不是前夜袭击你们的凶徒！"

他身后几名骑士跟上，将十几只割下来挂在马鞍两侧的头颅丢了过去。

谷口那头，火石和弓箭慢慢地停了下来。

白隆盯着地上那十几个血肉模糊的头颅，抬起眼，看见谢长庚从马背上抓起一只囊袋朝自己投了过来，"噗"的一声，落在脚前。

袋口散开，里面撒出了一堆沾着血的人耳。

"白隆！前夜你们遭袭，我亲自带人入了北地，于鹡鸰泉旁追上了这群假扮成我手下的北人骑兵，共三百人！"

白隆吃惊，视线再次掠过地上那些面目扭曲的人头。

那夜，一群河西将士打扮的人来此，声称收到了关于北人行动的紧急军情，欲对马河谷不利，他们奉节度使的命，连夜前来求见老首领，共议大事，并说节度使随后就到，请老首领务必相见。

他的父亲思量过后，终于答应，也是感念谢长庚之前以礼相待，于是亲自出来迎接。没想到他现身之后，对方竟突然变脸，大开杀戒。

事发突然，毫无防备之下，近旁之人伤亡惨重，他的父亲亦身中毒箭。对方得手之后，迅速逃亡而去。

白隆抬起眼，望向马背上的谢长庚，怒气依旧不消。

"你们屡次逼迫我们搬迁，诡计多端！我怎知这不是你又在设计欺骗？这里是我们的祖地，我们世代在此居住，岂能任由你们拿捏？我父大寿，你假惺惺地送上贺礼，见没能达成目的，难道不是怀恨在心，杀我父亲？现在做了不认，把事情推得一干二净，当我们如此好骗？

"你以为害了我的父亲，我就会屈服于你？就算粉身碎骨，我也要为我父和死去的族人报仇！"

土人士兵相应，大声呐喊，响声震动谷口。

谢长庚命手下再带人上来。随从推上来了两个身上还穿着河西士兵衣服的北人骑兵。

谢长庚道："他们的同伙已招供，这二人精通汉话，当夜就是他们假冒我的名义向你们传话！天黑你们记不清人脸，声音总能分辨吧？"

那两个北人被踢得跪倒在地，对着森森刀口，闭眼，一语不发。

谢长庚神色阴沉，朝手下拂了拂手。几人上前，将其中一个北人按住，拔出匕首一刀割下耳朵，再剜目，割鼻。

手起刀落，那人转眼满面鲜血，状如鬼魅，发出阵阵凄厉的惨叫之声。

这二人原本打定主意，绝不开口，大不了一死，报效王庭。但万万没想到会被如此对待。

剩下那个人的脸色发白，见行刑之人放开昏死过去的同伴，持着匕首朝自己走来，再不敢硬挺，高声招供。

白隆和前夜在场的人立刻认出了这个声音，哗然一片。

白隆怒奔而来，拔刀将人刺死。

谢长庚翻身下马，说道："北人王庭一再南迁，意在染指河西，野心昭彰。数月之前，新王继位，号称五十万铁骑，一旦卷土南下，就凭你们，能置身事外，守住世代居住的地方？"

白隆手中紧握血刀，盯着谢长庚道："我父危在旦夕！要不是你们先前一再纠缠，他也不会不加防备，被人残害！就算这事不是你们做的，你们也和北人一样不安好心！我们的男子，人人皆可为兵！若真到了那一天，与其相信你们，不如靠我们自己，和他们拼了就是！"

他说完，令谷口的土人士兵撤退，自己也转身而去。

刘安等人大怒，上前道："大人，这个白隆不知好歹！索性将他捉了，逼他们让出地方！"

谢长庚望着白隆离去的背影，不发一语。

当夜，他回到姑臧城。

城中这两日已经在流传北人入境杀人放火，土人也要暴动攻城的消息，人心惶惶。今日官府张贴榜文，肃清了流言，民众又亲眼看到节度使本人也骑马回城，情绪终于慢慢平定了下来。

这几日，消息也传到了节度使府里，谢母惶恐不已，又担心着儿子的安危，今日得知消息不实，儿子也回来了，还叫下人向自己报了平安，这才放下了心。她在屋里等了片刻，不见儿子来见自己，按捺不住，叫阿猫扶着自己，找去前头，看见儿子一张俊面之上两只眼窝深陷，心疼不已，说戚灵凤在替他做吃食了，叫他先去吃东西。

谢长庚道在外面已经吃过，自己还有事，请母亲自管回房歇息。

谢母无奈，只好回了后院。

谢母去后，谢长庚又独自在衙署里坐了良久，才传来刘管，问他对近日之事的看法。

刘管说："以武力迁走土人，虽也可行，却是最下策，万不得已才可为。虽然白隆年轻气盛，自视过高，对大人成见极深，但老首领那里已见松动。可惜老首领遭到戕害，昏迷不醒，危在旦夕。翁主既然也在，大人何不叫翁主去试试？倘若能救人一命，平安渡过此劫，料往后的局面会大不相同。"

他说完，望着座上的节度使。

案头烛火跳跃，他目光沉沉，一言不发。

刘管等了片刻，终于听他说道："就照你的提议试一试吧。我事忙，脱不开身，你代我走一趟，去马场找她。"

刘管立刻从座上起身。

"事情紧急，我这就动身过去。"

谢长庚微微颔首。

刘管拜别而出，行至门口，忽听身后又传来声音："等等！"

刘管停步转头，看了过去。

谢长庚的眼窝之下被火光投出了两道暗影，面容之上蒙了一层阴晦的神色。

"若她说要先见我，你立刻带她来，不得耽误。"

他凝神了片刻，吩咐道。

刘管去了之后，没有任何动静。

谢长庚等了一夜，到了次日中午，心神有些不定，正要派人去问，一个随从快马而归，带回来一个消息。

刘管于昨夜下半夜到的马场，见到翁主的面，说了情况之后，翁主当时就动身去往马河谷了。刘管带着一队人马护送陪同。

随从说，这个时候，一行人应当已经抵达。

慕扶兰乘坐的马车停在了通往马河谷的路口。

两军对峙、箭矢横飞的场景此刻虽然已经不见了，但路旁到处还留着火烧过后的焦黑痕迹。土人的防卫也没有撤去，谷口依然设有卡哨和人马。得知节度使夫人来了，白隆传出话来，只允许她一人进去，其余人不得入内。

刘管要去交涉。慕扶兰说："就照他们说的办吧。我进去，你们在外头等着就是。"

刘管望着谷口全副武装的土人士兵，犹豫不决。他说："要么翁主再等等，我先速报节度使。"

"不必了，来去又是一天，病人不能耽误。放心吧，我不会有事。"

她从随从手中取过东西，叫土人带路，在身后众人的注目之下，朝里面快步而去。

刘管无奈，立刻派人再回城，向节度使禀告最新的情况，自己带着人等在外头。

他心情忐忑，半步也不敢离开。从中午苦苦等到傍晚，眼见半天过去了，翁主还没出来，他实在不放心，再次来到谷口交涉，催问情况之时，忽然听到里面隐隐传来一阵欢呼的声音。

他转头望了过去。

守在谷口的土人也听到了动静，纷纷张望。

马河谷里，老首领的居所之外，无数土人聚在这里屏息等待，获悉老首领终于从昏迷中醒来，众人激动不已，欢呼着，纷纷下跪。

屋中，白隆更是欣喜万分，对慕扶兰道："我听说夫人先前已经走了，没想到还在这里，今日又救了我的父亲，我和一众族人感激万分，请夫人受我一拜！"

他带着人朝慕扶兰下拜。

凝神忙碌了半天，慕扶兰感到有些疲惫，歇了口气，让人服侍刚苏醒过来的老首领用药，自己将白隆叫了出来，说道："老首领虽然醒了，暂时无碍，但体内余毒靠我方才的法子和寻常的解毒之药恐怕无法根除，还是有性命之危。"

白隆脸上的笑意一下子凝固了，问道："夫人可还有别的法子？"

药翁不但悬壶济世，亦钻研天下的百毒和百草。他走遍大江南北，足迹踏至西域，记的笔记中的西北篇里，专门提及一种生于漠北天山冰碛岩缝中的稀有植物，因气候严寒，生长极其缓慢，花剧毒，淬为毒药，人若入肠，麻痹昏迷，必死无疑。

但这种植物又十分奇异，花剧毒，根茎却能解毒，相辅相成。药翁依其特性，命名为阴阳草，在笔记中详细描述毒性、抑毒之法以及植株的特征，并绘制成图。

射中老首领的那支箭镞还在。慕扶兰先前反复验毒，结合药翁的笔记，加上毒箭又是出自活动于天山北的北人，这才做出了这样的推断。

她沉吟片刻，将药性向白隆解释了一遍，说："幸好毒是入血，毒性这才略减。尽快去一趟天山采来根茎，我或许能试上一试。"

白隆面露激动之色，立刻道："我立刻就派人去！"

"师父的笔记记载,根茎采后,要数日之内炼药,效果才好,时间越久,药性越弱。这里到天山,来回要一两个月吧?还是我亲自去一趟,就地处置,最为妥当。"

白隆感激万分,再次下跪:"夫人的大恩大德,我无以为报!我亲自带人护送夫人过去!"

慕扶兰叫他起来,说:"我见识有限,不过勉力一试,但愿奏效。"

屋内出来了一人,说首领请夫人入内。

慕扶兰回到屋里。

老首领苏醒过来后,慢慢恢复了些精神,靠在枕头上,面带微笑对慕扶兰说道:"夫人从前就施展妙手,救助过我族人,我十分感激。今日又救了我的命。方才你和我儿子说的话,我都听到了。此去天山,正值隆冬,不但路上险阻,怕还会遇到北人袭扰。我是死是活,听天由命,夫人尊贵,不能叫夫人再为我以身涉险。夫人不必去了。"

白隆见父亲不顾自己性命,竟开口阻拦,虽然不敢反驳,但心里十分焦急,不住地看着慕扶兰。

慕扶兰道:"老首领言重了。只要有一线希望,我便会走这一趟。"

白隆松了口气,对慕扶兰越发感激涕零:"父亲,儿子会带着咱们最善战的战士,以性命护送夫人!父亲你放心!"

慕扶兰点头,道:"况且沿途也有戍卫。不瞒首领,我来这里也是我丈夫的意思,他对首领的伤情亦极其关切。我会和他说明情况的,他必会传令,叫人一路予以照应。首领不必顾虑。"

老首领闭目片刻,慢慢睁开眼睛,说道:"大恩不言谢,此事万万不敢再劳烦夫人开口了。节度使那里,我自己传信,恳请沿途予以方便。"

慕扶兰未多说什么,只微笑道:"此事不能耽搁,我安排一下,便尽快动身。节度使府的刘别驾送我来此,此刻人应当还等在谷口之外,首领不妨让他传信回去。"

深夜,节度使府书房里的灯火依旧亮着。

谢长庚独自在书房里，伫立窗前，眺望着远处那片看不见的马河谷上方的夜空，忽然听到外头传来一阵急奔而来的脚步之声。

"大人！好消息！"

谢长庚心头微微一动，猛地回头，看见刘管一把推开虚掩着的门，满面喜色地奔到了自己的面前，喘息着道："恭喜大人！马河谷的事有进展了！"

他连气都还没喘平，就从怀中摸出一封贴身收藏的手信，迫不及待地递了上来。

"老首领被翁主救了回来！叫我将此信转呈给大人！"

谢长庚一把接过，展信，飞快地浏览了一遍。

刘管道："大人，老首领醒后便见了我，说过两日，等他身体稍好些，请大人拨冗，商议马河谷之事。"

一直悬而未决的马河谷之事眼看竟有轻松解决的希望，刘管欣喜不已地说完，望向节度使，见他的目光还落在信上，一语不发，以为他是太过高兴，也没多想，只道："这回事情能顺利解决，多亏翁主。"

谢长庚慢慢地抬起眼，问："她人呢？"

刘管道："我知大人关切此事，怕大人久等，连夜先赶了回来，将信送到。老首领虽然被救醒，但身体还很虚弱，翁主暂时留在那里，等老首领病情稳定些，她便动身。白隆带人护送翁主上路。老首领十分感激大人和翁主，恳请咱们沿途的戍地将士予以关照，信上想必也有所提及。

"大人，交城那边这两天正好要往天山金城输送一批粮草，以助将士过冬。既然同路，不如安排翁主一行与押送军队同走，更为稳妥，大人以为如何？"

谢长庚看着刘管，没说好，也没说不好。

刘管起先只顾高兴，此刻终于觉察节度使的反应有点反常，迟疑了一下，问道："大人怎么了？可有疑问？"

"翁主没有提条件？"谢长庚突然发问。

"条件？"

刘管感到有点没头没脑。

"没有！翁主只说她尽快上路。不过确实叮嘱我给大人传一句话。"

"何话？"

"翁主叫我转告大人，说她上路之后，劳烦大人看顾好小公子。"

谢长庚沉默了片刻，说："我知道了。此事你办得很好，辛苦了，下去歇息吧。"

两天之后，白隆和从交城出发的军士已经做好准备，事情不能耽搁，明日一早，慕扶兰便要动身出发了。

她将侍女留下照顾熙儿，自己只带一个马场里的仆妇同行。

是夜，屋里暖洋洋的，慕扶兰伴着熙儿，陪他入睡。

熙儿睡不着。

"娘亲，他们说你要去的地方很远……"他迟疑了下，小声地问，"谢大人他会保护娘亲你，和你一起去吗？"

慕扶兰说："他很忙，有更重要的事。娘亲已经有人护送了，会很安全的。"

"可是我还是担心……"孩子固执地攥着她的衣袖。

"谢大人他有什么重要的事情？"

慕扶兰低声说："熙儿你喜欢马场吗？"

"喜欢。"

"谢大人要保护马场，还有很多和马场一样的地方。要是出了乱子，坏人打了过来，马场和那些地方就会被坏人抢走。小龙马没了家，熙儿往后也不能再来这里了。你想这样吗？"

孩子立刻摇头。

"所以你说，谢大人的事情重要不重要？"

孩子忍住心里的难过，松开了母亲的衣袖。

"我知道了。娘亲，熙儿会想你的。"

慕扶兰亲了亲他的小脸："睡吧。"

怀中的孩子终于慢慢地睡了过去。

慕扶兰思绪万千，迟迟无法入睡。

她披衣起身来到外间，再次检查了一遍明日要带上路的东西，又来到了窗前，推开窗户，望向夜空，这才发现黑漆漆的夜空之中，不知何时又飘起了雪花。

她仰着头望了片刻，竟仿佛孩子一般，伸出她的双手接住了几片飘飘洒洒的雪花，凝视着它们在掌心里，慢慢地融化成水。

一阵寒风吹来，她仿佛感到冷了，往掌心里呵了口热气，随即关上了窗。

屋里，轻悄的脚步声渐渐消失在了耳畔。

谢长庚就这样站在窗畔，在方才退后避开她的那个昏暗角落里一动不动。

天地间静悄悄的，万籁无声。雪片起先稀稀落落，慢慢地，越来越大，落在他的肩膀之上，积了薄薄的一层。

他的心里有些茫然。

和土人的联络进展顺利。明日她也要上路了。不管她能不能治愈老首领，哪怕老首领最后真的熬不过去了，应当也不会影响大局了。

现在，一切都非常好，好得出乎他的意料。

他不知道今夜自己为何还要来到这个地方。

他和慕氏的距离是如此之近。他就站在窗前，听着她和那个孩子的床上私语，方才在她开窗之时，倘若不是闪躲得快，几乎就要和她碰见了。

而即便是此刻，他和她中间也不过隔着四五步路，一夜雪，一面窗棂，一扇门，一堵墙，如此而已。

然而，他却只能站在这个昏暗的角落里，吹着寒风，任凭雪片慢慢堆在肩上，也迈不开脚去走完这短短的四五步路，更抬不起手去敲开近在咫尺的那扇门。

夜越来越深，落在他肩上的雪也越来越厚。

谢长庚终于慢慢地转身，踏着脚下的积雪，朝着院落的门走去。

身后传来一道轻微的咯吱声，他身后的那扇门被打开了。

谢长庚慢慢地停下了脚步，没有回头。

慕扶兰站在门里，望着黑暗的雪地中那道孤瘦的男人身影，沉默了片刻，说："等我回来，我想回去。"

一片冰冷的雪花落在了谢长庚的睫毛之上。

他闭了闭眼，说："好。"

他说完，继续迈步朝前走去，很快就走出了这个安静的白色院落，从等在外面的随从手中接了马缰，翻身上马。

这样的结果，他早已料到，并且也做好了准备。

唯一的不同，只是顺序罢了。

他以为她会以救治土人首领为条件，先要求他答应放她回长沙国的。

他本就决定答应的。

只要不是昏了头，这些事情孰轻孰重，根本就无须多想。

一个妇人而已，无足轻重。

就这样吧。

他迎着前方漆黑夜空里扑面而来的冰冷风雪纵马而去，在心中对自己说道。

这一日，马河谷中，老首领的居所之外聚满了从四面闻讯而来的土人。

河西节度使谢长庚今日亲自到了这里。

据说他这趟过来，除了探望老首领，亦是为了商议马河谷往后的去向问题。

人们张望着那扇被卫兵把守着的大门，或屏息等待，或窃窃私语，脸上的神色无不喜忧参半。

往后若是不必再像从前那样被困一方，连日常用盐的获取也困难重重，这自然是件极大的好事。

但是对于他们来说，祖祖辈辈皆在此繁衍聚居，脚下的这片土地早已融入他们的骨血，而今面临将要被迁的命运，除了不舍，他们更多是对于未来的迷茫和不安。

人人都在焦急等待。

时辰一刻一刻地过去。终于，那扇紧闭的大门开启，一名执事从门里奔了出来，宣布了一个消息。

节度使在实地考察过地形后，认为不必将这里的住民全部迁空。他计划于谷口外选址，建造要塞，筑起外城，派驻军队，设屯戍守卫。

土人们先是惊讶，继而欣喜若狂，四周相继爆发出了阵阵欢呼之声。

震耳欲聋的欢呼声里，人们看到节度使从门里走了出来，他的身旁，老首领靠坐在一把椅子上，亦被人抬了出来。

人们全都拥了上去，个个喜笑颜开。

谢长庚抬起双臂，压了压手腕。

周围慢慢地安静了下来。

他面对投向自己的无数道目光，说道："谢某奉朝廷之命来此任节度使已四载有余。赖民众厚爱，将士效力，方将北寇攘于漠北。然北寇觊觎我河西良地，野心由来已久，不死不绝。尔等在此累世长居，譬如地主，谢某来此之初，便知若无尔等相助，必孤掌难鸣。今心愿终于得偿，蒙老首领开明，慷慨援手，愿全力助我攘寇。谢某感佩之余，亦知故土难迁，与首领商议过后，做出决定，拟于谷口筑城，建成之后，便派军队戍守。军士除我河西将士，亦盼尔等志愿之人踊跃加入，共御外敌，以保父母长乐，妻子平安！"

他官服威严，身姿挺拔，目光炯炯，言语短促而有力，众人本就对他心怀感激，此刻更是深受感染，热血沸腾，纷纷朝他跪拜。那些精壮的土人男子更是摩拳擦掌，争先恐后地表示要加入军队，效命于节度使。

谢长庚俯身与老首领耳语了几句。

老首领点了点头。谢长庚方站直身体，微笑道："从今往后，我河西边地将又多出一座戍城。名字方才我与首领也已议好，便叫武安戍。以武定安，家国永驻！"

随着他的话音落下，欢呼之声再次响彻了马河谷。

当晚，土人烹牛杀羊，设宴款待谢长庚一行，宾主尽欢。宴毕，谢长庚告辞，并约定于节度使府设宴，邀他们入城议事的日子。

老首领不顾身体虚弱，再次叫人将自己抬出来，亲自送他。

谢长庚再三地辞谢。

"首领的身体要紧，不必送我。请首领放心，今日议定之事，必不会变！"

老首领感慨万千。

"夫人如此仗义，节度使又岂是言而无信之人？从前是我们误会了节度使，屡次拂逆好意，与你为敌，节度使不但既往不咎，处处为我族人考虑，还要因我这不相干之人，令夫人以身涉险，受累至此地步。感念万分，无以表谢，我愿与节度使歃血为盟，以表心志，只要节度使在此一日，便是我死了，我的儿孙亦将承袭！"

早有人设好神坛。盟誓完毕，谢长庚带着随从出谷。

路上，部下兴高采烈。刘安说道："将土人迁出，不但耗银，日后安顿生计也不是小事，处置不好，便又滋生事端。还是大人的这个法子最为稳妥，不但省力，还能鼓动土人投军参战，可谓一举两得。"

众人附议。谢长庚却一言不发，面上亦无多少喜色，行至岔道口时，他忽停马眺望远处，说："我还有事，你们各自归位，明日起，立刻着手筑城备军之事。"

他吩咐完，掉转马头，上了那条通往北山马场方向的岔道，疾驰而去。

他到达时已经很晚了，负责守卫的侍卫梁团将侍女唤了出来。

谢长庚问熙儿这几日的饮食起居，侍女一一道来。

"照翁主走之前的交代，小公子每晚戌时歇息，这会儿已经睡了。"

谢长庚在庭院里站了片刻，轻轻推开门走了进去。

他坐在床前的椅子上，就着一盏孤灯，望着对面床上那个闭目沉沉而眠的孩子，神色渐渐地放松下来。

耳畔寂静如水，夜色越来越深。他已多日没有休息好，此刻只能感到无尽的倦意仿佛从灯火照不到的黑暗深处朝自己袭来。他就这样靠坐在椅子中，头后仰着，慢慢阖上了眼睛。

也不知道睡了多久，突然之间，他打了个激灵，猛地睁开那双布着血丝的眼睛，看见自己的面前竟站着一个小小的人影。

那个孩子不知何时醒了，竟然从床上爬了下来，身穿睡衣，赤着一双小脚站在冰冷的地上，正朝自己伸过来一只手，但仿佛被他的反应吓住了，手一下停住，人定在了那里。

"谢大人……我醒来看您睡过去了，怕你冷，想叫你睡到我的床上去……"

熙儿慢慢地收回手，小声地说。

谢长庚一愣，反应了过来，立刻站起来，将孩子从地上一把抱起，用手掌揉了揉他的脚底，将他放回了被窝里。

"我没事。你不要冻着了。"他哑着嗓子说，又抬手揉了揉孩子的小脑袋。

"是我吵醒你了吗？"

熙儿摇了摇头，说："我醒过来，就看见大人您坐在这里睡着了……

"您要是累了，就睡在我的边上好了。"

孩子很大方地往床的里侧挪了一下。

谢长庚迟疑了一下，终于还是脱了外衣，慢慢地躺了下去。

孩子体贴地替他盖被，口中说："娘亲说谢大人你要保护很多人。谢大人你盖好被子，不能冻坏了，万一生病就不好了。"

或是今夜饮了酒水的缘故，听到稚子的絮语，谢长庚忽然觉得胸腔之中一阵烦闷。

他伸手替那个孩子也盖好被子，柔声说："睡吧。"

熙儿闭上眼睛，过了一会儿，睁开眼睛说："我睡不着。"

"为何？你不睡觉的话，你娘亲……"

"她知道了，要不高兴的。"他说。

"我刚才梦见她了。我想她了，睡不着。"熙儿轻声说道。

谢长庚顿了一下。

"她现在到哪里了，大人你知道吗？"孩子问。

已经三个白天，今夜过去，亦满三夜。

照队伍行进的速度和他们西行的军道路径，今日应当到了嘉麟戍的附近，不过只是个开始而已，距离天山依然路途遥遥。

还要经焉支戍、甘峻戍、合黎戍……过独登山，关山重重，再西去数百里，最后才能抵达那座孤城金城之畔的终点。

"她在路上了，办完事就会回来的。"

"睡吧，很晚了。"他沉默了片刻，微笑着说。

孩子咬了咬唇，"嗯"了一声，闭上了眼睛，没过片刻，又睁开了。

"屋里这么暖和，可是她今天晚上会睡在哪里呢？要是又下雪的话，她会不会很冷？"

胸中那翻涌着的烦闷仿佛再次袭来。

谢长庚慢慢地吐出一口闷气，柔声道："放心吧。有人和她同行，会照顾好她，让她有地方睡觉，也不会冷的。"

熙儿不再发问了，只闷闷地说："我想陪她一起去的。可是我都不敢和她说。她不会答应的。大人，我做梦都想快些长大，这样我就能保护她了。"

谢长庚的声音低沉："睡吧。"

孩子打了个哈欠，闭上眼睛，终于再次睡了过去。

谢长庚不想回城，但他必须回去。

明日一早，他的部下和属官都会在衙署里等他露面，商议马河谷戍城的事。

这是大事，他不能不回。

他望着身边这个沉沉睡着的孩子的眉眼，看了片刻，替他盖好被子，下了床，轻手轻脚地出屋离去，身影没入夜色之中。

慕扶兰离开的第七天，入夜，谢长庚才从外头回来，一进门，便被告知他母亲叫他一回来立刻过去见她，说是有事。

最近实在太忙，谢长庚天天早出晚归。

人在节度使府里的话，再忙他早上也会去谢母那里走一趟，但晚上实在没这个时间，也就略了过去。

也不知她到底有何事。

谢长庚问管事，管事摇头说不知，迟疑了下，又说："老夫人瞧着不大高兴，问了一晌午，叫大人您若是回来了，便立刻去见她。"

谢长庚匆匆赶了过去。进了屋，见母亲独自一人坐在床沿上，沉着脸，气鼓鼓的模样。

谢长庚走到她面前见了礼，说："最近事忙，晚间没能来母亲这里问安，是儿子怠慢了。娘叫我来所为何事？"

谢母一把攥住儿子的衣袖，问道："庚儿！慕氏跟前养着的那个义子跟她到底是什么关系，你知不知道？"

谢长庚看了母亲一眼，说："娘，此话何意？"

谢母压低声音说："我听说那孩子和慕氏生得有些像。娘就寻思着，会不会是慕氏自己的种？否则，非亲非故，她年岁也不大，又不是铁定不能生养，怎么就会把这么一个认养的儿子当宝贝似的带在身边？便是当真要抱养，谁不是挑不懂事的养，哪会像她这样领一个半大不小的带回家？"

她的脸上露出了疑虑的神色。

"娘寻思着，会不会那个孩子就是慕氏自己和别人生的野种，欺负你老实，带回来养，却跟你说是认的义子！庚儿，你可千万要擦亮眼睛，不能……"

"娘！你知不知道你在说什么？你从哪里听来的这些？"

谢长庚突然大喝了一声。

谢母吓了一大跳，愣住，回过神来，见儿子面露怒容，才小声嘀咕道："你别管哪里听来的。反正娘是为了你好！娘怕你吃亏，想到了这些，这才提醒你的！你这是怎么了，和娘这么说话？"

谢长庚定了定神，极力压下胸中涌出的一阵烦闷和无名的怒气。

"娘，您多虑了！绝无此事！"

他顿了一下，语气加重。

"你凭空诋毁慕氏，外人若是知道，等同儿子蒙羞，这个道理，娘您难道不懂？往后，无论是人前抑或人后，休要再提半句荒唐之言！"

儿子神色之严厉前所未见。谢母一时胆怯，再不敢说什么了，忙道："娘知晓！怎么会出去乱说？不是怕你吃亏，这才私下提醒你吗？你最近天天都在忙，人都见不着，肚子饿了吧，凤儿……"

"好端端的，娘你怎么会想到那个孩子？是不是你跟前的人提及？"谢长庚打断了母亲的话，忽然问道。

谢母一愣，急忙摆手，道："没有没有！你莫冤枉凤儿！她半句也没说慕氏不好！是娘自己忽然想了起来，叫人去打听，知道那个孩子眉眼生得好，和慕氏竟有几分像，娘就自己胡思乱想了起来。"

"娘，你代儿子转告戚氏，还有她跟前那个伺候的……"

他一边说，一边转身走到门前，突然一把打开了门。

门外，正趴在门上的秋菊忽然听到似乎要提及自己，越发竖起耳朵，毫无防备，"扑通"一声，一头摔进了门槛。她抬起头，见谢长庚站在面前，一道目光冷冷地盯着自己，她被吓得脸色发白，顾不得疼痛，慌忙跪爬在地上，不住地磕头，结结巴巴地说："方才是戚姑娘听说大人回来了，做了夜宵，命奴婢来问一声……"

谢长庚说："你去告诉戚氏，说是我的提醒。此事，我不管初衷怎样，到此为止！我不想再听到半句捕风捉影之辞。"

"是，是，奴婢这就去说！"

秋菊从地上爬了起来，慌慌张张地退了出去。

谢长庚慢慢地转过头，吐出了胸中的一口闷气，对母亲说："娘，您歇着，儿子还有事，先走了。"

第 十 八 章

◇

上
路

娘亲走后，熙儿每日写完字，都会在一张习字的纸上添一道杠。

等越添越多，填满这一张纸，娘亲就会回来了。

他握着笔，仔细地画上了今日的那道杠。画完，数了一下。

一共十五道。

他又数了一遍。

还是十五道。

离娘亲说的六十道还差一大截。

他用镇纸压了，转过头问正在关窗的侍女："外头是谁在吵？"

方才还在写字的时候，他就听见院子外随风隐隐约约飘来一阵吵嚷的声音，听起来仿佛是个上了年纪的老妇人。

马场里除了马匹的嘶鸣和大风吹过草场的声音，平日里都是很安静的。在这里做事的仆妇，也没有人敢这样大声地嚷嚷。

侍女关紧了门窗，尽量将那个声音挡在外面，转身笑着道："小公子不要听，等下人就走了。"

吵嚷声却断断续续，始终没有停歇。

熙儿仔细地听了一会儿，忽然朝外面走去。

院门之外的一片空地上，奉命在此执护卫之责的梁团将要强行闯入的谢母拦在了外头。

骚动之声将马场里的人吸引了过来。众人三三两两，远远地站在一旁，窃窃私语。

管事闻讯而至，见状急忙将人赶走，不准在此停留。

谢母气恼万分，吵嚷之声越来越大。

"……我是你们节度使的亲娘！我知道这里头有个小孩！我来，不过是想去看一眼那个孩子。你们竟敢阻拦，不让我进去？"

她的手指几乎就要戳到梁团的脑门上了。

梁团命身后的护卫拦着，自己跪了下去。

"老夫人息怒。小人怎敢对老夫人不敬。只是此前小人接过大人的令，无大人的许可，无论是谁来，都不可以放行。恳请老夫人恕罪。"

谢母气得声音都发抖了，怒道："我是外人吗？我儿子会让你拦我？你敢如此无礼！我就不信，今天这么一个小小的地方，谁还能把我拦在外头！"

谢母本来是一个普通妇人，虽然没有多大见识，但早年也不算恶极之人，只是这几年随着儿子的发迹，她不但自己得封诰命，在谢县上至地方官员，下到左邻右舍，无人不对她奉承拍马，她也就渐渐变得越来越目中无人。

对慕氏收养的那个孩子，她既然起了疑心，又怎能轻易消除？在儿子的面前她是不敢再多说什么了，但这些天心里就跟猫抓似的难受，正好听说慕氏仿佛掺和了土人的事，有事走了，趁这个机会，她不亲自去看一眼，怎会作罢？只恨不知那个孩子被儿子藏在哪里。

恰好前两日，节度使府收到刘后从京城赐下的贡品，里头有些河西这时节罕见的鲜果。当日，果子除了送到了谢母面前之外，秋菊百般打听，回来对谢母说，管事叫人也送去了马场。谢母疑心那个孩子被藏在了马场，趁着今日儿子出城，一早便以出来散心为由，叫人备车，找到了这里。

她不辞劳苦，一路颠簸，好不容易才到了这里，没想到竟然被人拦在外头，不禁怒火中烧。

"给我让开！"

谢母大喝了一声，扬起手里的拐杖就朝着对面打了过去。

梁团不敢躲，硬生生地吃了一杖。

马场管事本来在旁边苦劝，请谢母去自己那里先歇歇脚。

众目睽睽之下这般丢脸，谢母怎肯罢手，又"啪啪啪啪"地抽过去。

梁团半步不让，说："老夫人，你便是打死我，没有大人的命令，小的也不能放行。"

谢母越发愤怒，咬牙道："好，好，今日我便打死你这个以下犯上的东西！打死了你，看我儿子能把我怎样！"说完，她又高高地扬起拐杖。

就要再次击下之时，对面院子的那扇门忽然打开，门里走出来一个孩子，说："老夫人，您是要找我吗？"

谢母循声看了过去，手一下子停在了半空。

侍女从后追了出来，焦急地道："小公子，不要出去！"

熙儿仿佛没有听到，快步走到梁团的身边，关切地问："你没事吧？"

梁团怕他受惊，说："小的无事！小公子，你快进去！"

孩子摇了摇头，转过脸看着谢母。

"老夫人，您就是谢大人的娘亲？他们都是好人，不是故意惹您生气的，您不要打他们。"

"小公子！"梁团和护卫们无比感动。

谢母反应了过来，看了下四周，见众人都看着自己和面前的这个孩子，又是尴尬，又是气恼，心里还有几分惊疑。

当着这么多人的面，她亦不能像方才那样，对着一个孩子继续撒泼。她慢慢放下了拐杖，两只眼睛只顾盯着这个孩子，没有作声。

"老夫人是听说小公子在这里，关心小公子，这才过来探望！"跟在后面的秋菊急忙插话。

"多谢老夫人来看我，熙儿很好。"孩子朝面前的老妇恭恭敬敬地作了一个揖。

"请老夫人进去坐。"

他转过头，看向自己的侍女。

小小年纪，气度沉稳。

侍女迟疑了一下，才走上来向谢母见礼，说："老夫人请进。"

谢母脸上一阵红，一阵白，僵立了片刻，嘴里嘟囔道："罢了罢了，我还有事，先去了……"

她最后盯了那孩子一眼，转身带着人匆匆离去。

当天晚上，得知消息的谢长庚没有回城，而是先赶来了这里。

他奔入屋中，看见那个小小的身影正坐在桌前对着烛火写字，蓦然停了脚步。

熙儿回过头，看见他来了，脸上露出笑容，立刻放下笔，从凳子上爬了下来，喊道："谢大人！"

谢长庚快步上前，将他一把抱了起来，摸了摸他的小胳膊，问道："白天老夫人来，你有没有事？"

熙儿摇了摇头，说："我没事。"

"真的没事？"

熙儿点头，想了下，又轻声地问："谢大人，那个老夫人真的是您的娘亲吗？"

谢长庚低低地应了一声。

熙儿迟疑了一下，说："老夫人来了，他们不让她进来，老夫人很生气。谢大人，请您不要责怪他们，老夫人已经打过他们了。"

谢长庚说："我不会怪他们的。"

熙儿仿佛松了一口气，脸上露出笑容，说："谢大人，您真好。"

谢长庚凝视着怀中的孩子这双漂亮的眼睛，胸中慢慢地涌出了一缕带着几分暖意的满足感。

在慕氏那里，他是永远也听不到这样的话，得不到这样的亲近的。他知道。

他低头看了眼桌上那张被镇纸压住的纸，上面画了一道道杠，问："这是什么？"

"娘亲走了后，过去一天，我就画一道。等我画满了这张纸，她就回来了。"孩子说道。

不用数，谢长庚也知道上面有十五道杠。

他将孩子抱到床上，说："睡吧。"他的语气越发温柔了。

熙儿闭上眼睛，慢慢地睡了过去。

谢长庚从屋里一出来，神色便冷了下来。梁团和马场管事正等在外面，见他脸色阴沉，急忙下跪，为白天冒犯老夫人之举向他请罪。

谢长庚命他们如实交代经过。

管事忙将谢母被阻，怒而杖击梁团，小公子闻声而出，加以阻止，以礼相待，老夫人最后自己离去的整个经过说了一遍。说完，不敢抬头。

梁团低声道："属下并非对老夫人不敬。而是先前大人吩咐过，没有大人的允许，谁也不能放入。大人当时也未曾提出老夫人可以例外，故属下不敢放行。请大人恕罪！"

谢长庚冷冷地道："知道你们罪在何处吗？"

二人不敢应声。

"我既然交代过谁也不能放入，你们却任我母亲入了马场，闯到这里！"

两人一愣，对望了一眼，忙道："是小人失职！再不敢有下回了！"

谢长庚转身，上马而去。

他一路疾驰，回到城中，入了节度使府，来到自己母亲的房门之前，叩了几下。

谢母从马场回来，越想越生气，如何睡得着觉，虽然已经很晚了，却还坐在床上和陪着自己的戚灵凤说话，忽然听到叩门之声，外头又传来仆妇的通报之声，说是节度使来了。她和戚灵凤使了个眼色，压低声说："莫怕，有我在。"说完躺了下去，闭着眼，"哎哟哎哟"地呻吟了起来。

戚灵凤去开了门，低头站在一旁。

谢长庚走了进来。

"庚儿！你可回来看娘了！"

谢母捂住心口，颤巍巍地坐了起来。

"今日娘去了趟马场，本是听说那个孩子在那里，想去看他一眼，接他回来。不想那边的人竟然拦着，连门都不让我进！他们眼里还有你吗？你要替娘做主！娘气得心头直疼，人都要不行了！"

"阿猫，叫管事立刻去请郎中！"

谢长庚站在屋中，吩咐门外不住往里张望的阿猫。

阿猫"哎"了一声，拔腿就走。

"哎，不用了不用了！先前是气得心肝都发疼，好在有凤儿在，替我揉了半晌，已经好多了。"谢母忙道。

"娘，真的好了？"谢长庚问。

谢母见儿子看着自己，迟疑了下，点了点头。

"那就好，明日儿子正好无事，送娘您出城，回家吧。"谢长庚说道。

谢母一呆："回家？"

"是。"谢长庚神色平静。

"这里是边地，隆冬难过，本来就不适合娘您长居，何况最近不太平。儿子早就想和娘您说了，只是先前一直不得空。今日回来，趁着得闲，和娘说一声，把东西收拾下，明日便回吧。"

谢母半晌才回过神来，看了一眼戚灵凤，又捂住了心口："庚儿，你这是在说什么！他们欺负你娘，你不管，娘好不容易来这里一趟，这才多久，你就要送娘回去！娘心口又疼了，娘走不了……"

戚灵凤急忙走过来扶着床上的谢母，替她揉着胸口，转头道："大人，老夫人是真的心口疼，她从前就有这旧疾，一生气就犯。先前是怕大人担心，这才没告诉大人的。"

"秋菊！秋菊！快替老夫人去拿个汤婆子来！"戚灵凤喊着。

谢长庚神色平静地看着闭着眼"哎哟哎哟"叫唤的母亲，说："叫阿猫去拿吧。一个侍女，不好好伺候人，整日挑拨离间，刺探主上，留着何用？"

他说话时，外头隐隐传来一阵夹杂着噼噼啪啪仿佛板子打在皮肉上的痛苦尖叫声。

戚灵凤的脸色微微一变，谢母也一下子停止了呻吟，睁开眼睛。

"庚儿，你在说什么？"

她一下弹坐了起来。

"管事叫人在打秋菊的板子！"门外，阿猫白着脸，大叫着跑了进来。

谢母慌忙从床上爬了下去，和戚灵凤奔到门外，看见秋菊被两个男仆按在院子的空地上，另一人拿了一块巴掌厚的板子，正在一下下地打着她的臀部。

秋菊发出杀猪般的尖叫声，看见谢母和戚灵凤出来，嘶喊："戚姑娘，老夫人，救命！"

谢母脸色发白，慌忙回头寻儿子，嚷道："庚儿，你这是干什么？快放人！"

谢长庚走了出来，看也未看一眼，只对管事道："问她，是谁给她的胆子刺探你叫人送果子的事。说不清楚，就地打死。"

他说完，负手而去。

节度使既如此放话，执刑之人怎敢违背？哪里还有什么手软可言，下的都是实打实的重手。

秋菊虽然是伺候人的命，但这些年在谢家，因为嘴巴会哄人，颇得谢母欢心，日子过得如同半个主人，除了服侍谢母的一些近身之事，平日粗活碰都不碰，皮娇肉嫩，没十来下臀部便肿了起来。她熬不住，喊道："大人饶命！是……戚姑娘叫奴婢去打听的！"

谢长庚停住脚步，示意男仆暂时停下来，转头看着戚灵凤。

戚灵凤眼中露出不可置信般的惊怒之色，气得整个人都发抖了。

她快步奔到秋菊的面前，狠狠地抽了她一嘴巴，厉声道："你这贱婢！分明是你自己另有所图，背着人干了这事，怎么血口喷人，诬赖到了我的头上！我被你冤枉害死也就罢了，你以为你能脱身？"

秋菊对上了戚灵凤盯着自己的目光，打了个寒战，闭上了嘴，痛哭流涕。

戚灵凤转过身，一张粉面已经涨得通红，目中泪光盈然，对谢长庚道："大人！这贱婢仗着几分姿色，一向妄想飞上高枝，勾搭大人。我看在眼里，想着处了多年的份上，只能劝她老实，不想她竟嫌我无用，帮不了她，自己动起了歪脑筋。也不知她是中了哪门子的邪，妄以为没了翁主，自己便能入大人您的眼。从前翁主还在老家时，她便目中无人，眼里没有半分翁主，阳奉阴违，到了这里后，更是视翁主为眼中钉。这些时日竟撇开我，暗中四处探听翁主母子之事，妄图挑拨离间，这才有了近日接二连三的糟心事！是她背着我到老夫人跟前嚼舌根，欺老夫人耳软，哄了老夫人去马场闹事的！我知晓后，也曾苦劝老夫人莫去，只恨这贱婢在旁怂恿。大人若是不信，尽管去问老夫人！"

她转向谢母。"老夫人，我被贱婢冤枉！求老夫人说句公道话！"

谢母回过神来，赶忙看向儿子，说："是，是，庚儿，你不能冤枉凤儿！都是秋菊那丫头对我说的那个孩子的事，和凤儿没有干系！"

戚灵凤向谢母感激道谢，随即拭泪，复对谢长庚道："大人，今夜也不早了，老夫人方才心口痛，她老人家上了年纪，怕是吃不消，事情既然明了，像惩戒贱婢这等小事，何劳大人费神动气。大人若是信得过我，不妨交给我，我必严加惩治，杜绝祸患，下回再不会有如此之事叫大人分心！"

谢长庚面无表情地道："等什么下回？这侍女先是刺探主上，又诬陷了你，罪上加罪，直接打死了事。"

"动手！"

他朝管事喝了一声。

戚灵凤脸色微变。

下人得令，立刻再次挥板。

方才这秋菊吃不住刑，将戚灵凤指认了出来，被戚灵凤迅速抽了一耳光，又以眼光暗示，便明白了过来，还抱了一点自己认下罪名，保住戚灵凤，继而得她保护逃过此劫的侥幸念头。

没想到节度使竟丝毫不为所动，下令就地打死自己，她顿时吓得魂飞魄散。

"戚姑娘，分明是你叫我去打听的！也是你叫我把话传到老夫人跟前的！你不救我也就罢了，怎么还把屎盆子都扣到了我的头上！"

她喊着，拼命地挣扎，却犹如一条被按在砧板上的鱼，如何逃得开加在身上的板子？

噼噼啪啪声中，皮开肉绽，板上很快沾了血污。

戚灵凤咬着牙，恨声道："你这贱婢死不足惜！我平日待你不薄，你竟如此诬陷于我！都怪我太过心慈手软。还是大人英明，像你这等贱婢，留着也是祸患！"

她说完，转身要去搀扶在一旁看得两眼发直、脸色发白的谢母，说："大人，这贱婢虽死有余辜，但老夫人年纪大了，不宜见这等场面，我先送她回房歇息去……"

谢长庚沉着面，只命阿猫搬来一张椅子，自己亲手端端正正地摆在檐阶之上，正对着受刑的秋菊。他扶着母亲，道："娘，你坐下，且看儿子如何惩治刁奴。"

谢母被儿子半搀扶半强迫着坐了下去，看着眼前那正被打得皮开肉绽、凄惨万分的秋菊，有些不忍，心头发慌，颤抖着声音道："儿啊，这……这丫头也伺候了我多年……她也是出于好意……你饶了她吧……"

谢长庚站在母亲的身旁，视线落在地上那臀背已经血肉模糊的侍女身上，淡淡地道："娘，你耳根软，被人哄骗还不自知。这种下人饶不得。儿子先前太忙，对家事过于疏忽，今晚正好得空，娘，你坐好看着就是了。"

他的语气恭敬，却透着冷酷，叫人不寒而栗。

　　谢母从前只见儿子孝顺，对自己向来是笑脸相迎，这般模样还是头回见到，见他不为所动，不禁有些惧怕，不敢再开口说话。

　　地上的秋菊犹如被扒去了一层皮肉，痛得死去活来。她知道戚灵凤是不会再管自己了，更巴不得自己快些死，心中恨极，伴着撕心裂肺的哭号，竭尽全力地喊："大人！你不要相信她！真的是她叫我做的！我从前是戚家下人，当初她还在她兄弟家时，有一日叫我偷听到了她和她兄弟说的话。她兄弟说大人你定了亲，要娶长沙王女，她是没指望了，劝她多拿些好处，另寻人嫁了。她说大人你日后必前程无量，就算做小，也比嫁旁的男人强。她还说大人你是孝子，凭着当年她对老夫人的恩，伺候好老夫人，有老夫人在，最后和那长沙王女，谁输谁赢还不一定……"

　　谢母瞠目结舌，戚灵凤脸色青白。

　　谢长庚的神色依然冷漠，目光却渐渐变得阴沉。

　　"求求大人，不要打了，饶了我吧，我还有话……"

　　秋菊闭目，抽着气，手指痛苦地扒拉着地上的碎石和泥土，指甲碎裂流血。

　　"你这贱婢！竟敢凭空捏造！"

　　戚灵凤怒声叱骂，拔了头上一根簪子，冲到了秋菊面前，朝她的口舌胡乱刺去。

　　秋菊惨叫一声，晕厥了过去。

　　谢长庚示意行刑暂停。管事带着男仆将戚灵凤拉开了。

　　戚灵凤转而奔到谢长庚的面前，"扑通"一声跪了下去，眼泪滚滚而落，哽咽道："大人，这贱婢捏造谎话，疯狗似的咬我，她的话，一句都不能听！只怪我平日心太软，更是瞎了眼睛，没早看清这贱婢的险恶用心，以至于落到如此地步……"

　　谢长庚恍若未闻，命人提来冷水，将地上昏死过去的秋菊当头泼醒。

　　秋菊醒来，继续挣扎着道："翁主嫁过来后，那会儿戚氏人在她兄弟家里，她叫我盯着翁主，趁大人不在家，让我在老夫人面前说翁主的坏话，绝不能让老夫人中意翁主。还许诺日后等她翻身，她就提拔我让我也伺候大人……就是因为这样，翁主她不管怎么伺候老夫人，老夫人才都看她不顺眼……这回那个孩子，也是她暗中指使，想坏了翁主的名声，好让老夫人逼大人你休了翁主……全都是她戚氏的主意……"

她说完，趴在湿漉漉的冰地上，奄奄一息，半死不活。

戚灵凤突然膝行到谢母面前，紧紧抓住谢母的手，哭道："老夫人，我真的是被冤枉的！老夫人你要相信我……"

谢母早已呆若木鸡，不知所措，口中"这……这……"地念叨着，下意识地看向自己的儿子。

谢长庚看着戚灵凤。

戚灵凤对上这个男人投向自己的目光，心知再多隐瞒也是无用了，脸色惨白地松开了攥着谢母的手，瘫坐在地，一动不动。

谢长庚叫阿猫扶起母亲，送回房里，命管事将秋菊拖下去，待养好伤，配给有功的屯田老兵。交代完毕，他转身要走，戚灵凤从后面飞快地爬了过来，抱住了他的一条腿。

"大人！我错了！我承认，我该死，我确实对翁主做过一些不当之事。只是我真的是出于对大人的一片痴心……"

她哭泣着说。

"当年我固然认定大人你是人中龙凤，对大人的人品又何尝不是倾慕不已，长姊不幸去后，大人又离家，老夫人孤苦无依，我便发誓，今生今世定要替大人您孝敬老夫人，好叫大人您无后顾之忧。失了母亲后，我悲痛之余，更是将老夫人当成了自己的亲生母亲，后来得知大人在外面定了亲事，我一时糊涂，出于忌妒，这才误入歧途。再后来，知道大人无意纳我，我痴心落空，这才错上加错！求大人看在两家当年的情分，还有我这些年对大人一片痴心的份上，怜惜我些。我发誓，往后我定会改正，真心实意地侍奉老夫人，侍奉大人和翁主！求大人再给我一个机会！"

谢长庚没动。

"人有恩于我，我凭我的能力报答，皆大欢喜。

"人有恩于我，以此为挟，勉强我，我亦可容忍。

"而今，你有恩于我，不但勉强我，还拿我当冤大头，算计我的身边人。"

他缓缓地转头。

"我为寇时曾有一结义兄长，对我有救命之恩。后来那人与我分道扬镳，想出卖我，被我知道，弄死了他。"

他俯视着地上的戚灵凤，目光冰冷。

"我给你脸，所谓恩情便是你的护身符。我若不给你脸，那就什么都不是。懂吗？"

戚灵凤瑟缩了一下，无力地松了手，掩面痛哭。

"我错了！我知道了！回去之后，我会听大人的安排，择人嫁了，往后安安生生地过日子，再也不敢痴心妄想！"

在女子绝望的哭声之中，谢长庚掉头，迈步而去。

他到了母亲的屋里。

谢母坐在床上，还没躺下，脸色依然没有恢复过来，显然是还没从今夜一波又一波的巨大冲击中醒过神来。她听到儿子吩咐自己歇息，依旧说明日送她回去，却总觉得眼前的这个儿子不像是自己从前的那个儿子了，一阵悲从中来，流泪道："罢了罢了，我生养了你，到了今日，还不如一个外头女人不知从哪里弄过来的野种。我活着，还有什么意思……"

谢长庚听着自己母亲的怨恨之语，眼前仿佛浮现出他第一次见到那个孩子时的样子。那时他闯入内室，孩子从睡梦中醒来，睁大眼睛，小心地打量自己。

后来，自己一怒，将对那个妇人的怨恨和不满转到了那个孩子身上，将他挟走。夜宿破庙之时，那个孩子怀揣着吃剩下的东西，小

055

狗似的，企图悄悄从自己睡着的神案下头爬出去逃走。

他知道了自己的身份，大约是从慕氏口中得到过什么叮嘱，倔强地紧紧闭着嘴巴，不肯和自己说话。

再后来，那个孩子却开始信任他，崇拜他，甚至会怕他冻坏了，体贴地分床给他，为他盖被子。

一幕幕旧事从谢长庚的脑海里掠过。

不知不觉，原来他和那个他原本厌恶的孩子之间的羁绊已经变得如此之深了。

当听到自己的母亲用这样的语气从口中说出那两个字的时候，他的心里忽然涌出了怒气。

不知从什么时候起，他竟已经容不下旁人用这样一个字眼去形容那个孩子了，纵然这是自己的母亲，那孩子也确实是个"野种"。

他看着流泪诉苦的母亲，冷冷地说："娘，往后我不想听到你用野种这样的话去说那个孩子。

"他是我的儿子。是慕氏替我生的儿子。"

他想到那个孩子笑着说自己真好时的那双弯弯的眉眼，顿了一下，咬着牙，一字一字地说道。

谢母惊呆了，张大嘴望着自己的儿子。

说出了这样一句话，谢长庚整个人仿佛忽然松了下来。

他自然不可能就此原谅那个妇人对自己的隐瞒和羞辱。

之所以如此说，只是为了那个对自己全然信赖的孩子，不愿他在自己母亲的眼里永远是一个说不清来历的"野种"。

他慢慢地呼吸了一下。

"当年我去长沙国求亲，因出身之故，怕长沙王不应，我便对翁主施加了强迫手段，令她委身于我，这才求亲成功。

"这个孩子便是那时生下来的。只是这些年，此事不便叫外人知道，这才以义子之名养在她的身边。日后看情况，归宗认祖。

"因这个孩子的事，娘你不喜慕氏，对她诸多苛责。真论是非，是儿子无耻卑劣在先。

"从今往后，我希望娘你好好享你的福。不该你管的，不要管。不该你说的，更不要说！"

谢母望着神色严峻的儿子，怔了片刻，眼前浮现出白天在马场里见到过的那个孩子的脸，突然之间，当时的疑虑仿佛都得到了印证，越想越对。

她恍然大悟，猛地拍了下床沿。

"难怪我今日一眼看到那个孩子便觉得眼熟，觉得他与你小时候有些相像！我还道是巧合！原来如此！你为何先前不早和娘说！"

她激动万分，一骨碌地从床上爬了下来。

"我就说呢，那个孩子不但长得俊，更是乖巧懂事！原来就是我的孙儿！你快去！这就把我的孙儿接来！我回去也好带我的孙儿一道回去，好生养着，省得给你添事！"

老母相信他的说辞，本在他的意料之中，但如此反应，说什么和自己小时候相像，倒叫他有些意外。

应该是她看岔了眼，或是此刻因了自己的话，想当然，才会生出如此的印象。

谢长庚亦未多想，见老母态度大变，语气亦缓和了下来，说："娘，方才我解释过了，当年情况特殊，这个孩子生下来后，便养在那边。如今儿子虽然做了节度使，表面看着还算风光，但朝堂内外，上上下下不知道多少双眼睛盯着，不能有半点行差踏错，儿子如今还不便将那个孩子认回来。仍以义子之名暂时养在慕氏身边，对儿子更好。"

谢母刚生出想带孙儿回去养的念头，就被打消了下去。

她心里失望无比，但儿子这么说，她也不敢不顾儿子的前程，愣了片刻，说："万一慕氏记恨我从前偏心，日后就是不肯还我孙儿，那该怎么办？"

她攥住了儿子的衣袖。

"庚儿，等她回来，你跟她说去，叫她不要见怪……"

她停顿了一下，又喃喃地道："罢了罢了，你是男人家，娘不能叫你在妇人面前低三下四。我自己跟她说去！只要她能好好替我养着孙儿，日后认祖归宗，娘的这张老脸便豁出去不要了！"

谢长庚之前的怒气已经渐渐消散。见母亲如此模样，知道是被自己先前的那一番行事给镇住了，暗叹了一口气，将人扶着坐回了床边。

"娘，慕氏和那个孩子的事，你心里有数就好，不必操这个心，儿子知道该怎么办。"

他沉吟了下，话锋一转。

"儿子早年为盗，手上沾过不少人的血，如今虽然做了官，亦少不了打打杀杀，常忧心杀业过重，有损福泽。你听儿子的话，这趟回去，儿子会派人随你，替你去捐一座寺庙，你在家无事，便多做些善事，拜佛念经，替儿子积福消业。

"阿猫是你养大的，你嫌她粗笨，对她呼来喝去，做粗使丫头使。我问她想不想留下跟翁主，她说想跟，却没报答娘你对她的养恩。往后，娘你对她好些，将她当女儿养，她会尽心服侍你的。别再像从前那样糊里糊涂，被人蒙蔽还不自知！"

谢母的眼圈慢慢泛红。儿子说一句，她点一下头。

"娘记住了。都怪娘，先前糊涂。你不容易，放心吧，娘回去，一定多做善事，替你念经消灾！"

既然走了这条道，又怎么会在意所谓的杀人造孽？弱肉强食，本为天道。

谢长庚之所以这么说，不过是想让自己的母亲回去后寻点事做，有个念想，免得终日无所事事，又像从前那样惹是生非。

见母亲如此动容，他端端正正地跪了下去，叩头道："儿子实在不孝，多谢娘的体谅。儿子得了空，会回去看娘的。"

谢母忙扶他起来，小声地说："你若能一道带孙儿回来看我，娘就更高兴了。"

谢长庚停顿了一下。

"儿子知道。娘歇了吧。"

他服侍老太太入睡，谢母坐在床上，欲言又止，谢长庚问她何事。

谢母迟疑了下，说："凤儿……"

她迅速看了眼儿子，忙改口。

"那个戚氏虽然做错了事，但从前好歹也救过娘，你离家后，戚家也照顾了娘，她定会改的。庚儿，你看在娘的面上，得饶人处且饶人，莫要太过为难于她……"

谢长庚说："娘放心。儿子还是拿她当娘的救命恩人看，不会亏待她。"

第二天，节度使府的管事安排好家中之事，照谢长庚的安排，护送老夫人一行人回去。

谢长庚亲自同行，数日后，直到送出河西。掉头之前，他吩咐管事，到了后，先主持戚氏的嫁人之事，在他返回之前，要安排信任的人留下，若是戚氏与老夫人再频繁往来，及时告知自己。

管事一一记下，辞别后，上了路。

谢长庚目送车马远去，立刻掉转马头，赶回姑臧城。

前几日，奉刘后之命送来赐贡物的杨太监到了后，便说自己久闻河西风物壮美，趁此机会意欲饱览一番。节度使事务繁忙，身负重任，无须作陪，让谢长庚自管忙事，他随意走走。

谢长庚自然心知肚明。

远在上京里的刘后借转赐贡物之名，派心腹来此巡查而已。

原本朝廷就会定期派官员下地方巡查，探听民情，考察吏治。但谢长庚来此任节度使后，这几年，朝廷一直不曾派专人来过。

这回派来了人，他需要做的便是照杨太监的话行事。故这几日他不曾作陪，只命开放各处，包括戍城和兵营，任杨太监四处走动。

他赶回姑臧城，被告知杨太监已经归来，正在驿馆休息。

谢长庚匆匆回府，换了官服，马不停蹄地去驿馆见人，见面一番客套之后，杨太监道明日动身回京。

当晚，节度使府设宴替杨太监一行人践行，玉馔金酌，宾主尽欢。宴毕，谢长庚亲自送杨太监回驿馆歇息。

"承蒙太后挂念，送来赏赐，谢某感激万分。更是劳累杨大人亲自出京，一路辛苦来到这里，也未曾招待，便又要上路返京，谢某实在过意不去。谢某已经备好贡品，有劳杨大人代谢某送至太后那里。谢某亦另备了一份薄礼，请杨大人笑纳。"

杨太监笑道："节度使何须与我客气。我长年在宫中服侍太后，难得出来，不瞒节度使，这趟差事还是我自己求来的，这几日四处游玩，不虚此行。"

他夸了一番河西风物，看向谢长庚，目光意味深长。

"前日我走动时，听闻翁主不久之前又来了河西，今晚夜宴却不曾见夫人露面，莫非不在府中？"

他压低声，附耳道："节度使，我是拿你当自己人才说这话的。你也知道，若叫太后知晓，难免是要过问几句。"

谢长庚解释土人之事，说："多谢杨大人好意相告。慕氏如今正去往天山取药。不瞒大人，她年初便被我送回了长沙国，这回再次接来，不过是为利用。她到后不久，我便向太后上了一封奏折，详细禀明此事。太后此刻想必已经收到折子了。"

他一脸诚恳看着杨太监投向自己的目光。

"慕氏通医术，此前机缘巧合，因医术示好于当地土人。谢某接她来的目的便是利用她助我解决土人之事，以利朝廷平边。杨大人既来了，劳烦回去之后再替谢某向太后转话，有关慕氏一事，谢某时刻谨记太后叮嘱，不敢有半分悖逆。"

杨太监心中疑窦解除，点头笑道："我还道这慕氏怎么又回了这里，原来是有如此内情。人尽其用，节度使高明！已经上折更好。放心，我回去后会替节度使在太后面前再解释一下的。"

次日，谢长庚送走杨太监一行人，回来的路上，天空又飘起了雪。

他径直去往马场，将熙儿接回城中，回到节度使府，还没来得及喘一口气，一骑快马又送来一个消息。

老首领伤情复发，再度陷入了昏迷，情况危急。

谢长庚当即冒着大雪赶去了马河谷，探望过后，心思重重地回来了。当夜，他从书房出来，辗转反侧，久久无法入眠，索性戴上斗笠，独自骑马来到城池西门，登上城楼。

城池之外，目力可见的驰道尽头是漆黑的广阔原野。北风怒号，雪片如絮。

今年的冬天，雪来得比往年早，也更大。照前几年的经验，大雪封山，封堵道路，是常有的事。

如此的雪夜，又无军情，门卒不知节度使为何深夜来此，见他眺望着西去的那条隐没进黑夜的驰道，身影凝固，也不敢发问，只能站在他身后，屏息等候。

谢长庚回到节度使府，经过熙儿住的那间屋子的门口之时，迟疑了一下，执着一盏烛火轻轻推门而入。

孩子正在床上沉沉地睡着。

他的小脸歪了过来，压着枕畔一张画了一道道竖杠的纸。

谢长庚望了片刻，伸出手，碰到那张纸的时候，孩子醒了过来，看见他，叫他"谢大人"。

谢长庚拿起了纸。

纸上已经画了二十二道竖杠。

"大人，明天就又能多画一道了！"熙儿揉着眼睛，含含糊糊地说。

谢长庚慢慢地放下纸，说："熙儿，我去接你娘亲，让她能早点回来，好不好？"

熙儿一下睁大眼睛，从被窝里爬了出来，说："好！谢大人您快去！"

谢长庚微微一笑，摸了摸他的小脑袋。

漫长的冬夜终于渐渐推至五更，头顶的天空却还是漆黑一片，雪不停地飘落。

全城都还沉浸在这冬夜的最后睡梦中时，谢长庚踩着脚下咯吱作响的积雪，走出了节度使府的大门。

门外，火杖照亮了雪地。一队人马已经整装待发，准备随他一道踏上西去之路。

谢长庚将事情交代给前来送行的刘管等人，吩咐完毕，众人说道："大人路上小心，早去早回！"

谢长庚系上雪氅，戴上雪笠，翻身上马，正要带人上路，忽然听到身后传来一个童声："谢大人！"

他转头。

大门之后站着一个小小的身影。

那个孩子穿得厚实无比，整个人圆滚滚的，竟然追了出来，站在门槛后，睁大眼睛，一眨不眨地看着自己。

火杖的光映在他那一双眼眸之中，微微跳动。

他的眼睛里充满了渴望的神色，大声说："谢大人，我和小马一起赶走过狼的！"

谢长庚和那个孩子对望了片刻，下马朝他走去。

孩子立刻冲了出来，奔到他的面前，仰起一张小脸望着他。

谢长庚摘了自己的雪笠，扣到那只小脑袋上，一下将整张小脸遮得严严实实，随即单臂将他抱了起来，放在马背上，喝道："走了！"

西行上路数日之后，从前方传回来一个消息。

连日暴雪，独登山戍关被积雪拥堵，运送军粮的队伍无法通行，阻滞在了关前。

那里距离金城不是很远，只剩数百里路了。

眼看就要抵达目的地，却被暴雪阻滞在了关前。她的焦虑，可想而知。

　　谢长庚加快行程，一路急追，十来日便追到了独登山。

　　暴雪陆陆续续地下，前几日方停。运粮的队伍还在这里继续等待。

　　慕扶兰却不在这里了。

　　奉命在此戍守的守捉使向他禀告，十来天前翁主行至这里时，关道被堵，她十分焦急，得知除了这条军道，西去数十里外还有一条小道，从谷地而出，虽然远了许多，且道路险阻，军队无法通行，但能绕过关隘继续西行，便要求让人带路。

　　守捉使应她之言，派了熟悉道路的向导和一队护卫同行，当时已经引着她先行绕道离开了。

　　"此地还要多久才能通关？"谢长庚问。

　　"前些时日，雪下得实在太大，刚停没两日。卑职虽然已经带人全力打开通道，但估摸着全部打通至少也要七八日……"

　　谢长庚转过身，走到自己坐骑旁边，拍了拍挂在马鞍之侧的一只大皮袋。

　　大皮袋里鼓鼓囊囊，随着他的拍动，袋口突然钻出了一个小孩的脑袋。

　　那个孩子蓬着头，脸蛋脏污，也不知几日没洗脸梳头了，一双眼睛却圆溜溜的，黑白分明，顾盼之间，宛若两颗亮晶晶的宝石。

　　这一路西行，每日除了必要的人马休息时间，其余时间，不分昼夜，一行人几乎都在赶路。大人无妨，孩子却是个问题。谢长庚想出了个办法，将熙儿装在这只用老羊皮缝成的袋子里，充当睡袋，挂在马上，既保暖，又安全。唯一的不好就是颠簸。所幸没几天这孩子就适应得极好，无论马匹怎么颠簸，有时走得久了，谢长庚停马歇息，打开睡袋之时，发现里头的孩子还在呼呼大睡，叫都叫不醒。

　　熙儿本以为今日就能在这里见到自己的母亲，方才守捉使说话之时，他藏在里头，竖着耳朵在听。

"谢大人，我一点儿都不累！"

不等谢长庚问自己，他钻出头，立刻响亮地说。

谢长庚一怔，笑了，习惯般地摸了摸他的小脑袋，随即往下按回口袋里，转头吩咐："我有急事，派个熟识道路的人带路，我亦要绕行去金城！"

守捉使等人起先还以为节度使坐骑带着的这只皮袋里装了什么重要的随身之物，突然看见袋子里钻出个小孩，与节度使十分亲昵，状若父子，那个孩子却又唤他"谢大人"，无不吃惊，又不好发问，盯着两人瞧个不停之时，听到如此吩咐，立刻去唤向导。

当日，稍作歇息，补充了些食物，谢长庚命守捉使加强戒备，以防北人利用恶劣天气突然袭击，随即带着梁团等三十随从继续上路。

那段谷地的道路崎岖无比，又被积雪覆盖，最厚的地方竟没至腰，马匹也无法乘骑。一行人只能下马，牵马跋涉，艰难地走了三日方绕过关隘，回到那条正道之上，继续前行。

前方若是一切顺利，再赶个三两天的路，便能抵达金城。离天山也就咫尺之遥了。

正午，行经一片大雪覆盖的林地时，谢长庚见人疲马倦，便命大家就地暂时休整。

这三十名随从无不是身经百战、以一敌十的猛士，但走完这三天的路，亦是面露疲惫之色。众人就地而坐，生火烤热吃食，抓紧休息，恢复体力。

那个孩子早就不用谢长庚抱上抱下了，自己从皮囊里钻出来，驾轻就熟地攀着马腹落了地，也不嫌冷，攥起一把雪胡乱抹了抹脸，权当是洗脸，随即跑到谢长庚的边上，接过了一块刚烤热的馕饼，啃了几口，转头张望着前方，口中问道："谢大人，我们是不是快要到了？"

谢长庚眺望了一眼前方，带着他攀上近旁的一块高地，将他高高地抱起，一手指着前方视线尽头那座犹如白龙披银的高耸雪峰说：

"看到了吗，那座雪峰就是天山的山巅。雪峰脚下便是金城。"

熙儿顺着他所指的方向目不转睛地盯着，激动地催促："大人，我们快去吧！"

谢长庚微笑着点头，收回远眺的目光，正要转身，突然，他的目光微微一动，落在前方十来丈外的一株老松树之上，凝神注视了片刻。

他很快收了视线，不动声色地抱着熙儿下去，将他放回睡袋里，随即取了弓箭，回到方才的高地之上，张弓搭箭，瞄准那株老松树射了出去。

箭镞离弦，破空而去。"噗"的一声，深深地钉入了树干之中。

树枝微微震颤，些许积雪宛如细尘，从树顶簌簌落下。

藏在树后的人吃了一惊，知道自己被对方发现了，急忙转身奔逃，却如何逃得掉？一脱离树干的保护，还没在雪地里跑上几步，身后便又追来了第二箭。

强力而锋利的箭镞瞬间从后追至，插入膝窝，击碎了他的膝盖骨。

箭镞带着血肉，穿腿而出。

那人惨叫一声，扑倒在了雪地里，但他悍猛得很，很快又从雪地里爬了起来，拖着一条伤腿，一瘸一拐地继续奋力逃离。

梁团等人被叫声惊动，一把抓起武器，从地上跳了起来。

"应该是北人。抓住了，就地审讯！"

谢长庚放下弓，淡淡地吩咐了一声。

众人追了上去，很快将那个还在雪地里逃亡的北人捉住。知节度使不欲让小公子亲眼看见血腥场景，遂照他的吩咐，就地审问。

距离有些远，这边看不到审讯的场景，但那个人发出的阵阵惨叫之声还是传入了熙儿的耳中。

熙儿一双小手紧紧地攀着马背，不住地张望着那边。

又一阵凄厉的惨叫声传了过来。

他仿佛有些不安，转过小脸默默地望着正在喂马的谢长庚，欲言又止。

谢长庚抬头看了孩子一眼，走到他的边上，一边替他整理着皱巴巴的衣领，一边柔声道："熙儿莫怕，亦不必可怜。那个人是我们的敌人，想要对我们不利。"

熙儿转头看了一眼那发出惨叫声的方向，小声地问："谢大人，你都没见过那个人，怎么知道他是我们的敌人？"

谢长庚道："方才那个人躲在树后窥探我们，鬼鬼祟祟的，我发第一箭，是为警告。他若没有恶意，自然会出来解释。但他转身就逃，可见心虚，自然是对我们不怀好意。不怀好意的，便是敌人。"

他停顿了一下，加重语气。

"熙儿你记住，对敌人心慈手软，被加害的可能就是你自己，还有你想保护的人。

"你想这样吗？"

熙儿立刻摇头。"我想保护的人是我的娘亲。我记住谢大人的话了！"

"遇到敌人，该当如何？"

"杀！"

熙儿想了下，扬起还带了几分稚气的嗓音，大声地说。

谢长庚赞许地点了点头。

那边，梁团已经审讯完毕，疾奔回来，禀道："大人，果然是个北人探子，招供了！出事了！北人一支数千骑的军队此刻应当在攻打独登戍了！"

这个探子出自一支长年游骑在河西至天山边境线上的骑兵团。

他们此前在天山一带活动，窥伺金城，自知没有把握夺取，加上大雪封路，粮草不继，便打算先回王庭。前些时日行经这一带时，探到河西有一批军粮要发往金城，恰好天降暴雪，送粮队被阻在了独登山的关口之前，东西交通断绝，他们遂认定这是天赐良机，临时制订了一个计划，决定抓住这个机会，倾尽全力突袭独登戍，夺取军粮。

如果冒险成功，金城这种腹地孤城的将士没有过冬的粮草，就只剩死路一条了，更重要的是，若能切断河西节度使府这几年建立起来的这条军道，则独登山以西，天山全境，还有通往西域的通途，就此将全部落入北人之手。

"这个探子趁着大雪潜来此地，是为了打探烽火台的具体位置。他们除了突袭独登戍，也分出人马，计划将附近的烽燧断下，以防消息传递，引来救兵。派出去寻烽燧的不止这一个探子！"

梁团禀告完，三十名侍卫全部围拢过来，几十道目光紧紧地盯着谢长庚，等着他的指示。

谢长庚望向独登戍的方向。

雪过天晴，那里的天空一片明净，不见半点狼烟。

有两种可能。一是独登戍还未遭到攻击，守军毫无察觉。或者是他们离开后不久，独登戍便就遭到了北人突袭，烽燧已被北人控制。

"往西的下一处烽燧台应是墨离烽。你可知道路？"

谢长庚对西行军道上的所有烽燧台了若指掌，转头问向导。

"知道！距离此地三十里路！"

"立刻去墨离烽，赶在北人到达占领之前燃起狼烟！"

墨离烽燧起狼烟，下一烽燧收到传递，如此，三个时辰之内消息便能次第传到金城，三日之内，将士必会赶来支援独登戍。

以独登戍守捉使的能力，即便兵力不占优势，坚持守上三日，问题应当不大。

情况紧急，一行人立刻上路，朝着墨离烽的方向疾行。然而，终于赶到之时，梁团等人却被眼前的所见给惊住了。

烽燧为求传得远，多建在高地，墨离烽也是如此，建于一座山脊之上。

数日之前，这里仿佛发生了一场雪崩。

大量的积雪从烽燧上方的陡坡上滑陷而下，几乎将整座烽燧的高耸台基都埋在了下面。

原本在此守卫的几名烽卒已经不见了踪影，十有八九是被压在了雪下。

梁团立刻带人过去刨挖积雪，想挖出个口子，通往台基，以便入内点燃烽火。半晌过去，他们陆续挖出了两具早已冻得僵硬的烽卒尸首，然而距离烽燧台的台基入口却还是遥不可及。

这样大量的积雪，今夜便是不眠不休，挖到明天也未必能够挖通。

"叮"的一声，一个侍卫用来挖雪的刀插入了一块随积雪滚落下来的巨石缝隙之中，发力之时，断为了两截。

"大人！时间怕是来不及了。只怕我们还没挖通，北人便已寻来此地。还不如赶去下一个烽燧，或许还快些！"

梁团满身大汗，停了下来，劝道。

谢长庚眺望着下一个烽燧的方向，沉吟之时，忽然听到身后有童音说道："谢大人，我可以爬进去帮你们点起火。"

谢长庚回头，见熙儿指着烽火台的上方，对自己说道。

梁团亦转头，盯着烽燧台顶那几根还没被雪给埋住的通烟口和两侧的通风口，如同醍醐灌顶，狂喜不已，猛地跳了起来。

"小公子说得是啊！那些口子我们进不去，但小公子人小，可以试着爬进去，只要堆起柴火和狼粪，浇上火油，点了火……"

他话还没说完，忽然自己也觉出了不妥。

这孩子即便真能从通烟口爬进去，烧起了火，彼时也是如同置身炉中，能不能安全地从原路出来，谁也不敢保证。

他忙闭口，看了眼节度使。

谢长庚神色凝重。

他沉默了片刻，慢慢地蹲了下去，注视着自己面前这个片刻之前还在用一把匕首呼哧呼哧努力地挖着雪的孩子，轻轻摸了摸他的脑袋，说："不行！"

他说完，站了起来，下令离开，立刻动身去下一个烽燧。

"谢大人！我可以的！我真的可以！你相信我！"

那孩子却十分固执，仰头望着他，紧紧地攥着他的衣袖，不肯放开。

谢长庚问向导："下一燧是否是合苍烽？"

"正是。"

"从此地出发，以今日事物路况，多久能够到达？"

两座烽燧之间的直线距离通常是为十里，但因烽燧都是建在山巅或是高岭之上，中间的实际地面距离远远不止这个里数。

"约三十里路，平日快马一个时辰，如今积雪难行，恐怕要多费些工夫。"

"只要在天黑之前将消息传出，便还来得及。带路，全速开去！"

熙儿道："谢大人，我真的可以！"

谢长庚微微一笑："熙儿自然可以。但谢大人这趟带你出来，是为让你去接你娘亲的。而且你还小，等长大了，再帮谢大人的忙。"

他抱起那个孩子，转身便走。

这话固然是对孩子说的，但又何尝不是说给梁团等人听的。

众人知道他不愿小公子涉险，听他发话，自是以他马首是瞻。

一行人下了烽燧台，在雪地中迂回疾行，才行了数里地，上了一座地势平缓的山梁，正要下坡，突然，斜旁里出来了一支与他们相向而行的队伍。

双方猝不及防，迎头遭遇。

对方约有二三百之众，虽然都作河西守军的打扮，但面目轮廓隐隐能辨出是北人。

这群北人便是被派来控制烽火台的那支队伍，行到此处，突然看到对面山梁上出现的那一小队人马，便停住了。

有人高声喊叫："河西节度使谢长庚！他就在那里！"声音充满

狂喜。

队伍里立刻起了一阵骚动。

他们没有想到竟然会在这里遇到河西节度使谢长庚。

他的身边只有那么几十个人，而这边的人数却十倍于对方。倘若能够抓住他，或者直接击毙他，功劳之巨，可想而知。

伴着兴奋的吼叫之声，几百人立刻追了上来。

谢长庚命随从后退，掉转马头，循着原路迅速下了山梁。

箭镞不断地从身后咻咻飞来，掠过身畔，插入雪地。

一匹马的腹部中箭，发出痛苦的嘶鸣之声。

谢长庚回望了一眼身后那群追上来的北人，很快便做了一个决定。

他命梁团带一半人手继续赶去合苍烽，务必要在天黑之前将烽火点燃，完成任务之后，带着孩子径直去往金城，不必回来。

这群追兵由他带着剩余的十五人引开。

"大人！我等愿掩护大人冲杀出去，请大人去往合苍烽！"

梁团带三十侍卫齐声恳求。

谢长庚道："北人目标在我，我去烽燧，他们必不顾一切追来，于事不利。

"传送狼烟是第一要务！照我的命令行事！"他喝了一声。

众人不敢再违命。

"谢大人——"熙儿唤他。

"等着，我会去找你的！"

谢长庚冲这孩子道了一句，将他连同皮囊一道抛给了梁团，立刻带着剩下的人朝另外一个方向疾驰而去。

梁团和那十几名侍卫藏身在雪丘后的坳地里，看着那几百北人从面前呼啸而过，压下心中的不安和焦虑，咬着牙继续朝前而去。

熙儿双手紧紧抓着皮囊的袋口，不住地回望，行出数里地后，他突然喊道："梁侍卫，你带我回去！我帮你们点火，这样你们就可以立刻去帮谢大人杀坏人了！"

梁团继续朝前方行去。

"坏人那么多，你们不去帮谢大人，他会死的！"

雪地之中，回荡着孩子的喊叫之声。

半个时辰之后，梁团一行人带着熙儿返回了墨离烽。

他将火折交给这孩子，教他用法，再三叮嘱下去后的各种注意事项，随后用一根被雪水浸湿的绳索牢牢地将他的腰身系住，从烽火台顶部的一个通烟口里慢慢地将人放了下去。

梁团和侍卫们等在外面，不停地和里面的孩子保持着对话。

那孩子下去已经有些时候了。

众人屏住呼吸，焦急等待。

通烟口里慢慢地飘出了一缕黑烟。众人立刻攥紧绳子，朝着里面喊话："小公子，快出来，站好了吗？"

里面没有反应。

众人对望了一眼，目露焦急之色，正要试着提绳子，就在这时，一阵咳嗽声从下面传了出来。

"我好了——"

众人大喜，七手八脚地急忙拉着绳子往上拽。

一个小脑袋从通烟口里露了出来。

梁团抱住那孩子的肩膀，迅速将人从口子里拖了出来。

刚出来的时候，那个孩子闭着眼睛，脸上、身上都沾满了烟灰。他咳嗽了好一会儿，睁开眼睛，转头目不转睛地盯着那几个通烟口里不断飘出的浓烟，问道："这样可以了吗？"

梁团喜形于色地说："小公子，大功告成！"

节度使府对于这条西行军道上的烽火台制定了严格的制度。每一个烽火台，无论什么时候，都必定保证至少一个烽卒时刻盯着下个烽火台方向的狼烟，以保证军情传递。所以除非合苍燧的烽卒也像这里一样，遭遇雪崩全部被埋，否则绝无可能错过这个方向飘起的狼烟。

熙儿松了一口气，抹了抹自己被浓烟熏得发红的眼睛，说道："我没事了，你们快去帮谢大人！"

梁团对这个孩子已经无比钦佩了，朝他下跪，恭恭敬敬地磕了一个头。

"小公子，我帮你寻个地方，你暂时先躲起来！"

梁团将熙儿藏在烽火台附近的一个山洞里，留下两名侍卫，给了他们干粮和水，自己带着其余人离开。

熙儿等了三天三夜。

等到第三天，他困极，躺在那只睡袋里迷迷糊糊地睡过去时，突然听到一阵脚步声传了进来。

他一下睁开眼睛，从睡袋的口子里探出头去。

他看见一个高大的、浑身染满了血的身影从山洞外朝着自己大步走过来。

他一眼就认了出来，惊喜地尖叫了一声，从睡袋里爬了起来，朝着那个大人的身影飞扑过去。

"谢大人！您回来了！"

谢长庚将这个孩子一把接住，抱了起来。

"是，我回来了！"

他抑住心底涌出的一阵热意，摸了摸孩子的手脚。

"你受伤了吗？"

熙儿立刻摇头。

"我跑得可快了！火还没烧到我，我就已经被梁侍卫他们拉出来了！"

孩子的语气带着一缕小小的骄傲。

"对了，大人，你的士兵来了吗？你受伤了吗？"

孩子望着他，眼睛里充满了担忧之色。

谢长庚用力收臂，抱紧了怀里的这个孩子。

"他们看到了你传递的狼烟，已经赶过来了，不但打败了敌人，还抓了许多俘虏！

"你想去看吗？"他问。

"想！"

孩子的眼睛立刻放出光芒，响亮地答应他。

熙儿坐在马背之上，被身后的谢长庚用外衣裹住身子。

战马奔驰，风从他的耳边呼呼地吹过，人仿佛在腾云驾雾，孩子被谢长庚带着，不知道纵马行了多少里路，忽然，风声里隐隐传来了一阵欢呼的声音。

熙儿睁大眼睛。

他被眼前的一幕给惊呆了。

视线的尽头，在白雪皑皑的地方，出现了一支正列阵以待的军队。旗帜随风猎猎飘扬，将士衣袍染血，却精神抖擞。他们的盔甲和刀剑，在雪地之中闪烁着叫敌人为之胆寒的凛冽寒光。

他们列阵在此，仿佛已经等待了许久。节度使转来的消息被传令官一传十十传百地递了下去。

所有将士发出一阵整齐的欢呼声。

谢长庚带着马背上的熙儿，纵马越过一排排向着自己欢呼的将士，行至中央，停了下来。

金城守捉使骑马飞奔到谢长庚的面前，下马单膝下跪，行军礼。

"禀节度使，犯独登戍的北骑已经被全部消灭！还有百余俘虏，如何处置，请节度使下令！"

"跪下！"

侍立在旁的将士们发出整齐的呼喝之声。

北人俘虏们早已被吓得抖抖索索，纷纷下跪，等待着将要对他们下达的惩处。

谢长庚道:"推下去,全部格杀勿论!"

守捉使得令,消息迅速传递下去。

在传令官发出的浑厚而庄严的传命声中,俘虏们早已感受到了腾腾杀气,纷纷瘫在地上。

百余柄冰冷沉重的大刀落下,雪地之上飞溅起一片刺目的血光。

谢长庚命人割去剩下的最后一名俘虏的一只耳朵,喝道:"回去告诉你们的王,这就是犯我河西的下场!"

那个俘虏宛若丧家之犬,在身后的喊杀声中,双腿一软,竟跪倒在地,又爬了起来,这才跌跌撞撞,奔逃而去。

将士们再次发出一阵威武之声,声震原野。

谢长庚低头看向坐在自己身前的熙儿,问道:"你怕不怕?"

熙儿的双拳握得紧紧的,仰头望着身后的男子,双眼流露出崇拜的光芒。

他大声说:"我不怕!"

谢长庚放声大笑,在将士雷霆般的呼声和无数注视的目光中,将身前这个孩子高高地举了起来。

第十九章

◇

金城

拾玖

　　慕扶兰早在数日前就已经抵达金城，稍作休整之后，便在金城守捉使派出的一队熟悉天山地理的人马的护送下，上山寻药。

　　这一路走来，天气恶劣的程度超出了她的想象，而寻药的过程也是曲折无比。

　　所幸，上山数日，陆陆续续地叫她在冰隙里找到了足够的草药。掘根采收完毕，终于下山，这日到达山脚下，天已经黑了下来。

　　从这里回到金城，还要走两天的路，冰天雪地，赶夜路危险，领队在山脚下一个避风的山坳里搭起宿营地，准备过一夜，天明再动身。

　　慕扶兰人已疲倦至极，却强打着精神，在自己的那个小帐篷里初步处理好采收回来的药，预备回城炮制，制好药后，便立刻动身。

　　一个小兵替她送来用雪水烧化的热水，又帮她往取暖的火炉里添了些燃料，盖好炉盖，退了出去。

　　她收拾好东西，胡乱洗了洗脸和手脚，钻入铺盖里，和衣躺了下去。

　　她已经出来一个月了，不知道老首领如今伤情如何。

　　还有熙儿，不知道他一个人在那边过得可好。

　　她在帮他做一件很重要的事。在这一点上，她相信那个男人，他一定会代她照顾好熙儿的。

　　她听着帐篷外风雪肆虐的声音，闭上眼睛慢慢地睡了过去。

　　也不知睡了多久，蒙胧中，她忽然觉得身边仿佛多了一个人。

　　她打了个激灵，猛地睁开眼睛。

　　帐篷中的矮桌之上，那盏牦牛油灯还亮着。昏黄的灯火里，她看到自己的脚边蹲了一个男子。

那个男子托起她一只冻得红肿的脚，正在替她搽着药膏。

他低着头，视线落在她的脚上，动作轻柔，全神贯注，仿佛没有觉察她醒来，直到她缩回脚，方停了下来，转过头看着慢慢坐起来的她。

"你的脚冻伤了。躺下吧，我替你把药搽好。"

谢长庚说道，语气寻常。

在冰天雪地里连日跋涉，即便脚上穿了用厚牦牛皮做的靴子，也没能阻挡湿冷寒气的侵入。

她的双脚早在多日之前就开始生冻疮，到了这里后，一度更是肿胀得厉害，以至于早上将脚套入鞋里这么简单的一件事都成了一种折磨。

他再次握住了她的足。

如此亲昵，让她感到有些不适。

她再次试着想收回自己的脚，却依旧没能成功。

"别动。"他说，并未看她，视线依旧落在她的脚上，手上抹药的动作也不曾停过。

牦牛油灯的火苗是橘红色的，昏昏然地映在他的面容上。男人低着头，脸上仿佛蒙了几分她不曾见过的温暖之色。

那阵因为他突然出现而致的窘迫和诡异之感慢慢地消散了。

她慢慢地躺了回去，看着他替自己搽药，搽完一只脚，换另一只。双脚都搽完了，他也没有停，用掌心继续包裹着她的足，替她慢慢地揉着。

谁也没有开口说话，狭小的帐篷里一片宁静。

外面忽然卷过一阵狂风，伴着怪异而低沉的呜呜之声，帐门被吹得鼓了起来，牦牛油灯芯上的那点火苗闪烁了一下。

男人的脸变得忽明忽暗。

"你怎会来这里？"

慕扶兰忽然间回过神来，带了点仓促地开口，打破了帐篷里的宁静。

"熙儿一个人在那边吗？会不会出事？"

她接着发问。

谢长庚停了手上的动作，抬眼看着她。

"他还那么小！我希望在你离开之前已经对他做了妥当的安排！"

"我将他也带来了。"

他终于慢吞吞地说。

慕扶兰吃了一惊，一下子从他的手中抽回自己的脚，人也跟着弹坐了起来。

"这样的天气，这种地方，你竟然将他也带来了？"

她丝毫也没有掩饰自己语气中的责备之意。

"是。"

他点头。

"这个孩子远比你想象的勇敢，你完全不必过于担忧。路上出了点意外，他甚至帮了我一个极大的忙。他现在就在金城里，回去你就能看到他了。"

他说话的语气不疾不徐，仿佛带着一种沉稳而浑厚的力量。

"他对你放心不下，非常想你，想自己来接你。"

慕扶兰慢慢地呼出一口气，定了定神，说："谢谢你了。我的脚没事了。"

谢长庚将带来的药膏放在一边。

"明早起来，你自己再抹一遍冻伤的地方，抹完记得揉一下，有助药效发挥。"

"我知道。你想必也疲乏了，自管休息去吧。"

他没有动，沉默了片刻，忽道："慕氏，你就不关心我一声？"

慕扶兰的心微微一跳，抬眼看向他。

"莫非老首领不行了？"

谢长庚盯着她那张露出紧张之色的脸。

"老首领确实又昏迷不醒。我固然希望他化险为夷，但实话说，即便他等不到你回去，于大局也无多大影响。"

老首领会再次昏迷，这种情况本来也在慕扶兰的预料之中。临走之前，她也向来代替自己的军医交代过应对保命的救治之法，尽量等到自己归来。

她道："那你为何会出现在这里？"

"我已经将我的母亲送走了。往后，她也不会再要我纳戚氏了。"他有些突兀地道。

慕扶兰一愣，和他四目相对，含含糊糊地说："希望您母亲不至于太过失望了……"

"她很失望，但接受了。"他打断了她的话。

慕扶兰不再开口，转过头，说："你去休息吧，我也很累，明日还要早起的……"

她的声音忽然停住了。

谢长庚伸手轻轻地托住了她的下巴，将她的脸转向了自己。

"慕氏，我之所以会在这里，是和熙儿一样。

"我想你了。我不放心你。所以我来了，想将你早些接回去。"

他凝视着她，轻声地说。

慕扶兰一下子僵住。

狭小的帐篷忽然变得越发逼仄起来，只有呼吸之声清晰可闻。

他又道："你应当还记得熙儿是如何来河西的。三苗地震那时，我把他强行挟来。我不是什么正人君子，当时是为泄愤，想让你向我屈服。但你不知道，我原本已经走了的，当时之所以回去，我的初衷并不是要再次为难于你。我是放不下你。我知你一心救人，担心你会在地震里遇险。"

他停顿了一下，迟疑片刻，仿佛终于下了决心，又道："我既然到这里接你，有些事不妨也与你直言。

"慕氏，每回你与我同房，想来都是在敷衍，甚至觉得痛苦。但你可知我又是如何作想的？"

慕扶兰不言。

他自顾自地道："每一次见你如此态度，我便忍不住想，倘若易人而处，今日换作是那人与你如此，你会如何？我原本何须如此，叫自己也不痛快。我又何尝不是作茧自缚！你越是如此，我便越是不想叫你如愿……

"我何必要和那个死了的人较劲？想他能令你得多少的快活，我便也要如此，要叫你越发快活。"

他自嘲般地笑了笑，凝视着她。

"慕氏你说，我是否是蠢不可及？"

慕扶兰的心跳得飞快，面庞发热。

她定定地望着面前这个男子，感到呼吸仿佛也变得艰难起来。

他亦有些气息不稳，慢慢地呼出一口气，仿佛在平定自己的情绪。

"往后，你不要再服伤身体的药了……"

他终于说。

"你放心，我也会把熙儿当亲子般看待，好生栽培。等他长大了，我不会亏待他的。"

他朝她慢慢地靠了过去。

两人几乎额面相抵。

"你待我也好些吧！"

他低低地说，嗓音沙哑，宛如呢喃，在小小的帐篷里，回旋在她的耳畔。

慕扶兰失了反应的能力，直到男人挺直而微凉的鼻梁轻轻蹭过了她的面颊，干燥糙皮的唇亲昵地磨着她柔软的唇瓣，突然间，她整个人打了个寒战。

电光石火之间，她的眼前仿佛出现了她梦中新婚的那个夜晚。

那人待她亦是如此好，对怀中的她的喜爱丝毫不加掩饰。

温情总易动人心。然而男欢女爱，譬如镜花水月。

她的脸猝然转开，躲开了他的唇。

"谢郎，"她说，"我感激你为我做的一切，包括那夜答应我的事。"

她定了定神，慢慢地转回脸看着他。

"明日回金城，制完药尽快动身赶回去，应该还有希望救回老首领。"

谢长庚的身影凝固住了。

橘红色的烛光依然投在他的脸上，然而温暖不再，他的脸半明半暗。

良久，他咬着牙，一字一字地说："那个男人，他到底如何好法？你到底爱他什么？"

慕扶兰望着面前这双暗沉的、泛着疲倦的红血丝的眼，说："和旁人无关。我只是受不起你对我的好。"

他仿佛石头般沉默着，良久，才慢慢地站了起来，转身而去。他走到帐篷门之前，伸出手待要掀开之时，那手又停住了，他慢慢地回头，盯着身后这个心肠比石头还要冷硬的妇人。

纵是石头，亦会有焐热的一天。这副心肠却不知到底是用何物所做。

"慕氏，方才那些话就当我没说。"

他说完，掀开帐篷门离去。

一阵狂风随着他的掀门离去扑入帐篷，一下子将矮桌上的那盏灯吹灭。

帐篷里顿时陷入了彻底的黑暗。

慕扶兰坐在漆黑的帐篷中，眼睛慢慢地发热。

在流下眼泪之前，她抬起手，用手指迅速擦去。

回到金城，慕扶兰和熙儿见面之后，顾不得休息，连夜炮制药材。

隔日，她去寻熙儿，得知他被谢长庚带了出去。

她等了许久，不见二人回来，便寻了出来。

金城是座塞外孤城，面积不大，从城东走到城西也不过数里而已。

她寻到城门口，被士兵告知，知节度使带着小公子方才从城外骑马归来，此刻人就在城楼之上。

她循着宽阔而厚重的石阶上了城楼，看见前方那座高高的瞭望塔上立着一大一小两个身影。

谢长庚将熙儿抱起来，让他站在城墙的垛口之上，两人正在说话。

这一天，肆虐了多日的风雪停了，太阳的光芒照耀着金城的四方城墙和前方的荒原，还有远处那座常年积雪不化的山脉之巅。

"谢大人，这里为什么叫金城？它有很多金子吗？"

慕扶兰听到熙儿发问。

谢长庚发出一阵笑声，说："等到夏天的时候，这里的雪化尽了，太阳照下来，站在雪峰上往下看，城池里便仿佛铺满了黄金，壮观无比，所以起名金城。"

熙儿发出一声惊叹："我真想看一看啊！"

谢长庚说："只要我们能守住城池，这个地方就永远是我们的。你想什么时候来看都可以！"

"好！谢大人，您一定要守住这个地方啊！"熙儿欢呼道。

谢长庚含着笑点了点头，忽然仿佛觉察到了什么，突然转头，视线落到她的身上，和身畔的孩子低声说了句什么，随即抱他下来。

"娘亲！您来了！"

熙儿朝着慕扶兰跑了过来，兴高采烈地拉住了她的手。

"方才谢大人带我去外面骑马了。外面好大啊！原来这里还不是天边！谢大人说，往西再一直走下去，还有好多别的地方！"

慕扶兰方才本想悄悄下去，才动了一下，见被他察觉，只好作罢。她含笑应了熙儿几句，抬眼看向谢长庚，说道："药材已经炮制完毕，可以动身回去了。"

谢长庚淡淡地颔首，转身而去。

返程一路顺利。

慕扶兰带着熙儿，在谢长庚的护送之下，一路平安地回到了姑臧城。到达当日，来不及休息，她立刻赶去了马河谷。

老首领已经奄奄一息，只吊着最后一口气了。土人早已等得望眼欲穿，见她归来，如见神明，欣喜若狂。

慕扶兰倾尽全力，凭着灵药之功，救醒了人，再慢慢调养了些时日，老首领身上的余毒彻底清除，身体也一日比一日地好了起来。

再一个月后，凛冬将去，又一年的初春悄然而至。

这一日清早，天才蒙蒙亮，慕扶兰带着熙儿和侍女登上马车，在以梁团为首的随行之人的护卫之下，离开了节度使府。

一行车马穿过还空无一人的街道，来到了城门之前。

城门官早已得令，提早开启城门，带着门卒肃立在两旁，恭送这一行人马出城。

马车穿过拱形的城门，循着积雪未化的驰道，朝着南方辚辚而去。

熙儿坐在慕扶兰身边，一言不发。

从数日前开始，他得知就要离开这里之后，便一直不大说话。

慕扶兰微笑道："小龙马已经能走长途了。你放心，它跟我们到了南方，会过得很快活的。"

熙儿点头："我知道。"

他迟疑了下，问道："娘亲，大人这会儿是在马河谷里吗？"

慕扶兰"嗯"了一声。

马河谷里，今日应当非常热闹。

不但老首领身体痊愈，那座被命名为武安的戍城的修建也进展顺利，前几日主城结顶，从前逃亡而走的交城令许轲之子和那名土人少女得知如今两方和解，也大着胆子回来，找到了谢长庚，跪求他为自己二人主婚。

许轲痛打了儿子一顿之后，只能认下亲事。女方那边的家人，如今自然也是愿意。婚礼便在今日举行。主婚之人除了谢长庚，还有老首领。

他昨日便动身去了马河谷。

"你昨日不是已经和谢大人辞别过了吗？"

熙儿闭上了嘴，不再说话。

马车走出了数里地，将那座城池渐渐抛在了身后。

慕扶兰将儿子搂入怀中，柔声道："早上起得早。困了的话，就睡觉吧。"

熙儿"嗯"了一声，靠在她的怀里，闭上眼睛，一动不动，仿佛睡了过去。

天已大亮，太阳快要出来了。

慕扶兰示意侍女将帘子拉下来，免得朝阳反射雪光刺眼。

侍女起身，刚轻轻放下帘子，忽然，马车之外传来了梁团的声音："翁主，节度使来了！"

原本仿佛已经睡着的熙儿猛地睁开眼睛，一下子从慕扶兰的怀里钻了出来，飞快地趴到车窗上，掀开帘子，探头看了出去。

"谢大人！"

他用力地晃着胳膊，半边身子都要探出去了，声音里充满了欢欣。

慕扶兰一把扶住熙儿，命停下马车，也望了出去。

晨曦之中，视线尽头的那片雪地里，她看到一骑快马在身后一众骑从的簇拥之下，正从城池方向朝着这边疾驰而来。

当先马上之人正是谢长庚。

不等他来到近前，熙儿便已经回头望着慕扶兰说："娘亲，我能下去接谢大人吗？"

　　慕扶兰本想摇头，但看着孩子那充满了期盼的欢喜的眼神，那一声"不"字却又实在说不出口

　　她迟疑了下，慢慢点了点头。

　　熙儿脸上露出笑容，急忙钻出马车，也不用人抱，自己一下子就跳了下去，摔到地上，又从地上飞快地爬了起来，朝着那匹快马奔去。

　　谢长庚转眼到了近前，停了马。

　　"谢大人！您不是有事，去马河谷了吗？"

　　熙儿停在他的马头之前，喘着气，仰脸看着他问道。

　　谢长庚笑容满面地说："我是想起来，还要送你一样东西。"

　　他从马背上翻身而下，从腰间解了自己的佩剑。

　　"熙儿，这把剑是我的父亲在我十岁那年，用他一年的俸禄，请了最好的工匠打造了送给我的。那时候，我每日五更不到便会起来，读完书，就用它练剑。剑不名贵，但这些年一直陪伴着我。如今你要走了，我把它转赠给你。日后你长大了，也好好读书练剑，好不好？"

　　谢长庚说着，正要递过来，忽然听一个声音道："不行！"

　　他一怔，抬起眼睛，看见慕氏已经从马车里下来，快步奔到了他们面前，一把拉住熙儿的手，将他带到了身后。

　　她的眼睛死死地盯着自己手中的剑，仿佛它是什么令人厌恶至极的东西。

　　就在这一刹那，谢长庚恍惚想起了许久之前，在上京的那座府邸里，那一夜，他第一次见到她时，她仿佛就在盯着悬在床头的这把剑。

　　那时她的表情和这一刻的如出一辙。

　　慕扶兰慢慢地抬起眼看着对面的男子，说："先尊所赠，太过贵重，不敢夺爱。我代熙儿谢过你的好意，请收回。"

　　她口中虽如此说，谢长庚却心知肚明，她分明是厌恶自己想要送给这孩子的离别礼物。

　　气氛一下凝固住了，带着几分尴尬。

他持剑的手在空中僵了片刻，慢慢地放了下去。

"娘亲！我想要！"

这时，一个童声忽然响起。

熙儿挣脱开慕扶兰攥着自己的手，奔到了谢长庚的面前，说："多谢大人！我会好好保管的，等我再大些，能用了，我就用它习武练剑！"

他说完，朝着谢长庚端端正正地躬身，行了一个谢礼，随即举起双手迎剑。

谢长庚大笑，将剑放到了他的一双小手之中。

他将孩子从地上抱起，送到马车前，把孩子放了进去，大手摸了摸他的小脑袋，对着梁团说了句"好生护送"，随即转身而去。

他从还站在原地的慕扶兰的身边大步走过，并未看她，自顾翻身上马，随即掉转马头，在一众随从的拥侍之下，犹如来时那般疾驰而去，身影很快消失在了雪地之中。

慕扶兰在上京护国寺的山门之外第一次见到熙儿时的情景，她记得清清楚楚。

时间过得如此之快，转眼已经一年多了。

这孩子一直都是乖巧而听话的。

从来没有违逆过她。

这是头一回，他悖逆了自己的意思，不再听她的话。

而且是因为那个男人。

马车与那个男人纵马离去的方向相背着上了路。

慕扶兰沉默无言，久久地没有说一句话。

熙儿就坐在她的身边。

仿佛知道她不喜欢那个人送给他的这份临别赠礼，在她上了马车之后，就没有看到那把剑。

应该已经被孩子给藏起来了。

熙儿不时地悄悄看她一眼。

她的视线落在车窗之外，神情恍惚。她流露出的神色对于他这个年纪的孩子来说，或许有些过于复杂了。

但是她的伤感，孩子是能轻易感知到的。

在不知道悄悄看了她多少遍后，终于，他轻轻牵住了慕扶兰的衣袖，小声地问："娘亲，你怪我不听话，生气了吗？"

慕扶兰从思绪中回过神，低头凝望着身边这张仰望着自己的带着忐忑和不安的小脸。

她的心中此刻固然有一缕淡淡的伤感，但更多的还是迷惘和忧虑。

没有谁比她更清楚，在那个梦中，这个孩子在她出事死去前的那几年里是如此地渴望得到父亲的陪伴。但是他的父亲终年在外奔波，极少回家。

后来，他的父亲得偿所愿，做了这天下的皇帝，这孩子也终于能够如他从前期盼的那样，和他的父亲朝夕相见了。

或许是出于愧疚，抑或补偿，刚开始的时候，他的父亲也对儿子展现过他前所未有的想要亲近的努力。

但是对这个孩子来说已经太迟了，他仿佛也不需要了。

面对着那个试图靠近自己的高高在上的父亲，他的回应永远是自闭和沉默。

而那个男人，需要他分心的事太多了。他能给予一个不愿自己靠近，甚至带着明显敌意的儿子的耐心，终究极其有限。

所以如今，每每当她看到熙儿仿佛出于天生孺慕的本能接近那个人的时候，她的心情总会陷入无比的矛盾中。

她愿她孩子从前的遗憾能得到圆满。但是想到梦中那个少年死前曾发出的再不愿为父子的悲愤之音，她的心里便充满了迷惘和忧虑。

但她终究还是没阻止孩子和那个男人的靠近。她不知是对，还是错。

"娘亲，谢大人他对我真的很好。"

这孩子继续轻声地说。

"娘亲你还不知道吧，他带我去接你的时候，路上我们抓了一个奸细。谢大人要点燃烽火告诉军队过来，烽火台却被大雪压住了，只有我能从上面爬进去。我想爬进去点火，可是谢大人他怕我出事，不让我进去，说去点下一个烽火台的火。

"路上我们遇到了许多的北人，谢大人被认出来了，他就叫梁侍卫他们带我走，他去把那些人给引开。后来谢大人回来找我的时候，他满身都是血，我都快认不出他了，他看见我，就把我抱了起来……"

孩子的一双眼睛之中慢慢地涌出泪花。

"娘亲，我真的不想让你伤心，可是我又不忍心让谢大人难过……回去了，我就把剑收起来，不会拿出来。"

慕扶兰只知道，自己一开始的告诫并没能阻止这个孩子去亲近那个男人。

可是她不知道，不知不觉之间，原来孩子和那个男人之间竟然已经生出了如此多的信任和羁绊。

她更不敢相信，今日在熙儿眼中的这个男人是真正的谢长庚。

想到倘若有一天叫孩子见到了这个男人被今日的温情遮掩住的另一面，她便只剩下了惶恐和不忍。

熙儿抬手，用衣袖飞快地擦了下眼睛。

"娘亲您放心，要是他以后欺负您，他变成了坏人，我自己就会把剑还给他的，再也不喜欢他了。我会保护娘亲您的。娘亲您不要生我的气，也不要难过，好不好？"

他从马车的座椅上爬了下去，像个小大人那样跪在了自己母亲的面前。

慕扶兰望着跪在自己面前的这个孩子，望着他那双还含着残余泪花的澄澈眼眸，眼睛慢慢地热了起来。

她伸出手，将熙儿从面前抱了起来，揽入怀中。

"娘亲知道。娘亲也没有生气。只是……"

她注视着这孩子，极力驱除脑海中那个她无法直视的充满了鲜血的噩梦，说："只是熙儿，回去了，记得你方才答应我的话。把它收起来，不要动它！"

它会嗜你的血。它是凶物。

她在心里说道。

熙儿脸上露出欣喜的笑容，紧紧地抱住了她的胳膊，点头道："我记住了！"

这趟南归，因为带着熙儿，慕扶兰的行程安排得并不紧。沿驰道而行，遇驿馆落脚休息，每日走五六十里的路，转眼走了将近半个月。

照这个速度，一半的路程都还未走完。

好在并无急事，且天气渐暖，出了河西之后，每日道旁所见虽然大抵是野地荒村，但春风温暖，绿意也是一日浓似一日。

这天中午，日头当顶，已经走了半日，梁团问过慕扶兰的意思后，叫一行人停在路边稍作歇息。

熙儿从马车里下来，走到小龙马前，亲自喂它草料。

小龙马已经一岁多了，虽然还未完全长大，但自从跟了熙儿后，在他的精心照料之下，如今的个头已经长得和成年马差不多了，而且它头小脖子长，四肢有力，浑身皮毛油光水滑，颇有几分神骏之气。

慕扶兰靠在车窗旁，望着熙儿喂马的背影，这时，道路前方拥来了一群看起来像是当地人的民众，推车挑担，拖家带口，个个面带愁容，行色匆匆，瞧着像是出了什么大事。

梁团派人上去问话，很快回来，带来了一个消息。

平阳王起兵作乱，正往这个方向而来。这些人都是沿途村庄里风闻消息出逃的民众。

倘若没有记错，在她曾经历的噩梦中，平阳王和鲁王之乱这个时候应当还未开始。

这个消息来得太过突然。梁团派人快马到前方去探虚实，自己引着车马先下了官道。

出去的人回来，带来了一个更加不好的消息。

梁团禀报说："叛军声势浩大，很快便会开到此地。叛军将至，则贼匪四起，我们不能赶路了，离这里最近的城池是蒲城，约有百里路。蒲城不但城防坚固，如今的蒲城令与节度使也有旧，历过多次战事，即便叛军打来，也能支撑一段时间。为翁主的安全起见，还是尽快入城避乱为好。这是最稳妥的法子！"

骤然听到蒲城这两字，慕扶兰感到一阵恍惚，心头仿佛被一只锋利的爪钩给轻轻抓破了一道小口子似的，若有似无的细细疼痛慢慢地从心底溢了出来。

浑然不觉之时，上天仿佛在和她开玩笑，兜兜转转之间，她竟然带着她的熙儿，又一头撞到了这里。

就是在这个地方，在等待尽头的绝望中，她结束了自己的生命。

而她的熙儿虽然活了下来，但从那一天起，他就再也回不到过去了。

"翁主？"

她听到耳畔有人在唤自己。

她回过神来，看到周围那许多道投向自己的目光，知道他们都在等着她的回答。

迟暮时分，慕扶兰乘坐的马车随着逃难的人流渐渐靠近了这座名叫蒲城的城池。

在那个梦中的后来，这座去往上京必经的城池曾一度被代表朝廷的齐王用作与谢长庚对峙的大本营，可见城防坚固的程度。

她没有什么理由去反对这个权衡之下，对他们所有人来说都最稳妥的决定。

她从马车里看了一眼前方。

暮霭沉沉，残阳似血。一只昏鸦从立在高耸的城头上的士兵头顶上方掠过，发出一阵凄厉的怪叫之声。

　　熙儿下了马车，站在她的身边，仰头望着面前这座即将要被暮影吞噬的城头，一双小脚仿佛钉在了地上。

　　"娘亲，我不喜欢这里……"

　　孩子攥住慕扶兰的手，迟疑了下，轻声说。

　　暮色越来越浓重，仿佛在他的眼中投下了两片阴影。

　　守将知道慕扶兰的到来，匆匆出来相迎。

　　"进去吧。等安全了，我们立刻就离开这里。"

　　慕扶兰柔声说道。

　　她牵了熙儿的一双小手，带着他迈步朝前走去。

第
二
十
章

◇

归
家

这一天原本极为普通。

谢长庚在马河谷新修完的戍城中刚巡视完毕。

前几日，他收到了一个消息，北人新王勃利汗将散在各处的二十四部首领齐召到了牙帐，疑似要有新的动作。

他心里明白，这一次，一场大战即将来临。

一直困扰着河西的土人问题已经解决，他也早已厉兵秣马，在等这一战了。

只有获得一场大胜，将北人的战斗力摧毁，令他们短期之内没有能力，亦不敢再生出轻举妄动的念头，他才能集中力量，逐一去扫平那些他登顶路上的阻碍。

大战就要来临，但也不可能是在朝夕之间。北人新王虽野心勃勃，亦不乏能力，但继位时间还短，要调度兵马，发动一场势在必得的全面大战，没有充分的准备是不会贸然开始的。

谢长庚命继续派探子刺探，随即被告知老首领到了。他正要下城墙，看见老首领人已经上来，脸上便露出了笑容，迎上去道："方才正想着等下去探望老首领，不想老首领亲自来了。最近身体如何？"

老首领的精神看起来很不错，笑道："已经没有大碍了。说起来实在是遗憾，我还没来得及向翁主好好表达谢意，她便已经走了。为何走得如此匆忙？"

谢长庚面上笑容依旧，道："老首领也知道，如今北边新汗继位，情况和前两年有所不同，大战恐怕不可避免。她一个妇道人家，留下不便，不如早些回去。"

老首领颔首，转身指着下面随自己而来的大队青壮年，说："我们也是听说要大战，愿再出五千儿郎，请节度使予以收编，加以操练。

愿效力节度使，誓死追随！"

城墙之下，五千土人列队而立，在领队的带领下向着城头之上的谢长庚单膝下跪，齐声呐喊："愿效力节度使，誓死追随！"

他们之前已经收编过一支由土人青壮年组成的军队，无论是日常的骑射操练或是兵工筑城，无不出色，没想到今日老首领又亲自带来了五千人马。谢长庚身旁众将无不感到惊喜。

谢长庚叫城墙下的土人士兵起身，随即向老首领郑重地道谢。

老首领面露激动之色："大人与翁主伉俪情深，却为救我这条老命，累翁主以身涉险，远赴天山，大人如何舍得？我实在是惭愧，无以表谢，唯有尽力助大人守好河西，方不负节度使夫妇之恩！"

谢长庚笑了一笑，没再说什么，只用力地握了握老首领的手。

"谢某必全力以赴，不辜负老首领的信任！"

他叫人收编这五千人，随即亲自带着老首领，要去给他展示之前那支土人士兵的日常训练情况。两人说说笑笑，才下城墙，一个士兵疾奔而来，口中高声喊道："大人，刘别驾传来急信，请大人速回城中！"

谢长庚接过信件，展开看了一眼，立刻向老首领告了个罪，叫旁人代引他去往校场，自己回了节度使府。

衙署议事厅里，刘管和一众属官正在焦急等待。

"大人！鲁王和平阳王一起作乱，一东一西，相互呼应，兵分两路，往上京打去。鲁王叛军虽有齐王暂时挡着，但平阳王这边声势更大，势不可挡，据说沿途城池，无不陷落。朝廷必又要召大人前去勤王平叛，恰好河西又是这等局面，大人若是不在，恐怕有所不便。"

谢长庚听着属官七嘴八舌，议论纷纷，有担忧时局的，有痛骂藩王的，他却表情漠然，半晌也未置一词。

众人渐渐地停了下来，全都看向他。

谢长庚终于起身，命刘管随自己转入内室。他立了片刻，转过

095

头问道:"梁团一行人已经走到了何地?这两日可有收到消息?"

刘管没想到他开口先问这个,一愣,说:"是了,正要向大人您通报的。前日刚收到梁团叫驿邮带来的口讯,道他护着翁主母子入了歧州。因前两日大人您不在城中,故没有及时通报……"

谢长庚走到墙边,"唰"的一声扯开一副遮帘,露出了悬于墙壁之上的一幅城舆详图。

刘管说话之间忽然想到了一个问题,顿时惊出一身冷汗。

歧州就在平阳王的封地平阳府与上京的途中。

平阳王北上,向上京发兵,走的必是最利行军的驰道。而翁主一行人南下,走的也是驰道。

叛军的行动始于数日之前。照梁团口讯带到的日子推算,这个时候,一行人极有可能会在途中和叛军遭遇。

他望着那个站在地图之前一动不动的背影,迟疑了下,劝道:"大人不必担心。叛军兵马汹汹,消息沿途必会传开,翁主一行人想必也已经得到了消息。何况梁团跟随大人多年,身经百战,必会见机行事……"

谢长庚转头,目色沉郁如墨。

他说:"我要知道,他们如今人在哪里!"

平阳王的叛军来得很快,路上几乎没怎么遇到像样的抵抗,便杀向了蒲城,蒲城被四面包围,平阳王的叛军放言,数日之内必拿下城池。

叛军如此放话,自然是有底气的。一来事发突然,叛军留给朝廷以及北上沿途各城池准备的时间太过短暂。二来双方人数悬殊,平阳王已经暗中筹谋多时,此次北上,除了部分士兵留守平阳府外,派出了近五万的兵马,而蒲城只有五千驻军。

虽面对如此困局,但围城之初,蒲城令其实并不十分紧张。

他亦有乐观的理由。

他本人行伍出身，指挥作战颇有经验，手下五千驻军皆是精兵强将，平日训练有素，听从号令，人数虽远不及前来攻城的叛军，但凭借城防抵挡一阵子，应该不在话下。

除了这一点，更重要的是，蒲城拥有特殊的地位。

多年前起，朝廷为拱卫上京，便在北上的这条路上设立了三重防线。

蒲城就是这条防线的南端城池。

在蒲城的身后，数日可达的几百里外，是位于防线中段的龙关。

本朝国力鼎盛之时，仅龙关一地的常驻兵马便达五万之众。如今虽大不如前，但一两万的人马还是有的。

蒲城如同龙关大门，朝廷明文，只要蒲城遇到攻击，龙关必须发兵前去支援。

在叛军抵达之前，蒲城令便已经派人去往龙关报讯，要求龙关守将及时发兵支援。自己这边只要坚守数日，等援兵到了，到时借地势之便，里应外合，就算不能打败叛军，解围城之困，问题应当不大。

但是事态的发展超出了蒲城令的预想。

三天过去了，他等待中的龙关援军没有如期出现。

又是三天过去，援军依旧不见踪影。面对叛军发动的一次又一次的猛烈攻击，城头守军伤亡不断，整座城池岌岌可危。好在蒲城城防坚固，蒲城令身先士卒，鼓舞人心，民众亦听闻叛军烧杀劫掠，自发支援官军，这才多次打退叛军的强攻，继续坚守。

但城中人心已经不稳。开始有流言传播，说朝廷已经放弃蒲城。

蒲城令起初的信心亦随之慢慢动摇。但他还是抱着一线希望，希望是援军在到来的路上遇到了阻碍而已。

他这最后的一线希望，在数日之前也破灭了。

那日，在又一次打退了叛军组织起来的进攻之后，他等到了一道来自朝廷的敕令。

朝廷命他必须坚守城池一个月，不惜一切代价，否则便以渎职罪论处，罪及家人。

至此，蒲城令终于明白了朝廷的用意。

龙关地势险要，易守难攻。朝廷这是要以蒲城为代价，将能调用的军队集结到龙关，准备在那里全力阻挡叛军。

蒲城只是个"丢卒保车"计划中的卒子而已。

蒲城令的父母、妻子都在上京。他只能照办。

他隐瞒消息，继续用永远也不可能会抵达的援军鼓舞着剩余将士的士气。

围城之内，人死得越来越多，城里的悲观气氛也越来越浓。

世上没有不透风的墙。

在苦苦守到第十五天的时候，蒲城被朝廷放弃的消息彻底传开了。

蒲城令杀了两个动摇军心的逃兵，带着最后剩下的不到一千士兵，手持武器，登上了城墙。

已经没有人相信他们能再一次地抵抗叛军的攻击了，包括他们自己。

一张张高耸的云梯搭上了墙头。叛军如同蚂蚁般沿着云梯攀登而上，涌上城头。

破城在即。

蒲城令身中数箭。他的身后，是满城绝望的民众。爷唤娘，母抱子，宛如无头苍蝇般在城中奔走，在破城前的最后一刻，想要寻找一个可以藏身的地方。

到处都是惊恐的哭号之声。

末日已到，却无路能退。蒲城令怀着悲壮，带着城头最后剩下的数百将士，和从云梯上不断跳下的叛军搏斗着，做着注定无用的最后努力。

忽然，远处的原野深处仿佛传来了一片喊杀声。

起先他以为自己听错了。但很快，随着喊杀声，远处的地平线上出现了一大片黑色的影子。

那是一支只有边陲才能训练出的庞大的骑兵军队。

万马奔腾，宛如来自地下的黑色潮水，从四面八方，朝着城池的方向迅速涌来。

晴空之下，一面令敌见之变色的巨大的黑色旗帜在大风里猎猎飞舞。

城下的叛军亦发现情况有变，将领立刻下令停止攻城，列阵以待。

蒲城令和他身边剩下的那数百将士砍杀了城头上还来不及退走的叛军，随即仿佛做梦一般，奔到城墙前，盯着对面那面随着骑兵前进变得越来越清晰的旗帜。

他们终于认了出来。

蒲城令愣了片刻，突然朝天发出了一道充满了不可置信的狂喜的吼声："天不亡我！河西谢节度使来了！"

他喊出这一句用尽全部气力的吼声，热泪滚滚，"扑通"一声，人一头栽倒在了城墙之上。

蒲城外的旷野里，远道而来的河西军与叛军厮杀在了一起。

漫天的弓箭，如雨的火石。新流出的血层层覆盖了旧血，红透了被战火烧焦的城墙。

叛军知道刘后要舍蒲城，全力保龙关。即便召谢长庚平乱，最大的可能也是在龙关相遇。

他们没想到他竟然会亲自驰援此地。

尽管人数占了上风，但面对这支来自边陲的有着惊人战斗力的精锐骑兵，叛军渐显颓势。

厮杀半日，折损了数员战将，叛军军心涣散，趁着夜色仓皇撤退。

持续了半个月的围城之困终于被解。蒲城的城门大开，附近火光点点，光亮如昼。

城中早传开了河西节度使谢长庚亲自领兵来此打退叛军的消息。

全城绝处逢生，民众感激涕零，数千人拥到了城门口，挤在街道的两旁，想要亲眼一睹这个本朝有史以来最年轻的节度使的真容。

蒲城令已经苏醒过来了，领着城中官员也到了城门口，亲自迎接谢长庚入城。

他被人搀扶着等在那里，终于听到夜色的尽头传来了一阵劲疾的马蹄之声，朝着城门而来，越来越近。

蒲城令翘首张望着。

很快，伴着一阵整齐而沉重的踏步之声，他的视线之中出现了两列身材魁伟的甲兵，中间大步行来一个男子。

那男子衣甲未卸，染满污血，四周熊熊的火把光芒照出了他的脸容。

他面容英俊，一双眼眸却呈现血红色，通身的恐怖杀气犹未散尽。

挤在城门口的民众知道这个男子便是河西节度使谢长庚。

周围的嘈杂声随着他的现身，顷刻间安静了下来。

人人屏住呼吸，用近乎崇拜而畏惧的目光望着这个浑身是血的男子，在他行经面前时，不由下跪，朝他叩拜。

这男子却如同未见，脚步稍作停顿，目光扫视了一圈前方，在无数张面孔之中迅速看到了蒲城令。

这个一向坚强的汉子此刻也压抑不住内心的激动，红了眼眶，道："节度使天降神兵，救全城于水火，大恩大德，没齿难忘，请受下官一拜！"

他领着身后官员和幸存的数百将士下跪，郑重叩首。

谢长庚点了点头，命他起来，目光再次迅速掠过附近那一张张面孔，淡淡地道："你将长沙国翁主一行人安置在了何处？"

蒲城令被身旁的人从地上扶了起来，这才恭敬地道："大人有所不知，翁主已经不在城中了。"

谢长庚一怔，随即蹙眉问道："你此话何意？她不在城中，又去了哪里？"

蒲城令听他语调微扬，忙解释："半个多月前，翁主一行人行经附近，当时为避乱军，确实入了城池。但随后，长沙国来接她的人到了，翁主便随长沙国的人走水路，从蒲水转江南下，此刻应当安全。"

谢长庚定住了。

"来接她的人可是姓袁？"

片刻后，他缓缓地问。

"正是。翁主唤他阿兄，当时离去之前，翁主请梁侍卫等人自行回去，不必再送。但梁侍卫说出来前得过大人您的吩咐，务必要将翁主送到长沙国，故仍旧同行。"

谢长庚半晌没有开口。

"卑职已为大人准备了歇息之处，请大人入城。"

蒲城令见他的脸色似乎有点苍白，急忙说道。

谢长庚闭了闭眼睛，睁眼道："不必了。军队暂时驻扎于城外，你提供粮草便可。"

他说完转身，在身后一片此起彼伏的"恭送节度使"的呼声之中，大步出了城门。

军队已经在蒲城外的野地里驻扎完毕，远远望去，营火点点。

谢长庚回到军中大帐，一进去，脚步便迟缓下来。

他慢慢地卸去甲袍，低头见腹侧那处插着一只被折断了箭杆的箭镞的伤处已经渗出了一大团暗红色的血迹，染湿了贴身的青衫。

军医匆匆赶至，将那枚深入血肉的抓钩形箭镞拔了出来。又将刀具在火上烧烫，贴到伤口的皮肉之上，用以止血。

处置完伤口，谢长庚擦去额头的冷汗，定了定神，随即唤入一名近身侍卫，吩咐道："沿蒲水南下，立刻去追梁团，将他召回，叫他不必再送了！"

他的近身随从外出之时，为保证能追踪联络，沿途都会留下只有自己人才能追踪的暗记。

侍卫望了一眼他的腹侧，道了句"大人保重"，随即出了营帐，身影消失在了夜色之中。

船队再行两日便可入长江，沿江南下，再走一段日子，就能回到长沙国了。

傍晚，船队停在沿途一个水驿中过夜。

天暗了下来。慕扶兰关上舷窗，拨亮灯火，陪在熙儿的身边，看着他写字。

熙儿写了几个字，慢慢地停了笔。

慕扶兰以为他乏了，说："累吗？累了就不用写了，睡觉吧。"

熙儿摇了摇头，望着慕扶兰，小声地说："娘亲，要是袁将军没有来，我们还在那个地方，现在是不是已经被坏人关起来了？"

慕扶兰的心微微一跳。

她微笑："怎么可能？何况，我们不是已经出来了？"

她顿了一下。

"好好的，熙儿怎么会想这个？"

孩子迟疑了下，说："昨晚我做了个梦。我梦见谢大人是我爹爹。那座城里都是坏人，他们把娘亲和我关了起来。刚开始，娘亲你对我说不用害怕，熙儿的爹爹会来救我们的。我等啊，等啊，等了很久，都不见谢大人来。我再问娘亲，爹爹什么时候来，娘亲你就不说话了。再后来，谢大人还是没有来，袁将军来了，他带我出了城，可是娘亲你不见了，我想去找你，袁将军却蒙住我的眼睛，他不让我回头，我一着急，就醒了过来……就好像真的一样。"

孩子轻轻地说，眼睛里流露出一抹忧伤的神色。

慕扶兰的心抽疼，将他抱入怀中，紧紧地抱着。

"熙儿不要胡思乱想！你记着，这只是一个不好的梦而已！梦都是假的，梦里的事情永远也不会发生！

"什么事都没有。我们就快回到长沙国了。

"谢大人，他也不是你的爹爹！"

她看着孩子的眼睛，一字一字地说道。

熙儿安静地靠在她的怀里，沉默了片刻，仿佛松了一口气，笑了起来。

"娘亲你说的是。谢大人他不是我的爹爹，梦里的事自然也不是真的！"

慕扶兰含笑，点了点头。

这时，船外隐隐传来一阵说话的声音。片刻之后，侍女来唤，道梁团有事见她。

慕扶兰叫侍女陪着熙儿，自己来到船头甲板。

梁团道："翁主，我方才收到消息，节度使发兵蒲城，奔袭千里，如今围城已解，得知袁将军已经接走翁主，便命我回去。"

慕扶兰起先没有说话，仿佛在出神，片刻后，她微微一笑。

"如此最好不过了。这一路出来，辛苦你们，我十分感激。今晚你们都好好休息，我叫人准备些路上吃用的东西，明日动身也不迟。"

梁团道："本就是卑职职责所在，怎当得起翁主之谢。叛军或会卷土重来，节度使又有伤在身，卑职略收拾下，这就带人动身上路，多谢翁主好意。

"卑职就此别过，劳烦翁主代卑职向小公子道个别。"

他单膝下跪，恭敬地道。

慕扶兰微微一怔，停顿了一下，终究还是没再多问什么，只点头："也好。你们稍等，我这就叫人替你们准备些吃食。"

她转过身，正要吩咐下去，就看见熙儿从船舱里飞奔而出。

"谢大人他怎么受伤了？他会不会有事？"

熙儿奔到梁团面前，攥住他的衣袖，仰头焦急地问。

梁团忙安慰他："小公子莫担心。听说节度使是在解救围城时被箭所伤，好在并非要害……"

熙儿松开手，转向慕扶兰。

"娘亲，我们离那边也不是很远。娘亲你帮谢大人先治好伤，等他没事了，我们再回长沙国，好不好？"

他眼圈泛红，央求个不停。

梁团心下微微一动。

小公子的意思何尝不是他的所愿。只是他也瞧得出来，节度使夫妇的关系扑朔迷离，方才也就不敢贸然开口说什么。见小公子先说了，他迟疑了下，也大着胆子道："河西如今情势紧张，离不开大人，这边又起叛乱，大人怕是要应接无暇，翁主若能等大人伤势痊愈再走……"

他看了眼慕扶兰，停住了。

慕扶兰沉默了片刻，示意梁团稍候，牵了熙儿的手，带着他往船舱里去。

片刻后，她再次出来，歉然道："我再回去，恐怕有些不便。且军医于外伤应当比我更有心得。唯一一事，劳烦你回去代我转告节度使，天气渐热，请他百忙之余，务必记得让军医替他及时换药。"

她递给梁团一张自己刚写的方子。

"这是内服方子，有助于伤处去腐生肌。"

梁团知道她不会回去了，只好接过来好生收起，辞别而去。

慕扶兰伫立在船头，目送梁团一行人的身影消失在了夜色之中。

她有一种直觉——那个人这回千里奔袭来解围城，或许和她母子有关。

但那又怎样。

就在这一刻，当闪出这个念头的时候，在她的心底反而越发生出了一种灭顶般的巨大的孤独之感。

仿佛天地之间，她孑然一身，唯有船头波月，宛如一双冷眼，在她脚下冷冷地和她相望。

但即便如此，梦中过往，她也不愿他们知晓。

就这样，那个男人不知道，熙儿也不知道，如今，彼此安好，便就够了。

　　平阳王叛军的北上之路虽被阻挡，一时却也不敢再与河西军正面交战，退出数百里地，驻扎了下来。

　　谢长庚亦未继续穷追猛打，暂时安营不动。

　　这日，他与将领议完事，独坐在帐中，视线落在面前的一封密信之上。

　　密信发自上京。除了告诉他，刘后对他罔顾上意，擅自发兵蒲城之事很不满之外，还转告了他另外一件事。

　　平阳王和鲁王叛乱之初，有人曾密报刘后，称此前有逆王使者曾出入长沙国，疑长沙国暗地私通，参与作乱。但齐王很快出面，力保长沙国的清白，刘后方作罢，不予追究。

　　军医入内，见节度使看着手中的信，脸色阴沉，小心翼翼地道："大人，该换药了。"

　　谢长庚慢慢地收了信，解开衣裳。

　　军医俯身而就，替他换药。剥下一片纱布之时，不小心扯下了一片粘连在上头的皮肉。

　　血流了出来。

　　军医吓了一跳，忙赔罪："大人勿怪！小人技艺不精，翁主若在，大人的伤想必也能好得快些。"

　　谢长庚皱眉，命他快些。

　　军医忙加快动作，这时帐外传来通报声，说梁团带人归营。

　　谢长庚目光微动，叫他入帐。

　　梁团入内，行礼后站在一旁，禀了慕扶兰一行人的去向，说不日应当能到长沙国了。

　　谢长庚一言不发。

　　梁团见他不说话，看了眼刚除下的染血纱布，想了起来。

"翁主知大人负伤……"

他停顿了一下。

"……甚是关切，叫我转告大人，天气渐热，请大人百忙之余，务必记得及时换药。"

他取出方子，呈了上去。

"翁主留了这方子，说有去腐生肌之效，能助大人养伤。"

军医喜出望外地道："极好！我这就照方……"

"出去！"

谢长庚忽道。

两人一怔，对望了一眼，不敢再说话，依言退了出去。

大帐之中只剩下谢长庚一人。

他拿起了方子，盯着上头的娟秀字迹，神色僵硬，慢慢地，紧闭的唇角露出一丝冷笑。

真当是他欠她的。

自从娶了慕氏，从他去往长沙国见她的第一面起，他便一再地退让。

连他自己亦是不敢相信，直到今日，为了一个妇人，他竟做到了如此地步。

她还给他的，就是这么一张薄薄的方子。

他慢慢地握拳，将那张写着方子的纸一点一点地揉在掌心之中，直到揉成一团，掷在了脚下。

半个月后，谢长庚应刘后的急召，抵达了上京。

这是时隔一年之后，他再度入京。

上京宫殿依然雄壮而巍峨，然而朝廷却再不是从前的那个朝廷了。

这些天来，满朝官员被一个接一个的消息震得六神无主。

先是平阳王和鲁王作乱，各地告急战报如雪片般飞来，好不容易获悉平阳王叛军被河西军队阻在了蒲城，南线暂时平安，还没来得及松一口气，紧接着，又传来一个令人难以置信的如同晴天霹雳的消息。

被派去协从齐王抵挡鲁王叛军的刘后侄儿平威将军刘扈，无意中得知齐王竟是唆使平阳王和鲁王此次作乱的幕后之人。他前些时候主动请缨，领兵去往东线抵挡鲁王叛军的举动，不过是障眼法而已。刘扈大惊，当时出逃不成，被齐王的手下抓住，扣作了人质。

谁也没有想到，一向被推为宗室之首、忠臣典范的德高望重的齐王竟也怀了异心，行大逆不道之事。

仿佛撑着半个朝廷的大柱一夕之间轰然倒塌，整个朝廷炸开了锅。

这还不算，紧接着，又不断传来汝南王、赵王等藩王也相继跟着齐王起事，发檄文讨伐刘后专权，称要光复皇室的消息。

文武百官仿佛无头苍蝇般惶恐不安，得知谢长庚今日抵京，要入宫觐见刘后，全都等在宫门之外，一看到他现身，仿佛见到了主心骨，纷纷拥了上去，争相向他行礼。有人叱骂齐王道貌岸然、吃里爬外，有人恭维谢长庚为朝廷立下的丰功伟绩。

这一刻，这些围着他的官员再没有谁记起他曾经被人诟病的出身了。

河西节度使谢长庚俨然成了这个摇摇欲坠的朝廷的最后一根救命稻草。

谢长庚面容严肃，目光平视着前方，脚步没有停顿，穿过围着自己的一众官员，径直入了皇宫。

刘后正在厉声斥责几个跪在她面前的大臣，其中便有张班。

几个人唯唯诺诺，忽听身后传报，转头一看，见太监引着谢长庚而来，无不暗暗松了口气。

谢长庚阔步入内，向刘后行跪礼。

刘后看着他朝自己行礼完毕，一反常态，并未立刻叫他平身，反而说："谢卿，你力保蒲城，劳苦功高，陛下前两日问哀家，这回该如何赏赐，哀家不知该如何回答陛下了。"

话音落下，张班几人便知她的言下之意，偷偷望去。

谢长庚依然跪在地上，却慢慢地直起了身。

他神色如常，看着刘后投来的目光，应道："臣不敢当。失蒲城，龙关如失门户，故臣自作主张。臣是来领罪的。"

殿中一片寂静。张班屏息不敢抬头，片刻之后，耳畔传来刘后的冷哼声。

"哀家早就知道长沙国心怀叵测，若非张班从前误我，哀家早就除去这个隐患了，还会叫慕氏今日如此嚣张！"

张班慌忙喊冤："慕氏表面一向老实，怪臣糊涂，当初才被蒙蔽。臣先前替他们说话，字字句句，无不出于当时的大局考虑，绝无半分私心！如那齐王，此番若非事情败露，满朝文武有谁能想到他竟然是那些逆王的背后指使人？"

刘后脸色阴沉，命几人出去，殿中只剩谢长庚一人跪着。

"你擅自发兵蒲城，本当治罪！念在你一向忠勇的份上，此番哀家便赦免你。倘若再有下回，定不轻饶！"

谢长庚说："多谢太后恩典。"

刘后依旧没有叫他起身，盯着他继续说道："平阳王鲁王作乱之始，哀家便得知长沙国与逆王使者此前有所往来，当时有齐王那贼出面力保，哀家一时轻信。如今齐王证实是为逆首，长沙国自然逃不了干系，必与逆王沆瀣一气。哀家欲削慕氏王号，平长沙国，你可有话？"

谢长庚说："臣无话。"

刘后看了眼身后的杨太监。

杨太监上前。

"既如此，节度使当与长沙国断绝关系，休慕氏。如此，天下人方知节度使对朝廷之忠，与逆贼泾渭两分，清浊分明。"

谢长庚应："臣已如此行事，入京之前便已将休书发去了长沙国。从今往后，臣与长沙国慕氏再无任何干系。"

刘后的面色终于缓和了下来，露出一丝微笑，点头："爱卿果然不负哀家所望。"

她再次看向杨太监。

杨太监笑容满面地道："太后对节度使可谓恩宠备至。既然休了长沙国慕氏，怕诰命老夫人跟前无人侍奉，有国舅之妹安阳郡主，才貌双全，太后欲赐婚于节度使，好叫郡主代节度使尽孝于老夫人。还不快快谢恩？"

谢长庚双眼连眨都未曾眨。

"郡主金枝玉叶，臣无福受。臣之母亲乃一乡间老妇，更当不起郡主屈身。请太后收回恩典，臣心领了。"

他话音落下，殿中一阵沉默。

刘后方才本已经露出了笑容的脸再次沉了下去。

杨太监亦是措手不及。

刘后虽然对谢长庚自作主张发兵蒲城的举动很不满，但齐王串通诸多藩王一齐对抗朝廷，朝廷之中，真正能指望的人也就是谢长庚了。故方才刘后先敲打，再施恩。没想到他竟如此直截了当地拒绝了，这于刘后而言，不啻是打脸。

杨太监忙道："节度使，齐家方能立业，这可是太后的一番好意，你谢恩便是！"

谢长庚平静地道："臣的这等小事，不劳太后记挂。乱局当前，太后将臣急召入京，想必另有要事。臣洗耳恭听。"

刘后沉默了片刻，压下眼底涌出的那缕被冒犯了的怒意，勉强笑道："罢了，你所虑也是。国事纷扰，旁的日后再说也不迟。"

她停顿了一下。

"哀家将你召来，是为平叛之策。如今的局面，你应也知道。河东、河南还有山南，多地已落入叛贼之手。河西那边，你且放下，先入关助朝廷全力平定叛乱，夺回诸地。要何等助力，你只管开口，哀家无所不应！"

"臣目下不能长久离开河西。北人铁骑随时可能来犯，若来，便是大战。臣如今的第一要务是保河西不失。

"关内所失的冀州、楚州等地，本就毗连众藩王的封地，太后不必过于焦心。"

谢长庚取出一折，递了上去。

"臣在此折中列了朝廷如今的可用之人。另外，臣也会从河西军中选派得力干将，代臣入关平叛。何人派去何地，皆一一列明。

"此次参与作乱的藩王，看似人多势众，实则除了齐王、平阳王两支人马，余下鲁王、汝南王、赵王之流，本就兵马有限，此前又相互争斗多年，内耗大半，如今参与作乱，不过是望风随流而已，外强中干，不堪一击。臣回河西之前，会先击溃平阳王的这翼叛军，剩下齐王一路，独木难支，朝廷只要照着臣的部署，足以支撑下去，不会叫叛军逼近上京。待臣结束河西之事，到时再回兵入关。"

"不可！"刘后断然摇头。

"哀家之命，你竟不从？"她声音尖厉地说。

"河西是关外之地，无关大局，即便失了，日后也可夺回。河东河南却关系朝廷社稷，安危大计，岂能轻重不分，本末倒置？

"你不必多说。这就领兵全力平叛，别的日后再议！"

谢长庚原本一直跪着，此刻忽然抬眼，竟然自己从地上慢慢地站了起来。

他站直了身体，望着对面座上盯着自己双目渐渐圆睁的刘后，说："太后召臣，问事于臣，此便为臣之对策。太后若不认可，臣这便收回策言。"

他目光阴沉，说完径直上前去取方才那本被太监转至案前的折子。

"罢了，照你对策行事，你去安排便是。此番你若能替朝廷彻底拔除藩乱祸患，便是立下了不世之功，建碑铭功亦不足匹你功劳之万一。"

刘后压下心中陡然而起的不寒而栗的感觉，脸上再次露出了笑容，说。

谢长庚看了她一眼，不置可否，眉间的戾气渐渐散退，笑了笑，慢慢地放下了折子。

"谢太后。如此，容臣告退，先行召人议事。"

他又恢复了恭敬的态度，后退了几步，朝刘后行了一礼，退了出去。

刘后双目死死地盯着前方那道离去的身影，掌心被指甲掐得几乎出血，想起片刻之前这个臣子那张眉横杀气的脸，整个人控制不住，瑟瑟发抖起来。

失了禁锢的魑魅魍魉从地下破土而出，毫无顾忌，堂而皇之地践踏尊贵。

她明白，自此刻开始，一切都将和从前有所不同了。

难道这便是皇朝气数将尽的预兆？

等那道身影消失，她猛地挥袖，将案前之物全扫落在了地上。

"派去谢县的人还没回讯？"她转过头，咬牙切齿地问。

杨太监早已经跪在了地上，慌忙道："奴才这就去催，太后放心！咱们的人早就出去了，必能成事！"

休书以快马送出，于慕扶兰抵达之前便被送至了长沙国。

陆氏将那封休书递过来的时候，神色复杂。

长沙国已经被朝廷宣为齐王逆党，身为朝廷重臣的谢长庚休妻，与逆党断绝了关系，天下皆知。此举名正言顺，毫无可指摘之处。

小姑甚至都没有看一眼，便收了起来。

陆氏望着慕扶兰这张瞧不出半分端倪的平静面孔，想起了在她十三岁那年，自己带她悄悄隐在帐幕之后偷看求婚者的那一幕。

在看到那个年轻人的那一刻，她的眼睛里仿佛撒落了星光，少女的面庞上浮着喜悦和娇羞的美丽红晕。

一切仿佛发生在昨日。

慕扶兰收起这张纸，扶着面带感慨的阿嫂，让她坐下，笑着说："求仁得仁，再好不过。阿嫂不必为我担心，我很好。阿嫂安心等着王兄凯旋就是了。"

就在上个月，姜戎发兵攻打三氏之地。三氏不敌，再次求助于长沙国。

彼时，长沙国暗中扩军，操练娴熟，慕宣卿在收到慕扶兰发自河西的说即将归来的信后，派袁汉鼎去接她，自己则亲自领兵，前去援战，权当试兵。

就在数日之前，南方传来了好消息。

慕宣卿大败姜戎，在三氏兵马的助力之下，正乘胜追击，发誓要彻底消灭姜戎，令三苗之地归附长沙国，从此平定南方。

陆氏笑着点头，心里盼着丈夫能早些平安归来。

这一年的五月，在慕扶兰回到长沙国一个月后，传来了一个令长沙国民众欢欣鼓舞的好消息。

他们年轻的王统领着自己的军队，平定了三苗之乱。三氏之人心悦诚服，头领率领族众，带着诸多的贡礼，来到了岳城。

先有去年翁主的救命之恩，再有如今的平乱之战，三氏发誓投效慕氏，永无二心。

两个月后，到了这一年的七月，好消息再次陆续传来。

长沙国的军队在北面的石首、华容、复州三地，相继击败了以助力朝廷平叛为名，实则想要趁乱抢夺地盘的三地刺史发动的战事。尤其是复州一战，复州刺史出动兵马三万，来势汹汹，本以为十拿九稳，没想到长沙国的兵马源源不绝，勇猛善战，竟把他们打得溃不成军，落荒而逃。

　　复州一战，不但使长沙国民众扬眉吐气，长沙国的战名也传扬开来，令人瞩目。

　　八月，在慕扶兰回来后的第四个月里，长沙国来了位特殊的访客。

　　齐王之子赵羲泰，领着使臣，带着许多珍贵的礼物，亲自来到了岳城，向慕氏王女慕扶兰求婚。

第二十一章

◇

复仇

贰拾壹

慕扶兰在药庐中，整理着药翁堆在箱子中的记录了他半生游历的行医笔记与药物日志。

窗外的一片空地之上，熙儿握着一柄乌木剑，正在和一个侍卫对练。

熙儿从回来的次日起，就主动拜袁汉鼎为师学剑。他学得极其认真，也非常刻苦。这几日被慕扶兰带到君山后，每天天还没亮，只要听到阿大养的那只公鸡的打鸣声，他便会睁开眼睛爬起来练剑，练完了剑，还要写一篇字。不但天天如此，昨晚洗澡时，慕妈妈竟发现他身上还多了几道青紫色的瘀痕，显然是练剑时不小心被击中所致。

慕妈妈十分心疼，就在今日一早，还悄悄地来找慕扶兰，商量把那只公鸡悄悄杀了炖肉吃，省得天天吵醒小公子，叫他如此辛苦。

木剑相击发出的声音不时传入慕扶兰的耳中，忽然又停下了。

"剑是木头做的，它不会伤我！你便是伤了我，我母亲亦不会责罚你！你若再如此敷衍，我便换了你，你往后不用跟着我了！

"战场之上，敌人会像你这般对我吗？"

一道带着怒气的孩子的声音随风飘来。

"小公子息怒！属下遵命！"

侍卫仿佛跪了下去。

很快，木剑相击的有力之声再次在屋外响起。

慕扶兰停下笔，神思渐渐恍惚起来。

这个孩子，和她梦里的那个曾在谢县老宅中与她相伴度过了几年光阴的孩子相比，仿佛有些变了。

身后传来脚步声。她转头，见侍女入内。

侍女捎来了花娘的一个口信，问往后当如何行事。

长沙国养兵之事因对姜戎战事和随后的复州一战，天下皆知。

那个被人派来，落脚在岳城陋巷里的货郎朱六已经无关紧要了。

她站在庐舍的窗前。

阳光从窗格中照进来，静静地笼在她的面庞之上，肌肤宛若镀了一层柔和的茸光。

"去告诉花娘，让她找个机会，回吧。"

片刻后，她转过头说道。

侍女去了，她从屋里走了出来，隔着一片药圃，远远地望着那孩子和侍卫练剑的背影。

劈刺，腾挪，相击。每一个动作，那个小小的身影练得都是如此认真，一丝不苟。

"那个时候，我每日五更不到便会起来，读完书，就用它练剑。剑不名贵，但这些年一直陪伴着我。如今你要走了，我把它转赠给你。日后你长大了，也好好读书练剑，好不好？"

那日，姑臧城外那片灰白色的晨曦里，那个男子追上来，送别孩子时说过的那句话，仿佛在慕扶兰耳畔回响了起来。

她忽然觉得有些心浮气躁。不想惊动那孩子，正要转身悄悄离去，阿大奔来，说陆丞相来了。

慕宣卿代王妹拒绝了齐王世子的求亲，这没什么好说的，但他又做了另外一件事。

在设宴接待了一行人后，昨夜，慕宣卿单独见了赵羲泰，二人商谈了许久。

据说赵羲泰转交了齐王的一封亲笔书信，邀长沙国共同出兵，讨伐刘后。

这些年，长沙国屡遭朝廷猜忌，头顶犹如悬了一柄利剑，长沙国的群臣早就习惯了谨小慎微地过日子。如今那柄剑虽然掉了下来，但好在长沙国有了倚仗，局面也算安稳。

只要能保持现状，便是最大的好事。

这个突然而至的消息对于长沙国群臣造成的恐慌，可想而知。陆琳忐忑不安，想到翁主，一早便亲自赶来，请她回城议事。

"恐怕要有大事发生了！

"平阳王折兵后，齐王指挥联军继续攻打上京，却被谢长庚布下的人马阻挡，屡次受挫，人马如今还被阻在晋州，不能前行。我长沙国如今虽然被朝廷归为逆党，但好在还能自安。但王若被说动，一旦发兵，长沙国往后只怕再无宁日了！王一向听你的劝，求翁主劝王三思而后动，千万不要被齐王父子蒙蔽！"

慕扶兰换了身衣裳，将熙儿叫来，叮嘱他安心留在这里，自己下山而去。

她回到了城里。

城中不似君山清净。拉客的伙计、挑担的货郎、耍杂耍的外乡人……街道上车水马龙，人来人往。关山重重，数千里外，河西的土地之上，那场卷入了几十万人马的狼烟战事和这片南方的艳阳天没有丝毫干系，在这带着烟火气的嘈杂和喧声之中，满城一片祥和。

路人认出了慕扶兰所乘的马车，知她从君山回城。

他们的王女，出身高贵，貌若天仙，妙手仁心，却在长沙国遭遇危难的关头，被她那个巨寇出身的丈夫无情地休弃了，这个消息早已经人人皆知，但这非但没有损及王女在长沙国民众心中的形象，反而令王女博得了更多的同情和爱戴。与之形成鲜明对比，最近一提及那个姓谢的，民众便诅咒个不停，骂他甘做刘后鹰犬，狼心狗肺，无情无义。

民众纷纷让道，跪于街边，屏息目送着那辆载着她的车经过他们的面前，朝着王府的方向而去。

慕扶兰回到王府，来到了宣崇堂。

她的王兄慕宣卿独坐在一张案后，目光定在面前的金印之上，一动不动。

陆氏说他今早进去后，便一直没有出来，也不见任何人。

她的眉头微锁，忧心忡忡。

慕扶兰慢慢地行到王兄的面前，停下了脚步。

她的视线循着王兄的目光落在了那颗金印上。

她自然认得这东西。蛇纽王印，从两百多年前伴着慕氏被封于此开始，便成了王族权力和荣耀的象征，直到今日。

"王兄，你真的已经想好了吗？"

慕扶兰问他。

慕宣卿慢慢地抬起头，望着自己的妹妹。

他说："阿妹，我想好了。即便赵羲泰没有来，我本也是要发兵的。

"姑母的仇一定要报！河西已经起了战事，谢长庚被羁，他无法回兵。他自以为算无遗策，出关之前已布置好了人马对付齐王那些人，唯独没有想到还有我慕氏。这是上天赐给我们的最好的机会。

"等除去奸后，我便将姑姑带回来，让她回家，葬在我们自己的陵地里。"

他站了起来，拔出剑，一剑落下，将面前的那颗王印一劈为二，扫落到地上。

"我等这一天已经等了很久，阿妹，你不要阻拦我。"

慕宣卿的眼睛之中布满了血丝。他一字一字，如此说道。

慕扶兰望着自己的王兄。

她不愿让王兄卷入这样一场交织着钩心斗角和阴谋算计的争斗之中。但是她的心里清楚地知道，她无法阻止自己的王兄。

从她救回王兄的那一日开始，这就成了一个必然的结果。这是慕氏之人只要活着便不能视而不见的一个坎。

这一刻，仿佛有无数的话争相涌到了她的嘴边。可是她一句也说不出来。

她只是想起了许多年前，在她还是个小女孩的时候，弥留之际的姑姑要自己给她唱家乡的曲谣。

她还问自己，袁丞相他还好吗？

慕扶兰感到喉咙发堵。

她深深地吸了一口气，说："王兄，我不拦你。但你务必与袁将军一道，领着我们最精锐的将士北上，你要提防那些人。

"这里有我在。我会替王兄你守好家的！"

数日之后，慕氏年轻的王慕宣卿与袁汉鼎领着军队在城郊祭天。祭天完毕之后，这支军队便将开拔向北而去，踏上他们的远征之途。

街头巷尾，民众热议。他们满怀着激动和骄傲，纷纷赶去送行。

朱六虎夹杂在人群里，远远地望着野地之上的慕氏大军。

一队又一队，队伍长得不见尽头。士兵盔甲鲜明，长戈如林。

过去的那些日子里，就在他的眼皮底下，一定是发生了什么。否则，慕宣卿是不可能在这么短的时间里召集如此一支一见便知极富战斗力的兵马的。

他心里清楚，一旦这支军队北上，必会给节度使的计划造成巨大的影响。

一切都已经迟了。他失职了，彻底地失职。

再也无法自欺欺人地过下去了。

他心乱如麻，等不到这支军队发兵离去，便回了自己住的地方。

那个小寡妇那夜摔伤了腿脚，等她好了后，也成了他的人。他便从原来的地方搬走，带着她搬到了郊外的一个小村里，对四邻谎称夫妇。

村民大多赶去替军队送行了。村口静悄悄的，不见半个人影，只有一条大黄狗懒洋洋地趴在地上，晒着太阳。

他回到那间茅舍之前，正要推门，门却从里面打开了。

那个妇人手里挽着个小包袱，低着头正要出门似的，冷不防撞到他回来，仿佛大吃一惊，手里的包袱滑落在了地上。

"你要去哪里？"

朱六虎的视线从地上的那个包袱上离开，落到这妇人那双仿佛刚哭过的还带了些红肿的眼睛上，冷冷地问。

花娘的脸色有点苍白，她俯身从地上捡起包袱，笑道："我刚收到一个口信，说我老家……"

她的话音未落，人就被眼前的汉子一把给推了进去，粗暴地抵在身后的那道土墙之上。

一道寒光掠过。汉子的手里多了一把匕首，锋利的匕首尖顶在了她的咽喉之上。

"你是翁主的人？"他的眼睛充血，恶狠狠地问。

花娘和他对望了片刻，闭上眼睛，轻声道："你要杀便杀，我不怪你。"

谢长庚出关之前虽然早做了部署，但长沙国如此凭空杀出，在超乎了他预料的绝对力量的撕扯之下，预先布置好的防线相继被撕破，联军一路猛进，直逼上京。

这是谢长庚生平首次遭遇到的战略上的失败。不久，他又收到了另外一则消息，让情况雪上加霜。

随着齐王反叛，从前的表面平衡的局面一夕瓦解，再没有什么君圣臣忠，一派和气了。

不止刘后，他的任何一个敌人都有可能以他的母亲为胁拿住他，故他早早便安排了人，将老母从谢县接走。

他没有想到的是，这之间竟然还是出了纰漏。

那一行人避开了刘后的人马，却没有躲开齐王的人。

他的母亲在转移的途中被齐王的人掳走了。

狼烟滚滚，十里连营，边境之上刚结束一场血战。数十万的北人铁骑还在与河西军队隔河对峙。下一场恶战，一触即发。

谢长庚刚从战场上回来，还未来得及脱去战袍。他看着跪在自己面前的传信之人，额角上的青筋一道一道地迸现，半晌，他一动不动。

人人都知道节度使是个孝子。

他的部下望着他那张僵硬得几乎扭曲的脸，无不屏息。片刻之后，刘安上前。

"节度使勿要过于焦心！请分末将一支人马，末将这就领兵入关……"

他话音未落，谢长庚抬手阻止了他的话。

"他们拿我母亲，为的便是要挟我，不到最后，倒不至于伤人。河西战事是如今的第一要务，你们不必分心，我自会处置！"

谢长庚双目通红，一字一字地说道。

慕宣卿领兵北上之后，胜利的消息不断传回岳城。到了十月，联军已经逼近上京，上京岌岌可危，而此时，谢长庚的主力部队仍被羁在关外。蒲城令照着谢长庚此前最后的安排，将刘后母子和一众文武百官接到了龙关。

上京破，齐王入城，在众藩王的拥戴下，三天后便登基称帝，一边宣布大赦天下，与万民同乐，一边借机大肆搜刮财物，扩充军队。

慕宣卿并未参与这场闹剧似的狂欢，领着军队继续攻打龙关。蒲城令仗着地势，死守不出，双方陷入了僵持局面。

十一月初，谢长庚大败北人铁骑，杀入王庭，北王弃地，逃回旧都。

这场持续了将近半年的大战至此落下帷幕，北人元气大伤，送来降书贡物，俯首称臣。

这一天深夜，龙关之外的旷野地里，军营黑漆漆一片，大帐之中，此刻烛火依旧通明。袁汉鼎匆匆入内，呈上自己刚收到的信。

"殿下，刚收到的确切消息，谢长庚大败北人，很快就要回兵了！"

前些日子攻城时，慕宣卿的胸口中了一箭，经军医治疗后，或许是因连日焦虑，夜不成寐，他此刻的脸色看起来很憔悴。

"齐王那拨人呢？"他问。

"正要禀告殿下。齐王虽然自称为帝，想必也是知道上京难守，探子来报，他们数日前起便在撤兵，去往东都。龙关久攻不下，不宜再耗下去了，请殿下这就发令，立刻整军，回长沙国！"

他的神色凝重无比，说完，朝着慕宣卿下跪。

慕宣卿咬牙道："龙关里的守军已经不多了！明日集合将士，饱餐一顿，我亲自领兵，再攻一次！"

袁汉鼎望着慕宣卿，一言不发。

"你怎么了？照我的命令行事便是了！谢长庚他就是回兵，也没那么快！"

袁汉鼎转头，朝外呼了一声，只见拥进来十来个身穿战甲的副将，一齐跪了下去，齐声道："恳请殿下发令！"

慕宣卿一愣，目光扫视了一圈面前的人，最后投到袁汉鼎的身上。他面露怒容，猛地站了起来。

"汉鼎，你此为何意？我将你视为手足，你竟敢逼我？"

袁汉鼎道："殿下息怒，汉鼎自己岂有如此胆量。只是发兵之前，翁主曾召我至先王神殿，言战事若是长久阻滞，或是知悉谢长庚回兵，便命我务必要将殿下请回。

"翁主命我转告殿下，她知道殿下心愿由来已久，亲自为姑姑复仇，亦是慕氏之人的职责。故殿下当初决意发兵北上之时，她未劝阻殿下，因殿下当时所想并非全无道理。如此良机，倘若错失，只怕殿下终究是意难平。

"翁主言，尽人事，听天命。将士忠诚，殿下如今也已经尽力了，倘若天意如此，再执意复仇，置长沙国将士的安危于不顾，则姑姑在天有灵，亦必不安。

"恳请殿下听取翁主之言，这就休兵，以图后计！"

袁汉鼎叩首于地，声音掷地有声。

他身后众将跟着叩首，齐声请求。

慕宣卿迈着沉重的脚步，走过跪在身前的袁汉鼎等人身畔。

他掀开帐帘，朝外看去。

夜空之下，目力所及之处，是一顶顶的军帐。远处不知何方角落，随风隐隐飘来叶笛之声。笛声呜咽，犹如带着几缕思乡之念。只是吹了几下，便猝然消声，想是被近旁之人给制止了。

慕宣卿僵立了许久，慢慢地回过头。

"传令，回兵长沙国。"

他的声音艰难无比，说完，他呕出了一口血，身体晃了一下，一头摔倒在了地上。

她年轻的王兄终究还是意气难平，在南归的途中，神郁气滞，以至伤势不断恶化，在进入了长沙国后，便无法前行，停在了云梦城中。

慕扶兰、陆氏、阿茹和陆琳等人赶到云梦城的时候，慕宣卿已经昏迷了数日，人也只剩最后一口气了。

慕扶兰以金针催醒了他。慕宣卿睁开眼睛，和紧紧握着自己的手的妻子对望了片刻，涣散的目光渐渐变得清明起来。

他朝妻子微微地笑了笑，又吃力地抬起另一只手，抚了下阿茹的头发，低低地道："我对不住你们了……"

陆氏和阿茹泣不成声。

"阿妹，你不要自责，这大约就是命。"慕宣卿又说。

"当初无论你说什么，王兄也是不会听你的。王兄会有今日，全是我自己的过……

"父王当初之所以要将你许配给那姓谢的，就是因为信不过我这个儿子。我一直不服，我以为这一次能证明给父王看，我能做到。如今我才知道，王兄是真的没用……"

他喃喃地说，视线仿佛穿过了围在他身边的人，飘到了那不知何处的虚无之中。

"王兄去后，事情就交给你了……"

慕扶兰泪流满面，几乎不能自已。

长沙国年轻的王，于南归途中伤重遽殒。消息传开，民众悲痛，举国缟素。

但外面世界的那些人和事并没有因为这里的变天而停下，每天都在不停地传来新的消息。

谢长庚回兵了。

刘后返回上京，朝廷恢复了秩序。

齐王退兵到了东都，占了半边国土，聚拢势力，另立朝廷。

谢长庚也得以封王，从此彻底把持朝廷，手握大权，并且应当很快便会以平叛之名，向阻碍着他大事的势力发动战事。

而在长沙国的近邻，此前被击败的复州刺史如今也蠢蠢欲动，大有卷土重来之势。

从目送王兄发兵北上的那一刻起，慕扶兰便知道迟早会有这样的局面，无论王兄人在或不在。

她已经做好准备了。

白天，她面对着惶然不可终日的长沙国群臣，以冷静的姿态处置着层出不穷的各种事情。但天黑下来，她却无法避免地整夜整夜地失眠，不能入睡。

王兄临终之前叫她不要自责，她怎么可能做得到？

国丧之后，阿嫂便病倒了，但慕扶兰知道，她不能也跟着倒下。

熙儿、阿嫂、阿茹，家人需要她的保护，万千刚刚失去了王的惶然不安的长沙国子民，更需要她站出来，让他们知道已经庇护了他们两百多年的慕氏王族并没有抛弃他们。

第二十二章

◇

人质

这一天是长沙国国丧的最后一日，赵羲泰代表齐王从东都来此吊唁。

他入了王府，毕恭毕敬地于灵堂前拈香祭拜后，被引到了宣崇堂。

慕扶兰一身缟素，乌发如墨。她凭窗而立，清减得仿佛一片沾在梨花蕊之上的三月轻雪，靠近些，呵一口热气，人便会融化成水。

赵羲泰定定地望了她片刻，朝她慢慢地走了过去，低声道："你王兄的事，我极过意不去。我知道我这么说，你不会相信，但有些事，如今我真的无法做主。攻破上京后，我亦想发兵助你王兄去攻龙关，只是我父皇……"

"恭喜你。"她微微一笑，打断了他的话。

"如今你做了太子，还记得来这里送我王兄一程。"

"翁主！"

赵羲泰几步走到她的面前，紧紧地握住了她一只冰凉的手。

"你怎么骂我都没关系！我这趟过来，固然是受我父皇差遣，但更是我自己的心愿。上次我来求婚，你未曾见我一面，便拒绝了我。不管你是如何做想，或是外人如何看，我都是真的一心想要娶你。

"如今我这边，东都在手，有地势倚仗，钱粮俱足，兵马日增，足以与谢长庚抗衡了。你长沙国若是愿投效我父皇，从今往后，我们便是自己人，你我结盟，你这里若是遭到谢长庚的攻击，我父皇也不会坐视不管……"

慕扶兰抽回了自己的手，冷笑。

"太子，你觉得你的父皇真的可信？"

赵羲泰一字一字地道："翁主，你我从小是玩伴，我赵羲泰的心里只有你一人。我愿以命对天起誓，日后等我掌握了东都，我必保你到底！"

慕扶兰望着他，笑道："但不知你何时才能掌握东都？"

赵羲泰咬着牙，又靠近了些，低声道："原本是家事，不足与外人道。你也知我从小体弱，没有想到，我的父亲竟然也早早做好了我早死的预备，早些年起，他便养了许多术士，沉迷房中之术，一心求子。我母亲年初才知道此事，他竟然真的弄出了一个儿子，已经不小了，怕府里的风水冲撞夭折，一直养在外头，没有带回来而已。这回倘若不是顾忌我的母族之人，这个太子的位置恐怕也轮不到我。"

他冷笑一声："他一心另求子嗣，全力栽培，对我何曾有半分父子之情？既然如此，我亦不会坐以待毙。

"翁主，谢长庚对你无情无义，我和他不同。我一定会养好身体，等我掌权之后，必事事以你为先，你相信我！"

慕扶兰望着面露激动之色的赵羲泰，轻声道："我听说，谢长庚的母亲如今在你们手里？"

赵羲泰颔首："不错。刘后本也要动手的，奈何蠢笨。我略施小计，便得手了。有他母亲在，日后到了关键时刻，他必束手束脚，对我们大有用处。"

慕扶兰沉默了片刻。

"可惜，你现在的话说了还是不算。"她说。

"你这趟来，倘若回不去了，以你来换谢长庚的母亲，你觉得你的父皇会答应吗？"

赵羲泰一愣，迟疑了下，问："你这是何意？"

慕扶兰凝视着他。

"这个天下乱了，谁都想做皇帝，大家各凭本事，即便使用阴谋诡计，亦是无可厚非。但有一条，你可知道我最瞧不起什么行为？"

她停顿了一下。

"我生平最恨的行径，便是捉住敌方父母妻子，以此为要挟。

"你既来了，那就在我这里好生休养些日子，我有空也可以替你再调养下身体，等到你的父亲想通了，愿意将谢母送来，你再回去，也是不迟！"

说罢，她拂袖扫落了手边的一只玉瓶。

玉瓶碎裂声中，门被人迅速推开，拥进来几十名卫士。

袁汉鼎的剑，指在了赵羲泰的脖颈之上，冷冷地道："太子殿下，你在东都想必也有自己的人。倘若你的父皇舍不得拿人来换你，我劝你就叫你自己的人想个办法，把谢母送来这里！"

赵羲泰面上的血色褪去，脸色变得苍白无比。

"我诚心而来，你如此对我？"他喃喃地说，"倘若我不照办，你会杀我吗？"

慕扶兰注视着他。

"太子，我本无意针对你，但谢母这个人，我是要定了。你最好想办法将她送来这里。倘若你没有法子，我便只能把你交给谢长庚了。"

赵羲泰定定地望着她，一动不动。

"阿兄，你带太子去歇息。"她转向袁汉鼎，说，"等他想出了法子，再告诉我。"

等她这个童年的宫中玩伴冷静下来的时候，他必定很快就会想明白，他的父亲会对长沙国扣他儿子的行径大为光火，但他绝不会为了夺回儿子，在这个时候发动军队长途远攻。

上一场战事，他的父亲虽未能长久占据上京，但靠着这场胜利，他迅速扩张了地盘，占据了河东近半的国土。新称帝的齐王此刻应当忙于巩固东都，以应对谢长庚随时发动的攻击，又怎么可能分心来对付长沙国？

而赵羲泰，他要稳固地位，便必须尽快回去。除非他放弃现在的一切。

他近乎固执地扭转着脸，看着她，脚下步伐僵硬，一步一步地走出去时，这个失魂落魄的身影令慕扶兰的心里亦生出了一丝恻隐之心。

但这恻隐之心很快便消失了。

走到这一步，无论是生为齐王子的赵羲泰，还是她这个长沙国的女王，人人都是局中人。谁又能随心所欲？

她知道，赵羲泰不会让她等太久的。

一个深夜，一辆蒙着青毡的小车从岳城的北城门进入。车辚辘碾过平整的碎石路面，朝着王府的方向疾驰而去。

第二天的清晨，一扇门打开。

慕扶兰走了进来。

赵羲泰盘膝坐于屋里的榻上，闭着眼睛，犹如入定。

慕扶兰为他搭脉，片刻后，收手，取出一张方子。

"回去之后，照着这方子好好调养，身体会痊愈的。

"你的人在北城门外等着你，我便不送了。"

她将方子放在了他的手中。

她走到门前之时，听到身后传来一个声音。

"翁主，这一回倘若我说话能作数，你还会对我如此不假辞色吗？"

慕扶兰停步，慢慢地转过头。

赵羲泰从榻上下来，朝她走来。

"我半点也没有怪你。你的王兄没了，我知道你不容易。"

他停在了她的面前，凝视着她，目光温柔无比。

"你的顾虑没错，我的父王确实不值得相信，你怎么可能将子民安危寄于他的承诺之上？

"也是因为你，我更清楚地知道了往后我该做什么。"

他将她给的方子小心地收入怀中。

"我去了。等有一天我赵羲泰说话也能作数了，我再来寻你。"

他深深地望了她一眼，仿佛将面前这张脸印入了脑海，随后转身跨出大门，疾行而去。

一个侍女过来通报，说昨夜老夫人到了后，情况瞧着不怎么好，人很虚弱，应该是生了病，偏偏脾气又不好，嘴里骂骂咧咧个不停。

慕扶兰到了谢母临时落脚的地方，穿过庭院，来到门前，还没进去，便听到屋里传出碗碟碎裂之声，跟着，一道哼哼唧唧的呻吟之声也传了出来。

"你们到底是什么人，又把我弄来了这里，想要做什么……你们再不放我回去，等我儿子杀来，要叫你们好看……"

慕扶兰停在门槛之外，望了进去。

谢母人仰在床上，头发凌乱，面色青白，模样看起来憔悴无比。

一个侍女蹲在地上，正收拾着方才打烂的碗，抬头看见慕扶兰，唤了一声"翁主"。

谢母听到了，仿佛被针刺了一下，睁开了眼睛。

她扭过脸，盯着门外的慕扶兰看了一会儿。起先有点不敢相信自己的眼睛似的，揉了揉。终于，她仿佛回过了神，嚷了一声"慕氏"，爬了起来。

但大约是人太过虚弱，才坐起来，便眼睛一翻，"咕咚"一声，人往后仰倒着晕了过去。

慕扶兰身后的仆妇侍女急忙进去，掐人中的掐人中，灌参汤的灌参汤。过了一会儿，谢母渐渐缓回了一口气，睁开眼睛，嘴里喃喃地道："怎会是你？这里是哪里？是不是庚儿救了我，把我安顿在了你这里？他人呢？怎么还不来见我？"

"老夫人，这里是我们长沙国！谢大人不在！是我们翁主把你从齐王手里救出来的！"侍女茱萸应道。

"还有，我们翁主和谢大人如今已经没有关系了！"

这个侍女至今还记着翁主刚嫁去谢县时在老太太跟前吃的亏，心里不满，忍不住又道了一句。

　　谢母愣住了，眼神呆滞，忽然，人像是被针刺了一下似的，颤巍巍地喊了声"慕氏"，眼圈一红，眼泪就掉了下来。

　　"这丫头说的都是真的？不能啊！庚儿可不能休了你！都怪我，从前眼睛瞎了，怎么就瞧不上你。我对不住你啊……"

　　老太太一把鼻涕一把眼泪，开始诉说自己那日被人被抓走的经过。

　　"……我儿子的人要接我走，我是想着她从前救过我，临走时去看她一眼，她说不想嫁人，不能伺候我，宁可剃了头发去做姑子，我一时心软，就将她带上了路，没想到她竟然哄我……"

　　她一把抓住了慕扶兰的手。

　　"如今我才知道，还是你最好了！好闺女，你莫担心，你救了我，等我见了我儿子，我就叫他收回休书。你还是我们谢家的儿媳，你们和和美美地过日子，再给我生个孙……"

　　她嘴里说着，突然想了起来，抹了把眼泪，看向慕扶兰。

　　"我的乖孙呢？他可都好？你快些把他领来，让我好好瞧瞧！去年在马场看见他，我看一眼就知道这必定是我谢家的骨血。那个小模样，和他爹小时候一模一样。又乖巧，又俊！他应该长高了不少吧？可怜我的孙儿，都长这么大了，还没归宗认祖……"

　　侍女仆妇面面相觑，以为谢母受惊吓过度，病糊涂了，在翁主面前胡言乱语。

　　"还愣着干什么，快去啊！"

　　老太太方才还病恹恹的，这会儿精神仿佛突然就好了，从床上一骨碌爬了起来，左右张望，催促个不停。

　　慕扶兰听谢母自说自话，所指仿佛是熙儿，心中亦有些困惑。见她神色激动，便命边上的人都出去，说道："谢老夫人，等你身体好些了，我便派人将您送回你儿子身边，仅此而已。我已非你谢家媳，往后也无意于此，你莫误会。"

　　谢母一愣，呆呆地看着慕扶兰。

"你不回了？"她喃喃地说，"莫非你还担心？往后我不会再为难你了，我叫我儿子也对你好……"

"老夫人你安心休息，若是哪里不舒服，或是需要什么，就和侍女说一声。"

慕扶兰不欲多言，转身要走，谢母一把攥住了她的袖子。

"那我的孙儿呢？就是你跟前养着的那个叫熙儿的孩子！你让我带他一起回去！"

慕扶兰耐着性子说："老夫人，熙儿是我收养的孩子，和你谢家没有半点关系。老夫人你莫多想。"

"不对！你别骗我了！我儿子都亲口和我说了，那个孩子是你早年替他生的儿子！只是不便带回，这才一直养在你的身边！"

慕扶兰愣了一下，回过神来，抽出自己的衣袖。

"他胡言乱语，你莫当真。"

今日眼前的这个慕氏虽然说话客客气气的，但透出来的冷心绝情令谢母再不敢造次。

这里是长沙国，自己孤零零的一个人，无依无靠，加上此前那段时间受的惊吓实在不小，哪里还敢像从前那样摆威风。

老太太悲从中来，哭道："那孩子明明就是我谢家的孙儿，和我儿子小时候长得一模一样！你不回来也罢，我不勉强，但你当娘的就狠心让这孩子从小没爹吗？你要是不还我的孙儿，我就不走了，大不了死在这里！"

她的哭声有些大，声音传了出去，在外头的那些侍女仆妇应该也听见了。

对着自己从前的婆母，这个讲不通道理的老妇，慕扶兰感到了一种措手不及的无奈，与此同时，心底仿佛又起了一股无名之火。

那个人是不可能知道前世情的，这个世上只有她知道。她实在不懂那人为何要在他母亲面前胡乱认下这种事，以至惹来如此一个预料之外的麻烦。

她只想将人换回来，让她养好身体后，便尽快送走。

"老夫人，您莫哭了。"

门外传来一个孩子的声音。

熙儿跨过门槛，走了进来，停在慕扶兰的身边，朝谢母行了一礼。

谢母一下止住了哭声，睁大眼睛看着熙儿，脸上慢慢露出笑容。她急急忙忙地从榻上爬了下来，鞋子都没穿好，趿着便奔了过来，一边摸着他的小脸，一边说："我的乖孙，都长这么高了！快叫祖母！"她越看越爱，把孩子一把搂在了自己的怀里，紧紧抱着，不肯撒手。

熙儿任她抱着自己，没有挣扎，说："老夫人，我的娘亲没有骗您，我生下来就在寺庙里长大，后来遇到了娘亲，谢大人也不是我的父亲。"

谢母一愣，看了眼慕扶兰，低声道："你别听她哄你！你爹都和祖母说了，你就是他的儿子。"

熙儿摇了摇头，说："老夫人，您要是不信，就早些把病养好，回去见到谢大人后，再问一遍，不就知道了？"

谢母看着怀里的孩子，迟疑了半晌，转头对慕扶兰道："罢了，我的孙儿先留在你这里。你快些送我回去！等我问清楚了，你别想抢走我的孙儿！"

慕扶兰牵着熙儿出来，默默地走了一段路。

熙儿仰头看着她，说："娘亲，您在怪我吗？"他迟疑了下，又说，"我是看您这段时间太累了，瘦了好多，晚上都睡不着觉。我想帮您。"

慕扶兰的心里涌过一阵暖流，忽然觉得浑身仿佛又充满了力量。

"你做得很好。你帮了娘亲一个很大的忙！"

她微笑着说道。

匕首尖下的那片肌肤是如此柔软，而他手中的匕首是如此锋利。

只要他的手向前稍稍用那么一点点力气，便能轻而易举地刺破她的咽喉，杀了这个诱他从一个精明的战士变成了沉迷于温柔乡的逃兵的女子。

然而匕首尖终究还是无法刺入半分。

他握着匕首的掌心仿佛还残留着昨夜来自这片腴软肌肤的余温。

他收了匕首，放开了她，嘶声令她离开自己的视线。

她睁开眼睛，凝望着他，欲言又止，然而终究还是什么都没说，只是红着眼睛，低着头走了出去。

汉子久久地站立着，一动不动，他看着这间简陋的，却每日都收拾得整整齐齐的屋子。床头之上放着一套折叠得整整齐齐的新衣，还有一双新鞋。

他的眼睛亦通红了。

其实到了后来，多年的江湖历练厮杀和天生如野兽般敏锐的直觉亦叫他不止一次地怀疑过她的出现。然而每次在他日暮归来，面对着她迎向自己的那张笑脸时，所有的疑虑便都被掩盖下去。

他做不成从前那个坚定的战士了。他欺瞒着自己，成了一个日复一日地穿街走巷的货郎。

梦境终归是要终结于清醒的。这一刻，终于还是来临了。

这里的消息已经不再需要他递送了。长沙国拥兵已天下皆知，何况是他的上司。

一个失职至此地步的暗影，是没有活下去的资格的。

他跪在地上，向北方叩首谢罪，而后，便举起手中匕首朝着自己的咽喉刺了下去。

长平位于太行南向的深处，在此前很长的一段时日里，这里只是作为一个地势险要的普通关城连通东西而已，并不如何起眼。但在齐王东都称帝，和朝廷分庭抗礼之后，这里的地势之利便一下凸显了出来，它不但成了东西两面势力划分的界限，齐王更是大修工事，巩固城防，将它打造成抵御来自西面威胁的首道屏障。

谢长庚回归之后，局面甫定，做的第一件事便是发兵东进。

但谢长庚并没有立刻展开攻击，而是暂时驻军在了距离长平不过数百里的晋州。

长平的上空正笼罩着大战将至的阴云。

战事一旦开始，将注定是场狂风暴雨般的大战，尽管于双方而言，如今都不是开战的最好时机。

河西军刚经历过一场长达半年的血战，损耗不小，这个时候，他们原本最需要的是适当的休整，而不是立刻又马不停蹄地跋涉远征，立刻投入到下一场大战中。

疲军远征，本就是兵之大忌。面对全力应对的敌人，即便攻下了长平，也要付出惨烈代价，何况长平只是首关，急急地打了这一仗，除了泄愤，毫无意义。

作为一个指挥过上百场大小战役的经验丰富的统帅，谢长庚非常清楚这一点。

而齐王的人马虽然以逸待劳，但长平想要在这么短的时间内备战充分，以抵住这支河西精兵的进攻，亦是希望渺茫。

仅从双方的状况而言，虽然谁也没有必胜的把握，但对于还没站稳脚跟的齐王而言，他现在最想要的也绝不是这场正面大战的胜利。

谢长庚的母亲在他的手中，这是一个很大的筹码。

按说这个时候，他应当有所行动。

但令谢长庚疑惑的是，迄今为止，他还没有收到任何与此有关的消息。

他的直觉告诉他，之所以会如此反常，或许是齐王在筹划着一个更大的阴谋，或许是出了什么他还不知道的意外。

纵然已经是心急如焚，日夜担忧着母亲的安危，但谢长庚还在耐着性子，等待消息。

他不打没有把握的仗，更不会以无谓的牺牲为代价，去逞血气之勇。

他发兵来此的目的，本也不是立刻作战。

此前长沙国的凭空卷入，已经彻底地打乱了他原本的布局。

齐王的势力迅速扩张，而他却因河西血战，损耗不小，一盈一亏，现在并不是攻伐的好时机。

他没那么着急。

他真正的目的是逼迫齐王和自己谈条件，在摸清楚对方的意图之后，再确定营救人质的计划。

驻军关西数日之后，谢长庚关于齐王反常之举的疑团很快有了答案。

潜去东都的探子传来了回讯。他通过买来的消息得知，老夫人在被羁押的时候，有天深夜突发急病，齐王当时急召全城良医救治，但随后，那些郎中都不见出来，过了几日，才又打听到老夫人当夜便已经断气。

谢母是赵羲泰拿到的人，因为这个大功，齐王的手下对赵羲泰也是刮目相看。当时他人不在东都，去了长沙国吊唁，因路途辛劳旧疾发作，耽误了归程。

一个本要派上大用的人质，竟如此折在了手里，齐王惊怒失望之余，心知消息若是传出来，必会引来谢长庚的全力报复，便命隐瞒消息，着人连夜悄悄将尸首处置了，随即召集手下，忙着布置应对之策。

这一夜，长平关西的夜空乌云密布，星月隐没，远远望去，天地之间只有无数的火杖，犹如点点星火，照亮了整个军营的夜空。

数万将士，人人臂裹白巾，他们手执兵器，整齐列队，气氛凝重无比。

谢长庚身着重孝，从大帐里走了出来。

刘安等部将已经在外面等候良久，见他现身，围了上去，高声请愿："将士已做好准备，请秦王立刻发令，我等必誓死追随，攻下长平，直捣东都，为老夫人报仇雪恨！"

秦晋齐楚是为最尊的四王封号，四王之中，又以秦王最高。

"请秦王发令！"

旷野之中，发自将士的效忠之声犹如惊雷，平地而起，响彻夜空。

从昨日获悉母亲病亡的消息开始，直到此刻，谢长庚已经在帐中独自坐了整整一日一夜。

他的面容发青，通红的眼睛里布满了血丝。

他立于旷野，眺望着远处关西的方向。

在地平线的尽头，起伏蜿蜒的山脉峰线犹如一道拔地而起的屏障。

杀母之仇，深沉如海，他活着一日，便必要报，不但如此，还要十倍奉还，屠尽满门。

但不是现在。

他咽下喉头暮然涌上一缕腥甜，收回目光，缓缓地道："我走一趟东都，看能否收回我母亲的尸骨。这里撤丧，维持原样。没有我的命令，一兵一卒都不得擅动。"

刘安等人皆不约而同地向他下跪："秦王保重！"

大营中的火光熄灭，四下渐渐归于寂静。

谢长庚在大帐中点选了梁团等一队随从，正要连夜出发，绕道秘密去往东都，忽然听到帐外传来一阵奔跑的脚步之声。

谢长庚回头，见刘安一头闯入，面带狂喜之色，一边挥着手中拿着的信，一边喊道："秦王！好消息！老夫人还没有死！是被长沙国翁主给救走了！朱六虎传信来，说他正护着老夫人在回来的路上！"

谢长庚停顿了一下，目中暮然精光大放，猛地一个转身，夺过了刘安手里的信。

边上的人见他看着信，身影久久不动，无不屏息以待。

良久，他抬起眼。

"我出去一趟。这里一切皆照我原话行事！"

谢长庚日夜兼程，疾驰南下，不过十日，便到了毗邻复州的应城太平驿。

在驿馆里，他终于见到了自己的母亲。

他的老母气色看起来不错，非但没有他想象中的那么虚弱，反而白白胖胖的。他赶到的时候，应城令也在驿馆里，正恭请秦王之母去往自己的府邸歇息。

母子相见，等到边上没有旁人了，谢母便诉说着自己过去这半年里遭的罪，又骂戚氏坏心眼，说到伤心之处，不停地抹泪。

谢长庚跪在地上向母亲叩首，久久不起，哽咽着道："儿子无用，连累母亲受到如此惊吓。请母亲放心，往后再不会发生如此意外了！"

谢母诉完了苦，见儿子风尘仆仆，人又黑又瘦，知道他过去这些日子里必定也不好过，又心疼不已，上去将他扶起来，道："娘没事，娘命大，你也不用担心，从长沙国出来后，这一路都是好吃好喝的，也有人接应。"

谢长庚将老母扶坐下，定了定神，开始问她先前是如何到的长沙国。

谢母摇头道："我也不知是怎么回事。只记得一开始被关在一间屋子里，除了白天黑夜，有人盯着不叫走动外，倒也没遭什么大罪。后来有一天，有人送来一碗东西，我吃了，当时就觉得困，睡了过去，等我醒来，人又被装在了一辆黑车里，没日没夜地走，也不知道去哪里，等我再被放出来，人就到长沙国了，见到了慕氏。

"娘跟她服了软，叫她回来跟你好好过日子，往后还是我谢家的儿媳。她却油盐不进，就是不听……"

谢母抹了把眼泪，一把抓住了儿子的手。

"娘也是在回来的路上才知道那个齐王造了反，自己当了皇帝。她长沙国和齐王也是一路子的。听说你刚休了她没多久，那个什么世子就来求过婚了！先前她兄弟没了，那个世子又来了一趟！罢了，她要另攀高枝，不回来，也就算了，但是她身边养着的那个孩子不能不要！长庚，娘记得清清楚楚，你跟娘说过的，那分明是你的儿子，慕氏却非说不是你的！还哄得那孩儿也是这样认定的！你赶紧的，一定要给我去把孙儿带回来，可不能叫他日后跟着遭罪！"

谢长庚沉默良久，低声道："娘，是儿子的错，当初不该欺骗您。那个孩子确实不是儿子的骨肉，只是先前……"

"你别骗我了！"

他话未说完，就被谢母打断，谢母又抹起了眼泪。

"当初你不听我的话，不娶戚氏，也就算了，但孙子的事，我不能再由你！那个孩子，我越看越像你小时候的样子！

"不是你的，莫非你是失心疯不成，为何对他如此好？"

谢长庚一顿。

"娘听说长沙国现在也了不得了，和那个齐王一道杀入过上京，莫非你是怕了齐王不成？你不是也封了王吗？娘是自己一个人，那日胳膊拧不过大腿，没办法，只能先回来了。你给我去，把我的孙儿要回来！"

谢长庚望着自己的母亲神色激动的样子，一时说不出话。

他迟疑了下，安抚了几句，叫人进来服侍她歇着，退了出来，打发了还等在外的毕恭毕敬的应城令一行人。

他冷冷地看着跪在自己面前的朱六虎，这个两年之前便被他安排在长沙国，最终却坏了他大事的人。

第二十三章

◇

女孩

慕扶兰走进地牢，命人替那个在此已经被羁押了将近半年的探子除去枷锁。

朱六虎慢慢地睁开眼睛。

年轻而美丽的面容，高贵而华丽的服饰。她的出现，令这间阴暗的地牢仿佛也变得明亮起来。

他茫然地望着她，不知她为何会出现在这里，更不知道当日在他举匕首欲自裁之时为何会被阻止，直到听见她说："替我去做一件事。把谢长庚的母亲送还给他。"

朱六虎愣住了。片刻之后，他明白了过来，那双原本已经形同死水的眼睛里慢慢地出现了一丝属于活人的气息。

他从地上爬了起来，带着感激之情朝面前的这个女子磕了个头。

直起身的时候，他想问一句那个人如今如何了，艰难地张口，话却又咽了回去。

这个女子给了他一个能够让他去面对他的上司，以尽量体面的样子去接受应当属于自己的受惩罚的机会。这已经是一个天大的人情了，他没有资格去想别的什么，更没有这样的机会了。

他的命早就不属于自己了。

此刻，他跪在了这个左右自己生死的人的面前，深深地俯首于地，愧不能当。

"除了叫你送我母亲回来，她无别话？"

一道冷淡的声音发自对面。他立刻从怀中取出了一只四角包金的乌檀小匣，托于手中，高高举过头顶。

"翁主还叫卑职将此物转交。"

谢长庚握匣，慢慢地打开。

匣中是只似被利器从中劈成两半的蛇纽金玺。

他盯了良久，连眼睛都未曾眨动一下。

朱六虎没敢抬头，等待了良久，道："卑职坏了秦王大事，万死亦不足以谢罪！"他说完，取出匕首便要刺入自己的心口，忽听对面之人问道："你出来时，可知复州李良攻打长沙国的战况？"

朱六虎停手，抬头。

谢长庚面无表情地望着他。

朝廷回归上京，甫定，谢长庚准备亲自领兵发往长平关的时候，群臣对罪魁之一的长沙国亦是口诛笔伐。慕宣卿虽然已经病死于退兵路上，但这并没有消除群臣的愤恨。众人纷纷上书，要求对长沙国予以扑剿。作为长沙国近邻的复州刺史李良不失时机地站了出来，上书毛遂自荐，声称愿为朝廷分忧，领兵去灭长沙国。

"卑职出来时，李良与长沙国将军袁汉鼎正战于云梦，至于战况，卑职不知。"

"你与梁团跟我最久，精明审慎，做事从未出过纰漏。这一回，何以失职至此地步？"他听谢长庚又问。

朱六虎羞愧万分，不敢看他，低声道："卑职不敢隐瞒。两年之前，卑职奉命初落脚于岳城时，遇一妇人为邻……"

他停顿了一下，再次深深地叩首于地。

"全是卑职见色起意，耽于安逸，心生懈怠，忘记使命，以致目盲失聪，坏了秦王的大事，与旁人无任何干系。"

沉默了良久，他听到那个冰冷的声音再次响起。

"念你随我多年，从前有功的份上，留你一命。照规矩自断一指，以此为戒。"

朱六虎几乎不敢相信自己的耳朵，反应了过来，感激涕零。

他一刀割下了自己左手的拇指，不顾血如泉涌，咬牙忍痛，朝着前方那个已经握匣转身而去的背影重重叩首："多谢秦王不杀之恩！"

数日之后，数百里外的复州，复州刺史李良陷入了一个进退两难的境地，寝食难安。

长沙国偏居南隅，本朝之初刚作为封国封给慕氏王时，除了几座靠近岳城的大些的城池，其余地方人烟稀少，遍布荒泽。但经历代慕氏王的治理，填泽为地，施行仁政，渐渐人口兴旺，鱼米丰饶，仓廪殷实。李良早就垂涎不已，此前欺长沙国兵弱无器，便曾趁乱发兵进攻，意欲抢夺地盘。没想到对方凭空杀出一支装备犀利的军队，李良不敌败北，心中却极其不甘。这回见长沙国随齐王造反不成，又失去了国王，长沙国风雨飘摇，大有人心涣散之势，他大喜，认定机会再次降临，便上书朝廷，一是向谢长庚表忠心，二是借机捞些粮饷。

所谓天高皇帝远，只要他能打胜仗，拿下岳城，便可浑水摸鱼，大得好处。

他没有想到，没了王的长沙国竟站出来了一个摄政翁主。长沙国非但没有如他所想的那样成为一盘散沙，军队上下反而竟越发同仇敌忾，战力锐勇得惊人。

从他再次发兵开到长沙国的边界进犯云梦开始，短短不到一个月的时间里，已经连吃三场败仗，损兵折将，狼狈不堪。

他不甘就此退兵，意欲重整旗鼓，再次攻打云梦，但部下却开始怨声载道。昨日连着杀了几个抓回来的逃兵，又承诺破城后任士兵劫掠三日，这才勉强压住了阵脚。

云梦只是一个小城池，竟也久攻不下，时间拖得越久，对士气便越不利。

他计划尽快再次发动进攻。这一回倘若再败，恐怕再无翻身机会。他不敢托大，天黑还在营中和部下部署计划。两名干将却因谁先带部下充当攻城先锋一事相互推诿，以致拔刀相向。

李良大怒，正厉声斥责二人之时，忽听人来报，新晋秦王，河西节度使谢长庚竟亲自来了此地。他吃惊不已，整好衣冠，带着人匆匆赶去迎接。

辕门之外停了一队人马，当先的马背之上，高高坐了一人，正是谢长庚。

李良跪迎，将人接入大帐之中，赔着笑脸道："秦王大驾，远道而来，下官未能出迎，请秦王恕罪。"

他心里发虚，怎敢主动问他远道南下的目的。想来定是为了这场和长沙国的战事而来。

谢长庚和长沙国的渊源恩怨，他自然知道，从亲家变成了冤家。慕氏随齐王造反，令上京一度陷落，想必他是恨极了慕氏之人。

谢长庚看了眼还散于案上的军事舆图，说："听说你这里战事不顺？"

他神色平静，语气里也听不出是喜是怒。

李良慌忙下跪："下官辜负了朝廷与秦王的厚望！只是并非下官懈怠，实在是没有想到慕氏翁主摄政，亲自至此督战，蛊惑收买人心，叛军这才难以压制。"

他挺起胸膛，慨然道："秦王放心，此不过是一时之势！下官已经在部署，本就计划不日再次进攻。何况秦王亲自来此，将士若是得知，必大受鼓舞，誓死效忠！"

他说完，朝着座上之人郑重叩首。

帐中安静了下来，良久，他听到一个声音说道："撤了！没我的令，不得再擅自出兵。否则，一律以抗上论处！"

谢长庚起身，走了出去。

是夜，明月悬空，寒江漠漠。

谢长庚独自徘徊，行于距离复州大营数里之外的江边。

他下到江畔，脚下乱石累堆，江涛拍岸，连绵不绝。视线尽头的江面之上，一片漆黑。

在这深冬的夜里，仿佛再无别物，天地之间唯余他脚下的流水，滚滚不绝。

直到远处随风飘来一阵船号之声，江心之上远远地来了一艘乌篷船。

他发迹于江，对这条水道了若指掌。这段江流至此分支，江心多礁，夜行极是危险。这个船主却不知是为行商获利，抑或是赶前程，竟不顾危险，如此顺流夜行。一叶孤舟仿佛来自天上，如此漂于江心，待驶到前方那段支流口时，几名长年行走水道的孔武有力的船夫操篙，点着江心之上凸出的一块岩礁，呼喊着号子，齐齐发力，便顺利地将船头扭了过去，循着流水转入了支道。

船夫的号子声渐渐远去，耳畔亦沉寂了下去，归于平静。

谢长庚独立江畔，任凭卷来的阵阵江水湿了衣角。

他目送着那艘孤舟顺流远去，渐渐淹没在黑夜里，消失在了视线之中。

顺着这道支流蜿蜒而下，便可取近道入洞庭。

很多年前，一个年轻人亦是在如此深夜，怀着不可与人言的勃勃野心，乘如此一艘乌篷船，月下轻舟，从这里涉险入了洞庭。

那个年轻人正在谋划着娶长沙国的王女为妻。

但那时候，他还只是一个江上水匪，而他想娶的女子却有着高贵的身份。

他做事向来力求不失，何况是这种重要的事。在循着江流入了洞庭之后，他并未立刻上岸，而是悄悄到了湖心，去君山拜访从前偶然结识的一位故人。

拜访的目的自然是再多知道些他想要知道的东西。

光阴似箭，岁月飞度。这些多年前的旧事在他的记忆里本来已渐渐模糊。

但就在这一刻，或是江畔如故，月明依旧，还有那艘已然逝去的乌篷船，令他忽然发觉一切其实仿佛不过发生在昨日，他甚至还记起了下山时偶然发生的一件小事。

仿佛是经过一段山路，他偶遇了一个为了一只被山风吹下悬崖的雏鸟而无助地朝他奔来求助的女孩。

那个后来他再也没有记起的女孩儿……

那张模模糊糊的面容从记忆里慢慢浮现。谢长庚的心忽然微微一颤。

一种奇怪的感觉，仿佛此刻脚下正朝他涌来的江潮一般，涌上他的心头。

他蹙了蹙眉，慢慢地闭上眼睛，努力去回想那个原本在他的记忆里早已荡然无存的女孩儿。

那个影子渐渐变得清晰起来。

记得那是一个春日，那个女孩儿年龄不大，豆蔻年华，乌发粉衫，蛾眉淡月，一身娇媚，一望便知是贵养长大，不识人间险恶，又怎知她提了罗裙奔去求助的好心之人其实是恶人，而就在被她唤停脚步的前一刻，他还在思量着深藏心底的不可告人的隐秘之事。

虽然感到意外，但不过举手之劳，他还是做了一回好人，依她所求，帮她将那只鸟儿带上来，送回了巢穴。

她仰着一张花儿般的娇稚玉面，双眸明亮地望着他，欢喜地向他道谢。

面对这个女孩儿的烂漫笑容，他有些不习惯，但还是朝她点了点头，回以一笑，随即离去。

谢长庚猛地睁开眼睛，突然转头望向了一水之隔的洞庭的方向。

他记起来了。

当日君山老柏树下，他曾遇到的那个少女，面容倘若脱去了娇稚，分明就是三年之后，他娶的那个长沙王女慕扶兰！

江风在他耳畔呼啸，他的心跳在不断加快，满手皆是热汗。

他又想起了从前她对他说过的话。

她说在和他定亲之前，她便在君山遇到了她的意中之人。

只不过后来那人死去了。

曾经他对此深信不疑，为此还忌妒愤恨不平直至无奈接受，再后来，他也根本不在乎这些了，甚至不惜在她面前卑躬屈膝，只求她能对他好些，忘记从前那个人，视他为她真正的男人。

然而她却铁石心肠，弃他如同一只敝屣。

至此刻，他的直觉方叫他隐隐明白了过来，原来他便是她口中那从前的心上之人。

倘若如此，他分明还活着，并如她所愿的那般娶了她。

后来到底发生了什么他不知道的事，她竟然如此狠心，恨他至此地步？

甚至时至今日，他便是放任李良以兵向她施压，她连谈判，亦不愿再见他一面！

江畔，谢长庚的身影宛若化为了一尊岩柱。

他定定地望着远处那片漆黑的天空，双目渐渐泛红。片刻之后，他突然转身，攀上江岸，疾步而去，身影很快消失在了月色之下。

复州兵虽连战连败，但探子传来消息，说敌营那边这几日似又有所行动，李良仿佛还是不甘就此认输。

他输不起了，倘若再有一战，必是倾巢而动。故云梦城这边厉兵秣马，丝毫没有松懈。

非但如此，慕扶兰也迅速同意了袁汉鼎提出的作战方案，与其一直被动防御，不如趁着对方还没准备好，发动一场突然攻击，打他个措手不及，以彻底瓦解对方的主力。他们正准备秘密行动，这日清早，探子再次传来一个消息，道昨夜远远看见敌营连夜拔营，在往北撤退了。

第二天，全部人马便撤干净了，原本扎营的那片平地空空荡荡，只剩些复州兵离去前丢下的破败帐篷。

复州兵败退而去。

对于长沙国的民众和士兵而言，过去这半年多的经历给他们带来的冲击之巨，说是这两百年来前所未有亦毫不夸张。

在那一场短暂的骄傲和与有荣焉之后，他们便在被动中与遥远的朝廷决裂，被宣为叛逆之人，又失去了王。战争也再次毫无遮掩地降临到了长沙国的边境。

在茫然、惶恐和人心的无所适从情绪蔓延开来的时候，这一场胜利犹如拨开乌云露出的太阳，放出的光辉将此前笼罩在长沙国上空的阴霾驱散得一干二净。

他们失去了王，但并没有被抛弃。慕氏的摄政翁主站了出来，像她的父祖一样，在继续庇护着他们。

这一日，云梦城内外，欢呼之声此起彼伏。

城外的军营里，正兴高采烈相互庆贺胜利的将士看到摄政翁主出现了。

开战后不久，她就来到了此地。督战之余，亲自带领着军医和一些得过她教导的王府女子在伤兵营里为那些从战场上送下来的伤兵治病疗伤。

此刻，他们高贵而美丽的翁主在一队铠甲鲜明的武士的护卫之下，乘坐战车，盛装来到了军营。

她登上高台，双手端起酒杯，向着对面以方阵整齐列队的无数将士敬酒，感谢他们此前为慕氏王族和长沙国而流血战斗。

"我慕扶兰，今日此刻，对慕氏历代先王之英灵和你们起誓，无论何时，倘有敌人再次杀来，我必与你们同在！

"尔等勇士不退，我慕扶兰便不离！生死与共，福祸同当！"

光明而洞彻的声音铿锵有力，随风四散。

高台下的传令兵亦迅速地百传千，千传万，将她的话语传遍了每一个角落。

旷野之中，寒风凛凛，刚刚从战场厮杀中下来的年轻士兵却无人不是热血沸腾。他们身体里奔流着的血液，每一滴都在涌动着，催促他们迫不及待地去回应她。

没有人天生嗜战，但倘若注定要战，谁不愿去保护他们如此高贵又动人的摄政翁主？

袁汉鼎在高台之下仰望着高台之上的慕扶兰，双眼一眨不眨。

这一刻，他的心里充满了激荡而矛盾的感情。

不知道从什么时候起，她再也不是那个和他从小一起长大的熟悉的王女慕扶兰了。

心里有个声音告诉他，她离自己越来越远了。

但是他的失落很快就被另一种喷薄而出的激昂情感所替代。

他愿意臣服，跪在她的脚下，受她的驱策，做她的战士，用他手中的剑去保护她今日的高贵和美丽，即便付出生命也在所不惜。

"誓死效忠，殿下千秋！"

他发出吼声，带着身后成千上万的将士朝着高台上的慕扶兰单膝下跪，奉上最为忠诚的回应。

"誓死效忠，殿下千秋！"

犹如平地起了一声惊雷，将士发出的声音响彻四野，直上云霄。

战营周围的野地里人群涌动，那些赶来观礼的城中民众无不热泪盈眶，纷纷跟着跪拜。

人群深处，一个人远远望着高台上的那道身影，一动不动。

到处都是人，没有谁去留意夹杂在人群中的这个衣着普通的男子。

他看着那道他熟悉却又仿佛突然变得如此陌生的倩影步下高台，登上战车，在万千将士发出的潮水般的欢呼声中离开，渐行渐远，消失在了他的视线之中。

复州兵退了，长沙国的官员也知道，朝廷，或者说谢长庚如今正驻兵长平关，要对付立了东朝廷的齐王那股势力，短期之内应当无暇再发动一场需要南下渡江的长途远征。

从王去世以来，一直笼罩在臣民头顶上的祸云终于消散，不但以陆琳为首的百官松了口气，民众也在到处传讲着那日摄政翁主于云梦犒军的一幕，激动不已。没有人能想到，那个娶过他们王女的令他们厌恶又惧怕的人此刻就在他们身边。

这一夜，天上没有月光，谢长庚的身影仿佛一棵昏暗的树，融入了湖畔的夜色之中。

云梦战事结束，她犒军完毕后，便回了岳城。谢长庚命跟出来的手下在城外候命，自己独自入城，潜了几日，知道她今日傍晚出了城，此刻就在对面，与他只隔着这片洞庭湖的水。

已经过去了数日。但此刻，当他闭上眼睛，耳畔仿佛还能听到那日云梦旷野之中，长沙国的士兵对她发出的效忠的吼声。

她操控人心的手段足以匹敌任何一名要靠铁血的杀伐才能树立权威的将帅。那样光明洞彻的铿锵话语从她柔弱的美丽外表下发出来，更是将这种激励人心的力量轻而易举地放大了无数倍。

他从来不知道，这个妇人竟还有这样的一面。

她如今的地位已经不同往日。因为她的到来，通往君山的唯一渡口今夜布满卫兵，湖畔周围更是寻不到任何一艘能够送他抵达君山的小舟。

他伫立在湖畔，遥望着水深之处那座被暗沉夜幕勾勒出起伏的黑色峰线的模糊湖山，想着那一个一个折磨着他的无解的疑问，想着她此刻在想什么，又做着什么。他再也无法按捺住正在他的身体里煎熬着他的强烈念头，涉水而下，一个猛子扎进了湖水里，朝着漆黑深处的那座湖山游去。

洞庭连江，水域如海，风起时恶浪澎湃，暗流汹涌，他又如何不知。

但这片洞庭水波纵然再深，再远，暗流再汹涌，亦是阻挡不了今夜他想要横渡而过的这个近乎疯狂的念头。

冰冷的湖水从四面八方朝他涌来，却无法浇灭那簇在他心头燃着的烈火。

他仿佛一把劈开湖水的刀，凭着一种犹如本能的驱使，憋着一口气，在这个漆黑而阴冷的冬夜里，不知疲倦地不停朝前游去。

王兄去了之后，阿嫂悲痛过度，撑过国丧，人便病倒了。在云梦前线作战的时候，岳城王府里的日常国事皆由丞相陆琳代为掌管，他对这些内事驾轻就熟，但有些重要之事还需等着和慕扶兰商议。慕扶兰从云梦归来，还来不及喘一口气，便为阿嫂看病，处置国事，忙碌不堪。

明日她要去位于湖心的赭山岛兵坞巡视，为了能赶在当天回城，她便提前一日，于今天傍晚在贴身护卫的随同之下，悄悄地出了城，打算在君山过一夜，明早从君山出发，便可缩短行程时间。

她带着熙儿同行。到达药庐的时候，时辰已经不早了。

她送熙儿进了屋，想陪他入睡，熙儿摇头："娘亲，我已经大了，自己能睡。娘亲您早些去休息，不用陪我。"

慕扶兰知道他心疼自己，笑着摸了摸他的脑袋，叮嘱侍女照顾好孩子，走了出来，回了自己的屋子。

面前再没有她需要绷着精神去面对的人了。

她感到筋疲力尽，整个人的骨头架子在这一瞬间仿佛就要散了似的。

慕妈妈亦同行而来，替她准备好了热气腾腾的浴水。

慕扶兰在热水里泡了一会儿，便出来睡觉。

她喜欢君山。每次来到这里，哪怕有再多的心事，再多的烦忧，她都能很快放松，变得心平气和。

倘若世上真有桃源，那这座湖心之中的君山便是她的桃源所在。

但是今夜，她却迟迟无法入眠。她起了身，推开窗户，望着窗外黑魆魆的夜色，渐渐地出了神。

慕妈妈轻轻推门，见她还没睡觉，叹了口气，进来催她上床，自己关了窗户，替她轻轻揉捏着腿脚。

慕扶兰趴在枕上，闭目了片刻，让慕妈妈去休息。

慕妈妈望着她带着倦色的容颜，轻声说："翁主，复州兵虽退了，但你是不是还在担忧他们卷土重来？放宽些心，莫多想了，真若再来，兵来将挡就是。我听说将士们对翁主您极是敬服，必会全力应战。"

慕扶兰知她其实是在替自己担忧，不忍她终日牵挂，便道："慕妈妈，我不担心，你也不要为我担心。复州兵不会再来了。倘若我猜得没错，李良突然退兵，必和谢长庚有关。至少在他能吃掉齐王东朝廷前，应该不会再特意对付我们了。"

慕妈妈这才恍然大悟，迟疑了下，问道："莫非是他感激你救回了他的母亲，所以放过了我们？"

慕扶兰睁眼，摇了摇头，微笑道："慕妈妈，你想错了，不是他感激我，而是他会算计。

"他这个人野心勃勃，和齐王一样，都想做皇帝，又自私凉薄，但他是个大孝子，唯一真正在意的人就是他的母亲。他做事又步步为营，不愿冒险。先前赵羲泰捉了他的母亲，我可以想象他获悉消息之时是如何焦心。但他若是发兵强行攻打，去救他母亲，就算救回了人，也要付出极大代价。

"此前因为王兄出兵，已经令他蒙受了很大的损失，倘若再为救母亲付出更多的代价，可能会影响他筹谋已久的大业。我在那时帮他救回了他的母亲，说是雪中送炭也不为过，他自然明白这是我在向他示好。

"示好之余，我放那个探子回去，让他也带去了先前被王兄劈成两半的王印。他如此聪明，岂会不知，我是在告诉他，我长沙国慕氏也非没有血性。倘若示好不成，他依然不肯放过，那么就算以卵击石，我们也要和他对抗到底。

"慕妈妈，他这个人纵有万般不好，但也有一点好，做事有度，不是个乖张之人。我已向他示好在先，卖给了他这样大一个人情，王兄那件事既然已经出了，他又何必继续和我们过不去？我们鱼米丰泽，不缺粮草，如今还能打上几仗，真把我们逼得投向齐王，对他又有什么好处？"

慕妈妈注视着慕扶兰，眼眶渐渐红了。

"你本来是王女，金枝玉叶，合该被捧在手心疼惜的，如今却要担负如此重担，整日殚精竭虑不说，还如此疲累。先前你在云梦的时候，小公子天天担心着你。"

她擦了下眼睛。

"算是慕妈妈多嘴。我实在是不明白，当初那人来提亲之时，翁主你不是还欢喜得很吗？他后来到底是如何开罪了你，竟令你厌恶他至此地步，何至于在他来岳城接你之时，你宁可自己破身，担了污名，也要激他休离？"

慕扶兰一怔，蛾眉微蹙："慕妈妈你莫胡说了。不早了，你也去睡吧。"

慕妈妈再也忍不住了，道："翁主，你以为我不知道？他来的那夜，你沐浴之时一反常态，不要人在旁伺候，自己一个人待了那么久才出来。你以为当时没事了，我却瞧得一清二楚，你面色白得都没人样了。后来你和他说的话，我在外头隐隐也听到了些……"

她的眼泪落了下来，声音哽咽。

"那得有多疼？我想着都难过，你却丝毫不惜自己！"

慕扶兰脸色苍白，她闭目沉默了片刻，低低地道："慕妈妈，我乏了，想睡觉。"

慕妈妈低声道："怪我不好，对翁主无礼了，往后再不敢提半句。翁主你好好休息，我出去了。"

她擦去泪，替床上的女子仔细地盖好被子，吹熄了灯，轻手轻脚地退出了房门。

这段水路，若无渡船，想靠游水而过，常人根本无法想象，何况还是在冬天。

谢长庚不过是仗着自己少年起行走于水道练就的过人水性，冲动之下，竟就如此下水横渡了。

饶是他年轻力壮，中途亦漂浮了数次，以补充体力，但在终于结束这段漫长的水上路程，双足触及硬地之时，人也早已筋疲力尽，几乎虚脱。

他趴在岸边的一片荒草滩上，从头到脚没有一处不在不停滴水。他闭着眼睛歇了片刻，待体力恢复了些，艰难地爬起来，搓热自己已经被湖水冻得近乎僵硬的手脚关节，凭着多年之前的记忆，朝着药庐而去。

通往药庐的山道口也布了卫兵。

他绕开，从后山攀上去，靠近了药庐。

前方不远之处，一名站岗的守卫挡住了他的路。

他抽出了插在腰间的匕首，悄无声息地靠到了守卫的背后。

守卫仿佛觉察到了异样，但还没来得及回头，就被人从后面死死地扣住了咽喉。

谢长庚正要割了这守卫的咽喉，手却又停住了。

他抬头看了眼前方那座屋子，略一迟疑，改为重重地击了一下对方的后颈，将人击昏后，拖到了草丛里。

已经是后半夜了。

这个晚上的所有举动，是他这辈子第一次做如此几乎不考虑后果的冒险之举。

窗后站着的那道身影，他一眼便认了出来，正是他今夜无论如何也一定要见到的人。

他终于如愿到了慕氏的近旁，正要现身，却看见那个慕妈妈走了过来，似在劝她去休息。

她的身影从窗后消失，窗户也被关上了。

谢长庚屏住呼吸，停在了昏暗的窗外墙边，等着那个慕妈妈离去。

脚步声渐渐远去，那个多话的忠心仆妇终于走了。

但是一墙之外，夜色里的那道身影却凝固住了。

谢长庚的心在狂跳，跳得如同一只就要被击破的鼙鼓。

他的衣裳潮湿而冰冷，紧紧地覆在皮肤之上，后背湿漉漉的，分不清是湖里带出的水，还是方才涔涔而出的一层又一层的冷汗。

从他跃入水中不顾一切地朝着这里游来的那一刻起，他便恨不得插上翅膀，立刻见到她。

一直以来，在他的心里存着如此多的疑窦。他一直忍着，告诉自己不必在意。直到数日之前，他回忆起了他和她的初次见面。他再也无法忍受了。他知道，他必须要得到她的回答，无所隐瞒，以结束长久以来存在于他心底的困扰和折磨。

就是如此一股心气驱使着他，在这一刻来到了这里。

他没有想到，迎接他的是如此一个令他措手不及的场面。

从她嘴里说出的那些关于他的话，句句诛心，他无法反驳，甚至生出了一种如同被人当众剥光衣裳，赤条条无所遁形的羞耻之感。

这也就罢了，他本就不是什么好人，亦从不以好人自居。随后听到的那件事，才是真正地让他震惊。

他知道她一直厌恶自己。

但倘若不是今夜恰好听到了，他大概永远也不会知道，她对他其实远远不止是厌恶，而是恨。

要恨到了何等的地步，一个女子才会不惜对自己下如此狠手，唯一的目的就是和他划清界限？

曾经，他以为遭遇妻子的背叛会是他这辈子最大的一个挫败。

在那段已经过去的无法释怀的日子里，每每想到这一点，他便愤怒、忌妒、不甘，或许还有那么几分痛苦。

然而，和她宁愿自毁清白、自担污名也要与他撇清干系的决绝相比，此前他所有的愤怒、忌妒、不甘，还有那几分痛苦，都显得如此可笑。

今夜他方知何为扎心。

他无法再前行一步，亦迈不开离去的脚步。

阴冷的风一阵阵地从他身边吹过。

他犹如被冻僵在了这个冬夜，在这片阒黑的夜色里，他面向着这扇朝他紧紧关闭着的窗户，一动不动，直到身后出现了一阵骚动。

"有刺客！保护翁主！"

急促的脚步之声纷至沓来。

他的背上随之传来一阵锐利的痛，仿佛被长着锋利牙齿的恶兽狠狠地咬住了。

他慢慢地转过头，看见身后亮起了一片火把，院子里冲进来了十几名守卫。

数名守卫张开弓，向他射出了方才的那一排箭。

慕扶兰披衣而起，打开了门。

院子里站满了神色紧张的守卫。

她望向那个被包围的刺客，呆住了。

她竟看见了谢长庚。

他以一种怪异的姿态，僵硬地立着，从头到脚都湿漉漉的，如同刚从水中爬出来，一张脸白得没了半点血色。

仿佛听到了她出来的动静，他僵直地转过了脖子，脸朝向了她，视线定在了她的脸上。

他看了她片刻，艰难地抬起脚，仿佛要朝她走来，只是肩膀才动了一下，脸上便露出痛楚之色，身体跟着一晃，人倒了下去。

慕扶兰这才看清，他的后背上深深地插入了几支利箭。

殷红的血从他潮湿的衣衫里慢慢地溢了出来，流到了地上。

"卑职护卫不周，竟然叫这个刺客钻了空子，令翁主受惊！卑职罪该万死！"

今夜的侍卫长此前并没见过谢长庚，自然不认得他。看见刺客被控制了，急忙朝慕扶兰下跪。

半晌，没得到她的反应。他抬起眼，见她盯着地上那个已经昏死过去的刺客，神色古怪，以为她是受惊吓过度，忙命手下立刻将刺客移走。

慕扶兰闭了闭眼，道："把他抬进来。"

众人一愣，停了下来。

"抬进来！"

慕扶兰提高声音，重复了一遍自己的命令。

仿佛睡了一个漫长无比的觉，谢长庚从昏迷中醒来的时候，有那么一瞬间，他不知自己身在何处，又到底发生了什么。

但很快，失去意识前的一幕一幕便迅速地回到了他的脑海里。

他迅速睁开眼睛，看见自己躺在一间方室之中，屋子不大，陈设素净，空气里有着淡淡的草药清香。

他明白了。

这里还是药庐。

他忍着后背传来的疼痛，挣扎着坐了起来，正要下地，门就开了，走进来一个面目憨厚的少年。

他认了出来，这个少年应当就是当年他拜访药翁时见过的阿大，药庐里的小童。

阿大见他醒了，很高兴，将手里的东西放下，上前扶他，让他躺回去，说先给他换药，再让他吃点东西。

"谢大人，你昏睡了这么久，肚子饿了吧？我已经给你熬好了粥。"

谢长庚微笑着点了点头，依言慢慢地趴了下去，问道："我睡了多久？"

他开口，听到自己的声音粗哑，犹如一只被锤破了的铜锣发出的声音，极为刺耳。

阿大道："谢大人，你后背的箭伤不轻，又发了烧，已经昏迷了三天。"

谢长庚闭目了片刻，再次睁开眼睛，扭头望了眼他身后门外的方向，低声道："是翁主救了我吗？她人呢？"

阿大道："翁主昨夜走了，把人一并全都带走了，药庐里今日就只剩大人与我了。翁主命我服侍大人，临走时吩咐我说，以大人你的底子，今日应当能醒，只要醒来，便无大碍。翁主还叫我转告大人，再歇几日，等烧退去了，大人便可自行离去。翁主已经命人在山下的渡口给大人留了艘船，随时可用。"

谢长庚沉默了下来，任由阿大换药，换完了药，他默默地吃了一碗粥，随即穿好衣裳，下了地。脚才落地，他便感到一阵头晕，身体微微晃了一晃。

阿大急忙扶住他。

"大人你要去哪里？你刚醒，还烧得厉害，还是躺回去吧。大人你还想吃什么，只管和我说……"

谢长庚闭目定了定神，等那阵晕眩感过去了，才走出屋子，伫立了片刻，随即迈步朝外而去。

他要出去，阿大怎敢强行阻止。但见他神色委顿，脚步虚浮，想起翁主临走时对自己的叮嘱，要他好生照顾好大人，怎敢放他一个人乱走，只好紧紧地跟在一旁。

山中空荡荡的，除他二人，不见半点人迹。

他从后门出去，折了路边一根树枝充作拄杖，循着那条山间小道缓缓地走了下去，一路上没说半句话，最后来到了那株扎根在悬崖边的千年老柏树旁，方停下脚步。

老柏树虬枝峥嵘，苍苍如盖，树丫之上盘了大大小小十来个鸟巢。其中鸟儿发出娇嫩而清脆的叽叽喳喳声。

他便在树下站着，身影寂寂，仰头望着巢中那几只鸟，仿佛入了神。良久，他慢慢地走了过去，坐在树下，靠着树干闭上了眼睛。

阳光从树冠间的缝隙里投下，落在他苍白如纸的一张脸上。他一动不动，头微微斜着，仿佛睡了过去。

阿大不敢出声，悄悄在旁边陪着。许久，见他的睫毛微微动了一动，睁开眼睛，转过脸对自己低声说道："你去告诉她一声，倘若她不打算来这里见我了，我便入城，自己去王府见她。"

三天之后，一艘船渡水而来，载来的却不是慕扶兰，而是梁团。

他匆匆上山，入了药庐，看见谢长庚，才长长地舒了一口气。他行礼后，说他们奉命潜在城外等候，但数日没有他的消息，怕他出了意外，十分焦急，正暗中四处寻找，昨夜收到了一个村童带来的口讯，说他人在这里，故今日一早便匆匆赶了过来。

他说完，屏着呼吸望着前方那个背向自己而立的身影，实在不知道过去的这几日里到底发生了什么，谢长庚怎么会在这里，还受了伤，人更是暴瘦，憔悴至此地步。

谢长庚站在药庐的篱门之外，眺望着远处那座城池的影子。

它隔着水，和他遥遥相对，仿佛一座海市蜃楼，漂在烟水渺茫的另一头。

它看起来是那么近，但是当他想要靠近时，它又是如此遥远。

一水之隔，他在这头，她在那头。

曾经，他攻城略地，纵然殚精竭虑，亦永远也不知何为疲倦，而此刻，生平第一回，在他的心里竟生出了一丝疲惫之感。

他又如何不知，在他步步登顶的路上，一道无形的枷锁早将他紧紧地禁锢了起来。

这道禁锢着他的枷锁，除了他的野心，还有多年以来聚在他身边的这些以性命追随着他的人。

以他今日的位置，他本是没有资格放任自己的。

他知道自己错了。

现在的他，倘若不是运气够好，最大的可能便是成为一具沉在洞庭幽黑水底的尸体，既然还活着，此刻应当做的就是立刻结束愚蠢的冲动，掉头而去。

但他仍是不甘心。

既然来了，开了这个头，那就由着自己再随心一次吧。

倘若就此离去，那么他夜渡洞庭，死里逃生，又有何意义？

最后一次了，他告诉自己。

"我无妨，你们无须挂心。你们先回复州，不必在这里等着。

"我另外有事，等事完了，自会去寻你们会合。"

谢长庚收回了目光。他缓缓地转头，对身后的人如此说道。

今日，岳城的西城门附近和往日一样，人来人往，熙熙攘攘。

中午时分，通往西郊洞庭的那条土路尽头慢慢地走来了一个男子。

这人二十五六的年纪，虽然衣着寻常，头戴一顶斗笠，但夹杂在当地人中间朝着城门走去的时候，还是十分显眼。

最近半年多来，长沙国发生了一连串的大事，加上刚结束战事不久，岳城的城防比往日严格许多。门卒早早就注意到了这个看起来有些与众不同的路人，将他从队伍里拦下来，打量了一眼。

"什么人？哪里来的？要去哪里？"

"我姓谢，谢长庚，要见翁主。"

门卒吃了一惊。

他们此前虽然没有见过这个人，但谢长庚的大名天下谁人不知，何况是在长沙国这个地方？

门卒不知是真是假，相互商议了几句，决定留几人在旁看着，一人飞快去寻丞相陆琳通报消息。

陆琳闻讯十分惊讶，更是半信半疑，匆匆去往城门，到了那里，看见许多路人已经在驻足围观了，对面那个人他一眼便认了出来，竟然真的是谢长庚！

他独自立在城门边的一个角落里，面容苍白，仿佛气血不足，生着病的样子，但神色十分平静，仿佛丝毫未曾觉察周遭此刻正投向他的那些来自长沙国民众的不满目光。

陆琳急忙挤了过去，说："秦王怎会在此？请随陆某入城。"

长沙国虽然已经与朝廷两立，但对这个人，陆琳面上依然不敢表露半分不敬。

谢长庚朝他微微一笑，道："请丞相代我传话。翁主若见，我再入城。"

陆琳感到事情有蹊跷。

谢长庚这副样子，乍看上去更像一个潦倒病困的流浪汉，边上也不见半个随从，他独自来此，显然不可能是为了什么家国大事。

倘若不是家国大事，那自然就是和翁主的私事了。

陆琳亦不好多问什么了，赔着笑说了两句，答应立刻代为传报。他离去前，瞥了眼四周，见路人越聚越多，对着谢长庚指指点点，有胆子大的，还朝他远远地吐起了口水。他忙下令驱散路人，在前方路口暂时设卡，叫行人改从别门通过，这边暂时关闭城门，随后匆匆到了王府，见到慕扶兰，将事情说了一遍。

"翁主，他这样过来虽然有些唐突，但咱们也不好得罪过甚，故方才如此安排。翁主若是愿意见他，我这便去将人悄悄带入，免得他不走，消息传开，惹人无端猜疑，那便不好了。"

慕扶兰伫立在窗前出神之时，听到身后传来一个声音。

"娘亲，您若不想见他，就不用去见。儿子代您去，让他离开！"

慕扶兰转头，见熙儿从门外走了进来，对着自己说道。

她一愣，下意识地要拒绝，熙儿却又说道："娘亲，您听我说，他来得正好，我也想再见他一面，我有话要和他说。"

"请娘亲准许。"孩子跪了下去，郑重地磕头。

慕扶兰愣住了，扶起他。

"娘亲，您让我去见他一面。"

孩子再次说道。

城门之外空荡荡的，只有谢长庚一人静静地站在那里。

终于，耳畔传来城门开启的声音。

一个身后背负了一只长匣的孩子从城门里走了出来。

他停在了谢长庚的面前，微微仰头，注视着他。

"谢大人，您的病好些了吗？"

片刻之后，孩子轻声问他。

谢长庚的心里慢慢地涌出了一股暖流。

姑臧城外一别，已经过了一年。

这个孩子的个头仿佛笋节一般拔高了不少。

他望着孩子，眼眶忽然酸胀，他眨了下眼睛，脸上露出笑容，点了点头，说："我的病已经好了，熙儿不用为我担心。"

他转身朝那个孩子走过去，到了他的面前，弯腰伸手，想要抚摸他的脑袋，那孩子却避开了。

他后退了一步。

"谢大人，您不必等我娘亲了。我是自己一个人来的。"

他说着，解下身后背着的那只长匣，小心地放到了地上，打开了匣盖。

这是一只剑匣，匣里卧着一柄长剑。

谢长庚自然认得，这是自己当日送给他的那柄剑。

"谢大人，我来，是为了把这把剑还给大人的。"

谢长庚愣住了。

"大人，他们说您已经做了秦王，是地位最高的王。我原本也应当叫您秦王的，但我还是想和以前一样，叫您谢大人。"孩子说。

"我以前问过娘亲，谢大人您是好人还是坏人。娘亲说您不是好人，也不是坏人。她的话当时我不大懂，现在也是一样。但我知道谢大人您是我最佩服的大英雄，我喜欢您，所以您送我这把剑的时候，就算娘亲反对，我也没有听她的话，收下了您送给我的礼物。

"它是您非常珍贵的东西，您送给了我，我原本打算好好保管它一辈子的。但是现在您为了逼迫我娘亲，让复州兵攻打我们。我娘亲去云梦的时候，我真恨自己没用，什么忙也帮不上，更保护不了她。

"我不懂那些朝廷的事。但是谢大人，就算是我们长沙国得罪了您，您也做了我娘亲的敌人。您是我娘亲的敌人，便也是我的敌人。所以这把剑，我不能再持有它了，请谢大人您收回。"

孩子注视着谢长庚，眼睛里慢慢地闪出了泪光，却极力忍着，不让自己的眼泪掉下来。

"谢大人，这就是我求娘亲允许我来这里见您的目的。她不会再见您的面了，我也希望您不要再去打扰她！谢大人，你的病若是已经好了，那就尽快离开这里吧。"

熙儿说完，转身就跑，却被地上的一块小石头绊了一下，身子一下朝前扑去，摔在了地上。

谢长庚呆若木鸡，回过神来，一个箭步上去，将孩子从地上抱了起来，要看他的手脚是否摔伤了。

熙儿紧紧地攥起拳头，不让他看，又奋力挣扎起来。

谢长庚松开了手，说道："熙儿，谢大人送出的东西是永远也不会收回的！"

熙儿紧紧地闭着嘴巴，一言不发。

"是谢大人错了。不该一时糊涂，让复州的士兵来攻打你们，让你失望了。谢大人向你保证，从今往后再也不会与你娘亲为敌了。"

他慢慢地蹲了下去，凝视着面前的孩子，郑重地道。

熙儿怔怔地望着他，眼中含泪，迟疑了下，小声道："谢大人，您说的都是真的吗？您不会骗我？"

谢长庚微笑道："你娘亲说得没错，谢大人不是好人，经常会做坏事。但这一回答应你的事情，一定作数。倘若再食言，就让谢大人日后身死沙场，不得善终！"

熙儿一下破涕为笑。他飞快地擦了擦眼睛，摇头道："我相信您。

我不要谢大人您不得善终！我会告诉娘亲您对我说的话的。"

"谢大人，您的病真的好了吗？"孩子又问，眼睛里露出关切的神色。

"那天娘亲带我走的时候，您还没有醒来。我想叫娘亲留到您醒来再走，可是我又不敢和娘亲说……"

谢长庚抓起他的一只小手，低头凑过去，说："你摸我的额头，就知道了。"

熙儿摸了摸他的脑门，说："您的烧退了。可是您背上的箭伤一定还没好，您要早些养好伤呀！"

"好。"他笑着应。

"侍卫说，谢大人您那天晚上是游水过来的，他们以为您是刺客，这才朝您射的箭。大人您为什么要游水过来，还不躲闪呢，多危险啊……"

"谢大人是想见你娘亲，想得厉害，就游水过来了，也忘了躲箭。"

"大人您先回药庐去，不要再在这里等了。我回去就把您的话转给我娘亲，我求她再去见您一面。您好好向她认错。"

"好，我去那里等她……"

城门那头的对话之声忽高忽低，一阵阵地飘过来。

慕扶兰一步一步，悄无声息地慢慢后退，转身而去。

第二天，她来到了君山，上了山，沿着她再熟悉不过的那条山道，漫无目的地徜徉。

山路之上落满了枯枝败叶，被她裙裾下的脚踏出轻微的窸窸窣窣之声。这声音显得周围越发空旷，仿佛整座山头都空空荡荡的，只有她一人独行。

她终于停下脚步，才惊觉自己竟到了那株悬崖边上的古柏之旁。

日暮西山，倦鸟归巢，阵阵山风吹乱了她的鬓发。她立在树下，仰头望着树顶那数只盘旋回翔的归鸟，渐渐痴了的时候，身后忽然伸过来一双男人的臂膀，将她轻轻地抱住了。

她一动不动，慢慢地闭上了眼睛。

身后那个男子没有说话，亦没有其他动作，便只是这样抱着她，慢慢地收紧他的臂，将她柔弱的身子完全地收入了他的怀中，让她的背紧紧地贴着他的胸膛。

时间仿佛停止了流动，头顶那归鸟的阵阵鸣叫声似乎也渐渐从耳畔消失了，直到那个男子低头，用他微凉的唇轻轻吻着她柔嫩的耳垂。

他哑着声，柔声说："从前你在君山遇到的那个心上人，他便是我，是不是？"

慕扶兰的睫毛颤抖了一下。

谢长庚缓缓地收紧了握住她肩膀的双掌，将她的身子慢慢地转了过来，令她朝着自己。

"我真的太蠢了，竟然如今才想起来，原来当日我去向你求亲前便在此遇到过你了。你是当日那个叫住了我的女孩儿，我便是帮你救起小鸟的人。"

他凝视着她的一双美目，朝着她慢慢地低下头，将自己的额头轻轻地抵在了她的额头之上。

"兰儿……"

他呢喃般唤出了她的名字，双唇温柔地拂过她的面颊。

"你看头顶此刻正在归巢的鸟，说不定其中的一只便是当日我帮你从崖下救起的那只……"

慕扶兰猛地转过了脸，躲开了他寻向自己的唇。

"你不是。"她说。

谢长庚僵住了。

她慢慢地转回脸，凝视着面前男子的这张脸。

"在我的心里，当日那个为我救了小鸟的人早已经不在了。

"谢长庚，你不是他。"

谢长庚的面容渐渐苍白，握在她肩头的手指慢慢地松开了，但很快，又紧紧地抓住了她，将她抓得越发紧了。

"你从前分明是喜欢我的，后来却又为何恨我至此地步，为了摆脱我，你对自己竟下了如此狠手？

"倘若不是那夜恰好被我听到了慕妈妈和你说的话，我根本无法相信，你竟然对你自己做出了那样的事！倘若是我们分开后又发生了什么我不知道的事，如果是我的错，你大可以告诉我，我必会弥补你的。你却如此待我，狠心绝情至此地步！

"我谢长庚到底犯了何罪？"

他的眼角通红，紧紧地咬着牙问道，声音喑哑无比。

是因为那过于真实的梦，那个君非良人的梦叫我再也不能靠近你了，纵然如今你是无辜的，你自认爱我至此地步，我亦是不可能再靠近你了。

我可以不恨你，但我还是无法忘记。

如今，你如此幸运，熙儿与你，你们不是父子，却胜似父子。在熙儿的眼里，你是他最敬仰的大英雄。

这样就很好了。

慕扶兰茫然地想，直到一阵痛感传来。那痛来自被他十指握住的肩。她的双眼又酸又涩，仿佛眼泪就要被这迎面不停吹荡的山风给吹下来了。

她闭眼了片刻，待那阵酸涩退去，才睁开眼睛。

"你为何还要追我至此？"她问他，声音前所未有地温柔，"你是爱了我，才会做出这样的冒失之举吗？"

男人没有回应她。他的唇固执地闭着，神色仿佛岩石，唯有眼底布着的道道血丝越发红了，犹如在他眼中结出了一张蛛网。

"你要夺这天下，是因为你渴慕无上的权势，本能驱策。你孝顺你的母亲，是因为她授了你身体发肤，天经地义。我呢？你对我为何不能撒手？长庚，"她凝视着他，风中的声音依旧是那么温柔，"如果你肯正视你的心，其实你不难想明白的。如你这般出身经历之人，每走一步，每付出一分，便图回报，在我这里，你自认为已经付出了许多，却不得回报。你不甘心，求而不得，方才偏执，不愿罢手。"

"我只问你为何恨我至此地步？我要你说！"

慕扶兰摇头。

"你想错了，我并没有那么恨你。这一辈子，从我嫁给你开始，这几年间，你的所作所为也没有什么大错，更没有什么能叫我恨你至此地步的举动。相反，我对你还有几分感激，为你的大度，给了熙儿一个父亲般的对待。但是长庚，你那夜也听到了我与慕妈妈的话。当时我对你下的每一个论断，也都是我对你的认定。倘若把心给了你，把我自己托给你，我就要做好不知何时出于某种缘故要被你舍弃的准备。你要顾及的事情太多了。这个世上除了皇位和你的母亲，大约没有什么别的能叫你尽心尽力地去争夺和保护了。而我，绝不会把此生交托给这样一个男子，你明白了吗，这就是我避而远之，千方百计，哪怕自毁清白也要与你各行其道的原因。"

"你凭什么对我下如此的论断？"他说，"就算是我偏执不肯罢手，但你自己都说了，我并没有大错。你凭自己的臆想对我下如此的论断，竟罪及将来，这于我而言，公平何在？"

"那么我问你，我和那个皇位之间，你只能选一，你如何选？"

他仿佛吃了一惊，停顿了一下，问："你怎么会有如此荒唐的念头？"

"我要你为我舍了皇位，你做得到吗？"她追问。

"君山有神明，你对着神明发誓，日后倘若我与你的皇业大计，二者只能从中择一，你必择我而弃皇业，我便追随于你，无怨无悔。"

他张了张嘴，却没有发出声音。

慕扶兰笑了。

"你瞧，你不愿发誓。"她说，"并不是我故意为难你，而是如果反过来，为了皇位，你需要舍弃我的话，你一定会这么做的。"

他望着她，神情晦暗无比。

"要你如此选择，如你所言，确实荒唐。一个女子和江山，如何相提并论？何况人人都有难处。但你记得从前在姑臧城时，我对你说过话的吗？我的良人，倘若他陷入困境，需要我时，我愿为他舍命；因若我有难，我知他亦会尽心尽力，同等对我。我当日并非敷衍你，我是在说真的。说到底，你我不是同道中人罢了，你何必作茧自缚，自寻烦恼？"

西边的落日驾着洞庭的浪，沉没在了水面之下。

暮色骤然浓重了，崖边的昏鸦围着树顶，一阵聒噪。

"伤好之后你便走吧。这里不宜你久留。"

她要将他的手从自己的身上挪开，他的手指却僵硬地曲着，仿佛被冰雪冻僵，她无法扳动半分。

她慢慢地抬起眼，望着对面这个男子的眼睛。

"长庚，我当日钟情的，是那个为我在此地救了小鸟的人。你自己知道的，你从来都不是他。"

她说完，安静地等待着。

一阵狂风从远处的湖面涌来，卷上了崖头，吹得她的衣裙狂舞。

那双手慢慢地松开，力量仿佛在一丝丝地流失，最后彻底地放开，从她的身上无力地滑落。

黯淡的暮色里，谢长庚的面容青白得犹如一只天黑而出的山魈。

他就这样僵硬地站在那株沉默了千年的老柏树之下，一动不动。片刻之后，他慢慢地转头，看着她沿着山路而下，背影犹如乘风。

"兰儿……"

就在那个背影快要消失在山路的尽头时，他的耳畔传来了一道艰涩无比的、嘶哑的呼唤之声。起初他以为是幻听，很快便意识到这是自己的喉咙所发出的声音。

前方的那道倩影并没有停留，反而加快了脚步，继续朝前而去。

他下意识地迈步向前追去，才追了几步，又颓然地停了下来。最后他闭上了嘴，紧紧地抿着唇角，石桩一般地立在树下，直到天色暗了下去，这座山头被彻底笼罩在了昏暗的夜色之中。

第
二
十
四
章

◇

惊
梦

慕扶兰被随从告知，谢长庚于深夜时分独自驾船而去。

第二天的清早，洞庭水的东边连接起了拂晓的银河，慕扶兰乘船回城。

这是她在之后的三年当中最后一次君山之行。后来她再也没有踏上过君山一步。在她离开后没过多久，伴着次年初春的惊雷，天上劈下了一道闪电，将崖头的那棵千年老柏树给劈倒了，连根拔起，老树亦被雷火烧毁，成了一段枯木。

被民众视为神木的君山老柏树竟被天雷焚毁，这个消息在相当长的一段时日里令民众非常惊慌，唯恐长沙国要遭什么灾祸了。好在外头虽然乱哄哄的，城头变换大王旗，长沙国却平平安安，摄政翁主虽然是女子，却宽严相济，奖惩分明，将长沙国治理得井井有条，丝毫不逊于慕氏先王，民众的心才终于渐渐安定下来。

长沙王三周年祭这一日，按照慕氏王族百年传统，于宗庙拜祭过后，还要到君山大帝殿去祭祀大帝，以求赐福。

这一日是自那夜之后，时隔三年，慕扶兰再一次上了君山。她带着长沙国的大臣和随从从大帝殿下来的时候，主管祭祀的大臣告知慕扶兰，三年前那株被天雷烧焦的神木竟抽出了新枝，一副欣欣向荣的样子。

同行的长沙国群臣闻言无不欣喜，认为这是一个吉兆，宜广布民间，好叫民众同乐。

慕扶兰停下脚步，转头眺望着远处那片崖头的方向，出神了片刻，说了一个"好"字，随即掉头下了山。

她回了王府，第一件事便问阿茹。

王兄走了之后，阿嫂陆氏忧思过度，一年之后便也病故了。相继失了父母的阿茹在慕扶兰的眼里，便成了自己的亲生女儿。

每年到了兄嫂忌日的这段时间，阿茹的情绪便很低落，前两日，侍女告诉慕扶兰，小翁主背着人在偷偷掉泪。慕扶兰不放心她，故从外面一回来，就问她的情况，得知熙儿陪着阿茹正在王府的马场里，便寻了过去。

王府之后圈出了一片地方，建了个小马场。慕扶兰过去的时候，看见阿茹坐在小龙马的背上，熙儿正帮她牵着马缰，教她怎么掌握骑马要领。

一晃眼，熙儿回到她的身边竟有五年了。

他还不到十岁，个头却已经很高了，过了慕扶兰的肩，长成了一个半大的英俊少年。

小龙马也五岁了，早不是当初熙儿刚遇见它时的瘦弱模样。它是一匹正当年的骏马，毛发油亮，雄健而神骏。

"阿茹姐姐，你不要害怕，小龙马是我从前在河西的时候遇到的。它才几个月大的时候就跟了我，非常听我的话。它知道是我扶你上了它的背，就不会摔你下来。你摸它的耳朵试试看，它要是发出咕噜咕噜的声音，就是表示它喜欢你。"

阿茹伸手，小心翼翼地摸了摸小龙马的耳朵，低头靠过去些，仔细地听着。

小龙马甩了甩脑袋，喉咙里发出了一阵轻轻的咕噜声。

"我真的听见了！它真的在咕噜咕噜地叫！"阿茹惊喜地直起身，脸上终于露出了多日以来的第一缕笑容。

"小龙马喜欢阿茹姐姐。姐姐你多笑笑就更好了。"

"阿弟，你教我骑马吧，侍卫说你可厉害了。不但能一边骑马，一边射箭，还射得极准！"

"好，阿茹姐姐，你听我的口令。"

慕扶兰望着前方那个陪伴着他的小姐姐，专心哄她忘记悲伤的半大少年的身影，心中感到欣慰无比，不欲打扰，悄悄折回。被下人告知陆琳有事寻她商议，正在等她。

陆琳和几个长沙国的老臣同来，行礼后，说自己方送了东朝廷的特使去了驿馆歇息，特意回来复命。

慕扶兰看了眼他和同行的那几名老臣，知道还另外有话，微笑道："辛苦你了。"

陆琳连连摆手，道是自己应尽的本分，说："赵羲泰如今又稳住了局面，不但占据淮扬，还有长江天堑可凭，说不日便能反攻。他借这祭祀之机，遣使来我长沙国，诚心商议联合对抗朝廷之事，翁主何妨慎重考虑？那谢长庚出身巨寇，狡诈多变，不能相信。他若灭了东朝廷，接下来必会对我长沙国斩草除根。为日后长远之计，我们须得联合东朝廷，合力对抗，如此，至少还能维持当下的局面，以保我长沙国不失。"

慕扶兰道："我会仔细考虑。"

几人对望了一眼。陆琳停顿了一下，再次上前。

"还有一事。今日祭礼回来，不少官员又催问先前议过的有关储位空虚一事，不知翁主可有考虑了？"

另一官员接着道："国不可一日无主。这几年幸得翁主摄政，知人善任，国泰民安，我长沙国上下无人不敬，但为长久之计，我等以为应及早立王，如此方能安定民心。王储自当从慕氏宗族子弟中择选麟才，倘若选中之人年幼，便恳请翁主继续辅政，我等亦勠力效命，如此，待日后新王主政之时，翁主对我长沙国之功，可媲日月！"

陆琳望着慕扶兰那张平静的脸，又小心翼翼地道："原本有小公子在，他天资聪慧，是做我长沙王的最佳王储，可惜因为血统之故，倘若立他为储，怕是名不正、言不顺，不能服众……"

剩下几人纷纷附和起来。

慕扶兰淡淡地道："你们的意思，我已经知道了。这几日事多，你们也都辛苦了，先就这样吧。"

众人口中诺诺，告退离开，袁汉鼎走了进来。

"翁主不必理会他们。长沙国才安稳了没几天，这些人便仗着资历无事生非！翁主若是准许，我明日便领大臣上书，拥戴翁主为王。他们资历再深又能如何，十万将士只听翁主一人之命！"

他说完，见慕扶兰没有作声，想了下，又道："翁主若是自己无意为王，想立小公子为储，也是易如反掌，只要翁主发话便是！"

慕扶兰沉吟了片刻，说："此事日后再说吧。东朝廷如今派使者，说联合对抗上京一事，你如何看？"

一年之前，面对来自谢长庚的大兵压境，东朝廷岌岌可危之际，赵羲泰接替了他的父亲执掌主位，显露出不凡的魄力和才干。他知东都已经无力回天，遂自断一臂，弃了东都，带着财富和人口主动撤离，以长江下游为屏障，迅速在淮扬重新站稳了脚跟。

一度就要垮塌的东朝廷起死回生。而谢长庚至此，则完全把持了上京朝廷，占据了除长沙国和长江下游淮扬之地外的全部国土。

不久之前，他刚灭了此前因东都之乱脱离了东朝廷的赵王。传言，如今他正在做着发兵淮扬，打最后一场大战的准备。

袁汉鼎说："赵羲泰算是颇有眼光的人了。早几年齐王还在东都与谢长庚对峙时，他便料到了长平关难守，东都亦非长久可踞之地，请命去往淮扬经营。果然被他料中了。他在淮扬时，延揽俊才，训练水军，还疏浚河道，为当地百姓解决了多年的水灾之患，颇得人心，还有长江天堑可凭，谢长庚想一举攻下淮扬，也非易事。如今局面之下，我长沙国到底是联合东朝廷，还是保持中立，就看谢长庚了。"

他注视着慕扶兰，说："翁主，陆琳那些人谨小慎微，一向过于惧怕谢长庚，但在这件事上，我的看法倒与他们一致。恕我直言，东朝廷一旦不复存在，谢长庚怎会容我长沙国继续占据洞庭腹地？他的最后一个目标必是我长沙国。与其到时独力应对，不如现在就和赵羲泰结盟，胜算更大。

"自然，一切皆以翁主之意为上，无论翁主如何决断，我必唯命是从！"

这一夜，慕扶兰再次难以入眠了。

她如今依然住在自己出嫁前住的那间寝殿里。这间屋子承载了她无数从少女至今的回忆。烛影摇曳，照出她徘徊反复的身影。她停在了窗前，思绪起伏，向着夜空的那轮明月望了良久，转身打开了一只放在屋角的许久未曾碰过的储物箱，取出了一个信封。

这是那一年，那个人在获悉长沙国或与齐王同谋之后，着人送来的那封休书。

当时她从天山取药回来，路上为避蒲城兵祸，取道水路。这封信送到的时候，她人还未曾回到长沙国。

"两心相异，不能同归，特此修书，各还本道。"

她就着烛火看着这封字体汪洋恣肆潦草难辨，仿佛随手落笔而就的信，陷入冥思之际，听到门被人轻轻推开，抬起眼一看：

熙儿来了。

她匆忙收了书信，朝他走了过去，微笑着问道："这么晚了，怎么还不睡？"

熙儿身上穿着睡觉时的衣裳，说："我方才读了几页书，想去睡觉了，见娘亲屋里的灯还亮着，就来看看。娘亲，您好生歇息，不要太累。"

慕扶兰望着面前这个眼神明亮、容颜俊美的孩子，想起了那一年在护国寺里遇到他的情景。一晃眼，当日的那个小小稚儿已经长这么大了。

她的心中涌出了无限的怜爱之情。

她走了过去，牵了儿子的手，柔声道："娘亲送你回屋。等你睡了，娘亲也去睡。"

熙儿摇头道："我送娘亲您去睡觉。等娘亲您睡了，我就去睡。"他走了过来。

慕扶兰任这个孩子牵住自己的手，跟着他往里屋走去。

"娘亲，你歇息吧。"

熙儿要走的时候，慕扶兰叫住了他。

"熙儿，你虽然是娘亲的儿子，但倘若娘亲没有打算让你做长沙国的王，你会不会怪娘亲？"她迟疑了下，轻声地问。

熙儿摇了摇头："娘亲，您不要担心，我从来没有想过做长沙国的王。娘亲照着自己所想安排就好。我只希望将来我能有用，可以保护娘亲。"

慕扶兰笑了。这时，外屋传来一阵叩门声。

侍女来通报，说东朝廷的使者来讯，道赵羲泰微服来此，今夜方抵达，有重要之事要见翁主。

慕扶兰沉吟了下，看向望着自己的熙儿说："娘亲还有事，先去一下。你去睡觉吧。"

慕扶兰走进了宣政堂。里面立着一道披着夜行披风的身影。那人听到脚步之声，转过脸，正是赵羲泰。

三年未见，他看起来变化很大。这种变化并非容貌上的，而是给人的感觉。

他的脸上虽然带着夜行赶路的一缕疲倦，但双目有神，虽着一身常服，却气度不凡，和多年之前来长沙国求医的那个病恹恹的齐王世子判若两人。

他见慕扶兰现身，脸上露出笑容，朝她快步迎来，为自己的冒昧造访向她致歉。

"连夜惊动翁主，多谢翁主肯见我于此。三年未见，翁主风华更胜往昔。"

他注视着面前的慕扶兰，语气真挚。在他的目光里，更是看不到半分阴暗或是戒备，只有那种犹如经年不见的老友再度重逢的欣喜。

他仿佛彻底忘记了当初他是如何离开长沙国的。

慕扶兰微笑："三年未见，陛下亦是神采焕然。陛下身份金贵，不同往昔，怎么微服至此？知道得仓促，招待不周，还望担待。"

赵羲泰笑着摆了摆手。

"翁主不必与我如此见外，我还是从前的赵羲泰。翁主想必也知道，我来此是为结盟一事。"

他的神色变得严肃起来。

"翁主应当已经收到我先前让使者转呈的信了。我为表诚心，三年之后再次来此面见翁主，共商大事。如今之局面，无须我再多说，翁主自己必有判断。

"谢长庚就要迎娶刘后的侄女了，与你长沙国早断净了关系。这几年他虽然未曾发难你们，但那是无暇顾及。他刚灭了赵王，倘若我赵羲泰也没了，下一个轮到的，必然是你们长沙国。

"我早就知道东都不能久踞，早早便在经营淮扬，不敢说牢不可破，但一有精兵良将，二有天堑可凭，他若发兵来打，鹿死谁手还不一定……"

他停顿了一下，走到了慕扶兰的面前，放低了声音。

"翁主，我不妨再告诉你一件事。他手下有一重要将领，中了我的美人计，已经暗中投向了我。只要他发兵来打，我必断他的后路粮草。"

他深深地凝望着慕扶兰，说："翁主，如今天下局势，还有你长沙国的局面，都和三年前不同了。我相信你，对你毫不隐瞒，料你也会做出明智之选。只要你肯助我，到时你我联手，必如虎添翼，只要谢寇打来，必让他发迹于水，亦覆亡于水！"

慕扶兰回到寝室，看见熙儿还端端正正地坐在椅子上，并未回房睡觉，仿佛在等着自己。她走了过去，正要开口，却见他从椅子上下来，站在自己的面前，问道："娘亲，那位赵羲泰过来，是要劝您和他联合打谢大人吗？"

慕扶兰一愣。

"熙儿，这是关系我长沙国的大事，你还小，和你也无关，你去睡觉吧，娘亲自会决断。"

她说完，见这孩子不动，继续道："娘亲，我不小了，我听说了些事。不但丞相他们想和赵羲泰联军，就连师父也如此做想。我知道他们都是为了长沙国考虑。但是娘亲，您还记得吗，三年前谢大人过来的时候，曾在西城门外亲口答应了我，他往后再不会与娘亲您为敌。他还发过誓的。他不与娘亲为敌，就一定不会发兵来攻打我们长沙国。娘亲您不要和那个东朝廷联军，不要和谢大人打仗，好不好？"

慕扶兰沉默了片刻，说："熙儿，人是会变的，至于说过的话，更不可能都会永远记得，即便记得，也未必能做到。等你长大了就会明白的。你去睡觉吧！"

"娘亲！"

熙儿面露焦急之色，一下跪在了她的面前。

"娘亲，我相信谢大人！他那天对我说过的话，他一定记得，也一定会作数！娘亲您要是不放心，我就写一封信，你帮我传给谢大人！我叫他亲口再给您保证，这样娘亲您就能放心了吧？"

慕扶兰说："熙儿，听话，去睡觉！"

她说话的时候唇边依旧带着微笑，但已变成了不容辩驳的命令口气。

熙儿怔怔地望了她片刻，才慢慢地从地上爬了起来，低头而去。

次日清早，前头有事，慕扶兰离开时也未过问熙儿。没想到，到了中午，慕妈妈慌慌张张地跑过来寻她，说小公子不见了。

慕妈妈抹着眼泪："平日小公子都是早早起身练武读书，今早不见他开门出来，我以为他难得要睡个懒觉，就没去叫他。到了晌午还不见他起身，我觉着不对，就去敲门，没听他回应，门里头反闩着。我叫人破开门，屋里已经不见了人，想必是破窗走了，只留了这么一张纸条……"

慕扶兰一把夺过字条，看了一眼，脸色微变，急忙赶去了北城门，被告知今日一早，天还没亮，小公子就骑马出城了。

因他平日也常独自骑马出城，故门卒也没多问什么，见他来了，当时就开门放他出去了。

当年曾被齐王视为阻挡谢长庚东进脚步的长平关城如今早已经易主了。因地处中段，既方便与上京联络，亦方便接收来自长江下游的消息，更因地势如同一个天然的养兵场，故上月谢长庚在结束了征伐赵王的战事之后，将军队回撤，暂时驻扎在了这里。

这一日，谢长庚收到了一个发自上京的秘密消息。

赵羲泰此前通过上京里的忠于赵氏皇族的旧势力与刘后通气，称自己如今如同丧家之犬，更是骑虎难下，不过是勉力支撑罢了，谢长庚若发兵江淮，自己绝难抵挡。如今局面和数年前已经不同，因为有了自己这个东朝廷的存在，谢长庚才容她一直坐在位子上，一旦自己没了，她这个朝廷也会跟着覆亡，谢长庚更不会容她活命。他称自己如今十分惶恐，无计之下，只能恳求刘后想法阻止谢长庚，如此，不但是在救他，更是自救。他更允诺，倘若刘后日后重新执掌上京朝廷，答应赦免他父子此前的叛乱之罪，他愿俯首称臣，投向刘后。刘后惊惧不已，夜不成寐，暗中频频私召亲信，似有所密谋。

谢长庚将密信传给刘管等数人阅览，几人看完，神色凝重。

刘管道："难怪刘后前些时日以奉养老夫人为名，又在老夫人面前提起了婚事，想来并非为讨好老夫人，而是穷途末路，另有所图了。"

刘安冷笑："秦王至今供着宫里的人，不过是没有由头，不好翻脸。如今时机也差不多了，他们既然自寻不痛快，秦王不如应了，虚与委蛇，看他们如何企图，到时顺水推舟，趁机反杀，正好以被逼为名，收拾干净了人，我等立刻拥立秦王登基。彼时再无任何后患，便立刻发兵扫平江淮，看这旧朝里何人敢言不是！"

众人称是。赞同声中，一人忽道："赵羲泰这边激刘后对付秦王，那边为求稳妥，必会寻求长沙国联手。长沙国如今的兵马也非泛泛，万一两边合兵，阻力必定加大，不如叫复州李良发兵长沙国……"

他说着，仿佛忽然意识到了什么，陡然闭嘴，看了眼座上的谢长庚，咳了一声，改口道："也并非真叫他去打，只让他压境不动，叫长沙国有所顾忌，也是一样。"

方才的激昂气氛渐渐落了下去。数道目光投向了座上的谢长庚。

谢长庚沉默了良久，道："长沙国这边先不必动。派人去刺探消息，若真有联合出兵之兆，再动不迟。"

他虽然早就与长沙国的摄政翁主断了夫妻关系，但毕竟有过过往，而且在座之人对翁主的印象也都极好，十分敬重，听他如此发话了，自然不会再有异议，异口同声地应是。这时，门外传报关门之外来了一个孩子，似乎长途赶路而至，求见秦王。士兵原本根本不予理会，但那孩子拿出了一柄宝剑，说是秦王从前给他的信物，叫代为传入。士兵这才不敢轻慢，禀了上司。那副将跟随秦王多年，认出是秦王从前的那把贴身佩剑，于是送了进来。

谢长庚还没等人说完话，便起身走到了那副将的面前，一把夺过他手中捧着的剑，看了一眼，猛地问："那个孩子人呢？"

"在关门外等着……"

谢长庚撇下惊讶的堂中之人，疾步而出，匆匆赶至关门。

一个清瘦的孩子，风尘仆仆的样子，手中牵着马缰，带了一匹健马，正独自站在关门外的一块空地的角落里安静地等待着。他听到了身畔那两扇关门发出的沉重的开启之声，转过头，看见那门里疾步而出的那个人，眼睛一亮，脸上露出惊喜之色，唤了他一声"谢大人"，立刻朝他奔了过去。

他的步伐有些不稳，仿佛腿脚不便的样子，却一直没有停。

虽然三年未见，这个关门之外的孩子也已经不是自己印象中的孩子模样了，但谢长庚仍是一眼就认了出来，他正是熙儿。

方才见到自己赠给他的那把宝剑的时候，他有些不敢置信，这个孩子怎么会在这个时候突然到来，慕氏又怎么可能放他来自己这里？

他虽然难以置信，但就在看到这个孩子的第一眼，听到他唤自己的那一声久违了的"谢大人"，他的心里便迅速涌出了一种已经许久不曾有的带着欣喜的激动之情。

他大步走到了这个孩子的面前，双眼一眨不眨地凝视着他，片刻后，缓缓抬起双手，轻轻地搭在了这个孩子那副还显得单薄的肩膀之上，随即收紧手掌，重重地握了一握，笑了。

"熙儿？你怎么会来这里？一个人来的？"他问。

这个孩子似乎感觉到了来自他那双搭在自己肩上的手掌所传递的熟悉之感。

"是，是我。谢大人，我骑小龙马来的。路上很多地方的人都在说，谢大人您刚平了赵王，驻兵在这里，就要打东朝廷了，我就一路打听着寻了过来。"

他回答道，眼眶微微红了。

谢长庚看了眼他身后那匹已经雄健如龙的河西战马，视线从悬在马鞍旁的那只囊袋上掠过，握着他的那双手收得越发紧了。

他点了点头，说："走，先随谢大人进去，有话慢慢说。"

在城关上下投来的无数道目光之中，他领着这个孩子进入了关门。

"你的腿脚受了伤？"一进去，谢长庚便问。

"我没事。谢大人，我来，是想和您求证一件事。"边上无人，他迫不及待地说道。

谢长庚点头："何事，你说。"

"谢大人，我记得从前您对我说过，您再不会为难我的娘亲了。我想知道，您当初对我说的话是否还作数？"

谢长庚一愣，凝视着孩子紧紧注视着自己的目光，停顿了一下：

"你一个人从长沙国出来寻我，就是为了此事？"

"是。"他点头，"这非常重要！谢大人，我娘亲不相信您，她叫我亦不能相信，但我相信您。所以我要寻大人再次求证，好叫我娘亲放心！谢大人，您当初对我说过的话是否还当真？"

谢长庚立刻便明白了一切。

他凝视着面前的这个孩子，沉默了片刻，缓缓地道："熙儿，谢大人当日曾对你说，送出去的东西不会收回。谢大人对你说过的话，亦是一样。

"你来得正好，你回去后转告你的娘亲，这个天下，有非战不能解决之业，亦有战未必能平之事。谢某固然是洪水猛兽，但只要长沙国不趋前迎挡，谢某在一日，便不会往洞庭发一兵一卒。"

"有非战不能解决之业，亦有战未必能平之事。"熙儿双目放出欣喜的光芒，口中飞快地念了两遍，仰面道，"我记住了！谢大人，我就知道您不会骗我的！太好了！我这就回去转告我的娘亲，让她放心！"

"不瞒大人，我是自己偷偷跑出来的，要尽快回去。"他低声说，朝谢长庚深深地行了一礼。

谢长庚微微一笑："我瞧出来了。"

他拦住了急着上路的孩子，将他压坐下去。"你的腿脚怎么受伤了？先休息几日，等伤好了，我派人送你回去。你莫急，南下一路都有驿馆，我今日便先叫人以八百里加急传信，把你的消息先传给你娘亲。"

熙儿感激地道："谢大人，您真好。那我这就给我娘亲写一封信，请大人您帮我捎带！"

谢长庚含笑点头，自己亲手给他取了笔墨，看着他很快写好了信，叫人递送出去。而后，他蹲了下去，亲自查看他腿脚上的伤口，挽起裤管，见是一道划在小腿后面的伤，尚未结疤，伤口处略有脓肿，但好在止于皮肉。

谢长庚一眼就看了出来，这是被刀一类的利器刮出的伤痕。

"大人不必担心，是我在路上自己不小心弄的小伤。出来前，我随身带了金创药，前些日子本来已经好了不少，但这几日急着赶路，没来得及擦药，这才又肿了。"

见他眉头紧蹙，熙儿立刻说道。

"遇到劫徒了？"

在他仿佛洞悉一切的目光的注视之下，这个孩子终于低声承认，说是有一天天黑了，他还急着赶路，遇到了两个劫匪，上来便要抢他的马和随身之物，起了冲突，这才受的伤。

"我用弓弩射伤了一人，一箭射中了他的咽喉，另一个人害怕，掉头跑了。此后我便改走官道，再没遇到坏人了。

"大人放心。路上我虽然遇到了坏人，但遇到更多的还是好人。那些人虽穷苦，却热心地给我指路，还有人留我过夜，叮嘱我前方路上需小心之事。这一路过来，我见到了许多从前未见之事，颇多心得。"

"再不能有下回了！听见没有？"他对这个用平静的语气叙述沿途所遇到的事情的孩子说道，语气严厉。

"知道了。回去之后，我便向娘亲负荆请罪。"他垂眼，低声说道。

谢长庚望着这个孩子那双似曾相识的漂亮眼睛，迟疑了一下。

"熙儿，你为何不听你娘亲的话，一定要来这里找我？"他忍不住问。

孩子慢慢地抬起眼睛望着他。

"谢大人，虽然您和我娘亲已经没有干系了，但若有一线希望，我还是不希望你们兵戎敌对。娘亲不相信您，可是我相信谢大人您那天对我说的话，从没有过半分的怀疑！我记得我小的时候，您带我去天山接娘亲，我们在路上遇到了敌人，急着要点烽火，我说我去点，谢大人您当时宁可再去下一个地方，也不答应。在岳城的那天，您对我说话时看着我的眼神和那时一模一样，我不会忘记。"

谢长庚的手在半空停住了。

他凝视着这孩子，良久，缓缓抬手摸了摸他的脑袋，不再说话，继续替他包扎伤口。

他年纪小，受伤也只在皮肉，好得很快，休息几日便就结疤了。这孩子本来就急着回去，恰好这日谢长庚得报，长沙国派出来追寻的一路人也已经追到，命人客气接待，安排熙儿上路返回。

在此的那些从前不认得熙儿的谢长庚的部下，见这个孩子看着还不到十岁，竟敢独自从长沙国来此，颇感惊奇。刘安、梁团等河西旧人却是见惯不怪，被问及，便说了他当年更小之时做过的一些旧事，众人这才恍然大悟。相比之下，这件事果然也属寻常了。今日他要走，众人纷纷随谢长庚送他出关，距离近了，看得清楚，众人都不由得盯着两人的脸瞧，心中纳罕。

"小公子！此去一路顺风！"

刘安、梁团等人下马送别，态度极为恭敬。

三年前，谢母从长沙国被接回来后的一段时间里，一直催人去把这个孩子接回来。后来虽然被谢长庚压了下去，谢母不了了之，但这件事，谢长庚身边的几名亲近之人都有所耳闻，各人腹内暗自猜疑，只是无人敢提罢了。

熙儿先拜别谢长庚，再向刘安、梁团等人一一还礼，请众人留步，举动极有风范。就要离去时，他忽然又想起一事，转身回到谢长庚面前说道："谢大人，哪日您若回上京，顺道路过护国寺的话，代我向师父问一声安，就说我如今很好，日后若有机会，我再回去拜望师父。"

谢长庚颔首。

"劳烦大人了。"

他再次行礼，随即转身利落地上了马，与来接他的人一道朝南疾驰而去。

谢长庚目送前方那一队人马消失在视线里，转身吩咐："回上京。"

整个上京城中，今日最得意的人，当属谢母沈氏。

她本来是乡间一妇人，嫁的丈夫虽然饱读诗书、满腹经纶，可惜家道中落，没有官运，最后只做了个驿丞。她跟着过了十几年紧巴巴的日子，又不幸成了寡妇，继而担惊受怕了好几年。但她后福大，她的儿子有出息。十几年后的今日，他不但封王拜相，还要娶当今太后的侄女为妻了。

数月之前，就在谢长庚打赵王的时候，谢母获悉当今太后有意联姻，惊喜万分，当即接连三次叫人给在外头的儿子传信，催他答应。前些日子，她得知喜讯，婚事要成，于是又催儿子接自己进京。

一切终于得偿所愿。今日，刘后身边的杨太监来接谢母入宫，道太后要和老夫人商议婚事。

这种喜庆的日子里，谢母难免又想起了那个从前被儿子给休了的长沙国翁主。想当初，自己苦苦劝她回来，她竟然还不答应。谢母后来每每想起此事，便觉意气不平，直到今日，她才终于感到扬眉吐气了。

这样的婚事才真正配得上她人中龙凤的儿子。至于来接她的杨太监的态度，更是可以用卑躬屈膝来形容了。

当今太后身边的红人，在自己面前也是如此卑微，谢母的虚荣之心在这一刻更是得到了无限的满足。

她也终于放下了一些此前因为儿子执意不带回她孙子的不孝之举而令她生出的失望和闷气了。

谢长庚送她到了宫门外，恭敬地道："娘，您入宫与太后慢慢商议事情，待儿子的事办完了，晚些再来接娘出宫。"

杨太监在旁边笑眯眯地恭维："早就听闻秦王是个大孝子，今日方知传言不虚。老夫人这般好命，世上又有几人能及？"

谢母心里越发得意。她看了眼儿子，低声说："庚儿，你莫怪这回娘催你催得紧。实在是你年纪不小了，房中无人，成何体统。何况，我一直叫你接回那个孩子来，你又不听！娘是着急，是为了你好啊！"

谢长庚微笑道："娘为儿子好，儿子知晓。"他说着，忽然蹲下身去。杨太监斜眼看去，原来他是为拿掉老母鞋面上方才不小心沾上的一片草叶，又吹去边上的一点浮尘，这才起身说："杨公公，我的母亲没见过什么世面，若在太后面前失礼，还望担待些，待我事毕来接人，我再代我母亲向太后谢罪。"

杨太监连连摆手，说："太后一直盼着与老夫人见面，今日终于得偿所愿，可谓双喜临门，高兴还来不及呢。秦王多虑了！"

片刻之后，便有隐身在暗处的眼目将话暗暗传到了刘后跟前，道谢长庚方才站在宫门之外，目送他母亲被人簇拥着入内，直到人不见了，这才离去。

果然是个大孝子。

刘后看着坐在自己面前显得有几分束手束脚的谢母，陪着她说话。在这一刻，她的心中又紧张，又激动。

拿他的母亲来做文章，他果然入了圈套。

已经穷途末路，与其坐以待毙，不如铤而走险。既然下了决心，那就速战速决。就算他有所警惕，他也绝不会想到，就在他母亲来到上京进宫商议婚事的第一天，就是他的死期。

刘后曾得消息，三年前，齐王的人比自己快一步捉到了谢母，当时传出死讯的时候，他竟还要潜往东都收尸。

似他这般的孝子，倘若觉察有诈，是绝不可能将他的母亲送入宫中，令她置身险地的。

她的计划布置得极其周密。只要他一死，剩下的那个赵羲泰便不足为惧，至少不会比谢长庚难对付。

刘后的脸上堆着笑，对谢母嘘寒问暖，又唤出自己的侄女来拜见。

谢母只知道自己儿子封王，飞黄腾达，步步高升，是当今朝廷的重臣，太后面前的红人，半分也不知晓他那包藏起来的巨大野心，更是浑然不觉此刻刘后这张笑脸之下的杀机。她早就盼着能进京定居了，如今终于如愿以偿地被儿子接到了京城。太后敬她如同长辈，儿子也要娶天家贵女了，她坐在这座金碧辉煌的宫殿里，享受着众星捧月般的对待，这辈子能活到这种地步，她感到无比满足。

刘后笑吟吟地道："这宫中虽然也没什么稀奇的地方，但有几处景致还是不错的，老夫人初次入宫，等议完了婚事，我便亲自带老夫人去走走。"

刘后说什么，谢母自然都是满口答应。她感激涕零地说："我儿子能娶皇家的金枝玉叶，是他上辈子修来的福分。等他来接我，我叫他给太后多磕几个头，往后加倍效忠，为皇上和太后做事，报答恩情！"

傍晚时分，谢长庚入宫来接自己的母亲，被告知其母人在琼榭，请他去那里接人。

琼榭三面环水，一廊接岸，犹如漂在御池之上的一艘华丽巨船，这个季节上去，凉风习习，令人心旷神怡。

杨太监正等在那道通往琼榭的长廊之末，远远看见谢长庚独自行来，急忙迎了上去，一边替他引路，一边笑道："太后与老夫人议了婚事，便陪老夫人游御花园，兴头上来，在这里吃了几杯酒，太后一直作陪，此刻人都还在里头呢。秦王请随我来。"

长廊尽头的琼榭之中，隐隐有谢母发出的笑声随风阵阵入耳。

谢长庚走上长廊，入了水榭，看见刘后和自己母亲同座一席，案上摆满珍馐佳馔，宫女穿行其间，尽心侍奉。

谢长庚向刘后拜谢，道自己来接母亲出宫。刘后笑吟吟地叫他平身。

谢母红光满面，喜滋滋地道："庚儿，你可来了，婚事已经商量妥了。往后你定要加倍效忠，才不负太后对你的厚爱……"

　　她说着，起身要朝儿子走去，却忽然被身后的一个太监给挡住了。

　　刘后说："老夫人莫急，再坐坐，迟些出宫也无妨。"

　　谢母一愣，看了眼儿子。

　　谢长庚道："不敢再打扰太后了，臣这就接母亲出宫。"

　　刘后盯着他，面上的笑容渐渐消失。杨太监早已退了出去，命人关了园门。事先埋伏在水榭周围水面之下充当杀手的几十名侍卫瞬间破水而出，从门窗拥入，四面包围，刀剑弓弩在斜射而入的一片夕阳之中闪烁着血色的光芒。

　　谢母嘴巴微张，直到太监拔出一把刀，架在了她的脖颈上，这才反应了过来，面上红光褪去，脸色"唰"的一下变得惨白，呼着庚儿救命。

　　谢长庚淡淡地道："太后这是做什么？我母亲第一回进京入宫，便摆出如此场面。"

　　刘后咬牙切齿地道："谢贼！你本来是一江洋盗寇，当初若不是我提拔重用了你，你会有今日的前程？你不思报恩便罢，竟还妄想僭位谋反，我当能容你！今日你的死期到了！"

　　她叫人挟持谢母随同自己往后退去，命立刻射杀谢长庚。

　　谢母尖叫一声，嚷了句太后饶命，便两眼翻白，一下子晕了过去。数十张弓将谢长庚围在了中间，齐齐上箭。

　　就在这时，身后突然传来一阵嘈杂之声，仿佛有千军万马拥入园中。

　　"太后！不好了！"杨太监拖着颤抖的声音狂奔而入。

　　"谢长庚的人杀进来了！"

　　刘后面色一变，随即厉声喝道："活捉这逆贼！抓住他，重重有……"

　　她的声音突然断了。

　　水榭的一个角落里无声无息地出来了一个面目普通的年轻太监，

他的手里握了一把匕首，仿佛方才架在谢母脖颈上那样地架在了她的脖颈之上。他毫不犹豫地一划，刘后的脖颈之上便多了一道长长的如同线一般的细口子。血从那道口子里流了出来，起先只是一点点地渗出来。忽然，那口子仿佛变成了一张被冲开的巨大的嘴，猩红的血喷溅而出。

刘后倒在了地上。她瞪大眼睛，嘴里发出含含糊糊的咒骂声，想要爬起来，但这徒然的挣扎只是催发更多的血从她脖颈的口子里流淌而出。

她终于停止了动作，倒在血泊里，一动不动，只有一张嘴仿佛涸泽里将死未死的鱼的唇一样，还在慢慢地一张一翕，只是发出的声音已经听不到了。

借了幼帝之名执掌朝政十多年的刘后，今日杀人不成，且遭反噬，就这样倒了下去。

曹金高声道："刘后无道，以秦王之母为挟，残害忠良，人神共愤！秦王乃为自保！投了秦王，便可活命，谁敢妄动，死路一条！"

刘后那张徒劳地一张一闭的嘴终于不动了。四周一片死寂，那些持着武器的侍卫相互对望着，片刻之后，也不知哪个人带的头，一拥而上，将见势不妙想要逃跑的杨太监乱刀砍死，随即抛了武器。伴着刀剑落地的声音，众人朝着谢长庚跪了下去："我等愿为秦王作证！"

他的人很快占领了皇宫。刘后为防走漏消息，这个计划除了贴身的人知道，连亲信也没透露。

如狼似虎的士兵撞开了紧闭的大门，把刘后一系的人抓的抓，杀的杀。民众惊慌不安，不知道宫中又出了什么大事，而普通朝臣更是人人自危，唯恐下一扇被破开的便是自家的大门。

这一夜，上京戒严宵禁，除了士兵举着火把穿行街道控制四门的光亮，全城陷入了一片黑暗。

谢长庚早早地出了皇宫，将那一片血和屠戮抛在了身后。

从十四岁开始过着刀头舐血的日子，他已经不知道经历了多少次比这更加残酷的阴谋和杀戮。到了今日，如此场景不过司空见惯，再引不出他内心半分多余的感慨。你死我活，四个字，就是这么简单。

夜已深，在上京那高高的门楼之上，他迎风而立，眺望着远方那片不知何处的夜空。

身后这座有着将近百万人口的城池已经从骚乱中恢复了宁静。应当有无数人夜不能寐，在忐忑地等待着明天的到来。

他长久以来的心愿就要实现了。只要他点个头，天一亮，他就能被人拥着，以各种堂皇冠冕的理由送上那张宝座。他此刻应当是无比兴奋的。

但是这一夜，这一刻，他却发现他的兴奋并没有自己年轻时想象的那么多。甚至远远不及十九岁那年的那一夜，他怀着明确的目的，乘一叶扁舟，行在江湖险滩之中去长沙国求亲时来得兴奋。

此刻回想，从十四岁开始到现在，十三年了，那么多年，他其实不过像是踏上了一条船，上去了，就想他该想的，做他该做的，一心朝着既定的目的地前进，心无旁骛。

他的心情，几分感慨，几分纷乱。

城楼之下，尚沉浸在兴奋余波中的梁团等几名近卫，仰望着前头上方那个独自站在这座城楼的至高处的背影，静静地等待着。许久，见他仿佛突然想起了什么似的，下了城楼，命人开了城门，随即翻身上了马背，朝外驰去。他们也急忙纵马跟了上去，走出去一段路后，见是西山的方向，终于明白了，他这是要去护国寺。

空山如洗，幽林静阒。

护国寺那扇雄伟的山门在深蓝的夜空下岿然不动，远远望去，和其后的山峰化为一体，犹如盘古开天时便就如此。

谢长庚命人在山下等着，自己沿阶而上。他敲开寺门，向开门的僧人表明了身份，问慧寂长老，话音落下，方觉自己唐突，如此深夜，竟凭一时意动，前来相扰。

他说："长老若是不便，我便在山门外等着，待天亮再去拜访。"

那僧人望了他一眼，却合十请他入内。

耳畔寂静无声，只有自己的脚步和不知何处传来的夜间僧人所发的隐隐的木鱼和诵经之声。谢长庚穿行在这片深夜里的禅院之间，当来到后山的那片塔林时，望着夜色下的一尊尊沉默的塔影，他心底竟恍恍惚惚地生出了一种似曾相识的感觉。

仿佛很久以前，他亦曾在如此的一个深夜，徘徊在这片塔林之间。但是很快，他就否定了这个念头。

这是他第一次来到这个护国寺的后山塔林，在今夜这个极其特殊，心情亦万分复杂的日子里。

他被引到了塔林尽头的一间禅院之前，僧人向他合十，随即离去。

一座简陋的四方禅院静静地矗立在他的面前。他在门外站了片刻，迈步走了进去。

他看到屋里点了一盏清油灯，一个老僧盘膝坐在云床之上。他恭敬地上去行礼，为自己夜半冒昧来访赔礼，道："熙儿托我来向长老问声好。"

他说完，见那个老僧并没有什么反应，依旧闭目打坐，迟疑了一下，终于问出了一件过去三年之中始终压在他的心底，却从不曾彻底忘记的事。

"长老，这个孩子和当年将他从你这里带走的那个妇人到底是什么关系？

"她曾对我说，那个孩子只是她偶遇投缘，才从长老这里求去养在身边的。我却总觉得她有事在瞒着我，一直以来，她都是如此，无论是什么事情，她都从来不会痛痛快快地和我说清楚！"

他停顿了一下，又道，浑然不觉自己语气中的一丝怨恨。

长老依旧沉默，犹如入定。

谢长庚说完话，方惊觉他的话仿佛多了。但是就在说出来的那一刻，他又觉得心里仿佛痛快了许多。

或许今夜他来这里，原本就只是想寻个能说话的人，说上几句话而已。他也没真的指望这个老僧替他解惑，或是回应。

他其实也根本不需要任何人的回应。

他索性坐到了老僧的对面。

"长老，那个妇人无理到了可笑的地步。你可知道，三年前我曾追她至君山，寻不到渡船，我冒着淹死做洞庭水鬼的危险，连夜游泳横渡了过去，我想求她再回心转意，长老你可知道她是如何回应我的？她竟然要我在江山和她之间做一个选择！"

他说："世上怎会有这样的妇人！真当自己是九天神女下凡！便是神女，怕也不敢有她那样的口气。"

灯油渐渐烧干，火苗灭了。禅房里陷入一片昏暗。

"她凭什么如此对我，凭什么……她对我说的话，我一个字也不相信。不过是她想赶我走而已……她可真是狠心啊……世上怎会有如此狠心的女子……"

黑暗中，谢长庚依旧和对面的那个老僧絮絮地说着话，渐渐地，从起先不平讥讽的语气变成了沮丧。终于，他似乎是感到累了，沉默了许久，呵呵笑了起来："长老，今夜我做成了一件大事，我得偿所愿，我极快活！从今往后，看在那个孩子的份上，我不会去为难她，但我谢长庚也不会再多看她一眼了！请长老你替我做个见证，倘若我再做不到，我便……"

他停了下来，仰卧在这间昏暗的禅室里。

他不知道自己为什么一口气说了那么多的话。他忽然感到自己又愚蠢又疲倦。

他慢慢地闭上了眼睛，将要睡去之时，仿佛看到屋角那盏原本已经熄灭了的清油灯又缓缓复燃了。

他睁开眼睛，发现自己竟又置身于月下江畔，看到了与那夜似曾相识的一幕。江渚之上，浊浪滚滚，远处有一条乌篷船连夜行船，去往洞庭的方向。他原本以为是那夜偶见的那一船人，待近了，才看清那个立在船头上的青衣男子竟然是十九岁的自己。

谢长庚吃惊不已，追上去呼唤他，那个年轻人却似乎陷入了某种冥想，浑然不觉，头亦未回，逐浪而去。

年轻人怀揣着野心去求亲，得偿所愿，新婚之后大半年，他才归家，终于看清了自己求娶来的长沙国王女的模样。她不但生得极美，身子亦是他喜欢的，当夜圆房之后，他很喜爱她，当听到她含羞告诉他，他们从前在君山老柏树下见过面，他还曾帮她救起了一只掉下悬崖的小鸟后，他才恍然大悟，想了起来，但也只笑笑，不以为意，觉得这是小女子的一点可爱的小心思罢了。

过了没几天，他就要走了，他的母亲要他纳戚灵凤，他虽然有些不忍这么快就和她说这个，但还是去提了，想她若是愿意，那最好不过，不愿的话，自己就想个法子去母亲跟前先推托过去。

她同意了，他有点意外，也为她的体贴而欣慰，于是纳了戚氏。他知道她不得自己母亲的欢心，受了委屈，却从没在自己跟前诉苦过，对她越发爱怜。那几年里，他除了为应付自己母亲的盘问之外，基本没怎么亲近戚灵凤。

后来她生了熙儿，他们依旧聚少离多，每次匆匆回来，没几日便又要走。离开家的时候，他知道她们母子都很不舍，但他的脚步不能停留。他想着，日后再补偿她就是了。

然而，他的补偿还没到来，她就已经没了。

因一个突发的意外，他提前造反了。转移他们母子的时候，他们被齐王的人抓了。齐王要他用一个重要的城池去换，他没法答应。他抓了齐王的独子，想以此来交换，不想齐王还另有个养在外头的儿子，事情一直拖着。他当时在别的地方作战，被战事拖住。后来赵羲泰病死了，这是个意外。他必须要尽快救回他们母子，于是他决定强攻蒲城。他和一直也想要救她的袁汉鼎取得了联系，让他和城里的一个被曹金收买的内应里应外合救人，自己调遣军队，去攻蒲城。但是营救出了意外，追兵追了上来，她为了不拖累他，送走儿子后，很快死去了。

她被他的敌人在城头悬了三日，在他破城后才得以入土。那时，他便不忍更不敢去细看她的遗容。他心里清楚，在她还活着的那段时间里，倘若他能为她再多尽心一些，攻打蒲城的准备不是那么仓促，或许结果就会完全不同。

他做了皇帝后，知道她一定恨极了自己，未能对她尽心尽力。他也是那时才知道他谢长庚其实是个懦弱之人。他给她大修明堂佛塔，身后事荣哀至极，但始终不敢踏入她的灵堂去直面她。好几次，他徘徊在外，最终还是放弃了。他不但懦弱，更是个虚伪至极的人，不过是以此来求得内心安宁，自欺欺人罢了。

他们的孩子回来后一直沉默不语，失去了说话的能力。他觉得自己是爱这个长子的。他后来又得了儿子，但他最爱的，还是他的结发之妻留下的这个长子。

他知道孩子也恨自己，和他的母亲一样。起初的几年，他也曾试着尽量去修复他们的关系，但这孩子仿佛并不愿意给他这个机会。他的事情太多了，亦是不敢去面对这个孩子那双和她酷似的眼睛，于是一年一年，日子就这样拖了下去。他总安慰自己，总有一天，他一定会好好补偿这孩子的。但他没有想到，因为戚氏的事，竟会惹出如此的惨祸。

他亦是几年之前方获悉真相。当时原本怒极，但他的母亲那时已经中了风，神志也有些糊涂，谁也不认得了，只认戚氏一人，日日都要见到她。他的母亲还能活多久？至多也就几年的事了。再三考虑过后，他终于还是没有立刻要了她的命。

他知道他的长子恨他，但他万万没有想到的是，这十年来，他那个沉默而平静的熙儿竟然对自己恨到了如此地步，以至于他自刎在了自己的面前，说不愿再做父子。

那一刻，在那座幽暗的灵殿里抱着那个体温渐冷的白衣少年，他的痛悔简直无法形容。

也是那一刻，他才完全地看清了自己其实是怎样的一个人。

在部下的眼里，他是一个明智的上司；在世人的口中，他是一个英明的君主；在道学家的歌功颂词里，皇帝以身行孝，是一个足以为世人榜样的孝子。她是他这辈子唯一喜爱过的女子，但从他娶了她的第一天起，他天性里最阴暗的虚伪、凉薄、自私、懦弱和无情便尽数加诸她身上，淋漓尽致。

他深深地痛悔了，但已经迟了。

而他的锥心之痛，这时其实才刚开始。

此后，他再没有召过后宫妃嫔。过了些年，他四十多岁时，本正当壮年，却因国事殚精竭虑，加上旧伤折磨，身体开始衰败下去。身体痛苦的同时，他剩下的两个儿子为了夺位，相互残杀，密谋逼宫，最后一个死了，一个被他废黜，他扑灭了背后支持他们的力量，在血雨腥风之后，立了自己的一个侄儿做太子。

他在孤独中垂垂将死之际，回忆自己这一生，仿佛得到了一切，最后却什么也没留下。那时候，他经常想起自己年轻时香消玉殒的结发之妻，想起和她初遇在君山老柏树下时她的烂漫笑颜，还有他那个小时候舍不得他走，抱着他的腿不放，却忍着不敢哭闹的孩子，那个纵然那么恨他，到了最后却也不过是割发断绝了父子之情的长子。

大成朝的开国帝君谢长庚在生命最后的那段日子里，是在护国寺里他从前为元后修的明堂里度过的。

据说他驾崩之前，手里握着一片来自遥远君山的千年老柏树的叶子。皇帝的遗言是勿要惊扰早年仙去的元后芳魂，帝后分葬，以这柏叶陪葬自己便可。新帝与群臣不解遗命，但无不照办。只有极少数略知道些当年旧事的人猜疑皇帝或是担忧元后对他恨意不消，这才不敢与她同穴而眠。后来又有传言，皇帝临死之前，曾命护国寺的高僧为他做法，祝有来生转世，他愿以一切代价换与元后再续前缘，以弥补今生辜负。正史列传自不会收录如此无稽之谈，但稗家野史对此是津津乐道，感叹原来英烈铁血如开国帝君，不过也是天生情种，可惜与元后情深缘浅，令人叹息。

"天亮了，施主还不醒来！"耳畔忽然传来一个声音。

谢长庚猛地睁开眼睛，赫然发现窗外已经大亮。他对上了对面老僧正看着自己的一双眼睛，整个人却仿佛还沉浸在临死的那种肉体和精神的双重折磨而带来的极端痛苦之中。

他脸色苍白，满身冷汗，定定地看着对面的老僧，一时犹如灵魂尚未归窍。半晌，他仿佛终于明白了什么，颤声道："长老，那些都是什么……"

长老从昨夜打坐的位置下来，微笑道："日有所思，夜有所梦。施主求问，此为解惑。"他说完，出禅房而去。

谢长庚宛如五雷轰顶。

他终于明白了。她来自那有着他、她和他们的儿子的梦中世界。那些他曾经的痛悔和锥心，于她而言，是延续至今的血淋淋的切肤之痛！

种种梦中事再次在他的眼前掠过。

他在梦中经历了另一个和他同名的人的一生，那个人不是他，但又真真切切，仿佛那是他曾经的另外一个人生。一幕幕闪现之际，他又想起了如今他和她君山的初遇，想起她后来不告而别，对自己退避三舍，想起她对那把青云剑的厌恶，想起他们缠绵时，她的退缩和摇摆，想起熙儿走丢，她刺向自己时，眼中那深渊般的绝望，想起三年之前，君山最后一面，她对他说的那些话……

谢长庚双目赤红，忽然觉得胸口一阵闷痛，喉头腥甜。

他慢慢地咽回了那一口到了喉头的血，身体僵硬地蜷着，面容苍白，仿佛死去般一动不动。

第二十五章

再见

　　熙儿平安的消息以八百里加急的速度在路上被传递着，六个昼夜之后，便送至了长沙国的边境。

　　这一日，距离熙儿北上已经过去了一个多月，赵羲泰早已回了江淮，留下使者等着慕扶兰的决定。

　　又一个无眠之夜过去。第二天，慕扶兰在王府的议事堂里召见使者，给了他一封信，让他回去交给赵羲泰。

　　使者离去后，她召齐陆琳等长沙国的臣子，否决了他们此前提出的希望她能从慕氏宗族里择选王储的建议。

　　她说："眼下，宗族子弟之中，我不觉得有能担当此大任者。我更不曾听闻长沙国的子民里，有为王储之事而终日焦虑、不能过活之人。

　　"王兄临终之前亲口所言，将长沙国万千子民交托于我，你们都是亲耳听到的。我摄政数年，不敢说有建树，但也算无大过。你们都是长沙国的老臣，功不可没。但此事，我不管你们出于何种考虑，望你们就此停止，往后莫要再提半句！如今乃非常时期，这个摄政之王我会继续做下去的。往后该当如何，我自有数。"

　　她的话直截了当，态度更是不留半点余地。

　　这几年来，她权威日盛，在民间，民众其实早就视她为女主，陆琳等人如何不知？见她如此回复，诺诺而出。

　　慕扶兰留下了袁汉鼎，对他说道："陆丞相疑心我要自立为王，阿嫂又已经去了，他们或是怕日后会被排挤，这才出言试探，想另外立和他们更亲近些的慕氏宗族上位。我无意做长沙国的女主，不另外立慕氏新王，是如今的局势之下，我不想再多一个卷入者。熙儿更不能被卷进来。

"袁阿兄，陆丞相他们希望和东朝廷联盟，是幻想只要联盟，双方合力，或能抵挡住谢长庚，保长沙国长立不倒。你也曾劝我联盟。现在，你是如何看的？"

袁汉鼎迟疑不语。

慕扶兰道："我其实能猜到袁阿兄你的所想。没有人比你更清楚如今天下的这三方势力了。东朝廷想击败谢长庚，希望微乎其微。齐王纠合在一起的那些宗室藩王，最初就是因了利益而聚。倘若看不到能带来利益的希望，人心便不可能归一。就算赵羲泰再有本事，他也无力改变东朝廷这个先天不足的致命之疾。先前赵王脱离东朝廷，便是例证。一个筑于流沙之上的朝廷，是走不远的。

"我们军心齐整，却也有先天之症。长沙国的地域人口皆有限，能支撑的战力亦有限。要想无限扩军，便要出击，占领更多的地方，夺得更多的人口和财富。"

她笑了笑："慕氏历代先王以仁义博得美名，传到我的手里，也因此而作茧自缚。我们既做不到去掠夺吞并别人，便注定国力有限。能有今日的局面，袁阿兄你已经尽力，我亦是尽力了。我们必须承认谢长庚的实力远超我们。阿兄你明知就算两股合力，也难以扭转局面，却还劝我联盟。你是知道谢长庚他日一旦做了皇帝，长沙国就算退让再多，他也绝对不会容下这个腹中之国。你是怕我到时国灭受辱，这才想尽全力再做一拼，是不是？"

袁汉鼎动容："是我无能，辜负了翁主的期待。"

慕扶兰摇了摇头。

"阿兄，我已经说过，你我都已尽力，无须自责。纵然我们无力争霸，但我们至今没有倒，还握有一支能与人一拼的军队，在我看来，这已经很好了。至于日后，我也考虑过了……"

她沉默了片刻。

"天下自古便无定主，长沙国亦是如此。真到了最后一步，大势所趋之下，我们能做的也就是应势而为了。以战求和，与他谈判，成全他的天下一统，他不会不应。长沙国的万千子民供养了我慕氏两百年，让他们免受无休的战火荼毒，也算是我慕氏对他们的一点回报。"

袁汉鼎凝视着她，朝她缓缓下跪。

"三苗自古便是化外之地，朝廷若强攻，得不偿失，必要权衡考量。袁汉鼎愿保翁主退往三苗，余生安乐！"

慕扶兰含笑将他从地上扶起。

"阿兄，至少目前我们无须过虑，谢长庚不会发难我们。你应当也知道我在信中是如何答复赵羲泰的。我有些不放心那边。他们对结盟寄予厚望，先前我迟迟没有回复，以赵羲泰的聪明，不难猜到我的决定。熙儿还没回来，为防万一，我想劳烦你亲自再出去一趟，将他接回来。"

袁汉鼎立刻答应下来，当日便整装而出。

护国寺外，梁团等人在山门之外等到了次日，眼见人进去，过了一夜还不见出来，他们有些不放心，正想上去打听，忽然见到上京的方向来了一骑快马，传来一个消息。

梁团叫其余人等着，自己立刻上去，禀明来意，被僧人领到了后山的塔林，那间四方禅院之前。

梁团走了进去。四周空荡荡的，不见人影，更是听不到半点声音。

太阳在头顶照着，他却感到了一丝惨淡的寂静。

上京完全被控制，刘后及其党羽伏诛，带些痴呆的皇帝已经被软禁，剩余百官今日也陆续开始上书，争相效忠新主。

他实在是不懂，如此一个值得庆贺的重大时刻，秦王为何要在深夜来此拜会一个老僧。

来了也就罢了，为什么一夜过去，还不出来。

他走到门口停住，唤了一声，半晌没听到回答，迟疑了下，说道："秦王，方才来了消息，先前奉命护送小公子南下的侍卫领队派人传信，说小公子担心前路或有埋伏，停在了半道，人还在蒲城的驿馆里。"

他说完，片刻之后，便听到里面传出来一阵迟缓而沉重的脚步声。

门慢慢地开了。一个身影出现在了门后。

谢长庚站在那里，一手扶着门，两道目光空洞洞的。

第一眼看上去，眼前的这个人甚至令梁团生出了一种错觉，仿佛他失去了所有的力气，就连站立这个最简单不过的动作，于他而言也是如此艰难。

不过一夜，他便仿佛老了十岁不止。

梁团吃惊不已，一个箭步上去，伸手就要扶他。被他避开了。

"你方才说什么？"他哑着声问道。

梁团急忙又重复了一遍，说："秦王放心！小公子无事！领队传信只是为告知秦王他们路上的情况，他说必会护好小公子，送他安全回到长沙国的。秦王若是不放心，卑职可再带些人过去，一同护送！"

谢长庚站着，一动不动。

"他在哪里？"他问。

"蒲城。"

"蒲城……"

他喃喃着重复了一遍这个地名，面孔扭曲，露出了一个极其怪异的表情。

"我自己去。"

他定了片刻神，忽然喃喃地说道。

在梁团惊诧的目光注视之下，他松开了扶着门的手，缓缓站直方才那显得略带佝偻的身体，挺起肩膀，随即迈出门槛，大步而去。

又是一个傍晚，一道斜阳投在蒲城的城头之上。

这座几年之前曾被平阳王叛军围攻的城池，如今早就归于平静。只有当夕阳如血般笼罩在城头的时候，依稀还能叫人想起些当日的惨烈之状。

谢长庚骑马赶到了这里。

他在城门之外停驻了片刻，仰起头望着城头那一排整齐的垛口，良久，闭了闭目，继续朝里纵马而去。

他被闻讯赶来的蒲城令带去驿馆的时候，那个孩子正独自在驿馆后的马厩里，刚喂完他的那匹小龙马，又用梳子亲手为它梳理鬃毛。

驿丞带着谢长庚来到马厩，他停在门外，看着里面的人和马。

那个孩子望着小龙马的目光充满了爱惜。他看起来是如此专心，以至于身后有人进入了马厩，他都仿佛浑然未觉。

"小公子留在这里有些天了。他对这匹马极好，每日都亲自喂食打理。"

驿丞面带笑容，对谢长庚小声说道。

是冥冥中的注定，他和她的儿子，他们的熙儿竟会在这座叫人不堪回首的城中停下了脚步。

谢长庚望着前方那道身影，眼角渐渐泛红。

从前那个被权力和欲望操控了一生的人倘若不是活着便遭反噬，在他将死之际，他又是否真的会对他的结发之妻生出一丝忏悔之心？

他命驿丞退下，自己待要迈步朝那个孩子走去，才抬起脚，脚底却仿佛有千钧之重，竟无法迈开步子。

那个孩子仿佛觉察到了什么，回过头，看见了站在马厩门口的他，唤了一声"谢大人"，转身朝他奔过来。

谢长庚终于也向他走去，越走越快，走到那个孩子的面前，停下了脚步。

"谢大人，您怎么会来这里？"他仰着脸问。

谢长庚低头凝视着面前的这个孩子，眼睛一眨不眨，忽然，他张开臂膀将他拥进了自己的怀中，抱住了。

他抱得是这样紧。这个孩子起先仿佛没反应过来，微微挣扎了几下，但很快，他便停下来，一动不动地任由他抱着自己。

"谢大人，您怎么了？"

片刻后，谢长庚听到耳畔传来一个轻声问话的声音。

他看着这孩子那双酷似他母亲的漂亮眼睛，无法挪开视线。

他的眼前仿佛浮现出了从前那个白衣少年在他面前挥剑断发，发誓不再做父子的那一幕。

他又想起那日，亦是面前的这孩子，风尘仆仆，长途跋涉，瞒着她独自一人赶来长平关，为的就是告诉自己，他相信自己对他说的话，从没有过半分的怀疑。

他谢长庚何德何能，又做过些什么，这辈子竟还能得到如此全身心的信任。

他双眼通红，慢慢地松臂，放开了这个孩子。

"我无事。只是听说你停在了此处，便过来了。我送你回去。"他低声说。

孩子笑了，他说："谢大人，您真好。我是想到娘亲接到我的信，她若是相信谢大人，不和东朝廷结盟，那边的人说不定想对我不利，拿我去威胁她，所以我索性停在这里，免得出事。"

他环顾了下四周。

"这个地方很好，我很喜欢。"他说。

谢长庚感到仿佛有一把钝刀在慢慢地割着他心上的某个地方。

"我娘亲一定会再派人来接我的。不用劳烦谢大人了。我真希望我能快些长大，这样就能保护我的娘亲了。"孩子叹了口气。

"对了大人，您去过护国寺，见过长老师父了吗？"他仿佛不经意间突然想了起来，又问。

谢长庚凝视着面前的这个孩子。

"熙儿，你想保护你的娘亲，但你知道怎样才能最好地保护她吗？"他忽然问。

这个孩子说："大人，我其实知道的，她只有做王，做这个世上最强大的王，才能保护她自己。但我的娘亲太善良了，她不想做王。她最先想的永远都是保护长沙国的子民。"

"你想做吗？做最强大的王，去保护她？"谢长庚顿了一下，问。

孩子沉默了片刻，抬起双眼，看着谢长庚说："我想做。"

"很好。从今天起，谢大人会帮你成为这个世上最强大的、唯一的王。"

谢长庚一字一字地说道。

这一年的冬天，东朝廷在苦苦支撑了三个月后，随着六合城的陷落，最后一道被视为能够用来抵御进攻的倚仗也不复存在了。

四野传烽，传言那支沿江从西面打来的大军数日之内便要开到江都了。这座繁华的城池再不见昔日歌舞升平的样子，城门内外，但见烟尘霾蔽，士兵涌动，一辆辆装着金银财宝、坐着人的马车仓皇地往南逃去。

这些都是东朝廷的宗室贵族和官员。江都不保，他们只能跟随赵羲泰再次弃地，退往东南沿海，以求继续苟安。

赵羲泰脱去了天子冠服，作寻常人的打扮。他是东朝廷最后离开江都的人。他在一队士兵、几名心腹近臣以及武将的随同下从城门里骑马出来的时候，看见道路两旁站了许多围观的江都民众，个个冷眼旁观，一些站在后面的人，甚至交头接耳、窃窃私语，似有幸灾乐祸之意。

他的一个随从大怒，进言放火烧城，好叫这些没有良心、不知好歹的人得到他们应有的惩罚。

那几个方才窃窃私语的民众仿佛感觉到了来自这队人马的怒气，面露恐慌之色，转身要跑，早被几名士兵冲过去拿下，推到了赵羲泰的面前。

刀剑当头，这几人都是寻常民众，如何不恐惧？不住地磕头求饶。

赵羲泰面色惨淡。他望着地上的人，说："我来之后，修水利，废苛捐，也算为你们做了些事，不算对不住你们。如今我走，你们不追随也就罢了，竟还摆出这般嘴脸。倘若说不出个缘由，我便杀了你们！"

几人大惊失色，嚷道："陛下对我江淮之恩，如施雨露，只是陛下你可知道，那些做王的，当官的，个个都是吸血的蛭虫，把我们百姓当成鱼肉，我们哪家哪户不是苦不堪言？从前都是敢怒不敢言，方才只是想起这些，这才一时不敬，求陛下饶命……"

随从拔刀，被赵羲泰阻止了。

他转头看着身后这座自己曾苦心经营、寄予厚望的城池，突然大笑起来，笑得眼泪都要出来了。

东朝廷的诸王骄奢淫逸，官员追求享乐，他从前不是不知道，只是他再有手段，也还要靠这些人。正是因为不放心，所以此前他才希望能与长沙国联盟，以增大胜算。

但是慕扶兰也不相信他，婉拒了他的提议。

今日的结果也证实了她的判断。在谢长庚的大军面前，自己此前所有的努力都显得如此苍白无力，不堪一击。

"谢长庚，你听到了吗，这一回我不是输给你，我是输给了手下……"

他止住了笑，看着前方那支载着金银珠宝远去的车队的影子，紧紧地握住手中的剑柄，喃喃地说道。

谢长庚在击败赵王，又彻底控制了上京朝廷之后，乘胜追击，发动了对东朝廷的征伐。赵羲泰烧了他的粮库，在获悉确凿消息后，重兵迎击，以求在对方军心不稳之时全力一搏。没想到那把火烧掉的只是一个装了秕糠的空粮库，真正的粮草已经提前暗地转移，而那个所谓的"叛将"也不过是谢长庚顺水推舟安排的迷魂阵。东朝廷在坚持了三个月后，败逃岭南。

这个消息传到了长沙国。

至此，朝廷腹地还未归向谢长庚的地方，便只剩长沙国了。民众认定谢长庚接下来必会对长沙国发动进攻，大军说不定哪天就会到了。这些天，岳城的街头巷尾，几乎人人都在谈论这事，气氛异常紧张。

王府的议事堂里，这一夜烛火通明，慕扶兰独自坐在案后，望着自己面前写好的一封书信。

一阵脚步声传来。

袁汉鼎走了进来，低声说："翁主，三苗那边已经全部安排妥当了，随时可以上路。三氏对翁主敬若神明，翁主带着小公子过去，尽管放心，余生可保无忧。"

慕扶兰出神了片刻，点头微笑："辛苦你了。陆琳他们这些天一直担惊受怕，也是为难他们了。"她将手中那封打了火漆的信推了过去。

"此信十分重要。你明早将信送出去后，我便召集群臣以及慕氏宗族之人，向他们说明我的决定。日后愿意随我退往三苗的，便一道过去。不愿去的，尽管留下。我在信中为这些人尽量争取禄位。纵然日后不能与今日相比，但保个一辈子的安乐稳妥，应该还是可以的。至于想要更进一层的，待新朝立后，就看他们自己的本事了。

"能不战而大一统，我料谢长庚也不会亏待这些长沙国旧人的。"

袁汉鼎迟疑了一下，道："翁主，只要你发一句话，长沙国十万将士不但执戈呼应，三苗那里，三氏亦发誓效忠翁主，数日之内便可集齐军队，任由调遣。谢长庚的大军若是开来，我率领将士全力以赴，不敢说胜，但他也休想那么容易就拿下洞庭，一旦受挫，他自会有所顾忌。

"退一万步说，即便最后真的不敌，那时我再保翁主退往三苗，也是不迟。翁主千万不要过于委屈自己了！"

慕扶兰笑了。

"袁阿兄，我知道你是看不得我受半点委屈，但你不知道，在这件事上，我没有半分委屈。倘若我想和赵羲泰一样争霸称王，当初我便会叫你四处出击了，更不会拒绝与东朝廷的联手。你不必多想。天下大势，趋于如此。倘若不是靠着阿兄你当日练兵，长沙国今日也没有能和谢长庚如此谈判的本钱。这无论于我，还是于长沙国的臣民而言，都是最好的一个结果。便是面对慕氏列祖列宗，我亦是问心无愧。"

袁汉鼎沉默了片刻，上前双手取过那封信，恭敬地道："遵命。"

他转身要退出时，堂外忽然传来急急的脚步声，侍从入内禀道："翁主，方才城门之外连夜来了一人，自称为梁团，说翁主认得他，是奉命来给翁主传信的，人被留在了城门之外。"

慕扶兰微微一怔，随即问："信呢？"

那人急忙上前，奉上一信。

慕扶兰接过，就着明亮的烛火看了眼信封。

封上只有一行字。

"慕氏翁主亲启"。

看到这几个铁画银钩似的字，慕扶兰的心便微微一跳。

她一眼就认了出来。

这是谢长庚的字。

这种时候，他突然主动给自己来信，是想做什么？

慕扶兰打开信封，取出了里面的信。

信纸之上只有寥寥数语。

他说他有重要之事需要与她商议，原本想自己来岳城的，但恐怕她有所不便，故停在了复州，请她拨冗去往云梦，他在那里等她晤面。

她看过一遍，忍不住又看了一遍。

字是谢长庚的字，她绝对不会认错。但叫她感到惊讶的是，他这封信的语气，从头到尾竟极其客气，字里行间甚至仿佛还能读出点审慎的味道，犹如写信之人是在反复斟酌措辞过后，才写下了这封信。

慕扶兰未免惊诧。

继刘后伏诛之后，与上京对峙了数年的东朝廷也宣告覆亡了。

时机已经到了。在她原本的设想里，现在谢长庚最有可能在忙碌的事就是登基称帝了。

即便他不顾当初经由熙儿转达给自己的诺言，迫不及待地想趁热打铁，现在就将长沙国收归己有，也不至于做得如此难看，这就亲自来到这里施压。

以他的手段，多的是法子让她就范。那个复州的李良就是他现成的爪牙。

他却在这个时候秘密南下，传来如此一封信，约自己见面，到底意欲何为？

她见袁汉鼎看着自己，便将信递给了他。

袁汉鼎看完，立刻道："翁主莫去，当心有诈！他若真有事，请他来此商议便是。"

慕扶兰沉吟了片刻，道："他如今已经占尽上风，即便真想对我或是长沙国不利，也完全不必如此大费周章。何况他约见的地方是云梦，不必过虑。我本就要传信给他议事的，如今他既然自己来了，更为便宜。有些事，当面商谈更好。"

她收起信，吩咐人将梁团请入安排歇息，对袁汉鼎说："明早不必惊动陆琳他们。你带些人随我去云梦，看他此行到底意欲为何。"

这是一个黄昏，在云梦与复州的交界之处，那道从大江通往洞庭的江口之前，几条乌篷船载着夕阳，正在江心行棹，缓缓而来。

一个男子立于江口之岸，已经站了许久。落日的余晖将他的身形投在了身后的地上，拉出了一道又瘦又长的阴影。他仿佛正看着前方江面之上那几条乌篷船的篷影，又仿佛穿过了乌篷船，深深地沉浸在了某个只有他自己知晓的世界里。

慕扶兰自然知晓，沿着这条分自大江的支流一直下去，便通往洞庭。

她不解的是，谢长庚为何会在这里。

她停下了脚步，静静地打量着前方那道已经数年未见的身影，片刻之后，开口说道："我收到了你的信。有何事？"

江口的风很大，她的声音犹如一团轻羽，刚说出口，便被迎面而来的风给吹散，四下散入江中。

慕扶兰疑心他或许没有听到。因为他一动不动，没有半点反应，依然那样背对着她。

慕扶兰等待了片刻，就在她想要再次开口唤他之时，便看到那个人慢慢地转过脸看向了她。

两人的目光远远地遇在了一起，在时隔三年多，上次那一夜的君山会面之后。

江汀之上，芦荻瑟瑟，几只江鹭在他身后的江口盘旋，唳声阵阵。

他便如此回首望着她，目光定定不动。

慕扶兰也看着他。

这男人的面容看起来其实和从前也是相差无几的。但就在和他四目相对的那一刻，慕扶兰竟在他的身上觉到了一种沧桑之感。

这和她原本想象中的那个他完全不同。

在她的想象里，现在的他当意气焕发，傲睨众生，而不是如同面前这个正回首望着自己的男子。他犹如已经历尽世事，沧海桑田，如今不过又回到了他的某个起初之点。

但是很快，她便驱散了心底生出的这种不合时宜的错觉。

是时间已经过去得太久了，此刻他们之间的距离也有些远。错觉罢了，她在心里告诉自己。

她站在原地，未再朝前行去，看着他终于转过身，向着自己走了过来。他越走越近，最后停了下来，和她隔着一人的距离。

这叫她慢慢地放松了下来。

这样的距离令她有种安全感。

"我来了，有何事？"她再次问他。

谢长庚怔怔地望着对面那个沐浴在夕阳余晖中的女子。

他觉得自己已经如同行将就木，面前的她看起来却依然如此年轻，目光明润，殊色无双。

曾经的他为自己的爱而不得而深深地怨艾，恨她绝情。如今他明白了一切。

玉人如故，却再也不属于他，也永远不会属于他了。他知道。

他沉默了片刻，朝她点了点头，开口说出了他的第一句话。

"我需要立一个太子。熙儿就是这个人。我约你来此，便是要和你商议此事。"

纵然在来的时候，慕扶兰已经设想过各种可能，但她也未曾想过他开口竟会说出这样一句话。

她错愕了片刻，在确定自己没有听错之后，立刻说道："谢长庚，你做你的皇帝，长沙国不会阻碍你的一统大业。我实话和你说，我本来就已经想好将长沙国归还朝廷，我慕氏离开洞庭，从今往后，长沙国无王。我不知道你怎么会有如此的念头，这太荒唐！"

谢长庚说："我将上位，但我此生是不会再有子嗣了，所以我需要立一个太子。我和熙儿有缘，他是我的属意之人。何况从前阴差阳错，我的部下也都认定他是我的儿子。所以我才来找你商议此事。"

他的语气平静，但慕扶兰却震惊无比。

"你说此生不会再有子嗣是什么意思？"

他沉默着，没有作答。

她看着他那张没有任何表情的脸，迟疑了下，忽然想到他长年在前线作战，时有受伤。

她立刻想到了一种可能，再次震惊起来，再联想到方才他给自己的第一感觉，越发得证。

"难道你……"

她停下了，却说不出口。

"这是我的事，与你无关。"他开口，神色平静如故。

"我不会再有子嗣了，需要立一个太子，你知道这一点便够了。"

慕扶兰看着这男子，心里涌出一阵复杂难言的情绪，忽觉造化弄人。

她亦沉默了。

谢长庚继续道："天下人都会知道，从前你我分离乃外力从中作梗。你我实则仍是夫妇……"

他顿了一下。

"你放心，我不会勉强你做任何事。待局面定了，日后你随时可以离开。洞庭永远都是你的，这也是我对你的回报。国永不除，臣民照旧。你还想要什么，尽管开口，只要我能做到，我必答应。

"你若有意中之人，也尽可以与之相好。我不会干涉你的任何事情。"

他望着她慢慢地道，袖下的手却五指紧握。

慕扶兰瞠目结舌地看着面前的这个男子，心中只剩下了一个念头。

这个人为了做他的皇帝，无所不用其极，简直魔怔了。

她定了定神，摇头道："谢长庚，无论你说什么，我也不会答应这件事的！何况，熙儿他也不想做什么太子！"

谢长庚凝视着她。

"倘若他想呢？"

慕扶兰一怔。

"你何不回去问他？倘若他也说不，我便收回我的话，不勉强你。"

慕扶兰和他对望了片刻，点了点头，道："你记住你的话。"

她说完，转身匆匆离去。

暮色四合。谢长庚目送她渐渐远去，身影萧瑟。

她心中再痛，也从没在他面前提过半句前尘旧事，想来如今也是不想再听他的忏悔。

忏悔亦是无用。

便当作什么都没发生。那孩子想做王，便叫他如愿，让她亦成为这世上最为尊贵的女子。

这是他欠下的，也是他唯一想得到也拿得出的弥补了。

慕扶兰未做停留，当夜便坐车离开，回往岳城。

岳城的街头巷尾，民众依旧在议论时局。长沙国的百官亦聚在一起猜测着翁主的心意，为自己将来的命运感到忐忑不安。

这些时日，只有王府中的那个孩子，在几个月前私自外出被袁汉鼎接回来后，每天照旧早起读书、练武，仿佛什么事都没发生一样。

经学时间。他坐在书桌之后，听着给他授经的博士讲着"夫孝，天之经也，地之义也，民之行也"，专心致志，目光沉静。

博士讲完了今日的功课，他像往常一样扶着老博士的胳膊，亲自将人送出来。

老博士对近来日甚一日的种种传言亦是十分忧心。出来后，他一反常态，忍不住向自己的得意弟子打听："小公子，如今长沙国内外对时局之议甚嚣尘上。小公子可知翁主有何打算？"

孩子微笑道："娘亲未曾与我讲起过这些。学生不知。"

老博士叹了口气，背手而去。

孩子目送老博士离去，脸上的笑容渐渐消失。

他回来，在书桌后继续坐了片刻，便起身，从一口箱子中取出了那柄他的母亲当日曾严厉叮嘱，命他永远也不要拔出来的宝剑。

他一手握住剑柄，抽剑出鞘。

剑锋被一寸寸地从鞘中拔出，寒光闪烁，青锋如镜。

他完全地拔出了剑，慢慢地举了起来，横在面前，盯着剑锋上映出来的那双犹如不属于自己的黑黢黢的冷眼，目光一动不动。正出神之际，他忽然听到门外传来动静。

一阵说话声随之传入耳中。

他的娘亲回来了。

他垂下眼睛，一下子将剑插回鞘中，无声无息地放了回去，转过身，便看见自己的娘亲推门而入。

他迎了上去。

"娘亲，您回来了，路上辛苦吗？"他扶着慕扶兰，让她坐下。

慕扶兰看了眼他的书桌，知道他又在读书，问了几句，命侍女都出去，屋中只剩母子二人。

"娘亲，您突然去云梦，可是出了什么事情？"孩子问她。

慕扶兰沉吟了片刻，望着他说："熙儿，先前娘亲问过你，不能叫你做长沙国的王，你怪不怪娘亲，当时你说不怪。今日娘亲再问你一遍，你老实告诉我，你怪不怪娘亲？"

孩子说："娘亲，我自然不会怪您。我知道娘亲您是为了我好。"

慕扶兰微微吁了口气，却听他又道："可是娘亲，倘若您问我想不想做王，我会回答您，我想做，不但如此，我还想做这个世上最有权力的王。"

慕扶兰看着面前这孩子那双明亮的、没有回避自己视线的眼睛，忽然想起了梦中那个原本完全可以争取太子之位，却视如无物，最后死在他父亲面前的少年，怔住了。

孩子说完便默默地看着她，见她半晌没有开口，轻声说："娘亲，我这样说话，叫您生气了吗？"

慕扶兰回过神来，急忙摇头。

她感到心神有些不宁，迟疑了下，又问："熙儿，你为何会有这个念头？"

"娘亲，倘若这不是好事，这个世上为什么有那么多的人，为了做皇帝可以抛弃一切，争来争去？"

孩子双膝跪地，仰面望着她。

"娘亲，我不小了，我知道做王能得到什么，亦知道做王的代价和责任。有件事我没有告诉您。先前我去寻谢大人的时候，他曾对我说他可以帮我。倘若真有这样的机会，请娘亲成全。"

慕扶兰呆住了。

她觉得哪里仿佛出了什么错，可是再仔细一想，一切却又顺理成章。

这一刻，她的心情五味杂陈。那种遗世似的巨大孤独之感再次朝她席卷而来。

她愣了片刻，回过神来，将还跪在自己面前的孩子扶了起来，轻轻地摸了摸他的头，朝他笑了一笑，才慢慢离去了。

那个男人已经决定的事，永远都是快得令人措手不及。

现在，在长沙国的国都岳城，街头巷尾更是处处热议。

只不过如今的气氛和不久之前相比，天差地别。

天大的好消息一个接一个地传来，人人喜笑颜开。

星象师观测天相，罕见的五星连珠，是谓易行，当改立天子，奄有天下。旧天子顺应天相，禅位让贤，秦王应势而起，天下无不臣服，将择吉日，登基为帝。

这一日，来自上京的礼部官员率领着一支浩浩荡荡的随行队伍，长途跋涉，远道而来，迎接长沙国翁主母子入京参礼。

第
二
十
六
章

◇

太
子

　　慕扶兰带着熙儿去往上京的那一日，岳城万人空巷。送行的民众挤满了从王府通往城门的那条街道，热闹极了。

　　原本担忧的战事被证明是一场虚惊，不但如此，长沙国续存，新朝的开国皇后还是他们的慕氏翁主，种种喜事接踵而来，怎不叫人与有荣焉？

　　现在的长沙国里，人人都已经忘记了他们当初对那个名叫谢长庚的人的不满和唾弃。在民众的眼中，他不但是新朝的开国帝王，真龙天子，也是一个忍辱负重、重情重义的丈夫。

　　车队驶出城门，在道路两旁民众虔诚的跪拜和欢腾的送别声中渐行渐远，去往上京。

　　一个多月之后，大成朝新历一年的这个春日里，载着慕扶兰的那辆马车渐渐驶近了目的地。

　　马车缓缓地停下，车队也跟着停住，最后停在了距离皇城大门数里之外的一座驿亭前。

　　前方传来随行太监的声音："启禀翁主，秦王亲自出城来接。请翁主和小公子换乘入城。"

　　车门开启，慕扶兰朝前看了一眼。

　　对面的大道之上停着一列长长的仪仗。仪仗是帝王的仪仗——谢长庚还没正式登基称帝，仍呼旧号，但一应出入等事的仪仗已与帝王齐平。

　　"恭迎秦王殿下！"

　　"恭迎翁主殿下！恭迎公子！"

　　两边，各自同行的官员和随从纷纷下跪行礼。在整齐的呼礼声中，慕扶兰看着他从马背上翻身而下，朝着这边大步而来。

他的视线，从一开始仿佛就只落在了慕扶兰身畔的熙儿身上。

他的脸上带着笑容，走到马车之前，亲自将他抱下了马车，方看了一眼慕扶兰，那手在空中停顿了一下，终于朝她也慢慢地伸了过来。

慕扶兰弯腰出了车厢，在周围许多道目光的注视之下，将自己的一只手虚虚搭在了男人那只带着层茧子的掌心里，微微提裙，踩着一张太监飞快放置好的墩子，下了马车。

一下去，她便收回了手，改而牵起正望着自己和他的熙儿。

谢长庚默默地转身，朝前而去。她亦在几名毕恭毕敬的官员的引导下，上了另一辆停在路边的华丽大车。

车队再次启动。在漫天的烟柳飞絮中，前方那座皇城的雄伟轮廓渐渐也变得清晰起来。

路上已经清道。马车最后入了城门，行走在上京那条通往皇宫的平坦而宽阔的大道之上。

往后倘若能够一直这样下去，那应该也算是个好的结局了。

那个男人登上了他梦寐以求的位子。熙儿弥补了他从前的缺憾，尽管他自己并不知道。长沙国的民众再不用担忧战事和生活巨变。还有那些为慕氏效劳了多年的臣子也得以继续保有他们原本拥有的一切。

皆大欢喜。她想。

三天之后，谢长庚在百官的拥戴之下举行登基大典，做了大成皇朝的开国皇帝。同日，慕扶兰亦被册封为皇后。

明日便是太子的册封典礼。

这个典礼将在太庙举行。掌管天象术数的太史令推演出吉时，到时，皇帝将亲自主持典礼，为太子戴上属于他的冠冕。

皇帝如此郑重其事，下面的官员自然不敢有半分的懈怠，各种准备早早便已妥当，只等明日典礼的到来。

这两天，慕扶兰极其忙碌。从册封典礼过后，她便一直在召见命妇。那些人里有随了新皇朝起来的新贵，也有前朝留下的旧人。今日方见完了人，在宫中赐下宴席，结束后，已是戌时中，她一回到自己住的寝宫，便问熙儿。

这座宫殿，便是当年姑姑的旧居。她小时候在宫中的那一年，住的也是这里。在元后死去之后，将近二十年间，这里一直空置着。

如今这座宫殿改名为紫微宫，短短数月，雕饰绮焕，前后还移植了许多花木，美轮美奂，犹如人间仙宫。

熙儿原本另有单独安排的寝殿，但他来了之后，却自己开口说想和她住得近些。

他本就未成年，慕扶兰自然应允，叫他暂时和自己同住，便住在紫微宫的侧殿。

宫人说，太子殿下被皇帝陛下召去了元宸宫。

元宸宫是新朝的皇帝在朝会后用作处置事务的宫殿。新朝始立，国事千头万绪，谢长庚自然比她更加忙碌。从她抵京入宫后，这几个晚上一直不见他人，他应该也是歇在了那里。

慕扶兰等着，等了许久，深夜，快亥时末了，依然不见熙儿回来。

她看了眼时辰，迟疑了下，往元宸宫去。

她穿过布了宫卫的宫廊，来到殿前，远远看见殿内亮着灯火。几个守在外的太监看见她来，匆匆下了台阶跪迎她。

慕扶兰问太子。太监说陛下今夜一直带着太子在里头阅览奏章，召见群臣。

"陛下曾有话，皇后无论何时来，皆可入。"

慕扶兰慢慢走了进去，行到御书房外，停住了脚步。

书房的门半掩着。透过那道门，她看见里面灯火亮如白昼，一大一小两道身影坐在案后，前头跪着十几个臣子，左边文臣，右边武将。

她认出了几个熟悉的背影，都是当年在河西的旧识。

谢长庚身穿龙袍，面容肃穆，对着跪在面前的人说："你们都是跟随了朕十几年的旧人，忠心毋须多表，朕自有数。今日荣华乃你们当得。至于所谓的鸟尽弓藏，你们完全不必有此顾虑。朕不妨与你们直言，今夜凡被朕召来此处者，皆是朕认定的忠臣良将。"

跪在地上的刘安等人皆感激万分，叩首谢恩。

谢长庚看了一眼身畔的那个孩子，继续说道："明日便是朕立太子的日子。太子虽然年幼，但是何等的心性与品行，你们都是知道的。朕召你们来此，是要告诉你们，从今往后，你们要像效忠朕一样地效忠太子，辅佐太子，助他日后成为明君。可都听明白了？"

群臣齐声应是。

声音隐隐传入慕扶兰的耳中。

她悄然站立了片刻，又退了出来，回到寝宫。约莫一炷香后，殿外传来宫人唤"陛下"的声音。

慕扶兰转头，看见那个男人走了进来，却未入内，停在了那道将寝殿分隔为二的落地帐幔之侧，默默地望着她。

慕扶兰走了过去，说："熙儿睡了？"

他点了点头。

"我已送他去侧殿歇下了。因晚了，叫他不必再来你这里问安。"他低声说。

"宫人与我说了你先前来过的事。今夜事多，所以他回来得晚了些，累你久等。往后我会早些叫人送他回来的，你不必挂心。"他又道。

慕扶兰想起先前所见的一幕，一时忽然不知该如何接话。

他仿佛也无话了，在那片宫灯有些照不到的阴影里又站了片刻，忽道："不早了，你歇息吧。"

他说完，转身离去，背影很快消失在了殿门之外的夜色中。

这一夜，慕扶兰独自躺在身下这张装饰华丽的凤床之上，久久不能入眠。第二天早上，她起了身，亲手替熙儿穿戴整齐，又将他送到了等在外面的太监的身边。

按照规制，加太子礼，皇后毋须同去，由皇帝带着太子去往太庙。太监说，皇帝陛下此刻已在通往太庙的紫宸门前等着了。

熙儿向她辞别之后，跟随太监离去。

慕扶兰站在殿外的阶前，目送着他的身影消失在视线之中，才转身去往兴宁宫。

兴宁宫里住着谢长庚的母亲，当今的太后。

当日水榭惊变，她大约是惊吓过度，当时人醒来后，精神便不是很好，后来终于恢复了些，却得知自己儿子要做皇帝了，又变得兴奋难安，晚上总是睡不好觉。她年纪本就大了些，前些时日又不小心着了凉，一下便病倒了，病得还不轻，虽有太医精心治疗，但还是卧床不起。

慕扶兰入京之前，谢母已经卧床将近一个月了。直到这几日，因熙儿到来，甚是乖巧，常去看她，她大约又高兴了，病情瞧着有些见好。

慕扶兰入宫后，也已和太医数次替她会诊。

她行至半道，忽见前方兴宁宫的方向起了一阵浓烟，看着竟像是失火。

宫中建筑多大木，对用火管制必定严格，何况又是清早，烛火俱灭，怎会突然起火？

"不好了！"这时，几个兴宁宫的宫人仓皇地奔了过来，看见慕扶兰，跪在了地上。

"启禀皇后，太后寝宫方才失火！奴婢们灭火之时，太后被一个司苑司里趁乱混进来的宫女抓住，扬言要皇后您过去，否则就要杀了太后！"

慕扶兰大吃一惊，立刻叫人去唤宫卫，通知谢长庚，自己奔往谢母的住处。

兴宁宫里，谢母所居宫室的火沿着一点就着的帐幔已经蔓延开来。宫卫还没赶到。几十个宫女太监，有的倒在地上，号叫着拍打自己身上沾上的火苗，有的无头苍蝇一般跑来跑去，口中喊着走水、救命。人人慌乱不堪。

隔着那扇已经起火的门，慕扶兰看见谢母被一个老宫女模样的女子用剪刀抵住脖颈，两人一道困在里头，地上还趴着一个仿佛被钝器打晕了的人，正是阿猫。

这个宫女应是长年在司苑司里劳作的缘故，皮肤黧黑，加上殿内烟雾弥漫，一时看不清楚面目。乍见之下，慕扶兰只觉对方有些面熟，一时却想不起是什么人，更不知对方为何如此胆大包天，敢拿当今太后来要挟自己。

"慕扶兰，你可还认得我！"

那宫女隔着一片烟火，厉声喊出了她的名字。

慕扶兰终于认了出来。

对面的这个老宫女竟然是戚灵凤。

数年之前谢母被捉之后，戚灵凤和她的兄弟一家便从谢县销声匿迹了。后来有走南闯北的生意人说，东朝廷在东都的那几年，在那边见过戚灵凤的兄弟，他似乎在那里做了个小官。再后来，东朝廷退往淮扬，他跟着匆忙奔逃，却因做官时贪赃枉法，惹得民怨沸腾，途中一家子被人认了出来，趁乱被杀死了。如此看来，戚灵凤应也是一道死于兵乱了。

其实这几年里，慕扶兰都没有想起过这个人。戚灵凤，还有她做的那些事，离她已经如此遥远。她没有想到，多年之后，她竟然还会在这个地方，与这个过去的人如此遇见。

她尚未从错愕里回过神来，对面被挟住的谢母终于缓回了一口气，拼命挣扎，颤巍巍地叱骂："戚氏！当初你害我，后来我却还记你的情，想着你是一时糊涂才做了错事，不忍将你戚氏宗族赶尽杀绝，叫我儿子放过了他们。你是良心被狗吃了，如今竟然这样对我，天理何在？"

她话音未落，就被戚灵凤啐了一口。

"你这个老东西！从前你是如何口口声声对我保证过的？后来又是如何对我的？我当年为了救你，连自己的亲娘都没了，对你掏心掏肺地伺候，你当我戚灵凤是叫花子吗，说不要就不要，给几个钱就想打发了？没那么容易！"

她看着面前这火光里的碧瓦朱甍、雕梁绣柱，咬牙切齿地说。

"你们这些人，一个做太后，一个做皇后！你可知道这几年我是如何过来的？我藏在这宫里，风吹日晒，忍辱负重，日日做着最卑贱的粗活！我不好过，你们一个一个也别想好过！要死大家一起死！"

她握着剪子的手一划，谢母的脖子上便被划出了一道血痕。谢母惊恐吃痛，又呛入烟气，不停地咳嗽。她被戚灵凤死死地按住，又晕厥了过去。

"慕氏！你的位子本是属于我的！你凭什么夺了我的一切？这老东西不是你的婆母吗？你再不过来，我便刺死她！她死了，我也不算亏！"

她们之间的距离有些远，但即便如此，慕扶兰还是清清楚楚地感觉到了她投向自己的怨恨目光。

一队宫卫疾奔而至。领队叫慕扶兰退到安全之地，自己立刻带人冲进去救下太后。

戚灵凤看见宫卫到来，口中大喊大叫，将谢母挡在自己的面前，命人立刻远远退开，否则便扎死她。

从她方才的只言片语和自己的直觉判断，慕扶兰猜测她应当是几年前刘后还在的时候便被赵羲泰安排混进了皇宫。赵羲泰的目的显然是针对谢长庚的。但戚氏在皇宫里潜伏了这么多年，早不动，晚不动，在自己做了皇后没两天时突然跳了出来。

她今日的举动，看着并非受赵羲泰指使，倒更像是受了刺激，这才生出要与自己同归于尽的念头。

她怕谢母有闪失，悄声让领队带人依言从这里撤掉，立刻绕到后面去，自己拖延时间稳住戚灵凤，他们想法子尽快从后殿潜入，趁她不备将人制服。

领队本不放心留她在此，但见她丝毫没有慌张之色，语气沉着，一时之间也没有更好的两全之策，便依言立刻退去。

慕扶兰用手帕捂住口鼻，带了个宫人，从还没烧着的另一侧殿门慢慢地走了进去，口中说道："戚氏，我对不住你，太后和当今的皇帝陛下也都对不住你。你是无辜之人，可怜之人，你恨我也是天经地义，但阿猫从前没害过你，她今日若是也被你害死了，你到了阴间，阎罗也会追究。你容我让人将阿猫带出去，我留下，你有什么话，尽管和我说。"

她一寸一寸地挪到了阿猫的身边，让宫人拖着地上的阿猫出去，自己停在了原地。

戚灵凤盯着她："你过来，你再过来些，我便放了这老东西！"

慕扶兰道："你先放了太后。"

她看到后殿隐隐有身影晃动，知宫卫应当已经潜入，继续说道："戚氏，你方才说我夺走了你的位子。其实你的话并没有错。这个位子，你也是坐过的，你母仪天下，人人敬重。你一直很有眼光，也很有本事，比我有本事多了。这个皇后的位子，你真那么想坐，现在还来得及。你对陛下有救母之恩，他不会真对你如何的，你若悬崖勒马，不伤害太后，我就把这个位子让给你……"

戚灵凤目光狂乱，面容扭曲，喊道："慕氏你这个贱人，当初要不是你，我早就已经嫁给了我的姐夫！你害我到这个地步，你还想骗我！"

她一把松开谢母，朝着慕扶兰扑来。几乎与此同时，已经悄悄靠近的宫卫领队纵身一跃，迅若鹰鹞，从后一下便将戚灵凤压倒在地，夺了她手中的剪刀。

戚灵凤仿佛一条鲶鱼似的趴在了地上，发出狂怒而绝望的尖叫之声，两只眼睛盯着慕扶兰，面上满是怨毒之色。

"我死，你也别想活！"

宫卫领队这才发现戚灵凤的手臂上竟缚了一只袖箭箭筒。

"皇后当心！"

他骇然，反应过来想要阻止时已经迟了。

几乎就在被夺去剪刀的同一时刻，一支形如小匕的袖箭从戚灵凤的袖口里飞出，朝着三尺外的慕扶兰激射而去。

殿内浓烟越来越多，谢母倒在地上一动不动，不知死活。慕扶兰见戚灵凤被制住了，松了口气，叫人立刻将谢母转移出来，自己也要出去，却突然听到宫卫领队发出的吼叫之声。

她还没反应过来，身后不知谁扑了上来，将她一下子扑倒在地，那人也压在了她的身上。

一切都发生得那么快，犹如电光石火的那个瞬间。

慕扶兰仰面倒在了地上。她睁开眼睛，方认出将自己扑倒在地的人竟是谢长庚。

他也来了这里。此刻就趴在她的身上，脸压在她的颈侧，人也一动不动。

慕扶兰知道事情不对了。她的心跳蓦然加快。她抬起自己的手，试探着摸了摸他的背，在靠近肺腑的位置摸到了一手带了点黏糊的温热的液体。

"谢长庚！"

她骇然，大叫了一声。

他的肩膀动了一动，低低地道了句"我无妨"，便从她身上慢慢地起来了。

宫卫们早已将戚灵凤的双手反绑，死死制住。领队捧着从她袖内卸下的一支箭筒跪在了谢长庚的面前，惶恐地叩首道："卑职失职，请陛下治罪！"

戚灵凤的面容彻底扭曲，以致变形。

　　她恨谢母的出尔反尔，但比起谢母，她最恨的还是慕氏这妇人。她怀着一腔恨意，在宫中忍辱负重数年，将自己弄得人不人鬼不鬼的，本来就是为复仇。获悉她被接入皇宫做了皇后之后，她更是恨得无法自控。怀着宁可玉碎也不叫瓦全的心，她选在了今日动手。她将袖箭藏好，为了能一发致命，她要这妇人离自己近些，再近些。

　　然而她没有想到，那枚袖箭射中的竟会是他。

　　他为了那妇人，竟以身挡箭。

　　她瞪大一双眼睛，定定地看着面前这个身穿龙袍的男子——她从前便认定日后前途无量，也认定会属于自己的男人。

　　如今他做了皇帝，他身边的女人却不是自己。

　　她的目光从他的脸上落到他后背那正往外慢慢渗着血的地方，她突然放声大哭。

　　"姐夫！我不是故意的！赵羲泰说宫女不引人注目，从前安排我进了宫，也是他给了我这个东西，说能帮我复仇。他叫我等，等日后听他的命令行事。他本来是叫我刺杀你的……如今我才知道，我不想你死……只要能留在你的身边，哪怕只是远远地看到你，我也就心满意足了……

　　"姐夫，我从前救过太后的，你难道都忘了吗？为了救太后，我自己的娘都没了。你却那么狠心地对我。她有什么功劳，凭什么能做你的皇后……"

　　戚灵凤在地上拼命挣扎，发出撕心裂肺的哭号之声。

　　谢长庚神色漠然，转过脸对宫卫道："杀了。"

　　殿内过火之处越来越多。近旁的一片帐幔也被火苗点燃了，火舌突然上升，猛地卷了过来。

　　他说完，伸手将仍坐在地上的慕扶兰拽了起来，护着她绕过着火的地方，疾步走出殿门。

　　宫人早将昏过去的太后七手八脚地抬了出来，送到了另一间殿中。大太监曹金指挥众人扑火，场面很快得到控制。太医也赶了过来，谢长庚命先替太后诊治，得知除了脖颈处的皮外伤和吸入些烟气导致晕厥外，应无大碍。

他慢慢地坐了下去，让太医替自己检查伤势。

袖箭的构造特殊，箭杆轻而短，箭镞的头却扁而阔，一旦射中目标，造成的伤口深且阔，犹如扎入一柄匕首，杀伤力巨大。

而这样一支袖箭，几乎整根连根没入了谢长庚的身体。

血缓慢却不停地从伤处溢出。太医道这个位置靠近肺腑，不可耽搁，需要尽快拔出袖箭，止血疗伤。

谢长庚问道："需要多久？"

"袖箭几乎整根没入，取出恐要费些工夫……"一个精通伤科的太医禀道。

这时，曹金走了进来，小心翼翼地禀告："陛下，礼官来催，道吉时将到，太子、百官以及民间来的千名耄耋尊老皆在太庙外等候了……"

慕扶兰定了定神，开口道："你去告诉礼官，说陛下另有要事，太子加冕之礼取消，改日再行！"

曹金看了眼皇帝龙袍上的斑斑血迹，急忙应了，转身要走之时，忽听他道："太子加冕礼既定，不可改。你去告诉他们，说朕这就出来。"

慕扶兰一怔。

太医忙劝："陛下，袖箭应伤及肺腑，不比别处，而且伤得又深，若匆忙取出，不加以妥善处置，恐怕难以止血，万一血涌不止，后果不堪设想。请陛下以龙体为重！"

太医转向慕扶兰，道："皇后亦精于医道，陛下若不信，可听皇后之言。"

慕扶兰待要开口，谢长庚摆了摆手，缓缓地站了起来。

"那就等加冕礼结束再取箭。你们先替朕暂时裹住伤口，止住出血便可。"

他的语气坚定，不容人辩。

慕扶兰道："陛下，还是改日吧！"

谢长庚望着她："社稷之事，没有小事。何况人全都在等着了，不可随意更改。"

他停顿了一下，慢慢走到她的面前，低声道："我从前受过比这更重的伤。不拔刀，伤口便不致加剧出血，我挺得住。这里到太庙也就些许路，我改坐车舆，平稳些过去便可。你不必过虑。"

他说完，命太医给自己速速止血。

太医无奈，奉命匆匆敷扎伤口，叫人取来内服的凝血丸。太监也替皇帝更衣，披了一件披风，以遮挡异处。

他很快收拾完毕，站在那里，任太监替他拭去额头沁出的一层冷汗，闭了闭眼，便迈步朝外而去。

太监匆匆跟上。

慕扶兰望着前方那个跨出殿门时略显凝滞的背影，一时心乱如麻，再也忍不住了，脱口道："我随你同去吧！"

谢长庚停了下来，慢慢转过那张发白的脸。

她快步上去，说："我知道这等场合，我本不必去的，但现在我想去，去了好照应着些你。"

谢长庚凝视着她，沉默不言。

慕扶兰也不待他点头，说完，便命太医带药物同行，又叫太监抬来一顶宫舆，自己扶了他的手臂，让他坐上去，不用再走路。

那男人照着她安排，默默地上了坐舆。慕扶兰陪着，一道到了紫宸门。

礼官等在那里。

他们方才正要出发，却看见后宫方向起了一阵浓烟，皇帝命人先带太子去往太庙，自己先回去看一下。一去就是这么久，眼看没剩多少时间了，他正焦急不已，忽见帝后一道现身，皇后扶着皇帝从一顶坐舆上下来了。

礼官虽觉惊讶，但又不敢多问。见帝后二人一同上了宫车，忙引着前后仪仗出发，往太庙而去。

今日的这场太子加冕礼其实有些特殊。特殊之处，在于现场的参礼者除了依制的文武百官之外，太庙前的广场里还有一千名来自民间的耄耋尊老。这些老者手执鹤杖，身着新衣，不但得以破格入太庙观礼，还得到皇帝的恩许，赐下座位。

如此盛景，在之前的历朝历代都绝没有过。

司天监掌天时星历的监官推演而定的吉时是今日的巳时三刻。现在，离巳时三刻只剩不到一刻钟了，太子、百官和这一千名耄耋尊老都已就位，皇帝却还没有现身。

殿堂重檐，古柏茂翳，庄严而雄伟的太庙之前，担任今日司仪、身为九卿之一的礼部尚书刘管站在神道之中，不时仰头看一眼头顶渐渐攀高的太阳，面上微微露出了焦急之色。

太子加冕仅次于皇帝登基，事关国体，授乎天命，每一步骤都事先经过排演，容不得半点失误。何况还有太庙外这一千名怀着激动的心情正翘首等待的耄耋尊老。若是耽误了，不但兆头不吉，怕也会惹出朝堂乃至民间的各种疑虑。

刘管猜测，皇帝之所以破格召耄耋尊老观礼，应是想让太子在民间迅速确立他天命所继的形象。

先是召重臣训话，命他们效忠太子，于朝堂确立太子的地位，又如此安排，坦白说，尽管他已经跟随皇帝多年，也知道皇帝一向喜爱太子，但对皇帝这种种显得有些异常的举动，他其实并不是很能理解。倘若不是皇帝正当英盛之年，宏图待展，他甚至会有一种皇帝功成身退，如今想要全力扶持太子以取代他的感觉。

自然了，这种猜测太过荒谬。唯一的解释应当是皇帝对他早早立下的这个继位者极其重视，这才有了今日如此的安排。

但吉时就要到了，他人却还未现身。倘若耽误了，这对于一个万众瞩目的新朝太子而言，绝非小事。

他听到立在自己身后的参赞官也开始发出疑惑的窃窃私语之声，越发焦急，正要派人再去询问，便听到前方传来一阵隆隆的鼓声。他抬眼望去，看见皇帝服冠，着龙袍，与皇后一道乘舆，在仪仗的护卫之下摆驾而来。

纳有数千之众的太庙，顷刻肃穆无声。

按着旧制，皇后今日本无列位，但既然是新朝，有些规矩自然是皇帝说了算。他能召一千耄耋尊老入太庙观礼，自然也能携皇后同行。

刘管松了口气，立刻领着身后的礼官上前迎接。

帝后御坐，受参拜礼后，一名官员从太庙内走出，高声宣道："巳时三刻正，大礼开始！"

他的话音落下，四周奏起庄重而平和的乐舞，宾赞各自入位，典仪引太子而出，开始加冕之礼。

这一场礼仪比起之前的皇帝登基礼，不过是将三跪五叩首降格为三跪三叩首而已，中间又穿插着各种礼仪，日头渐至头顶，一个时辰过后，将近正午，冗长的繁缛礼节才临近尾声。

一列宫人手中托着铺就黄帛的托盘鱼贯行来。

他们手中的托盘里分别盛着太子冠、符印以及制册。

谢长庚面向着太庙广场里的数千人立于陛前。他对面的陛阶之下，是等待着他加冠的太子和陪同的礼赞官们。

慕扶兰一直坐在他身后。日头之下，她看见一小片暗红色的湿痕渐渐出现在了他背部的衣服上。

那印痕起先如同一滴渍染上去的水，渐渐扩如铜钱，越来越大，渗在龙袍纹理细密的织物经纬之上，犹如一片透衣而出的血色的汗。

没有人留意，他自己仿佛也丝毫未曾觉察。他依然那样立着，肩背挺直，纹丝不动。

宫人终于停在了指定的位置，举起托盘。

他迈着稳稳的步伐，下了陛阶，双手取了太子冠，走到那个跪在正中间的孩子之前，将那顶金冠稳稳地戴在了他的头上。

加冠后，那个孩子再接过赐下的符印和制册，高举过顶，随即三拜谢礼。

日头明晃晃地挂在头顶。重重衣裳叠压，慕扶兰感到汗在不停地从自己的肌肤里往外冒，很快便湿透了内衣。衣裳紧紧贴在她的背上，令她感到煎熬至极。

她的视线无法从面前这个男人的身上挪开。她也从来没有觉得时间过得像这一刻一般缓慢。仿佛过了很久，终于，她听到耳畔传来礼官"礼毕——"的呼声，再次响起乐舞，太子被引了下去。

礼官引导着广场之上列位的将近千名官员和那千名耄耋尊老齐齐下跪，叩首到地，在排山倒海般的整齐恭送声中，慕扶兰看着他转过身，朝着自己走了回来。

十步、八步、五步……

她清清楚楚地看见他额头上沁出了一层细密的汗珠，再也无法等他自己走完这段路了。

她不顾远处几名礼赞官的侧目，起了身，朝他快步迎了上去，在侧旁疾步追上的曹金和数名宫人的遮挡之下，伸手扶住了他一侧的臂膀。

指尖不经意地触到了他的掌心，触手冷凉，湿漉漉的。

他的脚步停顿了一下，轻轻地脱开她握着他臂膀的那只手，自己继续迈步朝前而去。

慕扶兰随他默默行至舆前，如来时那样，登舆，出太庙，继而上了候在外面的那辆宫车。

车门关闭，周围再无旁人的视线了。

这一次，他未再拒绝她的扶持。

他被她扶着，慢慢地坐了下去，释然般地轻轻吁了一口气，转过脸，见她看着自己，朝她微微笑了笑，低低地道了句"我无妨"，随即闭上眼睛，头靠向另一侧，枕在车壁之上一动不动，仿佛睡了过去。

宫车疾驰，朝前而去。车轮忽碾过地上的一块小石子，车身簸了一下。

他的身体跟着晃了一晃。

慕扶兰下意识地再次伸手去扶他。

就在她的手刚碰到他的那一刻，毫无预兆地，这个男人的身体软了下去，仿佛从战士坚硬的铠甲里脱出了一个初生婴儿，他无声无息地从座位上滑落，委顿在地，额头压在了她脚上那双刺绣金凤的宫鞋鞋面之上。

慕扶兰低下头。

压在她脚上的这人双目紧闭，面如金纸，面上不见半分血色。

她跪在了车厢里，抱住他，解开他的腰带，除去那数层外裳，看见雪白的里衣后背上染了大片的血。

猩红的血还在不停地从伤口位置的湿漉漉的纱布上渗出，一滴一滴溅落在车厢的地板之上。

她的牙齿控制不住地微微颤抖。她压迫住那道出血的口子，抬起头朝着车厢外厉声喝道："快些！再快些！"

一架坐舆径直被抬入了紫微宫的寝殿里。太医们围在床前忙碌着，神色凝重。

慕扶兰站在外殿的一面窗前。

她还盛装在身，手中沾满了干涸的血痕，未唤人清洗。几个宫人远远站着，悄悄地看她。她却望着窗外一片将绽未绽的春日花木，仿佛看得入了神。

内殿里传出了铁器坠在盛盘里发出的"叮"的一声脆响。

良久，她回过头，望向朝着自己走来的太医。

"启禀皇后，陛下体内的袖箭已被整段勾取而出，臣又以探器仔细探过，再无遗留。伤口已经清洗干净，血亦暂时止住了，未再大涌。

但皇后也知道，陛下失血过多，神元大伤，又伤及肺腑，后续如何，还需察看。"

慕扶兰沉默了片刻，说："你们都辛苦了。先去休息吧，这里留两人便可，其余人去太后那里守着。陛下的伤，我会照管。"

太医应声而去。

谢长庚躺在内殿，眼睛半睁半闭，人亦半是昏迷，半还醒着。他想彻底睁开眼睛，但全部的气力都已经离他而去，就连呼吸也变得痛苦无比。他想就此睡去，那还清明着的一丝意识却又仿佛被什么给紧紧地勾住，固执地不肯就此离他而去。直到他的耳中隐隐飘入几声那个妇人说话的声音，这熟悉而悦耳的声音仿佛一阵轻轻拂过他周身毛孔的温泉之水，他忽然感到自己整个人都松弛了下来，痛楚仿佛也离他而去了。他眼睛一闭，失去了意识。

他这一觉睡得又长又沉。当他终于醒来的时候，他知道应该是深夜。

耳畔静悄悄的，听不到半点声音。

深宫长夜，幽冥般的死寂，他对比并不陌生。在他的那个梦境里，他曾度过了不知多少个如此的长夜。

但在此刻，在这深宫的寝殿里，他的身畔却亮着一团昏红的温暖灯火。

他睁开眼睛，慢慢地转过头。

他看到她倚在床前一张临时铺出来的榻上，身子微微蜷着，闭着眼睛，仿佛一直守在这里，倦极时才沉沉睡了过去。

他看着她。

就在这一刻，不知为何，谢长庚的脑海里忽然跳出了许多年前的一幕。

那是遥远的金城天山脚下，那一夜，小帐篷里亦亮着这般昏红的温暖灯火，她寻药下山，倦极了，便如今夜此刻这般沉沉睡去，浑然不觉他的到来。

这恍如旧梦一般的情景，令他的胸腔之中陡然涌出一阵酸涩。

那时候，他还曾满怀暗暗的希望，希望能留下她。

他凝视着昏红灯影里的女子，不敢大声呼吸，唯恐惊醒了她。

他慢慢地坐了起来，下地，踩着还绵软的步子，轻轻来到她卧着的榻前，将盖在自己身上的一幅被衾轻轻搭在了她的肩上。

靠得近了，方才看清她的眼圈下泛出一层淡淡的青晕。

他凝视着眼前的这张脸，情不自禁地抬起手，慢慢地伸了过去，然而就在指尖将要碰触到她的那一刻，他又仿佛被烛火给燎了一下似的，猛地收回了手，猝然转身，却不慎牵动伤处，肺腑里传来一阵疼痛。他感到胸口发闷，犹如想要咳血，眼前更是发黑，一时竟站不稳了。

慕扶兰被惊醒了，她睁开眼睛，看到自己身上盖着被衾，那个男人不知何时已经醒了，背对着自己，一手扶着床沿，身体痛苦地佝偻下去。

她吃了一惊，急忙下了榻，一把扶住了他，让他慢慢地侧躺下去，随即坐在床边替他抚揉着后背的穴位。

谢长庚渐渐缓了过来，闭着眼说："我好了，方才只是不慎所致。你去歇了吧。有事我会唤宫人的。"

慕扶兰慢慢地收回了手，却并未起身离开。

她望着男人这张不见血色、冒着胡茬的憔悴脸容，低低地道："那日我说过的，典礼可以延后。你又何必如此冒险行事？"

谢长庚起先没有反应，仿佛睡着了。良久，他才慢慢地睁开眼睛，对上她投向自己的目光，说："熙儿是天命所定。只要我还有一口气，定好的加冠冕礼便不可改。"

慕扶兰沉默了。他亦不再说话。

烛火跳跃。两人一个卧，一个坐，近在咫尺，却又犹如天涯相对，仿佛有无数的话到嘴边，却又不知该如何开口。

"你……"

"你……"

两人忽然齐齐开口，又停了下来，对望了一眼。

他的眼睛分明暗沉无比，却又隐隐像有光芒烁动。

慕扶兰的心跳忽然加快了。

就在这时，她听到身后传来一阵脚步声。她转过头，看见熙儿走了进来。

孩子停在了两人的近旁，说："母后，您累了，你去歇息吧。我睡不着，我来服侍父皇。"

"我会照顾好父皇的。"他凝视着谢长庚，说道。

第二十七章

◇

深宫

贰拾柒

　　慕扶兰没料到熙儿这个时辰还会来这里。

　　内殿深阔，帷幔重重，亦无任何通报。当她觉察时，这孩子便已经到了她的身后。

　　就在回头看到他的那一瞬间，她的心里竟荒唐至极地冒出了一种犹如偷情被抓似的负疚、慌乱之感。

　　她迅速从床边站了起来，撇下床上那个男人，转身朝着自己的儿子走去。

　　"熙儿，这么晚了，你怎么还没睡？"她问。

　　"母后，您累了，父皇既然醒了，您去歇息吧。我方才睡过一觉，睡不着了，换我来陪父皇。"

　　慕扶兰迟疑着。

　　"母后，您去好好休息。这里不是有张榻吗？我若是困了，我就睡这里。"

　　谢长庚脸上露出笑容。他仿佛想坐起来，说："熙儿你也不用留下。你们母子都去歇了吧……"

　　熙儿快步走到他的身旁，扶住了他的臂膀，让他慢慢地躺了回去。

　　"娘亲！"

　　他转过头看着慕扶兰。"我想陪父皇。"他用强调的语气再次说道。

　　熙儿对这个男人的恋慕和信任，再没有人比她更清楚了。他昏迷着的这几日，最担忧、难过的人应当就是这个孩子了。

　　慕扶兰望着这一大一小两个身影，终于点了点头。

　　"你父皇刚醒，人还很虚弱，你不要和他说太多话。等下药会送来，看他吃了，你自己也早些睡下。若有事，便随时唤我或太医。"

慕扶兰叮嘱着。熙儿一一答应。

她回过头瞥了一眼。

灯影里，那男人半躺半卧，一双眼睛正默默地望着她。她忽然感到心烦意乱，讨厌他这样看着自己的目光。

她迅速转过头，朝外而去。

熙儿陪她出来，命候在外殿的宫人服侍她去歇了。

熙儿目送慕扶兰的身影离去，出了半天神。

一个宫人端着药匆匆而来。

他转身回到寝殿，从宫人手中接过药碗，一边搅拌，一边慢慢地吹气，等药汁稍凉了些，便双手捧着送到了谢长庚的面前，说："父皇，您该吃药了。"

谢长庚望着他，眼中含着隐隐的笑意。他端起来，几口喝了。

"药很苦吧？"

谢长庚微笑着摇了摇头："不苦。"

"父皇，您好了些吗？"

"好多了。"

熙儿将空碗递给一旁的宫人，命人全部出去。他望着卧于面前的谢长庚，朝他端端正正地下跪，叩首。

谢长庚有些诧异，又坐了起来，一手撑着床沿，另一只手伸出来想扶起他。

"熙儿，好端端的，你怎么了？起来。"

熙儿叩首完毕抬起头，说道："父皇，您为了能叫我在天下人的注目之下顺利做上太子，不顾自己的安危。这是我欠您的，您当受之。"

谢长庚笑了，望着他的目光里满是慈柔与欣慰。

他说："无妨。父皇的伤自己有数。何况父皇命也硬，不会这么容易就死的。你起来吧。"

他说完，见这个孩子仍不起身，还是那样跪在自己的床前，便道："你怎么了？还有事？"

熙儿道："父皇，我可以斗胆问您一件事吗？"

谢长庚颔首。

"父皇，您分明不是我的亲生父亲，为何却对我如此之好？为何不但在天下人面前认我为亲子，让我做太子，还要冒着性命之险，如期举行这个典礼？"

谢长庚停顿了一下，慢慢地靠了回去。他避开了这个孩子注视着自己的目光，低声道："父皇很早以前便将你视若亲子了。父皇既然得到了这个天下，日后不传给你，又传给谁？"

这个孩子摇了摇头。

"父皇，一直以来，您对我这么好，是因为我的娘亲吧？"

谢长庚抬眼，再次看向这个孩子。

他说："父皇，我小时候不懂事，总是希望娘亲能与您好。这几年我大了，才知道我的娘亲其实一直都不喜欢父皇您，对父皇您的感情甚至是厌恶，乃至是恨。我不知道这是为何，但她一定有她的理由。娘亲那么善良的人，不会无缘无故地对父皇您这样。

"父皇，您可知道我娘亲她为何要如此对您？"

谢长庚愣住了。

片刻之前那种因为睁眼便看到她伴睡在自己身侧而悄然生出的满足和愉悦之感，还来不及仔细体会，便仿佛偷来的东西一样，在这一刻被夺得一干二净，荡然无存。

他感到胸口突然被一块巨石砸中似的，阵阵发闷，闷得疼痛。

他看着这个跪在自己面前的孩子。

烛火投在这孩子眉目俊美的面容上。这个孩子的目光蒙眬，半明半暗。

"是父皇从前对不起你的娘亲……"

终于，他应道。

"父皇，您与我娘亲从前的事，熙儿不想多问。"这个孩子继续说，"父皇您昏迷的时候，娘亲守在您的边上，我想，这是她感激父皇您对我好，除此之外，亦是因了娘亲她是医者，有仁爱之心。

"全都怪我，因为我说了一句想做王，她为了我，才来了皇宫。但是父皇，我知道您是不会强人所难的。"

这孩子朝着床上之人再次叩首。

"熙儿知道方才的话，句句皆大不敬，但为娘亲，熙儿不得不说。倘若冒犯到了父皇，父皇您尽可以削去我的太子之位，我绝无半句怨言。"

谢长庚定定地望着这个跪在自己面前的孩子，茫然之间，他想起了梦中那个以血与他断绝父子关系的少年。

倘若那个少年能够回来，他必会痛恨自己，绝不容许自己靠近他母亲一步吧？

谢长庚面色惨淡，目光晦涩。

良久，他低低地说道："你起来吧。父皇知道了。"

床前那个孩子终于从地上爬了起来。他扶着皇帝，小心翼翼地让他再次躺了回去，为他盖好被子。

孩子微笑着，语气诚挚无比："父皇，您对我娘亲的好，我会牢牢记住。日后，我一定会回报您的。"

慕扶兰虽然倦极，但睡得并不好。这一夜，她辗转反侧，睡睡醒醒，天刚亮就起了，匆匆洗漱后回来，却发现谢长庚已经不见了人。

一直服侍着她的侍女丹朱说，今早才五更初，皇帝便起了身，带着太医迁回元宸宫去了。

"陛下命奴婢转告皇后，陛下在那边养病，有太医随侍着，也是一样，且不至于太过耽搁朝政，请皇后放心。"

这里是她的寝殿。当时他失血过多晕了过去，为方便，她便让下人将他送到了自己这里。

他这个突然的举动令慕扶兰感到十分意外。

他的伤本就不轻，又失血过多，本该什么都不要做，卧床静养。

她立在寝殿里，看着面前这张收拾得已经瞧不出半点昨夜有人睡过的迹象的床怔了片刻，走了过去，扶着床沿慢慢地坐了下去。

她没再追去元宸宫。这一日，到了深夜，曹金派了个小太监来请她过去。

慕扶兰来到元宸宫外，等着的曹金向她禀告了皇帝今日的饮食和太医的诊治情况，随后将她悄悄引入，穿过那间御书房去往后殿，低声说："一早，陛下召见了数位大臣，大臣走后，太医再三叮嘱，要陛下好生休息。但是皇后您看……奴才实在是没法子，只能惊动皇后……"

慕扶兰停在通往后殿的通道上，隔着数重帐幔，隐隐见那男人半躺半靠倚在一张龙床上。

床头灯火通明，他的枕边堆着一尺高的奏折。他手里握着一本折子，正低头翻看，看完了，慢慢地，略带吃力地翻了个身，从伺在旁的太监手里接过一支蘸好墨的笔，往奏折上批复。那手却仿佛有些发抖，一时没拿稳，"啪"的一声，奏折掉到了地上。

"捡起来——"

他皱眉，露出不快的神色，提着笔，催促太监。

太监急忙去捡。

慕扶兰再也忍不住心头涌上的一缕怒气，上前一把掀开帐幔，走了进去。

谢长庚接过太监再次递来的奏折，正要继续，忽听到脚步声传来，抬起眼一看，那只提着笔的手便停住了。

"陛下，太子是您从长沙国接来的。纵使陛下自信龙精虎壮，不将医嘱放在心上，也请为太子稍稍考虑几分。他尚年幼，如今恐怕还不能独立支起这大成的朝廷和江山。"

她盯着龙床上的那男人说道，语气平淡。

那男人的神色似乎萎靡了几分，和她对视了片刻，握着笔的那只手慢慢地垂了下去。

"药都吃了吗？"她问太监。

"药已经吃了。"太监忙应道。

"把奏折全都收了。立刻服侍陛下安歇！"

太监"哎"了一声，躬身上前，觑着谢长庚的脸色，小心翼翼地将那支笔和奏折从他的手里取走。见他没反应，急忙又收了堆在一旁的奏折。

谢长庚没有说话，也不再看她了。

他垂下了眼睛，仿佛想要躺下去。

太监忙上前来助他，却被他一把甩开。他自己双手扶着床，侧身朝里，慢慢地躺了下去。

太监替他盖上被子。他俯卧着，背影一动不动，犹如已经睡了过去。

"好生服侍。有事便来唤我。"

慕扶兰亦不再看他，只吩咐了太监一声，随即转身而去。

他的伤口不大，但很深，最怕内里出血不止，或是伤口腐坏，长久不愈。一旦有这两种迹象，便有性命之危。

那晚之后，太监来报，皇帝陛下虽然还是每日理政，但对于来自太医的医嘱已经配合了起来，每晚亦早早休息。

太医的日常汇报也证实了太监的话。

伤口没有恶化下去，太医说，这些日子，陛下的伤经过精心治疗，正在慢慢好转。不敢说日后没有任何遗症，但就伤势本身而言，是好的迹象。

毋论慕扶兰是否发自本心地关心那个男人的生死和好歹，仅从他的身份来说，一个新皇朝的最高主宰，他便如同砥柱一样，是一切稳定的基石。

245

在他受伤的次日，尚昏迷不醒不时，为防他不露面惹大臣的猜疑，慕扶兰曾秘密召来刘安告知隐情，叫他代为隐瞒。

从熙儿被他扶上太子之位的那一天起，哪怕她再不愿意，她也和他紧紧地绑在一起了，她自然希望他一切都好。

现在他的伤势终于转好，她还没来得及松一口气，便又出了一件非常耗她精力的事。

谢长庚的母亲那日被戚灵凤攻击，太医救醒她后，虽然当时看着并无大碍，但自此人就变得疑神疑鬼，常整夜无法安眠。慕扶兰和太医给她诊治，开了不少安神定心的药，吃下去也不如何管用。她的病情忽好忽坏，以致前几日竟发生了一个意外。

那日宫人匆匆来报，说太后昏昏沉沉地眯了一觉，醒来看见一个在她床前服侍的宫女，或是宫灯照得远了些，硬说她是戚氏，恨恶万分，当时情绪激动，不慎跌了下来，头磕了在床沿上。被宫人七手八脚地抬起来后，便突然半身不遂，人也跟着糊涂了，除了谢长庚和熙儿二人记得清楚，连在她身边多年的阿猫有时也不认了。

谢长庚的伤还没有痊愈，每日朝堂里的事本就多，太后出了这个意外，他更是忙碌，每日在议政殿、御书房、太后寝宫三个地方来回奔走，没几日，人越发消瘦下去。

慕扶兰实在做不到视而不见，便自己伺病于谢母床前。熙儿知道太后认识自己，每日上学回来，必定过来伴着母亲。

如此一转眼，一个多月就过去了，虽经慕扶兰和太医多方调治，但谢母的半身不遂之症还是不见好转，人只能躺着。清醒的时候还算安静，糊涂的时候便不大好伺候。

谢母病倒后，每日里，慕扶兰除了必要之事，早晚几乎都是在太后宫中度过的。

这一日，将近亥时，谢母才睡了过去。慕扶兰带着熙儿从那边回来，送他去侧殿的寝室歇了，回到自己的寝殿。

她感到极其疲倦，在侍女的服侍下洗了个澡，便上床躺了下去，也无多余的力气再想什么，闭上眼睛沉沉睡去。睡着没多久，一名太后宫里的宫人又来唤，道太后方才醒来，又将服侍的人错认成了戚氏，情绪错乱，宫人们害怕，便来她这里求助了。

慕扶兰立刻起身穿衣，将长发随意绾了，匆匆赶去。

阿猫出来迎她，哭丧着脸说："皇后，太后她连我也完全不认得了！阿猫知道皇后这些时日操心，只是这边实在哄不住太后，怕太后这样下去万一又有个不好。陛下那边，皇后您先前吩咐过的，不是大事，不得打扰，阿猫只好叫人再请皇后来。"

慕扶兰道无妨，随即入内，看见谢母靠在床头，半身不能如常动弹，另侧那只还能动的手却指着一个跪在床前的宫女，口中含含糊糊地骂着："戚氏！我儿子是皇帝，你竟还阴魂不散，敢来这里害我，害我儿子不成？来人哪，给我把她拉下去，杀了……"

她嚷着，那一只手用力地拍着床榻，神色愤怒无比。

宫女惊恐万分，一边辩白自己不是戚氏，一边不住地求饶，听见身后传来脚步声，转头见是慕扶兰来了，赶忙连滚带爬地逃了过来，跪在她的身后，垂泪祈求饶命。

慕扶兰让这个宫女避开，自己取出金针，命人将谢母扶着躺平，准备替她施针。

谢母的这狂躁之症发作起来的时候，安神的药根本就吃不下去，只有用金针刺穴才能让她安静下来。

阿猫和宫人知道如何操作，急忙上来。阿猫哄着谢母，宫人想将她那只还能动的胳膊压住。不料她两只眼睛却直勾勾地盯着正朝自己走来的慕扶兰，突然，也不知哪里来的力气，她竟然从床榻上翻了过来，那只能动的手朝着慕扶兰狠狠地抓了一下。

慕扶兰的手背立刻被她挠出了几道血痕，血丝从皮肤下慢慢地渗出来，火辣辣地疼。

"皇后，你怎么样！"

阿猫吃了一惊，随即哭着求："太后，您老人家安静些行不行？

求求您了。皇后是来替您治病的！"

谢母呵呵冷笑："你知道什么！你以为我不认得她？她不是什么好人！她抢走了我的儿子！我的儿子原本最听我的话了，我说什么，他都听我的，可就是因为这个女人，她勾引了我儿子，我儿子听她的，再也不听我的了，他的眼里没了我这个亲娘！我打死她……"

她奋力挣扎，又想朝着慕扶兰扑来，被几个冲上来的宫人七手八脚地按住，人是不能动弹了，但那睨着慕扶兰的目光里仍是充满了厌恶。

慕扶兰蹙了蹙眉，取帕子擦了擦被挠伤的手背，随即捻针刺穴。

片刻之后，谢母慢慢地安静了下来，闭了眼睛，嘴里嘟囔着，终于又沉沉地昏睡了过去。

慕扶兰收了东西，叮嘱宫人轮班服侍好太后。

阿猫红着眼送慕扶兰出来，慕扶兰安慰了她几句，便回了紫微宫。

她入了寝殿，命侍女和宫人都各自散了去歇息。洗手后，她毫无睡意，独自坐在灯火前，望着火苗出神了片刻，觉手背又开始作痛，看了一眼，见那几道抓伤已经开始肿胀，便站了起来，去取那瓶有镇痛祛毒功效的药膏。

她打开平日存放药物的匣子，翻了翻，不见想要的膏药，才想了起来，前几日跟前服侍的一个宫人下台阶时，黑灯瞎火地没看清，摔了一跤，擦破了手脚的皮，药膏被她转手赐了下去。

慕扶兰关了匣子。

大半夜的，她也懒得兴师动众地叫人再去太医院拿了。

她随手取了块干净的帕子，正要裹在手上先对付一晚上，忽听寝殿门口响起了轻微的脚步声。

她慢慢地转头。

一道身影出现在了寝殿宫灯照不到的那片阴影里。他在那里停了一停，向着她慢慢地走了过来。

宫灯渐渐映出了一张因为大病一场而变得瘦削，眉目也越发俊朗的男人的脸。

他来了。

这么久了，从那夜他醒过来，次日早上五更便离开之后，今夜是他头一回来到她的这间寝殿。

他每天都忙到很晚，直接睡在元宸宫，夜夜如此。据说，宫人中曾一度私下传言，陛下从不临幸皇后。皇后只是因了太子才被从长沙国接入上京，居中宫之位。

不过随后，慕扶兰很快又得知了另一个传言。

据说有天晚上，一个在元宸宫服侍的宫女仗着姿容婉丽，想替深夜还在批阅奏折的皇帝暖床，结果当夜便被太监拖了出去，从此再不见人。据说是被归入了此前还未清理干净的宫中奸细之列。下场如何，可想而知。消息传开之后，宫女无不心惊，自此再不敢有半点逾矩的念头。

再很快，又有传言出来，说皇帝陛下不开六宫，只有皇后一人，却又不寝于紫微宫，原因并非众人先前猜测的那样，是他不喜皇后，而是恰恰相反，乃皇后不悦皇帝陛下，为了太子之故，方从长沙国来到中宫。

自然了，这些关于帝后之间那扑朔迷离的关系的传言，如风来，也如风去，在这座规矩森严的冰冷皇宫中，是没有人敢当众谈论的。

慕扶兰悄悄地放下自己受伤的那只手，用袖子遮住了伤处。

谢长庚停在距离她数步之外的地方，停顿了一下，道："方才我忙完事，去探我母亲时，阿猫都和我说了……"

他的视线从她的脸、垂落的乌发往下，一直落到了她藏起的那只手的袖子上。

"你的手怎样了？"他的声音听起来有些凝涩。

"无事。稍稍破了点皮而已，过两天就好。"慕扶兰笑了笑，回答他。

他走了过来，终于停在了她的面前。

"让我瞧瞧吧。"

他的声音里透着一种或许连他自己也未曾察觉的疼惜和懊恼，迟疑了下，朝她伸出了他的一只手。

慕扶兰却往后退了一步，将自己的那只手背在了身后，脸上露出微笑："只是抓了一下而已，我自己方才处置过了。无妨，不必看了。"

他看着她，那手在半空停住了，片刻后才慢慢地收回来，随即摊开了另一只方才一直握着的手掌。

他的掌心里卧了一只精致的小瓶。

"这是太医院新制的上好玉膏。"他将药膏放了下去。

"明日起，你不必再去那边了。我不想你再这般委屈自己了。她跟前有太医，也有服侍她的宫人。我自己亦会去探望的。"他说。

"多谢陛下体恤。"

慕扶兰并未推托，只垂下眼眸，低声说道。

谢长庚却还不走，继续望着她，沉默着。

就在慕扶兰忍不住，开口要道自己乏了，想歇息时，才听到他说："过几日，西南三苗的头领以及……"

他略一犹豫，仿佛终于下定了什么决心似的。

"以及袁汉鼎，将一道入京朝贺。

"一直以来，袁汉鼎对长沙国的功劳不小，你希望我封他什么，你尽管说，只要我拿得出，我必不吝惜。"

她听到这个名字便迅速抬起了眼，眼睛里溢出了隐隐的笑意——一种发自内心的愉悦的笑意，是他从来没有在她这里得到过的。

他又有什么资格令她向自己亦展露如此的笑颜呢？

连那个救她母子于水火的人也不是身为丈夫的自己。

谢长庚凝视着面前的这双美目，胸口像是再一次被什么给紧紧地堵塞住了似的，那受过伤还未痊愈的肺腑仿佛也隐隐地抽痛了起来。

三氏头领率领一支使团浩浩荡荡地抵达上京，向新朝皇帝朝拜进贡。随同三氏一道来的，还有长沙国的使者。

皇帝为三氏和长沙国的使团举行了隆重的接待仪式，各自赐下封赏。其中，袁汉鼎的封赏尤其惹人注目。

他被封为镇南大将军，一等公，享封地，爵世袭罔替。不但如此，数日后，在使团成员结束朝拜离开上京的前夜，一名太监又至驿馆，宣袁汉鼎入宫。

临行前夜还得皇帝如此盛恩。袁汉鼎在周围无数的艳羡目光之中出了驿馆，随太监进了宫。他行在夜色笼罩下的重殿叠宇之中，穿过一个静谧的庭院，沿着宫灯的指引，最后来到了庭院尽头的一座楼宇之前。

太监停步，恭敬地道："请大将军进去稍候。"

袁汉鼎望向前方，见殿门上方中央悬了一匾，上书"清心阁"三字。

他点了点头，走了进去。

殿内灯火明耀，画栋朱帘，南墙悬了几幅字画，夜风透过半开的窗格徐徐涌入，送来一阵沁人心脾的花木暗香。周围精巧而雅致，不是他到之前以为的御书房。这里看起来和门外那匾额上的题词倒十分符合，更像是一处用来与友人小聚的私阁。

袁汉鼎屏息敛气，立在殿室中央静静地等候了许久，始终不见皇帝到来，心里渐渐生出了疑虑。

他回到门边，看了一眼外头，发现方才那个带他来此的太监也不见了人，不知何时已经离去。夜色幽阒，除他之外，四周不见半个人影。

袁汉鼎迟疑了一下，一时进退两难，正要出声唤人，忽听对面自己方才走过的那条甬道之上传来了一阵窸窸窣窣的脚步声。

他抬眼望去，影影绰绰的，仿佛有女子带着贴身宫女正朝这边走来。宫女的手中提了一盏宫灯，渐渐近了，照亮人影。

袁汉鼎终于认了出来，这个宫女是丹朱，而那个正往这里走来的女子便是慕扶兰。

这是当日她离开长沙国后，两人第一次碰面。

他十分意外，没想到等不到皇帝，她却来了这里，转念一想，恍然大悟。

那太监从来到驿馆张嘴说出第一句话开始，就没说过是皇帝召见。是他想当然而已。

原来不是皇帝见他，而是她召自己入的宫。

虽然有些惊讶，但能在离开上京之前和她见上一面，还是让他欣喜不已。

他立刻跨出门槛，朝着那个正往这里走来的女子迎了上去，跪在甬道之上，叩首问安。

慕扶兰看到他时，眼底掠过一道惊讶之色，怔了一下，但很快，她的脸上便露出笑容，上前叫他起来。

她入了殿。袁汉鼎随她而入，止步于殿门口，恭敬地道："臣此次入京，不但蒙皇帝陛下隆恩，破格封赏，白天里亦得见太子之面。太子对臣极是礼遇，向臣转了皇后对臣的问候与期许。"

慕扶兰笑道："弟子事师，本就当敬同于父。太子从前多蒙你教授骑射武艺，敬你是他的本分。阿兄你在我面前也千万不要客气。"

袁汉鼎慢慢放松下来，脸上也现出了笑意。

"此次入京，臣获益良多，临行之际能得皇后召见，亲口向皇后表感激之情，是臣之荣幸。皇后放心，臣回去后必加倍效忠，不负天恩。皇后特意召臣来此，若另有事，尽管吩咐，臣赴汤蹈火，在所不辞！"

慕扶兰笑道："我也没什么别的事。白天熙儿虽说向阿兄你转达过我的问候了，但想到阿兄你明日便要走了，我晚上恰好无事，便寻阿兄道声别。因我出宫不便，故将阿兄请来此处。愿阿兄路上一路顺风，早日归家。"

　　袁汉鼎以为她私召自己来此是有什么难言之隐，或是有要自己帮忙的事，原来只是要向自己道别，故再次叩谢。

　　慕扶兰上来，亲自扶起他，和他又闲话了些长沙国的事。

　　袁汉鼎知道她如今的身份和从前在长沙国做摄政翁主时大不相同，亦知道自己也不便在这里久留，再叙了片刻，便辞别而去。

　　慕扶兰也不留他，送他出殿，说："我替慕妈妈和阿茹备了些东西，劳烦阿兄你顺道带回去，叫慕妈妈好生照看阿茹，我有空了便回去看她们。"

　　袁汉鼎一一答应。慕扶兰停在殿门外的台阶上，等他身影渐渐消失在了宫道的尽头，面上的笑容便消失了。

　　她转过脸，视线投向元宸宫所在的那片黑漆漆的夜空之下，盯了片刻，一言不发地迈步往元宸宫去。

　　时已不早，御书房里的灯火却依旧亮如白昼。谢长庚坐于案后，低头阅着奏折。殿里悄无声息，伺候在角落里的宫人皆屏声敛气，静得连皇帝手中那笔头扫过纸张发出的声音仿佛也能听到。

　　太监曹金入内，以眼神暗示宫人，待殿内只剩自己与皇帝二人了，才走到他近旁，躬身低声道："陛下，奴才已经安排妥当，皇后已经过去了。"

　　"今晚的事情隐秘，不会有不相干之人知晓半分。"曹金又小心翼翼地补了一句。

　　谢长庚的视线依旧落在面前那本摊开的折子上，没有开腔。

　　他面容冷漠，恍若未闻，阅完一本折子，合了，抬手去取摆在案头上的另一本，指尖碰触到折子之时，手忽然滞住了，脸色渐渐泛白，片刻之后，他仿佛再也忍不住，猛地咳了出来。

　　太医曾有言，皇帝陛下当日伤及肺腑，如今外伤虽然已经痊愈，但内里还需慢慢调理。日常倘遇气血不顺，便会引发内咳，亦是不可忽视。

　　曹金上来替皇帝揉着后背，见他咳得无法自已，面露痛苦之色，

253

突然低下头去，待慢慢直起身之后，他面前的折子之上竟多出了一簇殷红的血，触目惊心。

太监惊呆了，反应了过来，张口要喊人唤太医，却被阻拦。

皇帝将那本折子合了，闭了闭目，道："太医来了也就那样。我的伤我自己清楚。你去把药端来给朕便可。"

曹金红着眼。他知道皇帝的脾气，说一不二，只好后退。

他退到了御书房的殿门前，转过身，打开门要跨出门槛时，却被吓了一跳。

门外立着一个面带怒容的丽人。

"皇后娘娘！"曹金反应了过来，忙退到一边向她见礼。

慕扶兰提起裙裾，一步跨入御书房，说道："出去！"

曹金迅速回头，透过层层帐幔，隐见皇帝依旧低头批阅着另一本奏折，仿佛什么事也未曾发生，更没有留意门口这边的动静。他迟疑了下，小心翼翼地道："皇后娘娘突然来此……"

"滚出去！"慕扶兰冷冷地道，随即迈步向前。

皇后性柔而厚德，向来御下宽容，如此刻这般形容，前所未见。

曹金不敢再开口，低头诺诺而出，带上了门。

慕扶兰径直入内，来到御案前，盯着自己对面的那男人，压低声音一字一字地道："谢长庚，今夜你这一出，意欲何为？"

她等了片刻，见这男人依然端坐着，低眉敛目，执笔的那手还在写着字，自己的话似是丝毫未曾入他耳。她再也抑制不住心底翻腾着的怒气，上前，劈手将他正在批复的折子夺了。

他的手腕微微一颤，笔尖斜着划拉而过，在纸上拖出了一道长长的墨痕。

"皇帝陛下，敢问您是要试探忠奸，还是要捉奸成双？"

她掷了那本不知是哪个大臣的折子，冷笑着问道。

谢长庚慢慢地将手中的朱笔架在了笔山上，抬起眼望向了她，唇动了一动，似是想说话，却又说不出来的样子。

慕扶兰的脑海里掠过今夜发生的一幕一幕：曹金来传话，请她摆驾清心阁，说皇帝召她于此处。她不明所以，但还是去了。

她万万没有想到，在那里见到的人竟然是袁汉鼎。

更叫她愤怒的是，袁汉鼎显然也是被蒙在鼓里，以为召他入宫的那个人是皇帝。

她已经很久没有像今夜这般愤怒了，以至来的路上，她的手紧紧握拳，控制不住地发抖。

见他如此，她也不想再听他说什么了，又道："皇帝陛下，我一直以为你是个明智之人，如今我却不得不怀疑自己了。如此荒唐愚蠢之举，是在羞辱我与袁阿兄，亦在羞辱皇帝陛下你自己。

"我希望你，再不要有下回了！"

她说完转身，就要开门离去时，身后传来一个幽幽的声音。

"我以为你和他应当有话要说的……"

她停步，转过了脸。

他依然那样端坐着望着她，面色有些苍白，但神色比起方才显得平静了许多，声音也十分沉稳。

"你还记得我从前对你说过的话吗，我不干涉你的一切事。"他说。

他的眼前仿佛浮现出了那夜她听到袁汉鼎这个名字时，眼睛中满是喜悦光芒的那一幕。

"袁汉鼎这回千里迢迢而来，我料你应当想见他的，或为避嫌，才始终未曾得见一面。倘若就这样让他回去了，下回你们再见不知何时，未免遗憾。"

他停顿了一下。

"你来上京，并非出于你的本心，不管你相信与否，我是真的望你在这里能尽量过得舒心些，这才做了如此安排。倘若冒犯了你，亦是我考虑不周，望你见谅。"

慕扶兰怔住了。

她看着面前的这个人。

他分明是谢长庚，那个她一直无法摆脱，熟悉得犹如她身体另一半的男人，但这一刻，或者说不知从什么时候起，他仿佛变了，不像是她所知的那个人了。

这样的感觉其实早就爬上了她的心头，只是从前一直若有若无的，从没有像今夜此刻这般清晰过。

她心头的愤怒渐渐消散，取而代之的是另一种连她自己也无法言说的茫然和惶惑。

她望着这个男人，沉默了片刻，才慢慢地道："谢长庚，我感激你为我考虑得如此周到，但你是真的半点也不了解我慕扶兰。

"我告诉你，倘若哪一日我想了，用不着你的安排，我自己知道该如何做！"

言毕她掉头出了御书房。

第二十八章

◇

秘密

宫灯的光朦朦胧胧的，照着她脚前那一片昏暗的甬道。空气里飘着不知何处角落盛开的玉兰花的芬芳。她走出元宸宫，丝毫没有留意到，就在她身后那花木掩映下的树影之下，静静地立着一个孩子的身影。

御书房里再次传来一阵压抑的咳声，断断续续的，中间夹杂着太监低微的祈求之声。

"……陛下，您方才都咳出血了，还是请太医……"

"啪"的一声，是碗盏落地碎裂的声音——或是皇帝终于不耐烦了，发怒将其扫落在地。

周围安静了下来。

片刻之后，当又一阵咳声传出时，这个孩子的眼底掠过了一缕糅杂着几分怨恨，又有几分不忍的神色。

他闭了闭眼，终于从树影中走了出去，迈上宫阶，叩开了那扇虚掩着的殿门。

"父皇，我方读书时遇一不明之处，想来此请教父皇，不想遇到父皇身体不适……"

他看了眼蹲在地上正捡拾药碗碎片的太监，朝对面那个抬头望向自己的人跪了下去。

"请父皇以身体为重。"他叩首，说道。

这个地方除了皇后，太子是另外一个无须通报便可自行出入的人。太监见他此时到来，如遇救星，急忙也顺势跪了下去，低声一道恳求。

皇帝慢慢地放下了手中的奏折，沉默着。太子便命太监去唤太医，太监起身，飞奔而出。

片刻后，几名太医到来，仔细地替皇帝诊治后，聚在一起，商议着开出了一张方子，捧了上来说："不若再请皇后过目……"

"不必扰她。你们定便是。"

皇帝面露倦色，淡淡地道。

太医们对望了一眼，诺诺而退。

御前的太子请皇帝早些歇息，在皇帝含笑而欣慰的注目之中，恭敬地告退。

他退出了殿外，一步步下了台阶，转过头望着身后的门窗上映出的那片灯火，神色渐渐转冷。他凝神看了片刻，转身迈步，身影消失在了夜色之中。

慕扶兰回到了紫微宫。

身体里那不停翻涌着的感觉直到此刻仿佛都无法平息，迫得人眼热心酸。

她在灯下独坐了良久，方渐渐平静了下来，问了声时辰，宫人道是亥时三刻。

快子时了，她想起了居在侧殿的熙儿。

入宫之后，他比起从前越发勤勉，时常挑灯夜读，好几次被慕扶兰撞见他深夜犹手不释卷。

就在此刻，她忽然想去看看他。便是他已经睡着了，能看看他的睡容也是好的。

上天终究还是待她不薄，让这个孩子也陪她来到了这世间。许多次了，当她无助之时，彷徨之际，看到这个孩子，她的心便明确了方向，寻回了依托。

她出了寝殿，正要朝侧殿走去，却见殿外立着一个孩子的身影。

她一怔，随即朝他走了过去，含着笑轻声责备："这样晚了，怎么还没去睡？站在这里做什么？"

孩子依然那样站着，一言不发。

慕扶兰渐渐觉得有些不对。

她想了下，握住了孩子的手，带着他往里去。命宫人都退出去后，她柔声道："熙儿，你若有心事，尽管和娘亲说。"

孩子低低地道："今晚的事，我都知道。"

慕扶兰惊诧不已，来不及思忖他是如何知道今夜发生的这些事的，心头便涌出一阵窘迫的感觉。

她望着面前的这个孩子，唯恐他误会，想立刻对他解释一番，但是一时又不知该如何解释。

她停顿了一下："熙儿，你莫误会……"

孩子摇了摇头，在慕扶兰惊诧又带了几分窘迫的目光注视之下，慢慢地跪在了她的面前。

"娘亲。"他仰面看着她，不再叫她母后，唤她娘亲。

"我知道你是为了我才入了这座皇宫的。我已经做了太子，诸事顺利。我也不小了，往后定能照顾好自己。何况父皇待我也胜过亲子，娘亲你完全不必再挂虑我。你不喜欢这里，若是想回，尽管回洞庭去，不要因我而裹足不前，诸多羁绊。"

他凝视着慕扶兰。

"娘亲，你更不要因为我，勉强自己去接受你本不愿意面对的人。

"其实，娘亲你若是能和袁将军在一起，我会很高兴的。他是个好人，他一定会竭尽所能，叫娘亲此生安乐，再无忧怖。

"娘亲，熙儿可以向你保证，总有一天，熙儿会让娘亲你彻底脱离过往，过上新的生活。这都是娘亲你该得到的。"

最后，他用强调的、缓缓的语气说出了那样一句话。

慕扶兰呆住了。

不是不感动，而是这一刻，他这番话所带给她的震惊和冲击已经远远超出了感动。

她低头看在跪在自己面前的这个孩子。

是她的熙儿真的长大了吧。她想。

他再也不是从前那个长在寺中，翘首等着她去接他归家的孩子了。

她本该无比欣慰的，然而她的心头此刻却是一片深深的茫然之感。

她慢慢地坐了下去，出神了片刻，低低地道："娘亲会考虑的。等娘亲考虑清楚了，再做定夺。"

孩子从地上爬了起来，牵了慕扶兰的手，送她入内。

"娘亲，你先去休息。

"不急，我们慢慢来。"孩子笑着，轻声说道。

蓬莱宫中日月长。

袁汉鼎回了长沙国。

太医们极尽所能地为皇帝治伤，时不时悄悄见一趟慕扶兰。皇帝躬勤政事，休息养民，知人善任，又整饬纲纪，锐意图治。新皇朝万象更新，天下万民拜服欢腾。

日子就这样犹如静水般无声地流逝。一切仿佛都在向好的方向发展，除了太后的病情。

太医院日常记录，太后起初跌仆，伤于筋脉，导致经络雍闭，半身牵引，时或晕悸，言语健忘，虽全力医治，但病势反复，不容乐观。到了夏末，太后牙关亦日益趋紧，饮食艰难，身体一日坏过一日。尽管慕扶兰和太医院的太医们尽力救治，但拖到这一年的秋天，她还是如同一根蜡烛终于燃到了尽头一样，无力回天。

太后已昏睡多日，奄奄一息，断气前的一夜，或是回光返照，苏醒了过来，认出病榻前的儿子，口中嘟囔："庚儿，你可来看娘了……前些时日你都去了哪里，娘天天想着你……没事没事……你忙去吧……娘知道你日后一定会有大出息的……只要你出息了，娘再辛苦也值……"

老妇人的两只眼珠子转着，目光忽然落到了站在他身后不远处的慕扶兰的身上，她盯着慕扶兰定定地瞧了一会儿，神色变得激动了起来，唉声叹气地说："……叫她去……娘不要看到她……她是要把庚儿你从娘这里抢走的……"

只剩最后一口气的人了，却不知哪里来的力气，抬起那只勉强还能动弹的手死死地掐住了皇帝的手臂——仿佛有什么看不见的东西正要将她儿子从她身边带走。

慕扶兰转过身，默默地离开了。半夜，她在紫微宫中得到消息，就在片刻之前，太后薨。

对这个老妇人，慕扶兰自然没有多少感情可言，但也谈不上憎恨。一个称不上善良，也算不上恶毒的寻常之人而已，就和她以及她所知的许许多多人一样。这些日子，她尽了自己医者和今日身份的双重职责，便就够了。

皇帝是孝子，天下皆知。这几个月，随着太后身体每况愈下，从早到晚，他每日几乎就在元宸宫和这张病榻之前来回奔走。皇帝的孝行被起居郎以笔载录，礼部制文，从上而下，教以效化，民以风化。

皇太后的丧礼亦是隆重至极。梓宫奉安，皇帝辍朝六日，服缟素，上京四品以上的官员和命妇全部云集灵殿，服布素，朝夕哭临，内外官民则斋宿二十七日，寺庙道观，从早到晚，钟声不断。

半个月后，太后发丧，大礼终于结束。次日是绎祭之礼。绎祭是正祭次日的续祭，比起正祭的过程相对简单一些，但亦不轻松。当日，慕扶兰忙碌到了亥时，才终于结束了所有的祭仪。

她在身后那些参祭命妇的跪拜之下，离了祭殿。

这半个月来，她统领命妇，操持丧仪，几乎就没怎么休息过，回到寝宫，人累得几乎虚脱，除去身上的丧服，草草洗漱了下，便躺了下去。

应是下半夜了，太监曹金来求见，跪在了她的面前，小心翼翼地道："陛下此刻还在祭殿之中。陛下内伤尚未痊愈，这些时日更几乎未曾合眼过，奴才怕陛下身体吃不消，又不敢劝……"

慕扶兰又来到了那座祭殿。

　　深夜的祭殿不见了白天那些陪着哭丧的大臣，此刻显得分外空旷。在满目的白蜡和丧幔中间，她看到那男人独自跪在灵前，烛火幢幢，他一动不动。

　　她在殿门口立了片刻，终究是没有进去。

　　循着原路，她退了出来，对太监说："陛下想必是悲痛过度，如此，他心里应当好过些。"

　　她回到自己的寝宫，再次躺在了身下这张铺着锦衾的床榻上，慢慢地闭上了眼睛。

　　四下幽阒，万籁俱寂，她睡得很沉。不知道又过去了多久，她突然睁开眼睛，透过低垂下来的帐幔，看见自己床前对着的一张靠椅之上坐了一个人，轮廓和周围的夜色仿佛融为了一体。

　　慕扶兰的心跳加快了。

　　月影渐渐入窗，那个人便那般坐着。过去了很久，久到慕扶兰几乎以为自己看错了，那不是人，而是某种她想出来的幻影。

　　她迟疑了一下，慢慢地坐了起来，撩开帐帘，下地走了过去，望着面前这个坐在椅子中，已经睡了过去的男人。

　　他闭着眼睛，脸侧向她床的方向，一动不动，呼吸之间却满是酒气。

　　从他受伤之后，太医诸多医嘱，禁酒亦是其中之一。便是之前赐宴那些来朝的外使，太监亦是暗中为皇帝备水代酒。

　　慕扶兰知他这大半年间应当未曾饮过半滴酒。

　　她未免诧异，又有些生气，唤了声"陛下"，见他没有反应，便伸手推他。

　　那人动了一动，终于醒了过来，睁开眼睛，慢慢地坐直了身体。

　　"陛下怎么醉酒至此地步？"慕扶兰说道。

　　他坐了片刻，抬起手揉了揉额头，口中含含糊糊地应："……你去睡吧，我这就回去，我也好去歇了……"

　　他带了些仓促地起身，脚步却跟跄了一下，"砰"的一声撞到了陈设在近旁的一只檀雕竖柜上，身体晃了一晃。

慕扶兰急忙伸手扶住了他，却觉肩头一重，身侧仿佛压下来一座沉重的山，非但没能扶稳，反而被他那倒下的身体带得失了平衡。

两人一起摔倒了。

她被他压在身下，一起倒在了紫微宫寝殿那已经带着几分秋凉的坚硬地面之上。

眼前昏暗，慕扶兰仿佛被带着酒气的炽热呼吸给包围了。男人沉重的身躯压在了她的身上，消瘦得几至嶙峋的骨头突兀无比，硌痛了她。

慕扶兰心跳飞快。她定了定神，待要伸手将这男人推开，他自己忽然动了一下，翻了个身，松开了她。

"我心里极难过……"

片刻之后，她听到他的声音在耳畔响了起来。

"他们都以为皇帝是在为太后的离世而难过……我的母亲走了，我确实难过，理当如此。但我心里知道，我的难过远没有我自己以为的那么多……

"人人都说我是孝子……只有我自己知道我是个什么东西……"

他犹如醒着，又似醉着，声音仿佛来自黑暗深处的渊底，压抑至极。

"……我的心里，极难过……"

他又重复了一遍，声音慢慢消失，取而代之的是一阵均匀的呼吸之声。

慕扶兰转过头，借着模模糊糊的月光，见他仰面卧在地上，又睡了过去。

她在他身旁坐着，呆了片刻，渐渐感到地凉透过衣裳，沁入体肤。

她靠了过去，又唤他。他慢慢地睁开眼睛，怔怔地看着她。

"你不该喝酒的。"她说，语气带着责备，"起来！"

他一声不吭，低着头，仿佛一个做错了事的孩子，顺从地任凭她将自己从地上架了起来，步履不稳地走到床边，倒了下去。

慕扶兰替他除履盖被，转身正要离开，身后传来了一道含含糊糊的声音："你去哪里……"

她转过头，见他趴在枕上，闭着眼睛，一动不动。

她在夜色中立了片刻，又慢慢地走了回来，坐下去，人倚在床头，闭上了眼睛。

慕扶兰醒来的时候，发现天已微亮。黯淡的晨曦从昨夜那扇透入月光的窗中映入。她的身子倾了下去，侧卧在了枕上，一只胳膊被身畔男人伸过来的手给压住了，他掌心所覆之处热热的，仿佛捂出了汗。

他还没有醒来，睡得很沉，呼吸均匀，和她面对着面，两人靠得很近，他呼出的尚残留着几分酒气的温热气息轻轻地扑在了她的面上。

她屏住呼吸，轻轻地将自己的胳膊一寸寸地从他的掌下慢慢地抽了出来，人跟着往外挪去，挪回了床边，正要悄悄起身，他的手指下意识般地动了一动，他一下睁开了眼睛，醒了。两人顿时四目相对。

他眼窝深陷，眼底还带着些血丝，目光起先透着几分迷茫，似还没从沉睡中完全清醒过来，怔怔地望着她，神情如做梦。片刻之后，他似乎终于想起了什么，眼底迅速掠过一缕浓重的懊恼之色。

他避开她的目光，仓促地坐了起来，下了榻，匆匆穿好鞋子，直起身，在她的帐前立了片刻，方慢慢地转过身，低声道："昨夜回去之后，一时睡不着，喝了几口酒，不想竟醉至如此地步。得罪你了，望你莫怪。

"太医的叮嘱我没有忘。仅此一回，我保证往后再不会如此了！"

他又道了一句，随即转身匆匆而去。

这意外的一夜仿佛一颗投入湖面的石子，无声无息地沉了下去，没有留下半点痕迹。

自那一夜过后，慕扶兰再没看到谢长庚在自己面前露脸，他似乎在避着她。直到半个月后，这一天的午后，慕扶兰在紫微宫起居殿的南窗之前，正翻阅着太医送来的关于皇帝肺腑之伤的用药日志，忽然觉得周围静悄悄的，有些异常，她抬眼看出去，见殿前庭院里的宫人不知何时都退下去了，木兰树下立着一道着了龙袍的身影。

谢长庚来了。

这是那个夜晚之后，他头一次来这里。她合上了日志，慢慢站了起来。

他也终于迈步向这边走了过来。

时令虽已入秋，但中午时分依旧燥热。慕扶兰迎他入殿，见他额头有汗沁出，便命人将殿内方才半掩着的帘子全部打开。

"陛下来，可是有事？"她问，亦是若无其事的样子。

谢长庚停在殿门口，说："过几日，我要去一趟北边。"

慕扶兰早就已经知道了。她沉默着。

就在太后病重的那段时间，有关皇帝或因历年征战、旧伤复发的猜疑也渐渐地传播开来。

这个猜疑起先只是起于朝廷的一些臣子，后来慢慢扩散出去，竟变成了皇帝伤势严重，久治不愈的谣言。京城内外，人心未免浮动。但后来，随着太后葬礼的进行，皇帝曾圣驾出宫，亲自率领百官祭太后，龙颜天威，全城亲眼看见，谣言不攻自破，民众才终于放下了心。

除了这种谣言，新朝初立，表面看似太平，实则危机处处。尤其是刺杀和安插奸细的活动，极为猖獗。

这半年来，不说地方，仅仅是在上京，据慕扶兰所知，就已秘密处置了数起刺杀未遂的事件。关于皇上旧伤复发、命不久矣的谣言，自然也是这般扩散开来的。

"就在前几日，监司彻底拔除了上京遗留下来的最后一个细作的窝点。但我命不长久的谣言已经传到了河西。那边平静了几年，现在北人又有异动，人心有些不定。我若不露面，仅靠政令，很难安定军心。河西极为重要，绝对不能有失，我要亲自去一趟，算御驾亲征吧。朝廷之事我会交代给刘管等人，由他们辅佐太子，你来监国，你意下如何？"

他说完，望着她。

慕扶兰慢慢地抬起眼，说："我知道了。"

他一动不动，仿佛还在等着她继续说话。

午后的风从南窗吹入，打得帘子上的一绺水晶穗子瑟瑟作响，催得人心烦不已。

她却始终没再开口说什么别的话。

他再立了片刻，仿佛醒悟了过来，忽然转过脸，带了些仓促地道了句"劳烦"。

慕扶兰望着前方那个匆匆离去的背影，回头望了眼身后那本日志，胸间一热，再也忍不住，唤道："陛下！"

那个男子已经跨出殿槛，一下子便停住了脚步，回头望着她。

慕扶兰慢慢地呼出了一口气，在他的注视之下走了过去，道："陛下去了那边，若是见到老族长，代我问候一声。"

"好。"他应。

"河西那边缺医少药，民众求医不便，待局面安定了，若是陛下允许，我可选派医者入驻，帮助播传医术。"

"好。"他再应。

"还有，陛下要保重……"她停顿了一下。

"朝廷初立，不能长久离了陛下。"她说。

他的眼底掠过了一道难以觉察的黯色，他沉默了片刻，面上露出微笑，慢慢地说出了第三个"好"字。

"我只露个脸而已。你放心。"

他的喉咙仿佛有些沙哑。他朝她点了点头，收了目光，转身快步而去。

皇宫北边的一座殿门之前，宫人提着素白的灯笼鱼贯而出。灯影晃动，阿猫将慕扶兰送出宫门之外，说："皇后您回去吧，这里我会看顾好的。"

太后丧事过月，这里举行月祭，法事连做三天三夜。

这是最后一夜了。

慕扶兰吩咐太监安排好轮班值夜的人，有事随时去叫自己，轻轻握了握阿猫的手，叮嘱她也去休息。

宫人在前头打着灯笼，暗红色的灯光照亮了慕扶兰回往紫微宫的路。但再往前一些，在她视线的尽头之处，便是漆黑无垠的夜幕。夜幕已经将这皇宫白日日光下所有的朱甍碧瓦和玉楼金殿尽数吞没，走在这阒寥得宛如幽冥之境的皇宫里，头顶那一尊尊蹲在屋脊阴影里的脊兽犹如黑暗的眼睛，在冷冷地俯视着从它们脚下穿行而过的众生。

慕扶兰加快脚步走了过去，一入紫微宫，便紧紧地关上门，仿佛如此，便能将身后的一切全部关在身后。

月亮渐渐升到头顶，素白的月光从窗户中静静洒入她幼年住过的这间寝殿里，犹如梦中遥远的什么东西，若隐若现，勾着她去寻找，待她上路，却又雾失楼台，月渡迷津，永远都是那样可望而不可即。

她从梦中醒来，一身涔涔的汗，只觉口渴得喉咙下一刻就要起火了。

她撩开帐子，从床上下了地，光脚踩在幽凉而光洁的地面之上，走过去拿起茶壶，亦不用杯，就着壶口喝了几口水。

清凉的水沿着她的口和喉咙流入她的身体。犹如一片干涸得几近龟裂的泥土得了甘露的滋润，她长长地呼出一口气，在夜色中站了片刻，来到了起居殿。

她坐在自己惯常做事的那扇南窗之前，没有点灯，在夜色的温柔包裹中，仿佛一个无声无息的幽灵，静静地对着窗外透入的那片月影出神。

谢长庚已经在三天前离开上京，去往河西御驾亲征了。

她也是在三天前看完了太医院送来的关于他伤病治疗和用药的日志和记录——他的内伤至今仍没有痊愈，眼看又要出京，为保证治疗和用药的最佳效果，她还另外要来了在这之前的几年里，来自军医记录下的他在行军打仗中的受伤治疗情况的全部记录。

这次他去河西，有太医同行，就在他离开的前夜，慕扶兰已经将新的方子交代给了太医。

三天过去了，他现在人应该已经出了京畿。但不知为何，这三天里，慕扶兰却总觉得自己仿佛遗漏了什么东西。

直觉告诉她这东西很重要，她必须要想起来，但是无论她怎么想，就是想不出来到底遗漏了什么。

她定定地坐着，眼前不禁又浮现出了太后大丧之礼的那一夜，谢长庚独自于深夜跪在祭殿里的那个背影。

无声而凝重。与三天之前那个在万众欢呼的荣耀和崇拜中出京的马上背影相比，显得是如此孤独和寂寥。

慕扶兰抬起眼，视线再次落到了那沓摞于案头的日志上，月光勾勒出一团带着晕光的轮廓。她看着，出着神，忽然，记忆的深处里仿佛掠过了一道闪电般的光，那光模模糊糊，若远若近，她慢慢地闭了眼，一动不动，仿佛唯恐自己一动，这突然而至的感觉便会离她而去，消失得无影无踪。

就在某个电光石火的刹那，她终于想了起来！

她突然睁眼，点亮了桌上的灯火，一把抱来日志，找出其中一本，飞快地翻了起来。

她一页一页不停地翻，从扉页一直翻到了末页，翻完一遍，又翻了一遍，手停了片刻，猛地起身匆匆而出。

四周静悄悄的。一个宫人正靠着宫柱偷偷打盹，突然听见一阵急促的脚步声，打了个激灵，抬起头，看见皇后从起居殿中快步而出，表情奇怪，仿佛出了什么事。宫人吃了一惊，睡意顿时消失，迎了上去。

"立刻去把太医院院首请入宫中！"慕扶兰下令。

宫人应了一声，转身要去，又被叫住了。慕扶兰入了寝殿，换了衣裳，自己匆匆出宫，乘车到了院首的宅邸之外，命人唤门。

院首从睡梦中被惊醒，听闻皇后连夜到来，急忙出来相迎。

慕扶兰指着手中的日志问他："过去三年间，陛下在外的所有受伤治疗记录，你确定都在上头，没有任何遗漏？"

院首急忙跪地："此事乃下官经手，事关陛下龙体，岂敢疏忽应对。下官可以人头保证，下官特意问过军医，过去三年里陛下所有的伤情记录全部在列，无一遗漏！"

慕扶兰定住了。

她记得清清楚楚，当日谢长庚来复州让她过去，两人会面于江口，她问他为何突然要将皇位传给熙儿，当时他说他身体受伤，无法再有子嗣，而他又需要一个太子。

但是在这本医志之上寻不到半点与之相关的受伤记录。即便这种事不宜叫人知晓，军医当时得了谢长庚的指令，不予记录，但子嗣一事何其重要，谢长庚绝不可能没有另外求医过。

药翁闲云野鹤，已经很久不曾露面了，先前她不放心，也曾派人四处打听，并无消息。除了寻找不便的药翁，论医术，当世还有谁比她面前的这位太医院院首更能让人信任？

"院首，陛下从前真的没有叫你看过别的伤病？譬如隐疾？"

慕扶兰盯着院首，语气着重放在了最后两个字上。

"事关重大，若有，你务必如实和我道来，不得有半点隐瞒！"

院首觉得莫名其妙，立刻摇头："没有！"

他迟疑了下，又小心地问："可是陛下那边出了什么事？"

慕扶兰沉吟了片刻，摇了摇头："无事。

"深夜扰你，你辛苦了，歇息吧。我回宫了。"

院首拜送。

回往皇宫的路上，慕扶兰陷入了沉思。

看院首方才的回复，不像是在隐瞒。倘若院首的话是真，那么当日谢长庚对自己的那番说辞就是谎言。

他为什么要如此骗自己，在两人分别三年之后？更叫人匪夷所思的是，他骗自己的目的竟然是把熙儿扶上太子的位子。

这完全不合常理。这一世的熙儿和他没有任何血缘关系，他分明是知道的。倘若不是有别的原因，哪怕他从前再喜欢这个孩子，和他再投缘，一个将要登上皇位做皇帝的人，怎么可能做出这般荒唐的事？

从当日两人复州相见，到自己被接入上京，做了他的皇后之后，他的种种反常举动一一在她脑海里浮现。

他对她说，他不会勉强她做任何她不愿做的事。

太子加冕礼的前夜，他召来重臣，说了那样一番话。

当日，他分明受了重伤，却还是坚持完成了礼仪，为的就是向天下人昭显太子的天定。

甚至就在不久之前，他竟然还做出了安排自己和袁汉鼎私下见面的荒唐之事。

他犹如变了一个人。

谢长庚这个男人，即便是从前，在他苦苦求她和好之时，他也是难掩心高气傲，锋芒毕露。

然而如今，他在她的面前却仿佛剥去了他的逆鳞，磨平了他的棱角，他一直在讨好她，用他自以为最大的努力来小心地讨好她。

她非木石，又岂会毫无知觉？

在他们于复州相见之前，在他的身上到底发生了什么她所不知道的事？

慕扶兰的心里突然跳出了一个念头。

她被自己这个可怕的念头给吓到了，只觉匪夷所思。但倘若不是如此，她实在想不出来还会有什么原因，能让一个人的变化如此

271

之大。

她的手心冒汗，一颗心怦怦地跳个不停。她急于求证，一回到宫中，甚至等不及天亮，又命人立刻去将梁团召来。

梁团如今官居都尉，统上京五军，掌皇都要卫，身负重任，故谢长庚此次亲征，没有让他同行。

他匆匆入宫，拜见皇后。

"梁都尉，陛下入京前，你一直贴身跟随。我问你，去年陛下去复州见我之前，除他日常之事，可曾有过反常之举？或是去过什么地方？"

梁团连夜被召入宫，听到皇后问自己这种问题，有些莫名其妙。但见她端坐其位，神色凝重，亦是不敢托大，冥思苦想了片刻，便记起了当初令他印象极其深刻的那件事。

他说："确有一事，臣至今不忘。便是琼阁事变，刘后被除之后，当夜，臣等皆狂喜，陛下却深夜不眠，出城去了护国寺。陛下当时将臣等留在山门之外，自己入寺，次日仍不见出来，臣不放心，进去寻他，在寺后塔林那里见到了陛下。记得陛下出来之时，也不知前夜出了何事，虚弱不堪，似大病一场，好在很快便恢复了。

"除那一次之外，臣不记得陛下再有反常之举。"

梁团说完，屏息等待，良久才听到对面传来了一道低沉的声音："你去吧。"

护国寺的那位长老在年初便已经寂化而去。

但这一刻，也毋须再去见谁，问什么了。

她依然那样坐着，闭上了眼睛，脑海里又浮现出那日午后，他来紫微宫和自己道别时的情景。

那个立在殿门口，额头沁汗，黯然凝视着她的男人，他到底是谁？

远处，从钟鼓楼的方向传来了一阵隐隐约约的更漏之声。

她拖着沉重的步伐来到了窗前，眺望着北边那片无垠的夜空。许久，她闭了闭目，转身朝外而去，对着宫人说道："替我叫车马侍卫，我要出趟远门。"

御驾北上的队伍出了京畿，数日之后，在这个傍晚行至了郿城附近。

郿城是连通河西和上京的一个重要城池。过郿城，再往前百里，出西关，便意味着出了中土，真正踏上了去往河西的关外之道。

一个随驾官员报，郿城令知悉御驾行经此地，早早备好了驻跸之所，此刻率了合城官员以及民众，正跪迎于前方道旁，恭请陛下今夜入城过夜。

谢长庚坐于马背之上。他转过头眺望着那座城池所在的方向，久久地望着，仿佛出了神，没有任何的反应。

随驾之人循着他的视线亦齐齐看了过去。

这是一个初秋的晴朗的傍晚，绯霞满天。前方那座准备迎接御驾的城池已在目力能及之处。从这里看去，那城池的影子犹如一条匍匐于地平线上的长龙，在金色的夕照里向着东西蜿蜒延绵，蔚为壮观。

众人随了皇帝一同扭头眺望，屏息等待。

良久，皇帝慢慢地转回了脸，说："人马众多，不必扰民，叫他们都回吧。入夜就地扎营便是。"

眼见日落也没几个时辰了，从这里到西关还有百里之距，天黑之前必然无法抵达，若继续前行，皇帝今夜便只能与士兵一道露宿野地了。

但他自己如此开口了，众人哪敢反驳，齐声应是。

队伍继续前行，天黑之后，扎营在了道旁一处平坦的野地里。

深蓝色的夜空之下，军帐连绵，营火点点，待夜渐渐深了，篝火次第熄灭，白日赶路的军士们此刻早已入了梦乡。

营地中间的驻跸大帐之中，灯火依然亮着。谢长庚对面前的几名将领说道:"明早过关后,朕带一队人马先行上路,你们领军在后,亦尽快赶到。"

大军出动,诸多掣肘,日行百里几乎便是极限了,加上前些时日一直在关内,沿途城池稠密,每过一地,便会如今日这般有地方官员率民众于道旁迎驾,难免耽搁行程。皇帝从前是在马上得的天下,逢战皆亲自迎敌,如今心系河西,既出西关,欲轻骑上路早些赶到,也是理所当然。

将领们各自领事之后,拜退而出。先前一直等在外的太监曹金入内,捧上方才煎好的药。

皇帝喝了。太监躬身道:"不早了,陛下也好安歇了。太医常说陛下要多休息,身体方能早日痊愈。"

他看了眼皇帝手上那卷刚拿起的书,又小声地说:"太医的话,想来也是皇后的意思了。"

皇帝的手停顿了一下,慢慢地放下了书卷。

太监面露喜色,立刻唤人入内,送水递巾。

御帐中的灯火熄了,谢长庚仰卧于榻。他闭着双目,眼前唯余夜的漆黑,然而在他的脑海里却还是浮着傍晚行经的那座城池的影子。

那城池在夕阳的光线里看起来影影绰绰的,恍若旧梦,然而他的心里清楚,这不是旧梦,这是真真切切的存在。

曾经有一个女子,因为这座西出路上的城池,跌入了命运的深渊。

她在渊底,而拯救与沉沦只在她夫郎的一念之间。

然而那个男人终究是负了她。

他不敢,亦是不忍想象,在那日复一日的等待之中,她是如何一寸寸地冷了心底的希望之火,直到彻底熄灭,化为灰烬。

在她决意结束生命的那一刻,她的心里想的又是什么。

他知道,她恨他。但是她无论怎么恨他,都是应该的。不止她,就连他自己亦是深深地痛恨着自己。

那么美好的女子，他曾经求而不得，那个男人怎会忍心如此待她？

谢长庚的心紧紧地收缩在了一起。他感到自己的五脏六腑亦仿佛开始隐隐抽痛。

这时，大帐之外传来了窸窸窣窣的脚步之声。

"陛下！皇后来了！"曹金的声音传入了他的耳中。

谢长庚猛地睁开了眼睛。

眼前依旧是昏暗的夜色。起初他以为自己听错了，但是很快，这声音又重复了一遍。

谢长庚弹坐而起，连灯都来不及点，下地疾走几步，一把扯开了帐帘。

他看到帐前立着一道披着斗篷的女子的纤细身影。她静静地立在月光之下，犹如披星踏月地来到了这里。见他现身，她抬起手取下连帽，露出了一张皎若明月的面庞。

是她来了。真的是她。

她迈步朝着他走来，走到了他的面前，对他点了点头，轻声说："进去吧，我有话要问你。"

谢长庚已经呆住，彻底失去了反应的能力，只有一颗心跳得几乎就要跃出胸膛了。他终于反应了过来，仓促地后退了一步，替她让开道，随即转身，来到案前替她燃灯。

他的手有些僵硬，不大听使唤，试了好几下才终于点着了火。

灯火驱散了暗夜，大帐里变得明亮起来。

谢长庚闭目，长长地呼出了一口气。

他睁开眼睛，转过身，对着立在帐门口的她问："何事？"

他声音低沉，恢复了他一贯的平静。

"你若是累了，就先休息吧，"他望着她那张带着淡淡倦容的脸，"我叫人来服侍你吧……"

慕扶兰朝他走来，停在了他的面前。

"陛下，你当初为何要立熙儿为太子？"她看着他的眼问道。

谢长庚仿佛一愣，迅速望了她一眼，含含糊糊地道："先前不是和你说过了吗？你为何又问这个？"

"谢长庚，你在撒谎。你对我说你受了伤，但我看过你过去几年间的所有伤情记录，寻不到相符之处。我还问过梁团，他说你去过护国寺，在那里过了一夜，当时你的举止，在他看来极是怪异，他至今还印象深刻。

"我想问你，你是不是已经知道了梦境世界中的种种？"她一字一顿地问道。

周围的空气仿佛突然间凝固了。

谢长庚一动不动，亦是一语不发，脸上却渐渐变了颜色。

良久，他转过脸，避开了她的目光，低低地道："你莫胡思乱想……"

慕扶兰望着他，眼角慢慢红了，半晌，她再次开口，声音有些颤抖。

她说："谢长庚，我看得出来，你也很不好过。我本来以为，你既然知道了，我们何妨开诚布公，把话说清楚。这一辈子还很长，我不想你我一直这般彼此折磨，直到老死。我实在不知，你为何不肯承认？

"我从上京追你来到这里，不是为了听你对我撒谎的。但你若是真的不想提，或是真的只是我自己想多了，那便罢了。你就当我方才什么都没说，我这便回去。"

她说完，转身要走。

谢长庚定定地望着她转头而去的背影，在她抬手就要掀开帐帘的时候，迈步追了上去，从后一把握住了她的手腕。

"是我错了。"

一个压抑至极的嘶哑声音自她身后响起。

慕扶兰停步，转过头，对上了男人那一双晦暗的眼眸。

"你说得没错，我已经知晓了。

"我不敢在你面前承认，我怕我承认了，就彻底失去了站在你面前的资格。你莫误会，我不是在请求你的谅解。每每想到如果梦中的事是真实发生过的，如果真的我那般地对待过你，我便从未想过能获得你的谅解。莫说恨我，你便是杀了我，我亦无半句怨言。我更知道，如果可以，你是再也不想见到我了。而如今，我之所以还在你面前，不是为了赎罪或求自己的心安，因为我这一辈子都不会原谅自己的。

"我只是想为你再多做些事，尽我所能地去弥补你。你不要拒绝，这就是我唯一的所想了……"

慕扶兰看着他，没有发声。

他松开了抓着她手腕的五指。

"我就知道……只要被你晓得了，你只会更加地恨我，厌恶我……"

他的脸上挤出了一个难看至极的苦涩的微笑，声音戛然而止。

慕扶兰凝视了他片刻，摇了摇头。

"谢长庚，你是在赎罪吗？"

她说。

"我感激你终于肯和我说出你的心里话了。作为对你坦诚的回报，我不妨也告诉你我的所想。这也是我特意追你到这里的原因。

"人立于世，皆有做不到的难处。对人希望过多，苛求过甚，便成自身苦楚之源。这个道理是我在梦中死过一场后，方才明白过来的。上天既然给了我机缘，恨你又有何用？从一开始我就没想过要对你施加报复，更没要求你的弥补。不管梦中的世界是否曾经是真实的，我都已经不是那个我了，这一辈子你也不是那个谢长庚了。即便你是，我也想告诉你不必再继续负罪，更无须这般折磨你自己了。

"谢长庚，你放过你自己，便如同放过我，才能叫我得心安。这个道理，你明白吗？"

谢长庚仿佛惊呆了。

他双眼一眨不眨，定定地看着她，整个人宛如石化。

慕扶兰笑了一笑。

"这便是我想对你说的话。我出来得急，不宜久留，我这就回上京了。你保重，早日归来。"

她朝他点了点头，戴回斗篷，遮住头脸，转身掀开帐帘，低头而去。

曹金在御帐外远远地等着，看见慕扶兰从里出来，急忙迎上，见她竟然连夜就要回京，吃惊不已，转头也未见皇帝出来，他不敢多问，只好送出营房，跪地相送，看着她登上那驾马车，在一行侍卫的前后拥护之下，如来时那般悄无声息，掉头朝着上京的方向而去。

曹金目送皇后一行人马消失在了月光下的夜色里，费解不已，站立了片刻，摇了摇头，转身正要进去，忽见营门里一人纵马而出，附近守夜的士兵纷纷下跪。

曹金认了出来，那人竟是皇帝，他再次跪地，还没抬起头，便感到身边宛如卷过了一阵夜风，那一人一骑已经从他面前一掠而过。

慕扶兰靠坐在马车之中，闭着眼，神思恍惚，忽觉身下的马车渐渐放慢速度，最后停了下来。

她睁开眼睛，正要发问，马车的车门就被打开了。

借着悬于车顶的宫灯放出的光，她看到上来了一个男子。

谢长庚竟然追了上来。

他进入了车厢，凝视着她，慢慢地半蹲下来，停在了她的裙裾之前。

她有些吃惊，将车窗推开一道缝隙，朝外迅速看了一眼，见同行之人皆已避开，远远跪在路旁。

这样的谢长庚，前所未见，让她觉得很别扭。

她觉得自己的心跳有些加快，关了车窗，不动声色地悄悄往座位里侧挪了挪，低声道："陛下，你这是做什么……"

"兰儿。"慕扶兰忽听他低低地唤出了自己的名。

"我知道我没有资格再这般叫你了，便如我没有资格再对你说，希望你能再给我一次机会，叫我好好爱你，护你此生安乐。但我还是说出了口……

"方才你来见我，其实我未曾对你说出我全部的实话。我不敢向你承认我也知晓了那如真实发生过的梦境，是因为我还存了一点侥幸之念。即便我知道我从前待你到如此地步，我也还是不愿你彻底离我而去。我怕你知道后，从此在你眼里，我便是个彻头彻尾的罪人，再无半分机会了。"

慕扶兰一怔。

他的情绪仿佛突然难以自已，顿了一下，吸了一口气，又道："你来的时候应当没有留意，就在此地不远之处有座城池。那个地方就是鄜城……"

慕扶兰看着自己面前的他，身体里的血液突然变得滚烫了起来，犹如有无数的针在细细密密地刺着她的肌肤。

"兰儿，你从前对我说，你的良人，一生一世，眼中心里须只有你一人。倘若他陷入困境，需要你时，你甘愿为他命。若你有难，他亦会尽心尽力，同等对你。从前我是不知，如今我却明白了。

"我过来是想对你说，倘若时光回去，倘若你还是被我的敌人俘获，他们要我拿这城池来交换你，你原谅我，我还是不会答应的，但我一定会立刻亲自去救你的，尽我所能。我再不会让你像从前那样日复一日地空等下去，即便到了最后，我救不出你，和你一道死了，我也不会后悔。我死了，这个天下也还有别人去收拾。

"兰儿，我还想对你说，假使最坏的可能，因为我的无能，你最后还是死去了，而我依旧活着，我一定会好好带大我们的儿子，再不会让你有从前那样的遗恨。"

车厢里灯光昏暗，他的眼角通红。

"兰儿，你是长沙国的王女，我从前是旁人口中一贼寇。少年时，我自负俊杰，龙困浅滩。如今我才知道，论胸襟，论气度，我谢长庚便是替你提鞋也不配。从前能娶你为妻，是我谢长庚生平最大之幸。"

慕扶兰定定地望着这个蹲跪在自己面前的男人，眼泪忽然就流了下来。

他抬手，想替她擦拭滚落在面颊上的眼泪，她却转头避开了。

谢长庚慢慢地收回了手，凝视着她那张仿佛再不愿回转朝向自己的侧颜，低低地道："兰儿，不要立刻便拒了我，你再想想。便是你真的不肯再给我机会，也等我回来再和我说，可好？"

噩
耗

后来，即便已经过去了很久，当慕扶兰闭上眼睛的时候，在她的脑海里也经常会浮现出这样的一幕：

那个男人仿佛生怕她这就拒绝似的，不等她开口，便就下了马车，纵马掉头离去。

彼时的秋夜，西关的上空犹如满湖倒悬在头顶的洞庭之水，高远又幽邃。银河耿耿，疏星横渡，月白如霜。那道背影在月光下变得越来越小，直至化为黑点，彻底地融入了那片迷离的夜色深处。

他出西关，她回了宫。

仿佛什么事也未曾发生过，她每日协助太子处理国事，议政布政，完美地履行着监国之责。正如大臣们惊诧于太子殿下日益表现出来的与他年纪不相符的英明与果决，大臣们对皇后亦是交口赞誉。

但是没有人知道，随着日子一天天地过去，在她看似平静的外表之下，她心中的彷徨、茫然乃至惶恐，亦是一日日地加重，直到这一天，白天的时候，朝廷收到了来自河西的又一捷报：皇帝陛下御驾亲征，军民人心大定，战事频频告捷。或在不久之后，北陲安定，皇帝陛下便会班师回朝。

这一天距离慕扶兰和那男人西关一别，已经过去了半年，时间也进入了元安二年。

如此一个好消息，自然引发满朝欢腾，普天同庆。但是这一夜，慕扶兰却再一次无法入睡了。

他就要回来了。

然而，倘若再次见面，当他重提西关那一夜的旧话之时，她却还是不知该当如何作答。

她觉得自己想得很清楚，早在那一夜的时候，她就已经想清楚了。

她会对他说，她可以放下一切，包括恨，却无意再和他重续前缘了。

对此，她曾是如此笃定。但随着日子的推移，当关于他归期的消息越来越频繁地传来，那个日子亦越来越明晰的时候，不知为何，她却仿佛开始变得惶惑，乃至忐忑了起来。

而就在今日，这种不停折磨着她的感觉达到了顶峰。

她屏退了所有服侍的宫人，没有点灯，独自一人在紫微宫那间宽敞而幽深的寝殿里，犹如幽灵一般，不停地来回走动。

走得累了再躺下去，自然就睡着了——这是最近这半年来，她渐渐养成的一个深夜入睡前的习惯。

今夜更是如此，她想要早些睡去。

但不幸的是，这个法子忽然也失灵了。

她在黑夜里徘徊了许久，依然没有丝毫的困意。她心里越发烦乱。终于，她不再走动，坐了下去，坐在起居殿中向着南窗的地方，望着窗外夜色中模模糊糊的玉兰树的树影渐渐出了神。

"母后，您怎么了，可是有心事？"

这时，她的身后传来一道轻轻的问话之声。

慕扶兰回过头，看见熙儿手中举着一盏烛火，朝自己慢慢地走了过来。

慕扶兰急忙起身朝他迎去。她并未答他的话，只是问他："这么晚了，你怎么还没睡？"

熙儿停下脚步。"娘亲，我看您这些时日仿佛有心事。我听宫人说，您入夜也睡不好觉。娘亲您怎么了？"

慕扶兰望着面前的熙儿。

他的个头正在迅速拔高，身材轮廓带着少年人特有的清瘦。

慕扶兰看着他，在他的面容之上，仿佛依稀看到了当年那个十年含恨，满腔孤愤，最后决绝拔剑的白衣少年的影子。

她的心越发乱了。

她站在这个孩子的面前，沉默了良久，低低地道："熙儿，娘亲问你一件事，可好？"

熙儿点头："娘亲您说。"

"娘亲先给你讲个故事。"

慕扶兰握住了孩子的手，带着他坐了下去，母子并肩而坐。

"很久之前，有一个做父亲的人，他伤害了他的孩子，那个孩子不能化解对他父亲的恨，最后选择死在他父亲的面前。临死之际，他对他的父亲发下誓言，说他恨父亲，来生再不愿做父子了。"

慕扶兰闭了闭眼。

熙儿安静地听着，一言不发。

慕扶兰勉强定下心绪，继续道："后来，这孩子再世为人了，但他已经忘记了从前的一切。而他的父亲也很喜爱这个孩子，当他得知前事之后，他无比后悔，极尽所能，想给这孩子一切他所能给的东西，希望能得到谅解。"

"熙儿，娘亲问你，倘若是你，面对如此状况，你会原谅这个做父亲的人吗？"

她问完话，五指不自觉地微微收紧，望着倚坐在自己身畔的这个孩子。

熙儿说："娘亲，倘若我是这个孩子，不知道也就罢了，倘若我知道前事，我是不会原谅他的。那个做父亲的人这辈子就算用他的命来补偿，也抵消不了他从前的错。错就是错，不配得到原谅。"

他的语气坚定无比。

慕扶兰握着他的手指慢慢地松开了。

"熙儿，娘亲再问你，倘若这个父亲是你的父皇，你也不肯原谅他吗？"

她低低地问。

一阵夜风忽从窗外涌入，吹灭了那支蜡烛。

殿中再次陷入了一片昏暗。

在无边黑暗之中，这个孩子沉默着，最后，他缓缓地摇了摇头。

"娘亲，这个父亲即便是父皇，我想，我也不会原谅他的。"

慕扶兰在黑暗中静坐着，良久，慢慢地再次握紧了身畔这个孩子的手。

"娘亲知道了。走吧，娘亲送你去睡觉。"

她说道，声音温柔而平静。

"娘亲，我自己会回去睡觉的。娘亲您辛苦了，儿子送您去歇息。"

他站了起来，走到那支熄灭的蜡烛旁重新点亮，端着走了回来，像个大人一样，用另一只手反握住慕扶兰的手，带着她往里而去。

慕扶兰被熙儿送回寝殿。

"娘亲，您不要胡思乱想，好好睡觉。"

孩子的声音温柔无比，哄着慕扶兰。

慕扶兰含笑点头，看着他转身离去。

他走了几步，忽然像是想起了什么，停步，转过身。

"娘亲，儿子还想求您一件事，盼望娘亲能答应。"

"你说。"

"白天不是收到了河西那边的捷报吗？"他说，眼睛里闪烁着愉悦的光芒。

"父皇为天下之计，劳苦功高，等他班师回朝，儿子想亲自出京去迎他。求娘亲准许。"

慕扶兰迟疑了下。

孩子跪了下去。

"儿子是真的想亲自去迎接父皇归来。请娘亲准许！"

慕扶兰望着面前这张满含着期待的孩子的脸，沉吟了片刻，终于点头："也好，你到时候看情况安排吧！"

孩子的脸上露出欢喜之色，朝她叩首道谢，这才退了下去。

他出了紫微宫的正殿，却没有立刻回自己居住的侧殿。他站在殿外的台阶之上出神了片刻，来到宫门前，命值夜的宫人开门。

他走了出去，一个人游荡在深夜的皇宫里。身后有几名宫人随着他，不敢靠得过近，亦不敢远离。他们跟着太子来到了御马监，见他停在了一间马厩的门前。

这间马厩里拴着太子的坐骑小龙马。

小龙马是一匹河西马，并非什么血统珍贵、世所稀有的宝马。太子的马厩里还有另外好几匹异域进贡的宝马，或日行千里，或奔如驰风掣电。但太子最喜爱的仍是这匹河西马，他经常亲自喂食，亲手替它洗刷身体，宫中人人都知道。

宫人见他深夜不眠，竟然来到这里，疑惑不解，却也只能远远地等着。

太子打开马厩的门，走了进去，双手捧起一把麦，送到小龙马的嘴边。

喂完马，他又拿了马刷，仔细地替它梳理鬃毛。

小龙马亲昵地转过头，伸舌舔了舔他的手。

太子发出几声低低的笑。

他亲昵地摸了摸小龙马的头，贴到它的耳畔轻声说："我告诉你，娘亲答应我了。过些时日，你陪着我，咱们一道再去做件事。"

他说完，慢慢地直起身，转头眺望着上京西北方向的那片夜空。

他的目光仿佛穿过这无垠的夜色，望向了遥远的千里之外。

千里之外，大成皇帝谢长庚御驾亲征，半年之后，元安二年，北陲平定，河西稳固。

按惯例，这里依旧留驻一部分军队，剩下的将随他一道班师回朝。

临行前夜，土人老首领设宴恭送，皇帝与民同乐，深夜方毕，驻跸之所，便是他从前为节度使时所居的节度使府。

这里的一切都还保留着当年的模样。

他踏入这扇他熟悉无比的大门，绕过照壁，穿过铺着青条石的庭院，睡在了当年的那间卧房里。

这一夜他分明滴酒未沾，却仿佛饮醉了酒，时光亦如倒流，他回到了许多年前她还在这里，与他共居一屋的光景。

已经过了那么多年了，这间屋子里好似还有她昔日留下的一缕芬芳气息。

他深深地吸了一口气，慢慢地闭上了眼。恍恍惚惚之间，忽觉自己置身山间，鸟鸣悦耳，波光潋滟，四面环水，一岛如叶，方顿悟原来自己神游四方，竟是到了洞庭君山。

"喂！你站住！"

他听到身后传来一道娇脆的女孩儿的声音。

他转过头，看见一道悬崖，一棵老柏树，一个云鬓花容的少女提起裙裾，正朝自己奔来。

他呆住了，心跳得厉害，反应了过来，立刻转身迎她而去。

就在这时，面前忽然出现了一片迷雾，她在那头，他在这头，无论他如何追，亦寻不到通往她身畔的道路。就在他茫然四顾、焦灼万分之际，眼前的迷雾又渐渐消散了。

他终于看清楚了，原来她在湖心之中，宛如月下仙姝，正荡舟向着自己而来。

他不顾一切，奋力挥臂，朝她游去。她坐在船头盈盈地笑，仿佛在笑他的呆。他游到了她的近旁，攀船而上，终于，卧在了她的裙裾之畔。

湖心夜风荡漾，小舟轻轻起伏，她静静地坐在他的身畔，面若芙蕖，衣若云霓。

月光宛如流水，连梦也被洗过了一遍，湿漉漉的，却又清透无比。

谢长庚知道这一刻梦中的那人在想着什么。

他在想，余生倘若皆能如此，被她笑呆，夫复何求？

他的睫毛忽然微微动了动。片刻之后，他慢慢地睁眼，转过脸，看向了那道立在屋中的身影。

"熙儿，你是来接父皇的吗？"他问。

"我来是为告诉你，朝政已稳，我已能亲政，你不必再回去了。"

孩子回应他，语气平静，仿佛在说一件再寻常不过的事。

四周寂静。

良久，谢长庚慢慢地坐了起来。

"那么，你都知道了？"他说。

"什么时候的事？"除却语调低沉，他的语气之中竟然没有多少惊诧。

孩子起先不答，只是解下了腰间的佩剑。

"你的侍卫方才见到我的时候，知道我佩着的这柄剑来自陛下，所以他们没有要我摘除，允我佩剑而入。"

他说着，一手将剑平举在前，另一只手抓住剑柄，慢慢地拔出了剑，剑锋寒芒闪烁。

"你知道你这一辈子最不该做的一件事是什么吗？"

他的指轻轻抹过剑刃，皮肤立时被割破，血宛如霞晕，沿着碰触过的那片剑刃缓缓地扩散开来。烛火映照，闪烁着一片诡异的暗芒。

孩子却仿佛没有丝毫的感觉，任指上流出的血沿着剑刃一滴一滴地掉落。

"你最不该做的事，就是那一年在我娘亲带我离开姑臧城的时候，追出城外，送了我这把剑。"他说。

"我是多么希望你从未曾将它送我。或者当日我听我娘亲的话，没去接受它。哪怕接受了，后来不去动它，那也是好的……"

孩子的神情有些惨淡。

"倘若这样，这一辈子，我不会知道你是我的父亲，但在我的心目中，你永远都是我所敬重而仰慕的那位谢大人，我会比敬重父亲更加敬重于你。

"可是没有如果……"

他将那柄染了他的血的剑猛地掷了过去，落在了谢长庚的身畔。

"你方才说得没错，我在很久之前就已经知道了一切。你知道我为何一定要做这个太子吗，哪怕我分明知道当初在你找来的时候，我的娘亲并不愿意。

"我之所以如此，完全是因为你。因为你要做这个皇帝，所以我才要做！

"你凭什么去求我娘亲的原谅？你觉得你让我娘亲做了这天下最尊贵的女子，让我做了太子，等你安稳老死，你再把这个江山传给我，从前的那些伤害就可以一笔勾销，你便能心安理得？

"真的，我不是为我自己而去恨你，我是在为我的娘亲不值。在我也知晓那绝望的过往后，我方明白，在你我皆不知时，她便已经在那梦中走过了一生。她不该如此大度，自己咽下一切苦痛，去成全你。而你，你又凭什么依然心想事成，不但做了皇帝，甚至还企图重获我娘亲的心？"

熙儿笑了起来。

"我怎么会让你如愿？我等不及长大再去抢夺你的所有了，那太漫长，对你也太过便宜。所以你来岳城的时候，我去了城外见你，叫你去护国寺。我知道只要我开了口，你就一定会去的。到了那个地方，倘若你还是什么都没想起来，那便是上天对你的厚待，我认。幸好，上天终究还是有眼，没有独独叫我娘亲一人痛苦。"

孩子的表情渐渐变得激动了起来。

他说："没错，我就是要让你知道你自己到底是个什么样的人，免得你以为自己如何大度，又如何被我的娘亲所负。我还要让你知道，你根本不配得到我娘亲的谅解，你更不配得到她的感情！倘若你不消失，我的娘亲这一辈子都将无法安宁。她只要看到你，就会想起她经历的一切痛苦。倘若你还有哪怕半分的良心，你就应当永远也不要再出现在她的面前了！"

孩子几乎是一口气说完这许多的话才停下来，胸膛微微起伏，不停喘息。

谢长庚始终定定地望着他，一动不动。

"那么我当如何？是死，方能终结？"终于，他开口说道，声音艰涩而沉重。

孩子的视线从他身畔那柄宝剑之上一掠而过。

"你的卫队此刻就在外头不远之处。

"不妨实话和你说，我亦已有一支完全效忠于我的死卫，他们对我的忠诚和他们的勇猛丝毫不逊于效命于你的人。但是今夜，我未带他们来此。你此刻尽可以唤入你的人，以谋逆的罪名就地杀了我，我绝不会有半点的反抗，我说到做到。

"但是——"

他的语气骤转，语调森然。

"倘若你不除去我，你便再无别的选择余地了。

"你也不必死。和我娘亲受过的那些苦痛相比，若你轻易就死，你不觉得未免太过便宜你自己了吗？"

他停顿了一下，沉默了下去，仿佛陷入了某种遥远的回忆，终于，再次开口说："许多年前，你带着还很小的我，历了千辛万苦，去往天山接我的娘亲。在那条漫长雪道的尽头，天山脚下有座名为金城的孤城。在那里你答应过我，你将来一定会守好这个地方，即便它再遥远，再荒凉。

"我不知道你是否已经忘记了当年你说过的话，我却一直记着。如今就是你履行诺言的时候了。你的归宿就在那里。

"当如何从这个世上消失，你应当比我更清楚。你放心，在你死了之后，我会代你治理这个天下，群臣，我会驱用统御，万民，我会抚临牧之，那个仍苟活着的小朝廷，我亦会亲自将它灭掉。而你则会以开国帝君、一代英主的身份，被史官载入青史。我也会在你的祭书之上为你添加我所能想到的最具褒扬的上谥——便如同从前你对我娘亲做过的那样。"

他席地而坐，凝视着对面的那个男人。

"我等着你的选择。

"或者，我死，你继续去做你的皇帝。

"或者，你就此从这个世上消失。如此，我娘亲的苦痛才会彻底结束。"

四更，黎明之前最为黑暗的那片夜色里，一个清瘦的孩子从这座府邸的一扇小门里无声无息地走了出来。

等候在暗影里的贴身随从忙牵马上前迎接。他看着他的坐骑，停了脚步，马儿便也在原地停顿着，转过头，用嘴亲昵地蹭了蹭他的胳膊。孩子一下伸出双臂紧紧地抱住了马颈，将他的脸埋了上去，起先一动不动，片刻之后，肩膀开始微微地颤抖，从后看去，似哭，又似在笑，却听不到他发出半点的声响，如此情景，瞧着实在有些诡异。

随从不敢惊扰，立在一旁，低头束手等待。好在很快他的情绪便似平定了下来。他慢慢地松开了抱着马颈的手，摸了摸它的鬃毛，随即翻身上了马背，疾驰而去。

这是一个极其普通的日子，在上京宫中翘首等待了多日的慕扶兰收到了一封来自河西的密信。

信是之前被她派去护送太子同行的梁团以八百里加急发回来的。

慕扶兰还没有看完这封信，整个人便僵住了。

她应熙儿之求，让他出京接皇帝凯旋，算着时日，这几日原本应当已经踏上归程，但派出去的人始终见不到皇帝班师回朝的踪迹，而河西那边也已经六七日没有新的消息送到了，寻常大臣或许还浑然未觉，但刘管等数名心腹大臣已经产生了疑虑，这两日频频寻慕扶兰询问最新的消息进展。

慕扶兰表面看起来若无其事，心中却早也有了一种不安之感。总觉得在千里之外似乎是出了什么事，而她还不知道。

她没有想到，就在今日此刻，她终于等到了消息，而消息，竟是如此一个噩耗。

他没了？那个名叫谢长庚的男人竟然没了？

这怎么可能？

然而白纸黑字，清清楚楚。以梁团的身份，倘若不是确凿之事，他又怎么可能误传皇帝的死讯？

他在密信中说，皇帝陛下御驾亲征，大获全胜，于前些时日预备班师回朝，离开之前，最后一次轻装巡边，不想在返途中遭遇了一场夏日山洪暴发。

山洪来得毫无预警，当时犹如地动，山岳战栗，日月晦暗，洪流之下，道路瞬间崩塌摧灭，皇帝一行躲避不及，不幸被卷入激流中，不见下落。众人全力秘密寻找，最后顺着洪水冲刷出来的水道深入北境，寻至鹏鹩泉前。

多年之前，在皇帝还是河西节度使的时候，为报马河谷土人被袭之仇，他曾带三百轻骑，追斩人数数倍于他们的北人于此。而今，北人避锐，早已西迁，这里不见半个敌人，这口泉湖也归河西所有了。

这是漠野中的一口活泉，千百年来，积水成湖，水深面阔，一望无际，据说湖底暗通地心。众人在湖里寻找多日，最后寻到了皇帝当日所佩戴的一顶冠帽，除此之外，再无任何别的踪迹。

这意味着什么，不言而喻。所幸太子殿下虽然年少，处事却极为果决，有皇帝陛下之风。他及时出面，代替皇帝陛下抚定军心，安排各项事宜，又考虑到大局，从事发之日起，除少数随从近臣之外，这个消息还在隐瞒之中，先传信递至宫中，由皇后予以最后定夺。

慕扶兰双眼圆睁，死死地盯着手中的信，不敢相信自己的眼睛。

心猛烈地撞击着她的胸腔，血潮在她的耳朵里轰鸣，她的一双手在不停地颤抖。

西关那夜，那人纵马离去的背影此刻还是历历在目，而这个人竟然就这样死去了？在这个世上消失得无影无踪了？

她的双腿发软，再也支撑不住身子，手胡乱地抓着桌案一角，人跌坐在了椅上。

次日一早，天尚未亮，一道发自监国皇后的密令被送出上京，马不停蹄地发往河西。

慕扶兰要梁团做两件事。第一，立刻安排太子回京。第二，在确保消息不会传开的前提下，动用全部力量，继续寻找皇帝的下落。

梁团收到密令，召来心腹，安排行事。

三个月后，他秘密回京，慕扶兰在紫微宫的起居殿中接见他。

这三个月间，他已经搜索遍了周围可能的任何地方。

"臣亦多次派人下水搜索，但水底暗流诡谲，湖水又深，臣无能，辜负了皇后您的嘱托………"

他声音哽咽，以至无法说完这句话，人便扑跪在了地上。

慕扶兰一动不动，出神了良久，才说："梁将军，这些时日你辛苦了，你尚有重任在身，先去休息吧。"

天黑了，天又亮了。慕扶兰独自一人从日暮坐到深夜，又从深夜坐到了黎明。

"皇后，刘大人他们来了，等在宫外，求见皇后。"

当黯淡的曙色渐渐染上起居殿的那扇南窗之时，隔着殿门，宫人小心翼翼的通报之声隐隐地传入了她的耳中。

仿佛从一张彻底吞没了她的黑暗巨口里被拔了出来，她打了个寒战，慢慢地睁开眼睛，手扶着桌案支撑着自己，终于站了起来。

她是不会死心的。她总觉得，像他这样的人，怎么可能会这样没了？她召回了梁团，但她还会继续派人去找，见不到他的尸首，她便不会停止寻找。

然而心底却又有另一个声音在不停地提醒她，那个男人，他也只是一个血肉凡躯的人。他没了，真的已经没了。

在皇帝迟迟没有露面的这几个月里，她暗中严控上京，又告诉那些焦虑不堪的大臣，陛下是在御驾亲征之时旧伤复发，不便车马颠簸，这才一直留在河西养伤的。

这样的理由只能安抚众人一时，不可能维持长久。再强行隐瞒下去，只会引发更多的猜测和疑虑，一旦压制不下，动荡也就会随之而来，百弊而无一益。

作为慕扶兰，她可以告诉自己，他仍活着。

但身为监国者，她却必须去面对这个现实。

她的脚步起先虚浮，人犹如踩在棉花堆中，但是很快便变得坚定了起来。

当她打开殿门，走出起居的宫殿，在晨曦的曙色中出现在宫人的面前之时，她除了眼底带着血丝，脸色有些苍白之外，看起来已经和平日没什么两样了。

她缓缓地报出了几位大臣的名字，说："让他们去御书房。"

大臣被宫人引入御书房，见皇后已经在里头了，低眉敛目，端坐在御案后的一张侧位之上。

见礼完毕，刘管便问皇帝的近况。他说："满朝文武，上京内外，皆翘首等待陛下班师回朝，陛下的伤情更是牵动人心。臣斗胆请命，盼望能去往河西探视陛下，请皇后准许。"

慕扶兰抬起眼，将自己数月之前收到的那封信缓缓推至案角。

几人对望了一眼，躬身上前取过来，才看了一眼，便惊呆了。片刻之后，伴着几声"陛下"和"扑通"的膝盖落地之声，几个人相继下跪，有的不停磕头，有的俯地流泪。

"皇后……这……确证？"刘管颤声问道。

慕扶兰道："梁团昨夜已回京。详情你们可问于他。"

梁团入内。她起了身，从围住了梁团的大臣身畔走了出去。她立在殿外的宫阶之上，片刻之后，身后传来一阵脚步之声。

她缓缓地转身，目光从奔出来跪在自己身后的文武大臣那充满悲戚的脸上一一掠过。

她说："陛下不幸去了，太子尚未成年，我不过一介妇人，皇朝

294

又初立不久，根基浅薄。你们几个人从前帮着陛下打下了这江山，劳苦功高，你们可推举当中之贤能，太子让位于贤，我不会不应。"

她稳稳而立，声音平静。

几人涕泪交加，更是惶恐万分。

刘管道："陛下对臣等恩重如山，臣便是万死，亦不能报陛下万一之恩。皇后若是再有如此之念，臣便只能以死明志！"

另一位大臣哭泣道："陛下册立太子之前夜，一番教训，犹在耳畔，臣怎敢起半分妄念？臣愿以命效忠太子殿下，请皇后明察！"

其余几人亦拼命叩首，额头触地，砰砰作响。

慕扶兰沉默了片刻，转过脸望着走出来的太子。他上前，亲手将几个人一一扶起来。

"母后说，只要我大成上下一心，通力而为，无论何等难关，必能顺利渡过，我亦深信不疑。从今往后，我大成便要倚仗诸公了，请诸公受我一拜。"

他说完，恭恭敬敬地朝着刘管几人躬身致谢。

大臣们急忙再次下跪，向他表示忠诚。

这一夜，御书房里的灯火彻夜通明。刘管等人聚在此处，在反复商议、再三考虑过后，决计仍以皇帝陛下养病为由继续隐瞒蠹耗，等彻底掌控住局面之后，再行公布消息，举行国葬，拥立太子登基继位。

慕扶兰静静地坐在御书房的角落里，望着孩子和大臣们议事的身影，渐渐地出了神。

快要天亮的时候，事情皆商议完毕，臣子退去，太子走到了慕扶兰的身边，伸手将她小心地扶了起来。

"娘亲，你累了，儿子送你回宫歇息去。"

慕扶兰走出了这个地方，在儿子的陪伴之下，行在昏暗的宫道上，循着宫人手中那晃动的宫灯灯影的指引回到了紫微宫。

孩子要送她进去。

她停住了脚步，道："你也去歇了吧，昨夜一夜没睡。"

孩子望着她，迟迟不肯走。

慕扶兰朝他微微一笑，说："你不必多想，娘亲没事。你去吧，自己歇了，不必为我担心。"

孩子慢慢地垂下了眼睛，忽然朝她下跪，重重地叩了一头，才一步三回头地去了。

慕扶兰目送他的背影离去，肩背渐渐垮塌下来。

她不知自己到底是如何度过过去这几个月来的日日夜夜的。此刻回想，仿佛就只记得天黑，天又亮，白天和黑夜无尽地交替，纷乱、令人厌烦、筋疲力尽。

她倒头就睡，睡得昏天黑地，也不知道睡了多久，又睡到了何时，隐隐约约，她仿佛听到了一阵歌声。那阵歌声若隐若现，犹如来自遥远深处的某个暗黑角落，又仿佛就回响在她的耳边，细微不绝，如丝如缕。

终于，她听清楚了。

"不服辟寒金，哪得帝王心……"

"不服辟寒钿，哪得帝王怜……"

她的睫毛颤抖了一下，她慢慢地睁开眼睛，醒了过来。模模糊糊间，她终于想了起来，很多年前，在她还很小的时候，她也是住在这座宫殿里，姑姑弥留之际的那一夜，她仿佛也曾隐隐约约地听到了这飘自殿角的缥缈歌声。

她睁大眼睛，在黑暗中凝神细听，想要听得再清楚一些，这伴梦而来的歌声却又戛然而止。

耳畔只剩下了一片死寂。

她慢慢地闭上了眼睛，眼泪却潸然而落。她开始无声地哭泣，泪流满面。

再也不必为那归期一日日地逼近，而她却还不知到底该如何回答那个男人而陷入反复的犹疑和煎熬，几乎撕裂自己了。

在她自己迟迟无法做出决定的时候，上天已经帮她做了决定。

就这样结束好了。梦境，现实，从前，现在，对或者错，爱或者不爱，都已经过去了，记忆里只留下那个在西关月下纵马而去的背影，或者，连这样一个背影也能尽快地彻底忘记，那就再好不过了。

从前那个梦里的她，希望那男子系心于己。

醒来后，她希望他消失在自己的眼前，一生再也不见。

上天厚待于她，叫她的心愿竟用如此的方式同时获得了圆满。

她再无法抑制，在这个漆黑如海的无边深夜里哭泣、哽咽，整个人不停地颤抖，哭得完全不能自已。

天又一次亮了。晨曦透过窗户，紫微宫顶的琉璃瓦面在初升的朝阳之下闪烁着耀目的光芒。

慕扶兰坐在镜前。阿茹陪伴在她的身后，为她梳理着长发。

"姑姑，你的头发真好呀，好像我们洞庭湖的春水，又滑，又亮……"

少女一边替她梳头，一边由衷地轻声赞美。

慕扶兰凝望着镜中的自己，绿鬟雪颜，恍惚之间，忽然想起了十年之前的十六岁的自己。

记得也是一个如此的清晨，那时，她嫁作人妇尚不满一年，她那个年轻、野心勃勃的丈夫在新婚之夜便离她而去，长久不归，而她，从前夜的一场噩梦之中刚刚苏醒。

就是那一场噩梦，改变了她的一切。

那个时候，她一心只想离开那个给她带来了一切厄运的男人。她想回到生她养她的长沙国，平平稳稳地过完她这新的一生，又怎么会想到十年之后，她会身处紫阙，被人尊为太后。

三个月前，少帝准备已久、由他亲自策划的南下平定齐王朝廷的战事取得大胜。那个在大成立国后于南方又苟延残喘了几年的小朝廷就此不复存在，赵羲泰在追兵的追赶之下，投海自尽。前些日，军队凯旋，少帝率文武百官，行二十里路，出城迎接。

大成朝的开国皇帝谢长庚当初御驾亲征，在外不幸旧伤复发，半年后，英年早逝，随后，太子在监国皇后和数名重臣的辅佐之下继位。这两年来，他不但聪敏善治，其勤勉亦是令人赞叹。每日除处理朝政，一早五更，他必会起身，如他幼时那样，习剑、读书，风雨无阻。

而今天下大定，归于一统，因这征南一战，少年皇帝的威望大涨，他又快年满十四岁，足以亲政了。

便在昨日，太后卸了监国之任，在文武百官的见证之下，将那枚此前一直由她保管的玉玺亲手交到了皇帝的手上。

"太后，陛下来了——"

伴着一阵听起来带了些急促的脚步声，宫人的传话声亦随之而入。

阿茹的手一顿，面颊悄悄红了，急忙放下梳子，闪身躲了出去。

慕扶兰望着她含羞避走的亭亭背影，眼中露出了一丝笑意。

人人都知道皇帝和郡主阿茹青梅竹马，两小无猜，如今皇帝亲政了，待到先帝的孝期满了，他二人便将成婚。

"母后！"

殿外走进来一个身着龙袍的孩子。那个孩子快步奔到她的面前，"扑通"一声，双膝落地，跪了下去。

"母后，这是真的吗？你真的要走？"

皇帝睁大眼睛望着她，神色间满是惊诧和意外。

慕扶兰命周围的人都退出去。

"是。过些时日，我便回洞庭去了。"她说。

皇帝紧紧地抓着慕扶兰的衣袖，说："好端端的，娘亲为何突然要走？"

"熙儿，娘亲早就想回去了。从前是脱不开身，如今你已经亲政，我对你非常放心。

"我也该回去了。"

皇帝怔怔地望着她，片刻之后，攥着慕扶兰衣袖的手指慢慢地松开了。

"娘亲……"他低低地道，"虽然儿子盼望能早晚得见娘亲的面，但倘若娘亲不愿再困于此处，想回洞庭，儿子绝不阻拦。"

他说着，眼眶慢慢泛红。

慕扶兰微笑道："娘亲从小在那里长大，如今回去，恰如鱼得水，你不必记挂。更何况，娘亲也不是不回来，等你大婚之日，娘亲自会回来。"

"娘亲！"皇帝朝她叩首，久久不起。

慕扶兰将他扶了起来，凝视着面前这张和那个人日益酷似的脸，沉吟了一下，说："我回去，想向你要走一个人。"

"娘亲您说！"皇帝点头，"是谁？"

慕扶兰说出了一个名字。

皇帝一怔。

那个人是上京的禁军副统领，平日里沉默寡言，左手缺了一根拇指，据说是早年跟随先帝之时，因不知犯下何事，自戒而断，但因他一身本事，又忠心耿耿，这两年除履行统领禁卫之职，平日还负责禁军的训练和教导。

"我已经问过他了，他自愿随我回洞庭。"

虽然并不知道自己的母亲为何要带走这个朱六虎，但她既然开口了，皇帝又岂会不肯，立刻答应："儿子知道了，今日便叫他准备，随同娘亲回去。"

慕扶兰微笑道："我无事了。你刚亲政，事很多，你忙去，不必再留在我这里。"

皇帝起身而去。慕扶兰目送着他的背影，见他就要走出殿外，忽又停下了脚步，猛地回头。

"娘亲！儿子……"

他开了个头，却又突然停住了。

"熙儿，你可是还有别事？"慕扶兰见他似还有话要说，便问道。

"无事……"

他迟疑了下，最后慢慢地摇了摇头。

"儿子想说，只要娘亲往后顺心顺意，儿子此生便再无所求。"

他转身，朝着慕扶兰再次郑重下跪，哽咽着说道。

这一年，大成朝那位年方二十六岁的年轻的慕太后，一为调养身体，二是为免被人诟病有重蹈前朝刘后干政之嫌，在还政于皇帝之后，于春末悄然离开上京，回了洞庭。

她一路南下，回到了岳城，在安顿下来后，做的第一件事便是去宗庙拜祭慕氏先祖和她在这些年间失去的父母、兄嫂。

从宗庙出来，她乘坐一辆普通的马车，穿过那片她再熟悉不过的熙熙攘攘的旧日街市，去往君山的药庐。她来到渡口，登船后，召来以护卫身份一直伴着自己同行的朱六虎，说："你若留在上京，前程似锦，跟我来了这里，下半辈子便只能庸庸碌碌地度过了。你当真不会后悔？

"便是此刻后悔了也无妨。你和我直说，尽可以回去，我让陛下为你官复原职。"

朱六虎连想都没有想，朝她缓缓下跪。

"当年蒙先帝开恩，朱六虎方侥幸活于世上。无足挂齿之人，何德何能令太后记挂至今，朱六虎感激涕零。能随太后来此，是我之幸事，绝不后悔！"

慕扶兰微笑着点了点头。

"她本是王府中的教导宫女，聪慧机敏，当年被我派去了你那里。她至今还不知道你的名字叫朱六虎，而不是你当初对她说的朱六，但我听慕妈妈说，她始终没有忘记你，这些年来，她大约一直在等你。我见你这些年也始终未曾成家，故离开上京之前，随口问了你一句。"

她转过头，眺望着前方湖心之处那座越来越近的码头。

"她已经知道你来了。你瞧，她人就在那里了。"

朱六虎一震，几乎不敢相信自己的耳朵。

他猛地抬起头。

视线尽头的湖心之岛上，他隐隐约约地看见一抹倩影立在岸边，一个女子迎风遥望，衣裙展动。

船越走越近，他的双眼亦越睁越大，很快便认了出来。

岸边之人，不是那个至今仍令他魂牵梦萦的女子，又是谁？

这些年来，每当夜深人静之时，他曾无数次地梦见昔日那个挑着担子、穿行在岳城街头巷尾的货郎和他的女人，然而梦醒之后，却从未敢想这辈子还能再次和她相见。

他定定地望着。

船渐渐靠岸。那女子仿佛也看到了他，迈步朝他奔来，奔了几步，却又突然止步了，只立在原地痴痴地望着。

这个平日沉默如山的汉子此刻已经等不及泊船停稳了。他的眼中放出光芒，朝着慕扶兰重重地叩了一个头，随即一跃而起，涉水而下，向着岸上那个正凝望着自己、已经泪流满面的女子飞奔而去。

慕妈妈渐渐老了，身体不大好，这几年并没有随慕扶兰入宫，一直在药庐里颐养天年。

她带着前两年出宫来到这里的阿猫站在一旁，看着身边这对多年之后再次重逢的人，眼眶不禁泛红。

"慕妈妈，他怎么认识我花娘姑姑的？他和花娘姑姑什么关系？

"哎呀哎呀！他要做什么！"

阿猫吃惊地看着那个涉水奔来，上岸就紧紧攥着花娘姑姑的手不放的汉子，捂住了眼睛，好奇之下，又忍不住分开一道指缝偷偷地瞧着。

慕妈妈抹了抹眼睛，转身快步迎了上去，将面前这个阔别了数年的人儿紧紧地抱入了怀中，抚着她柔滑如旧的青丝，颤抖着声音，爱怜地叫她"翁主"，仿佛她还是当年那个娇憨天真、待字闺中的长沙国王女。

一声"翁主",恍若隔世。

慕扶兰闭上了眼睛,任由慕妈妈抱着自己,将脸贴靠在她的怀中,一动不动。

良久,她睁开眼睛,微笑着轻声说道:"慕妈妈,我回来了。"

在慕扶兰的主持之下,这一夜,朱六虎和花娘结为了夫妇。

明月悬空,洞庭之上,清波如梦。慕扶兰向灯而坐,独自在药庐中阅着医卷。

阿大说药翁上次回来已经是一年多前的事了。这些年间,师父依然闲云野鹤,四处游走,只能从他留下的这些日志之中窥见他曾踏足的地方。

"……沿河西西行,数月间,过祁连、玉门,虽号称沙苦地瘠,然沿途风土人情,亦大有可记之处……"

慕扶兰读着读着就渐渐出了神,这时,外面传来通报之声。

侍卫传话,山下渡口有人前来求医,问是否放行。

她才回来不久,消息应当还未传开,但君山药庐之名远近闻名。药翁不在,阿大也能看些普通的病症,故这几年来这里求医之人还是络绎不绝。

深夜渡水上山,想来是真有急症。

慕扶兰放下了医卷,叫侍卫带人上来。

她等了片刻,庭中传来一阵脚步声,抬眼,见侍卫领着那个求医者走了进来,站在门槛之外。

慕扶兰打量了一眼。求医者着布衣草履,蓬头乱发,身形消瘦,立在门外的一片阴影里,低着头,看不清楚脸,但她感觉他的年纪应当不是很大。

慕扶兰叫侍卫将人带进来。侍卫命那人抬手,先行搜身。

那个人默默举起双臂。侍卫仔细搜身过后,见无异常,将人领了进来,那人站在了门边,仍然低垂着头,没有说话。

"你哪里不适？"慕扶兰问他。

依旧没有任何反应。

慕扶兰觉得不对劲了。她生平替人看病无数，也见过各种各样的求医者，但从没遇到过这样的。

这人给她的感觉不像是来求医的。

她再次打量了对方一眼，视线落到那张被乱发遮掩着的从一开始就不曾抬起过的脸上，心里忽然生出一种似曾相识的感觉。

"你是谁？抬起头。"她的语气变冷了。几名侍卫立刻上前，拔刀横在了那人的脖颈之上。

那个人的肩膀微微地颤抖起来，慢慢地，他终于抬起了头。

尽管已经多年未见，尽管面前的这张脸已经瘦得几乎脱形，尽管在他的身上已再难觅到从前王孙公子、风流榭台的踪影，但是慕扶兰还是一眼便认了出来。

"赵羲泰！"她诧异无比，脱口而出。

那个人凝视着她。

"如今我这个样子，昨日对水之时，连我自己都认不出自己了。多谢你，还能记得我。"他低低地道。

慕扶兰和他对望了片刻，命侍卫放开他。

她说："我以为你死了。"

赵羲泰点了点头，说："是。我被追兵追得无路可逃，那个死去的，是我的一个替身。我这个人……"

他停顿了一下，唇边露出一丝自嘲般的笑。

"我这个人，生平没大本领，但避祸逃命的本事还是数一数二的。从东都早早地逃到了江都，又从江都早早地逃到了南方。我早就知道，无论我如何努力，最后等着我的结果都只有失败。其实当初我到南方之后，就在等着谢长庚发兵来攻打我了。那时，他完全可以派一支军队来，根本不用他自己，就能轻而易举地彻底灭了我这个小朝廷。

"但奇怪的是，他竟然没有立刻发兵来。这让我的小朝廷又多延续了几年。这一回，我原本是可以再逃走的。很久之前，我就准备好了日后要去的地方，船和人也都在了。"

"既然如此，你为何不走？来这里又是想做什么？"

"翁主……"

他定定地望着她许久，终于开口低低地叫了她一声。

"容我冒犯，还是叫你翁主。我这一辈子最怀念的时光，应当就是小时候和你在宫中相识的那段时日。其次，便是我来这里求医……"

他环顾着四周。

"那时我曾想，若是能在这里结庐而居，这一辈子也是好的。一晃眼，已经这么多年过去，如今我又要逃走了。我问自己，临走之际，我是不是应该带走点自己想要的。可是这个世上，什么是我能带走的？

"我小的时候，人人都以为我活不长。后来我的病却被你治好了。但如此活着，如同丧家之犬……"

他将目光慢慢地投向了慕扶兰。

这时，药庐外传来一阵动静，庭院中亮起火把的光。袁汉鼎带着一队士兵疾奔而入，朝着这边而来。

"翁主，你方才问我来这里是想做什么。我自己也不知道，我真的不知道。我只是想来这里，所以我便来了……"

他说着，似是浑然未觉身后那些正朝着自己涌来的人。他只是凝视着他面前的女子，双眼渐渐放出了光芒。

他突然迈步，伸开双臂，从门边朝她走去。

"站住，再前行一步，格杀勿论——"

袁汉鼎在他身后厉声大喝。他却恍若未闻，非但没有停下，步伐反而越发快了。

袁汉鼎不再犹豫，立刻放出了手中之箭。

"不要——"

慕扶兰忽然顿悟，猛地站了起来，喊了一声。却是迟了。那一发利箭挟着巨大的力量，撕破空气，朝着前方的那道背影如闪电般射去，几乎眨眼之间，"噗"的一声，不偏不倚地从他的后心部位穿过。

赵羲泰停住脚步，停在了距离慕扶兰还有一人远的地方，看着她，僵立了片刻，唇边渐渐露出一丝笑意，随即倒在了地上。

袁汉鼎疾奔而入，见赵羲泰已死，慕扶兰站着，除了脸色苍白，人似乎微微颤抖之外，安然无恙，松了一口气。

他命士兵将人抬走。

慕扶兰怔怔地望着地上的一摊血迹，低声道："他对我并无恶意。来此，大约也只是为了求死……"

袁汉鼎一怔，迟疑了一下，说："怪我鲁莽。今夜我收到消息，赵羲泰或还活着，或潜来此处，目的不明，叫我加以防范。"

"消息是谁给你的？"

"来源不知。故我起先有些不信，但怕你这里万一出事，人手不够，立刻赶了过来。没想到竟然是真的……"

慕扶兰出神了片刻，道："不怪你。他如此潜来，你提防也是应该的。

"阿兄，你帮我一个忙，将他厚葬了，如此，也算是全了我幼年时和他的一份交情。"

袁汉鼎答应了，劝她去休息。

慕扶兰叫住了他："袁阿兄，你来得正好，我还有一事想要与你商议。"

这件事在她的心中已经反复思量了许久。

她说："阿兄，我这次回来，将姑姑的遗骨也一并带了回来。姑姑弥留之际，最大的心愿就是回到洞庭，念念不忘的人是阿兄你的义父。我想将她和袁丞相合冢而葬，不知阿兄你能否答应？"

袁汉鼎起先仿佛有些吃惊，望着她神色平静的脸，迟疑了下，道：

"我义父当年临终之时，叮嘱我要将他葬于洞庭深处的那座无名孤岛之上。那里没有人迹，至今也只有他的一座孤坟。对此，我曾百思不解。后来我替他整理生前的日志文集，偶然从他三言两语的记载之中，得知他年轻之时，曾陪长沙王祭祀湖神，遭遇风浪，船漂至孤岛，停在那里避风。当时你的姑姑也在船上。我便猜想，那个地方于他而言，或许是一处不同寻常之地。"

他望着慕扶兰，一字一顿地道："我为何不应？"

慕扶兰微笑道："多谢阿兄成全。我选一个日子，便把事情办了。"

数日之后，慕扶兰乘坐一艘大船，在袁汉鼎的带领之下，向着洞庭湖深处而去。行船一个昼夜之后，船终于行至一座孤岛，停了下来。

孤岛的面积不大，远远望去，犹如一簇出于水面的塔尖，岛地四周乱石嶙峋。他们登岛的时候正是黎明，朝霞满天，野凫穿云，袁丞相的那座旧茔，向着岳城的方向，安静地立在岛心的最高之处。

袁汉鼎以锄分开旧茔，慕扶兰亲手捧着她从上京带回的一坛香骨，葬了下去。

随从已经提前在附近的一片平地之上建了一排用来居住的墓庐。慕扶兰将在这里住上七天七夜，请同行的僧人诵念宝经。袁汉鼎本也随她同来同归，但到了次日，城中派来一条船，传来一个消息，三苗首领来了，此行特为拜访袁汉鼎，因是出于私谊，故先前未曾遣使传信，如今人已经在路上了，不日便至岳城。慕扶兰让袁汉鼎先回去，约好最后一天再来接她。

她便如此居在这座洞庭深处的孤岛之上，随了僧人一道，日夜不歇，为姑姑和她至死也未能再见一面的心上人虔诚祝祷。

这是一个深夜，僧人诵完了今日的最后一遍经文，同行的服侍之人也各自睡了下去，除了守夜的侍卫还立在各自的岗哨上，这湖深孤岛恍若天外。

慕扶兰坐在一块岩石之上，遥望着君山的方向。

湖面深处的夜风四面吹荡，吹动着她的衣角，她坐着，恍如入定，连何时夜空星光隐逸，头顶乌云密布，亦丝毫未曾察觉。

雨丝飘落，越下越大，打湿了她的衣裳，她的头发和眉梢之上亦有水滴凝聚。

水滴滚落到了她的眼睛里，传来一丝涩痛的感觉。

她眨了下眼睛，正要起身，就在这时，忽然感到身后的某处仿佛有双眼睛正在望着自己。

这是一种极其玄妙的感觉。

自从登岛之后，过去的这几天里，她已经不是第一次出现这种感觉了。

她回过头。什么都没有。

身后只有一片漆黑的湖水，在夜风的卷动之下不停翻涌。

阿猫从墓庐里钻出，仿佛刚从睡梦中被什么惊醒似的，一边揉着眼睛，一边朝她奔来，口中嚷道："下雨了！当心着凉！"

慕扶兰起身，示意阿猫不必过来，随即转身，迈步向她而去。

她的足底踏上了一块卵石，那块石头又湿又滑，她没有站稳，滑了一下，一个趔趄，人便往后仰了过去。

意外就在瞬间发生了，毫无预兆。阿猫只觉自己不过眨了下眼，慕扶兰便消失在了眼前。她惊呆了，待反应过来，奔到近前，探身而出，只见眼前水面漆黑，波浪被风推着涌卷，拍打着岛岸，哪里还有她的人影？阿猫顿时心胆俱裂，跳着脚，尖声呼救。她的呼声引来了近旁的侍卫，众人闻声赶来，得知方才慕太后失足落水，大惊，识水性之人立刻下水搜救。

岛岸地势犹如刀削斧凿，慕扶兰一落下水，便觉脚底虚空，还没来得及呼救，带着腥味的水便已经灌入了她的口鼻和耳窍。她挣扎了几下，人向下沉了下去。

水从四面八方向她压来，将她带走。她在这无边无际的黑暗世界里，只觉天旋地转，宛如置身混沌。

她很快便停止了挣扎，被水下的暗流带着，不知漂往何处，意识也渐渐地离她而去。

　　一众侍卫虽奋力搜救，但水下漆黑，又有暗流涌动，闻声赶到之时，慕太后落水已有片刻，阿猫所指的位置或许也不如何精确，加上他们水性有限，无法长久闭气，在这片水下也只能犹如瞎子摸象，尽力而为。

　　时间一点点地过去。阿猫瞪大眼睛，见下水的侍卫们陆续浮出水面，换气后再下水，再出来，却始终不见她被救出，焦急万分，沿着湖畔不停地奔走，冲着水面高声喊她，冷不防被脚下的一块石头绊倒，人扑跌到了地上，想到她对自己的好，号啕大哭了起来。阿猫正哭得伤心欲绝，忽然停了下来。她抬起头，瞪大双眼，盯着前方不远之外的湖畔，猛地跳了起来，奔到近前，待看清楚了，她的眼中放出光芒，扭过头高声喊道："快过来！人在这里！"

　　她那充满狂喜的吼叫之声，穿过风雨，传到了众人的耳朵里。

　　侍卫们闻声赶来，见慕太后竟湿漉漉地趴在岸边，一动不动，仿佛闭气晕厥了过去，急忙将人抬起，匆匆送入了墓庐。

　　慕扶兰觉得自己仿佛陷入了一个深沉的梦境。在那个梦的深处，漆黑无光，她被吸了进去，将要沉睡不醒之时，渐渐地，听到耳边不停地传来叫她的声音。

　　她吐出了几口带着泥沙的水，睫毛微微颤抖着，睁开眼睛，发现自己躺在床上，已经换了干的衣裳，边上围着服侍的侍女和仆妇们。

　　"太后醒了！太后醒了！太好了，方才吓死我了……"

　　阿猫抹了把方才哭出来的眼泪，欢喜得跳了起来。

　　一阵恍惚过后，慕扶兰终于想了起来，片刻之前，因了脚下湿滑，自己不慎失足坠入了湖中。

　　她感到自己依然头昏脑涨，胸口疼痛，知道是呛水所致。她十分清楚，倘若不是及时被人救起，自己此刻恐怕早已溺毙于水下。

　　她闭着眼睛，脑海里掠过了自己失去意识前的那恍恍惚惚的一幕，压下心中涌出的怪异之感，等自己的气力稍稍恢复了些，问道：

"何人救我上来的？"

她问完，睁开眼睛，见众人脸上无不带笑。

一个仆妇说："太后您是自己被水送上岸的，这才叫吉人天相，有洞庭湖神保佑！是阿猫亲眼所见！"

阿猫对上了慕扶兰投来的目光，似是迟疑了下，才点头说："太后，我瞧见您时，您从水里浮了出来，又被浪送了上来。定是湖神保佑……"

慕扶兰不言，出神了片刻，方低低地道："你们都受惊了，我无事。叫外头的人也去歇了吧。"

众人喂她喝了些方才烧好的热姜茶，服侍她重新躺了下去，见她闭目睡去，这才各自散了。

墓庐之外，风雨声急。慕扶兰在黑暗中慢慢地睁开眼睛，在无眠之中度过了她留在这孤岛上的最后一夜。

第二天，风雨停歇，袁汉鼎准时行船来此接她，得知她昨夜落水之事，虽庆幸万分，却心有余悸，立刻让她上船回去。

慕扶兰来到那座新立的坟茔之前，拜别姑姑，默默地登船。

船渐渐驶离了孤岛，她立在船头，转过头再次望了一眼身后的这座孤岛。湖天深处，一派晴朗。昨夜之事，当时的那种感觉，此刻想起，犹如幻境。

"你昨夜刚落水，身体还没恢复，船头风大，进去歇歇吧。"

袁汉鼎走了过来，劝她。

慕扶兰的视线从那座变得越来越小的孤岛上慢慢地收了回来，朝他点了点头，转身进入了船舱。

孤崖之后，一影若岩，静静地伫立，目送着那艘载着她的大船渐渐远去，直至彻底消失在了视线之中。

他曾对自己说，时至今日，他所以又来，不过是为亲眼见证他曾打下的江山终如他所想的那样，彻底归一。

然而他终究还是无法欺骗自己，在他应当回去的时候，他没有回去，而是来了这里——这片他和她初遇的地方。

红颜依旧，她的身边亦有人相伴。

终于可以彻底放下了，他想。

乌篷船会来接他，他也该回去了。回到他的归宿之地，长弓铁弩，踏风啸雪，余生若此，想来又有何憾？

慕扶兰回来后，一直精神不振，深居简出，数月之后，方慢慢养好了身体。

恢复过来后，她依然居住在药庐，为前来求医的人看病，行医之余，便亲手整饬药圃。

晨昏更替，她终日忙忙碌碌，那些远道而来的求医者，谁又能想到药庐之中这个妙手仁心、衣饰普通、待人和善的年轻的女郎中，竟就是曾经的长沙王女，当今的慕氏太后？

转眼，盂兰盆节到了。

这一日有个习俗，等到入夜，岳城民众会出城来到洞庭湖畔，在水边为死去的先祖放灯祝祷。

天黑了，慕扶兰在药房里整理完白天收下来的一批药草，感到有些疲倦。她回了住处，沐浴更衣过后，本想早些休息，躺下去，却迟迟睡不着觉，闭着眼时，忽然记起今日是盂兰盆节。

许多年前，在她还是少女之时，曾和阿嫂一道在水边放灯，遥祝亲人亡灵安宁。而今这么多年过去了，她回了家，在这里却是孤孤单单的，只剩自己一人了。

她起身穿衣，叫人准备灯盏，在慕妈妈的陪伴之下出了药庐，下山来到水边。

她为她的父母和兄嫂一盏盏地燃起灯盏，放入水中，又取出最后一盏，点了，握着，蹲在了水边，轻轻地放入水中。

水灯随着轻波在水面上慢慢地打着旋，渐渐漂远了。

慕扶兰定定地望着，直到那点火苗被水吞没，消失在了夜色之中。

"走吧。"

慕妈妈走了过来，轻轻地牵住了她的手。

慕扶兰站了起来，慢慢地行在湖畔，忽然看见前方水边亦漂出了一盏水灯，晃晃悠悠，灯火如豆。

她停了脚步，看见阿猫跪在不远之外水边的一处角落里，背对着自己，朝着那盏漂远的灯不停地磕头，背影虔诚，还能听到她口中正念念有词。

周围安静极了，隐隐约约的，慕扶兰听她口中念道："谢大人，翁主如今过得很好……翁主对阿猫那么好，阿猫一定会好好陪她，伺候她一辈子的，谢大人你放心地去吧……"

慕扶兰听着，不禁痴了。

阿猫祝祷完毕，朝着水面再次磕了个头，爬了起来，转身要回，冷不防看见慕扶兰就站在自己身后，吓了一跳，回过神，忙走了过来，慌慌张张地解释："太后，阿猫想着陛下从前对阿猫很好，忍不住就来这里了……"

慕扶兰吸了口气，道："我知道。"

她回头，再次看了一眼身后的水灯，转身而去。阿猫默默跟随。

回到药庐，慕扶兰停下了脚步，阿猫却似心事重重，没有留意，险些撞到了她，又慌忙告罪。

慕扶兰仔细看了看她，说："我见你这些时日似乎有心事。你从小长在谢家，我看待你和旁人是不一样的。你若有什么难处，或是想法，尽管告诉我，我会帮你的。"

阿猫迟疑了片刻，仿佛想说什么，终于还是摇了摇头。

慕扶兰微笑着握了握她的手，说："等你愿意和我说的时候，你再来告诉我。先去歇息吧。"

阿猫低下头，慢慢地去了。

慕扶兰回到自己屋中，片刻之后，听到有人叩门。

阿猫又回来了。

慕扶兰起身过去开门。

"太后，我真的有件事……这些日子，一直想告诉你的……又怕是我看错了……就不敢说……"

阿猫立在她的面前，吞吞吐吐，欲言又止。

"无妨，你说便是，错了也不打紧。"

慕扶兰握住她的手，将她带到床边，坐了下去。

阿猫心一横，终于说道："您还记得几个月前在岛上时的落水之事吗？当时我见他们寻不到您，又是害怕，又是伤心，我真恨不得自己也下水去寻您，可是阿猫不会游泳，我就在水边大声叫您，不小心摔了一跤，我抬起头的时候……"

她瞪大眼睛，仿佛又看到了当时那令她不敢相信的一幕。

"我抬起头，看见太后您仿佛被什么托着送出了水面，当时太黑了，天又下着雨，我实在看不清楚，恍恍惚惚的，只觉那是一个人，影子仿佛和陛下有些相像……但是阿猫真的没有看清，等我爬起来跑过去的时候，那个影子已经不见了……"

慕扶兰的唇边原本带着微笑，渐渐地，她的笑容凝固了。她盯着阿猫，脸色渐渐变得苍白，突然抓住了她的手。

"你说什么？你再说一遍！"

她双目圆睁，声音蓦然提高。

平日的她在人前总是那么和气高贵，对阿猫更是如同家人般亲善，阿猫还是头一回见到慕扶兰如此失态的模样。

阿猫被吓住了，怔了一下，声音一下小了下去，怯怯地道："太后，阿猫就是怕看错了，这才不敢和您提的……倘若是真的，阿猫想，定是陛下成了神，又记挂您，那日才显灵救了您的……"

慕扶兰双目直直地盯着阿猫，攥着她的手，越来越紧，越来越紧，手背渐渐起了青筋，自己却似乎丝毫没有感觉。直到阿猫吃痛，又惊又怕，眼眶发红，她这才突然回过神来。

　　她放开了阿猫的手，站了起来，跌跌撞撞地奔到窗前，"砰"的一声，一把推开窗户，迎着外头涌入的新鲜空气，闭上眼睛，大口大口地呼吸着。

　　那夜她失足落水，分明已经深深地沉入水下，然而，就在她失去意识的前一刻，她觉得自己仿佛又凭空获得了一股依托的力量。

　　那一刻，她知道了，有人在救自己。她被一双臂膀带着，正向岸边而去。

　　那种感觉是如此熟悉。

　　在她苏醒之后，她不停地告诉自己，那是她临死之际的幻觉。

　　他早就没了，又怎么可能会在这个时候出现在她的身边。

　　然而这一刻，她感到她的心几乎要爆裂了。

　　她感到心口疼痛无比，犹如有把锥子在不停地扎刺着。

　　她双手扶住窗台，人慢慢地蜷了下去，犹如死去。

　　"太后！你怎么了！"

　　阿猫终于回过神来，奔过来扶住了她，高声喊人。

　　慕扶兰一动不动，半晌才缓缓睁眼，她苍白着脸，一字一顿地道："替我准备车马，今夜就上路，我去上京！"

第
三
十
章

◇

衷情

夜色深沉。护国寺后，太监曹金立在一旁，望着前方那道在塔林中已经独自伫立许久的身影，心中十分不解。

一朝天子一朝臣，他是先帝之人，先帝去后，他本以为自己会被弃用，没想到太子继位之后，继续对他委以重用，处处信任，他感激之余，自然倍加忠诚效力。

河西之西的天山脚下有座孤城，名金城。这两年，北人在被迫远离河西之后，便将目光投向了天山。金城之中虽只驻了区区两千士兵，但就是这两千人，不但多次击败前来侵犯的异族，击碎了他们想要夺走这个据点的企图，孤城更是岿然耸峙，成为天山之南的安全保证，那条从前朝开始已经断了数十年的连通河西与西域的通道再次畅通了。

商人的驼队又重往来在西域和河西之间，络绎不绝。不但如此，今日，朝廷收到了一个消息，西域的大宛、安息、月氏诸国，仰慕东方上国的繁华与兴盛，奈何从前道路不通，如今畅行无阻，他们将遣使者东行，朝拜天子，互通有无。

这个消息令满朝文武备感荣耀，但是不知何故，今日皇帝退朝之后，并不见他如何兴奋，反而在天黑之后，悄然出宫来了这里，举止反常，令人费解。

皇帝的目光一直落在塔林的深处，忽然，背影微动。

"曹金，你从前是如何认得先帝的？"他没有回头，只问道。

太监沉默了片刻，说："奴才天生卑贱，下体不全，七岁之时被父母以两贯铜钱卖给了一个走货长江的船主。那人把奴才当狗一样养，奴才在他的船上干活，受他欺辱。十三岁那年，那个人丢失了一包客人的货物，赔了些钱，当夜在船上吃酒，拿奴才泄愤。他脱了奴才的衣裳，用绳子绑起奴才，取火烛烧奴才的下体。奴才疼痛难忍，求他，只要放过奴才，奴才愿意为他做任何事，他却笑得更大声了，就在奴才痛得将要晕厥之时，奴才看见一个比奴才大不了几岁的人忽然从水底钻了出来，上船杀了船主……"

他的口中分明说着凄惨的前事，语气却十分平静，仿佛全是旁人之事，直到说到此处，方停顿了一下，语气转为低沉。

"那个人便是先帝。当时他带着伤，脸色苍白，从头到脚都湿淋淋的，还流着血。杀了船主后，他把尸体丢进水里，坐在船主方才吃酒的地方，倒了一杯酒，喝了，转过头问奴才，要不要跟着他，替他做事。

"这便是奴才当年得以效劳先帝的前情。"

太监说完，见身前的皇帝没有作声，迟疑了下，躬身道："陛下，不早了，该回了。"

皇帝继续伫立了片刻，默默转身而去。出寺后，在随行的护驾之下，如同出宫时那般，悄然入宫。

皇帝的神情有些恍惚，步履沉重，走到元宸宫的宫门之外，宫人跪迎，禀道："陛下，太后方才到京了，此刻人就在御书房里。"

皇帝抬眼望着前头透出一片明亮灯火色的宫门，眼睛里迅速涌出欢喜的光芒。他几步并作一步，匆匆登上宫阶。

在皇帝的身上再不见平日的君威，他几乎是奔跑着，朝里疾行而去。

殿内不见宫人，只有一个女子，她向窗而立，虽然背对着，但皇帝仍是一眼便认了出来。

"娘亲！"

他心情激动，情不自禁地脱口如此唤她。

慕扶兰转过身，视线落到了他的脸上。

她应该是急行赶路入的京，一张脸上犹带几分倦色，但目光是平静的，前所未有的平静。

皇帝立刻捕捉到了她的异常，心中陡然生出一种惊慌之感。

他的心微微一沉。他停住了脚步，站在她的面前，笑着说："娘亲，您怎么突然回来了？为何不提早叫人告知儿子，儿子好去接您？"

慕扶兰看着他的一双眼睛，没有说话。

皇帝迟疑了一下，轻声道："娘亲，您怎么了？您可有事……"

"熙儿，我来是为了问你，你可有事欺瞒于我？"

她一字一顿，说到"欺瞒于我"时，声音带着微微厉色。

皇帝唇边的最后一丝笑意也凝固住了。

他和自己的母亲对视着，慢慢地，他垂下了眼睛。

他朝她跪了下去，深深叩首，以额触地。

慕扶兰望着跪在自己面前的这个人，眼前忽然掠过梦中那最后的喋血一幕，心在这一刻陡然再次绞痛了起来，便如同许多年前，她方梦醒，想起她失去了的熙儿时的那种感觉，一模一样，痛彻心扉。

一时之间，她几乎无法呼吸。

这个世界上的那个男人，他未曾死去。他还活着。

她紧紧地握拳，指甲深深地陷入了掌心。

"你是什么时候知道的？"她的声音有些飘忽。

皇帝还是如片刻前那样跪在她的面前，没有开口，肩膀却渐渐颤抖起来。

"我要你说！"突然，慕扶兰厉声喝道。

皇帝身子一震，终于抬起了头，眼睛泛红。

"您还记得那一年，您带我出河西，为躲避兵乱，入了蒲城的事吗？出来后，我曾对您说，我做了那个梦。是真的，在蒲城的那一夜，我做了那个梦。娘亲，您当时对我说，那只是一个梦，您叫我不要去想。回来之后，我想听您的话忘掉它。可是我一直忘不掉，因为后来陆陆续续，我又梦见了相同的事。您虽然没说，但我知道，您不会希望看到我总梦见这种事的，所以我再也没有告诉您，我在您的面前装作若无其事的样子，我不想您为我担忧。

"就这样过了一年多。有一天晚上，我又做了那个梦。醒来之后，我的心里感到无比难过。娘亲，我总觉得，我梦见的事情仿佛真的发生过。可是我不愿意相信父皇他会如此待您。那天晚上，我再也睡不着了，我拿出了他从前赠给我的那把宝剑。抽出来后，我不小心割破了手，血流在了剑上……

"娘亲，您或许以为我在胡说。但我说的每一句话都是真的。我也终于明白了娘亲您所有的苦痛，您面对他时为何是那般态度。

"哪怕他对我再好，我也无法如往常那般对他。我只要一想到梦中娘亲您在死后被人倒悬城头的样子，我便无法不怪他。所以后来，我拿走了他的皇位，也终于逼走了他。娘亲，我不该欺骗您的，但是倘若他还在你的面前，他还活着，娘亲您又怎么可能真正放下一切？"

皇帝双目通红，声音哽咽，朝她再次叩首。

"娘亲！求您原谅我……"

慕扶兰闭目而立，恍若入定。

"他没有死，那么一直在哪里？"

良久，她终于睁开眼睛，问。

皇帝停顿了一下。

"金城……"他低低地道。

慕扶兰转过身，迈步。

"娘亲！"

皇帝伸出手，一下攥住了她的裙角。

"金城太远了。士兵被儿子调换过，他去了之后，那边都是新兵，没有人认得他是谁。

"他也不会那么快就死的。儿子知道他旧伤未愈，也曾派人寻到药翁，请他去往那里。

"他今日之结果，皆是他应有的惩罚，连他自己也毫无怨言。娘亲，他不值得娘亲您的原谅！"

慕扶兰转过脸。

她说："你可曾想过，他当初为何没有乘胜追击，一鼓作气派兵去灭了那个南下的小朝廷？倘若我猜想得没错，那个时候，他对你的预谋应当便有了察觉。但他还是自己去平定北方，留下了这个小朝廷，这才叫你得以在你的臣民面前获得这个建功立威的机会。"

皇帝怔住了，攥着她裙角的手慢慢地松开，最后无力地滑落。

"一直以来，我都弄错了一件事。"慕扶兰继续道。

"从我在谢县睁开眼睛醒来的那个清早开始，我便已经不是从前的我了。你也不是那个熙儿。而谢长庚，他更不是原来的谢长庚了！我们谁都不再是梦中的自己了，却偏都一头钻进了樊笼，作茧自缚，全然不知回顾。

"他不必为他没有做过的事去负罪，我需要重新去认识一个人，为我自己活着，而你……"

她低下头俯视着这个仍跪在地上、仰面望着自己的少年皇帝。

"你给我听着，他既然心甘情愿地把这个位子让给了你，你便好好地做这个天下的皇帝，不管你还认不认他。如此，也算是不负你们这一辈子的缘分。"

她说完，迈步而去。

皇帝定定地望着她渐行渐去的背影，忽然，他从地上爬了起来，追奔出去，扑在她的身后，再次跪了下去。

"娘亲！真的是熙儿错了吗？娘亲——"皇帝的声音哽咽，回荡在她的耳畔。

慕扶兰的脚步停了一下，随即抬起头，继续前行，她出宫而去，身影渐渐消失在了夜色下的重重宫阙之间。

慕扶兰踏上了西去之路。出中原，过西关，穿过广袤的河西，沿着那条她当年走过的旧道，依次出嘉麟戍、焉支戍、合黎戍、独登山，重重关山过后，又西去数百里，这一日终于抵达了天山之麓。

这里距她此行的目的地只剩最后三两日的路程了，而时令也已经从她出发时的秋天进入了冬季。

这一路的沿途所见与她记忆中当年的情景已经有所不同。犹记得那年西行，满目荒凉，人烟稀少，而这一回，这条原本已经湮灭在了风沙雪域里的古道，即便是在这种天气里，也仍然时不时地有往来于西域和河西之间的商旅驼队，路上也出现了一些可供往来商旅和驼队补给休息的驿站。

中午，雪下得越来越大，在经过道旁的一处驿站时，向导说这里是去往金城路上的最后一处可供人休息的地方了。

随从大多面露倦色，慕扶兰便叫人停下，生火烤热食物。休息之时，忽听近旁一顶帐篷里传出一阵妇人的痛苦呻吟之声。

那顶帐篷是以坚固的牛皮所制，外头停着多达几十匹骆驼的驼队，马车十数辆，从人更是多达百人，皆域外装束，可见主人是个大户，而且看起来在这里应该停了有些时候了，众人却不顾风雪，没有躲在帐篷里，而是聚在那顶牛皮帐篷外，仿佛在焦急地等待着什么。

离天黑还有半日，休息过后，慕扶兰正要启程，见状，不禁迟疑了下，正侧耳细听妇人发出的断断续续的呻吟之声，那顶帐篷里忽然跑出来一个三十多岁的浓眉高鼻的男子，只见他"扑通"一声跪倒在了雪地里，脸色惨白，双目望天，不住地磕头，做祈祷之状。

慕扶兰已经有些猜到牛皮帐篷中正在发生的事了。虽然急着上路，恨不能早些赶到她想去的地方，但几乎是出于本能，她还是开口命向导过去问个究竟，说："你去告诉他，说我或能帮他一些忙。"

向导依言而去，和那个汉子说了几句话，汉子猛地回头，向着这边看来。

慕扶兰这一路西行，从上而下皆是寻常装扮，只道是寻人，连在河西雇来的那个向导也不知道她的身份，何况是这个西域男子。听得向导说她或能帮忙，他目露狂喜之色，从雪地里一骨碌爬了起来，朝她疾奔而来，双手不住比画，口中呜里哇啦地说着话。

向导忙解释："他是俱毗罗国数一数二的富商，名叫达满，仰慕东方上国已久，年初之时，一为通商，二为见识，跟随王使同去上京。他的妻子是俱毗罗国教士的女儿，会说上国之语，他便带着她同行。他在上国逗留了大半年，想赶在大雪封道之前西归，到了这里，赶上她生产，便停了下来，他妻子从昨夜开始腹痛，但到现在还没生出孩子。"

慕扶兰叫随从继续歇息，自己立刻进入了那顶帐篷。

帐篷中的地上躺着一个二十几岁的年轻妇人，肚皮高高地隆起，血水满地，人已经脱力，奄奄一息，边上围着几个服侍的仆妇，皆面色煞白，惊慌不已，正在那里七嘴八舌地说着话，看见慕扶兰入内，听人说她是个女郎中，犹如见到救星，慌忙让开。

慕扶兰净手之后，和产妇简单地交流了几句，随即柔声安慰她，叫她不用怕，自己替她按摩腹部，帮助她生产，又叫人喂她些糖水和食物，待她体力恢复了些，示范她跟着自己蓄力、发力。

她沉稳的声音带着一股抚慰人心的力量，那个妇人渐渐定下心神，无不照做。

半日过后，焦急地等在帐篷外的男子听到帐篷里传来一个婴儿坠地的啼哭之声，随即被奔出来的仆妇告知，他的妻子生下了一个男婴，母子平安。他不禁欣喜若狂，转身再次扑在了雪地里，对天表达过谢意后，立刻命手下搬出美酒，宰羊点火，以示庆贺。

帐篷之外响起了一阵欢呼之声。

天已经黑了，雪仍未停，慕扶兰知道今日要耽搁下来了，早叫手下搭了帐篷，计划在这里过夜，等明早天明再行上路。

这个因为大雪即将封山而日渐冷清下来的驿站，今夜却是热闹非凡。纵然风雪肆虐，亦挡不住篝火点点，到处可见支起来的帐篷，欢声笑语之中，食物的香气四溢。

达满对慕扶兰感激涕零，命人不断送来美酒羔羊，慕扶兰分给随从，在自己的帐篷里更衣完毕，顾不得休息，便回到了达满妻子的帐篷中，叮嘱她一些产后的注意事项。

妇人的脸上洋溢着幸福的笑容，不住地点头。

慕扶兰望着在她怀抱中酣眠着的小小婴儿，人虽然还感到疲倦，心情却也仿佛受到了感染，渐渐欢喜了起来。

达满跟入帐篷中，像是喝了不少的酒，红光满面，对着慕扶兰说了一通话。他妻子帮他翻译："夫人，我丈夫说，看您这一行人的样子，不像是商旅，怎么会到了这个地方？再过些天，这里就要被大雪封路，至少到明年春天方能恢复交通。您若也要去往西域，可与我们一道同行，我的丈夫交游很广，您帮了我们这个大忙，他非常愿意为您效劳。"

慕扶兰面带笑意，轻轻地摸了摸婴儿柔软的头发，正要开口，忽然听到外面再次传来一阵欢呼之声，仿佛这里又新来了一拨路过之人。听这个动静，那个人似乎不但认识达满这一行人，也颇受敬重。

伴着欢呼之声，达满的一个随从奔到帐篷外，高声喊了几句话。他的脸上立刻露出喜色，和慕扶兰匆匆告了个辞，快步而出。

妇人连忙替丈夫告罪："夫人莫怪他失礼，听说是金城城主回城，方才路过这里。夫人您有所不知，我丈夫的驼队从前曾在天山附近遇到了北边来的游牧骑队，被他所救。不止我俱毗罗国，大宛、安息、姑墨等国的商旅亦是受他庇护，方放心往来于东西之间，故人人对他奉若神明。没想到今夜他会路过，我丈夫是急着要去拜见，这才怠慢了夫人……"

妇人还在为自己丈夫的举动向她致歉，慕扶兰却再也无法留意她在说什么了。她贴着那层分隔出了内外的帐篷帘，屏住呼吸，侧耳细听。

外面的热闹气氛随着这一行人的到来又上了一个高潮。这个俱毗罗国的商人仿佛在向对方敬酒，想要挽留他，和他分享自己今日喜得麟儿的喜悦。

在这充斥了满耳的嘈杂声中，一个男子的大笑之声隐隐飘入了她的耳中。

那个发出了笑声的男子的心情仿佛十分愉悦，笑声过后，他继续和达满说着话，说了什么，她听不懂，但是这个声音，她又怎么可能忽略呢？

这一路西行，她的心情早已不复一开始的恨道远难行、关山重重，越接近她想去的目的地，那种犹如近乡情怯、故人是否依旧的惶然和忐忑便越发萦绕在她的心头，挥之不去。

她没有想到，如此快，就在今夜，在她仿佛完全没做好准备的时候，她竟然就在这里和他猝然相遇了。

她的心跳如鼓。她闭上眼睛，长长地呼出一口气后，伸手慢慢地将帐篷帘掀出一道缝隙，看了出去。

天穹漆黑，朔风呼啸，大雪之中，在距她十数丈外的一簇篝火之旁，她看到了一个男子，身披雪氅，蓄了满面的胡须，纵然被人重重围着，但那个挺拔的身影依然极为显眼，一眼望去，便能看到。

那个人从达满手中接过一盏热酒，一口喝光，笑道："恭喜你，亦多谢邀留。今夜路过此处，我见如此热闹，便来瞧上一眼。我的营地便在前头山麓之下，过去便是了。你好生陪你的夫人，我不打扰了，待日后得空，再行造访。"

他出了围着他的人群，走向道旁那还等着他的十数名骑兵，上马，和送行的达满抱拳道别，随即策马，继续前行。

胸腔之中仿佛有一团烈火突然燃烧了起来。

慕扶兰冲了出去，朝着前方的那道背影发出了呼唤的声音："谢长庚——"

穿过远方山峡而来的朔风，合着她的呼唤，在她的头顶凄厉地呼啸着。

他没有听到，身影即将没入前方那片漆黑的雪夜夜幕之中。

324

"谢长庚——"

她迎着北风，再次唤他，不顾一切地朝着前方的那个背影狂奔而去。

她追到了道旁，然而前方那人已经不见了踪影。她踩着厚厚的积雪继续追着，一脚误入道旁一片深过了小腿的积雪，脚被卡住，再也拔不出来。

"谢、长、庚——"

她朝着前方那片空无一人的风雪夜幕，发出了最后一道用尽全力，以至破碎嘶哑的呼唤声，声音却又被北风撕碎，顷刻吞没无踪。

她再也忍不住了，双手掩面，弯着腰，慢慢地蹲了下去。

达满和她的随从追了上来，停在近旁，吃惊地望着蹲在雪地里的背影。

"夫人，你可是要找城主大人？莫急，你先回帐篷中，我代夫人去追他！"

达满立刻命人牵马过来。

慕扶兰反转手背，压了压自己酸胀的眼皮，睁开眼睛，站了起来。

她摇了摇头，正要开口，忽然停住了。

前方，一个人骑着马穿破了夜幕，正朝着这边行回来。

他的速度不快，在风雪之中，缓缓策马而回，仿佛存了几分犹疑。

达满惊喜地呼了一声"城主"，立刻迎了上去。他来到那个人的马前，说了几句话，随即抬手朝着慕扶兰的方向指了过来。

马背上的人，循着他所指的方向，朝着她的所在看了一眼，便似被这满天风雪给冻住，停在了原地，身影凝固。

慕扶兰瞬间觉得热血沸腾起来，一下子拔出了自己那只深陷在积雪之下的腿脚，顶着风雪，继续艰难地朝他走去。

他定定地望着，直到一阵狂风卷来，将她衣着单薄的身子吹得犹如雪中琼枝，摇摇欲倒时，他方才回过神来，迅速从马背上翻身而下。

她的脚再次陷入积雪。她停了脚步，站着，望着对面那个正向着自己踏雪而来的男子。

他的步伐起先有些凝重，渐渐地，越走越快，然而就在快要走到她面前之时，又忽然停住了，停在距她数步之外的积雪地里。

两人便如此对望着，谁也没再前行，亦不曾开口。

北风卷着雪片，朝她的面门打来。

"长庚……"

她望着对面那个面容隐没在昏暗雪夜中的人，终于，低低地唤了他一声，试图再次朝着他走去，想要彻底走完隔在他们中间的那剩下的数步之距。

就在她迈步的那一刻，面前身影一晃，那个男子已经来到了她的面前。他解开了他身上的毛氅，将她整个人从头到脚地罩住了，随即紧紧地抓住了她的手，带着她到了马前，托她到了马背之上，随即自己也上了马，在身后投来的许多惊诧的目光注视之下，纵马而去。

鼻息之中充盈了她熟悉的气息。那尘封了的旧日的无数记忆在这一刻犹如渐次被唤醒，点点滴滴，汇聚成流，朝她汹涌袭来。她闭目，紧紧地蜷在男人的怀中，在那件温暖的毛氅的包裹之下，任凭他带着自己，去往她不知道、亦不在意的前方任何之地。

不知过了多久，终于到了一个地方，她从马背上被抱了下去，他将她放下之后，一只手轻轻地拿开了那件一直罩着她的毛氅。

她睁开眼睛，发现自己已经身处帐篷中。漫天风雪被挡在了外头，角落里燃着取暖的炉子，牦牛油灯亮着，发出一团它所特有的橘红色的光，将帐篷中的一切都笼罩上了一层温暖的光晕。

许多年前，亦是如此一个风雪之夜，天山脚下，她仿佛见过相同的一盏灯火，曾在她的身边静静地燃着。而那一夜和她同帐篷的那个人，他此刻也在她的身旁，只不过，在送她进入帐篷，放下她后，他便默默地望着她，一言不发。

她坐了起来，凝视着身边这张生了一堆乱蓬蓬的胡须，既熟悉、又仿佛带了几分陌生感的男人的脸,看了许久,双眼一眨不眨。

在她的凝视之下,他仿佛渐渐沉不住气了。他慢慢地抬起了手,摸了摸他的脸,低低地道:"我老了,是吧?你却还是从前的模样……"

就在听到他说出这句话的瞬间,眼泪仿佛崩断了线的珍珠,忽然涌了出来,模糊了她的视线。

她用力地摇头,朝他扑了过去,将自己的脸贴在他那长了乱蓬蓬的胡须的脸上,哭了起来。

他安慰着她,叫她别哭,她非但不听,反而哭得越发厉害,最后还朝他伸出两只胳膊,仿佛索要拥抱的小女孩那样环住了他的脖颈,紧紧地抱着,不肯松开。

他愣了片刻,忽然抬起双臂,将她的身子搂入了怀里,收紧臂膀,再不放开。

这一刻,在他的怀抱之中,当眼泪流过面颊之时,竟也热得不像是真的。

她无法抑制,也不知道自己为何会哭个不停,直到感觉他抬起了她的脸,低头亲吻着她。

他的唇起先还带了几分冰雪的寒气,碰触到她的时候,她的身子轻轻战栗了一下,两只胳膊却将他的脖颈搂得更紧了。

来自天山北的古老的风刮过峻岭,终夜游弋、回荡在山麓之间。风雪之夜,这顶小小的帐篷里,灯影橘红,火盆温暖,那个名叫谢长庚的人,他也在她的身畔。

如同旧日再现,然而她知道,时间分明已经过去那么久了,久到她原本以为那个当年曾经追她到这里的人永远只能成为回忆,一段她再也无法回首的稀薄的回忆。

她渐渐地忘了哭泣,开始回应他的亲吻,当听到他用压抑而沙哑的声音在她的耳畔轻轻唤她"兰儿"的时候,她慢慢地睁开眼睛,凝视着近在咫尺的这张男人的面孔。

"你还记得你从前在西关问过我的那句话吗？"她说，"倘若那个时候我还没有想清楚，不知应当如何回应你，那么如今我已经知道了，清清楚楚。

"我来，是要谢谢你。长庚，你让我又见到了起初在君山柏树之下遇到过的少年。你就是那个我从十三岁开始便喜欢着的少年郎。

"那个少年郎，他若也老了，便就是你如今这般的模样。"

她握住了他的一只手，牵引着，按压在了自己的胸口之上。

柔软之下，心在怦然跳动。

谢长庚低头，和她四目相望。

积在他鬓发和乱蓬蓬的胡须上的冰雪融化了，变成了水。一道雪水沿着他的额头滚落下来，滚过眉梢，落入了他的眼睛里。他眨了下眼睛，忽然再次将她拥入怀中，紧紧地抱着。

天山峰顶那亘古不化的积雪，戈壁荒原那终年游弋的风刀，纵然催老了容颜，封冻了心血，然而在这一刻，因为眼前人那双凝望着他的明媚眼眸，一切忽然都变成了最好的模样。

他红着眼睛将她压在了身下，他仿佛真的变成了一个少年郎，试手补天，血气方刚。

夜渐渐深了，不知过了多久，连帐篷角落里的那盏牦牛油灯也终于熄了。

耳畔是男人发出的均匀而沉静的呼吸之声。他累了，睡了过去，但是热热的呼吸还是散在她的面额之上，仿佛羽毛，不停地、轻轻地撩着她。她忍不住，轻轻扭了一下在他臂中的身子，才动了一动，身侧便伸过来一只手，一下子握住了她的手。

"你要去哪里……"

夜色之中，一个仿佛发自半梦半醒间的含含糊糊的声音传入了她的耳朵。

她立刻朝他靠了过去，蜷回他的怀中。

"你睡吧。我便在这里，哪里也不去……"

　　她的唇贴到了他的耳畔，柔声哄他。

　　他便安静下来了。过了一会儿，就在慕扶兰以为他再次睡了过去的时候，忽然听到他低低地道："兰儿，我刚来这里的时候，有一段时间，身体坏得厉害，咳嗽起来的时候，痛得几乎站不直身体。我以为我要死了。那段时间，我时常梦见你。有一回，我竟梦到你来看我了。

　　"我对你说，我曾经辜负了你。如今哪怕终其一生赎罪，也是我欠你的。但是，倘若我们再有一个开始，我要再乘着乌篷船，从长江入洞庭，去向你的父王提亲，求娶他的女儿。我希望你在我们第一次相遇的地方等着我，我会去那里，再帮你救起掉下悬崖的小鸟，这样，你就会喜欢上我的……

　　"当时没有等到你的回答，我就醒了过来。"

　　他沉默了下去，片刻后，又道："后来药翁游方而来，我的旧伤渐渐痊愈。但是，我一直记着这个梦，记得清清楚楚……"

　　他的声音渐渐悄然，直至无声，只有抱着她的臂膀变得越发紧了，仿佛唯恐松开，她便会如那个梦，醒来全部是空。

　　慕扶兰的眼眶热了。

　　她抬起手，手指摸索着抚过他的胸膛，沿着颈项慢慢地来到他的面庞，一点点地插入他那一团乱蓬蓬的胡须里，将他的脸转了过来。

　　"我答应你。不但这辈子，我们往后要在一起。倘若还有下辈子，我去那里等你，你记得一定要来。我们再从少年夫妻做起，那一定很好。"她说。

　　谢长庚紧紧地抱着她，一动不动。

　　一夜风雪。次日清早，雪霁天晴，冬日的朝阳照射在天山峰顶的皑皑白雪之上，明亮耀眼。

　　慕扶兰的随从站在这处位于山麓之下的金城哨点前，向她拜别，转身离去。

　　慕扶兰目送着他们的身影，出神了片刻，转头对着身边男子道：

"走吧，带我去金城。往后，除了君山，那里也是我的家了。等过了冬天，天气暖和了，什么时候你有空，你再带我去西域见识一番。我在师父的笔记里读过他走过的西域诸国，风土人情与我中土大不相同，我极为向往。"

谢长庚缓缓收回眺望着上京方向的目光，看向她，脸上露出微笑。

他点了点头，说："好。"

慕扶兰望着往自己肩上默默披斗篷的谢长庚，问："你是在想熙儿吗？"

谢长庚替她慢慢地戴上帽子，低声说："他终究还是不肯原谅我。"声音之中满是遗憾。

慕扶兰道："你知道我师父为什么会来这里吗？"

"我问过，药翁道是游方天下，想去西域，机缘巧合，路过此处。"

慕扶兰摇了摇头，说："是熙儿找到我师父，请他来这里为你治伤的。"

谢长庚的手停住了。

"他小时候不知道你是他的什么人，更不知道梦中的那些事。你于他而言，只是一个陌生人。但就是这样的你，获得了他的敬重，也获得了他的感情。后来他知道了那个梦。他因为我恨着那个你，但也一直记着他小时候认识的那个你。

"我原本最不希望发生的事情，就是他也记得那个梦。他是最善良也最贴心的孩子。我盼他什么都不知道，以最纯真的心活着。但现在这样，未尝也不是一件好事。经历过了最坏的时刻，也感受过了最好的感情，给他一些时间，他会想明白的。"

谢长庚沉默了片刻，忽然叫她稍等，拿了自己的佩剑，以布裹覆，上马向前追去。片刻之后，他追上了那一行方才奉了慕扶兰的命而上路回往上京复命的随从，将手中的佩剑递了过去，说道："回去之后，将此物转呈陛下，再带上一句话，道此物原主的心情一如他当年赠物之时，未曾有过半分改变！"

众人并不认得他，只知道他是这塞外孤城的城守，偏又与年轻的慕太后似乎有说不清道不明的干系，此刻见他追来，又这般吩咐，怎敢不应？

领队急忙下马，恭敬地接过，连声答应下来。

谢长庚点了点头，转身纵马而去。

他回往哨点，远远见她站在雪地之中，正在和士兵说话。

城主的身份神秘。金城的守城士兵除了崇拜他用兵如神、威震天山，对他死力效忠之外，连他那蓬胡子下的脸都没看清过，更遑论他的来历了。从前无事之时，士兵也因为好奇私下议论过。有人说他是前朝旧将，被发配来此处，戴罪立功。有人说他或许是先帝身边的得力之人，或是因为功高盖主，不为少帝所容，方来了此处。但所有人都万万没有想到，竟忽然有一个如此美貌的夫人，不远万里，来此和他相聚。

方才城主去后，几个胆大的士兵便朝她靠了过去，问她可是城主夫人，可会留下。

慕扶兰笑道："我是他的妻子，亦是郎中。他说这里地方苦寒，你们缺医少药，所以我便来了。"

士兵们欢喜不已，转头见城主回了，争相涌上去，口中喊道："大人，这里冷，快些将夫人带回城中去！"

谢长庚哈哈大笑，道："那就有劳你们在此再守几日了，等到大雪封山，你们撤回了城中，我便叫人宰羊上酒，犒赏你们！"

在士兵的欢呼声中，谢长庚纵马到了近前，弯腰一把抄起慕扶兰，将她抱上马背，朝着前方疾驰而去。

这一年的冬天，将近年底之时，天山积雪积得格外厚。一连半个多月，古道之上都不见半点人踪。但在金城之中，气氛却是前所未有的热闹。

就在大雪封路之前，来自河西的最后一批用以过冬的物资及时送到了。除了人手一件厚实的棉服，大车大车的鱼、肉，还有此处冬季难得一见的各种果蔬，数量丰富，足以过冬。那俱毗罗的商人为表示感激，在回去之后亦派人往金城送来了许多礼物，其中便有数车巨大木桶装运的葡萄美酒。

西域的葡萄美酒向来以贡品之名而人尽皆知，以稀为贵。到了新年前的那日，金城之中，杀羊烹牛，城主赐下美酒，令士兵分而饮之，人人欢声笑语，庆贺新年，至深夜方歇。

冬去春来，冰雪消融，一封发自天山的信被送到了上京宫中皇帝的手中。

信是慕扶兰的手书。

她说自己一切皆好，叫他不必挂心。天气渐暖，道路复通，无事之时，她常外出行走。不同于当年匆匆而来，匆匆离去，如今深入此地，才知宝山之壮美，物资之丰富，非笔墨能形容万一。前些日子，她在道上偶遇了今春第一拨从东而来的商旅，闲谈之时，获悉岁初朝廷颁文继续减赋，民众得惠，感戴天恩，她颇感欣慰，嘱他勤政之余，亦不可过劳。又说天山南北，民众视白牦牛为神畜，见之以为吉祥。去岁大雪封山之时，有士兵捕到了一头在野外受伤的白牦牛，带回城中献给了她。她替白牦牛治好伤后，日前趁着春暖，将它放归原野。白牦牛似通人性，临去时数次回首，方蹚水而去。

她在信中絮絮地讲述着她在那个地方的日常生活，如同闲话家常，半句也未提那个男子，只在信末附了一张绘于羊皮卷上的天山南北地理舆图，说那绘图之人费了几年时间，踏遍每一处关口河川，方制了此图，图中圈点之处便是建议扎营之所，供朝廷日后参考用。

皇帝一遍又一遍地读着书信，良久才放下，又拿起了那卷羊皮卷，摊开在桌面上，注视了良久，随后起身，从一口檀木箱之中取出了一样以布包裹的狭长物件。

他一层层地解着，一直解到布下，露出了那柄他再熟悉不过的镂着青色云纹的剑。

他缓缓地拔出了剑，横于面前，和白刃之上映出的那双黑色眼眸对望着，眼眶渐渐红了。

六月，这几日正是采摘一种名叫紫丹草的草药的最好时候，再过些日子，等花一开，药性就大减了。谢长庚撇下其他事，特意陪着慕扶兰出城上山采药。两人清早出发，骑马到了山麓，放马吃草，谢长庚叫同行之人等在山下，自己陪着慕扶兰登山而上。

雪线之下，溪流潺潺，野花遍地，两人半是采药，半是览景，不知不觉大半日过去，谢长庚见她爬山似乎也累了，前头恰好有一块平坦的石头，便叫她坐上去歇息一会儿。

慕扶兰坐在石头上，抱膝凝望着不远之外丈夫替自己攀岩采药的背影，渐渐出神。片刻之后，见他走了过来，她回过神，忙从石上下去，朝他迎去。

"够不够？若是不够，我再去帮你找。"谢长庚问她。

"已经够了，我们下山吧。"

慕扶兰取出自己的手帕，替丈夫擦拭额头渗出的汗。

谢长庚顺势低头亲了她一下，道："要是走不动，我背你下去。"他的语气，带了点亲昵的撩拨。

慕扶兰一笑，随即一把推开他，说："谁要你背！"说着自己拿起药篮，迈步要走，却见他站着不动，双目紧紧盯着她的身后，反手就取了弓箭。

她顺着他的视线扭头，见山坡那头的溪流之畔来了一只麋鹿，毛色美丽，正停在溪畔低头饮水。

谢长庚已经弯弓搭箭，瞄准了麋鹿。

他的箭法百发百中，这一箭出去，这头自己撞上来的猎物还有的逃？

慕扶兰忙握住了他的手腕，说："它是母鹿。这个季节，母鹿产期刚过不久。若有小鹿，母子便再不能相见了。你不要射杀它。"

她话音才落，树丛之后就蹦出来一头小鹿，追到了母鹿的身边，跟着喝水。母鹿转头，伸舌替小鹿舔着脸上的毛，母子亲昵，情状动人。

谢长庚一怔，慢慢地放下了弓箭，见她望着溪边的麋鹿母子，双眼一眨不眨，直到母鹿带着小鹿离去，还依然望着那个方向。他不敢惊动她，半晌，等她自己转过头来，方伸手轻轻地握住了她的手："走吧，回去了。"

慕扶兰轻轻"嗯"了一声，随他下山，路上仿佛有些恍惚，脚下绊了一下。谢长庚眼疾手快，一把将她扶住，顺势停在她的面前，微微矮身下去，柔声道："你采了一天的药，乏了，我背你走几步吧。"言罢，不由分说地将她背了起来。

慕扶兰没再拒绝，脸贴着他的后颈，一言不发，安静地伏在丈夫宽厚的后背之上。

谢长庚便如此背着她，稳稳地下了山。

两人回城，天已经黑了。回到住处，沐浴过后，谢长庚抱她上床，和她并头而卧，凝视着枕畔的妻子。

她面若芙蓉，笑道："你这么瞧我做什么？又不是第一日见。"

谢长庚的手指轻轻抚过她的面颊，问："兰儿，你今日是不是想起熙儿了？"

他迟疑了一下："你若实在想他了，明日我便送你去河西。你无论何时回来皆可，我等你。"

慕扶兰沉默了片刻，低低地道："今日见到麋鹿，令我想起熙儿小时候的情景，一时有些触景生情。你不要多想。"

谢长庚伸臂将她揽入了自己的怀中，慢慢地抱紧了。

慕扶兰依偎在丈夫的胸膛里，听着他发出的心跳之声，闭上了眼睛。

夜渐渐深了，身畔的娇妻已经沉沉睡去，谢长庚想着她白天看见那对麋鹿母子亲昵相处时的样子，久久无法入眠。怕扰了她的安睡，他悄悄从床上起了身，走出屋子，站在台阶前望月沉思之际，忽然听到院门处传来拍门声。

他穿过院子，过去开门。见是仆从来了，说方才城门门卒那里传话过来，城外来了一位少年公子，自称是城主夫人之子，来此探望双亲，叫予以传话。

谢长庚愣了片刻，仿佛才回过神。他猛地转头，似就要往屋里走去，忽然又停了下来，再次转身而去，出了大门，上了那来报信的门卒的马，驱马便朝城门的方向疾驰而去。

他赶到了城门口，翻身下马，一口气奔出了城门。

一个少年静静地站在那里，夜色勾勒出他清瘦而颀长的身影，月光照出他清俊而隽秀的面庞，他望着那个出现在城门之后，正向着自己奔来的男子，几乎是同一时刻，迈步向他走了过去。

"熙儿！"

谢长庚唤了他一声，声音乍听起来低沉而平稳，然而倘若细听，不难分辨出他声音里的颤抖，心情之激动，可见一斑。

少年凝视着他。

"父皇，我是来探望娘亲的。"他说。

"除了探望娘亲，我也想对您说，那个名叫熙儿的人，他一直没有忘记，在梦里，他小时候来这里的那一回，他曾问您这地方为何起名叫金城。他记得父皇当时对他说，当夏日到来，雪化尽时，太阳照下，站在雪峰之上看下去，城池里便仿佛铺满黄金，所以名叫金城。父皇您还说，他只要想看，随时都可以来……

"夏日到来了，不知道父皇您还愿不愿意带我去看这里如同铺满黄金的美景？"

少年的声音哽咽了，他朝着面前的男人缓缓地跪了下去，叩首于地。

谢长庚快步上前，将少年从地上带了起来。

他看着面前的少年，双目渐渐发热，抬手紧紧地握住了他的肩膀，低声道："明日我便带你去看。走吧，先去看你娘亲去。她今日还想起了你，我哄了她许久，她才睡着。"

少年飞快地擦了擦眼睛，点头，跟着他大步入了城。

少年在这座城中停留了三日。

到了第三日，他要回去了。

慕扶兰坐在马车中送他一程又一程，终于送到终点，前方就是他的驻跸之地，这才停了下来。

少年向她拜别，下了马车，依依不舍地回头望了一眼身后那辆车中那个还在目送着自己的女子，对着谢长庚低声道："父皇，我回去了。你要好好保护我的娘亲，让她一辈子平安喜乐。"

谢长庚亦回头看了一眼，含笑点头。

少年终于上马离去。

慕扶兰目送少年的背影渐渐远去，等丈夫回来上了马车，问他："方才你们说了什么？"

谢长庚望着她那双泛红的美眸，将她拥入怀中："我答应熙儿，好好保护你，让你一辈子平安喜乐。"

慕扶兰靠在丈夫的怀里，慢慢地闭上了眼睛。

这一夜，两人宛若新婚，耳鬓厮磨，纠缠到深夜方停了下来。

慕扶兰分明倦极了，良宵若此，又不舍睡去，要他给自己讲个故事。

他想了下，说"好"。

"……讲的是不知哪朝哪代，朝廷气数将近，天下藩王争乱，有一出身水匪之少年，姓谢，名长庚，年纪轻轻便做了江上巨寇，号令豪杰。但他野心昭彰，心性狠辣，加上也有几分本事，又岂甘心一世以寇而生？他早就立志登顶天下，谋这天子之位。为达到目的，他将主意落在了洞庭长沙王王女的身上，想娶她为妻，以此为阶，步入官场……"

慕扶兰听得晕晕欲睡，打了个哈欠，含含糊糊地道："不要听这个……后头我都知道的……你换一个……"

谢长庚摸了摸蜷在自己怀抱中的脑袋，哄道："你听下去，后头不一样的。"

他继续讲："却说慕氏王女那年不过十三，虽然是小小女子，却早早拜了君山药翁为师，向他学医识药。那一日，她到君山去寻药翁，到了药庐之前，却被告知药翁正有访客，便想先行下山。她又怎知，药庐之中，那个昨夜月下渡江，乘一艘乌篷船而来，此刻正与药翁对坐煮茶的野心之人，他心情忐忑，终于等到了她的现身，恨不能立刻追她出去……"

谢长庚说着，未听到她有半点反应，低头一看，见怀中之人已经睡去了。

他笑了起来，凝视她睡颜片刻，替她盖被，拥她而眠。

其时万里之外，洞庭君山断崖之侧，那株曾遭雷火后又重生的老柏树之上，夜鸟静静宿巢。

明月在天，清风朗朗。

（正文完）

番 外 一

◇

夫妻

番外一

　　岳城王府的宴宾堂里，灯如银龙，珍馐铺席。乐声之中，长沙国的臣子列坐，齐齐望着坐于紧靠长沙王的次尊席位上的那个年轻男子。

　　这个名叫谢长庚的年轻男子是长沙王刚得的女婿——就在三日之前，他来此求亲，求娶长沙王的唯一爱女。长沙王考虑了三日，终于应许，定下三年之后，待王女年满十六再行婚嫁之事，谢长庚欣然答应，二人顿成翁婿，这才有了今夜的这场盛宴。

　　臣子们自然知道这个年轻人的身份。莫看他仪容出众，谈吐斯文，实则是这两年新成名于长江水道上的首领，虽称不上恶名滔天，但既然身为江洋大盗，巨寇之名自是无人不知。起先获悉长沙王竟答应下嫁王女，无不惊诧，但王的苦心，众人岂会不知？既然是王认定的女婿，他们又岂敢不敬？众人便都迎合着座上的王，频频向他敬酒。于是宴席之上，宾主尽欢，气氛热闹而喜庆，人人欢声笑语。谁又知道，就在此刻，宴堂西北角的偏门侧旁，那道低垂于地的帷幔之后正藏着一个女孩儿。

　　女孩儿乌发雪肤，瞧着也就十三四岁的年纪，虽然身量尚未完全展开，却已经亭亭玉立，出落得带了几分动人的美丽。只是此刻，她眉梢眼底似有勉强之色，仿佛不大愿意来此，却碍不过阿嫂的相劝，方到了这里。

　　阿嫂附唇到她耳畔，低声道："阿妹莫担心。那人真的一表人才，又年轻，又俊俏，谈吐更是斯文，无半分凶暴粗鲁。你若不信，自己看上一眼，就知道阿嫂没有骗你了。"

　　这女孩儿便是王女慕扶兰。她的阿嫂陆氏见婚事定下的消息传来后，小姑便郁郁不乐，自己特意悄悄先去看了看人。鉴于这谢姓男子的出身和来历，她本来也做好了最坏的打算，没想到对方竟是如此一表人才。她长长地松了口气，回来便向小姑讲述自己之所见，见她并无多大反应，以为她不信，为安慰小姑，方半哄半诱地领着她来了这里。料她亲眼见了人，就算心中对这桩婚事还有抵触，也不会过于恐惧、难过。

父王答应了一个突然冒出来的江洋巨寇的求亲，要将自己许配给他。虽然她从懂事起便知道婚事不能由己，但从获悉消息的那一刻起，慕扶兰的心情便灰暗了下去。眼前掠过数日之前在君山偶遇的那双明亮的含笑眼眸，她的心情越发惆怅起来。

在阿嫂的面前，她虽然已经极力掩饰，但终究还是做不到如常那般的心情。知道阿嫂看了出来，关心自己，又不忍叫她失望。

她笑了笑，稍稍撩出一道窄窄的缝隙，懒洋洋地看了出去。

宴堂中灯火辉煌，一片欢声笑语，那么多的人，她一眼便看到了坐在父王下首的次尊席上的那个男子。

实在是他的形貌太过出众，即便周围人头攒动，他亦是郎绝独艳，如玉如翠，叫人一眼便看到了他。

她的双眸定住了。

虽只一张侧颜，但她立时便认了出来，这个男子竟然就是数日之前在君山老柏树之下帮自己救起了落下悬崖的雏鸟的那个人！

宛若心有灵犀，他竟仿佛知道自己藏在这里看他似的，毫无预兆地缓缓地转过头来，不偏不倚地看向了她所藏身的这道幕帘。

她怔着，一时没有反应，直到看到他唇角微勾，微微笑了，这才回过神来。

他发现了自己！他是在对着自己笑！

她的脸腾地热了，手一颤，指间的幕帘脱手松了出去，在她面前闭合，宛若一道微风拂动的水波，挡住了他的视线。

慕扶兰依然站着，一动不动。忽听耳畔有人悄声问："怎样，看见了吗？就是父王身畔的那人。阿嫂没有骗你吧……"

　　慕扶兰面庞绯红，心咚咚地跳起来。她不敢停留，更不敢再掀开幕帘多瞧一眼，扭身撇下阿嬷，逃也似的一口气奔回了自己的闺房。她将门关了，命人不许入内，自己扑在了床上，将脸压在被衾上，一动不动。

　　人人都说老柏树通灵，佑人姻缘，又或者是君山大帝垂怜于她。否则她为何会如此幸运，那日那个在君山之上，叫她见之便再无法忘怀的年轻男子，竟然就是父王要将自己许配的未来夫婿？

　　她的眼前，不禁再次浮现出那日她无助扭头之时，看见的静静地站在山路上的那道身影。山风吹拂树叶，掠动他的衣角，他便悄然立着，凝视着自己——仿佛很早之前他便等在那里了，只等自己奔向他去，开口向他求助。

　　她翻了个身，抬手捂住了自己那张发烫的脸，欢喜之情宛若蜜糖，从她的心底慢慢地涌了上来。

　　谢长庚的视线从宴堂角落低垂着的那道幕帘之上慢慢地收了回来。

　　他依旧端坐在宴堂之上，与长沙国的大臣们谈笑风生，面上不露端倪，他的心中却在回想着方才自己撞破那女孩儿偷窥之时她的受惊模样。

　　他唇边的笑意越发浓了。

　　他终于还是如愿做了那个帮她救起小鸟的人。

　　三年，再等三年，他便回来娶她，让她做他真正的妻子。

　　到了那一日，他已经做了河西节度使——朝廷最年轻的一个节度使，而他的未婚妻，长沙国的王女，当日的女孩儿，也终于长大，就要成为他的妻子了。

　　在谢县的老宅里，他和她拜了天地，随后，他目送着她在亲友和同僚们的恭贺声中被送入了洞房。

　　为了这一刻，他已经等待得太久，久得远远不止三年了。他是如此地渴望快些见到他这辈子里的那个女孩儿。他很快就撇下了那些想要灌醉自己瞧笑话的宾客，在他们发出的意犹未尽的起哄声中，迈步去往她所在的那间屋子。

他走到那扇映出红彤彤的欢喜烛光的门前，停下了脚步。

就在她被接入这座老宅的大门之前，他曾和自己的母亲促膝长谈，他对母亲说，那个即将到来的女子不但是他的妻子，亦是他在过去三年里得以一路飞升、官居高位的有力凭借。他只娶她一人，别无二心。他要自己的母亲将她视为亲女般对待。

而这一辈子，在这个即将到来的属于他们的洞房之夜里，也不会再有什么朝廷的使者来打搅了——那一行带着敕令的来使，在傍晚快入谢县的时候，已经被一队来路不明半道杀出的人马给扣住了。

他们的新婚之夜，容不下旁的事干扰。

他深深地呼了一口气，定住心神，抬手轻轻地推开面前为他而留的虚掩着的门，迈步跨进了门槛。

他看到他的小娇妻正身着嫁衣，头披红盖，安静地坐在床沿之上，等着他的到来。

他朝她走去，走到她的面前，伸手取了她的盖头。

她深深垂首，无限娇羞。双睫若羽，遮掩了她那双美丽的眼眸，不肯看他。

他轻轻托起了她的下巴，凝视着面前这双含羞带怯、终于望向自己的美眸，朝她笑了起来。

仿佛被他的笑容感染，她不再闪避，和他对望了片刻，微启朱唇，轻声说道："方才我在这里等你来，却不知为何，心里总觉得从前仿佛来过……"

谢长庚凝视着她，微笑道："如前生约定，今世履约。你本就是我的妻子。"

她以为眼前的郎君在打趣自己，咬了咬唇，不再说话，心中却欢喜雀跃，娇庞浮出淡淡红晕。

花烛高烧，灯火摇曳，她迟疑了下，终于鼓足全部勇气道："夫君，我替你更衣……"她的声音细若蚊蚋，话未说完，便听不见了。

谢长庚压下心中涌出的无限爱怜之情，伸臂将她抱入怀中，替她一根一根拆去发簪。

锦帐低垂，一夜缱绻。天明时分，在新婚丈夫的怀抱中睁开眼睛的慕扶兰还有点昏昏沉沉，她尚未来得及体味昨夜刚从少女变成新婚妇人的娇羞和喜悦，便被一个突如其来的消息给弄得呆住了。

一大清早，谢家来了一队朝廷所派的信使，带来了一个十万火急的消息，说江都王叛乱，朝廷急召谢长庚，立刻前去平叛。

这一行人昨夜原本就该到了，不料被人莫名其妙地扣住，扣了一夜，今天早上又莫名被释，这会儿匆匆寻来，自是焦急万分，呈上敕令，便等在一旁。

昨夜方洞房花烛，今日她的新婚丈夫便要离家，待下次归来，也不知会是何时。

她失落无比，却知道男人建功立业，自己不可挽留，何况，上命如山，她又如何开口挽留？

她依依不舍地放开了拽住他衣袖的手，忍住就要夺眶而出的眼泪，低声说："我这就去给你收拾东西……"

她坐了起来，就要下床，一双大手却忽然伸了过来，反握住她的手，继而将她整个人抱了起来，放她坐到了床沿之上。

他蹲了下去，取了她的罗袜，低头仔细地帮她穿好罗袜，又要替她穿鞋。

慕扶兰吃惊不已，终于反应了过来，忙要缩回脚，却被他握住了。

他替她穿好了鞋，又牵她站了起来，附耳问道："我想带你同去江东。你怕不怕？"

慕扶兰一怔。

在家中待嫁之时，她便得知了有关他的一些事，尤其知他孝敬寡母，如今自己过了门，他若要外出，她自是要留在家中替他孝敬母亲的。

　　她有些不敢相信自己的耳朵，睁大眼睛看着他，见他笑吟吟地望着自己，不像是在哄她，迟疑了下，小声说："我真的能和你一起去？"

　　他挑了挑眉，说："为何不能？朝廷敕令之中又不曾说我不可带着新婚爱妻同行。"

　　才新婚一夜，他便唤她"爱妻"。

　　她的心怦然而动，脸悄悄红了，那双还带着些雾气的眼眸之中放出了欣喜的光芒。她按捺不住，雀跃而起，扑入了他的怀中。

　　"我不怕！我要去的！"她用力地点头，一双玉臂又紧紧搂住他的脖颈，仿佛唯恐松了，他就要改口。

　　谢长庚接住了这个会因为惊喜而忘情地扑入自己怀中的女孩儿，刹那之间，心软得一塌糊涂。

　　他曾踏破河山，补全天裂，立在巅峰，看尽了这世间最为壮阔的波澜，也曾跌入深渊，经历过这世间最为噬心的至暗时刻。

　　她又何尝不是如此？

　　而今他们再次相遇。他要好好保护她，替她遮风挡雨，令她无惧无忧。纵然西风催老洞庭波，许多年后，哪怕他们已经白发苍苍，他也会让她永远都做当日君山之上，那个提着罗裙，奔来向他求助的女孩儿。

　　片刻之后，见她的两只胳膊还是抱着自己不肯松开，他便屈指轻轻地弹了一下她的脑门："再不叫人收拾东西，便不带你去了。"

　　"我这就去收拾！"

　　他的小娇妻立刻松开了他，急急地奔去开门，唤人入内，收拾东西。

　　他负手而立，望着她犹如欢快的鸟儿般的背影，再也忍耐不住，笑意不知不觉地浮上了唇角。

情深

番外二

　　婆母沈氏对朝廷来使急召一事的第一反应是得意，随即又忧心起来。扶兰随新婚丈夫去见她，来到房门外的时候，隐隐听到说话声正从屋里飘出来。

　　"……恭喜老夫人。江都王闹的那个大乱子，满朝想来也就只有咱家公子能应对，朝廷这才急着召他。公子得朝廷如此器重，往后前程更是无量，老夫人您也是福上添福……"

　　说话的是秋菊。

　　沈氏显然对秋菊的话很是满意。她顿了一下，轻轻叹了口气，道："倒也是……只是那个江都应也不好对付吧？我有些不放心……"

　　"老夫人尽管放心！"秋菊接话，"咱家公子吉人天相。更何况老夫人您平日行善积德，公子自会有上天保佑……"

　　谢长庚轻咳一声，带着新婚妻子跨入门槛，打断了话声。

　　沈氏恐新妇仗着身份日后轻慢了自己，立刻端起姿态，待儿子带着她向自己行礼后，她望向儿子，脸上方露出喜色："儿啊，朝廷这一趟的差事，你只管放心去，家中不必牵挂。新妇娘会替你看顾。"

　　谢长庚微笑道："多谢母亲。儿子正要和你说，兰儿不必留在家中了。儿子想带她一同出门。"

　　屋里一下沉默了，空气亦仿佛变得凝重了起来。

　　扶兰见婆母一愣，两道目光随即射向自己，神色暗露不满，立刻紧张了起来，正忐忑着，忽觉手一暖。

　　她和他是并排而立的。他在衣袖的遮掩下，竟悄悄伸手过来，握住了她的手。

　　扶兰的眼睫微微一颤，她偷偷抬眼，见他若无其事，双眸正望着他的母亲，神色坦然地道："是儿子想带她去的。到了那边，她可

348

照顾儿子的日常起居。"

扶兰见婆母的脸色稍缓，但显然对这样的安排还是不大乐意。

她看了眼身边的婢女，道："照咱们这边的规矩，新妇不合出远门，还是让她留在家和娘做伴为好。娘也正想和你说呢，你带秋菊去吧。她勤快能干，出去必能照顾好你。"

秋菊屏息而立，半垂粉面，连根头发丝儿都未曾晃动半分。

扶兰正又微微紧张着，却听耳畔传来了新婚丈夫的声音："母亲在家，还是让秋菊服侍为好，她跟您多年了，知您冷热喜好。何况……"

这男子顿了一顿："儿子不孝，想带新妇同去。"

扶兰的心跳得越发快了。

或是因为紧张，或是因他的体温，她竟觉自己那只被他握住的手沁出了微汗，她悄悄地飞快望了眼自己婆母。

她看着依旧不是很情愿的样子，但大约也听出了儿子语气中隐含着的那不容反驳的意味，终于勉强点了点头。

便是如此，当日，扶兰便随新婚夫君离开谢家老宅，去往了江东。

在他母亲的面前，他是以需她照顾为由带她出来的。扶兰也暗自下定决心，往后定要好生服侍他。但没想到的是，出发后的一路上，他的饮食起居非但不用她费半点心思，相反，他对她是百般呵护，处处照料，二人私下闺闱独处，他更是极尽体贴温柔之能事。

新婚小妇人的幸福和甜蜜掩藏不住，尽在眉梢目底。同行出来的慕妈妈看在眼里，为王女嫁得良人深感欣喜之余，也是暗自诧异。她万万没想到，这个有着巨寇之名、在外人眼中威重令行的男子，到了王女面前竟是如此一位温柔多情的如意郎君。

此时大半个江东已落入江都王之手，流寇更是随乱四起，袭扰民众，局面危乱，人心惶惶，江东再不复昔日的人烟阜盛之貌。扶兰跟着新婚丈夫到达，被安置在一处安全之地后，便看着他整肃军纪，囤粮操练，几乎日日早出晚归，尤其是后来他和江都王作战的那段日子里，更是军务繁忙，戎马倥偬。她自知帮不上他的忙，唯一能做的就是不给他添乱，每回在送走他之后，她便暗自向君山大帝祈祝，默默地等待着他的下一次归来。

但即便如此，那种只有沉浸其中之人才能体会到的暖心甜蜜也未中断过半分。只要在外，他必以书信代面，向她及时递送平安消息。就这样，半年后，在他运筹帷幄顺利平叛之后，她的腹中也悄然孕育了两人的第一个孩子。

扶兰喜悦而幸福。

她的喜悦幸福并不单单是因为孩子的到来。随后发生的那件事，后来无论何时想起，她的心中都是如此温暖。

那是在他平叛结束，得了朝廷封赏之后发生的事。婆母不顾年迈路迢，亲自来到京城探望她，她深受感动，自是用心接待侍奉。住了几日后，那天，婆母慈爱地询问了几句关于她身子的事，叮嘱她安心养胎，说她为谢家开枝散叶，这是如今的头等大事，至于夫君那里，可考虑纳一侧室，以分担她的侍奉之责。

婆母觑了她一眼，又笑着说："人都我替你想好了，不必你费心。你嫁进来也有些日子了，想必也知道，我有个干女儿，最合适不过了。"

扶兰沉默了。

她自然早就听闻了。那女子名叫戚灵凤，对婆母有救命之恩，一向便是婆母相中的儿媳，只是后来，夫君却来长沙国求亲娶了她。

她如今身子不便，是该为夫君考虑。其实即便没有婆母的话，扶兰自己心中也偶会有该为他添个人的念头，这是女子的贤德。但或是身子日渐沉重的缘故，她又懒洋洋地提不起劲，不愿去做，且夫君亦从未表露过任何这方面的意思，事情便如此一天天地拖了下去。此刻忽听婆母如此开口，她顿时茫然。

是啊，这是应该的，理所当然，她点头便是。

只是，如此简单的一个动作，她的颈子却似被什么给支住了似的，竟迟迟无法动弹。

婆母面上的笑意渐渐消失，看了眼她隆起的腹部，说："怎的，你不愿？你竟忍心让他……"

婆母打住了，愁眉苦脸，唉声叹气。

扶兰的心微微一跳。她想到夫君不但毫无怨言，反而比从前越发体贴，知她因了腿脚日渐浮肿感到不适，睡前常亲自为她揉捏，心中顿时愧疚无比。她咬了咬牙，正要开口，忽听身后传来一道声音："母亲，戚氏之恩，儿子从未忘记，见她年岁不小了，一直也在替她留意合适的人家。前些日有人来见儿子，道听闻戚氏乃母亲义女，素有贤名，意欲求为儿妇。那家人门庭高贵，累世为官，其儿年貌亦与她相当，是极好的姻缘。母亲这趟回去后便替她安排此事吧，免得她再耽误。"

扶兰转头，见他推门而入，停在了她的身边，说完低头望向她，微微一笑，随即轻轻握住了她的手，抬头继续道："当日王女许婚，实乃下嫁，儿为表诚心，曾向君山大帝发誓，日后无论富贵贫贱，此生唯她一人，若有违背，必遭天谴。母亲大老远来这里，且安心多住几日，只是想的那事，往后休要再提。"

婆母神色沮丧，张了张口，又无话可说，终究闭上了嘴。

半个月后，夫君安排人将她送了回去，此事便就这样过去了，如一颗石子沉入湖面，不曾留下半分波纹。

很快，十月怀胎，扶兰临盆在即。

这个时候，他位高权重，日常变得越发忙碌了，却在她临产之际辞了一切的应酬往来，一连几日在家守着她，竟寸步不离。

慕妈妈后来偷偷地和她说，她生产之时，他在门外不停地来回踱步，她说："大冷的天，就见他不停地冒汗，我们再三地劝，方坐下，一听产房里有动静，便又跳了起来！"

慕妈妈的描述令她很是感动，又隐隐有几分想笑的感觉。

他虽年轻，但在外人面前向来威望素着，这一回竟紧张失态至此地步。

她又想起生下儿子后的那一幕。当时他疾步奔入产房，却又硬生生地刹了步，停在床前，整个人仿佛定住，双眸一眨不眨地凝视着她和他们的长子，随后慢慢靠近，俯身伸臂抱住了她和儿子，将他们圈入他的怀中，脸深深地埋入她的发中。

良久，见他一动不动，她压下心中那初为人母的喜悦和幸福之感，转脸，唇贴到了他的耳畔，柔声道："你瞧，他吃饱了，睡着了呢。"

他终于缓缓地直起身，望着闭目蜷在她怀中安然睡着的小儿，小心翼翼地触摸了下儿子的小脸，随即道："往后唤他熙儿可好？"

她轻轻地念了一遍这个他替儿子取的名字，不知为何，心中涌出了一种亲切熟悉之感，极是喜欢，立刻点头："好，就叫他熙儿。"

熙儿慢慢地长大，他不管多忙，只要有空，必带在身边，亲自教导他读书骑射，父子感情极好。再过去了几年，鉴于刘后对他的忌惮和打压，他又借故退出了朝廷中枢，带着扶兰母子去往河西。在随后的数年里，赵氏皇族里剩下的藩王们和刘后的争斗再次加剧，兵连祸结，朝廷战败，局势继而发展成藩王们相互攻伐，争夺地盘，天下遂大乱，北方异族政权也趁机侵袭。大厦将倾，刘后一筹莫展，企图故技重施，一道急召，再次命他入京。

他问她愿不愿做天下人的皇后。

扶兰没有丝毫的犹豫，立刻点头。

她虽无高识远见，但身为王女，从小耳濡目染，她明白，身处他的位置，他别无退路。刘后或是继任的任何一个藩王都不可能容忍他的存在。且这天下，民不聊生，哀鸿遍野，正需有人出来力挽狂澜，扭转乾坤，还天下一个太平。

她知道，那个人便是他。

她为自己嫁了如此一位男子而感到骄傲。

何况，在她的心底，长久以来一直存着一个私念。

她想为自己的姑姑复仇。

姑姑当年之死，毫无疑问，是刘后的手笔。

后来的事，便理所当然了。在他平定天下后，兵马入京，登基成为开国之君，她也为熙儿添了一个他盼望已久的妹妹。

立国之初，百废待兴，在他的治理之下，数年之后，四海晏然。那一年，在击溃了对峙多年的北方异族政权后，皇帝决意西巡。

在出发前，他特意微服，带着她回了一趟阔别已久的洞庭。

他们的小女儿年方六岁，活泼可爱。这回被父皇和母后带来这里，这对于出生后便住在皇宫里的小公主而言，是一个巨大的惊喜。来了之后，她看什么都是那么新奇，央求母亲带她出去玩。扶兰自然依她。

这日，她带着小女儿去私祭君山大帝，回来的时候，经过后山那株千年老柏树。暮色之中，大鸟正忙着为巢里的小鸟喂食。小公主被这一幕深深吸引，挣脱了母亲牵着她的手，奔到老树下，目不转睛地盯着看。

扶兰等在一旁。慕妈妈和她的一问一答之声随风飘入耳中。

"小鸟是从哪里来的呢？"

"这个呀，是大鸟生出了它们。"

"大鸟就是它们的娘亲吗？"

"对呀，我的小公主……"

小公主忽然奔回后头正静静看着自己的母亲的身边，仰头问："母后，皇兄和我是从哪里来的呢？也是母后你生出了我们吗？"

扶兰笑着点头。

"那母后你是怎样生出皇兄和我的呀？"小公主又继续追问。

扶兰望着女儿那双充满了好奇和天真的圆眼睛，一时有些为难，不知该如何回答才好。

慕妈妈笑道："陛下和皇后成亲，自然就有了太子和小公主你呀。"

　　这个回答显然没有让她感到满意。她眨了下眼睛，又继续追问："何为成亲？父皇和母后是如何成亲的？"

　　扶兰哑然失笑，慕妈妈轻咳一声，忙上前，想抱起小公主好转移她的注意力。这时，身后有人说："父皇当年就是在这个地方遇到了你的母后，一见倾心，便向你外祖父求娶，这才和她成了亲，自然便有了你的皇兄和你。"

　　小公主扭头。

　　一个身形伟岸的中年男子正从身后的山径上大步走来，他着一袭青衫，正是她的父皇。

　　她欢呼一声，扭身朝他飞奔而去，被他笑着一把接住。

　　小公主在他怀中拍手乐道："我知道了！我在宫里听皇兄念书念到过，窈窕淑女，君子好逑。母后是淑女，父皇你是君子！"

　　他显得极是快活，哈哈大笑，亲了亲小女儿的面颊，将她高高举起。

　　女儿咯咯地笑，笑声和着老树巢中的鸟鸣，清脆悦耳，宛如银铃声回荡山间。

　　父女嬉笑了片刻，暮色渐浓，慕妈妈带着渐渐困乏的小公主先行下了山。

　　想到明日就要离开这里了，她心中忽觉不舍。

　　他仿佛感知到了她的心意，牵着她的手来到那株老柏树之下，带她坐在了树下。她便依偎在他怀中，望着这熟悉的黄昏美景，听着头顶那归巢暮鸟的鸣声，片刻后，她抬头悄悄地望了他一眼，见他也正低头望向自己，眉目舒展，唇角含笑，不禁心念微动。

　　回想这前半生，无论是他在权力鼎盛时做的急流勇退的决定，还是后来蛰伏河西平淡度日，扶兰总有一种感觉，他仿佛智珠在握洞悉一切，不惊不躁，按部就班，乃至后来他取代赵氏做了皇帝，于他而言，这仿佛也没什么特别的，只是一件寻常事。

　　就在这一刻，她忽回忆起幼年跟着姑姑在宫中曾偶听到的宫人悲歌："不服辟寒金，哪得帝王心；不服辟寒钿，哪得帝王怜……"再想到自己这幸福更是幸运的一生，再也忍不住，仰脸凝视着他英俊的面容，道出了那个多年来一直深埋在她心底的困惑。

"夫君，我无大智，更无大能，不过一寻常女子，你却为何对我如此之好？"

是的，他对她的好，无以复加。

在他做了皇帝之后，曾有臣子上书，言陛下当循天顺制，开立后宫，他却再次拿出了当年拒绝他母亲的那个借口，封住了大臣们的嘴。

这一辈子，他独爱她一人，和她朝夕相对白头偕老便是他的心愿——从前花前月下情浓缱绻之时，他曾如此在她耳边许下了诺言。

谢长庚凝视着她望向自己的那双依然如少女般明澈的美眸，想起了那宛若烟云的往昔种种，想起了年轻之时，那一夜，他在月下独自驾着乌船循了江流入洞庭的情景。

烟火漫卷，阅尽繁华。

这一生，令她无忧无怖，永远都做那个如当初和他偶遇在这株老树下的少女，这便是他最大的心愿。

"上天注定，前世有缘。"

他微微倾脸向她，望着她，含着笑慢吞吞地说。

他的语气是如此温柔，又是如此自然，仿佛这一切都是天经地义的。

扶兰心中顿时甜蜜无比，那困惑也忽地烟消云散了。

是呀，他们或就是上天注定，合该如此，她只管幸福便是了，何必庸人自扰？

他握住她的手，牵她起来。

"天晚了，我们回去吧。"他扬眉笑道，随手脱了外氅，披在她的肩上。

她的身子立刻便感觉到了来自他的暖意。

"好！"

她乖乖点头，任他握住自己的手，牵着她并肩朝前慢慢走去。

不止这一生，还有下辈子，下下辈子。

如果人真的有来生的话，她也要和他一起这么走下去。

她心满意足地轻轻吁了口气，将脸轻轻靠在他坚实的肩上，心里想。

（全文完）